Lew Kopelew

Tröste meine Trauer

Autobiographie 1947–1954

Aus dem Russischen von
Heddy Pross-Weerth und Heinz-Dieter Mendel

Steidl

Die deutsche Originalausgabe wurde 1981 veröffentlicht.

Bitte bestellen Sie unser kostenloses Gesamtverzeichnis.

1. Auflage Mai 1996

Umschlaggestaltung: Klaus Detjen
Satz, Lithographie, Druck: Steidl, Göttingen
Gedruckt auf Öko 2001-Recyclingpapier
Printed in Germany
ISBN 3-88243-396-5

Inhalt

Iwan Bryksin, Gumer Ismailow, Jewgenij Timofejew und allen nicht mehr lebenden Freunden, Kameraden, Kollegen aus den Jahren der Haft gewidmet.

Unsere Gefängnisse spiegeln unser gesamtes Leben in dieser Gesellschaftsordnung.

Pjotr Kropotkin

Für uns Physiker hat die Scheidung zwischen Vergangenheit, Gegenwart und Zukunft nur die Bedeutung einer wenn auch hartnäckigen Illusion.

Albert Einstein

1. Kapitel
Scharaschka Marfino

> Wollt ihr unbedingt, daß ich davon erzähle? Gut, dann hört ...
>
> Alexej N. Tolstoj

Oktober 1947. Noch in der Nacht nach der Gerichtsverhandlung* in der Butyrka wurde ich in eine große, dichtbelegte Zelle gebracht. In dem fahl erleuchteten Raum – das Licht blieb stets bis weit in den Morgen eingeschaltet – lagen zusammengedrängt mindestens fünfzig Leiber auf Pritschen, auf den schmalen Bänken beiderseits vom Tisch, auf dem Fußboden. Die Luft war verbraucht und stickig. Ich schob mich nach und nach zum Fenster, um an den Hauch der belebenden Frostluft zu gelangen. Unmittelbar unter dem Fenster richtete sich brüsk ein blauäugiger Wikinger auf:

»Untersteh dich, das Fenster zuzumachen!«

»Bist wohl verrückt? Ich will doch bloß auch ein bißchen Luft haben.« Wir gerieten in Streit. Doch schon am nächsten Tag wurden wir Freunde. Dmitrij Panin mit dem kurzen russischen Bart war ein waschechter Moskauer Aristokrat, Ingenieur, Theoretiker der Schmiedetechnik. Schon 1940 war er wegen ›Äußerungen‹ verhaftet und von der OSO[1] zu fünf Jahren verurteilt worden. Im Lager verpaßte man ihm 1943 eine weitere Strafe wegen ›defaitistischer Agitation‹. Diesmal bekam er die volle Portion: zehn Jahre. Auf Spezialorder hatte man ihn kürzlich aus Workuta angefordert und in die Butyrka gebracht.

In der Zelle gab es eine ganze Menge Männer, die wie er auf Spezialorder hergeschickt worden waren: Ingenieure und Wissenschaftler. Von ihnen und von Panin erfuhr ich zum erstenmal etwas über die Institution der Scharaschkas:

»Es werden jetzt erstklassige Fachkräfte gebraucht. Man hat in Deutschland ganze Fabrikanlagen und Laboratorien demontiert und zu uns verfrachtet, dazu ganze Berge von technischen Dokumenten. Daher treibt man nun aus allen Lagern Fachleute in Sonderlager – na, eben Scharaschkas – zusammen, wo sie ihrer Qualifikation entsprechend zu arbeiten haben. Ramsin

* Kopelew war nach seiner Freilassung Anfang Januar 1947 im März erneut verhaftet und in der im Oktober stattfindenden Verhandlung zu zehn Jahren Haft und fünf Jahren Verbannung verurteilt worden.

und Tupolew[2] beispielsweise sind Leiter solcher Scharaschkas gewesen ...

Das ganze System ist höchst einfach überlegt und logisch ausgedacht: Professoren, Diplomingenieure, Erfinder sind eine verwöhnte Bande. Sie kriegen mehr Geld als gewöhnliche Sterbliche, mehr persönliche Bezüge, Akademikerrationen, wollen sich auch mal verlustieren, im Restaurant mit Mädchen oder auf der Datscha mit der angetrauten Gattin. Den Urlaub auf der Krim oder in Sotschi treten sie nicht vor August und nicht nach September an. Kurz und rund: in der Freiheit beschäftigt sich so jemand nicht einzig und allein mit seiner Arbeit. Allerlei Nebengedanken schleichen sich ein: Gedanken an Frauen, Sorgen um die Karriere, um eine bessere Wohnung, um die Datscha, um Kinder, Verwandte, Freunde und Bekannte, nicht zu vergessen die Kollegenintrigen. In der Freiheit kann so ein Spezialist nicht seine ganze Kraft für die Arbeit hergeben. Bei den Proleten ist das ganz anders. Da fabrizieren Partei- und Betriebskomitees aus den fleißigsten und folgsamsten Leuten Stachanowarbeiter. Die brauchen nicht selber zu denken, haben nur zu schuften und die Chefs nicht daran zu hindern, Augenwischerei zu betreiben. Sie liefern alles, was befohlen wird, übererfüllen ihre Arbeitsnorm mit zweihundert, fünfhundert, auch tausend Prozent. Und sie brauchen weder Verstand noch Gewissen.

Aber mit denen, die Verstand und Vernunft haben, eine lebendige Seele und vielleicht sogar noch ein Fünkchen Gewissen, mit denen ist es viel komplizierter. Und was erst, wenn so einer auch noch ›sich selbst zu hoch schätzt‹ und am Ende meint, er sei klüger als seine Vorgesetzten? So einer braucht Sonderbedingungen. Dafür sorgen dann unsere wackeren ›Organe‹[3]. Die packen ihn am Schlafittchen, schleifen ihn in die Lubjanka, in die Ssuchanowka oder ins Lefortowo-Gefängnis. Dann heißt's: ›Gesteh, du Schwein, für wen du spionierst, wo du sabotiert hast; bekenne deine Schandtaten.‹ Sie werfen ihn ein paarmal in den nassen oder auch vereisten Karzer, schlagen ihm ins Gesicht, versohlen ihm den Hintern, prügeln die Rippen – aber alles so vorsichtig, daß das Gehirn nicht beschädigt wird. Es soll ihm höllisch weh tun, Scham soll ihn überwältigen, ihn windelweich machen. Er soll fühlen, daß er kein Mensch mehr ist, sondern ein Niemand, ein Nichts. Dann können sie mit ihm machen, was sie wollen.

Der Staatsanwalt erklärt ihm den Strafparagraphen, verspricht ihm das ›Höchstmaß‹, die Todesstrafe. Der Untersuchungsrichter droht, wenn er nicht gestehe, würden seine Frau und seine Kinder verhaftet. Zum guten Schluß verknacken sie ihn dann großmütig nur auf zehn Jahre. Manch einem mit schwachen Nerven erscheinen dann fünfzehn oder zwanzig Jahre geradezu wie ein Geschenk, ein unverhofftes Glück. Zum Trost heißt es dann noch: ›Sie werden in Ihrem Beruf arbeiten. Geben Sie sich nur Mühe, dann können Sie sich die vorfristige Entlassung verdienen und sogar Auszeichnungen. Nehmen Sie sich ein Beispiel an Männern wie Ramsin. Beweisen Sie, daß Sie Ihre Missetaten ehrlich bereuen, daß Sie mit Ihren Kenntnissen und Ihrem Wissen der Heimat dienen und ihr nützlich sind – und Sie erhalten alles zurück, kriegen sogar noch mehr dazu.‹

Genauso ist's. So bildet man die Kader für die Scharaschkas heran. Hier arbeitet unsereiner wirklich konzentriert, mit ganzer Hingabe. Hier gibt es keine freien Tage. Urlaub ist ein Fremdwort. Das einzige Vergnügen: Überstunden. Am Arbeitsplatz fühlt man sich immer noch wohler als in der Zelle. Gedanken an die Freiheit, an Zuhause schieb nur weit fort, sie machen traurig, bringen dich zur Verzweiflung. Hier ist die Arbeit nicht mehr Pflicht, sondern der einzige Lebenssinn, Ersatz für alle Wohltaten, für jede Freude, für jeden Trost. Die Arbeit ist Medizin und Droge.

Im gewöhnlichen Lager fühlt und denkt man anders als in der Scharaschka. Im Lager heißt es: ›Arbeit machte den Affen zum Menschen und macht den Menschen zum Esel.‹

Arbeiten im Lager bedeutet, wie ein Packesel malochen, sich krümmen, sich ins Joch spannen. Um nicht unterzugehen, zu verrecken, die Radieschen von unten wachsen zu sehen, muß man simulieren, sich drücken, andere übers Ohr hauen, vernebeln, schummeln.

In der Scharaschka ist es umgekehrt. Dort redet man dich manierlich mit Vor- und Vatersnamen an, es gibt anständiges Essen, besseres als mancher in der Freiheit kriegen kann; du arbeitest im gut geheizten Raum, schläfst auf einer richtigen Matratze mit Bettwäsche, hast überhaupt keine Sorgen, brauchst nichts weiter zu tun, als dein Gehirnschmalz zu betätigen, nachdenken, erfinden, vervollständigen, rationalisieren, Wissenschaft und Technik vorantreiben.«

Dmitrij Panin nannte die Scharaschka – vielleicht war er selbst draufgekommen, vielleicht hatte er es von anderen übernommen – den Ersten Kreis unserer Lagerhölle.

Er riet mir, einen Antrag zu stellen, in dem ich auf meine Sprachkenntnisse hinweisen und mich als Fachmann für wissenschaftlich-technische Übersetzungen bezeichnen sollte.

»Du kennst Fremdsprachen. Warum sollst du denn im Lager, beim Holzfällen oder im Bergwerk verrecken? Auf Sanitäterposten, wie du sie früher hattest, kannst du nicht in jedem Lager rechnen. Wir haben ja schon alle zur Genüge erfahren, wie es anständigen Kerlen bei den ›Oberschlauen‹[4] gehen kann. Aber Fremdsprachenkenntnisse sind ein Schatz, die können dich retten. Schreib deinen Antrag an die vierte Spezialabteilung des MWD: ›Ich beherrsche Deutsch, Englisch, Französisch, Spanisch, Holländisch, Italienisch ...‹ Nicht vollständig? Egal, das prüft keiner nach. Bist du erst in der Scharaschka, wirst du das Fehlende schon noch lernen. Weiter, welche Sprachen noch? Polnisch, Tschechisch, Slowakisch, Serbokroatisch, los-los, je mehr, desto besser. Du mußt unbedingt schreiben: ›Ich habe umfassende Erfahrungen auf dem Gebiet der Übersetzung wissenschaftlich-technischer Literatur. Ich bitte darum, sie entsprechend nutzen zu dürfen ...‹ Hauptsache: unterschreib mit ›Kandidat der Wissenschaften‹. Die schätzen das.«

Zwei Wochen später wurde ich ›ohne Sachen‹ geholt. In dem kleinen Dienstzimmer des Untersuchungsrichters saßen zwei Obristen. Silberne Schulterstücke mit blauen Kanten. Vor ihnen auf dem Tisch lag ein Konvolut mit Häftlingsakten. Der eine Oberst, ein langgesichtiger, bebrillter Glatzkopf, sprach Deutsch in exakt schulmäßiger Aussprache. Ich antwortete. Dann stellte er ein paar einfache Fragen auf englisch, wobei er sich gehörig die Zunge zerbrach. Französisch sprach er fließend.

Der zweite Oberst, breitschultrig, derb, sah ziemlich simpel aus. Er befragte mich russisch nach meinen Studienorten, dem Thema meiner Dissertation und nach meiner Tätigkeit an der Front.

»Sie haben hier einen Antrag an die 4. Abteilung des MWD gestellt. Woher haben Sie von dieser Abteilung erfahren? Wer hat Ihnen davon erzählt? Sie wissen nicht, wie er hieß? Wieso denn das? Sie waren doch mit ihm in einer Zelle. Und da wollen Sie seinen Namen nicht kennen? Sowas sollen wir Ihnen glauben? Ach – Sie sind im Bad mit ihm zusammengetroffen, ein ganz zufälliges Gespräch? Naja, räumen wir diese Möglichkeit mal ein ... Die Sache ist die: wir wollen Ihre Qualifikation benutzen, und zwar bei einem absolut geheimen Projekt. Allerhöchstes Staatsgeheimnis. Der Kerl, der mit Ihnen im Bad geschwatzt hat, hat die Geheimhaltungspflicht verletzt. Darauf steht allerstrengste Bestrafung – bis zum Höchstmaß. Man wird Ihnen manches anvertrauen, das absolut geheimgehalten werden muß. Verstanden? Vielleicht wird man Sie fortbringen.«

Beide Obristen lernte ich in der Folgezeit näher kennen. Der langgesichtige Intellektuelle Anton Michajlowitsch W. war der Prototyp des Jakulow in Solschenizyns Roman ›Der Erste Kreis der Hölle‹. Auch der andere – Foma Fomitsch Shelesow – wird bei Solschenizyn erwähnt. Shelesow hatte in Odessa einen Musikkurs an der Arbeiterfakultät besucht, und es hieß von ihm, er sei ein munterer Ziehharmonikaspieler gewesen. Später als Mitarbeiter der Spezialabteilung von GPU-NKWD-MGB herrschte er über Ingenieure und Wissenschaftler und erhielt den Doktortitel geschenkt.

Als Panin ›mit Sachen‹ geholt wurde, verabschiedeten wir uns – wie es im Gefängnis üblich ist – auf immer. Er witzelte sarkastisch: »Schwejk verabredete sich auf fünf Uhr nach dem Krieg. Wir wollen vereinbaren: um fünf Uhr nach der Entlassung.«

Schon zwei Wochen später wurde auch ich mit einigen Ingenieuren aus der Butyrka fortgebracht. Wir fuhren höchstens 45 Minuten, blieben also in Stadtnähe und wurden in einem großen Park ausgeladen. Dunkle Fichten, dichtes, dunkelgraues Gespinst kahler Büsche und Bäume. Eine Umzäunung war nicht zu sehen. Man konnte sie nur hinter der Reihe greller Lampen ahnen.

Ein dreistöckiger alter Ziegelbau, an der Stirnseite ein Kuppelturm. Hell erleuchtete Treppe. Ruhige Aufseher in MWD-Uniformen nahmen uns ohne Hast in Empfang. Weder die gellenden Rufe der Lageraufseher noch das drohende Flüstern der Gefängniswärter trieb uns an.

»Gehen Sie hinauf in den zweiten Stock. Oben wird man Ihnen das Weitere erklären.«

Eine Treppe wie in einem alten Herrenhaus oder in einem Gymnasium – steinerne Stufen, das Geländer auf schmiedeeisernen Stützen.

Von oben kam uns Panin entgegen. Er trug sein abgewetztes Cape wie einen Husarenpelz.

»Das ist also die Scharaschka von Marfino«, erklärte er. »Die offizielle Bezeichnung ist ›Objekt Nr. 8‹ oder ›Spezialgefängnis

Nr. 16‹. Wir sind mit Apparaten und Geräten eines demontierten Berliner Philips-Labors ausgerüstet und zur Zeit damit beschäftigt, ein ›Polizei-Radio‹ zu entwickeln.* Wir warten schon seit einer Woche auf dich. Mit dem Chef kann man vernünftig reden, ist ein junger Hauptmann, gelernter Ingenieur. Phlegmatisch, gutartig. Wir haben ihn dazu gebracht, dich in der Butyrka anzufordern; dich, den bekannten Linguisten und erfahrenen Übersetzer aller Sprachen. Die Keller hier sind vollgestopft mit Tausenden von Aktenordnern: Dokumente, Patente, Beschreibungen. Und keiner kann Deutsch. Jetzt werden wir dich auf diese Sachen loslassen. Wer wir sind? Ich und mein Freund. Du wirst ihn gleich kennenlernen, ein bemerkenswerter Mensch, heißt Alexander Issajewitsch Solschenizyn, war Frontoffizier, Hauptmann. Kluger Kerl, großer Geist, starke Persönlichkeit! Er leitet die technische Bibliothek. Du wirst ihn bestimmt mögen. Er hat mir geholfen, den Chef rumzukriegen, hat ihn überzeugt, daß die Masse ungeordneter deutscher Bücher unbedingt katalogisiert werden muß.«

Das Gebäude der Scharaschka war vor der Revolution ein Heim für verwaiste Popensöhne gewesen. Wir betraten einen großen halbrunden Saal, die ehemalige Kirche ›Gottesmutter – tröste meine Trauer‹. Durch Einziehen einer Zwischendecke waren Arbeits- und Schlafräume entstanden. Im ehemaligen Altarraum sah ich links einige Schreibtische und Zeichentische, rechts befand sich die Bibliothek, ein paar Regale, einige Bücherschränke und der große Arbeitstisch des Bibliothekars. Der stand von seinem Tisch auf und kam mir entgegen: hochgewachsen, blond, in verwaschenem Offiziersrock. Ich sah wache hellblaue Augen, eine hohe Stirn, über der Nasenwurzel scharfe, strahlenförmige Runzeln und eine unregelmäßige Schramme. Er drückte mir fest die Hand, lächelte flüchtig.

»Guten Tag. Mitja hat mir viel Gutes von Ihnen erzählt. Ihren Arbeitsplatz haben wir schon eingerichtet. Hier ist Ihr Tisch. Wir werden Nachbarn sein. Können Sie Schreibmaschine schreiben? Auf Schnelligkeit kommt es nicht an. Ich rate Ihnen: übersetzen Sie direkt in die Maschine. Das ist ein gutes Training. An welchem Frontabschnitt waren Sie? Ach, sieh an...«

Sein Blick wurde noch aufmerksamer, verschattete sich. (Später gestand er mir: »Im ersten Augenblick habe ich dir nicht

* Das spätere Walkie-talkie.

getraut. Du kamst mir sogar verdächtig vor: ausgerechnet dieselben Frontabschnitte!«)

»... ich war auch im Nordwesten.«

Er erzählte, seine Batterie habe bei Molwotitz gestanden. Wir erinnerten uns sogar noch an die Straße, an das völlig verminte Wäldchen. Später wurde er an den Kursker Bogen verlegt. Und mit der 2. Bjelorussischen Front war er wieder an denselben Orten gewesen wie ich. Am Narew, dort, wo auf einem Hügel ein Häuschen, das direkt in der Feuerlinie lag, seltsamerweise unversehrt geblieben war. Wir stellten fest, daß er sogar meine Stimme gehört hatte während einer meiner Propagandasendungen für die Deutschen. Sich an diesen Tag zu erinnern, war kein Kunststück. Zwei große deutsche Panzer beschossen uns vom Waldrand aus. Panzerbrandgranaten jaulten und heulten mörderisch, waren aber nur beim direkten Treffer gefährlich. Ausgerechnet Solschenizyn hatte das Feuer jener Batterie gelenkt, das die beiden Panzer vertrieb.

»Und von wo aus sind Sie in Ostpreußen einmarschiert? ... Tatsächlich?! Ich auch. Nein, als wir durch Groß-Koslau kamen, brannte noch nichts. Sie kamen also später. Wie bitte? Sie haben auch Hindenburgs Grab gesucht? So ein Zusammentreffen! Halt, warten Sie, wann waren Sie in Hohenstein? Nein, als wir von der Chaussee in die Zufahrtsstraße einbogen, gab es keine Reifenspuren. Aber Sie haben welche bemerkt? ... Hören Sie, was soll eigentlich das ›Sie‹ bei Frontkameraden? Du bist also meinen Spuren gefolgt. So spielt das Schicksal.

Wann hat man dich verhaftet? Im April? Mich im Februar, am 23., Tag der Roten Armee. Zuerst saß ich in einer steinernen Scheune in Brodnitzy. Das war ein Feldgefängnis. Nein, nach Tuchel hat man mich nicht mehr gebracht, ich kam gleich nach Moskau.«

Wir erinnerten uns an die Wachmannschaften, an die Untersuchungsrichter ...

»Warte. Darüber reden wir später noch. Man läßt uns hier viel Zeit für den Spaziergang. Abends kann man fast zwei Stunden im Hof und im Park herumlaufen. Jetzt guck erst mal, was du für die Arbeit brauchst, welche Wörterbücher, welche Handbücher und Nachschlagewerke. Ich stelle alles zusammen, erledige die Formalitäten. Du kannst dann morgen früh sofort anfangen. Hier liegt schon ein Aktenordner für dich mit Beschreibungen hauptsächlich deutscher Apparate. Ich hab' mich selber ans Übersetzen gemacht, ist aber verflucht schwer. In der

Schule und an der Uni hat man uns eine ganz andere deutsche Sprache gelehrt.

Zeitungen? Natürlich: ›Prawda‹, ›Iswestija‹, ›Roter Stern‹. Ich kann dir auch gebundene Jahrgänge geben, aber du darfst sie nur hier lesen, kannst sie nicht aus der Bibliothek mitnehmen. Wie weit rückwärts willst du? Den ganzen Herbst? Gut.«

Später sagte er:

»Du warst der erste, der gebundene Zeitungsjahrgänge haben wollte, der erste nach mir. Als wir aus Noginsk verlegt wurden – zunächst sollte dort eine Scharaschka eingerichtet werden, hierher kamen wir erst später –, habe ich mich sofort über die gebundenen Zeitungen hergemacht. Wie also: wir waren an denselben Frontabschnitten, dieselbe Abwehr hat uns kassiert, wir haben dieselbe Gier nach Zeitungen. Das ist schon eine Art Verwandtschaft.«

In meinem ersten Scharaschka-Winter (1947/48) waren die Gefangenen in zwei Räumen des zweiten Stocks untergebracht. Auf diesem Stockwerk befand sich auch die Sanitätsabteilung, das Zimmer des Diensthabenden und das Büro des Gefängnisdirektors. An der Stirnseite führte eine kurze Treppe in den Lagerraum unterhalb der Turmkuppel. Die gewölbte Decke zeigte Reste abblätternder, verblaßter Bemalung: auf himmelblauem Grund Gesichter und Gewänder, Engelsflügel, Reste kirchenslawischer Inschriften. Unten standen hölzerne Regale mit Kästen und Paketen. Im ersten Stock befanden sich die Laboratorien, im Parterre der Eßraum und die Werkstätten.

Die Scharaschka nahm nur ein Drittel des großen Gebäudes ein. Sie war von den übrigen zwei Dritteln im Hausinnern durch eisenbeschlagene hölzerne Trennwände, draußen im Hof durch einen hohen Zaun abgetrennt. Jenseits der Trennwände wurde noch gebaut, da arbeiteten »gewöhnliche« Häftlinge.

Unser Arbeitstag dauerte offiziell vom frühen Morgen bis 6 Uhr abends. Spazierengehen war vor und nach dem Frühstück gestattet. Die Arbeitszeit konnte man auf eigenen Wunsch verlängern. Alle Laborleiter waren Häftlinge. Sie übergaben dem diensthabenden Aufseher die Liste derjenigen, die nach dem Abendbrot weiterarbeiten wollten.

Die abendliche Kontrolle ging sehr lässig vonstatten. Der Diensthabende steckte seinen Kopf durch die Tür und fragte: »Wieviele? Alle an ihrem Platz? Keiner auf dem Lokus? Um 12 alles in die Falle, daß ja keiner zu spät kommt!«

Der Besuch von Angehörigen, das sogenannte ›Wiedersehen‹, war nur alle drei Monate erlaubt. Briefe, Drucksachen und Pakete durften wir in unbeschränkter Menge empfangen. Briefe zu schreiben war jedoch nur solchen Gefangenen erlaubt, die nicht in Moskau ansässig waren. Der Gefängnis-Wirtschaftsleiter hatte auch die Poststelle und das Magazin unter sich. Dieser überanstrengte, großmäulige Leutnant erklärte, die Moskauer dürften dreimal im Monat Pakete und Briefe erhalten, Selberschreiben aber sei ›aus Gründen der Geheimhaltung‹ zu gefährlich.

»Nicht erlaubt! Warten Sie ab, beim ersten Wiedersehen können Sie Ihren Verwandten erklären, wie sie Ihnen Pakete und Briefe schicken können.«

Solschenizyn riet mir:

»Geh zum Chef. Oberstleutnant G. gehört nicht zur Sorte der Kerkermeister. Er ist Frontoffizier, echter Soldat. Er liebt stramme Haltung, geraden Blick. Schlappschwänze und Arschkriecher verrägt er nicht und schon gar nicht Betrügereien. Geh zu ihm. Benimm dich entsprechend. Wirst sehen, er hilft.«

In den Lagern hatten wir alle gelernt, zwischen guter und schlechter Obrigkeit zu unterscheiden. Die Kriterien waren einfach und unfehlbar. Der schlechte Natschalnik verbietet, was nicht ausdrücklich erlaubt ist. Der gute Natschalnik erlaubt alles, was nicht ausdrücklich verboten ist.

Ich rasierte mich sehr sorgfältig, zog und strich meine alte Uniformbluse so lange, bis vorne auch kein einziges Fältchen mehr war, putzte Stiefel und Uniformknöpfe. Dann machte ich mich auf den Weg. An der Tür klopfte ich kurz und höflich – aber beileibe nicht schüchtern.

»Herein.«

Ich trat ein, machte drei Schritte vorwärts, schlug die Hacken zusammen und erstarrte im ›Stillgestanden‹.

»Bitte gehorsamst, eine Bitte vortragen zu dürfen.«

Der Oberstleutnant saß an seinem Schreibtisch, hob den Blick zu mir. Er war ein hagerer, breitschultriger, kurzgeschorener Graukopf. In seinen aufmerksamen, hellen Augen gab es kein Lächeln.

»Ehemaliger Dienstrang? Wo im Einsatz gewesen? Artikel? Frist? Was haben Sie vorzubringen?«

»Ich bitte um die Genehmigung, meiner in Moskau wohnhaften Familie mitteilen zu dürfen, daß sie mir schreiben und Pakete schicken kann. Ein Wiedersehen kann ich erst im Frühjahr beantragen; aber mein Töchterchen war krank. Ich hätte gern bald Nachrichten, brauche auch selber Zusatzverpflegung. Bin unpäßlich, überanstrengt.«

»Aus wieviel Personen besteht Ihre Familie? Schreiben Sie jetzt gleich eine Postkarte, es dürfte in der Butyrka an Objekt 8 ein Paket für Sie abgegeben werden. Beeilen Sie sich. Ich fahre in einer halben Stunde. Verstanden?«

»Jawohl. Postkarte schreiben. Ihnen übergeben. Gestatten Sie, Befehl auszuführen?«

Zackige Wendung. Rechts aufstampfen, links losmarschieren ... Ein paar Minuten später rannte ich schon mit der Postkarte zu ihm zurück.

Als ich Panin und Solschenizyn von diesem Erfolg erzählte, philosophierten wir über die Vorteile militärischen Benehmens. Exakt vorgeschriebene, standardisierte Gesten und Worte, obwohl sie Abhängigkeit, Unterordnung, Gehorsam ausdrücken, erlauben dennoch, die menschliche Würde zu wahren. Soldatisches Verhalten ist servilem, sklavischem Benehmen entgegengesetzt. Ich erinnere mich, daß auch an der Front betont vorschriftsmäßig stramme Haltung die wahrscheinlich einzige und in jedem Fall am wenigsten gefährliche Form des Widerstands gegen die befehlswütige Roheit mancher Obersten und Generale war. Der Leutnant der zaristischen Armee und Major der Roten Armee Anatolij Gawrilowitsch Woinow lehrte uns Neulinge: »Unzufriedenheit mit dem Vorgesetzten kann man nur in tadellos strammer Haltung durch stummes Bewegen des großen Zehs ausdrücken, natürlich in beschuhtem Zustand.«

In der zweiten Woche wurde ich krank. Quälender Husten zerriß die Brust. Alles tat mir weh. Die Temperatur kletterte auf 40 Grad. Die junge Feldscherin im Range eines Unterleutnants und mit einer Front-Ordensspange sagte: »Der Arzt kommt erst in drei Tagen, er ist nur zweimal in der Woche bei uns. Sie müssen also ins Krankenhaus in die Butyrka.«

Zu Tode erschrocken flehte ich: »Bringen Sie mich auf keinen Fall irgendwo anders hin. Sehen Sie, ich kann im Bett arbeiten. Es ist doch bloß eine gewöhnliche Erkältung.«

Sie zögerte, stimmte dann aber zu, noch ein oder zwei Tage abzuwarten. Die Freunde brachten mir mein Essen aus der Kantine. Ich schluckte eine Menge Aspirin, wickelte mich außer in die Decke in eine Joppe und irgendwelche andere Fetzen. Mehr als alles andere fürchtete ich, aus dem Scharaschka-Paradies vertrieben zu werden. Müßte ich ins Krankenhaus, würde man bestimmt vergessen, mich hierher zurückzubringen, und dann ...

Niemals, weder vorher noch nachher, freute ich mich so unmäßig über meine Genesung. Und damit ich nicht wieder krank würde, begann ich sofort mit einer rigorosen Abhärtung. Morgens und abends ging ich im Hof spazieren und bemühte mich, so tief wie möglich zu atmen. Ich wusch mich bis zum Gürtel eiskalt, danach rieb ich mich mit Schnee ab. Und wirklich, bis zum Ende meiner Haft – die folgenden sieben Jahre – habe ich mich nicht ein einziges Mal mehr erkältet. (Erst im Herbst nach der Freilassung bekam ich eine Lungenentzündung.)

Ungeduldig warteten wir auf Pakete. Vom Januar an wurde endlich Post ausgeteilt. Anfänglich war mir die Scharaschkaverpflegung geradezu lukullisch vorgekommen. Beim Frühstück konnte man manchmal sogar einen zweiten Schlag Kascha ergattern. Zum Mittagessen gab es Suppe, nicht wäßrige Balanda, richtige Suppe. Der zweite Gang war Kascha, dick gekochte Grütze mit Fleischfasern drin, und dann gab es immer auch noch einen dritten Gang: eine Art Rote Grütze. Doch all diese Gerichte, so herrlich sie zuerst schienen, sättigten nicht genügend. Wir hatten ständig Hunger. Die tägliche Brotration betrug 500 Gramm, das war ganz einfach zu wenig für uns.

Das neue Jahr 1948 begingen wir festlich auf Panins Pritsche. Er hatte das Oberbett einer Waggonka[5]. Ein Zimmergenosse, der schon ein Paket bekommen hatte, schenkte uns eine Vierteldose Kakaopulver. Vom Frühstück hatten wir uns etwas Zucker aufgespart, vom Abendessen etwas Brot. Dazu holten wir uns in zwei Kochgeschirren heißes Wasser.

Der diensthabende Aufseher war an diesem Abend ziemlich nachsichtig: »Neujahr! Weiß ja selbst. Aber Ordnung muß sein. Nach dem Zapfenstreich: absolute Ruhe. Andere Häftlinge wollen schlafen. Benehmt euch anständig, macht ja keinen Krach. Wenn irgendwas zu hören ist oder wenn sich jemand beschwert, kriege ich Ärger und ihr werdet bestraft, könnt dann das neue Jahr im Karzer anfangen.«

In dieser Neujahrsnacht fanden sich auch in anderen Winkeln des Zimmers kleine Grüppchen zusammen. Alle feierten im trüben Schimmer der Nachtlichter. Fast an jeder Pritsche waren Nachtlämpchen aufgestellt, die unsere Techniker konstruiert hatten. Es gab auch viele selbstgebastelte Radiogeräte. Panin hob feierlich seinen Kakaobecher:

»Meine Herren, ich kann keine großen Reden halten, bin kein Rhetor wie ihr beide. Aber ich bin älter als ihr, hab' den Leidensweg früher angetreten. Darum erlaubt mir, den Neujahrstoast auszubringen. Liebe Freunde, ich glaube, ich darf euch so nennen. Wir begehen das neue Jahr nüchtern, und ich will einen nüchternen Wunsch aussprechen. Gewöhnlich sagt man: ›Auf ein neues Jahr, auf ein neues Glück!‹ Aber was für ein Glück können wir schon erhoffen? Wir träumen alle von der Freiheit. Aber das ist ein unerfüllbarer Wunsch in diesen Mauern und in diesem Land. Ich leere diesen nüchternen Becher auf das uns Mögliche. Ich trinke darauf, daß wir im neuen Jahr nicht hungern müssen. Und ich trinke auf unsere Freundschaft, meine Herren.«

Wir drei verlebten noch zweieinhalb Jahre miteinander, bis zum Sommer 1950. Wir haben nicht gehungert, und wir waren Freunde.

Mitja Panin stand morgens früher als alle anderen auf. Noch vor dem Wecken lief er hinaus, ging in den Hinterhof zur Küchentür, wo er Holz sägte und kleinhackte. Um sich abzuhärten, ging er auch im bittersten Frost ohne Mütze, die wattierte Jacke nur um die Schultern geworfen, das Hemd wie ein Matrose über der Brust geöffnet. Im Frühjahr, sobald der Schnee taute, zog er beim Spaziergang seine Schuhe aus und ging barfuß, dabei suchte er sich die unebensten Pfade über Schutt und Koks. Manchmal holte er auch Solschenizyn und mich zur ›Holzhack-Gymnastik‹. Die Aufseher, die uns zu bewachen hatten, förderten derartigen Eifer, gelangten sie doch dadurch auch selber in die Nähe der Küche und profitierten von der Freigebigkeit der Köche, denen wir Häftlinge halfen.

Morgens spazierten und arbeiteten wir gewöhnlich schweigsam. Erwachen im Gefängnis hat nichts Fröhliches. Nach schönen Träumen von der Heimat, von den Lieben zu Hause empfindet man die Wirklichkeit besonders hart. Doch auch nach einem Alptraum oder einer schlaflosen Nacht voll aufdringlicher, verzweifelter Gedanken, gequält vom drückenden Schmerz der Einsamkeit zwischen fremden, doch aufeinander angewiesenen, schnaufenden, hustenden, stöhnenden oder im Takt wild aufschreienden Menschen ist der Tagesanfang nicht leichter. Die Stunden der mittäglichen Spaziergänge waren die beliebtesten und lautesten, kaum daß man zu zweit oder zu dritt miteinander sprechen konnte. Dafür gab es abends wieder weniger Spaziergänger, besonders bei schlechtem Wetter. Die meisten blieben im Haus. Einige wuschen Socken und Taschentücher, andere spielten Schach oder Domino. Manche schwatzten im verrauchten Korridor oder wälzten sich frühzeitig auf die Pritsche.

Wir drei trugen uns meistens zur Abendarbeit ein, gingen aber vor der Kontrolle noch so lange wie möglich spazieren. Manchmal, wenn bei einem von uns das Bedürfnis, allein zu sein, übermächtig wurde, sagte er zu den andern: »Heute möchte ich allein gehen.« Sie schirmten ihn dann von unwillkommenen Gesprächspartnern ab. Im Winter gelang das leicht. Wir hatten uns unseren eigenen Pfad im Schnee zwischen den Büschen hindurch geschaufelt. Am häufigsten bat Solschenizyn um Alleinsein. Er ging dann auf unserem Pfad auf und ab – groß, dünn, im langen Soldatenmantel, die Ohrenklappen seiner Soldatenmütze heruntergelassen. Panin und ich patrouillierten dann am Ausgang des Pfades am Hauptplatz, der mit den verschiedensten Namen belegt wurde: ›Narren-Bummel‹, ›Allee zertretener Hoffnungen‹, ›Eselsstraße‹, ›Maultierpfad‹. Auf unserem Pfad führten wir lange Gespräche: über das Schicksal Rußlands und Europas, über Religion, Philosophie, Geschichte und Literatur. Schon in den ersten Tagen fragte Solschenizyn mich:

»Kannst du mir kurz und bündig die Geschichte der revolutionären Bewegungen in Rußland erzählen? Klar, nicht jedes Detail. Mir ist der allgemeine Verlauf wichtig, Ereigniszusammenhänge, Charaktere der Personen. Hauptsache: keine Verdrehungen, kein Vertuschen; so objektiv wie du kannst, unvoreingenommen. Natürlich bist du voreingenommen. Bist ja Marxist-Leninist, also immer parteilich. Das verstehe ich, kann es für mich selbst korrigieren. Also erzähl, leg alles dar, was du weißt. Nur verschleiere nichts, agitiere nicht, unterdrücke keine gegnerische Kritik. Berichte auch über andere Versionen, andere Gesichtspunkte. Und hindere mich nicht, mir mein eigenes Urteil zu bilden.«

Unsere peripatetischen ›Geschichtsseminare‹ unterbrachen nicht selten Dispute und Schimpfereien. Panin war der radikalste und unversöhnlichste von uns. Er war überzeugt, daß die Bolschewiki ein Werkzeug Satans seien, daß die russische Revolution das Ergebnis von üblen Machenschaften feindlicher Ausländer und gottloser Verschwörer sei. Er glaubte, nur ein Wunder könne Rußland retten – ein Wunder auf Befehl des Höchsten. Um sich auf diese Rettung vorzubereiten, müsse man Seele, Gedanken und Sprache reinigen. Aus diesem und anderen Gründen weigerte er sich entschieden, Fremdwörter zu benutzen oder, wie er sagte, die ›Vogel-Sprache‹. Statt Revolution sagte er Wirrnis oder Umsturz, statt Kommunisten Bolschewiki, Ingenieure nannte er Werk- oder Baumeister. Selbst die Anweisungen in Schmiedeangelegenheiten schrieb er in seiner eigenen ›Sprache äußerster Klarheit‹. Z. B. benutzte er das Wort Metall nicht, ersetzte es durch die genaue Bezeichnung Eisen, Gußeisen, Kupfer. Statt Stahl schrieb er Eisen ohne Kohlenstoff oder von Kohlenstoff gereinigtes Eisen usw.

Ausnahmen ließ er nur für geheiligte Begriffe zu: Kirche, Religion, Diakon, Erzbischof. Aber er wurde sehr böse, als ich sagte, das Kirchenslawische sei aus dem Altbulgarischen entstanden: »Das kann ja überhaupt nicht sein! Die Bulgaren sind doch ein Turkvolk! Gewöhnliche Türken, die einen verdorbenen slawischen Dialekt sprechen. Unsere Vorfahren sollten deren Sprache entlehnt haben? Das glaube ich nicht. Das kann gar nicht sein! Das ist eine bolschewistische Lüge!«

Bei derartigen Plänkeleien war Solschenizyn öfter mein Bundesgenosse. Doch wenn ich mit ihm allein war, setzte er meinen dialektisch-materialistischen Ausführungen gewöhnlich größte Skepsis entgegen. Damals hielt er sich für einen Skeptiker, einen Jünger des Pyrrho, er haßte Stalin, den ›Gangsterboß‹, seit langem und begann auch schon Lenin anzuzweifeln. Immer wieder fragte er hartnäckig: ob ich beweisen könne, daß, wenn Lenin länger gelebt hätte, es keine Entkulakisierung, keine Hungersnot, keine gewaltsame Kollektivierung der Landwirtschaft gegeben hätte. Ich glaubte damals, alle diese entsetzlichen Ereignisse seien die Folgen tragischer, schicksalhafter Umstände gewesen, und meinte, eine der Voraussetzungen dieser Tragödie sei auf gewisse Besonderheiten des Stalinschen Genius zurückzuführen. An seiner Genialität zweifelte ich keinen Augenblick. Ich stellte sie mir wie einen Vektor vor, der jedesmal ausschließlich auf ein einziges Ziel gerichtet ist. Das hatte zu Rechenfehlern und schicksalhaften Irrtümern geführt. Ich war überzeugt von Lenins »radialem«, d. h. universal vielseitigem Genius und bemühte mich zu beweisen, daß, wäre er nicht so früh gestorben, wir den Sozialismus um einen sehr viel weniger hohen Preis aufgebaut hätten.

Solschenizyn entgegnete:

»Das sind leere Spekulationen. Du wirfst Mitja und mir Schematismus vor und denkst dir selbst ein absolut künstliches Schema aus. Wieso ist der Gangsterboß ein Vektor ohne Radien? Er hat doch über Nationalitätenprobleme geschrieben, damals nannte Lenin ihn den ›wunderbaren Georgier‹. Er hat auch in der Literatur den ›besten, begabtesten Dichter‹ benannt, hat ein Ding, ›stärker als Faust‹, entdeckt.[6] Er hat in der Musik und in der Biologie Ordnung eingeführt. ›Koryphäe aller Wissenschaften‹ ... Und der soll nur ein Vektor sein? Nein, du hast ihn unterschätzt. Das ist nicht gut, Kumpel, nicht gut! Für diese Unterschätzung ist Punkt 10 zu wenig. Das riecht ja nach Diversion.«

Ich blieb noch lange ein unverbesserlicher roter Imperialist. In meinem Bewußtsein entstand – typisch für jene Zeit – eine Symbiose von sowjetischem Patriotismus und russischem Nationalismus. Für einen der Hauptbeweise von Stalins Genialität hielt ich den Machtzuwachs. Alle Gebietsverluste, die Großrußland je erlitten hatte, waren wettgemacht, es waren sogar neue Gebiete hinzugewonnen worden. Von der Elbe bis zum Chinesischen Meer. All das waren reale Siege. Und der Sieger hat immer recht.

Solschenizyn wischte solche Argumente beiseite. Er erzählte, er habe in irgendeinem Buch mit Erinnerungen an das Jahr 17 die Beschreibung eines Soldatenmeetings gelesen. Da hatte ein älterer Frontsoldat einen jungen Redner zurechtgewiesen, der herumkrakeelte, Rußland brauche den Zugang zum Mittelmeer: »Und was sollen wir mit diesem Meer? Sollen wir es pflügen?«

Diese gesunde Bauernweisheit stellte er meiner stalinistischen Großmachtbegeisterung entgegen. Er glaubte nicht, daß Rußland Eroberungen nötig habe, glaubte nicht, daß es Stalin wirklich um das Volk gehe. Lenin und Bucharin hätten vielleicht an das Volk gedacht, aber Trotzkij, Sinowjew, Stalin und Kaganowitsch hätten sich einen Dreck drum gekümmert, was Rußland, was Deutschland, was China ist. »Für sie war und blieb die Hauptsache ihre Theorie, der Sieg des Marxismus-Leninismus im Weltmaßstab. Daher sind alle Mittel recht, alles, was diesem Ziel nützt. Man kann Iwan den Schrecklichen verherrlichen, sogar Messen für ihn lesen, man kann sich russische Prioritäten ausdenken, das Ziel bleibt immer das gleiche: die Weltrevolution.«

In der Beurteilung konkreter Ereignisse, historischer Einzelheiten, beim Abwägen, was gut und was schlecht gewesen sei, gab es zwischen uns kaum unterschiedliche Auffassungen. Doch wenn ich die Unvermeidlichkeit, die historische Determiniertheit der Revolution, des Bürgerkrieges, des Terrors, der Kollektivierung der Landwirtschaft darlegte, wurde er manchmal wütend.

»Und wer hat sie nachgewiesen, diese historische Unvermeidlichkeit? Und was wäre passiert, wenn Kornilow den Schwätzer Kerenskij besiegt hätte? Wenn Krasnows Kosaken den Räte-Kongreß auseinandergejagt, Lenin und Trotzkij erschossen hätten? Diese Möglichkeit hat ja bestanden. Das heißt, dann wäre eine andere historische Unvermeidlichkeit dabei herausgekommen. Und warum darf man in der Geschichte nicht den Konditional anwenden? Wer hat das verboten? Die Ermordung Alexanders II. hätte ja auch mißlingen können? Und dann hätte die ganze Innenpolitik einen anderen Verlauf genommen. Und wenn man mit Rasputin früher Schluß gemacht hätte ... Du schwatzt in einem fort von objektiven Bedingungen, von sozialökonomischen Voraussetzungen. Diese Erklärungen der Geschichte sind im nachhinein ausgedacht worden. Sie sollen erhärten, daß, da etwas so gewesen ist, es nicht anders hätte sein können.«

Er sagte, früher habe er an die Grundlagen des Marxismus geglaubt, aber dann seien ihm mehr und mehr Zweifel gekommen. Er könne den historischen Analysen jener nicht glauben, deren Prognosen sich als falsch erwiesen hätten. Sogar diese größten – Marx und Lenin – hätten sich in allen Voraussagen geirrt. Stalin habe sich stets verrechnet: 1931 erklärte er die Weltwirtschaftskrise zur letzten Krise des Kapitalismus, später habe er dann notgedrungen eine Depression besonderer Art erfunden. Und 1941 habe er den Sieg »in einem halben Jahr, in einem Jährchen« versprochen ...

Durch den Schnee stapfend, stritten wir, stritten mal flüsternd, damit andere Spaziergänger uns nicht hörten, mal laut fluchend, damit das Gesprächskolorit sich nicht vom üblichen Häftlingspalaver unterschied. Ich versuchte, ihn zu überzeugen, führte Beispiele eingetroffener Prognosen an. Er gab zurück, das seien nur Ausnahmen, die die Regel bestätigten: »Das ist wie mit dem Wetterbericht: er lügt und lügt, und einmal hat er dann auch recht; wenn der Hahn kräht auf dem Mist, ändert sich's Wetter, oder es bleibt, wie's ist. Ach nein, deiner Meinung nach darf man Diagnosen und Prognosen nicht vergleichen? Warum nennst du das dann Wissenschaft? In der Physik, in der Chemie, in der Biologie ist ein Gesetz darum ein Gesetz, weil es zeitlos ein für allemal gültig ist, also auch in der Zukunft. Das Gesetz des Archimedes taugt sowohl für die Diagnose wie für die Prognose. Was du mir über linguistische Gesetzmäßigkeiten erklärt hast, nehme ich dir ohne weiteres ab. Aber in dieser Sache glaube ich dir nicht. Du bist der Gefangene deiner eigenen Dogmen. Und ich sehe, wieviel Unfug von ihnen herrührt.«

Im hintersten Winkel der Bibliothek, abgeschirmt noch durch einige Regale, trafen wir uns abends. Auf einer elektrischen Kochplatte, unserm ›Kamin‹, kochten wir Pellkartoffeln, die wir mit Salz aßen, tranken allerstärksten Tee dazu, redeten über Gott und die Welt. Dabei vermieden wir es zu streiten, denn im Raum befanden sich die verschiedensten Leute.

Meistens ging es bei unseren ›Träumereien am Kamin‹ um friedliche Erinnerungen, oder wir sprachen über Literatur, Malerei und Musik. Solschenizyn vertrat den Standpunkt, in der endlichen Welt sei alles erklärbar. Dazu gehöre nur ein klares und geschultes Denken. Er erzählte uns, seine Frau Natascha habe ihm Chopin und Beethoven erklärt. Und natürlich habe sie ihm alles richtig erklärt, denn sie sei nicht nur Musikerin, die am Konservatorium studiert habe, sondern auch Wissenschaftlerin: Chemikerin.

Jeder von uns wollte den anderen überzeugen, daß er Musik richtig verstünde, äußerte aber nur seine höchst subjektiven Empfindungen und Vorstellungen beim Hören von Musik. Nur in wenigen Punkten stimmten wir überein. So, als im Radio Mussorgskijs ›Morgenröte über der Moskwa‹ gespielt wurde. Da kam es mir so vor, daß ich genau wie die beiden anderen – der Skeptiker und der Romantiker – nicht nur hörte, sondern auch sah: der leise Morgennebel, lehmige Wiesenböschungen, Wäldchen und Haine in der Ferne. Das alte hölzerne Moskau. Glockentürme, goldene Kuppeln, steile Schindeldächer – dunkelgrau vor hellblauem Himmel –, erste Hahnenschreie, Vogelgezwitscher. Das fahle Blau des Himmels geht ins grünliche über, wird orange, rosa, hellblau. Menschenstimmen. Die ersten Glocken läuten . . . Morgen.

Mussorgskijs lautmalende Musik machte doppelt fröhlich, weil sie so verständlich war. Solschenizyn versicherte, nicht nur

Verse und Prosa, auch jede gute Musik könne man erklären und verstehen.

Die Bibliothek der Scharaschka bestand aus russischen und aus erbeuteten technischen Büchern – deutschen, englischen, französischen – sowie aus amerikanischen wissenschaftlichen und technischen Zeitschriften. Durch einen Irrtum der Postverteilungsstelle des Ministeriums oder durch einen Fehler vom Postamt erhielten wir ein paarmal amerikanische Militärzeitschriften. Niemand hatte sie zensuriert, und in einigen von ihnen fanden sich hochinteressante politische Artikel, beispielsweise von Fuller über die Perspektive eines dritten Weltkriegs. Ihren Inhalt referierte ich den Freunden. Auf unerfindliche Weise waren auch einige philosophische, historische, sprachwissenschaftliche und sogar belletristische Bücher in die Bibliothek geraten.

Ich hatte ziemlich viel zu übersetzen, bekam bald Routine darin und übererfüllte die Norm: ein Druckbogen (16 Seiten) in vier Arbeitstagen. Meist bekam ich Texte aus dem Englischen und Deutschen, seltener aus dem Französischen, Holländischen oder Tschechischen. In der Regel handelte es sich um Radio-Technik. Gegen Ende des Winters las und übersetzte ich schon ohne Wörterbuch. Es blieb auch Zeit für »Nebenbeschäftigungen«. Wir nannten das ›Training zur Erhöhung der Qualifikation‹, wenn einer von den Vorgesetzten uns über die Schulter guckte und ungewöhnliche Bücher oder Notizen erblickte.

Abends brütete Panin konzentriert an seinem Arbeitstisch über neuen Schmiedeverfahren, oder er suchte Wörter für seine ›Sprache äußerster Klarheit‹. Einmal sagte er, er habe beschlossen, Hegels Dialektik, die er ›Lehre von den Widersprüchen‹ nannte, zu akzeptieren. Das geschah für ihn selbst ebenso unerwartet und unwiderruflich, wie er –nach seinen Erzählungen – im Lager ganz plötzlich Majakowskij akzeptiert hatte:

»Obwohl der mit all seinen Tricks eher als ›Lagerältester‹ oder Bandenchef auftrat, Großmaul, das er war . . . Aber ein gewaltiger Wortschöpfer. Ich begriff das, als ich einen Schauspieler seine Gedichte rezitieren hörte. Kraftvolle, hinreißende Verse. Er gab sich als Atheist und Gottesbekämpfer. Die Worte aber waren aus der Heiligen Schrift; die Worte und die Leidenschaft . . .«

Solschenizyn las ständig in Dals Wörterbuch der russischen Sprache, machte sich Auszüge in selbstverfertigte Hefte oder auf Blätter, die er später zusammenheftete. Er schrieb winzige

Krakelbuchstaben, kürzte einzelne Wörter ab, andere ersetzte er durch mathematische oder stenographische Kürzel. Er brachte sich damals selbst das Stenographieren bei. Daneben las er historische und philosophische Bücher und ›Krieg und Frieden‹. Dieser Band einer alten Tolstoj-Ausgabe war sein Eigentum, und er verlieh ihn an niemanden. Als ich ihn mir dennoch einmal erbat und auch erhielt, fand ich Text und Seitenränder vollgeschrieben mit Anmerkungen. Einige erschienen mir geradezu lächerlich. Er warf Tolstoj Sprach- und Stilfehler vor, glossierte ›ungeschickt‹, ›ungefüge‹, ›Gallizismus‹, ›überflüssige Wörter‹.

Vorhaltungen deswegen tat er ab:

»Droh du mir nicht mit Autoritäten. Ich denke nun mal so. Habe das ja auch nur für mich selbst geschrieben. Tolstojs Sprache ist veraltet.«

Und er hielt mir entgegen, was ich ihm über die Sprache als lebendiges Wesen gesagt hatte, nämlich daß sie sich ununterbrochen entwickle, erweitere und erneuere. Er wies darauf hin, daß Puschkins Sprache anders sei als die Dershawins, daß wir die Entwicklung nicht aufhalten und die von den großen Klassikern geschaffene Sprache nicht festhalten könnten – wenn wir uns auch noch so sehr bemühten.

In einem besonderen Versteck verwahrte Solschenizyn einen großen Sammelband mit Arbeiten über die chinesischen Weisen. Wir waren beide betroffen von der ungeheuren Aktualität der streng-traurigen und guten Gedanken Lao Tses.

»Die Waffe ist ein Werkzeug des Unglücks, nicht des Edelmutes. Der Edle siegt nur ungern. Ihn freut es nicht, Menschen zu töten. Je mehr Verbote und Einschränkungen, desto ärmer ist ein Volk. Je mehr Gesetze und Vorschriften, desto mehr Diebe und Räuber gibt es.«

Ein halbes Jahrtausend vor Christus rief Lao Tse dazu auf, Böses mit Gutem zu vergelten.

Konfuzius ergänzte ungefähr hundert Jahre später:

»Womit aber soll man Gutes vergelten? Für Ungerechtigkeit bezahle mit Gerechtigkeit, Gutes aber vergilt mit Gutem. Füge niemandem etwas zu, das du selbst nicht zugefügt haben willst.«

Diese großen Chinesen hatten die Grundlagen der christlichen Ethik und des Kantschen kategorischen Imperativs viele Jahrhunderte vorher erkannt. Wieder und wieder bestätigten sie meine Vorstellungen von der Einheit des Menschengeschlechts,

Vorstellungen, die in meiner Kindheit als junger Pionier und in der Zeit meiner Esperanto-Schwärmerei entstanden waren.

Doch jedesmal, wenn wir zu dritt über diese Frage sprachen, entspann sich nicht endenwollender Streit.

Panin widersprach nicht in der Sache, äußerte aber mit Nachdruck, daß all diese Behauptungen nichtswürdige Häresien seien. Er wolle nichts mit irgendwelchen alten Chinesen zu tun haben. Er stimme zu, daß es auch unter ihnen kluge Leute, sogar Weise und Geistesheroen gegeben habe, doch die Offenbarungen des wahren Glaubens empfange das Herz, nicht der Verstand. Wenn von realen Dingen die Rede sei, von der Größe endlicher, meßbarer Zahlen, von wissenschaftlichen Aufgaben, dann dürfe man einzig und allein auf den Verstand bauen. Gott zu begreifen sei – wie übrigens auch das Bewußtsein von der eigenen Volkszugehörigkeit – nur jener hohen geistigen Wahrnehmung möglich, die höher sei als alle Vernunft. Sie sei ein großes Geheimnis.

»Ergo gibt es darüber nichts zu quasseln. Wenn du dich aber mal herbeiließest, das Buch ›Die dogmatische Orthodoxie‹ zu lesen, würdest du möglicherweise einiges begreifen. Mach dir bloß keine Hoffnungen, du könntest mich mit deiner Gelehrsamkeit erdrücken. Zum Unterschied von den exakten Wissenschaften, die reale, natürliche Dinge und Naturkräfte erforschen, zum Unterschied von der Wissenschaft der Zahlen und Maße sind all deine philosophischen Wissenschaften nichtigste Nichtigkeiten. Von ihnen ist gesagt: Sektiererei und Ketzereien sind Ausgeburten der Wissenschaft, sind Afterwissenschaft.« Solschenizyn lachte über den Eifer unseres Freundes, doch meine Betrachtungen über die Einheit des Menschengeschlechts nahm er mindestens ebenso ungläubig auf, manchmal auch feindselig.

»Was willst du überhaupt? Sogar der Gangsterboß hat begriffen, daß all eure Komintern, Profintern, Rote Hilfe und sonstigen internationalen Vereine Mist sind. Damals, als es nach Pulver roch, als er die Gefahr witterte, da erinnerte er sich an Rußland, an die russischen Heerführer, an Alexander Newskij – es störte ihn gar nicht, daß der ein Heiliger ist –, an Suworow und Kutusow. Sogar die Kirche rief er zu Hilfe.«

Vergeblich versuchte ich, wieder und wieder zu beweisen, daß unser sowjetischer, marxistischer Internationalismus Nationen nicht leugne, nationale Eigenarten nicht unterdrücke, sondern im Gegenteil dazu ausersehen sei, sie auf jede Weise zu fördern. ›Inter‹ bedeute ›zwischen‹, nicht ›ohne‹. Unser Ziel sei es, gleichberechtigte Beziehungen zwischen den Völkern herzustellen. Mir schien das selbstverständlich. Aber ich konnte die Freunde nicht überzeugen.

Ich hielt Solschenizyn ein knappes Referat über die Geschichte der russischen Parteien. Als ich zu den Sozialrevolutionären kam und ihm die Namen ihrer Führer nannte, zu denen Männer wie Gorowitz, Gerschuni und Gotz gehörten, unterbrach er mich mit dem Einwurf, die Sozialrevolutionäre seien doch eine russische Bauernpartei gewesen, woher denn dann die jüdischen Namen ihrer Führer? Genauso ungläubig staunte er, als ich ihm widerlegte, was er als allgemein bekannt betrachtete, daß nämlich fast alle Trotzkisten Juden, die Bucharinisten dagegen ausschließlich Russen gewesen seien.

Weil ich mich nicht als zum jüdischen Volk gehörig betrachtete, warf Panin mir gelegentlich vor, ich hätte mich ›sündhaft vom eigenen Volk losgesagt‹.

»Und dabei gleichst gerade du einem alttestamentarischen Propheten – in Gestalt, Gesicht und Wesen. Daß du die hebräische Sprache nicht kennst, ist belanglos, kennst dich ja nicht mal selber! Keiner kann sich selbst richtig erkennen. Ein Außenstehender kann das viel besser. Der Herr hat dir dein Schicksal bestimmt: du bist als Sohn des auserwählten Volkes geboren, bist ein Jude, wie er jüdischer nicht sein kann! Und ausgerechnet du machst Faxen, willst dich drücken, rabulierst herum.«

Solschenizyn unterstützte ihn. Zwar bezweifelte er keinen Augenblick die Aufrichtigkeit meiner patriotischen Gefühle und Überzeugungen, doch hielt er meine Selbstdefinition ›russischer Intellektueller jüdischer Herkunft‹ für falsch.

»Natürlich kennst du die russische Sprache, unsere Literatur und unsere Geschichte, weißt auf diesen Gebieten besser Bescheid als Mitja und ich. Aber du kannst auch gut Deutsch. Nicht so gut? Naja, egal – deutsche Literatur und deutsche Geschichte kennst du bestimmt nicht schlechter als russische, ist ja dein Beruf. Aber leb du mal zehn oder fünfzehn Jahre in Deutschland, dann könntest du dich durchaus auch Deutscher nennen, ebenso wie Heine oder Feuchtwanger. Mitja und ich könnten das nie. Aber lassen wir uns aus dem Spiel. Nimm unsern Hausknecht Spiridon. Der kann knapp lesen und schreiben. Über Puschkin kennt er nur unanständige Witze. Aber laß den mal sein ganzes weiteres Leben in Deutschland verbringen oder meinetwegen auch in Polen – überall bleibt er ein russischer Bauer.«

Bei solchen Wortgefechten wurmte mich vor allem die Schwäche meiner eigenen Position. Ein ›Wenn – dann‹ läßt sich nur schwer widerlegen. Und ich fühlte mich vollends ohnmächtig, wenn meine – wie mir schien – absolut unwiderleglichen Beweise in aller Freundschaft, aber unerbittlich und entschieden zurückgewiesen wurden.

»Wir glauben dir ja, daß du ehrlich von dem überzeugt bist, was du sagst. Aber du versuchst, dem Verstand zu unterwerfen, was ihm nicht gehorcht – das Herz, das Blut, die geheimnisvolle Welt der Gene, die sich in vielen Jahrtausenden gebildet hat ...«

Dem hielt ich entgegen, daß Instinkte, Unterbewußtsein, elementares Weltempfinden ausschlaggebend seien für die künstlerische Weltauffassung, das nationale Selbstbewußtsein jedoch vor allem auf Bewußtsein beruhe, das durch rational aufgenommene Vorstellungen von der Welt entstehe. Die lebendige Gewißheit von der Volks-und Sippenzugehörigkeit werde sowohl unmittelbar wie auch durch sehr verschiedenartige Vermittlungen, in gewisser Hinsicht schon mit der Muttermilch, erworben, d.h. im frühesten Kindesalter, mit den ersten Lauten der Muttersprache, den Wiegenliedern, jedoch keinesfalls im Embryonalzustand. Entscheidend geprägt werde das nationale Bewußtsein in der Kindheit und Adoleszenz.

»Die Liebe zum heimischen Herd, zu den Gräbern der Ahnen« (Puschkin) hängt nicht von der Geburt, sondern von Erziehung und Erfahrung ab.

Kurz vor dem Abtransport in die Scharaschka hatte ich in der Butyrka Besuch von meiner Mutter und von Nadja, meiner Frau, gehabt. Durch eine Gasse eiserner Gitter getrennt, in der zwei Aufseher hin und her gingen, standen wir einander gegenüber. Es fanden fünf oder sechs Besuchstermine gleichzeitig statt. Minutenlang betäubte mich das Stimmengewirr, das von den Aufsehern ab und zu übertönt wurde:

»He, leiser da! Hören Sie nicht, Sie sollen leiser sein! Lärm ist verboten!«

Mutter und Nadja hatten erzählt, das Militärkollegium des Obersten Gerichtshofes habe auf Grund der Kassationsbeschwerde meines Anwalts meine Strafe auf sechs Jahre herabgesetzt. Demnach hatte ich nun nur noch etwas über drei Jahre vor mir. Der Anwalt hatte darüber hinaus versichert, in einigen

Monaten könne man sich an das Plenum des Obersten Gerichtshofes wenden. Die Herabminderung der Straffrist sei ein gutes Vorzeichen.

So war ich in die Scharaschka in dem Bewußtsein gekommen, zu sechs Jahren verurteilt zu sein, und mit der Hoffnung, vorfristig freizukommen. Immerhin war ich schon einmal rehabilitiert worden, und ich erinnerte mich überdeutlich an jenen Januarmorgen, an dem ich aus dem Tor der Butyrka getreten war ... Ein knappes Jahr war seitdem vergangen. Wenn wir drei Freunde uns über die Zukunft unterhielten, ging ich davon aus, daß ich als erster entlassen werden würde – im Sommer 1951, Solschenizyn zwei Jahre darauf und Panin noch ein halbes Jahr später. Der unterbrach solche Phantasien:

»Herrschaften, verspinnt euch doch nicht in solche Träume. Uns lassen die nicht frei. Vom normalen Lager aus kämen wir vielleicht hinaus in die Große Zone[7] – in die Verbannung, von hier, aus der Scharaschka, niemals. Schließlich sind wir Geheimnisträger. Für alle Wohltaten hier – für die Matratzen, die Bettwäsche, für die Rote Grütze – haben wir teuer zu bezahlen. Wir können noch von Glück sagen, wenn wir mit neuen Straffristen davonkommen. Sie können uns ebensogut ›nach links entlassen‹, wie die Tschekisten früher das Abknallen nannten ... Nein, meine Herren, die Jahre abzuzählen, das lohnt nicht. Wir sind lebenslänglich hier.«

Ich widersprach eifrig, glaubte an Veränderungen zum Besseren – nicht nur, weil ich von Natur zu Optimismus neige, ich fußte auch auf mir vernünftig erscheinenden Erwägungen. Die Erfolge in der Innen- und Außenpolitik mußten die angespannte ›erhöhte Wachsamkeit‹ mildern, die intensivierten Kontakte zu den Ländern der Volksdemokratie würden sich sicherlich ebenfalls wohltuend auf unser öffentliches Leben auswirken. Im gleichen Maße, wie die Regierung sich von der Sicherheit und Festigkeit unseres Staates überzeuge, werde sich natürlicherweise auch ihre Strafpolitik mildern.

Panin dagegen glaubte felsenfest daran, daß ›diese gottlose und daher unmoralische Welt‹ sich keinesfalls bessern könne. Solschenizyn bezweifelte das eine wie das andere. Ich sah aber, daß auch er manchmal hoffen wollte.

Wie auch immer, ich hatte mich darauf einzustellen, in Zukunft – bestimmt aber in den nächsten Jahren – mich beruflich nicht auf den Gebieten der Literatur, Geschichte und Philosophie betätigen zu dürfen; ideologieträchtige Bereiche würden mir verschlossen sein. Doch Philologie, vor allem die vergleichende Sprachforschung, erschien mir als ideologisch neutrales und dazu noch ungeheuer interessantes Arbeitsfeld. Denn die Ursprache bestimmt in Wortschatz und Aufbau ja unsere lebendige Sprachwirklichkeit. Vertieft man sich in ihre Geschichte, kann man die uralten Beziehungen zwischen Völkern und Rassen, ihre gegenseitigen Beeinflussungen untersuchen.

Bei Marr[8] las ich, daß der Lautsprache die Gestensprache vorausgegangen sei. Dies bestätigten auch einige andere Forscher. In der Scharaschka-Bibliothek fand ich Bücher von Levy-Brühl ›Das Denken der Naturvölker‹ und ›Die geistige Welt der Primitiven‹. Aus ihnen erfuhr ich vom ›Gesetz der Partizipation‹, davon, daß sich im Bewußtsein der Primitiven verschiedene, aber irgendwie miteinander in Verbindung stehende Wörter einander annäherten und sogar totemistisch in eins fielen. Das mußte auch die Sprache beeinflussen.

So kam ich auf die Idee, die ich im stillen für genial einfach (einfach, aber eben genial) hielt: den ältesten Quellen vor allem des Russischen und der ihm verwandten Sprachen nachzugehen, indem ich die Etymologie jener Wörter erforschte, die ›Arm‹ oder ›Teile des Arms‹ bedeuteten (Hand, Finger, Faust, Schulter, Ellbogen), Tätigkeiten, die mit dem Arm oder mit der Hand verrichtet werden (nehmen, geben, graben, schlagen, dreschen, werfen usw.), und auch einige Gegenstände, die einst als mit dem Arm verwandt aufgefaßt worden sein mußten (Stein, Knüppel, Keil, Spaten, Beil, Messer, Schwert, Dolch usw.).

Bei der Gegenüberstellung der Wörter aus verschiedenen Sprachen hoffte ich, die ältesten Verbindungen zwischen den Sprachen feststellen zu können. Dafür brauchte ich Wörterbücher möglichst vieler verschiedener Sprachen sowie Menschen, die Sprachen, von denen ich keine Wörterbücher bekommen konnte, beherrschten. Meine Angehörigen schickten mir alle Wörterbücher, die sie durch Freunde auftreiben konnten. In den ersten Wochen gab es viele frohe, meine Hoffnung bestätigende Funde. In jeder freien Minute dachte ich über die Wurzeln der vom Wort ›Arm‹ abgeleiteten oder ihm verwandter Wörter nach.

Wörterbücher las ich mit mehr Hingabe als den spannendsten Roman. Ich stellte Tabellen auf, verglich, sann nach. Vieles dachte ich mir dabei auch aus, erfand es. Die Ausgangsvoraussetzungen aber und einige etymologische Beobachtungen und Hypothesen erscheinen mir auch jetzt noch verläßlich.

Ich wünschte sehr, daß man sie weiter und gründlicher untersucht.

In der Scharaschka mußten wir von Monat zu Monat angespannter arbeiten. Die Arbeiten waren interessant und anregend. Dennoch wühlte ich, wenn auch seltener, in meinen Wörterbüchern, befragte alle, die kaukasische, turkotatarische und sibirische Sprachen beherrschten.

Dreißig Jahre später erinnerte ich mich an diese etymologischen Versuche. In ihnen lag damals der Sinn meines Lebens. Vielleicht hatte hier sogar meine Berufung gelegen.

Am 18. März 1948 rief mich der Geheimdienstoffizier des Gefängnisses – der sogenannte Gevatter[9] –, Major Schewtschenko, zu sich. Das war ein breitgebauter, krankhaft aufgeschwemmter Dickwanst mit gedunsenem, gelblichem Gesicht. Wir nannten ihn Buddha oder Dalai Lama.

Schewtschenko hielt mir einen Zettel hin. Es war ein gedruckter Standardtext, in den einzelne Wörter mit Schreibmaschine eingesetzt waren. Das Plenum des Obersten Gerichtshofes hatte gegen mich in Abänderung des irrtümlich ergangenen Beschlusses des Militärkollegiums eine Haftstrafe von 10 Jahren verhängt. Bis irgendwann im Juni 1955. Also noch mehr als sieben Jahre!

Wieder die verfluchten Iden des März. Wie damals im März 1945, als ich verhaftet wurde und alles begann. Die ersten Augenblicke kalter Leere. Ich fühlte mein Herz klopfen – früher bemerkte ich es nur nach schwerer körperlicher Arbeit, beim Bergsteigen oder nach langem Laufen . . .

Keine Hoffnungen mehr. Lohnt es sich überhaupt noch, zu leben? Wie gut, daß ich in der Scharaschka bin. Hier kann man sich aufhängen, ohne daß es zu früh bemerkt wird. Sowas dachte ich zum erstenmal . . . Aber es leben schließlich auch Leute mit noch längeren Fristen. Bin ich etwa was Besseres?

Major Schewtschenko sah mich aufmerksam an. In den engen Augenschlitzen zwischen den geschwollenen, fast wimpernlosen Lidern fing ich irgend etwas auf . . . oder schien es mir nur so?

»Sie sollten . . . das heißt, es gibt keinen Grund zur Verzweiflung, oder, wie man so sagt, die Zügel schleifen zu lassen. Sie sind noch jung. Mit der Gesundheit scheint ja auch alles in Ordnung zu sein. Sie werden die Freiheit noch erleben. Und Sie haben Familie – eine Frau, Kinder, es sind Töchter, nicht wahr?

Die warten auf Sie, bis Sie wieder draußen sind. Und Ihre Eltern warten auch. An die müssen Sie denken. Sie haben eine gute Bildung, es heißt sogar, eine ausgezeichnete. Hohe Qualifikation. Die Arbeit hier ist interessant, nutzbringend für Staat und Wissenschaft, auch für Sie selbst, in verschiedener Hinsicht sozusagen. Dazu einstweilen gute Haftbedingungen. Sie wissen, wie das an anderen Orten ist. Das könnte Ihnen in Zukunft auch blühen. Also verhalten Sie sich entsprechend. Sie sind schließlich ein Mann, waren Frontsoldat . . .«

Bei seinen Worten wurde ich hellwach. Aha, der will mich als Spitzel anwerben. Was sonst war vom Gevatter zu erwarten?

»Glauben Sie nicht, daß ich Sie sozusagen agitiere. Ich sag's, wie's ist. Und das ist die Wahrheit. Ich spreche von Mensch zu Mensch. Ich bin nur drei Jahre älter als Sie. Niemand würde glauben, wieso ich das hier geworden bin, alles durch eine Herzkrankheit. Ich war verschüttet, bin ja auch an der Front gewesen. Bin jetzt nur noch am Leben, weil ich auf mich aufpasse. Nehme Tropfen ein, schlucke Pillen, gehe langsam, sozusagen wie beim Begräbnis. Ich will ja noch leben und gebe mir Mühe, die Nerven möglichst wenig zu strapazieren. Bei der geringsten Aufregung fängt es gleich hier an«, er legte seine breite, dickfingrige Hand auf die Brust, »und zieht und bohrt und bleibt dann plötzlich weg. Scheußlich ist das. Gesundheit, das ist das Wertvollste. Sie verstehen ja Ukrainisch: ›Wer die Gesundheit verlor, findet sie nirgends wieder.‹ Also ich rate Ihnen, schützen Sie Ihre Gesundheit, nehmen Sie sich zusammen. Verstanden? Also, gehen Sie, arbeiten Sie!«

Auch später versuchte er nicht, mich oder einen meiner Freunde anzuwerben. Er übergab uns korrekt unsere Briefe, selbstverständlich geöffnet und möglicherweise sogar von ihm selbst durchgesehen. Er händigte uns Streifbandsendungen und Bücherpakete aus.

Ohne Zweifel erhielt er Spitzelberichte und vergab auch entsprechende Aufträge, aber uns ließ er in Ruhe.

Etwa drei Wochen nach diesem Gespräch im März, als ich mir bei ihm Bücher und Zeitschriften, die man mir zum Geburtstag geschickt hatte, abholte, sagte er:

»Sie kriegen gute Bücher. Man will Ihnen Freude machen. Und schon wieder Wörterbücher – diesmal türkische. Sie sprechen ja wohl viele Sprachen? Und interessieren sich für noch weitere? Na, sehen Sie, das ist sozusagen nützlich. Für Gedichte interessieren Sie sich auch, lesen Romane. Aber es gibt ja auch andere, die gern lesen. Sie verleihen die Bücher doch an Ihre Freunde, geben Sie weiter?«

Wieder wurde ich argwöhnisch. Worauf will er hinaus? Doch er wartete meine Antwort nicht ab.

»Also da« – auf dem Fensterbrett lagen ungefähr drei Dutzend Bücher gestapelt, zum Teil schon zerfleddert –, »die Bücher da habe ich mitgebracht. Hab' das mit dem Chef besprochen. Wir brauchen hier eine eigene belletristische Bibliothek. Und da Sie viele Bücher bekommen, werden wir Sie zum Bibliothekar ernennen. Im Korridor wird ein Schrank aufgestellt. Einen Gehilfen können Sie sich selbst aussuchen. Der Solschenizyn hat die Bibliothek auf der Arbeitsstelle unter sich. Ich habe ihn gebeten, auch unsere zu übernehmen. Er will aber nicht, sagt, er sei mit Arbeit überlastet, muß Tag und Nacht in einem fort denken. Hat aber versprochen, beim Katalogisieren zu helfen, zum Beispiel Ihnen. Ich hoffe sehr, daß Sie nicht ablehnen. Der Chef hat gesagt, er will einen Fonds für diese Bibliothek schaffen. Wir werden dann noch mehr Bücher besorgen. Stellen Sie mit Solschenizyn eine Liste mit wünschenswerten Büchern auf, aber nur künstlerische Literatur. Wissenschaftliche Bücher können Sie auf der Arbeitsstelle ausleihen.«

Schewtschenko brachte uns noch mehrmals Bücher, Klassiker-Volksausgaben und Romane von zeitgenössischen sowjetischen Autoren. Immer öfter war er krank, schließlich wurde er durch den rotbackigen Flegel Oberstleutnant Mischin ersetzt, der beharrlich jeden als Spitzel anzuwerben suchte, der sein Dienstzimmer wegen eines Briefes oder eines Besuchsantrags betrat.

Major Schewtschenko dagegen war der einzige von all den ›Gevattern‹, mit denen ich zu tun hatte, der sich einfach wie ein Mensch verhielt. Zu mir war er gut in sehr schweren Stunden.

In jenen Tagen, nachdem ich die Mitteilung von meiner ›Zulage‹ bekommen hatte, gingen die Freunde sanfter als sonst mit mir um.

Selbst noch der verbittertste Häftling, der scheinbar schon lange durch sein und der anderen Unglück abgestumpft, an Enttäuschungen und Mangel gewöhnt ist, bleibt nicht gleichgültig, wenn einem Kameraden ›eine Frist zugelegt‹ wird. Panin wußte aus eigener Erfahrung, wie das ist. Solschenizyn versuchte stoisch zu sein, den rauhen, in Krieg und Gefängnis hartgesottenen Veteranen herauszukehren, hatte sich aber sein jünglinghaftes Zartgefühl bewahrt. Allein oder zu zweit lenkten sie mich von bösen Gedanken ab, steckten mir Leckerbissen zu, verwickelten mich in lange Gespräche über Philosophie, Geschichte und meine Sprachforschungen. Panin versuchte sogar, mich als Mitautor für seine ›Sprache äußerster Klarheit‹ zu gewinnen, und ließ sich mit ungewöhnlicher Duldsamkeit meine spitzen und ärgerlichen Absagen gefallen. Für mich gewannen meine Studien über die Hand- und Arm-Wörter in allen mir erreichbaren Sprachen immer größere Bedeutung.

Nadja und die Eltern konnte ich nur zwei- bis dreimal im Jahr sehen. Die Besuche fanden nicht mehr in den vergitterten Boxen in der Butyrka statt, sondern unmittelbar am Schreibtisch im Dienstzimmer eines Untersuchungsrichters im Lefortowo-Gefängnis.

Besuche und Briefe waren Festtage. Nicht nur die Angehörigen schrieben. All die Jahre hindurch bekam ich wunderbare Briefe in Versen und Prosa von Inna Lewidowa. Es kamen Grüße von vielen Freunden. Zu jedem Geburtstag schickte Berta Korfini einen süßen Kuchen.

Die Gedanken an sie alle, die mich nicht vergaßen, halfen mir, weiter zu leben.

Ebenso halfen mir Gedichte und Musik.

Auf Solschenizyns Tisch stand ein großer Radioempfänger. Abends hörten wir oft Symphonie-Konzerte. Niemals vorher hatte ich Mozart, Beethoven, Glinka, Tschajkowskij, Mussorgskij so intensiv aufgenommen wie an den Abenden in der Scharaschka.

Panin respektierte unsere Schwäche für ›abstrakte‹ Musik, störte uns nicht und hinderte andere daran, uns zu stören. Manche behaupteten, wir gäben uns nur den Anschein, dieses Geklimper und Gezirpe den Chören, Operetten und Schlagern vorzuziehen, und knurrten, wenn wir uns die Kopfhörer aufsetzten: »Ham sich wieder 'ne Symphonie rangeleiert.«

Es gab aber auch ausgepichte Musikkenner, die bedeutungsvoll kritisierten, was mir gefiel, und Nuancen lobten, die mir entgangen waren.

Mehr noch als Musik waren Gedichte für uns zur Notwendigkeit geworden. An stillen Abenden saßen wir hinter den Bücherregalen und lasen Puschkin, Tjutschew, Blok, Gumiljow, Majakowskij, Pasternak, Simonow. Für Solschenizyn war Jessenin der wichtigste. Als ich begann, Bagritzkijs Walter-Scott-Übersetzungen zu lesen, wurde er regelrecht böse:

»Was soll ich damit? ›Brengals Haine‹? Dren-bren, tjen-djen? Ausländisches Wortgeklingel! Ich brauche russische Gedichte über Rußland!«

Solschenizyn hatte ein großes autobiographisches Poem über seine Bootsfahrt mit einem Freund wolgaabwärts von Jaroslawl bis Astrachan geschrieben. Mir gefielen seine klangvollen, weiträumigen Verse, die wie bei Nekrassow ausführlich die Landschaft schilderten. Zwei Episoden mochte ich besonders. Der Dichter und sein Freund begegnen einem düsteren Schleppkahn, beladen mit abgerissenen, ausgezehrten, kahlgeschorenen Männern. Die jungen Leute, beide ohne Väter aufgewachsen, und die Gefangenen, ihrer Kinder beraubt, sehen einander an. Später, nachts, drang vom Ufer her Geschrei in das Zelt der Jungen. Fluchen, Hundegebell, grellblendende Taschenlampen leuchten auf. Polizei auf der Jagd nach flüchtigen Häftlingen.

Zum Geburtstag schenkte Solschenizyn mir eine Epistel in Versen, die ich ebenfalls sehr gut fand, wenn auch ein wenig sentimental. Die Epistel schilderte das künftige Wiedersehen zwischen mir und meinen Töchtern, und wie ich ihnen mein Leben erzählte:

Auf der Männerinsel,
wo Frauen unbekannt
und wo der Wein verbannt ...

Ich hatte schon in den ersten Stunden nach meiner Verhaftung begonnen, Gedichte zu verfassen. Allerdings hielt ich mich weder damals noch später auch nur einen Augenblick für einen echten Dichter:

Und kehr ich heut zum Vers zurück,
drängt mich nicht lyrisches Vermächtnis.
Der Grund ist schlicht: das reimgebundne Wort
behalt ich besser im Gedächtnis.

Die Sorge, mein Gedächtnis und damit meine ›lebendige Seele‹ zu verlieren, hatte mich immer dann besonders hartnäckig geplagt, wenn man mir Bücher verweigerte oder wenn neue, unvorhergesehene Nöte über mich hereinbrachen. Dann entstanden besonders viele Gedichte als Gedächtnis- und Seelenübungen.

2. Kapitel
Der zweifache Verräter

Kaum war morgens jenseits der Zellentür zu hören: »Fertigmachen, Zählung!«, sprang er als erster hoch, stellte sich aber ganz hinten in der letzten Reihe auf. Er war groß, ein wenig gebückt, hatte ein breites Gesicht, fast ohne Runzeln, kleine hellblaue Augen, große Hände – dunkel und rissig. Er war Hausknecht in der Scharaschka. Am Feierabend führten diese knotigen Finger mit den steinharten Nägeln geschickt auch noch die kleinste Nadel. Er stopfte Strümpfe, umnähte oder festonierte irgend etwas, flickte seine Sachen und die einiger Zellengenossen. Er spielte weder Schach noch Dame oder Domino, konnte nicht lesen – er sah schlecht, und eine Brille hatte er nicht.

Mit niemandem fing er ein Gespräch an, antwortete aber bereitwillig auf jede Frage. Er erzählte dann ausführlich und langsam, als müsse er die Wörter einzeln zusammensuchen. So erfuhr ich seine Geschichte.

»Ich bin vom Dorf. Wissen Sie, wo Gumbinnen liegt? Ja, gerade von da, von Ostpreußen. Ganz nahe bei Gumbinnen ist das Dorf, wo ich gewohnt habe, schon seit dem zwölfer Jahr. Geboren bin ich aber in Rußland, bin Russe, Jahrgang 90. Gouvernement Saratow, Kreis Balaschow. Bauernfamilie. Selber bin ich Vollwaise. Kann mich an die Mutter nicht erinnern. Als sie starb, wußte ich noch von gar nichts. Der Vater war Zimmermann, hat in der Stadt gearbeitet, ist auch dort gestorben. Und ich habe beim Großvater gelebt. Es war ein großer Hof, ungeteilt, gehörte der ganzen Familie, den Onkeln mit ihren Frauen; alle hatten Kinder. Eins stirbt, zwei werden geboren. Und immer mehr Mäuler als Hände. Und ich ohne Vater und Mutter – ich mußte allen gehorchen. Kriegte von jedem – vom einen 'nen Puff, vom andern eins mit dem Stock über 'n Buckel, der dritte spuckte mich bloß an. Nur die Großmutter hatte Mitleid mit mir Waisenkind. Lesen und schreiben konnte ich so gut wie nicht. Hab's später in der Kaserne dazugelernt. Die ersten Stiefel kriegte ich auch erst bei den Soldaten an die Füße. Vorher immer nur Bastschuhe. Bis ich sie mir selber flechten konnte, trug ich fremde auf ... Wie ich in die Kaserne einrückte, kam mir alles großartig vor: Brot und Kascha zum Sattwerden und noch immer ein Zugericht. Bekleidung gab es, Stiefel, sauberes Bett. Aber gehetzt wurde man – ohne Atempause. Und trotzdem Langeweile! Beim Bauern ist die Arbeit wohl manchmal schwerer, aber nie so langweilig wie das Soldatsein. Im Dorf, da pflügt man den einen Tag, am andern eggt man oder sät. Mal hütet man Vieh, mal macht man Heu. Und die Luft ist leicht. Manchmal ist man für 'n paar Stunden, manchmal auch für einen Tag allein und ganz für sich – wenn du willst, bete, wenn du willst, sing dir 'n Lied –, und atmen tust du frei. Aber bei den Soldaten, da bist du wie 'n Schaf in der Herde. Mußt von früh bis spät gehorchen: Stillgestanden! ... Richt euch! ... Brust raus! ... Bauch rein!

Im zweiten Jahr wurde ich zum Grenzschutz versetzt. Da gab's dann überhaupt keine Ruhe mehr. Immer soll man diese Schmuggler fangen, und alle Augenblick Alarm: Antreten! ... Im Laufschritt marsch! ... Hinlegen! Du windest dich wie 'n Aal, springst rum wie 'n Frosch. Unser Feldwebel, der war ein Vieh. Der Leutnant, unser Zugführer, war meist besoffen oder poussierte mit polnischen Fräuleins, ließ den Feldwebel Gott und Zar spielen; der Unteroffizier zittert vor ihm wie 'n Blatt im Wind: Jawoll! Zu Befehl!

Mal schnauzt der Feldwebel einen bloß an, mal schlägt er gleich zu. Und bei der kleinsten Kleinigkeit – feldmarschmäßig antreten. Kriegst noch Sand in den Tornister geschüttet, damit er hübsch schwer ist. Und dann mußt du stehn wie 'n Pfahl, egal ob Frost oder Regen oder Höllenhitze. Einer von uns wär' im Winter mal fast erfroren. Haben ihn mit Mühe wieder zum Leben gebracht, aber später mußte man ihm den Fuß abschneiden. Zum Krüppel gemacht haben sie ihn. Wie oft ich so stehen mußte, nicht zu zählen, und immer auf einer Anhöhe, damit sie, die Vorgesetzten, dich besser sehen können und du nicht wagst, dich zu rühren. – Und auf der andern Seite von der Grenze liegt dieses Ostpreußen. Ein sauberes Dorf. Alle Häuser mit Ziegeln gedeckt. Die Bauern haben sonntags und sogar alltags auf dem Feld Stiefel an. Die Pferde sind satt, das kannst du schon von ferne erkennen. Gepflügt wird mit Zweiergespannen. Eiserne Pflüge, die glänzen in der Sonne. Gesät wird nicht aus dem Bastkorb, sondern mit der Sämaschine. Und die Kühe sind glatt, eine wie die andere, scheckige und schwarzweiße. Der Hirt aber geht wie ein gnädiger Herr in Hut und Stiefeln ... Da guckt man und guckt und steht selber wie angenagelt: der Kopf dröhnt, die Augen brennen, der Schweiß läuft in die Stiefel, die Fußlappen sind zum Auswringen ...

Manche in unserer Kompanie hatten mitleidige Eltern oder Verwandte. Die schickten ihnen Pakete oder auch mal einen Dreier. Na, und die gingen dann zum Feldwebel oder zum Unter: Hier bitte – ein kleines Geschenkchen, nehmen Sie's ruhig ... Die hatten's danach im Dienst leichter. Aber mir hat keiner Briefe geschrieben, auch nichts geschickt. Auf uns elternlose Waisen paßten die Oberen am meisten auf. Ob Dienst außer der Reihe, ob Strammstehen ... Und wenn du jammerst: Wieso bestrafen sie mich ohne Schuld? Dann kommt's nur noch schlimmer. Sie drohen mit Strafkompanie. Einer von unserem Zug war kein Russe, mehr sowas wie ein Tatare vom Kaukasus, wir nannten ihn Mohammedchen. Das war ein ganz stiller, ohne Widerworte. Sehr gute Seele, half, wo er konnte. Aber der Feldwebel kläffte ihn jeden Tag an. Scheuchte ihn für nichts und wieder nichts rum – im Laufschritt, in der Hocke, auf dem Bauch. Schliff ihn, was das Zeug hielt, mit Salutieren und richtiger Anrede: ›Euer Wohlgeboren‹, ›Euer Exzellenz‹, ›Kaiserliche Majestät‹. Der hat sich die Zunge verdreht, verlor vor Angst die Stimme. Steht da und weint. Und der Feldwebel haut ihm mit der Faust in die Zähne und in die Rippen, schreit: Ich putz dir schon den Schlund sauber! Der Unter kam dazu, und die Soldaten, na ja, sind nun mal so, haben gelacht und gefeixt.

Eines Nachts zog Mohammedchen auf Posten, zieht den Stiefel aus, schiebt den Gewehrlauf in den Mund, mit dem bloßen Fuß an den Abzug – hat sich totgeschossen. Und da war Schluß bei mir: bei diesen Bestien konnte ich nicht mehr bleiben. Anderntags mußte ich wieder zwei Stunden strammstehen in glühender Hitze, denn dem Feldwebel hatte nicht gefallen, wie meine Stiefel geputzt waren. In derselben Nacht, als ich direkt an der Grenze Posten ging, an so 'nem Bach entlang, da hab' ich die Flinte ins Gebüsch geschmissen – zum Teufel mit ihr! Und leb wohl, Rußland!

Als ich drüben war, in Deutschland – also in Ostpreußen –, behielten sie mich drei Tage auf der Wachstube. Ein Offizier mit Brille kam, so ein vornehmer, sprach unsere Sprache. Und mit mir redete er wie mit einem Herrn, umgänglich, per ›Sie‹, fragt manierlich: wer, woher, wie war der Dienst, warum geflohen? Dann brachten sie mich nach Gumbinnen und von da aufs Land, auf ein gräfliches Gut. Drei Sommer und drei Winter bin ich auf diesem Gut geblieben. Außer mir waren da noch 'ne ganze Menge anderer Knechte, Deutsche und Polen, die hießen Landarbeiter. Die Polen sprechen ein bißchen ähnlich wie Russisch, die haben mir Deutsch beigebracht. Das Kommando auf dem Gut hatte so ein Pan Inspektor, schon bei Jahren, streng, aber gerecht. Polnisch sprach er gut, Russisch bloß etwas. Zuerst teilte er mich zu den Pferden ein. Waren gute Pferde, starke, schöne. Ich mag alles Viehzeug, sehr sogar. Um die Pferde hab' ich mich gesorgt wie um meinesgleichen, hab' sie gefüttert und getränkt, wann und wie es nötig war, kämmte ihnen Mähnen und Schwänze – jedes Haar einzeln –, putzte ihnen die Hufe. Der Inspektor kommt, zieht ein weißes Tuch aus der Tasche, reibt dem einen den Widerrist, dem andern den Bauch. Sagt: gutt. Und bietet mir eine Zigarette an: Bitte särr!

Als der Krieg angefangen hatte – der erste, noch beim Zaren –, kamen Gendarmen auf das Gut, suchten mich; ich hatte Angst, weil ich ja früher beim russischen Zaren Soldat gewesen war. Aber der Pan Inspektor hat mich den Gendarmen nicht herausgegeben, hat mich mit den Pferden weiter vom Krieg weggeschickt, zusammen mit anderen Pferdeknechten. Das waren Polen, aber russische Untertanen. Wir haben zusammen die Herde gehütet. Wie man schon die russischen Kanonen hörte, machten die Polen mir Angst, sagten, wenn die Kosaken uns fangen, hauen sie uns mit ihren Säbeln zusammen oder hängen uns auf. Aber dann ging der Krieg wieder andersrum, und zum Winter konnten wir aufs Gut zurückkommen.

Im nächsten Herbst hab' ich geheiratet – eine Witwe mit zwei kleinen Kindern, Sohn und Tochter. Ihr Mann war jung gestorben. Verwandte gab es keine. Sie war Vollwaise wie ich. Die Wirtschaft war nicht groß – sieben Morgen Ackerland –, das ist bißchen mehr als zwei Desjatinen. Dazu eine Kuh, Schweine, Hühner und Enten. Wie sollte sie das allein schaffen, wo sie doch noch als Tagelöhnerin aufs Gut ging? Viel Lohn brachte das nicht, dafür gab der Pan Inspektor Hilfe für ihre eigene Wirtschaft, schickte wen zum Pflügen und zum Säen, später zur Ernte. Und da hat er mal mich geschickt – im Frühling mit dem Pflug, sommers mit der Mähmaschine. Da hab' ich sie gesehen. Eine gute Frau, von Gesicht und sonst – sauber, ordentlich, still und fröhlich. Sie hat mich auch gesehen. Ich war jung, stark, packte jede Arbeit an und war auch still und fröhlich ... Sie heißt Maria wie meine selige Mutter. Ich heiße Semjon, wurde von klein auf Maschkas Senja genannt, weil in unserer Familie noch zwei Senjas waren – Vettern von mir. Unser Großvater hieß nämlich Semjon, und der Familienname ist Semjonow. Aber die Deutschen nannten mich Simon Simonoff.

Maria und ich heirateten im fünfzehner Jahr. Der Pastor hat uns getraut. Ein freundlicher alter Herr, hat mich gefragt: Glaubst du an Christus? Ich habe geantwortet: Natürlich glaube ich an ihn, und das Vaterunser beten kann ich auch. Da sagte er: gut. Denn es gibt ja nur einen Gott. Die Deutschen nennen ihn Liebergott oder Herrgott, die Polen sagen Panbug – aber er ist überall ein und derselbe, nur die Worte sind verschieden.

Maria und ich lebten gut zusammen. Sie bekam noch drei Kinder – zwei Mädchen und einen kleinen Jungen. Die beiden von ihrem ersten Mann hatte ich genauso lieb wie meine eigenen. Die Tochter – sie hieß auch Maria – hat einen Eisenbahner geheiratet, zog nach Berlin. Der Sohn hieß Christian, kam noch vor dem Krieg zum Militär, hat es bis zum Unteroffizier gebracht und fiel in Frankreich. Wir haben alle um ihn geweint. Er hinterließ Frau und zwei Kinder. Sie wohnten in der Stadt, in Gumbinnen; ihr Vater hatte ein Wirtshaus und Fremdenzimmer für Reisende. Unsere jüngeren Töchter – Anna und Luise – haben Bauernsöhne aus unserer Gegend geheiratet. Annas Mann, Fritz, war Gefreiter, ist an der Ostfront, in Rußland, vermißt. Vielleicht hat er dort auf meine Verwandten geschossen, oder jemand von meinen Verwandten hat ihn getötet. Lisas Mann, Kurt – sie haben erst im Krieg geheiratet, wie er auf Urlaub kam –, der war Panzer-Unteroffizier, erst in Afrika mitten in der Wüste, später in Italien, und dann kam keine Post mehr von ihm. Unser kleiner Petja – auf deutsch sagt man Peter – mußte von der Schule weg zu den Soldaten. Er war auch in Afrika, kam aber Gott sei dank in Gefangenschaft. Hat aus Kanada geschrieben, daß er gesund ist, und die Arbeit im Wald wäre nicht schwer. So ist das: Überall auf der Welt sind Blutstropfen von mir. Und ich bin in mein Vaterland zurückgekommen. Direkt hierher ins Gefängnis.

Als der Krieg mit Rußland anfing, mußten in unserm Dorf auch noch die letzten jungen Leute einrücken. Es wurde auch alles strenger. Man mußte sehr viel abliefern: Steuern, Korn, Fleisch, Eier. Nun ja, ich hab' immer alles rechtzeitig abgeliefert. Einmal kamen solche höheren Herren, die fragten: Herr Simonoff, Sie sind Russe? Bolschewik? Denen hab' ich geantwortet: Russe natürlich. Aber nichts da mit Bolschewik! Davon wußte ich doch gar nichts. Was kannte ich denn? Mein Dorf, meine Familie, unsern Hof – der war größer als so im allgemeinen ein russischer – das Haus, Stall, Scheune. Unser Hof lag bißchen außerhalb vom Dorf, am Wald. Ins Dorf gingen wir nur sonntags, erst in die Kirche, dann in die Wirtschaft, ein Bier und noch ein, zwei Gläschen Korn trinken. Die Kinder gingen nachmittags ins Kino oder tanzen. Maria und ich hatten zu Hause zu tun: Kühe füttern, Pferde, die Schweine und das Geflügel. Wir lebten friedlich, hatten mit niemandem Ärger. Ich bezahlte, lieferte ab, was ich mußte, und hatte mein Auskommen.

Wenn ich unsere Kriegsgefangenen sah, tat mir die Seele weh. So um die fünfzig hatte man gebracht, aufs Gut und zu den Großbauern. Die waren jämmerlich mager, nur Haut und Knochen, zerlumpt, dreckig, kannst nicht erkennen, wer jung oder alt ist. Du lieber Gott, staune ich, sind das unsere Soldaten? Der deutsche Wachmann hat bloß gelacht: Da, guck dir deine russische Armee an, Simon! Mir kommen die Tränen, kann kein Wort sagen.

Der Höchste im Dorf und im ganzen Kreis hieß Kreisbauernführer. Er war schon älter, hatte einen Schnurrbart, trug Uniform, Offiziersstiefel, Armbinde – rot, mit ihrem krummen Kreuz drauf – und fuhr mit dem Krad rum. Der hatte streng befohlen, keiner dürfte sich den Gefangenen nähern, die hätten ansteckende Krankheiten. Aber die älteren und verständigeren Wachtposten hatten Mitleid. Oft bin ich, so wie zufällig langgegangen, hab' ihnen Brot, Wurst, Speck zugesteckt. Mit der Zeit erholten sie sich ja auch, gewöhnten sich, durften freier rumgehen. Da konnte ich mit ihnen sprechen, sie auch fragen, wie man in Rußland jetzt lebt und was ein Kolchos ist.

Einer sagte: Bei uns ist alles gut, und es wird immer noch besser. Die Menschen sind alle gleich, Gutsbesitzer gibt es keine mehr, aber manche ehemaligen Bauern wurden große Funktionäre. Die ganze Macht haben die Arbeiter und Bauern. Stalin ist der klügste Feldherr der Welt, die russische Armee ist die stärkste, bald wird Deutschland besiegt und Hitler aufgehängt ...

Ein anderer sagt: Glaub ihm nicht. Bei uns in Rußland gibt es keinerlei Ordnung. Alle tüchtigen Bauern wurden nach Sibirien gejagt zur Zwangsarbeit. Im Kolchos ist die Arbeit schlimmer als beim Gutsbesitzer. Es hat eine solche Hungersnot gegeben, daß ganze Dörfer vollkommen ausgestorben sind. Stalin ist ein Antichrist und Blutsäufer. Die Deutschen haben schon die Wolga und den Kaukasus erobert, bald nehmen sie Moskau ein ...

Der dritte wieder redet noch anders, sagt: Der eine lügt und der andere lügt. In Wahrheit ist es in Rußland unterschiedlich, gibt Gutes und Schlechtes. Gehungert haben die Leute tatsächlich, das stimmt. Und der Deutsche steht wirklich an der Wolga. Aber es gibt jetzt mehr Bildung als unter den Zaren, und es wurden viele neue Fabriken und ganze Städte gebaut, und die russische Armee ist stärker als die deutsche ...

Zwei Gefangene, ein Sibirier und ein Ukrainer, redeten mir vor: Du, Onkel, brauchst selber keine Angst zu haben. Weil du nämlich von Geburt Russe und werktätiger Bauer bist, selbst gearbeitet und keine Knechte ausgebeutet hast, wird dich unsere Regierung achten ...

Ich glaubte es und glaubte es auch wieder nicht. Als der Krieg immer näher kam, wurden alle Gefangenen aus unserer Gegend weggetrieben. Nur die Zivilpolen blieben da. Die sagten: Wenn die Sowjets kommen, machen sie alles kaputt, stecken Häuser, Ställe und Scheunen in Brand, schlagen die Männer tot und vergewaltigen die Frauen ...

Der Kreisbauernführer befahl, alle Männer müßten jetzt Soldaten werden. Das hieß Volkssturm. Ich machte da nicht mit, wollte lieber hängen als gegen meine Landsleute kämpfen. Und wenn die eigenen mich töten, dann sterbe ich wenigstens mit reinem Gewissen.

Maria und die Töchter hatten große Angst, bettelten: Wir wollen weg von hier, bloß weg. In Berlin bei der Schwester, auch wenn es eng ist und wenn wir hungern müssen, bleiben wir doch am Leben, hier kommen wir bestimmt um.

Als man schon die Kanonen hörte, beluden wir unsern größten Wagen und spannten die Stute an. Sie war schon alt, darum hatte man sie uns gelassen. Vorm Krieg hatte ich ein Gespann, das Handpferd mußte ich dann zur Wehrmacht abgeben. Wir fuhren im Treck aus dem Dorf. Mich und noch drei Männer hielt der Inspektor an, überredete uns, ihm zu helfen, die Pferde und das Vieh vom Grafen wegzutreiben und noch Sachen aufzupacken. Dafür versprach er uns noch einen großen Wagen, damit wir auch unsere Schweine und das Geflügel mitnehmen könnten. Und Futter versprach er, und daß wir unsere Kühe mit in der gräflichen Herde treiben dürften. Aber der Pan Inspektor war ein ängstlicher Mann, verlor den Kopf, wartete auf irgendwelche Anordnungen von oben. Wir rannten hin und her, einer hierhin, einer dahin – und da kamen schon die Sowjets auf Panzern angerollt.

Nu, was soll man von ihnen sagen? Soldaten, wie sie eben sind, hatten lange gekämpft. Die einen waren erschöpft, die andern wütend. Natürlich gab's auch Schlingel, fingen Frauen und Mädchen ein, vergewaltigten sie. Und stahlen, was ihnen unter die Finger kam, zerschlugen und verbrannten, was sie nicht mitnehmen konnten. Es gab aber auch anständige Kerle mit Charakter. Mit denen hab' ich mich befreundet, hab' ihnen erklärt, wie alles war, wie ich gelebt hatte, zeigte ihnen, was von meinem Hof noch übrig war, gab ihnen Kartoffeln, Speck, Eingesalzenes, und sie gaben mir Tabak und Wodka. Auch die Offiziere waren gut, riefen mich als Dolmetscher für ihre Gespräche mit den dagebliebenen Bauern. Ein junger Hauptmann machte immer Witze: Onkel, wir ernennen dich zum Kolchosvorsitzenden, weil du ein guter Bauer und ein Russe bist.

Aber eines Morgens kam ein Leutnant mit einem Soldaten: Geh'n wir, sagt der, wir haben ein Stündchen zu reden. Ich ging mit, wie ich gerade war. Wir stiegen in ein Auto, fuhren in ein anderes Dorf, und dort steckten sie mich in einen eiskalten Keller. Da saß ich zwei Tage ohne ein Stück Brot. Mit Mühe und Not konnte ich erbitten, daß sie mich zum Austreten auf den Hof ließen. Am dritten Tag brachten sie mich ins Haus, in ein sauberes Zimmer. Am Tisch saß ein Major, so ein vornehmer mit goldenen Schulterstücken. Wir, sagte der, sind vom Smersch.[10] Wir sehen alles durch und durch, wissen alles. Also, gib genau an, was für Aufträge du von den Deutschen hattest. Ich begriff nicht, was er meinte. Hab' ihm alles erzählt, wie es war, wie ich gelebt habe, wie die Frau und die Töchter die Russen gefürchtet haben und losgefahren sind, daß ich auch weggewollt, mich bloß verspätet hätte. Da fing er an zu brüllen und zu fluchen und zu drohen: Gib alles zu, dann begnadigen wir dich. Wenn du nicht gestehst, brechen wir dir die Knochen und hängen dich als Spion auf! Ich sagte wieder die reine Wahrheit, und er fing an zu schlagen. Mit einem Knüppel auf Kopf und Schultern. Ich jammerte nur: Warum schlagen Sie einen Unschuldigen? Aber der Major flucht und behauptet: Du bist ein zweifacher Vaterlandsverräter, hast Rußland an die Deutschen verkauft! Ich schwöre heilige Eide, daß ich kein Verräter bin, nichts niemandem verkauft habe, still als Bauer und als Christ gelebt habe.

Mit der Zeit wurden sie es müde, mich zu schlagen, und ließen mich in Ruhe, sagten: Hier das Papier, das Protokoll – unterschreib! Ich konnte aber nicht unterschreiben. Ich kenne nur gedruckte Buchstaben, und ohne Brille konnte ich sowieso nichts durchlesen. Sie hatten mich ja vom Hof geholt, wie ich war – ohne Brille. Auf diesem Papier konnte ich nichts erkennen, also unterschrieb ich nicht. Ich bin zwar still und friedlich, aber eines hatte ich schon begriffen: die schrieben einfach auf, was sie wollten, und ich sollte alles bestätigen. Nein, sagte ich, schlagt mich tot, richtet mich hin, aber Unwahres unterschreibe ich nicht.

Da kriegte ich noch ein paar ordentliche Hiebe, sie fluchten wie die Höllenhunde und schickten die Papiere an ein Gericht, das Tribunal heißt. Dort schlug mich keiner mehr, geflucht haben sie auch nicht, fragten bloß. Am Tisch saßen drei Offiziere. Der mittlere war der Hauptrichter, ein Oberstleutnant, redete mich mit ›Sie‹ an: Geben Sie zu, daß Sie schuldig sind? fragt er. Ganz und gar nicht, Herr Oberst, antworte ich, überhaupt nicht schuldig! Und wieder er: Geben Sie zu, daß Sie damals Ihr Gewehr – die Waffe des Soldaten – weggeworfen haben und nach Deutschland geflohen sind? Jawohl, sage ich, so war es. Aber ich bin nicht vom Vaterland weggelaufen, sondern von diesem Vieh, dem Feldwebel, und der sträflingsmäßigen Schinderei. Und er sieht aus, als ob er beinahe lachen muß, sagt: Das ist ohne Bedeutung. Ein Soldat ist für immer Soldat, und ein Eid ist immer ein Eid. Und Sie sind nach Deutschland geflohen, das ein schlimmer Feind unserer Heimat ist. Seit Sie damals geflohen sind, hat Rußland schon zwei Kriege mit Deutschland geführt. Das bedeutet, daß sie zweifach schuldig sind als Vaterlandsverräter an der Staatsgrenze. In Kriegszeiten steht darauf die Todesstrafe – Erschießen oder Erhängen. Weil aber der Krieg mit unserem Sieg geendet hat und weil Sie schon ein älterer Mensch sind und weil wir ein humanes sowjetisches Gericht sind, verurteilen wir Sie nur zu zehn Jahren Besserung in Arbeitslagern. Alles Eigentum – so hat er gesagt – wird eingezogen, und außerdem fünf Jahre Entzug der Rechte . . .

Nun, davon sind schon zwei Jahre um. Acht bleiben noch übrig. Ich bin jetzt 57 Jahre alt. Und Maria, wenn sie noch lebt, wenn der Krieg sie nicht eingeholt hat, ist zwei Jahre älter als ich. Ob wir uns wiedersehen? Und wo? Vielleicht im Himmelreich.«

3. Kapitel
Wir erforschen die russische Umgangssprache

Freiheit ist nur in dem Reich der Träume.
Schiller

Im Winter 1948/49 erhielt die Scharaschka eine neue Obrigkeit, sie wurde dem Ministerium für Staatssicherheit (MGB) unterstellt. Direktor der Scharaschka wurde Anton Michajlowitsch, jener Ingenieur-Oberst, der mich in der Butyrka auf meine Eignung für die Scharaschka geprüft hatte. Immer neue Transporte von beruflich hochqualifizierten Gefangenen trafen ein. Zumeist Fernmelde-Fachleute, Radio-Ingenieure und -Techniker, aber auch Ingenieure anderer Fachrichtungen, sogar Chemiker und Physiker. Die Zahl der freien Angestellten – unter ihnen Frauen – nahm zu.

Solschenizyn übergab die Bibliothek drei jungen und, wie wir fanden, ungewöhnlich attraktiven Mädchen. Er bat die neue Leiterin, auch mich in die Arbeitsgruppe aufzunehmen. Nicht nur der bisherige Buchbestand mußte neu katalogisiert werden, es waren auch noch einige tausend Bücher und Zeitschriften von den neuen Herren mitgebracht worden, die zu inventarisieren waren.

Seite an Seite mit Frauen zu arbeiten, ihre Stimmen zu hören, sie lächeln zu sehen, den Hauch von billigem Parfum und Schweiß einzuatmen – traumhafte, berauschende Düfte –, sie scheinbar versehentlich zu berühren, mit ihnen zu scherzen, stimmte euphorisch und war zugleich alarmierend. Wir arbeiteten so langsam wie irgend möglich, wetteiferten in Gründlichkeit und Pedanterie.

Der freie Ingenieur Auschew leitete die Bibliotheksannahme, er war Abteilungschef für technische Dokumentation. Auf den ersten Blick wirkte er unzugänglich streng, als ekele es ihn geradezu, uns durch seine dicke Brille anzusehen. Allmählich aber kamen wir uns im Gespräch näher, und obwohl er wortkarg blieb, seine unverändert strenge Miene und den kühlsachlichen Ton wahrte, erfuhren wir, daß auch er Häftling gewesen war. Er hatte fünf Jahre nach Artikel 58, Punkt 9 (konterrevolutionäre Schädlingstätigkeit) abgesessen, hatte in einer Scharaschka gearbeitet und war nach seiner Freilassung hier als wissenschaftlicher Berater angestellt. Auch Anton Michajlowitsch, der Direktor, war ein ehemaliger Häftling. 1930 war er im Prozeß gegen die Industriepartei verurteilt, wegen seiner Erfindungen und Verbesserungsvorschläge aber vorfristig entlassen worden.

Das Schicksal dieser beiden Männer ermutigte uns.

Anton Michajlowitsch ließ einige Gefangene in sein Büro kommen:

»Ah, Lew Sinowjewitsch! Guten Tag, bonjour! Es freut mich, Sie bei guter Gesundheit zu sehen!«

Ungewöhnlich war nicht nur diese joviale Begrüßung, sondern auch die Tatsache, daß er mich mit meinem Vor- und Vatersnamen, dem richtigen, anredete und nicht, wie es gewöhnlich das Gefängnispersonal und die Untersuchungsrichter taten, mit dem vom Rabbiner bei meiner Geburt in die Matrikel eingetragenen »Salmanowitsch«.

»Also, meine Herren, ich habe Sie hergebeten, um Ihnen eine äußerst angenehme Nachricht zu übermitteln. Von heute an sind Sie Mitarbeiter eines wissenschaftlichen Forschungsinstituts. Eines besonders wichtigen und eines besonders geheimen. Wir und Sie haben Chiffre-Telefonsysteme auszuarbeiten. Wir müssen ein Telefon erfinden und entwickeln, das über viele tausend Kilometer eine absolut zuverlässige Verbindung gewährleistet und jegliche Mithörmöglichkeit absolut ausschaltet. Ich betone *absolut.* Zur Zeit verfügen wir über Geheimtelefone verschiedener Systeme. Aber eine absolute Garantie bietet keins. Einige von Ihnen haben wahrscheinlich an der Front mit den Hochfrequenz-Telefonen zu tun gehabt. Ja, sie wurden an der Front bei den höheren Stäben benutzt. Die Verbindung über Hochfrequenz schützt aber nur vor direktem Mithören in der Leitung. Durch die Leitung geht ein Hochfrequenzstrom, der von den Lautsignalen durch die Membrane moduliert wird. Ein Lauscher hört lediglich einen unterbrochenen Pfeifton. Man braucht aber nur ein Filter anzubringen, das die Hochfrequenz aussiebt – das ist bei der modernen Technik ein Kinderspiel –, und das Gespräch wird klar verständlich. Seit einiger Zeit verwendet man kompliziertere Systeme – die sogenannte Mosaik-Chiffrierung. Wir benutzten sie schon im Krieg, unsere Verbündeten übrigens auch. Die Lautsignale werden durch Frequenzfilter in drei oder vier Bänder getrennt und mit Hilfe einer Tonbandaufzeichnung zeitlich zerhackt auf kurze Intervalle von 100 bis 150 Millisekunden. Der Chiffrierer mischt dann die nach Frequenz und Zeit zerschnittenen Teile, und über die Leitung kommt ein Gemisch aus Pfeifen und Krach. Beim Empfänger dekodiert eine analog arbeitende Dechiffriermaschine die Aufnahme und stellt den ursprünglichen Text wieder her. Derartige Systeme sind mehr oder minder sicher, solange der Gegner das Gespräch nicht dechiffrieren kann beziehungsweise kein entsprechendes System kopiert und aufbaut.

Die Hauptaufgabe, ich wiederhole: unsere und Ihre allerwichtigste Aufgabe ist es, das Absolute herzustellen. Ich glaube, es gibt eine Novelle von Balzac ›Die Suche nach dem Absoluten‹. Diese Aufgabe haben wir gemeinsam zu bewältigen. Es steht uns eine konzentrierte, schwierige und überaus verantwortungsvolle Arbeit bevor, die außerdem noch hochinteressant ist. Für jeden, der zur Arbeit an einem echten wissenschaftlichen und technischen Problem fähig ist, für jeden, der nicht nur von hier bis da, in den Grenzen von Arbeitstag und Tarif, denkt, kurz: für jeden Wissenschaftler, Techniker, Intellektuellen sind all diese Arbeiten nicht nur mühsam, sondern vor allem verlockend. Sie bieten höchsten geistigen Genuß. Hinzu kommt, daß es auch Ihnen reale Vorteile einbringt, wenn wir die uns gestellte Aufgabe erfolgreich lösen: vorfristige Entlassung, hohe Auszeichnungen. Genug, wenn ich sage, daß Genosse Berija die Arbeit unseres Instituts unmittelbar beobachten und dem Genossen Stalin Bericht erstatten wird.«

Wir hatten die Übergabe der Bibliothek gerade beendet, als ein neuer Gefangener kam: zartrosa Teint, grauhaarig, sehr mager, mit schlotterndem Jackett. Er hieß Alexander Michajlowitsch P., war Wirtschaftsingenieur und nach Artikel 58, Punkt 10 (antisowjetische Agitation und Propaganda) verurteilt. Volle Portion. Davon ein Drittel abgesessen. Er erklärte, Anton Michajlowitsch habe ihm die Leitung einer besonderen Forschungsgruppe übertragen, zu der Solschenizyn und ich gehören sollten. Später würden noch andere Mitarbeiter nach unseren Vorschlägen hinzugezogen werden.

»Sie sind Philologe? Kennen fremde Sprachen? Also Linguist? Und Sie sind Mathematiker? Genau solche Leute brauchen wir. Zu dritt bilden wir den Führungskern für die statistische Erforschung der russischen Umgangssprache. Um den neuen Apparat zu entwickeln, muß man das Material kennen, mit dem er zu arbeiten hat. Wenn hier ein neuer Fotoapparat entwickelt werden sollte, würden wir Filme und Fotopapier, Linsen, die Gesetze der Optik usw. untersuchen. Aber hier werden Telefone entwickelt, also werden wir die Sprache erforschen. Haben Sie schon von der Wissenschaft der Phonetik gehört? Aha, Sie haben selbst deutsche Phonetik unterrichtet. Wir brauchen hier zwar russische Phonetik, aber ich nehme an, daß es allgemeingültige Prinzipien gibt. Also, als erstes müssen wir das Material erforschen – die russische Umgangssprache, müssen sie phonetisch und mathematisch, also statistisch erforschen, wieviel und welche Buchstaben es gibt. Lachen Sie nicht – es geht um Quantität und Qualität der verschiedenen Buchstaben, die über Telefonleitungen übertragen werden. Wir müssen wissenschaftlich arbeiten, und was ist dabei die Hauptsache? Alle Vorgänger kritisieren! Jawohl, genau das. Wir müssen alles ermitteln, was vorher bereits getan wurde, und beweisen, daß das alles falsch, ungenügend, unzweckmäßig, ungeeignet ist. Noch heute müssen wir einen Arbeitsplan aufstellen und am Abend Anton Michajlowitsch Bericht erstatten . . .

Was heißt ›unmöglich‹? Sie können sich nicht mal vorstellen, was für ein Plan das sein soll? Macht gar nichts, daß Sie nichts wissen und sich nichts vorstellen können. Ich weiß noch weniger als Sie. Dafür weiß ich aber, daß ein Plan nötig ist. Irgendeiner. Unwichtig, ob klug oder dumm, real oder irreal. Pläne werden nie erfüllt. Aber man kann sie immer übererfüllen. Jetzt brauchen wir ein Blatt Papier mit der Überschrift ›Plan‹. Meinetwegen, wenn Sie so gründlich sein wollen, schreiben Sie ›Plan-Projekt‹. Nun ein entsprechend schöner Untertitel. Danach ein paar Punkte, hübsch gelehrt formuliert: Erforschen . . . Prüfen . . . Vergleichen . . . Kontrollieren . . . Gegenüberstellen . . . Anmerken . . . Durchführen . . . Ausarbeiten . . . Überarbeiten usw. Anton Michajlowitsch wird das alles durchstreichen und verbessern, und dann machen wir irgendwas ganz anderes.«

Es fand eine kurze Besprechung bei Anton Michajlowitsch statt, an der auch sein wissenschaftlicher Stellvertreter, der Stalinpreisträger Abram Mendelewitsch T., teilnahm, ein krausköpfiger, schmalgesichtiger Mann mit dicker Brille. Es wurde beschlossen, eine statistische Untersuchung der in der russischen Umgangssprache vorkommenden Silben durchzuführen. Wir sollten feststellen, welche Silben am häufigsten vorkommen, die ungefähre Reihenfolge ihrer Häufigkeit, ihre Abhängigkeit von Inhalt und Thema eines Gesprächs ermitteln und die ungefähre Quantität der wichtigsten satzbildenden Silben feststellen.

Unser Brigadier Alexander Michajlowitsch P., der uns immer wieder an die Notwendigkeit gemahnte, die Vorgänger zu verketzern, freute sich sehr, als er erfuhr, daß derartige Untersuchungen in Rußland bisher noch nie in hinreichend großem Maßstab durchgeführt worden waren.

Die freundlich aussehende neue Bibliotheksleiterin im Range eines Leutnants besorgte uns Zeitschriften aus allen möglichen Moskauer Bibliotheken. Sie verschaffte uns umgehend ein Fernabonnement bei der Leninbibliothek, bei den Bibliotheken der Akademie der Wissenschaften und der Zentralbücherei für ausländische technische Literatur.

Solschenizyn erarbeitete die mathematischen Voraussetzungen für die Forschungsaufgabe. Er bestellte Lehrbücher und Arbeiten über Statistik und Wahrscheinlichkeitstheorie. Ich vergrub mich in Bücher, Zeitschriften und Broschüren über allgemeine Sprachwissenschaft, Phonetik und historische Grammatik.

Mit den Plänen für die künftigen Untersuchungen beschäftigten wir uns nicht nur während der Arbeitszeit, sondern auch auf den Spaziergängen. Wir konnten kaum noch etwas anderes denken oder von etwas anderem reden. Solschenizyn setzte mir die Wahrscheinlichkeitstheorie auseinander, erklärte mir die Grundlagen mathematischer Statistik. Ich unterwies ihn in allgemeiner Sprachwissenschaft, in theoretischer und praktischer Phonetik und in der Geschichte der russischen Sprache.

Arbeitsplatz der »phonetischen Brigade« war das alte halbrunde Zimmer (so nannten wir den Bibliotheksraum). Zuerst sammelten wir Texte. Nach kurzer Diskussion beschlossen wir, unsere Untersuchung in vier Richtungen voranzutreiben. Erstens: die Sprache der zeitgenössischen erzählenden Prosa; dafür nahmen wir Ausschnitte aus Romanen und Erzählungen (›In den Schützengräben von Stalingrad‹ von Viktor Nekrassow, ›Der Stern‹ von Emmanuil Kasakjewitsch, ›Weggefährten‹ von Wera Panowa, ›Die weiße Birke‹ von Semjon Bubennow, ›Der Kampf um den Frieden‹ von Fjodor Panfjorow und andere).

Der zweite Sektor war die eigentliche Umgangssprache. Hier wählten wir als Objekte neue Theaterstücke aus (Konstantin Simonow, Nikolaj Wirta, Anatolij Sofronow, Alexander Schtejn).

Drittens: die Sprache der Publizisten und Redner. Das Material boten Zeitungsartikel und Stenogramme von Reden und Rechenschaftsberichten.

Viertens: die Sprache der Fachliteratur.

Später reduzierten wir diese vier Richtungen auf zwei: die Umgangssprache und die Literatursprache. Schwieriger war es, sich darüber zu einigen, wie im weiteren Verlauf der Untersuchungen der Lautbestand festzuhalten sei. Schließlich überzeugten Solschenizyn und ich unseren Brigadier, daß zum Beispiel das Wort für ›guten Tag‹ – ›Sdrawstwujte‹ als zweisilbig zu gelten habe, weil das dreisilbig geschriebene Wort beim Sprechen in zwei Silben zusammenschmilzt: ›Sdraste‹. Wichtig war ja der tatsächliche Lautbestand. Das Wort für ›Stadt‹ – ›gorod‹ – mußte daher der Aussprache entsprechend mit ›gorat‹ wiedergegeben werden usw.

Anhand der Wahrscheinlichkeitsrechnung ermittelte Solschenizyn die geringstnötige Zahl von Texten für jede der vier Richtungen: nicht weniger als 20000 Silben, das ergab insgesamt 80000, und um der größeren Sicherheit willen einigten wir uns auf 100000.

Unser Brigadier Alexander Michajlowitsch bemühte sich, an unseren vorbereitenden Arbeiten teilzunehmen, und wir hörten möglichst geduldig seine sachfremden, häufig auch gegenstandslosen Belehrungen an. Aber er war als energischer Verwaltungsspezialist nützlich, als Organisator und Vollzugsorgan. Er stellte die Listen der von uns benötigten Bücher auf, schrieb sie säuberlich in zwei Exemplaren ab – eins für die Bibliothekarin, das andere für uns –, ging zur Direktion, um ›Kader‹ für die Auszählarbeiten zu beantragen und dafür geeignete Leute auszuwählen; er schnitt aus starkem Papier Zählkarten zurecht, rechnete selbst zusammen und kontrollierte die Arbeit der Zähler.

An manchen Tagen beschäftigten wir bis zu zehn Zähler – Freie und Häftlinge. Solschenizyn und ich bereiteten am Vortag die Texte vor, d.h. wir trennten sie mit Bleistift in einzelne Silben und tauschten geschriebene Buchstaben gegen gesprochene Laute aus. Dabei kontrollierten wir uns gegenseitig und trafen eine Vereinbarung, wie unbetontes ›a‹ und ›o‹ oder ›je‹ und ›ju‹ im Anlaut zu notieren seien.

Die Zähler begannen morgens mit der Arbeit. Jeder hatte einen Stapel Papierstreifen vor sich und drei oder vier Tafeln mit großen Buchstaben – den phonetischen Zeichen des von uns vereinfachten Systems phonetischer Transkription. Jede Silbe erhielt ihren eigenen Papierstreifen. Unser Brigadier hatte im Lager als Normierer gearbeitet und brachte uns ein unkompliziertes Zählverfahren bei: vier Punkte an die Ecken eines gedachten Quadrats, vier Striche, die das Quadrat umreißen, zwei Striche diagonal durch das Quadrat –fertig ist die Zehn.

Ein Vorleser sprach zuerst langsam ein ganzes Wort, dann wiederholte er es silbenweise. Wer von den Zählern ›seine‹ Silbe hörte, rief »Meine!« oder er rief: »Meine neu!« und legte einen Streifen an.

Auf diese Weise verarbeiteten wir in drei Wochen mehr als 100000 Silben und kamen dabei auf etwas mehr als 3500 verschiedene phonetische Silben. Fast 85 Prozent der durchgearbeiteten Texte bestanden aus weniger als hundert der besonders häufigen Silben. Wir überzeugten uns davon, daß der Silbenbestand relativ konstant war und unabhängig von literarischem Genre und Thema. Die Unterschiede zeigten sich zumeist in verhältnismäßig seltenen Lautkombinationen. Im Gesamtresultat wie in den einzelnen Richtungen kamen am häufigsten vor die Silben ›i‹, ›na‹, ›ne‹, ›wa‹ und ›we‹.

Nach Beendigung dieser statistischen Großaktion wurde die Brigade dem neugeschaffenen akustischen Labor zugeteilt. Leiter war Major Abram Mendelewitsch T.

Der Institutsdirektor Anton Michajlowitsch nahm unsere vorläufigen Ergebnisse mit sichtlicher Zufriedenheit auf:

»Sehr interessant! Wirklich sehr. Selbst wenn Sie in Einzelheiten nicht ganz korrekt gewesen oder sich hie und da geirrt haben sollten. In solchen Größenordnungen kann man schon mal Details vernachlässigen. Kleinigkeiten spielen keine Rolle, haben keine Bedeutung. Für uns sind allgemeine Zahlen wichtig. Summen. Querschnitte. Schließlich hören wir keine Buchstaben, sondern Silben. An Buchstaben besitzen wir 30–32 ... Schon gut, schon gut – meinetwegen sind das nicht Buchstaben, sondern Laute. Vorgesetzte soll man nicht zurechtweisen. Sie waren doch Major? Ergo müssen Sie wissen, daß ein Vorgesetzter nicht zu spät kommt, sondern aufgehalten worden ist, nicht schläft, sondern ausruht, sich nicht irrt, sondern nicht korrekt informiert war ... Das ist eisernes Gesetz! Ihre Brigade hat mir Freude bereitet. Und die Freude des Chefs ist eo ipso die höchste Auszeichnung! Aber ich erläutere Ihnen auch noch den Anlaß zu dieser Freude. Als Maßeinheit der Verständlichkeit in der Nachrichtenübermittlung dient seit altersher die Silbe. Die Artikulationstabellen zur Erprobung von Telefonsystemen werden aus Silben zusammengestellt. Wieviel Kombinationen sind aus drei oder vier Buchstaben – pardon: Lauten – möglich, wenn ihre Zahl, sagen wir, nicht 30, sondern 20 ist? Dann gibt's auch noch diese einsilbigen Wörter, die aus mehr als zwei Konsonanten bestehen: Sport, Fracht, Trakt, Tracht et cetera. Sie, Alexander Issajewitsch, können das wahrscheinlich mühelos errechnen. Es ist wirklich eine astronomische Zahl. Ich nehme an, daß nicht alle Kombinationen möglich sind. Dennoch ist das, was Sie festgestellt haben – dreitausendsechshundert und soundsoviel – lassen Sie ruhig noch hundert oder zweihundert nicht so häufige Silben dazukommen –, das, meine Lieben, ist eine endliche Zahl, klar übersehbar und damit für uns Telefonisten sehr interessant, angenehm interessant. Also: Sie werden auf der ersten wissenschaftlichen Konferenz des Instituts Bericht erstatten. Bereiten Sie kurze Referate vor, kurz, aber optimal informativ.«

Die Scharaschka, bisher nur in einem Teil des Gebäudes untergebracht, wurde vergrößert und nahm schließlich das ganze Haus ein. Nachdem die Trennwände zwischen uns und dem übrigen Gebäude entfernt worden waren, erhielten wir viele neue Räume. Im größten Raum, in dem später das Konstruktionsbüro untergebracht wurde und in dem die Arbeitsbesprechungen der ›Freien‹ stattfanden, tagte die erste wissenschaftliche Konferenz. Zwischen den Offizieren, deren silberne Schulterstücke und Knöpfe nur so blitzten, und den freien Angestellten saßen ungefähr zwanzig Männer aus dem Spezkontingent in abgewetzten Jacketts, Arbeitskitteln oder Militärblusen. (Damals gab es noch keine einheitliche Sträflingskleidung. Erst im Sommer bekamen wir alle himmelblaue Overalls aus Teufelshaut, einem imprägnierten Stoff, der, da luftundurchlässig, uns im Sommer braten, im Winter gottserbärmlich frieren ließ.)

Wir drei berichteten. Zuerst referierte ich über den Lautbestand der russischen Sprache, über die Phonem-Theorie, über die Arbeiten von Schtscherba und Baudouin de Courtenaie. Den größten Nachdruck legte ich auf den Unterschied zwischen der geschriebenen und der gesprochenen Sprache, zwischen den Bedingungen der Verständlichkeit eines Textes ›fürs Auge‹ und einem ›fürs Ohr‹. Danach sprach Solschenizyn über die mathematischen Prinzipien der Untersuchung des Silben- und Regelbestandes. Zum Schluß berichtete unser Brigadier Alexander Michajlowitsch über die statistischen Ergebnisse, erklärte, wir hätten als erste den ›Silbenkern‹ der russischen Sprache entdeckt und betonte mit Emphase den unmittelbaren Nutzen dieser Entdeckung für das Fernmeldewesen. Feurig verketzerte er dabei die früher angewandten Artikulationstabellen als unwissenschaftlich, der lebenden Sprache nicht adäquat und bewies die Notwendigkeit, unverzüglich neue, nunmehr ›wirklich wissenschaftliche‹ Tabellen aufzustellen.

Es gab nur wenige Fragen, sie betrafen hauptsächlich mein Gebiet. Die Ingenieure – Freie wie Häftlinge – verlangten eine genauere Definition des Begriffs Phonem nach seinen physikalischen Parametern, d. h. den Unterscheidungsmerkmalen der einzelnen Laute nach Frequenz und Amplitude.

Die Diskussion begann. Der Häftling Wladimir Andrejewitsch T., ein Mathematikprofessor aus Leningrad, war ein hochgebildeter, ironischer Rhetor, gewöhnt, Mittelpunkt einer Gesellschaft zu sein und überall den Ton anzugeben. Er legte dar, wobei er geziert an seinem graumelierten Spitzbart zupfte, daß all die Unterhaltungen über Phoneme, Phonetik und sonstige linguistische Spekulationen rein akademische, möglicherweise sogar anregende Phantasien aus der Gelehrtenstube seien, sich aber sehr, sehr weit entfernt vom realen Leben und erst recht von der wissenschaftlich-technischen Praxis herumtummelten:

»Ich erinnere mich, wie die Marineoffiziere in Kronstadt sich über die Aussprache der Engländer mokierten: ›Uaich mir buitte die Uodka!‹ Was wären das für Phoneme?! Und dabei ist der Satz doch verständlich und begreifbar.« Das sollte ein Scherz sein. Die Zuhörer lächelten nicht einmal.

In seinem Schlußwort stellte Anton Michajlowitsch fest, die statistischen Untersuchungen seien originell, in gewisser Hinsicht zwar wissenschaftlich noch anfechtbar, praktisch aber eine durchaus brauchbare Arbeit. Die Hauptsache sei, sich jetzt nicht mit dem Erreichten zufriedenzugeben und nicht in die ›exakte Wissenschaft‹ abzuschweifen. »Unsere verehrlichen linguistischen und mathematischen Theoretiker müssen vielmehr all ihre Mühen den Forderungen unserer Praxis unterordnen und im ständigen Kontakt mit den Ingenieuren und Technikern arbeiten. Direkt im Labor.«

Später, in der Zelle, sagte uns Wladimir Andrejewitsch: »Ich hoffe, Sie sind mir nicht böse, daß ich versucht habe, eine wissenschaftliche Diskussion anzufachen. Einen Augenblick hat es mich hingerissen, ich meinte, ich wäre unter intelligenten Zuhörern. Sie jedenfalls haben mich doch hoffentlich verstanden?«

Wladimir Andrejewitsch T. war in Leningrad während der deutschen Blockade verhaftet und verurteilt worden. Er hatte nie einen Hehl gemacht aus seinem mit Verachtung gemischten Haß gegenüber »jener paradoxen Deformation des russischen Staates, die nach den bekannten Ereignissen des Jahres 1917 eintrat«. Er gab zu, in den letzten Jahren, besonders während des Krieges, seien »einige Tendenzen aufgetreten, sozusagen in Richtung auf Einrenkung von Verzerrungen und Wiederherstellung von Zerbrochenem ... Aber, wie es bei uns die Regel ist, durch recht radikale Mittel. Die russische Erde liebt Blut. Sehr sogar. Ich bin Skeptiker. Zerbrochenes Geschirr läßt sich kitten, bei einer in tausend Stücke zerschlagenen Nationalkultur ist das ein bißchen schwieriger.«

Wladimir Andrejewitsch liebte Spaziergänge nicht. Er zog es vor, im Korridor zu rauchen. Dort standen zwischen den Zellentüren lange Tische, an denen Domino oder Schach gespielt wurde. Seine ständigen Gesprächspartner nannte er den Schwätzerklub. Manchmal wagte ich, ihm zu widersprechen. So, wenn er behauptete, das russische Theaterleben sei schon in den zwanziger Jahren gestorben. Er dozierte:

»Meyerhold[11] war ein Schlaukopf, ein Nichtsnutz, ein Zerstörer, ein ewiges enfant terrible. Aber er hatte immerhin noch ein Verhältnis zum Theater. Also haben sie ihn eingelocht. Und was kam dann? Diese Gesang- und Tanzensembles ... All diese Festivals der verschiedenen sowjetischen Völker. Das sind doch Hanswurstiaden, Jahrmarktsbelustigungen, aber kein Theater! Bei uns in Petersburg war Jurij Jurjew der letzte König der russischen Bühne. Künstler wie ihn hat es in Moskau schon gar nicht mehr gegeben. Ach, Künstler! Ich bitte Sie um die Liebenswürdigkeit, in meiner Gegenwart nicht MChAT zu sagen. Eine gräßliche Abkürzung! Vollkommen unrussisch! Als ob einer seinen Hustenschleim ausspuckte. So darf man doch das berühmte Moskauer Künstlertheater nicht nennen! Natürlich, das war früher einmal eine interessante, sogar eine bedeutende Sache. Aber im Laufe der letzten zwanzig Jahre ist es ein blasses, durchschnittliches Staatstheater geworden. Alexejew, also Stanislawskij[12], der war schon ein sehr begabter Schauspieler, wenn auch ein bißchen einseitig mit diesem Kaufmannspathos: ›Es kommt Ljubim Torzow ...!‹ Ich habe immer die Petersburger Bühne vorgezogen. In Mutter-Moskaus Theatern, selbst im Kaiserlichen Kleinen Haus, spürte man den muffigen Geruch der Kaufmannshäuser jenseits der Moskwa. Und das vielgepriesene Stanislawskijsche System, das steht doch den Straßenverkehrsregeln, der Medizin, der Psychiatrie näher als der Kunst... Ganz und gar nicht, verehrter Herr! Sie irren sich. Ich bin weder Klassizist noch rückschrittlich. Das hat man Ihnen so beigebracht – wer nicht mit uns ist, ist Reaktionär. Ich liebe ganz im Gegenteil den ›Zerrspiegel‹ von Nikolaj Jewrejnow, von dem Sie keine Ahnung haben. Ach sieh an, immerhin haben Sie ›davon gehört‹. Nun ja, sehr erfreulich, eine so seltene Kenntnis bei einem Sproß – äh – Ihrer Generation und Ihres intellektuellen Milieus zu finden. In diesem Fall können Sie natürlich begreifen, daß ich keineswegs antiquiert oder, wie Ihre Deutschen sagen, ein ›Kalkeimer‹ bin. Ich verkehre im ›Streunenden Hund‹, schätze Modernisten oder, wie Sie sagen, Dekadente wie Nikolaj Gumiljow[13] sehr hoch... Was denn, Sie mögen den? Und es beunruhigt Sie nicht, daß er von der Tscheka erschossen oder, wie es bei Ihnen heißt, liquidiert wurde wegen Beteiligung an einer sogenannten monarchistischen Verschwörung? Ah, ja, gewiß, ›Die Kapitäne‹, ›Afrika‹, ›Der Niger‹, ›Die anmutige Giraffe‹... Zu meiner Zeit waren alle Gymnasiasten von diesen Gedichten wie besessen. Ich ziehe allerdings ›Das sechste Gefühl‹ und ›Die Tramway‹ vor. Haben Sie womöglich auch von Ossip Mandelstam[14] gehört?«

Ich erzählte ihm, daß ich 1940 beim Namenstagsfest einer Kommilitonin im Philologischen Institut dabei war, als Wladimir Lugowskoj hingerissen Mandelstams Gedicht ›Das Jahrhundert der Wölfe‹ rezitierte. Vielen von uns, auch mir – und wir alle waren Komsomolzen –, gefiel das Gedicht sehr.

»Irren Sie sich nicht? Ein proletarischer Dichter sollte sich für die Verse eines Konterrevolutionärs begeistert haben? Und niemand hat ihn angezeigt? Keiner von Ihnen wurde verhaftet? Wie man so sagt, zur Verantwortung gezogen? Ich wage nicht zu zweifeln, wenn Sie darauf beharren. Aber ich staune, ich staune! Unerklärliches russisches Leben!

Ja also, das Moskauer Künstlertheater habe ich überaus hoch geschätzt. Eben diesen Alexejew, ich meine Stanislawskij, und natürlich Schwerubowitsch, das heißt Katschalow. Vorzügliche Stimme, reiner, samtener Bariton. Gute Manieren. Sagen Sie, was Sie wollen, aber eine adlige Kinderstube hat eben doch manches für sich. Gut war auch Olga Knipper, Tschechows Frau, na ja, Witwe. Nemirowitsch-Dantschenko war kein schlechter Entrepreneur, jaja, Entrepreneur, kein Regisseur oder, wie es jetzt heißt, ›künstlerischer Leiter‹. Auch so ein unerträgliches unrussisches Wort. Ich erinnere mich genau, wie gut das Künstlertheater war. Nicht zu vergleichen mit dem heutigen Theater. Ich habe einige Aufführungen gesehen, jawohl, vor dem Kriege, die ›Drei Schwestern‹, den ›Blauen Vogel‹, ›Anna Karenina‹ ... Die ›Schwestern‹ und der ›Vogel‹ sind Museumsrelikte, tote Hülsen. Und erst ›Anna Karenina‹ ... Ich mag auch den Roman nicht besonders. ›Tolstoj, du hast mit Geduld und Talent bewiesen, daß eine Frau weder mit einem Kammerjunker noch mit einem Flügeladjutanten poussieren soll, wenn sie verheiratet und Mutter ist.‹ Und dann noch auf der Bühne: Madame Tarassowa ist eine biedere sowjetische Hausfrau, aber nicht die Gattin eines kaiserlichen Geheimrats. Chmeljow ist besser, ein ernstzunehmender Schauspieler. Aber einen Aristokraten bei Hofe kann er nun mal nicht spielen, er wirkt wie irgendein achtbarer Trustdirektor. Prudkin, der ist ein typischer Fähnrich oder Fahnenjunker des Kerenskij-Provisoriums. Nach der Februarrevolution ließ man auch Juden zur Offizierslaufbahn zu. Die Kadettenschulen erhielten großen Zulauf: Söhne aus den gebildeten Familien, auch ehemalige Frontsoldaten, Freiwillige und genesene Verwundete drängten auf die Offiziersschulen. Wahrscheinlich wissen Sie nicht, daß die Fahnenjunker, die dann im Oktober das Winterpalais ›verteidigten‹, mindestens zur Hälfte Juden waren. Die Antisemiten behaupteten damals, nur deswegen wäre das Winterpalais den Roten in die Hände gefallen. Das ist genauso ein Unsinn wie die Legenden vom ›Sturm auf das Winterpalais‹. Den hat es nämlich gar nicht gegeben. Die Provisorische Regierung war bis in die Wurzeln verfault, bröckelte auseinander und verlor den Kopf. Mit der Unterdrückung der sogenannten Kornilowschen Meuterei entledigte sie sich selbst ihrer Armee. Die Truppen in Petrograd sympathisierten entweder mit den Bolschewiki, mehr noch mit den Sozialrevolutionären, oder sie hatten ganz einfach keine Lust, sich mit dem roten Matrosenpack herumzuschlagen, mit der Arbeitergarde und noch weniger mit den regulären Soldaten, ihren Brüdern. Und so knabberten sie Sonnenblumenkerne, schubsten sich mit Köchinnen herum, oder wenn sie geschickt waren, trieben sie Schnaps auf. Zur Garnison des Palastes gehörten die Junker und ein Frauenbataillon. Es gab nicht mal einen regelrechten Palast-Kommandanten. Die Junker glaubten noch an Kerenskij, aber der war schon geflohen. Das Frauenbataillon war sowieso ein Witz: Madame Botschkarjowa als Anführerin von ein paar hundert Weißnäherinnen, hysterischen jungen Dämchen und Huren. Das Winterpalais brauchte überhaupt nicht erstürmt zu werden. Alle Türen standen offen, wer wollte, konnte rein. Todesopfer gab es auch nicht. Nur ein paar Junker haben sich aus Scham und Enttäuschung erschossen. Ich ging in jenen Tagen gemächlich durch ganz Petrograd spazieren. Nirgendwo wurde gekämpft. Die Straßenbahnen verkehrten wie gewöhnlich. Die Restaurants und Cafés waren überfüllt. Die Theater spielten ihr übliches Repertoire. Alle Zeitungen erschienen. Hie und da gab es Schießereien, keine Kämpfe, sondern eben Schießereien. Irgendwo kam es auch mal zu Gedränge an den Litfaßsäulen oder bei den Zeitungsverkäufern. Aber in diesem Jahr gab es schließlich dauernd irgendwo Zusammenrottungen. Es stellte sich heraus, daß ein Umsturz stattgefunden hatte. Statt der Minister regierten jetzt Räte und Volkskommissare. Räte hatte es ja schon mal gegeben, komisch, aber damals waren sie in manchen Fällen erheblich autoritärer und entschlossener vorgegangen als später, als der ganze Staat sich nach den Räten Sowjetstaat nannte. Räte und Kommissare waren also nichts Neues mehr. Auch die Provisorische Regierung hatte Kommissare gehabt. Man hielt daher den Wechsel nicht für gravierend. Einfach eine Palastrevolte. Eine provisorische Regierung war von einer anderen abgelöst worden. Erst im Winter, nachdem die verfassunggebende Versammlung auseinandergejagt worden war, begann ich zu fühlen und zu begreifen, daß etwas Katastrophales, sogar Apokalyptisches vorging. Noch klarer wurde das nach der Kapitulation vor den Deutschen, und als man das Erscheinen der Zeitungen verbot. Da taten wir den ›Sprung ins Reich der Freiheit‹, so nennt sich das ja wohl bei Ihnen.«

Wenn man Wladimir Andrejewitsch widersprach, wurde er böse. Mich duldete er im Schwätzerklub nur, weil ich besser als manche andere seine Literatur- und Theaterkenntnis beurteilen und daher bewundern konnte. Mich entzückten sein ungewöhnlich gutes Gedächtnis und seine außerordentliche Bildung. Wir stritten uns selten und dann aus völlig unerwartetem Anlaß, wenn mich eine seiner paradoxen oder anekdotischen Behauptungen unvorbereitet traf. Einmal versuchte er hartnäkkig zu beweisen, daß Shakespeare nie gelebt habe, alle Shakespeare-Dramen und -Sonette von Francis Bacon stammten. Das sei nicht mehr zu bestreiten, seit schon vor dem Krieg ein mit ihm befreundeter englischer Mathematiker das mathematisch chiffrierte Auto-Epitaph Bacons entschlüsselt habe. Wladimir

Andrejewitsch wurde nicht deshalb zornig auf mich, weil ich ihm in der Sache widersprach, sondern weil ich bemerkte, schon Lunatscharskij habe seinerzeit ungefähr dasselbe gesagt und geschrieben. In seinen ›anti-shakespearischen‹ Betrachtungen habe er einmal zum Earl of Derby, ein andermal zu Bacon geneigt. Der Vergleich mit ›diesem Volkskommissar für Snobismus‹, diesem ›Bolcheviqueur mit gestärkten Manschetten‹ machte ihn fuchsteufelswild: »Dann kann ich unser nutzloses Geschwätz nur noch abbrechen.«

Es bestand die Vorschrift, während der Mai- und der Oktoberfeiertage einige von uns zu ›isolieren‹. Die Auswahl dieser besonders Gefährlichen wurde, wie die Erfahrung uns lehrte, nach formalen Kriterien getroffen. Laut Vorschrift mußten alle isoliert werden, die wegen Flucht aus der Haft, wegen Terror oder als Rückfällige zum zweitenmal verurteilt waren. Außerdem hatte man es auf Leute abgesehen, die der Gefängnisobrigkeit als zu kontaktfreudig, zu aktiv galten und bei den Häftlingen ›Autorität‹ genossen. Panin, Wladimir Andrejewitsch und ich gehörten unweigerlich jedesmal zu den zu Isolierenden. Ich hatte drei Vorstrafen, dabei spielte es keine Rolle, daß sie in ein und derselben Sache ergangen waren, es kam nur auf die Zahl der ›Papiere‹ an. Außerdem gefielen der Obrigkeit wohl auch meine Kontaktfreudigkeit und mein Ruf als Advokat nicht – ich half oft anderen Häftlingen, Beschwerden und Gesuche zu schreiben. Panin hatte man im Lager eine zusätzliche Straffrist aufgebrummt. Wladimir Andrejewitsch war ebenso kontaktfreudig wie aktiv und besaß zweifellos Autorität.

Beim erstenmal war es der Obrigkeit sichtlich peinlich, uns zu isolieren. Sie dachte sich daher einen dringenden besonderen Geheimauftrag aus. Wir bekamen den Text eines chiffrierten Telegramms, das in Westberlin abgefangen worden war. Wladimir Andrejewitsch hatte sich als Mathematiker damit zu befassen, ich als Linguist, während Panin sowie mehrere Ingenieure und Techniker (darunter ein kleiner Leningrader mit dem traditionellen ›Leningrader Satz‹[15], Artikel 58, Punkt 8: Terror, und ein mehrfach vorbestrafter Dieb) die Konstruktion eines Dechiffrierapparates entwerfen sollten. Man steckte uns in einen Kellerraum, wir bekamen einen eigenen Aufseher, wurden während dieser drei Tage (vom 6. bis 8. November) gesondert zum Spaziergang geführt und nahmen auch die Mahlzeiten allein ein. Natürlich haben wir nicht das geringste dechiffriert. An den folgenden Feiertagen verfrachtete man uns einfach ohne jeden Vorwand in die Butyrka. Beim erstenmal versuchte ich zu protestieren, wollte in den Hungerstreik treten. Wladimir Andrejewitsch riet mir ab:

»Lassen Sie das bleiben! Proteste sind vollkommen sinnlos. Sehen Sie mich an – ich fühle mich gerade im Gefängnis am allerwohlsten. Hier bin ich uneingeschränkt frei. Ja doch, ja. Sie sollten das allmählich auch begreifen. Was ist denn Freiheit? Einsicht in das Notwendige – oder etwa nicht? Sie sind doch derjenige, der immer darauf besteht, daß alles, was bei uns geschieht, historische Notwendigkeit ist – Revolution, Bürgerkrieg, Kollektivierung, Liquidierung, Industrialisierung, und wieder Krieg, Blockade und Hunger, und wieder Liquidierung et cetera – Ihrer Meinung nach lauter historische Notwendigkeiten! Warum sind Sie dann empört über diese Ihre persönliche Portion historischer Notwendigkeit? Ich bin in dieser Frage anderer Ansicht, für mich ist Freiheit vor allem die Freiheit des Denkens, des Geistes und der persönlichen Wahl. Doch ich finde es witzlos, hier zu protestieren. In der Butyrka-Zelle bin ich sehr zufrieden, dort in der Scharaschka muß ich auf Befehl des Direktors über Codes, Chiffrierapparate, abstrakte und konkrete Probleme der Geheimschrift und Geheimtelefone nachdenken. Meine Wahl ist von den dortigen Umständen eingeengt. Ich bin gezwungen, zu denken und zu handeln, wie man es von mir verlangt, sonst schickt man mich auf Transport zum Holzfällen oder ins Bergwerk. In der Butyrka-Zelle kann ich faulenzen, kann ungehindert denken, was mir einfällt. Meine Handlungen und meine Schritte sind durch die Mauern, die Tür, die Gefängnisordnung strikt und eindeutig begrenzt. Das sind äußerliche Grenzen, innerlich bin ich absolut frei. Wenn ich liegen will, liege ich, wenn ich sitzen will, sitze ich, wenn ich will, unterhalte ich mich mit Ihnen oder spiele Schach. Jawohl, ich überzeuge mich immer mehr davon, daß ich fürs Gefängnis geboren bin. Heute kann ein denkender Mensch nur im Gefängnis frei sein.«

Der polemische Auftritt Wladimir Andrejewitschs auf der ersten Wissenschaftlichen Konferenz hatte uns unangenehm berührt. Man darf in Anwesenheit der Obrigkeit seine Mithäftlinge nicht in dieser Weise attackieren. Später trat Wladimir Andrejewitsch noch schärfer gegen das Projekt eines von Panin ausgearbeiteten Chiffrierapparates auf und griff mehrfach die durchaus seriösen kryptographischen Arbeiten des Mathematikers Sascha L. an. Die Mitarbeiter der besonderen ›Mathematikergruppe‹, zu der Wladimir Andrejewitsch gehörte, beurteilten ihn als hervorragenden Wissenschaftler, profunden Gelehrten, hielten ihn aber auch für einen unermüdlichen Intriganten, zänkisch, unduldsam gegenüber anderen Meinungen und neidisch auf Erfolge anderer.

Mit Solschenizyn vertrug Wladimir Andrejewitsch sich besser als mit Panin und mir. Solschenizyn hörte ihm aufmerksam und ernsthaft zu, ließ sich in keinen Streit mit ihm ein. Obwohl selber Mathematiker, hatte er abgelehnt, in die Mathematikergruppe einzutreten, und befaßte sich mit Akustik und Linguistik. Panin verärgerte ab und zu den Professor, sei es durch Eindringen in dessen geheiligtes Gebiet, der Kryptographie, sei es durch allzu temperamentvolle und nicht eben ›parlamentarische‹ Verteidigung seiner ›Sprache äußerster Klarheit‹.

Mir gegenüber legte Wladimir Andrejewitsch höflich verhaltene Antipathie an den Tag. Später erfuhr ich, daß er mich für einen Spitzel, noch dazu einen besonders gefährlichen, hielt, für einen ›Spitzel neuen Typs‹; darunter verstand er einen Intellektuellen, der seinem Gesprächspartner nicht beipflichtet, sondern mit ihm diskutiert und ihn dadurch provoziert.

Und doch habe ich Wladimir Andrejewitsch einiges zu danken. Gerade dank seiner boshaften Nörgelsucht, seiner manchmal unsinnigen, meistens aber begründeten giftigen Ausfälle konnte ich große Lücken und weiße Flecken in meinen Kenntnissen ausfüllen. Meine linguistische Ausbildung war oberflächlich und vage, meine Vorstellungen von Kryptographie, Kryptophonie, Physik und Akustik dilettantisch. Anfänglich nur, um ihm auf seine Einwände und Vorwürfe entgegnen zu können, dann mit zunehmender Begeisterung las ich, machte Exzerpte, lernte auswendig, verglich das in Büchern und Zeitschriften Gelesene mit dem im akustischen Labor selbst Beobachteten.

Wieviel man auch im Selbstunterricht lernen kann, ein Lehrer ist dennoch nötig, und besonders hilfreich waren mir meistens die strengen und unfreundlichen Lehrmeister.

In diesen Jahren des freien und unfreien Lernens waren meine Lehrer der vornehme, ›intelligente Tschekist‹ Anton Michajlowitsch W. und der unversöhnliche, spöttische ›ideologische Antipode‹ Wladimir Andrejewitsch. »Dank sei all jenen, die uns störten«, heißt es in einem Gedicht von David Samojlow. Ich danke ihnen um so mehr, als sie nicht nur störten, sondern oft auch direkt meinem Lernen förderlich waren.

4. Kapitel
Das Geständnis

Ingenieur R. war mir schon in den ersten Tagen aufgefallen. Er war groß und hager, trug einen alten, aber noch ordentlichen Kittel, eine Segeltuchjacke und immer blankgeputzte Stiefel. Kleidung und Haltung waren von jener unauffälligen, doch souveränen und überzeugenden Zweckmäßigkeit, von jener männlichen Eleganz, die echte Frontsoldaten und wirklich arbeitende Männer von eitlen, nach falschem Flitter jagenden Fatzken ebenso unterscheidet wie von jenen undisziplinierten Schluderjans und zerstreuten Sonderlingen, die vergessen, sich zu rasieren, zu waschen, die Krageneinlagen zu wechseln, Knöpfe anzunähen und die Fußlappen zu waschen.

Er war schweigsam, hielt sich abseits, lächelte selten; die hellen, tiefliegenden Augen unter der hohen blassen Stirn wirkten traurig oder müde. Wenn ich ein Gespräch mit ihm anfangen wollte, antwortete er höflich, freundlich, aber kurz und einsilbig und beeilte sich fortzukommen: »Ich muß an die Arbeit, entschuldigen Sie mich, es eilt.« – »Ich habe starke Kopfschmerzen, verzeihen Sie bitte.« – »Nehmen Sie mir's nicht übel, aber ich muß noch rasch dieses Buch zu Ende lesen.«

Zum Spaziergang kam er entweder mit Schaufel und Besen und schippte langsam und säuberlich den Schnee zur Seite, oder er ging, in konzentriertes Nachdenken vertieft, den schmalen Pfad auf und ab. Alles, was wir so nach und nach erfuhren, war, daß er Mechanik-Ingenieur war, Maschinenbauer; daß er aus Moskau stammte, aber lange in Sibirien gearbeitet hatte; daß er schon seit 1938, also seit zehn Jahren, saß und noch fünf vor sich hatte; daß er nach Artikel 58, Punkt 7 und 9 (Schädlingstätigkeit und Diversion) verurteilt war – den üblichen ›professionellen Delikten‹ von Ingenieuren. Auf Fragen hierzu antwortete er kurz und unwillig: »Bitte, lassen Sie's gut sein, es ist zu unangenehm, das alles aufzurühren.«

Im Sommer 1948 erhielt ich zum erstenmal seit vielen Monaten die Erlaubnis zu einem Besuch meiner Angehörigen, dem sogenannten Wiedersehen. In der Gefängniskleiderkammer wurden dafür besondere Paradeanzüge, bunte Oberhemden und Krawatten ausgegeben. Mir war diese Verkleidung zuwider, ich wollte in meiner Armeebluse bleiben, die noch einigermaßen anständig aussah. Der Gefängnisleiter erlaubte es, befahl mir aber, besseres Schuhwerk anzuziehen. Meine Stiefel waren durch Krieg und Gefängniszeit tatsächlich sehr ramponiert; in der Kleiderkammer gab es aber meine Schuhgröße nicht. Ich erschrak. Wegen ›Unordentlichkeit‹ konnte der Diensthabende die Erlaubnis zum langersehnten Wiedersehen rückgängig machen. Da streckte R. mir stumm großartige chromlederne Stiefel hin. Und siehe da, sie paßten genau.

Die Posten glotzten neidisch, als ich mit geradezu generalsmäßigem Knirschen daherschritt. Beim Wiedersehen fiel auch Mama der matte Seidenglanz dieser Luxusstiefel auf. Sie faßte das als deutlichen Beweis der zunehmend besseren Versorgung in den vaterländischen Gefängnissen auf. Der Anblick der anderen Häftlinge – wir saßen an diesem Tag alle an einem langen Tisch im Klub der Wachmannschaft des Taganska-Gefängnisses – bestärkte ihre Vermutung noch: alle trugen ziemlich neue Anzüge und glänzten in bunten Schlipsen.

Mama und Nadja brachten mir einen ganzen Sack voll aller möglichen Lebensmittel, auch Solschenizyn hatte ein schönes Paket bekommen. Und so veranstalteten wir abends hinter den Regalen der Bibliothek ein Festgelage.

Ich zerrte den sich sträubenden R. herbei; er aß höflich eine Kleinigkeit und beeilte sich zu gehen, indem er sich mit einer eiligen Arbeit entschuldigte.

Zwei Tage später hatten sehr nachgiebige Posten Dienst. Gegen Abend waren sie dermaßen mit der Beschaffung von Baumaterial für ihre Privatbedürfnisse beschäftigt, daß sie ungeniert vor den Augen der spazierengehenden Häftlinge einen ›linken‹ Lastwagen direkt außerhalb des Zauns anfahren ließen und sogar einige Häftlinge herbeiriefen, die ihnen die auf der Gefängnisbaustelle gestohlenen Balken, Bretter, Säcke und Eimer mit Gips und Farbe, Pakete mit Kabeln usw. tragen helfen sollten. Bei all der emsigen Tätigkeit wurde jedoch ›das Regime beachtet‹: Der Wagen, der keinen Passierschein hatte, fuhr nicht auf den Hof der Scharaschka, und die gefangenen Helfer ließ man nicht weiter gehen als bis an die verbotene Zone – den anderthalb Meter breiten Streifen am Zaun entlang. Von dort aus warfen sie ächzend und fluchend ihre Beutestücke selbst weiter, bemüht, nicht den Stacheldraht zu beschädigen, der oben auf der Mauer gezogen war. Großmütig ließen die Posten uns bis weit in die Nacht draußen. In den Labors und in der Bibliothek fühlten wir uns vollends unbewacht.

An jenem Abend spazierte ich allein auf unserem Pfad, wobei ich mich bemühte, den Stacheldraht und die Wachtürme an den Mauerecken nicht zu sehen, sondern nur den Himmel, Büsche, Bäume und Sterne.

R. näherte sich. Wir gingen nebeneinander, ich versuchte irgend etwas zu erzählen. Doch plötzlich, nachdem er sich umgeschaut hatte, begann er selbst zu sprechen, mit dumpfer, gleichsam unterdrückter Stimme:

»Also, ich möchte Ihnen und Ihren beiden Freunden etwas erklären. Ich hoffe, Sie werden es richtig verstehen. Sie sind anständige Menschen und erfahrene Häftlinge. Also: mir soll sich niemand nähern. Niemand. Sprechen Sie möglichst wenig, am besten gar nicht mit mir. Sie drei sind mir sympathisch. Ich kenne mich mit Menschen aus. Aber ich muß Sie meiden und bitte Sie, mich dabei zu unterstützen. Bitte, bleiben Sie mir fern.«

Er sprach klar und ruhig. Wir gingen nebeneinander Schulter an Schulter. Er sah zu Boden oder zur Seite, selten blickte er zu mir hinüber.

»Kommen Sie mir nicht nahe. Ich bitte Sie inständig. Die Sache ist die: ich bin am Haken. Verstehen Sie? Der Gevatter hat mich am Haken. Ich habe mich verpflichtet. Unterbrechen Sie mich nicht. Ich will mich nicht rechtfertigen. Nur erklären. Mitleid brauche ich nicht. 1938 kam ich nach Kolyma in die Goldwäschereien. Dort wurde damals wahllos erschossen, Hunderte, Tausende ohne Urteil auf Anordnung einer Troika[16] oder auf Befehl des Gevatters. Nacht für Nacht wurden sie nach Listen aufgerufen und in die Hügel gebracht. Nacht für Nacht. Wer zurückblieb, konnte lange nicht einschlafen. Niemand wußte, wann es ihn erwischen würde.

Das ging zwei Wochen so. Dann war Schluß damit. Es hieß, die Troika und der Lagerleiter seien selber erschossen worden. Einige von uns waren inzwischen irrsinnig geworden, andere vollkommen abgestumpft. Verstehen Sie? Sie waren völlig leer, Herz und Hirn leer, nichts mehr – keine Hoffnung, kein Glaube, nichts! Nur Tagesration, Arbeit, Mittagessen, Ofen, Schlaf. Und wieder von vorn Tagesration ... Und das ist alles. Nichts sonst – nicht einmal Sehnsucht, auch erinnern wollte man sich nicht, nicht an die Familie, nicht an die Freiheit. Das Leben reichte nur von einer Tagesration zur nächsten. Manche vertierten gänzlich, wurden zu Kriminellen. Sie wissen schon: ›Verreck du heute, ich erst morgen.‹ Sie brachten sich gegenseitig um für ein Stück Brot, einen Krümel Tabak. Niemand oder doch nur ganz, ganz wenige blieben Menschen.

Dann kam der Krieg, und mit den Erschießungen ging es wieder los. Direkt an der Wache. Meistens Kranke. Der Arzt gab keine Arbeitsbefreiung, hatte ein bestimmtes Limit, überschritt er es, würde er selber erschossen werden. Und der Kranke, der, ob er eine Nierenkolik, einen Herzanfall, Rheuma oder schweren Durchfall hatte, sich kaum auf den Beinen halten konnte, wurde gleich an der Wache vor aller Augen mit dem Revolver abgeknallt – entweder vom Chef der Wachmannschaft oder auf dessen Befehl von einem Posten. Auch für Nichterfüllung der Arbeitsnorm konnte man erschossen werden; das galt als Sabotage. Ferner für ›defaitistische Propaganda‹, für ›Feindbegünstigung‹. Die Lagerspitzel strengten sich mächtig an. Mich denunzierten sie, weil ich gesagt hatte, die Deutschen besäßen gute Flugzeuge. Außerdem behaupteten sie, es gehe in den Werkstätten zuviel Werkzeug zu Bruch – also Schädlingstätigkeit! Ich als Obermechaniker wurde dafür verantwortlich gemacht, kam natürlich in den Bunker. Der Gevatter führte die Ermittlungen. Das war der sichere Tod. Doch der Gevatter wollte mich als Spitzel kaufen. Die Entscheidung war einfach für mich: entweder Tod – oder meine Unterschrift unter die Verpflichtung, den Organen ›zu helfen‹. Ich verpflichtete mich. An das Weitere will ich mich nicht erinnern. Kann es nicht. Ich gab mir Mühe, niemanden ins Unglück zu stürzen, versuchte, gute Leute nicht zu belasten. Dann hatte ich Glück, wurde in ein anderes Lager gebracht, wieder in die Produktion. Der dortige Gevatter schnappte nicht gleich nach mir, war nicht so zudringlich wie der andere. Dann war ich lange krank: Dystrophie, Nervenzusammenbruch. Ich wurde wieder in ein anderes Lager verlegt. Wieder spürte mich der Gevatter auf: ›Los, gib Signale, bist hier nicht zum Mäusefangen ...‹ Gegen Ende des Krieges wurde es leichter. Sie bedrängten mich nicht mehr so, drohten nicht mehr. Ich vertiefte mich immer mehr in die Produktion, schuftete bis zum Umfallen, machte allerlei Erfindungen, Verbesserungen. Ich arbeitete überhaupt gern. Um mich von ihnen loszumachen, habe ich das Doppelte und Dreifache gearbeitet, wurde zum Antreiber, zum Hetzer. Die Arbeiter haben mich gefürchtet und gehaßt. Ich hetzte immer mehr, damit sie mich noch mehr haßten, denn dann konnte ich dem Gevatter sagen: ›Mir traut niemand mehr, weil ich keinem was durchgehen lasse, nur für die Produktion lebe.‹

Hier in der Scharaschka hat mich noch keiner der beiden Gevattern gerufen. Das kann aber jeden Tag geschehen. Meine Arbeit hier ist großartig. Ich bin allein an meinem Zeichentisch, denke nach, rechne, zeichne, brauche nur über die Arbeit zu reden vor aller Ohren. Aber Sie und Ihre Freunde sind mit ganz anderen Arbeiten befaßt. Das bedeutet, daß Sie und ich keinen gemeinsamen Gesprächsstoff haben können. Und Schluß! Bitte nicht, sagen Sie nichts. Ich bitte Sie ausdrücklich darum. Lassen Sie es. Sie verstehen, wie sehr ich Ihnen vertraue, indem ich Ihnen das alles erzählt habe. Sagen Sie es Ihren Freunden weiter, nur ihnen und nur einmal. Ich bitte Sie sehr: kommen Sie nie wieder darauf zurück. Versprechen Sie es nicht. Ich glaube Ihnen auch so. Und Schluß jetzt, gute Nacht.«

Händeschütteln war bei uns nicht üblich. R. kehrte um und ging gemächlich mit großen gleichmäßigen Schritten davon.

Beim Morgenspaziergang erzählte ich alles den Freunden. Solschenizyn stellte mehrmals Zwischenfragen und sagte schließlich: »Gut, alles klar. Nehmen wir es zur Kenntnis. Seine Bitte wird erfüllt. Wir werden die Mäuler nicht aufreißen.«

Panin hatte stumm und finster zugehört. Dann sagte er: »So einfach ist das nicht, meine Herren, es ist sogar ziemlich kompliziert. Muß genau überdacht werden.«

Beim Abendspaziergang ging er zwischen uns, die Hände auf dem Rücken verschränkt, sah mal den einen, mal den andern von der Seite an, sein zweigeteilter dunkelblonder Bart berührte seine bloße Brust. Ab und zu blitzten seine dunklen Ikonenaugen auf. Sorgsam wählte er seine Worte:

»Ich war immer der Meinung, ein Spitzel, eine Glucke, ist das widerwärtigste Geschöpf der Welt. So ekelhaft, daß ordentliche Menschen, wenn sie es schon nicht tottreten können, ihm aus dem Wege gehen müssen wie einem scheußlichen, giftigen Reptil. Aber dieser Fall hier ist kein gewöhnlicher, ist sogar ganz und gar ungewöhnlich. Sein Geständnis ist für ihn sehr gefährlich und bringt ihm keinerlei Nutzen. Es beweist einen gewissen Edelmut. Jawohl, meine Herren, ich wage, dieses Wort zu gebrauchen. Ich schlage vor, in diesem Fall nicht nur als Gefangene zu urteilen. Ich bin vor allem Christ. Und ihr seid auf eure Art auch Christen, das heißt ursprüngliche, elementare Christen. Wenn du, Sanja, auch behauptest, du seiest nur ein rationaler Rechner und Skeptiker, und du, Lew, darauf beharrst, ein echter Bolschewik und Atheist zu sein. Eurem Wesen nach, eurer seelischen Natur – entschuldigt meine pathetische Ausdrucksweise –, eurem Charakter, eurem Verhältnis zum Leben nach seid ihr elementare Christen und deshalb meine Freunde. Wir müssen die Bitte dieses Unglücklichen strikt erfüllen. Ja, eben: dieses Unglücklichen. Wir müssen uns von ihm fernhalten. Wir dürfen weder untereinander noch zu irgend jemand sonst über ihn sprechen. Wir dürfen keinen Haß und keine Verachtung ihm gegenüber empfinden, müssen ihm vielmehr, soweit es in unseren Kräften steht, helfen; nämlich helfen, daß er nicht in Versuchung gerät.«

Dies beschlossen wir.

5. Kapitel
Wozu Laute sichtbar machen?

> Das Auge bevorteilt gar leicht das Ohr
> und lockt den Geist von innen nach außen.
>
> Goethe

Anton Michajlowitsch brachte einen Packen englischer und amerikanischer Zeitschriften.

»Hier, sehen Sie, ich habe angestrichen, was übersetzt werden muß. Nicht Wort für Wort, aber das Wesentliche. Allgemeine Beurteilungen notieren Sie in Stichworten, aber verständlich.«

»Ich werde mir Mühe geben.«

»Verstehen Sie etwas von Akustik? Speziell von Elektro-Akustik?«

»Ich erinnere mich nur dunkel aus der Schule, das ist zwanzig Jahre her.«

»Aber Seiltanzen können Sie?«

»Nein.«

»Nun, wenn man Ihnen sagte: das ist das Seil, geh los. Es gibt nur die Alternative: auf dem Seil balancieren oder umkommen? Tertium non datur.«

»Ich würde gehen.«

»Na also, sehen Sie. Akustik zu lernen, ist für einen intelligenten Menschen leichter als Seiltanzen. Da ist ein Akustik-Lehrbuch, hat ein Engländer verfaßt, bißchen altbacken, aber eben doch im allgemeinen ein Klassiker, Grundlage der Grundlagen. Es ist mein eigenes Exemplar. Hüten Sie es wie Ihren Augapfel. Lernen Sie es wie das Vaterunser. Können Sie das überhaupt?«

»Vater unser, der Du bist im Himmel, geheiligt werde Dein Name wie im Himmel also auch auf Erden ...«

»Genug, genug! Ich glaub's Ihnen ja. Aber wieso eigentlich, Sie sind doch Jude? Aha, Sie haben's von der Kinderfrau. Ich hab's auch von meiner Kinderfrau. Aber bei der Akustik, da helfen keine Gebete. Übersetzen Sie zuerst den Artikel über zerhackte Rede. Danach, nein vielleicht andersrum: Übersetzen Sie zuerst alles, was Sie über ›visible speech‹ finden. Klar? Nicht ganz? Macht nichts. Vieles gibt es auf der Welt, o Freund Horatio, von dem unsere Weisen sich nichts träumen lassen. Dazu gehört zum Beispiel dieses amerikanische Wunderding. Die

Kerle machen da einen Apparat, der das Spektrum der Tonfrequenzen analysiert. Sehen Sie die Aufnahmen der Spektrogramme? Hier diese welligen Schatten, geradezu schön. Stimmt, ähnelt abstrakter Malerei. Was halten Sie von Malewitsch und Kandinsky? Verstehen Sie das schwarze Quadrat? Alles Unfug natürlich, alberne Launen. Aber trotzdem, irgendwas ist dran. Neulich las ich, daß die Amerikaner es fertiggebracht hätten, Musik und Farbe zu verbinden. Stellen Sie sich sowas vor: Tonimpulse steuern die Lichtquellen verschiedener Farben. Sie koordinieren und verbinden sozusagen Licht und Tonschwingungen. Und das keineswegs willkürlich. Denn Rot und Blau unterscheiden sich ja auch nach dem Charakter der ausgestrahlten Lichtwellen. Niedrige Tonfrequenzen sollen mit verschiedenen Rotschattierungen verknüpft werden, hohe dagegen mit dunkelblauen und hellblauen. Klavier und Orchester verbindet man mit einem System verschiedenartiger Lichtsignale, die von Tonimpulsen gesteuert werden; das erlaubt, die Schattierungen zu variieren. Ich kann mir nicht vorstellen, wie sie die Synchronisierung erreichen, wie sie gegebene Eigenschaften der Licht- und Tonquellen koordinieren. Das ist an und für sich schon ein interessantes Problem – Sehen und Hören, Auge und Ohr zu vergleichen. Wer nimmt schneller und genauer die Signale auf? Man ist jetzt dabei, das Fernsehen in großem Stil zu entwickeln. Also ist es kein abstrakt wissenschaftliches Problem mehr, sondern ein konkretes, technisches. Aber wir sind abgeschweift, revenons à nos moutons, und das sind ja wohl die Spektrogramme des ›visible speech‹. Die Amerikaner nennen diese Bilderchen ›pattern‹, heißt vermutlich Muster. Schauen Sie im Wörterbuch nach. Wissen Sie noch, was ich Ihnen über Geheimtelefone erzählt habe? Ich prophezeie, bin beinahe überzeugt, daß der ›visible speech‹ uns ganz gewaltig bei der Dechiffrierung des Mosaik-Systems helfen kann. Bisher hatten wir dafür nur ganz gewöhnliche Oszillogramme. Mit denen ist es kompliziert und sehr langwierig; man muß alles Schritt für Schritt machen, mit der Logarithmentafel alle Wellenspitzen berechnen, und die Genauigkeit ist noch zweifelhaft. Störsignale lassen sich von der eigentlichen Information nur schwer unterscheiden. Aber hier, sehen Sie, ist alles erkennbar.

Die Amerikaner behaupten, sie benutzten diese ›patterns‹ für den Fremdsprachenunterricht, um die richtige Aussprache abzumessen, und verwendeten sie sogar für den Taubstummenunterricht. Die Botschaft hör' ich wohl, allein mir fehlt der

Glaube. Immerhin wird man fragen müssen, warum diese Materialien erst 1947 veröffentlicht wurden, obwohl das alles schon 1942/43 ausgearbeitet worden war? Außerdem ist das Schema der Analyse nirgendwo zusammenhängend erläutert. Durchaus möglich, daß dahinter eine gerissene Irreführung steckt. In jedem seriösen Labor haben sie besondere Mitarbeiter, die das zur Veröffentlichung bestimmte Material redigieren, und zwar so, daß keine wichtigen Geheimnisse preisgegeben und selbst Spezialisten weitgehend irregeführt werden. Na ja. Dann werden wir eben diese Sand-in-die-Augen-Streuer überlisten.

Interessiert Sie das? Sagen Sie bloß nicht, Sie hätten alles verstanden, das glaube ich Ihnen nicht. Aber daß Sie interessiert sind, sehe ich an Ihren Augen. ›Beredte Blicke‹, wie der Dichter sagt. Kitsch natürlich. Aber wir Tschekisten verstehen auch, in weniger beredten Augen zu lesen. Also vorwärts, hic Rhodos, hic salta. Bringen Sie sich den theoretischen Teil bei, wir zeigen Ihnen dann auch ein paar Merkwürdigkeiten der Praxis.«

Eine dieser Merkwürdigkeiten war der Spektralanalysator mit zehn Bändern. Die Lautsignale kamen direkt vom Mikrofon als elektrische Impulse an ein Gerät mit zehn Frequenzfiltern, von denen jedes an eine Stahlfeder angeschlossen war. Eine mit jodhaltiger Flüssigkeit getränkte Rolle rosa Papier wurde an diesen Feldern entlanggezogen. Sobald eine Feder von Elektroimpulsen bewegt wurde, hinterließ sie auf dem Papier einen braunen Strich oder Punkt. So entstanden zehnzeilige, deutlich sichtbare Spektrogramme der Tonschwingungen, die die Federn im Bereich von 50 bis 3000 Hertz erregten. Die Striche und Punkte zeigten die Energieverteilung in bestimmten Frequenzbereichen.

Mit Hilfe amerikanischer Zeitschriften und durch unmittelbare Beobachtung lernte ich rasch, diese Spektrogramme zu lesen, die ich Lautbilder nannte. Die Bezeichnung bürgerte sich in der Scharaschka ein, Solschenizyn verwendete sie auch in seinem Roman ›Der erste Kreis der Hölle‹, doch wurde sie nicht zum allgemein übernommenen Terminus.

Zwei Häftlinge, die Ingenieure Sergej K. und Arkadij S., hatten einen Spektralanalysator konstruiert: eine Metallscheibe zog ein Magnetophonband an. Das Lautbild wurde auf dem rosa Papier in ein paar Minuten mit feiner Feder überaus dicht aufgezeichnet. Es sah fast so aus wie die amerikanischen ›patterns‹. Wellige Linien verschiedener Schattierungen vermittelten die Bewegung und Verteilung der Energie im Frequenzbereich von Null bis 5000 Hertz.

Die Übergänge von einem Laut zum andern wurden sichtbar. Das Gerät »SA«, wie wir den Spektralanalysator nannten, gestattete, Besonderheiten der Redestruktur zu betrachten, die frühere Analysatoren nicht erkennbar machen konnten. Kurz darauf konstruierten Sergej und Arkadij ein weiteres Gerät, SA 2, das kräftigere und besser lesbare Lautbilder lieferte. Nach und nach lernte ich, sie zu lesen, wenn sie in normalem Tempo, nicht in Schnellsprache aufgezeichnet waren.

Schwer war es, manchmal sogar unmöglich, Wörter zu lesen, die in Mosaik-Chiffre zerhackt waren. Doch nachdem ich Routine darin hatte, normales Sprechen im Lautbild zu lesen, konnte ich ziemlich bald, auch bei raschem Sprechen, Charakter, Methode und annähernden Chiffrecode feststellen. Denn auf dem Lautbild war zu sehen, welche Filter zum »Sieben« der Frequenz gebraucht worden waren, daraus konnte man erkennen, welches Mosaikteilchen zu welchem gehört, sie nach Zeit und Frequenz in die richtige Reihenfolge bringen und so die Art des Chiffrierers und des Code erkennen.

Anton Michajlowitsch und Abram Mendelewitsch, sein wissenschaftlicher Stellvertreter, waren zufrieden. Sie lobten vor hohen MGB-Funktionären und Regierungskommissionen, die von Zeit zu Zeit unsere Scharaschka besuchten, meine Geschicklichkeit, zeigten mich als Kuriosum vor:

»Hier ist der einzige Mensch in der Sowjetunion und in Europa, der den ›visible speech‹ lesen kann. Nur in Amerika gibt es noch ein oder zwei derart Lesekundige. Die können es natürlich nur auf englisch. Den russischen ›visible speech‹ beherrscht zur Zeit nur einer.«

Foma Fomitsch Shelesow – Ressortchef für Spezialtechnik im MGB – streckte, wenn er ins Labor kam, gnädig einigen Häftlingen die Hand hin. Gewöhnlich wurde auch mir diese Ehre zuteil; offenbar wollte er seine hohe Stellung betonen, die ihm erlaubte, sich so frei zu verhalten.

Einmal besuchte uns der stellvertretende Minister, ein hochgewachsener, gepflegter Schönling. Er trug einen Anzug, wie ich ähnliche nur in ausländischen Filmen gesehen hatte. Anton Michajlowitsch begleitete ihn, noch liebenswürdiger und redseliger als sonst. Hinter ihnen kam die Suite, teils in Uniform, teils in Zivil. Erst 10 Minuten später erkannte ich, daß auch Foma Fomitsch dabei war. Er hielt sich krumm, war scheinbar kleiner, dürftiger geworden und in dem Häuflein der sich flüsternd unterhaltenden Suite kaum zu bemerken.

An diesem Abend und später noch ein paarmal wurde ich als dressierter Bär vorgeführt. Ich erbat mir Solschenizyn als Sprecher, er hatte eine gute Stimme und eine klare Aussprache. Für Lesedemonstrationen wurde ein alter Analysator benutzt. Mit ihm klappte die Lautanalyse schneller, er konnte unmittelbar jede beliebig lange Rede »zerlegen«. Die neuen Geräte analysierten zwar feiner und genauer auf Band gesprochene Texte, aber nur kurze Stücke von zwei bis drei Wörtern, und es dauerte viel länger.

Der hohe Gast, für den die Vorstellung veranstaltet wurde, schrieb ein paar Worte auf ein Stück Papier. Der Zettel wurde dem Sprecher in die schalldichte Zelle mit dem Mikrofon gebracht, die in der Ecke unseres Labors eingerichtet war. Das Band mit dem aufgezeichneten Spektrum wurde dann auf den Tisch gelegt, ich wartete ein paar Augenblicke, bis das Lautbild deutlicher hervortrat und bis der Sprecher aus der Zelle gekommen war und einen für mich günstigen Platz eingenommen hatte, so daß ich seine Hand sehen konnte. Wir hatten uns wie Falschspieler ein Fingersignalsystem ausgedacht. Ich nannte ›so vor mich hin‹ einen mutmaßlichen Laut, übertrug ihn mit Bleistift auf das Band, ohne die Augen zu heben, scheinbar in Konzentration versunken. Der Sprecher stand mir gegenüber. Hatte ich richtig geraten, bewegte er die Hand nicht, war es völlig falsch, hob er alle Finger, hatte ich einen Laut statt eines anderen ähnlichen genannt, bewegte er die Finger nach unten.

Die Aufgabe war wirklich nicht allzuschwer, wenn eine bekannte Stimme den Text deutlich aussprach.

In den Lautbildern zeichneten sich deutlich sichtbar dunkelgefärbte wellenförmige Teile des Spektrums ab – die Formanten der Sprachlaute. Einer von ihnen – bei stimmhaften in der Regel der zweite von unten, bei stimmlosen meistens der erste, oft auch der einzige – änderte sich fortwährend, wand und bog sich oder erschien eckig gebrochen bei verschiedenen Lautverbindungen in Silben und Wörtern. Die Amerikaner nannten diesen Hauptformanten ›hub‹, ich bezeichnete ihn als ›Hauptströmung‹ und versuchte, die Bezeichnung bei uns einzubürgern.

Ich konnte auf jedem Lautbild sehen, wie die ›Hauptströmungen‹ einzelner Laute ihre Stellung und Richtung unter dem Einfluß der ihnen vorausgegangenen und folgenden Laute wechselten.

Ein paarmal machten wir folgendes Experiment: Auf Tonband nahmen wir langsam gesprochene, sinnlose Sätze auf, verglichen sie mit den von ihnen gemachten Lautbildern und schnitten sorgfältig Anfangs- oder Endlaute einzelner Sätze heraus. Dann gaben wir den auf Tonband aufgenommenen Text durch ein gewöhnliches Telefon, und man »hörte« die weggeschnittenen Laute oder doch solche, die ihnen phonetisch beziehungsweise der Hauptströmung nach verwandt waren. Man hörte ›Sch‹ statt ›SS‹ und umgekehrt, ›p‹ statt ›f‹, ›ka‹ statt ›cha‹ und so weiter.

Schon im Herbst 1949 war es den Anstrengungen mehrerer Labors gelungen, das *absolut* geheime Telefon zu entwickeln. Die vom Mikrophon in den Chiffrierer gegebenen Redelaute wurden nicht mehr nach Frequenz und Zeit zerhackt, sondern über ein Dutzend Filter in einfachste Signale umgewandelt. Jedes Band, nach Amplitude der Impulse vollkommen getrennt, ergab Bündel unterschiedlicher Dichte. Sie wurden nach einem bestimmten Code im Chiffrierer gemischt. In der Leitung war nur ein ununterbrochenes Pfeifen, Quietschen, Zischen zu hören. Aus den Lautbildern war nicht einmal ersichtlich, welcher Art diese Laute waren. Auf dem ›Bild‹ unterschieden sie sich kaum von mechanischen Lauten. Doch der Dechiffrierer, auf einen Schlüssel eingestellt, der von Tag zu Tag geändert werden konnte, ordnete die Signale in entsprechende Filter und stellte die zusammenhängende Rede wieder her.

Als mir dieses Prinzip der Chiffrierung zum erstenmal erklärt wurde, meinte ich, in den Mosaiksystemen würde die Rede einer mechanischen Zerstörung unterworfen, anschließend ihre unveränderlichen Teile wiederhergestellt, hier aber betreibe man schon gewissermaßen eine ›chemische Zerlegung‹ der Rede in Atome, die dann aufs neue zusammengesetzt würden. Anton Michajlowitsch bemerkte dazu:

»Ich glaube nicht, daß das eine genügend exakte wissenschaftlich-technische Definition ist. Es ist schon mehr eine Metapher, ein Bild. Aber trotzdem irgendwie der Wahrheit nahe. Von euch, liebwerte Philologen, wird jetzt folgendes erwartet: genau alle Bedingungen zur optimalen nachträglichen Deutlichkeit bei diesem Prozeß der Analyse und späteren Synthese herzustellen. Wir müssen unbedingt wissen, welche Parameter übermittelt werden müssen, conditio sine qua non, und welche wir einsparen können; welche Frequenzen gestrichen werden können, welche Unterschiede der Amplitude bewahrt werden müssen. Aber die Hauptsache: Chiffrierung.«

Mit einem Häftlingsingenieur zusammen übersetzte ich das Buch ›Kybernetik‹ von Norbert Wiener. Der Ingenieur übersetzte die Seiten, deren mathematischen Sinn ich einfach nicht verstand, und redigierte alles, was ich übersetzt hatte. In unserer Presse galt die Kybernetik als eine reaktionäre Pseudowissenschaft. Anton Michajlowitsch störte das nicht: »Was wollen Sie denn? Klarer Fall: Reaktion bleibt Reaktion. Das soll uns aber nicht hindern, sie technisch auszunutzen. Wir haben den reaktionären Charakter der deutschen Faschisten nie bezweifelt und trotzdem gern mit ihren Kanonen auf sie geschossen. Wie spricht man das eigentlich aus: Zaibernetik oder Kibernetik? Kluge Bestie – dieser Amerikaner, ist übrigens wohl österreichischer Jude? Die Yankees haben sich ja auch Einstein und Niels Bohr angeeignet. Davon haben sie jede Menge Profit. Die Atombombe haben hauptsächlich Immigranten gebastelt. Aber wir werden diese überseeischen Klugscheißer überholen. Ihre erste und wichtigste Aufgabe ist daher jetzt: Deutlichkeit, Deutlichkeit und nochmal Deutlichkeit! Sie, Alexander Issajewitsch, sollen nicht einfach nackte Prozente herausfinden, sondern ganz genau feststellen, welche Sprachlaute nicht gehört wurden, den Kanal nicht passieren konnten. Und Sie, Lew Sinowjewitsch, haben die physischen Ursachen dieser Undeutlichkeit zu analysieren. Wie beabsichtigen Sie vorzugehen? Soso. Einen von der Aufzeichnerbrigade gelesenen Text auf Tonband aufnehmen, anschließend die Lautbilder untersuchen. Die sollte man meiner Ansicht nach einfach Spektrogramme nennnen. Das ist, bei Gott, genauer, wenn auch nicht so hübsch. Meinetwegen können Sie auch ›Spitzen‹ oder ›Zapfen‹ sagen, wenn Sie nur die genauen Daten liefern, wo der Hund begraben liegt. Nehmen Sie die Jagd auf nach diesem räudigen Köter!

Dann ist da noch eine zweite Aufgabe, vielleicht ist die sogar noch wichtiger: Sie kennen sowohl diese wie auch die anderen von uns entwickelten Modelle. Bei allen ist die Tonqualität miserabel, und was noch miserabler ist: die Sprecher sind nicht an der Stimme zu erkennen. Die Hörbarkeit variiert mal mehr, mal weniger. Aber die Erkennbarkeit, besser die Nichterkennbarkeit ist konstant. Stellen Sie sich vor: Genosse Stalin ruft Marschall Konjew an oder den Minister Wyschinskij oder äh-äh Rákosi und erkennt deren Stimme nicht ... Das also ist nun Ihre Sache, teuerster Lautbilderleser. Haben Sie die Güte, so genau wie möglich herauszufinden, wodurch eine Stimme sich von einer anderen unterscheidet. Ich höre im Telefon ein kurzes ›Hallo‹ oder ein gedehntes ›Jaaa‹ und weiß sofort, wer spricht – Hauptmann Woloschenko oder Major Trachtman, erkenne es im Bruchteil einer Sekunde. Und dabei bekommen wir bei normalem Telefon ja nur einen sehr begrenzten Teil des Sprachfrequenzbandes zu hören – etwa ein Fünftel. Hinzu kommt noch die im Telefon beziehungsweise Mikrophon stark veränderte Energieverteilung, das Spektrum wird sozusagen entstellt. Ich habe mir Ihre Ausführungen über Formanten, Hauptströmungen etc., etc. angehört, danach betrachtete ich mir die Frequenzcharakteristika einiger unserer Telefonapparate. Und siehe da: die Techniker, die diese Apparate konstruierten, haben nie auch nur das geringste von ›visible speech‹ gehört, haben alles nur mit eigenen Augen und Ohren ausgetüftelt und die Apparate so gebaut, als ob sie dieselben Forschungsergebnisse studiert hätten wie Sie. Ergo: die bescheidenen Techniker, die Praktiker, erreichten ohne jede theoretische Spekulation, allein auf Grund ihrer praktischen Erfahrungen recht ordentliche Hörbarkeit und Verständlichkeit nach denselben Gesetzmäßigkeiten, die Sie theoretisch als neueste wissenschaftliche Errungenschaften studiert haben. Was folgt daraus? Einmal, daß die Techniker genau so handelten wie in Molières Komödie dieser Monsieur Jourdan, der nicht wußte, daß er sein ganzes Leben lang Prosa sprach; zum andern, daß Ihre Beobachtungen und Spekulationen Vertrauen verdienen ... Immerhin konnte ich mich ja persönlich davon überzeugen, daß Sie noch vor wenigen Tagen keinen blassen Schimmer davon hatten, was Frequenzcharakteristika des Telefons sind. Diese Tatsache ist schon deswegen interessant, weil sie eine gewisse Gesetzmäßigkeit bestätigt, die manche Leute immer noch leugnen. Ich formuliere dieses Gesetz so: gesunde Unkenntnis gehört zu den bewegenden Kräften des wissenschaftlichen und technischen Fortschritts. Ich betone: gesunde! Das heißt, eine sich sozusagen ›ihrer selbst bewußte‹ Unkenntnis, die ohne Selbstzufriedenheit mit Wissensdurst gepaart ist. Henry Ford hatte dieses Gesetz begriffen. Er stellte in seinen Betrieben keine studierten Leute ein, auch keine erfahrenen Praktiker, weil, wie er sagte, deren Gehirnmasse schon geronnen sei, ihre Gedanken sich daher in gewohnter Richtung, auf ausgefahrenen Geleisen bewegten, nicht mehr fähig oder auch nicht bereit, sich ablenken zu lassen. Er brauche Leute, die unerfahren, aber neugierig sind, selber alles neu lernen und erproben wollen. Die seien risikobereiter, einfallsreicher und häufig fähig, neue Wege zu entdecken ...

So schlau war dieser alte Filou. Und genau in diesem Sinne segne ich Ihre gesunde Unkenntnis und fordere Sie auf, nach neuen Wegen zu suchen.«

Man brauchte mich nicht erst zu überreden. Das erste Eintauchen in die angewandte Sprachwissenschaft – unsere statistischen Untersuchungen der russischen Silbenfrequenz – war beendet. Wir stellten neue Silbentabellen zusammen, projektierten und begannen, Wörter- und Satztabellen aufzustellen. Aus freien Angestellten bildeten wir eine Aufzeichnerbrigade, suchten uns dafür junge Leute aus, nicht über dreißig. Bei der Überprüfung jedes neuen Modells und jedes einzelnen Knotens eines Telefonsystems zeichneten sie die empfangenen Silben auf, die der Sprecher aus der schalldichten Akustikzelle diktierte. Der Prozentsatz richtig empfangener Silben ergab den objektiven Index der Deutlichkeit des geprüften Kanals.

Als Sprecher hatten wir Häftlinge und Freie ausgesucht, die deutlich und gleichmäßig, ohne die Intonation zu wechseln beziehungsweise einzelne Laute hervorzuheben, Tabellen lesen konnten, d.h. Hunderte und Tausende von sinnlosen Silben.

Sergej K., der zusammen mit Arkadij S. die neuen Spektralanalysatoren konstruierte, war im Winter 1948 zu uns in die Scharaschka gekommen.

»Ich bin waschechter Petersburger«, erzählte er, »auf der Wassiljew-Insel aufgewachsen. ›Erblicher‹ Ingenieur sozusagen. Studiert habe ich Elektromechanik, jede andere Mechanik geht mir aber ebenso von der Hand.«

Er hatte auch während der Blockade in Leningrad gearbeitet, von Hunger aufgedunsen, halbtot. Wochenlang kam er nicht aus seiner Abteilung heraus. Völlig erschöpft wurde er schließlich evakuiert. Noch vor Kriegsende kam er zurück in seinen alten Betrieb. Im selben Werk arbeitete auch sein Vetter. Der war ein Freund des süßen Lebens. Er montierte die Platinteile von Beutegeräten ab, verkaufte sie an Matrosen der Handelsmarine für Geld oder für Schmuggelware. Grenzschutzsoldaten erwischten ihn eines Tages auf frischer Tat und übergaben ihn dem MGB. Der Untersuchungsrichter redete ihm ein, ihm stünde das höchste Strafmaß ohne Appellationsrecht bevor (Todesstrafe). Die einzige Aussicht auf Rettung bestehe darin, ›mitzuhelfen, eine gefährliche konterrevolutionäre Verschwörung aufzudecken‹. Der unglückselige Spitzbube überlegte nicht lange und »gestand«, sein Verwandter und naher Freund Sergej K. plane, alle Leningrader politischen Führer und sogar den Genossen Stalin umzubringen, dann den freien Handel wieder einzuführen, die Kolchosen aufzulösen und die kleineren Betriebe Privateigentümern zu übergeben.

Sergej besaß keine besonders gute Reputation: er war nicht in der Partei, galt als Querulant, denn er hatte ein paarmal mündlich und schriftlich Mißstände im Betrieb angeprangert. In einem Fall war er sogar nach Moskau ins Ministerium für Staatskontrolle vorgeladen worden. Auch im Gefängnis benahm er sich anfangs widersetzlich, dafür wurde er im eiskalten Karzer eingesperrt; man legte ihm Handschellen an und schlug ihn gnadenlos.

Er »gestand«, daß er antisowjetische Witze weitererzählt habe, daß er Lenin und Kirow mehr liebe als Stalin, daß er tatsächlich behauptet habe, an der Blockade und dem Zusammenbruch der Lebensmittelversorgung Leningrads sei in erster Linie die Regierung schuld, vor allem Shdanow und wahrscheinlich auch Stalin. Über einige »Witze« grinste sogar der Untersuchungsrichter.

»Allerhand, was diese Hundesöhne sich so ausdenken ...«

Doch all diese Geständnisse genügten nicht. Er sollte seine Beteiligung an »Terrorplänen« und an der Schaffung einer Untergrundorganisation zugeben. Der Vetter sah bei der Gegenüberstellung wohlgenährt aus, nur ein bißchen traurig, rauchte Kasbek und bat Sergej, nicht sich selbst und seine Familie ins Verderben zu stürzen und alles offenherzig zu bekennen.

»Die Heimat wird uns verzeihen.«

Schließlich legte der Untersuchungsrichter Sergej ein Formular mit dem Haftbefehl für seine Frau und seine ältere Tochter vor.

»Wenn du gestehst, zerreiße ich ihn hier vor deinen Augen. Aber wenn du Schuft leugnest, werden sie heute nacht noch geholt, und zwar als deine Mitverschwörer. Die werden sich dann schön bei dir bedanken, du Mutterficker, wenn wir sie in die Mangel nehmen, daß die Fetzen fliegen, und ihnen erzählen, daß du ihnen das eingebrockt hast.«

Sergej unterschrieb alles. Der Haftbefehl wurde vor seinen Augen zerrissen. Der Untersuchungsrichter gab ihm eine Zigarette und sagte nun ganz freundschaftlich: »Na also, endlich!

Hast dich und uns lange genug gequält. Bist endlich angekommen. Glaub doch ja nicht, mir hätte das Vergnügen gemacht, meine Fäuste an deinen Knochen wundzuschlagen. Aber so wird es dir, uns und dem Staat von Nutzen sein. Der Feind ist unschädlich gemacht. Ihr beide – du und dein Vetter – seid nun mal Staatsfeinde. Das ist ein Faktum. Doch jetzt, nach dem freimütigen Geständnis, wird euch leichter sein. Auch die Organe werden nun anders mit euch umgehen ...«

Sergej und seinen Denunzianten verurteilte die OSO zu 25 Jahren in drei Punkten des Artikels 58: Punkt 8 Terror, Punkt 10 antisowjetische Propaganda, Punkt 11 konterrevolutionäre Organisation.

»Dieser blöde Schlappschwanz erfuhr später, daß ihm wegen des Platins nicht mehr als zehn Jahre hätten aufgebrummt werden können, daß er in die Kategorie der ›Wirtschaftskriminellen‹ und nicht der ›Volksfeinde‹ gehörte. Seine Frau kam nach ihrem Besuch bei ihm im Gefängnis zu meiner Lida und sagte, er sei ganz verzweifelt und bitte mich um Verzeihung. Er wolle an den Generalstaatsanwalt schreiben, an den Obersten Gerichtshof, an Stalin. Diese Laus hoffte, ich würde auch schreiben. Das kam überhaupt nicht in Frage! Ich hatte mit denen so eine Art Gentleman-Agreement getroffen: ich hatte unterschrieben, was sie brauchten, sie ließen dafür meine Familie in Ruhe und schickten mich in eine Scharaschka. Hier kann ich was Vernünftiges tun, kann mein Gehirn betätigen, brauche nicht in Workuta oder Magadan zu verhungern. Und was käme dabei heraus, wenn ich mit Beschwerden loslegte? Schreib, an wen du willst – an Stalin, ans Stadtwirtschaftskomitee, meinetwegen auch an den Vorstand der Taubstummengesellschaft ...«

Ich mochte Sergej von Anfang an. Er war stattlich und kräftig, hatte einen offenen, kühnen Blick, graue Augen, eine hohe Stirn. Er sprach das Idiom eines gebildeten Petersburgers, der den Jargon der Betriebe, Amtsstellen, Versammlungsredner ebenso beherrscht wie den der Vorstadtkneipen. Er war gelassen-selbstbewußt und äußerst dezidiert in seinen Urteilen:

»Der beste russische Maler ist Makowskij[17]. Wer bezweifelt das? Nur ein Banause, ein grober Ignorant oder ein Snob, der sich oberschlau vorkommt, wird behaupten, daß ihm der Psychopath Wrubel[18] oder irgendwelche abstrakte Schmierereien besser gefallen ...

Stalin wollte Leningrad den Deutschen ausliefern, und es ist noch nicht raus, wer die badajewschen Lagerhäuser* in Brand steckte, wer die deutschen Bomber dorthin gelenkt hat. Stalin fürchtete jedenfalls die Petersburger und haßte sie. Schon Kirows[19] wegen ...

Wer war denn ein aufrechter Bolschewik? Kirow! Klarer Fall! Dagegen kannst du nichts einwenden. Er war es, schlicht und aufrecht, echte russische Seele. Das Herz auf dem rechten Fleck, verstand was von Technik, auch von Städtebau. Er erlaubte nicht, Leningrad zu verschandeln, wie Moskau verschandelt wurde. Er hat auch die Denkmäler nicht abreißen lassen. Alexander – die bronzene Vogelscheuche – hatte man schon vor ihm ins Museumsdepot abgeschoben. Aber alle anderen blieben stehen, auch die Zarin Katja, Nikolaj I., Kutusow und Suworow. Es gab – ich weiß es ganz genau –, es gab Bestrebungen, sie alle, auch den Ehernen Reiter, einzuschmelzen; denn ›der Fünfjahrplan braucht Traktoren‹!«

Diskussionen liebte Sergej nicht. Wenn er seinen Standpunkt kompromißlos und kategorisch dargelegt hatte, wehrte er jeden beliebigen Einwand manchmal fluchend, manchmal scherzend, manchmal ironisch-bescheiden ab:

»Ach, das ist meine Schuld, verzeihen Sie. Wir groben Techniker verstehen es nicht, uns mit gebildeten, erleuchteten Geistern zu unterhalten. Wir löffeln den Kohl mit dem Bastschuh, schneuzen uns mit dem nackten Fuß ... Entschuldigen Sie, mille fois pardon. Ich bedauere tief, daß ich wagte, ein eigenes Urteil zu haben und es in Anwesenheit so hochgestellter Persönlichkeiten zu äußern. Von jetzt an werde ich demütig schweigen. Und wer das bezweifelt, der kann mich am Arsch lecken.«

Schon in den ersten Tagen freundeten wir uns an. Manchmal stritten wir wüst, bewarfen uns mit derben Flüchen und versöhnten uns rasch. Ich bewunderte seinen Erfindergeist, der auch für meine eigenen Arbeiten unentbehrlich wurde.

Panin begegnete Sergej in den ersten Tagen sehr freundlich. Ihm gefiel seine ganze Art, sein unbefangen-freies Reden, seine unabhängigen Urteile. Später zerstritten sie sich. Das lag wahrscheinlich an Sergejs gotteslästerlichen Reden und an seiner Verachtung der Kirche. Er sagte:

»Dein Mitja ist einfach ein Gesegneter, ein Gottesnarr. Da ist

* Ein großes Lebensmitteldepot, das im September 1941 von der deutschen Luftwaffe zerstört wurde.

nichts zu machen. Gestern traf ich ihn beim Spaziergang: er läuft barfuß im Hof herum, der Boden ist gefroren, Temperatur um Null. Das Hemd offen bis zum Nabel. Fehlt bloß noch, daß er pudschwere Eisenketten anlegt und in der Kirchenvorhalle vom Jüngsten Gericht faselt. Solche Leute bedaure ich, aber achten kann ich sie nicht. Ich bin ein einfacher Mensch, mal lustig, mal traurig, aber psychisch normal. Meine gesunde Seele ekelt sich vor allem Psychopathischen wie der Mullah vorm Schinken.«

Auch ich geriet immer häufiger in Streit mit Panin. Er durchlebte damals eine schwere seelische Krise – seine erste Zehnjahresfrist war abgelaufen. Ich begriff das damals noch nicht völlig, bemerkte es nicht recht, weil ich mit meinen eigenen »Entdekkungen« vollauf beschäftigt war. Seine Askese fand ich lächerlich, manchmal ärgerte ich mich auch. Er arbeitete im Konstruktionsbüro, in dem auch einige Frauen beschäftigt waren. Manche versuchten, mit dem schweigsamen, düsteren, gutaussehenden Häftling zu kokettieren.

Aber er verbot es sich, auch nur zu ihnen hinüberzusehen. Und wenn er doch hingeschaut und nicht die Kraft besessen hatte, die Augen sofort abzuwenden, bestrafte er sich. An so einem Tag schenkte er dann irgendeinem von uns sein Kompott vom Mittagessen oder seinen Pudding vom Abendessen.

»Da nimm! Ich habe heute gesündigt, habe zwei oder drei Augenblicke eine von diesen Verführerinnen angesehen und mir deshalb Buße auferlegt.«

Schließlich gerieten wir auch bei gänzlich absurden Anlässen aneinander. Er wollte zum Beispiel beweisen, daß der Puschkin-Mörder d'Anthès ein edler, wohlerzogener Jüngling gewesen sei, der sich im Ehrenhandel anständig und korrekt verhalten habe: er war herausgefordert worden, mußte sich deshalb duellieren. (Panin trat überhaupt für das Wiederaufleben aristokratischer Sitten ein, speziell der des Duells.) Puschkin dagegen verurteilte er, räumte zwar ein, daß er ein genialer Dichter gewesen sei, aber »er war Atheist und infolgedessen ein sittenloser, unmoralischer Mensch«. Als ich das hörte, geriet ich in Wut. Wir beschimpften uns bis aufs Blut und versöhnten uns nicht einmal, als er einige Monate später aus der Scharaschka abtransportiert wurde.

Fünf Jahre später trafen Panin und ich uns in Moskau wieder und befreundeten uns erneut.

Mein Arbeitstisch im akustischen Labor stand im entferntesten Winkel am Fenster. Solschenizyn und ich saßen Rücken an Rücken. Auf unseren Tischen hatten wir regelrechte Büchermauern errichtet und oben drauf noch die Frequenzfilter gestellt. Die brauchten wir, um beim Hören der Probe-Lesungen verschiedene Frequenzbereiche abwechselnd auszusieben. Gewöhnlich saßen wir mit Kopfhörern, behaupteten, das sei notwendig, um Geräusche von außen fernzuhalten. Doch während wir Lautbilder betrachteten, lasen oder übersetzten, hörten wir gleichzeitig Musik, und an stillen Abenden schalteten wir die Kopfhörer um. Ich besaß einen Empfänger mit einer einzigen Röhre, den mir befreundete deutsche Kriegsgefangene gebastelt hatten. Er war auf ein Schächtelchen, nicht viel größer als ein Streichholzkästchen, montiert und ein für allemal auf BBC eingestellt.

Sergej hatte eine regelrechte Arbeitszelle uns gegenüber an der anderen Seite des Zimmers. Außerdem war er noch Sprecher. Allen gefielen sein prachtvoller Baß-Bariton und seine sehr genaue, doch ungekünstelte Aussprache. Daher hatte er oft stundenlang in der Akustikzelle den Aufzeichnern Silben, Wörter oder Sätze vorzusprechen. Und wenn ein neuer Kanal von örtlichen Experten oder auswärtigen Kommissionen begutachtet werden sollte, las er in der Zelle ganze Zeitungsartikel vor. Als Sprecher war er Solschenizyn unterstellt, den er nicht mochte:

»So ein Jüngelchen, Rotzlümmel der, und führt sich auf wie ein Kommandierender General: ›So wird's gemacht! Keine Diskussion!‹ Guckst du ihn an, findest du nie auch nur die Spur eines Lächelns in seinem Gesicht. Hockt ständig da wie die Maus in den Graupen, mißmutig, verdrießlich. Auf der ganzen weiten Welt liebt er nichts außer sich selbst. Noch wenn er in der Nase bohrt, tut er das mit allergrößter Hochachtung und Bewunderung vor sich selbst.«

Zwar wurde ich als »Phonetik-Brigadier« geführt, legte diesem »Rang« aber natürlich keinerlei Bedeutung bei und machte auch keinen Gebrauch von ihm. Solschenizyn dagegen, durch nichts dazu legitimiert, drillte mit hellem Vergnügen die freien Aufzeichner, zu denen auch erfreulich anzusehende Mädchen gehörten. Ich ergötzte mich an seiner energischen Tätigkeit und hielt mich heraus, wenn ich sah, daß ihn die Lust überkam, seine Gelehrsamkeit brillieren und seine Kommandeursallüren spielen zu lassen. Immerhin war er noch als Jüngling in den

Krieg gezogen. In ihm brodelte noch knabenhafter Übereifer, jugendlicher Ehrgeiz. Ich kam mir dagegen sehr reif und erfahren vor. Innerlich schmunzelnd, achtete ich darauf, daß man ihn gewähren ließ.

Sergej bemerkte manchmal giftig:

»Ich verstehe das nicht – wer von euch beiden ist denn nun hier der Brigadier? Wer befiehlt und wer führt aus? Ich zum Beispiel dulde es grundsätzlich nicht, daß man mit mir im Kommandoton verkehrt. Und wenn da irgend so ein dreister Säugling sich aufspielt, dann ist mein erster Reflex, ihn schlittenfahren zu lassen.«

Einmal hatte Sergej gehört, wie Solschenizyn im Gespräch mit Abram Mendelewitsch sagte, er halte es für unerläßlich, die Aufzeichnerbrigaden in einer selbständigen Organisationseinheit zusammenzufassen. Natürlich werde er, wenn nötig, Kollegenrat einholen, wolle indessen Abram Mendelewitsch direkt unterstellt werden.

Feindselig fügte Sergej hinzu:

»Und wie pfiffig er ihm geschmeichelt hat, so ganz nebenbei: ›Als Offizier, Abram Mendelewitsch, wissen Sie ja, wie wichtig direkte Subordination ist.‹ Und dieser Abram Mendelewitsch – dieser bebrillte, lockenköpfige Schreibtischhengst mit Epauletten, auf seinen dürren Beinchen in Chromlederstiefelchen –, der spitzt die Öhrchen und schnurrt wie ein Kater, wenn man ihn krault.«

Diese unverhoffte Mitteilung verletzte mich. Das Streben nach Selbständigkeit, nach Einzelleistung gehört untrennbar zu jenem jugendlichen Ehrgeiz, den ich ja längst an ihm bemerkt hatte. Aber warum spricht er nicht offen mit mir und geht allen ungeschriebenen Gesetzen der Freundschaft und der Häftlingsbrüderschaft zum Trotz direkt zur ›Obrigkeit‹?

Ich wußte nicht, wie ich darüber mit ihm sprechen sollte. Denn ich hatte ja das Recht zu regieren, zu kommandieren, gar nicht für mich beansprucht. Im Gegenteil, ich war überzeugt, daß Solschenizyn seine Sache ohne Hilfe ganz ausgezeichnet machte. Doch diese plötzlich entstandenen Gefühle des Mißtrauens, ja der Feindseligkeit konnte ich nicht verbergen. Wie wäre das auch möglich, wenn man ständig miteinander zu tun hat, Tag und Nacht beieinander ist? Im Labor sitzen wir Rükken an Rücken. Im Eßraum sitzen wir am selben Tisch. Im Schlafraum teilen wir die Waggonka.

Er merkte es bald, fragte ein über das andere Mal:

»Was ist los? Warum schmollst du mit mir?«

Ich erwiderte ziemlich wolkig, aber nicht eben freundlich: »Was heißt das – schmollst du? Bist schließlich kein Mädchen, dem ich schöntun müßte. Weißt du, warum Pferde nicht Selbstmord begehen? Weil sie nicht versuchen, ihre Beziehungen zu klären.«

Ich hörte auf, ihn nach seiner Arbeit zu fragen. Und wenn er manchmal – wie mir schien, übertrieben besorgt – sachliche Fragen stellte über den Verlauf der Versuche oder über allgemeine Themen der Politik, der Literatur, antwortete ich möglichst kurz und kühl und vermied es, mit ihm zu diskutieren. »Na, schon gut, soll doch jeder bei seiner eigenen Meinung bleiben.«

Als ich ihm das erstemal in dieser Weise auswich, wurde er hellhörig und bemerkte so nebenbei, es könne schon manchmal passieren, »daß man bei der Arbeit jemandem auf die Hühneraugen tritt«. Ich konnte mir nicht verkneifen zu erwidern, die Zusammenarbeit von Häftlingen unterliege gewissen Bedingungen, bei uns seien die moralischen Grenzen enger gezogen als in der Freiheit. Seine Augen verdunkelten sich.

»In dieser Hinsicht kann es zwischen uns keinerlei Meinungsverschiedenheiten geben. Kein noch so schmieriger Lump wird zu behaupten wagen, daß ich diese Grenzen verletze.«

Was war zu tun? Auf meinen Führungsanspruch, den ich nicht genutzt hatte, konnte ich nicht pochen. Allerlei Bagatellen aufpicken – wer wem was gesagt hatte? Ihm vorwerfen, daß er hinter meinem Rücken der Obrigkeit Bericht erstattet hatte? Auf Sergejs Mitteilung konnte ich mich auch nicht berufen. Das liefe auf Tratscherei hinaus. Er hatte mich ausdrücklich gebeten, seinen Namen nicht zu nennen, denn er hatte das Gespräch zwischen Solschenizyn und Abram Mendelewitsch mit einer selbstgebastelten Vorrichtung abgehört, die uns später manchmal dazu diente, die Gespräche der Obrigkeit aus der schalldichten Akustikzelle mitzuhören. Dadurch erfuhren wir mehrmals, wem eine Verlegung bevorstand und für wen der Gevatter sich besonders interessierte.

Eine Zeitlang schleppte sich diese ungute Stimmung zwischen uns hin. Doch dann gewann nach und nach unsere Freundschaft wieder die Oberhand, als sei sie nie getrübt gewesen. Und ich bin nie auf diese leidige Sache zurückgekommen.

Meiner Anhänglichkeit konnte diese Verstimmung keinen Abbruch tun. Dazu stand er mir zu nahe. Er verstand mich besser als alle anderen, nahm ernsthafter und wohlmeinender an meinen Problemen teil, half mir manchmal bei meinen Experimenten, entweder selber oder mit seinen Aufzeichnern, und verwendete gerne meine ›Entdeckungen‹ auch für die Versuche, die er durchführte und deren Ergebnisse er verallgemeinerte.

Ich mochte ihn von Herzen gern. Sein starker, durchdringender, forschender Verstand war immer bis aufs äußerste zielgerichtet. Ich ärgerte mich manchmal, daß er nie bereit war abzuweichen, ein ›außerplanmäßiges‹ Buch zu lesen oder über ein Thema zu sprechen, das er nicht schon ›vorgeplant‹ hatte. Doch immer wieder entzückte mich seine unbeugsame Willenskonzentration, straff wie eine festgespannte Saite. Und er verstand es – wenn er wollte –, so sympathisch, so überzeugend, so herzlich, so freundschaftlich zu sein. Ich liebte ihn nicht nur als Freund und Kameraden, sondern wie meinen jüngeren Bruder (mein leiblicher jüngerer Bruder, der auch Sanja hieß, war im September 1941 gefallen) und zugleich auch irgendwie väterlich. Seit langem träumte ich von einem Sohn, dem ich alles mitteilen konnte, was ich selber wußte und verstand, alle meine Gedanken und Sorgen. Solschenizyn dagegen hatte den Schmerz der Vaterlosigkeit nicht überwunden. Das spürte man, wenn er von seiner Kindheit und Jugend erzählte. Auch in den Gedichten, die er damals schrieb, lebte dieser Schmerz. Ich war fast sieben Jahre älter als er, fühlte mich erfahrener und erklärte mir all unsere Streitigkeiten als Generationswidersprüche.

In jenen Jahren und noch lange nachher vertraute ich ihm uneingeschränkt, glaubte ihm trotz vorübergehender Zweifel, trotz erbitterter Zerwürfnisse, trotz der scharfen Ausfälle Sergejs. Ich glaubte, Rücken an Rücken mit mir sitze ein echter Freund. Ohne diesen Freund wäre mein damaliges Leben noch schwerer gewesen.*

* Im Frühling 1955 erfuhren Dmitrij Panin und ich Solschenizyns Adresse. Er lebte schon das dritte Jahr in »Verbannung auf ewig« in der Steppensiedlung Kok Terek in Kasachstan.

Wir begannen, mit ihm zu korrespondieren. Er stand noch unter ärztlicher Beobachtung nach einer Krebsoperation. Seine Frau, Natalija Reschetowskaja, hatte sich von ihm scheiden lassen – reine Formsache, die Ehe mit einem Gefangenen zu lösen – und wieder geheiratet. Lange Zeit wußte Solschenizyn nicht einmal, daß er geschieden war. Sie schrieb ihm nicht, antwortete nicht einmal auf seine Bitte, ihm Birkenrindenschwamm zu schicken, der als Anti-Krebs-Mittel galt. 1957 heirateten sie noch einmal.[20]

Er schrieb mir und Mitja oft. Manche Briefe durchdrang, kaum verhüllt, der Schmerz der Einsamkeit, der Verzweiflung, die Erwartung seines baldigen To-

Solschenizyn erarbeitete eine Theorie und eine Methode für die Artikulationsforschung von Telefonkanälen in verschiedenen Systemen. Ich las und exzerpierte Bücher und Zeitschriftenartikel über Sprachwissenschaft, Phonetik, Akustik, Elektroakustik, Kommunikationstheorie, über Physiologie und Psychologie des Sprechens.

Zum Lesen blieben mir allerdings nur die Abendstunden. Tagsüber plagte ich mich mit den Lautbildern herum, hockte vor dem SA-Gerät, sprach Texte auf Tonband, die ich anschließend auf dem Analysator zerhackte, erhielt Lautbilder, die ich betrachtete, maß, verglich.

Meine Aufgaben waren ziemlich verantwortungsvoll: ich mußte feststellen, wovon und in welchem Grade die Deutlichkeit der Rede und die Erkennbarkeit der Stimme in Telefonen verschiedenen Typs abhängig ist, wie genau bestimmte Parameter der Tonschwingungen (Frequenzen, Energieverteilung in den verschiedenen Frequenzbereichen) übertragen werden müssen. Bei den Überlegungen und Diskussionen über unsere phonetisch-akustischen Arbeiten, an denen sich fast alle beteiligten, die neue Telefonsysteme und einzelne Bausteine ausarbeiteten, waren dies die Hauptthemen: Wieviel Frequenzen kann man in einem Frequenzbereich ›einsparen‹, d.h. wegschneiden? Bei einem gewöhnlichen Gespräch von Mund zu Ohr auf eine Entfernung von zwei Metern nehmen wir Tonschwingungen auf mit der Frequenz von 60 bis 15000 Hertz. Das gewöhnliche Telefongespräch erfaßt aber nur ein Band von 100 bis zu 2500, allenfalls 3000 Hertz. Selbst bei einer Wieder-

des. Wir versuchten, so gut wir es vermochten, ihn zu trösten, zu ermutigen, ihm eine neue Frau zu suchen ...

Im Sommer 1956 holten wir ihn in Moskau vom Kasaner Bahnhof ab.

Er schien uns kaum verändert, nur ein wenig ausgedörrt und gelblichfahl verbrannt von sozusagen unerlaubter Sonneneinwirkung. (Er durfte sich damals noch nicht in der Sonne aufhalten.) Wir konnten – im Hinblick auf seinen Gesundheitszustand – auch das Wiedersehen nicht entsprechend »begießen«. Aber es gab viel zu erzählen.

Damals und bei allen späteren Begegnungen in den nächsten 15 Jahren haben wir uns kaum gestritten, obwohl unsere Hoffnungen und Ansichten über unser Land und über die Welt oftmals nicht übereinstimmten. Ich hielt mich noch bis 1968 für einen Marxisten, wenn auch nicht mehr für einen Leninisten. Mitja Panin war aus einem fanatischen Rechtgläubigen zu einem fanatischen Katholiken geworden. Doch das uns Verbindende war stärker als das uns Trennende. Die alte Häftlingsfreundschaft schien fester als je zu sein.

Erst in den siebziger Jahren trennten sich unsere Wege. Doch das ist ein anderes Thema. Darüber zu sprechen, ist die Zeit noch nicht reif.

gabe mit noch engerer Bandbreite behält das Gesprochene einige Deutlichkeit.

Wie stark kann man ein Band beschneiden? Was ist besser – die höheren oder die niedrigeren Frequenzen wegzuschneiden? Wenn man, um ein Telefongespräch zu chiffrieren, das Band durch Filter in einzelne Frequenzbänder teilt, welche Teilung ist dann die günstigste für Deutlichkeit und Erkennbarkeit?

Wie wirken Unterschiede der Energie, d. h. die Amplituden der Tonschwingungen auf die Deutlichkeit und Verstehbarkeit des gesprochenen Wortes? Wie weit kann man Amplituden kappen? Wie genau muß man die Unterschiede zwischen den Amplituden in den einzelnen Frequenzbereichen wiedererzeugen? Derartige konkrete technische Fragen waren untrennbar von einigen allgemein theoretischen Problemen.

Was ist wichtiger bei der Aufnahme von Gesprochenem: einzelne Laute oder ganze Blöcke von Sinneinheiten – Silben, Wörter, Sätze?

Wodurch unterscheidet sich die Aufnahme von geschriebenen Texten von der Aufnahme gesprochener Rede?

Was ist schneller und genauer? Hören oder Lesen? Kann man die Unterschiede messen?

Lautbilder, d. h. Spektrogramme von Tonschwingungen erlaubten die Energieverteilung pro Frequenzband zu erkennen – im Bereich annähernd zwischen 20 und 3000 Hertz. Jene Lautbilder, die nur auf SA 2 und SA 3 gewonnen wurden, zeichneten den Bereich in einigen Hundert feinster Linien auf.

Sergej konstruierte eine Vorrichtung, die er erlaubte, eine Zeichnung mal dichter, mal lockerer zu machen. Der Grad der Schärfe, Verdunkelung der Abschnitte jeder Linie drückte die mehr oder weniger hohe Amplitude der Tonschwingungen der gegebenen Frequenz im gegebenen Augenblick (Sekundenbruchteil) aus. Derartige Spektrogramme erlaubten, bis in jene Winkel vorzudringen, die früher den Linguisten wie den Akustikern und Kehlkopfspezialisten unzugänglich waren.

In der ersten Zeit fand ich in den Lautbildern und den parallel dazu aufgenommenen Oszillogrammen Bestätigungen jener sozusagen ›korpuskularen‹ Theorie des Sprechens, die es als eine komplizierte Konstruktion aus exakt abgeteilten Bausteinchen darstellt – den Phonemen.

Später überzeugte ich mich mehr und mehr davon, daß diese Theorie nicht ausreicht. Im geschriebenen Text verarmt der Informationswert oder schwindet sogar ganz, wenn man die Satzzeichen wegläßt.

»Was du mit der Feder schreibst, kriegst du mit keiner Axt mehr weg!« Geschriebenes, Gedrucktes kann man wieder und wieder lesen, bis man es verstanden hat, aber das einmal ausgesprochene Wort »ist wie ein Spatz, fliegt er fort, fängst du ihn nicht mehr ein«.

Die Möglichkeiten von Hören und Sehen vergleichend, wurde ich zum ›Ohrenpatrioten‹, versuchte zu beweisen, daß Blindgeborene oder früh Erblindete in der Regel erheblich begabter und intelligenter sind als taub Geborene oder früh Ertaubte, weil Taubheit und in Verbindung damit Stummheit unweigerlich Verstand und Bewußtsein stärker beeinträchtigen als Sehschwäche oder totale Blindheit. Ich dachte an Homer und den Moskauer Mathematiker Lew Pontrjagin, aber es fiel mir kein tauber oder schwerhöriger Genius ein.

Gleichzeitig überzeugte ich mich immer mehr davon, daß man die Aufnahme von Gesprochenem nicht wie die Arbeit eines gewissen überschnellen Ohr-Gehirn-Empfängers betrachten kann, bei dem zielstrebig der Strom der Phoneme analysiert wird, abgeteilt wie Morsezeichen.

Damals wurde ich zum Anhänger der Wellentheorie des Sprechens. Später kam ich jedoch zu der endgültigen Überzeugung, daß wir Gesprochenes als fließende veränderliche Einheit aufnehmen (veränderlich in der Zeit wie in den relativen Bedeutungen ihrer verschiedenen Elemente). Diese Einheit umfaßt diskrete Bestandteile – also Einzellaute –, aber auch kontinuierlich ineinander übergehende Lautgruppen und die aus beiden Elementen geschaffenen ganzheitlichen Informationsblöcke: Wörter, Betonungen, Sätze.

Schließlich erarbeitete ich ein System der phonetisch-physikalischen Darstellung, in dem ich einerseits Gelesenes und Gehörtes gegenüberstellte und kompilierte, andererseits alles noch einmal neu durchdachte, was ich selbst beobachtet hatte. Mein System schien mir besser als alle anderen geeignet zu sein, den Kameraden bei der praktischen Arbeit zu helfen. Ich nannte es ›Redesymbole der russischen Sprache‹.

1. Frequenz-energetische diskrete Redezeichen oder Phoneme, die von den bildenden Frequenzen in den Formanten geschaffen werden.
2. Frequenz-zeitliche und amplituden-zeitliche Übergangszeichen der ›Redetonart‹, d. h. Akzent, Intonation, Ausdrucks-

schwankungen in Lautstärke und Redemelodie. Unterschiede der Amplituden und Veränderungen des Grundtons.
3. Zeitliche Zeichen: ausdrucksvolle Pausen, Beschleunigung oder Verlangsamung.
4. Sichtbare Redezeichen: Mimik, Gestik.

Stunden- und tagelang war ich, alles um mich her vergessend, damit beschäftigt, »Fahrräder zu erfinden«, »Amerika zu entdecken« oder eigene fantastische spekulative Schemata zu entwerfen.

Die Lautbilder zeigten das Gesprochene vor allem in zwei Dimensionen: Zeit (horizontale Achse) und Frequenz (vertikale Achse). Die dritte Dimension – die Energie (Amplitude) drückte sich nur im Grad der Verdunkelung einzelner Stellen aus. Sergej hatte eine Vorrichtung erfunden, mit der man gepunktete Spektrogramme erhalten konnte, vergleichbar den Bildern der Pointillisten, um nach der Anzahl der Punkte die Quantität der Energie bestimmen zu können, d. h. die Höhe der entsprechenden Amplitude. Doch bekamen wir damit nicht genügend objektive und wirklich meßbare Hinweise. Je größer die Energie, desto mehr Pünktchen gab es, die dann in Flecken zusammenflossen. Sergej baute ein Gerät, das das Spektrum nach Frequenz und Amplitude analysierte. Das ergab Lautbilder von Augenblicksteilen (nicht länger als hundert Millisekunden) einzelner Laute. In der Horizontalen die Frequenz, in der Vertikalen die Amplitude.

Ich träumte jedoch von der dreidimensionalen Darstellung des gesprochenen Wortes. Und Sergej machte einige Modelle, zwei Dutzend ›Profil‹-Frequenz-Amplitude-Spektrogramme wurden in eine Reihe der Zeitachse gestellt, wo sie ein Stückchen seltsamer Berglandschaft bildeten. Das so gewonnene »dreidimensionale« Wort ließ sich aber schwerer lesen als die zweidimensionalen Lautbilder.

Solche Modelle herzustellen war ebenso mühsam wie langwierig, und dabei war ungewiß, ob eine objektiv ausreichend genaue Darstellung der Amplituden zustande kommen würde. Sie hing vor allem von Mikrophonen ab, die vergleichsweise wenig die Deutlichkeit beeinflußten, in allen übrigen Qualitäten aber völlig verschieden sein konnten, sogar bei ähnlichen Apparaten.

Als ich begann, die Parameter der individuellen Eigenart der Stimme genauer zu untersuchen und zu erforschen, gelangte ich zu der Überzeugung, daß gerade die dreidimensionale relief-, besser hochreliefartige Darstellung des Spektrums der Rede erlaubt, die Besonderheiten von Stimme und Aussprache am getreuesten festzustellen. Wir durften uns jedoch nicht intensiv genug mit derartigen Forschungen befassen. Sergej erhielt irgendeine andere Arbeit zugewiesen, dann wieder eine andere... Außer ihm interessierte sich keiner von unseren Ingenieuren ernsthaft für derartige Probleme. Und sowieso hätte hier keiner Sergej ersetzen können. Er war ein Konstrukteur von Gottes Gnaden, mit ungewöhnlich raschem Verstand, schlagfertig, erfinderisch, reich an Phantasie und ein Meister mit goldenen Händen. Wieder und wieder erdachte er neue Vorrichtungen für die Spektralanalysatoren, und um die Richtigkeit des im Lautbild Gelesenen zu prüfen, baute er den Apparat der künstlichen Rede, den AKR.

Zehn Fotoelemente, die den Frequenzfiltern entsprachen, steuerten einen Lautsprecher. Auf einen langen und breiten Streifen weißes Papier übertrugen Sergej und ich in zehn ›Strophen‹ mit schwarzer Tusche die Formanten. Der Apparat zog dieses handgemachte Lautbild mit der Geschwindigkeit des gesprochenen Wortes, die Fotoelemente ›lasen‹ es, und eine krächzende mechanische Stimme brachte hervor: »Fette Karpfen gingen unters Oberdeck.« Diesen Satz hatten wir uns zu Beginn der Arbeit im akustischen Labor ausgedacht. Er umfaßte fünf Vokale und einige wichtige Konsonanten.

Von früh bis spät hörte man in jedem Laborwinkel, in dem Einzelteile montiert wurden, den Satz von den fetten Karpfen bald mit fröhlicher, bald mit zorniger Stimme.

Merkwürdig bedeutungsvolle Minuten. Worte erklangen, die kein Mensch gesprochen hatte, ein handgemachter Apparat brachte sie nach einem Mogelzettel hervor, den wir hergestellt hatten. Mit Hilfe dieser Umkehr der Lautbilder in Laute ging ich daran, unsere Vorstellungen von den Redesymbolen zu überprüfen, ihre absoluten und ihre relativen Bedeutungen zu präzisieren und zu bestätigen.

Anton Michajlowitsch und Abram Mendelewitsch waren anfänglich mit dem AKR sehr zufrieden, hörten sich aufmerksam unsere Erläuterungen an. Anton Michajlowitsch grunzte wohlwollend, als ich über die Möglichkeiten der theoretischen und praktischen Erforschung berichtete. Mehrmals zeigte er hochgestellten Besuchern den einzigen Apparat der Welt, der Worte hervorbringt, die niemals von einer menschlichen Stimme gesprochen wurden. Doch bald verlor Anton Michajlowitsch das Interesse an der Sache.

»Ich sehe keinen Nutzen in eurem Spielzeug. Wir brauchen konkrete, das heißt vor allem praktische Resultate. Das da ist reine Gehirnakrobatik.«

6. Kapitel
Der Graue

Er heißt Jewgenij G. Seine vorstehenden blaugrauen Augen blinzeln anscheinend nie. Er hat hellblondes, spärliches Haar, ein langes Gesicht. Den Rücken leicht gekrümmt, geht er mit zusammengezogenen Schultern. Die Hände sind lang und kräftig. Er spricht gedämpft, überhöflich, benutzt Floskeln wie: »Ich erkühne mich, zu bemerken ...«, »es befremdet mich, feststellen zu müssen ...«, »verzeihen Sie meine Direktheit ...«, das und das »greift Platz«. Derartige gewählte Redewendungen vermischte er mit zotigsten Slang-Wörtern und Ausdrücken aus der Gaunersprache. Rasch ging er zu vertraulichem, kumpelhaftem Ton über: »Gut so, Freundchen! Schuftest wie'n Ochs, daß die Schwarte knackt.« »Erdreiste mich, zu bemerken: an Arbeit kann auch ein Gaul krepieren.« »Ich hab' das sechste Jahr abgerissen, hab' sowieso fünfzehn Jahre disponibel und fünf auf den Hörnern.[21] Ich arbeite störungsfrei. Bin in meiner Spezies keiner von den Schlechtesten. Gelernter Schlosser, achter Grad, bin als Dreher ebensogut: repariere alle Maschinen, jedes Gerät. Bin Universal-Elektriker für Starkstrom und für Schwachstrom. Über mich geraten die Ingenieure in Verzückung, vergehen vor Verwunderung. Extra Klasse. Ich arbeite mit dem Kopf, ohne ihn zu überanstrengen. Ich weiß, was nötig ist – mir, dir, der Obrigkeit. Gib mir, was mir zusteht, was ich sonst noch brauche, nehm' ich mir selber.« Er grinst breit, fletscht kleine, kräftige Zähne. Sein Lachen kommt stoßweise, beginnt mit einem Ruck und endet ebenso abrupt.

Jewgenij G. montiert in der Experimentierwerkstatt elektrische Apparate. Die Männer, die mit ihm arbeiten, bestätigen, daß er seine Sache versteht, manchmal recht gescheit die Ingenieure korrigiert, wobei er nicht nur ein Detail, sondern ganze Schaltsysteme verbessert. Er ist ein alter Radio-Bastler, Kurzwelle. Das hat ihn auch ins Lager gebracht, schon vor dem Krieg. Auch seinen Vater, einen Werkmeister, und seinen älteren Bruder, einen Militäringenieur. Der Bruder wurde erschossen, der Vater starb im Lager. Ehemalige Häftlinge aus Workuta erzählten, daß Vater und Sohn unversöhnlich verfeindet waren; sie wußten aber nicht, ob Jewgenij Vater und Bruder verpfiffen hatte oder ob umgekehrt der Vater die Söhne denunziert hatte. Häftlinge, die auf sich hielten, mieden beide.

In seiner Zelle schlief Jewgenij auf einer unteren Pritsche, über ihm lag der streitsüchtige Schreihals Kostja K., Ingenieur und ehemaliger Kriegsgefangener, ein gutmütiger und nicht sehr kluger Mensch. Eines Tages zog Kostja versehentlich Jewgenijs Wattejacke an und fischte aus der Tasche ein säuberlich gefaltetes, maschinenbeschriebenes Blatt Papier heraus. In allen Labors gab es Schreibmaschinen, und Jewgenij hatte mehrmals die Typen an Beutemaschinen ausgewechselt.

Auf dem Blatt war kein Adressat angegeben. Sein Text aber ließ keinen Zweifel daran, für wen es bestimmt war:

»Der Häftling Semjonow verfertigt abends aus Plexiglas Zigarettenetuis, Zigarettenspitzen und Broschen. Einiges davon gibt er beim Wiedersehen seinen Angehörigen, einiges schenkt er anderen Häftlingen. Den Häftlingen Ismajlow, Bryksin, Solschenizyn, Gerassimow gab oder verkaufte er Zigarettenetuis und -spitzen zu ihrem persönlichen Gebrauch. Den Häftlingen Laptjew und Nikolajew gab oder verkaufte er Broschen als Geschenk für ihre Angehörigen.

Der Häftling Laptjew übergab beim letzten Wiedersehen seiner Frau einen Brief, in dem er ihr die Adresse unseres Objekts und den Tagesablauf mitteilte. Beweis: Erscheinen der Ehefrau am Zaun während der Spaziergangszeit. Der Häftling Nikolajew gab seiner Frau ebenfalls diese Nachricht, denn sein minderjähriger Sohn erschien am Zaun und rief sogar ›Papa!‹

Die Häftlinge Panin, Kopelew und Solschenizyn treffen sich jeden Abend in der Freistunde in der Bibliothek. Den Schlüssel dazu hat der Häftling Solschenizyn. Er gibt ihn dem Aufseher nicht heraus, behauptet, er habe die Verantwortung und außerdem eine eilige Arbeit zu erledigen. Der Häftling Panin steht die längste Zeit nicht an seinem Reißbrettisch, wo er zeichnen soll; auch das Klappern der Schreibmaschine, auf der der Häftling Kopelew seine Übersetzungen tippen soll, ist nur selten zu hören. Zu hören ist dagegen, daß die drei sich unterhalten, manchmal reichlich laut, manchmal lesen sie leise irgendwelche Literatur, die mit den Objekten, an denen sie arbeiten, nichts zu tun hat, sie rezitieren sogar Gedichte. Ihre Gespräche und Diskussionen legen die Vermutung nahe, daß sie politischen Charakter tragen. Einmal, auf der Suche nach einer Auskunft, hörte ich, wie der Häftling Solschenizyn zornig zu Kopelew sagte: ›Er ist nicht groß, er erstickt ganz Rußland im Blut.‹ Als sie mich bemerkten, sagte der Häftling Panin: ›Attendez, Messieurs!‹, und ihre Gesichter waren verlegen. Häftling Kopelew sagte absichtlich laut: ›Nein, du lügst, Iwan der Schreckliche war ein großer Zar, er hat die Wolga und Sibirien erobert!‹

Er tat so, als habe sich das ganze Gespräch nur um diesen Zaren gedreht. Häftling Solschenizyn ging darauf ein und sprach jetzt auch über Iwan den Schrecklichen. Dann sagte Häftling Panin: ›Meine Herren, wir sollten uns nicht von der Arbeit ablenken lassen.‹ Häftling Panin redet seine Freunde immer mit ›meine Herren‹ an.

Häftling Tolstobrow sprach in der Zelle zu den Häftlingen Semjonow und Ismajlow in lobenden Worten über die deutsche und auch über die amerikanische Technik, aber von unserer vaterländischen Technik sagte er: ›Sie ist hoffnungslos veraltet, mindestens 10 Jahre im Rückstand.‹«

Das in Jewgenijs Tasche gefundene Blatt war mit dem Decknamen ›der Graue‹ unterzeichnet. Kostja zeigte es allen, die im Text erwähnt worden waren, der Reihe nach unter dem Siegel der Verschwiegenheit während der Arbeitszeit in den Labors. Er war selig, ein Geheimnis zu kennen, mit dem er uns nützen konnte. Jeden fragte er um Rat, was er nun weiter tun solle. Solschenizyn, Panin und ich waren einer Meinung: das Beste ist eine öffentliche Entlarvung mit der ›ganz großen Beschimpfung‹ und daran anschließend massive Drohungen. Ein entlarvter Spitzel kann keinen Schaden mehr anrichten.

Kostja und ein paar andere wollten ihn nachts verdreschen, ihm mit dem ›Heiligen Geist‹ aufwarten. Wir waren dagegen. Es war ja nicht mehr zu verheimlichen, wer die Denunziation gefunden hatte, Kostja war also dafür zuständig, die ganz große Beschimpfung einzuleiten. Manche überzeugte das. Andere wollten keinerlei Aufhebens, meinten, es genüge, wenn wir Bescheid wüßten, die Denunziation nicht der Obrigkeit übergäben, dem Autor aber eine Warnung zukommen ließen. Kostja wurde ganz konfus von den vielen Vorschlägen. Am Abend war es mit seiner feurigen Begeisterung vorbei. Schwer lastete seine Entdeckung auf ihm. Er grübelte verbissen, ärgerte sich über all die Ratgeber und faßte unversehens einen eigenen Entschluß.

Wir wußten alle, daß es zwischen der Gefängnisleitung und der Leitung der Scharaschka ständig Zank gab. Häftlinge ›mit Ohren‹ versuchten, dies für sich auszunutzen. Kostja kalkulierte so:

»Der Kerl hat natürlich für den Gefängnis-Gevatter spioniert. Wiedersehen mit den Angehörigen, unerlaubte Gespräche – das ist für den Scharaschka-Gevatter absolut uninteressant. Dem muß man Fehler bei der Arbeit berichten, da geht's um Plan, Konstruktion, Werkzeug, defizitäre Einzelteile. Also werd' ich gerade ihm den Wisch bringen, so tun, als glaubte ich, er sei für ihn bestimmt; da geht's dann so: Guten Tag, bitte, nehmen Sie, das hat jemand verloren. Ich hab's aufgehoben, geb's an die richtige Adresse; ist aber alles Blödsinn, der Dreckskerl verleumdet die Leute bloß.«

Je eindringlicher wir versuchten, ihm seinen Plan auszureden, desto hartnäckiger bestand er darauf. Er hatte eine hohe Meinung von seiner Intelligenz, seiner Auffassungsgabe, seinem Scharfblick, brüstete sich damit nicht weniger als mit seinen wirklich außerordentlich starken Muskeln.

»Mein Kesselchen ist am Kochen. Ich brauch' keine Klugscheißer mit ihren Superklugheiten.«

Jede kritische Bemerkung brachte ihn auf. Wenn man ihm etwa sagte: »Laß das, wirst dich zum Narren machen« oder »Red kein Blech«, geriet er in Rage, wurde halsstarrig wie ein widerspenstiger Esel. So war es auch jetzt. Er fluchte gewaltig über die ihm entgegengehaltenen Einwände und rannte zu dem für die Labors zuständigen Scharaschka-Gevatter. Schon nach einigen Minuten kam er zurück, tat, als sei er vollkommen zufrieden, war aber doch ein bißchen verlegen. Er hatte dem Gevatter alles so erzählt, wie er es sich zurechtgelegt hatte, war aber auf die naheliegende Frage nicht vorbereitet gewesen: Haben Sie irgend jemandem davon erzählt?

»Und was hast du geantwortet?«

»Ich hab' nicht gleich und nicht direkt geantwortet, hab' ›das Gummiband gezogen‹, den Dummen markiert, bin ausgewichen: Wem hätte ich's erzählen sollen, dem, der das geschrieben hat?

Der Gevatter, immer sehr freundlich, ließ nicht locker. Reden Sie nicht drumrum, sagt er, ich habe Sie gefragt, wem von den Häftlingen Sie das da gezeigt haben. Nun ja, ich hatte mein Kesselchen am Kochen, sage also, ich hab's niemand direkt gezeigt; nachdem ich's gefunden hatte, hab' ich's auf den Tisch gelegt, sollen die Leute sich's ansehen, vielleicht nimmt's ja der, der's verloren hat, wieder an sich. Niemand nahm es, also brachte ich's her. Niemand hat mir das geraten, bin selber drauf gekommen.

Er sagt: Och, Sie sind aber gerissen, und er blinzelte mir zu wie 'ner Hure. Aber ich reagiere natürlich überhaupt nicht auf sein Blinzeln.

Gut, gehen Sie, sagt er, und kein Geschwätz.

Und ich sage: Zu Befehl. Kehrtwendung und ab.«

Am anderen Morgen nach dem Wecken kommt Jewgenij in unsere Zelle, als sei nichts gewesen. Er – wie auch Kostja – schlief in der kleinen Zelle bei den Ingenieuren, dem House of Lords, unsere große hieß dagegen das Unterhaus. Er hatte ein Kätzchen im Arm. »Fang auf, Kumpel, Geschenk!« Und er schleuderte das Tierchen auf Solschenizyns Pritsche. Der schrie ihn an:

»Warum quälst du ein Tier? Im übrigen bist du der Graue, wir sind nicht deine Kumpel.«

Nur einen Augenblick zuckte Jewgenij zusammen, wobei das Grinsen nicht aus seinem Gesicht wich:

»Bei Katzen ist das keine Quälerei. Die springen von vierstöckigen Häusern runter. So was sollten Sie wissen, meine Herren Intelligenzler.«

Da begann ich zu brüllen, mit voller Lautstärke im Ton der großen Beschimpfung:

»Hier ist nicht von Katzen die Rede. Hast du nicht gehört, Lump du, Grauer, Klopfer, Glucke, Reptil, wag dich nicht in unsere Nähe. Hau ab, sonst ...« Danach folgten wüste Drohungen.

Alle, die Lagererfahrung haben, wissen: wenn man mit einer Glucke zu tun kriegt, ist es das Beste, offen und lauthals zu schimpfen. Das kann später als Beweis dafür dienen, daß die Denunziation eine private Rache gewesen war. Allerdings muß man bei der Beschimpfung ganz bestimmte Grenzen einhalten, um sich nicht Beschuldigungen wie »Zellenagitation«, »Aufwiegeln zur Auflehnung« usw. zuzuziehen.

Darum unterbrach mich Panin, der erfahrenste von uns allen, und brüllte noch lauter, noch drohender:

»Hilflose Tiere quälst du, Schweinehund! Die Katze ist für dich ein Spielzeug, du dreckiger Abschaum! Wirfst eine lebendige Kreatur wie einen Stein in die Gegend, erbärmliches Miststück! Schleuderst sie noch dazu auf einen Menschen, Hurensohn! Wenn sie ihm nun das Gesicht zerkratzt hätte? Elender Giftmolch, mach, daß du hier verschwindest, auf der Stelle, ehe wir dir die Schnauze karieren!«

Noch ein paar andere beteiligten sich an der Schimpfkanonade. Einer schleuderte seinen Stiefel, zielte aber sorgfältig daneben.

Jewgenij wich zur Tür zurück, etwas bläßlich geworden, aber immer noch grinsend, nur seine Augen hatten sich verdunkelt:

»Geht doch alle zur Hölle! Seid ja komplett verrückt geworden!«

Nach diesem Zwischenfall sprachen wir drei und noch ein paar andere nicht mehr mit ihm. Das scherte ihn offenbar nicht im geringsten. Beim Spaziergang und im Eßraum dröhnte sein Lachen nach wie vor, und immer war er in Gesellschaft. Schon von weitem konnte man hören, wie er genüßlich schmierige Witze erzählte, alberne Episoden aus dem Lageralltag zum Besten gab oder über irgendwelche Fußball-, Box- oder Tennisprobleme diskutierte.

Als wir im Frühling und Sommer die Abendspaziergänge länger ausdehnten und beschlossen, einen Volleyballplatz anzulegen, wurde Jewgenij Kapitän einer Mannschaft. Er spielte sehr geschickt, paradierte mit professionellen Kunstgriffen und Fachausdrücken. Manchmal versuchte er, als sei nichts gewesen, mit uns ein Gespräch anzufangen. Wir boykottierten ihn weiter, doch er, als habe er nichts begriffen, probierte es nach ein paar Tagen wieder. Schließlich wurde einer nach dem andern mürbe und antwortete ihm, wenn auch kühl und knapp. Wir, die wir den Boykott durchhielten, blieben am Ende eine winzige Minderheit.

1951 kam Jewgenij vorfristig frei. Er gehörte zu den sieben Ingenieuren und Technikern, die mit Freiheit und Geldprämien für die Konstruktion des absolut geheimen Telefons belohnt wurden. Die Laborleiter und ein paar Freie bekamen einen Stalinpreis, Doktor- und Kandidatentitel der technischen Wissenschaften. Solche Auszeichnungen nannte man ›geheim erworben‹. Hierbei waren wissenschaftliche Leistungen nicht erforderlich, es genügten entsprechende Protokolle und die Charakteristiken der ebenso geheimen wissenschaftlichen Räte.

Jewgenij hatte sich mit den freien Angestellten schon vorher angebiedert. Die Häftlinge, mit denen er arbeitete, trieb er entweder an: »Mir könnt ihr nichts vormachen, war ja noch gestern einer von euch, ich kenne eure Schliche«, oder er bat falsch vertraulich: »Legt mich nicht rein, macht keinen Dreh, dann helf' ich euch auch.«

Die anderen Häftlinge, auch seine früheren Volleyball-Kameraden übersah er geflissentlich, und wenn sie ihn grüßten, nickte er kaum zurück. Begegnete er mir und denen, die ihn bisher gemieden hatten, starrte er uns grinsend an, als erwarte er, daß wir etwas sagten.

Zehn Jahre später arbeitete er wie eh und je seit seiner Freilassung als Monteur in einem wissenschaftlichen Institut für Elektronik mit einigen anderen ehemaligen Häftlingen aus unserer Scharaschka. Er erschien 1960 sogar bei einem Treffen ›Ehemaliger‹.

Lauter als alle anderen röhrte er: »Wißt ihr noch, Kumpels?« »Wißt ihr noch, Kameraden?« Er erzählte ordinäre Witze und tanzte den Zigeunertanz. Anfangs bemühten sich einige auch jetzt noch, ihn zu übersehen. Die Veranstalter des Treffens aber, Leute, die mit ihm im selben Institut arbeiteten, baten, einen Skandal zu vermeiden.

»Laßt ihn in Frieden, er hat sich gebessert. Ist ein ruhiger Kollege, macht seinen Kram sehr gut. Außer der Arbeit interessiert ihn nichts, nur noch Fußball und Wodka. Seine Frau stößt ihn herum, wie es ihr paßt.«

Er war der einzige, der seine Frau mitgebracht hatte. Sie war eine pausbäckige, dick geschminkte Madame mit den Bewegungen einer behenden Marktfrau oder einer Kellnerin aus einer drittklassigen Imbißstube. Sie tanzte mit allen, preßte ungeniert Brust und Bauch an ihren Tänzer, lachte kreischend über schlechte Witze und sang Sträflingslieder.

Wir tranken reichlich, wurden wehmütig, sangen rührselige Lieder, fragten nach alten Freunden und Zellengenossen, wer wo lebt, wer gestorben ist, Großvater wurde, in Pension ging.

Jewgenij kam zu Sergej Kuprijanow und mir:

»Ich erdreiste mich zu bemerken: wir sollten anstoßen. Sind doch Kameraden; was war, ist vorbei. Verzeihen Sie meine Direktheit. Wozu sich an Böses erinnern, besser, ans Gute denken. Stoßen wir darauf an, daß es allen gut gehen möge.«

Es war mir gräßlich zuwider, in dieses verschwitzte Gesicht mit dem zuckenden, heuchlerischen Grinsen zu blicken.

Sergej versicherte mir später, ich hätte trotzdem mit Jewgenij angestoßen, ihm auch die ausgestreckte Hand gedrückt, er aber habe nichts dergleichen getan und Jewgenij in seine Schranken verwiesen. Sergej übertrieb gern und schnitt auf. Aber diesmal hatte er vermutlich doch die Wahrheit gesagt. Ich hatte ziemlich viel Wodka getrunken und erinnere mich nur noch vage an die allgemeine Stimmung, eine Mischung aus Wehleidigkeit und übertriebener trunkener Fröhlichkeit. Vom Fenster der Wohnung aus, in der unser Treffen stattfand, war die Umzäunung der ehemaligen Scharaschka zu erkennen. Es waren erst wenige Jahre vergangen, und ich hatte schon Mühe zu begreifen, wie man dort hatte leben, arbeiten und lachen können.

Was stimmte mich denn jetzt traurig? Alles hatte sich doch viel glücklicher entwickelt, als es mir damals meine kühnsten Träume vorgaukelten. Vielleicht war ich wirklich so betrunken und so weich geworden, daß ich dem ehemaligen Spitzel tatsächlich die Hand gegeben habe.

7. Kapitel
Phonoskopie · Spionenjagd

Geh ans Werk, Spion!
Bring uns Rettung, Spion!
Rudyard Kipling

Ein Morgen im Spätherbst 1949. Im Labor begann man die Apparate anzuschließen, die Instrumente und Geräte vorzubereiten. Solschenizyn und ich legten unsere Aktenordner, Bücher und Zeitschriften zurecht. Einige Männer standen an dem eisernen Schrank herum, aus dem der diensthabende Offizier die geheimen Arbeitsprotokolle und ›Großbücher‹, eine Art Tagesjournale, herausgab. Jeder Freie und jeder Gefangene mußte allabendlich in diese Folianten einschreiben, was er tagsüber getan, gedacht oder überlegt hatte.

Da kam Oberleutnant Anatolij Stepanowitsch, Assistent des Laborleiters, zu mir:

»Sie sollen zu Anton Michajlowitsch kommen. Sofort. Nein, keine Materialien mitbringen.«

Das große, helle Arbeitszimmer ist mit einem Teppich ausgelegt; hinten steht übereck der imposante Schreibtisch, unmittelbar davor, im rechten Winkel zu ihm, ein mit grünem Tuch bespannter Konferenztisch, der diagonal den Raum durchschneidet. Außerdem gibt es einen Bücherschrank, Sessel, Sofas, einen runden Tisch mit einer Wasserkaraffe darauf. Alles ist elegant, wie lackiert.

Anton Michajlowitsch und Abram Mendelewitsch saßen an dem langen Konferenztisch, vor sich zwei Tonbandgeräte, ein Knäuel Leitungsdraht und mehrere Kopfhörer, große, wie sie von Panzergrenadieren oder Fliegern benutzt werden.

Anton Michajlowitsch blickte einen Augenblick zerstreut auf:

»Tag ... Tag auch. Sie haben doch mal gesagt, daß Sie mit Sicherheit physikalische Parameter der individuellen Stimme feststellen können. Stimmt das?«

»Nicht ganz. Nicht mit Sicherheit, sondern einstweilen nur annähernd. Und ich stelle auch nicht fest, sondern ich vermute. Ziemlich bestimmt kann ich nur sagen, daß die individuelle Eigenart hauptsächlich eine Besonderheit des Timbres ist, jene Züge des Lautbildes, die von der Struktur, besser von der Mikrostruktur der Kehle, des Mundes, des Nasen- und Rachenraumes abhängen. Und dann sind da natürlich Besonderheiten der Aussprache, der individuellen Intonation. Etwas davon kann man auf den Lautbildern beobachten, wenn ein und dasselbe Wort von ein und demselben Menschen mal laut, mal flüsternd, mal fragend, mal bestätigend gesprochen wird. Das Lautbild ist jedes Mal etwas anders, doch bewahrt es einige konstante Züge. In einigen Fällen scheint es auch geglückt zu sein, die Beständigkeit individueller Eigenarten einer Stimme zu unterscheiden – ich nenne dies Mikrointonation und Mikrorhythmus des Gesprochenen ...«

»Schon gut, das ist alles ganz unterhaltsam. Aber einstweilen schwimmen Sie ja noch in reiner Theorie. Dieses Herumschwimmen kann Sie sowohl in einen Sumpf wie zu den Quellen neuer Wissenschaft führen. Letzteres wäre ruhmreich und lobenswert. Wissenschaft ist Nahrung der Jugend und Trost fürs Alter. Aber wir beide sind noch keine Greise. Ergo: wir brauchen eine nahrhafte Wissenschaft. Die Sache ist die: alle Ihre Untersuchungen haben unverhofft eine neue, überaus wichtige Bedeutung gewonnen. So wichtig, daß sie absolut geheim ist. Diese Tonbänder hier enthalten etwas, dem Sie Ihre ausschließliche und besonders konzentrierte Aufmerksamkeit zu widmen haben. Was schlagen Sie vor, Abram Mendelewitsch, vielleicht sollten wir den Stier bei den Hörnern pakken? Gut. Also nehmen Sie die Kopfhörer und hören Sie die Stimme eines Individuums, das unerkannt zu bleiben wünscht. Anatolij Stepanowitsch, fangen Sie an!«

Im Kopfhörer gab es zunächst Zischen und Krächzen, dann kam eine deutlich vernehmbare Stimme:

»Hallo, Hallo! Wer spricht?«

»Ich sagte es bereits: hier ist die Botschaft der Vereinigten Staaten von Amerika.«

»Verstehen Sie Russisch? Sprechen Sie Russisch?«

»Ich spreche schlecht, aber ich verstehe ...«

»Ich habe eine sehr eilige, sehr wichtige Mitteilung. Geheim.«

»Wer sind Sie?«

»Das kann ich nicht sagen. Verstehen Sie doch! Glauben Sie, daß Ihr Telefon abgehört wird?«

»Abgehört? Wieso, von wem?«

»Von wem? Von den sowjetischen Organen ... Wird Ihr Telefon überwacht?«

»Oh, I see . . . Ich weiß nicht. Vielleicht ja, vielleicht nein. Was wollten Sie sagen?«

»Hören Sie genau zu. Der sowjetische Spion Kowal fliegt nach New York. Haben Sie verstanden? Er fliegt heute und soll sich am Donnerstag in irgendeinem Radiogeschäft mit einem amerikanischen Professor treffen, der ihm neue Daten über die Atombombe aushändigen wird. Kowal fliegt heute. Haben Sie mich verstanden?«

»Nicht alles. Wer ist Kowal?«

»Ein sowjetischer Spion. Ich weiß nicht, ob es sein richtiger Name oder ein Deckname ist. Er fliegt heute, Montag, nach New York, und am Donnerstag soll er den Professor wegen der Atombombe treffen . . .«

Zischen, Schnalzen . . . Wir horchten zu viert. Mir gegenüber Anatolij Stepanowitsch, sein schwerer Haarschopf fiel auf dichte Brauen. Träge kaute er an einer Papirossa. Er lauschte unbewegt.

Anton Michajlowitsch rutschte unruhig auf seinem Stuhl hin und her, bedeckte die Augen mit dem Ärmel. Abram Mendelewitsch stand tief über den Tisch gebeugt, ein Knie auf den Stuhl gestützt; er horchte konzentriert, bewegte die Lippen, als wiederhole er die Worte. Als er bemerkte, daß ich die Kopfhörer abnahm, machte er mir ein Zeichen: es kommt noch mehr. Aus dem Pfeifgeräusch schälte sich wieder die nervöse aufgeregte Stimme:

»Hallo, hallo. Ich habe Sie vorhin schon angerufen. Die Leitung wurde unterbrochen.«

»Wer spricht? Was kann ich für Sie tun?«

»Ich habe vor einer Stunde in einer äußerst wichtigen Angelegenheit angerufen. Aber mit Ihnen habe ich nicht gesprochen. Wer sind Sie – Amerikaner?«

»O yes, ich bin Amerikaner.«

»Womit beschäftigen Sie sich? Was sind Ihre Dienstobliegenheiten? Ich meine, welche Stellung haben Sie?«

»Bitte, sprechen Sie nicht so schnell. Wer sind Sie? Wer spricht?«

»Verstehen Sie Russisch?«

»Ja, nicht viel . . . Warten Sie, ich hole jemanden, der Russisch kann.«

»Wer ist das, ein sowjetischer Bürger?«

»Wer ist sowjetisch? Ich verstehe nicht. Entschuldigen Sie.«

»Verstehen Sie doch, ich will nicht sprechen, wenn es ein

sowjetischer Bürger ist. Rufen Sie den Militärattaché. Ich habe ein ganz wichtiges Geheimnis mitzuteilen. Wo ist Ihr Militärattaché?«

»Attaché? Der ist nicht da. Ausgegangen.«

»Wann kommt er zurück? Wann ist er wieder im Dienst?«

»Oh, vielleicht morgen, maybe schon heute, in drei, vier Stunden.«

»Spricht Ihr Attaché Russisch?«

»Wer spricht? O ja, aber nur wenig. Ich werde den Dolmetscher rufen.«

»Wer ist Ihr Dolmetscher? Ein Sowjetbürger? Ein Russe?«

»O yes, er ist Russe. Ein amerikanischer Russe.«

»Hören Sie ... hören Sie, schreiben Sie auf ...«

Und er wiederholte: »Eilig, wichtig! Der sowjetische Spion Kowal; Donnerstag, Radiogeschäft irgendwo in New York oder vielleicht auch in Washington; amerikanischer Professor; Atombombe ...«

Die Stimme gehörte keinem alten Mann. Es war ein hoher Bariton. Sprechweise, Intonation eines einigermaßen gebildeten, lebhaften, aber nicht übermäßig intelligenten Städters. Die Aussprache war nicht die eines gebürtigen Moskauers, auch nicht die eines aus dem Süden Stammenden. Er sprach weder das volle nordrussische O, noch waren Anklänge an das Petersburger Idiom oder die für die westrussischen Gebiete charakteristischen Sprachmerkmale zu hören. Die durchschnittliche, unpersönliche Sprache eines Mannes aus der Provinz, der sich möglicherweise berufsbedingt in Moskau niedergelassen hatte.

Er war Staatsgeheimnisträger und gab sein Wissen unseren schlimmsten Feinden preis! Dieser Schuft mußte entlarvt werden, und ich würde das meine dazu beitragen.

Wir hörten noch zwei Gespräche ab. Der neue Gesprächspartner, ein Amerikaner, sprach träge, langsam und ungläubig, fast uninteressiert.

»Woher wollen Sie das wissen? Warum geben Sie uns diese Information? Was wollen Sie dafür haben? Woher soll ich wissen, daß Sie die Wahrheit sagen und keine Provokation anzetteln?«

Der andere antwortete verkrampft. Ein- oder zweimal klangen hysterisch-verzweifelte Töne in seiner Stimme.

»Aber das kann ich Ihnen doch nicht sagen! Verstehen Sie doch, was ich riskiere ... Warum ich Sie überhaupt anrufe? Weil ich für den Frieden bin.«

»Oh, I see!« Es klang beinahe spöttisch.

»Sie können alles leicht überprüfen. Ich sage Ihnen genau: er fliegt heute, ist vielleicht schon abgeflogen. Und am Donnerstag soll er ... Gar nichts erbitte ich von Ihnen. Im Augenblick nichts. Irgendwann einmal... später, werde ich alles erklären... Irgendwann später ...«

Die letzte Aufzeichnung war ein Gespräch mit der kanadischen Botschaft. Dieselbe angespannte Stimme bat, der amerikanischen Regierung mitzuteilen, daß Kowal... Radiogeschäft, Professor, Atombombe.

Anton Michajlowitsch schloß seinen Kopfhörer an das zweite Tonbandgerät an.

»Und jetzt vergleichen wir die Stimme dieses unbekannten Schurken mit drei anderen, ob wir Verwandtschaft oder Ähnlichkeit feststellen können.«

Die erste war eine junge kräftige Stimme, die einer griesgrämigen tiefen Vorgesetztenstimme die Übergabe oder Absendung irgendwelcher Dokumente meldete.

Die zweite Stimme erklärte etwas erschöpft, gereizt der Ehefrau, sie solle sich zusammennehmen, wich Vorwürfen aus, erteilte irgendwelche Aufträge für den Haushalt.

Auf dem dritten Band besprachen zwei junge Stimmen ein Treffen im Restaurant und berieten, wer welche Freundinnen anrufen sollte. Der eine Gesprächspartner hatte einen unserem Schwätzer völlig unähnlichen flachen Tenor; der hohe Bariton des anderen besaß immerhin ein ähnliches Timbre, die Aussprache und die geckenhafte Redeweise verrieten den Moskauer. Die derben Ausdrücke und Wendungen täuschten nicht über eine gute Erziehung hinweg.

Mich erinnerten Stimme und Sprechweise des erschöpften Ehemannes am meisten an jene, die den Agenten verraten hatte. Die beiden Gecken entfielen von vornherein. Die laute Meldung rief auch Zweifel hervor. Der vollkommen andere Charakter und Stil der Sprechweise konnten sich indessen auch als absichtlich künstlich erzeugte, deutlich hörbare Unterschiede herausstellen.

Anton Michajlowitsch sagte:

»So, von jetzt an sind Sie ganz und gar in eine militärische Aufgabe einbezogen: Die Entlarvung eines Verräters. Die Aufgabe ist absolut geheim. Sie müssen eine entsprechende zusätzliche Verpflichtung unterschreiben. Für die neue Arbeit richten wir ein eigenes Labor ein. Ohne jede Bezeichnung, einfach Labor Nr. 1. Chef ist Abram Mendelewitsch, sein Stellvertreter Anatolij Stepanowitsch, Sie sind der wissenschaftliche Leiter. Als Laborstab schlage ich für den Anfang zwei oder drei Techniker vor, das wird zunächst genügen, wir wählen sie unter den jüngeren Offizieren aus. Ihren Kollegen und Freunden können Sie sagen, das Labor habe eine besondere Aufgabe in Kryptophonie erhalten, arbeite einen neuen, besonders leistungsfähigen Chiffrierer aus, und darum kein Wort weiter. Ein Raum für Sie steht schon bereit. Was brauchen Sie an Geräten? Ein paar Tonbandgeräte. Einen Oszillographen. Nehmen Sie auch den zweiten Analysator. Weiß ich, weiß ich, daß der dritte besser ist. Aber wir können nicht das ganze Akustik-Labor ausräumen. Wenn es nötig sein sollte, können Sie abends und auch nachts noch im akustischen Labor arbeiten. Auch tagsüber können Sie dort einige Bandbruchstücke analysieren. Aber so, daß auch nicht ein halbes Wort durchsickert. Dafür haften Sie mir mit Ihrem Kopf. Abram Mendelewitsch wird mir täglich Bericht erstatten ... Diese außerordentliche, außerplanmäßige Aufgabe enthebt Sie in gar keiner Weise Ihrer sonstigen eigentlichen Arbeit. Ich bin überzeugt, diese neue Aufgabe wird Ihre übrige Arbeit nur bereichern und beschleunigen. Wir suchen physikalische Parameter der Stimmenindividualität. Wir suchen sozusagen die physikalischen Schlüssel zur Entdeckung eines entfernten Gesprächspartners. Es ist unbedingt notwendig, eine individuelle Stimme so vollständig wie möglich wiederherzustellen. Indem Sie diese kämpferische, detektivische Aufgabe erfüllen, sollen Sie gleichzeitig jene akustischen Probleme lösen, denen Sie sich von der anderen Seite näherten. Ich hoffe, das ist klar. Also, gehen Sie an die Arbeit!«

Ich hatte damals schon mehrere Bücher und einen Packen Zeitschriften exzerpiert, speziell zur Physiologie des Sprechens, hatte eine Menge Experimente durchgeführt und versucht, so genau wie möglich konkrete Kennzeichen einer Stimme zu erfassen. Sergej, Solschenizyn und ich hatten ein und dasselbe Wort mit verschiedenen Intonationen gesprochen, mit verstellten Stimmen, eine fremde Aussprache nachgeahmt oder einen bestimmten Akzent imitiert (georgisch, jiddisch, deutsch, ukrainisch). Dann hatten wir die Lautbilder verglichen. Sergej hatte eine Verbesserung am SA 3 angebracht, die es erlaubte, die einzelnen Laute »vergrößert« auszusondern und zu analysieren.

Manchmal schien es uns, wir seien fündig geworden: gerade *diese* Aufzeichnung der Redeharmonie im Lautbild, *dieser* Vokal, *diese* Reihenfolge der Hebungen, der dunkleren, d. h. energischeren Senkungen und der helleren Abschnitte waren charakteristisch für die betreffende Stimme. Und dann stellte sich heraus, daß dieselbe Stimme denselben Laut auch ganz anders wiedergab oder umgekehrt sich sehr ähnliche Züge im Lautbild einer anderen Stimme zeigten. So hatten Hoffnung, ungeduldige Erwartung, Freude, Resignation, Ärger und Mißtrauen in die eigenen Fähigkeiten miteinander abgewechselt.

Jetzt waren all diese Experimente, Untersuchungen und Mutmaßungen auf ein klares Ziel gerichtet, einer Aufgabe untergeordnet: den Verräter, den Spion zu finden.

Noch am selben Tag schleppte ich eine Menge Bücher, Notizen, einen dicken Ordner mit Lautbildern in das neue Labor. Das war ein enges Zimmer, vollgestellt mit Schränken, alten Büroschreibtischen, zerbrochenen oder unbrauchbaren Gerätschaften.

Anatolij Stepanowitsch reichte mir ein Blatt mit vorgedrucktem Standardtext, auf dem mein Name stand und ein paar Worte über eine besondere wichtige staatliche Aufgabe. Am Schluß war vermerkt: »Im Falle des Verrates oder der Sabotage unterliegt der Unterzeichnete strengstem außergerichtlichem Strafvollzug.« Ich unterschrieb und fragte Anatolij Stepanowitsch, was darunter zu verstehen sei. In seinen dunkelgrauen Augen blitzte die Spur eines Lächelns. Doch er antwortete in unveränderlicher düsterer Ruhe:

»Das heißt, wenn Sie quatschen, erledigt man Sie ohne Untersuchung und Prozeß mit Genickschuß.«

Wieder und wieder hörten wir die Bänder ab. Vor allem die vier Gespräche über Kowal und die Atombombe. Anatolij Stepanowitsch und ich sammelten die sich wiederholenden Wörter. Zuerst hörte ich, dann er, und er nahm die von mir ausgewählten Wörter auf ein besonderes Tonband auf, um später Oszillogramme und Lautbilder herzustellen. Als Tontechnikerinnen arbeiteten drei junge Frauen mit uns – Walja, Sima, Ljussja, die einen um den anderen Tag 24 Stunden Dienst hatten.

Ich wählte solche Worte aus, die in allen Gesprächen vorgekommen waren: Hallo, hallo ... anrufen ... angerufen ... ich höre ... hören Sie ... Arbeit ... arbeiten ... arbeitete ... spricht ... sehr ... ja ... nein ... warum ...

Bald zeigte sich eindeutig, daß die Stimme des gesuchten Verräters nicht mit denen des »Berichterstatters« und des »Vorgesetzten« übereinstimmte, was anfänglich noch zweifelhaft gewesen war. Die Stimmen waren absolut verschieden im Grundton und im Timbre. Das stellte sich schon beim Vergleich der ersten Lautbilder heraus. Zur Überprüfung verglichen wir einige längere Bruchstücke. Und ich kam zu dem überzeugenden Schluß – es sind andere Stimmen. In den vier Gesprächen blieb der Grundton des Gesuchten ziemlich konstant.

So blieb nur noch der »erschöpfte Ehemann«.

Die Unterschrift bezüglich der »außergerichtlichen Verantwortlichkeit« hinderte mich nicht, schon am ersten Tag alles Solschenizyn zu erzählen, natürlich so, daß niemand uns belauschen konnte. Er fragte sehr interessiert. Als er von der Unterschrift erfuhr, knurrte er:

»Du weißt, daß das keine leere Drohung ist. Laß dir ja nicht einfallen, irgend jemand davon zu erzählen. Bei solchen Sachen ist jeder dritte zuviel.«

Ich hatte sowieso nicht vor, noch andere in dieses gefährliche Geheimnis einzuweihen. Ihm hatte ich es nicht nur deswegen erzählt, weil ich ihm absolut vertraute – obwohl auch das für mich sehr wichtig war –, sondern weil ich auch seinen mathematischen Rat und konkrete Hilfe brauchte. Es war notwendig, möglichst viele Übereinstimmungen äußerer (im Lautbild erkennbarer) Erscheinungen der Mikrointonation und des Mikrorhythmus im Sprechen verschiedener Menschen zusammenzustellen. Dafür wollte ich möglichst viele Stimmen untersuchen. Solschenizyn sagte, man brauche mindestens 50, um leichter die prozentualen Daten der Übereinstimmungen und Abweichungen bestimmen zu können.

Ich schusterte einen Text zusammen, der die zu untersuchenden Wörter in verschiedener Intonation enthielt. »Hallo . . .hier spricht der und der (jeder Sprecher sollte seinen eigenen Namen nennen). Mit wem spreche ich? Ich rufe Sie wegen unserer Arbeit an. Werden Sie heute arbeiten? Hören Sie mich? Ich werde heute arbeiten usw.«

Abram Mendelewitsch war damit einverstanden, daß ich diese Massenuntersuchung durchführte. Ein paarmal sagte er:

»So ein Halunke, so ein Lumpenkerl. Er darf uns nicht entwischen. Wir müssen sehr, sehr sorgfältig prüfen und immer wieder prüfen. Wenn durch uns ein Unschuldiger belangt wird, wäre das furchtbar. Und dieser Hundesohn könnte weiter spionieren.« Solschenizyn teilte meinen Abscheu gegenüber dem Gesprächspartner der Amerikaner. Wenn wir über ihn sprachen, dann nur mit Ausdrücken wie Köter, Dreckskerl, Schurke usw.

Anton Michajlowitsch gestattete, daß ich Solschenizyn und die Aufzeichner zur Arbeit mit heranzog.

»Aber lassen Sie sich ja nicht einfallen, auch nur das geringste auszuplaudern oder zu erklären. Sie haben Ihre Unterschrift gegeben. Was haben Sie ihnen gesagt? Imitation einfachster Telefongespräche für den neuen Chiffrierer? Na ja, kein besonders raffiniertes Märchen, aber immerhin glaubwürdig.«

Die Aufzeichner und Sprecher regierte wie immer Solschenizyn – sie sprachen den Kontrolltext. Alle übrigen ›einmaligen‹ Sprecher – ungefähr 100 Gefangene und Freie – instruierten und unterwiesen wir beide. Die Aufzeichner benötigte ich auch noch für ein anderes Experiment.

Der Text jedes Sprechers ergab mehrere Lautbilder. Jedes von ihnen wurde in zwei Exemplaren hergestellt. Eins zur Kontrolle; alle Lautbilder einer Stimme wurden zusammengeheftet, mit ihnen arbeitete ich, vergleichend, vermessend. Die zweiten Exemplare vermischten wir, und die Aufzeichner sollten sie nach den einzelnen Sprechern sortieren, indem sie nach dem Augenschein des Lautbildes individuelle Züge der Stimme bestimmten.

Auch Solschenizyn beteiligte sich begeistert an diesem Spiel.

Abram Mendelewitsch wollte nicht nur die Lautbilder, sondern auch die Oszillogramme auswerten. Wir beschlossen, auf Grund der Oszillogramme der vier Gespräche alle Schwankungen des Grundtons der Stimme zu vergleichen, entsprechende Kurven herzustellen und sie mit den Kurven anderer Stimmen zu vergleichen. Solschenizyn riet, nicht nur die einzelnen absoluten Werte, sondern auch die relativen Übergangswerte heranzuziehen, um festzustellen, wie der Grundton sich in einem bestimmten Sekundenbruchteil veränderte.

»Die Schnelligkeit der Veränderung des Grundtons kann der objektive mathematische Ausdruck einer ›Mikrointonation‹ sein.«

Wir arbeiteten angestrengt. Ich schlief höchstens vier Stunden.

Die Stimme des »erschöpften Ehemannes« erwies sich mit allen Daten als identisch mit der Stimme des freiwilligen Spions. Schon bald teilte Abram Mendelewitsch mir dessen Verhaftung mit und befahl mir, für den Untersuchungsrichter einen Fragenkatalog zusammenzustellen, derart, daß in den Antworten unbedingt jene Wörter vorkommen müßten, die in den Gesprächen mit den Botschaften gefallen waren. Die Aufgabe war nicht schwer. Es wurden vor allem die einfachsten Wörter gebraucht: ›Ich habe angerufen‹, ›ich sagte‹, ›Arbeit‹. Außerdem sollte er durch Fragen genötigt werden, Wörter auszusprechen, die er im Gespräch mit seiner Frau nicht benutzt hatte. Zum Beispiel: Der Spion Kowal, Atombombe usw.

Anatolij Stepanowitsch und Abram Mendelewitsch nahmen das ganze Verhör auf Tonband auf. Sie saßen mit dem Aufnahmegerät im Nebenzimmer, ein kleines Mikrophon stand direkt auf dem Tisch des Untersuchungsrichters. Noch am gleichen Tag brachten sie die Aufzeichnung. Anatolij Stepanowitsch war wie immer ruhig und einsilbig. Auf meine Fragen antwortete er kurz:

»Ganz gewöhnlicher Lackaffe. Was hat ihm denn gefehlt? Hätte nach Kanada gehen sollen, als Botschaftsrat oder Sekretär. Und schleicht sich zu den Spionen. Schmutzfink! Jetzt kriegen wir ihn an den Hammelbeinen.«

Abram Mendelewitsch war erregt, und als wir allein waren, wurde er zutraulich, gesprächig.

»Es ist entsetzlich, ganz schrecklich. Da ist ein normaler sowjetischer Bursche. Wie man so sagt, aus gutem Haus. Der Vater ist Parteimitglied, hat einen hohen Posten in irgendeinem Ministerium. Auch die Mutter ist in der Partei. Selber war er in der Schule ein Musterknabe, aktiver Komsomolze. Zum Militär nahmen sie ihn nicht, daraufhin besuchte er die Diplomatenschule. Dort wurde er Parteimitglied. Später arbeitete er im Auswärtigen Amt. Man hatte Vertrauen zu ihm, schickte ihn ins Ausland. Und jetzt erhielt er eine Beförderung: Zweiter Botschaftsrat. Er sollte mit seiner Familie fahren, mit der Frau – sie ist auch Komsomolzin, arbeitet ebenfalls im Auswärtigen Amt –, den beiden Kindern und der Schwiegermutter, sie hatten schon Fahrkarten und Visa. Und ausgerechnet da fängt er an, von einem Automaten aus die amerikanische Botschaft anzurufen. Offenbar hat er zufällig von Kowal erfahren und nichts Eiligeres zu tun, als ihn zu verraten. Rechnete natürlich damit, sobald er drüben ankommt, überlaufen zu können wie dieser Schuft Krawtschenko[22] – haben Sie's in der Zeitung gelesen? Seine Mitteilungen sind den Amerikanern natürlich wertvoll, und er gibt sich alle Mühe, sie so schnell wie möglich an den Mann zu bringen. Unsere eigenen Leute in Amerika werden darunter zu leiden haben. Ich habe den Halunken gesehen, wie sie ihn zum Verhör gebracht haben. Ein Durchschnittsgesicht, wie tausend andere. Ein Durchschnittsname – Iwanow. Er sieht verwirrt aus, bedrückt. Sie werden ja seine Antworten noch hören. Der Untersuchungsrichter, ein Major, ist sehr solide, sehr höflich, intelligent. Es heißt, er sei einer unserer erfahrensten Kriminalisten. Nein – es ist unerträglich, daß jemand von unseren Landsleuten sowas tut ...«

Das auf Tonband aufgenommene Verhör war offensichtlich nicht das erste. Der Untersuchungsrichter fragte langsam und deutlich. Im Bestreben, seine Stimme zu verschönern, wählte er die Worte sehr sorgfältig, er wußte ja, daß alles auf Band genommen wurde.

»Also, erinnern Sie sich endlich, mit wem von der amerikanischen Botschaft Sie telefoniert haben?«

Traurig, gedämpft, aber ganz unverfälscht antwortete ›jene Stimme‹:

»Nichts erinnere ich. Hab' nie mit Amerikanern gesprochen.«

»Wir haben Ihnen Gelegenheit gegeben zuzuhören. Ihre Gespräche, die Sie mit der Botschaft geführt haben, sind auf Band aufgenommen worden. Unsere Technik ist auf der Höhe. Sie ermöglichte es, Ihre verbrecherischen Absichten zu entlarven. Ich wiederhole also meine Frage: Mit wem haben Sie gesprochen, als Sie die amerikanische Botschaft anriefen?«

»Ich habe nicht gesprochen, und ich habe auch nicht angerufen. Ich war das nicht, der angerufen hat. Ich habe es doch gehört, auf Ihrem Apparat da – das ist absolut nicht meine Stimme. Niemand wird das glauben. Ich bin Parteimitglied, ich bin sowjetischer Diplomat. Ich habe eine verantwortungsvolle Mission.«

»Schon gut, schon gut. Das haben wir bereits gehört. Aber jetzt geht es nicht um Ihre diplomatische Tätigkeit, jetzt haben wir hier eine Untersuchung zu führen, und zwar über Ihre verbrecherischen Machenschaften. Die Fakten sprechen gegen Sie. Eindeutige Fakten. Sie wissen, wer dieser Kówal ist?«

»Ich weiß es nicht. Ich kenne keinen Kówal.«

»So, so. Und wie spricht er sich aus – Kówal oder Kowál?«

»Das kann ich nicht sagen. Ich kenne niemanden dieses Namens.«

»Sie können mir aber trotzdem sagen, wie er sich ausspricht – Kówal oder Kowál?«

»Ich weiß es doch nicht. Ich kenne niemanden dieses Namens.«

»Und ich verlange kategorisch von Ihnen: Wiederholen Sie diesen Familiennamen, ich will hören, wie Sie ihn aussprechen, Kówal oder Kowál!«

»Ich verstehe nicht, warum.«

»Auch wenn Sie nicht verstehen, warum sprechen Sie den Namen nicht aus?«

»Wahrscheinlich Kowál.«

In den Telefongesprächen hatte er den Namen öfters genannt, und zwar mit dem Ton auf der ersten Silbe: Kówal.

»Und nun probieren Sie mal, ihn anders auszusprechen – Kówal.«

»Das ist aber ein ukrainischer oder bjelorussischer Name ... es müßte doch wohl Kowál heißen.« Er sprach halblaut.

»Bitte, sprechen Sie lauter, ich höre ein bißchen schlecht.«

»Nun, vielleicht – Kowál.«

»Und die andere Version.«

»Kówal.«

»Gut, gut. Also, wer hat Ihrer Meinung nach die amerikanische Botschaft angerufen?«

»Das weiß ich nicht.«

»Was wissen Sie nicht?«

»Ich weiß nicht, wer dort angerufen hat.«

»Und wer hat den Amerikanern von Kowal erzählt?«

»Ich weiß es nicht ... Ehrenwort, ich weiß es nicht.«

»Ehrenwort? Na ja ... Was wissen Sie nicht?«

»Nichts weiß ich. Nichts weiß ich von dieser schmutzigen Geschichte, und ich will davon auch nichts wissen.« (Er schluchzt auf.)

»Aber, aber, bleiben Sie doch ruhig. Sie wissen also nicht, wer angerufen hat und wer gesprochen hat?«

»Nein, ich weiß es nicht.«

»Was wissen Sie nicht?«

»Wer angerufen hat, weiß ich nicht, wer gesprochen hat, weiß ich nicht. Ich war es nicht. Das schwöre ich Ihnen ...«

»Und wo hielten Sie sich an jenem Montag um 11 Uhr auf?«

»Das habe ich doch schon gesagt. Daran kann ich mich nicht genau erinnern. Ich war an dem Tag viel unterwegs wegen der Fahrkarten, in Zollangelegenheiten ...«

»So, so. Sie haben also an dem Tag nicht gearbeitet?«

»Nein ... Ich weiß nicht ... wahrscheinlich nicht.«

»Was heißt – wahrscheinlich? Haben Sie gearbeitet oder haben Sie nicht gearbeitet?«

»Nein ... Da habe ich wohl schon nicht mehr gearbeitet.«

»Und um 11 Uhr und zwischen halb zwei und vier, wo befanden Sie sich da? Wo waren Sie?«

»Das kann ich nicht genau sagen, ich war mit den Vorbereitungen für meine Abreise beschäftigt.«

Der Untersuchungsrichter setzte das Verhör noch lange fort, sprach übertrieben artikuliert, lauschte seiner eigenen Stimme, spielte genüßlich mit ausdrucksvollen Betonungen des Unglaubens, der spöttischen Verachtung. Der andere antwortete trübselig, niedergedrückt, voll Selbstmitleid, er habe sich mit seiner Familie auf die Abreise nach Kanada vorbereitet, alles sei schon fix und fertig gewesen, da habe man ihn verhaftet ...

Der Bericht über den Vergleich unbekannter Stimmen A I, A II, A III, A IV (drei Gespräche mit der amerikanischen Botschaft, eins mit der kanadischen Botschaft) mit der Stimme des unbekannten B (Telefonat mit der Ehefrau) und dem verhafteten Iwanow umfaßte zwei große Konvolute. Sie enthielten die Texte der Gespräche, detaillierte Aufzeichnungen über Prinzipien und Methoden der Vergleiche, Oszillogramme, Lautbilder, statistische Tabellen, Schemata und Diagramme nach ›Kontrollwörtern‹. Der Bericht trug die Unterschriften des Institutsdirektors Ingenieur-Oberst ..., des Laborleiters Ingenieur-Major ... und des wissenschaftlichen Mitarbeiters Kandidat der Philologie – das war ich.

Foma Fomitsch kam majestätisch-wohlwollend in das neue Labor: »Guter Anfang. Passen Sie auf, daß Sie nun nicht nachlassen, sondern noch besser arbeiten.«

Abram Mendelewitsch setzte ihm auseinander, daß wir uns an der Schwelle zur Entdeckung einer neuen Wissenschaft, neuer Wege in die wissenschaftliche Kriminalistik, befänden.

Er nickte gnädig herablassend:

»Nur weiter im Text, damit – wie man so schön sagt – unser Kälbchen den Wolf erwischt.«

Ich schickte mich an, die neue Wissenschaft zu entdecken und nannte sie analog zur Daktyloskopie ›Phonoskopie‹. Mir schwebte ein realisierbares System genauer formaler Charakteristika vor, das gestattete, eine Stimme unter jeder nur möglichen Bedingung aus einer beliebigen Anzahl von Stimmen, selbst sehr ähnlichen, zu erkennen. Wir setzten einen detaillierten Bericht auf über den ersten phonoskopischen Versuch, eine Person durch Bandaufzeichnung eines Gesprächs zu identifizieren. Dann stellte ich einen gründlichen vorbereitenden Plan zusammen für die Entwicklung der Phonoskopie und für die möglichst genaue Bestimmung der konkreten Bedingungen zur Erkennbarkeit einer Stimme, die nach der Chiffrierung eines Telefongesprächs wiederhergestellt werden muß. Tausende von Versuchen würden nötig sein.

Anton Michajlowitsch hörte aufmerksam zu, allerdings ohne rechte Begeisterung.

»Sie holen ja weit aus, Freundchen. Viel zu weit! Das bringt Sie erheblich über die Grenzen des Möglichen hinaus. Auf jeden Fall über das Ziel, über das Vernünftige hinaus! Natürlich ist es wundervoll, sich solchen Träumen hinzugeben – aber Sie träumen tollkühn. Sie wissen ja: ›Der Kühnheit des Tapferen singen wir Lieder.‹ Und: ›Der Tollkühne ist's, der die neue Welt entdeckt.‹

Nur, wir leben ja schon in der neuen Welt, und für diese Welt brauchen wir nun vernünftige, praktische Taten. Reale Taten, die schon heute nützlich und profitabel sind! Ja! Aber Träume – ›Träume, Träume, wo bleibt eure Süße?‹ hat schon Puschkin gefragt. Auch die sind erlaubt, aber nur als Süßigkeiten zum Dessert. Sie haben ganz schön erfolgreich als phonetischer und akustischer ›Koch‹ gearbeitet. Also kümmern Sie sich weiterhin vor allem um die Herstellung des sättigenden Hauptgerichts; d. h. vor allem und hauptsächlich um unsere neuen Systeme, um die Entzifferbarkeit und Erkennbarkeit des gesprochenen Wortes in den neuen Kanälen. Hier ist tägliche, akribische Arbeit mit jeder neuen Schalttafel, mit jeder neuen Kombination der Knoten erforderlich. Heute ist es Mode geworden, in jedem Zusammenhang von ›Philosophie‹ zu sprechen. Einfluß der Amerikaner. Da gibt's die Philosophie irgendeines elektronischen Schemas oder sogar die Philosophie irgendeiner Röhre. Sie, Abram Mendelewitsch, haben kürzlich sehr luzide über die Philosophie von Halbleitern gesprochen. Und jetzt kommt auch noch eine phonoskopische Philosophie dazu. Das ist reine Spekulation. Natürlich dürfen Sie auch daran herumkochen, aber Sie dürfen darüber nie das Hauptgericht vergessen. Eines muß Ihnen immer gegenwärtig sein: ›Grau, teurer Freund, ist alle Theorie und grün des Lebens goldner Baum.‹«

Abram Mendelewitsch widersprach ihm nicht, doch als wir allein geblieben waren, äußerte er sich in fast freundschaftlichem Ton äußerst kritisch über unseren ›Anton, den Herrlichen‹.

»Ein feiner Herr, ein weltläufiger Schwätzer. Natürlich gebildet, gescheiter Ingenieur, fähig, sich etwas einfallen zu lassen, Dinge zu durchdenken. Aber oberflächlich, leicht entflammbar von eigenen wie von fremden Ideen, findet manchmal originelle, kühne Lösungen. Aber es geht bci ihm weder in die Tiefe noch in die Breite. Klammert sich an eine Sache, ohne nach rechts und links zu schauen. Seine Beschränktheit nennt er Konzentration, Zielstrebigkeit. Doch in Wirklichkeit fürchtet er ganz einfach, in Verwirrung zu geraten, fürchtet vielseitige Forschung, breit ausgefächerte Front der Arbeiten. Er ist ein begabter Techniker und Empiriker mit der Ambition auf Gelehrsamkeit, den Glanz der Erudition. Er ist der typische parteilose Spezialist, wenn auch im Rang eines Obersten. Immerhin ist er natürlich viel besser als tausend andere. Er ist immerhin gut erzogen, schreit nicht rum, flucht nicht, schimpft nicht, reißt keine Zoten. Aber wenn es ihm nützt, verrät er jeden, verrät auch seinen besten Freund.«

Der Bericht über die phonoskopischen Untersuchungen im Falle Iwanow war kaum fertig, als zwei Tonbandaufzeichnungen neuer Gespräche mit der amerikanischen Botschaft gebracht wurden. Beide Male sprach die junge Stimme eines forschen Burschen mit deutlich südrussischem oder ukrainischem Akzent, den er zu verbergen suchte, indem er krampfhaft den Moskauer Tonfall imitierte:

»Ich kann genaue Angaben über Flugzeuge machen, Typen usw., auch über Panzer, wo sie repariert werden, und über neue Konstruktionen ... ich kann auch über viele Stäbe Erkundigungen einziehen ... Was ich dafür will? Na ja, Geld vielleicht, oder lieber Sachen. Was für welche? Zum Beispiel ein gutes Radio. Können Sie mir ein gutes Radio besorgen? Und einen Fotoapparat mit passenden Filmen. Können Sie das? und ein Ührchen mit mehr Steinen. Wieso verstehen Sie nicht? Wegen der Steine? Was für Stündchen? Ührchen, Uhr, Armbanduhr. Und dann noch ein Binocle. Verstehen Sie Binocle? Zum in die Ferne sehen. Na ja, und dann natürlich auch was zum Anziehen. Bloß keinen Mantel. Beim Mantel sieht jeder sofort, daß er aus dem Ausland kommt, ausländisches Erzeugnis ist. Geben Sie mir Herrenunterwäsche erster Qualität.«

Der Amerikaner war beide Male derselbe, der schon mit Iwanow gesprochen hatte, träge, gleichgültig, wenn nicht ungläubig. Immerhin stimmte er einem Treff zu, entweder im Bahnhof oder im Kulturpark.

»Mit was für einem Auto werden Sie kommen? Bei Ihrem Wagen erkennt man gleich, daß er ausländisch ist. Ist eine Flagge dran? Na ja doch, Flagge, Fahne. Wie soll ich denn dann zu Ihnen kommen? Da sind doch sofort überall Bullen. Sie wissen nicht, was Bullen sind? Die GPU, die Miliz oder wie es bei Ihnen heißt: die Police. Sie kommen im Taxi, gut, aber bringen Sie irgendwas mit, woran ich Sie erkennen kann. Haben Sie ein großes Portefeuille? Na eben, Portefeuille, Aktentasche, aber groß wie 'n Koffer. Welche Farbe? Gelb? Das ist sehr gut, das sieht man schon von weitem. Sie werden da so irgendwie herumspazieren. Ich werde Sie dann ganz zufällig ansprechen. Sind Sie Raucher? Was rauchen Sie – Papirossy oder Zigaretten? Pfeife? Auch gut. Mir bringen Sie bitte Zigaretten mit, die mit dem Kamel drauf. Ich spreche Sie an und bitte um Feuer, dann werden wir uns unterhalten.«

Dieses Gespräch wurde zweimal geführt. Beim erstenmal war es offenbar unterbrochen worden.

»Hallo, habe ich gestern abend mit Ihnen gesprochen?« ...

Zum Vergleichen waren zwei Tonbandaufzeichnungen beigefügt: Gespräche irgendwelcher Meister mit ihren Vorgesetzten über Ausschußproduktion und fehlerhafte Einzelteile bei Schlosser- und Montagearbeiten. Im einen Fall klang die Stimme ähnlich, der Sprecher stammte jedenfalls auch aus dem Süden.

Aber die Lautbilder der wenigen Wörter, die in allen Gesprächen vorkamen – möglich, nötig, ich weiß, wissen Sie – erlaubten noch keine Identifizierung der Stimmen. Die wesentlichen Unterschiede in der Mikrointonation und im Mikrorhythmus erschienen mir ›organisch‹. Allerdings konnte man sie auch mit absichtlicher Verstellung der Stimme oder einfach mit Erkältung erklären (der eine Mann aus der Produktion hatte ein paarmal geniest). Doch nach ausgedehnten Einzeluntersuchungen kam ich zu dem Schluß, daß es Stimmen verschiedener Menschen sein müßten. Der neue Bericht wurde in einen Aktenordner geheftet. Anton Michajlowitsch und Abram Mendelewitsch unterschrieben ihn unbesehen.

Aber schon nach wenigen Tagen sagte Anton Michajlowitsch, als er morgens ins Labor kam:

»Der zweite ist ins Netz gegangen. Dieser Sergeant hat alles gestanden.«

Wie sich herausgestellt hatte, waren die Gespräche mit der amerikanischen Botschaft nicht aus verschiedenen Telefonzellen geführt worden wie beim erstenmal, sondern aus dem Büro einer Heeresreparaturwerkstatt für Panzer, Panzertransporter und andere Militärfahrzeuge. Die Leute von der Abwehr hatten daraufhin die Kaserne durchsucht und im Nachttisch des Sergeanten N., dem Brigadier der Schlosser, ein Tagebuch gefunden, mit Aufzeichnungen über die Standorte von Flugplätzen, Panzereinheiten, Stäben, über die Zahl der reparierten Panzer und anderer Fahrzeuge und einige Skizzen. Der Sergeant und zwei seiner Freunde wurden verhaftet. Er gestand, er habe die Amerikaner anführen wollen und deshalb die Botschaft angerufen.

Ich erhielt die Tonbandaufzeichnungen von zwei Verhören. An beiden hatte nur Anatolij Stepanowitsch teilgenommen. Er sagte über den Untersuchungsgefangenen:

»Ganz gewöhnlicher Soldat. Mittelgroß, blond, unscheinbar. Kompletter Trottel, dieser Hundesohn, versucht auch noch zu verschleiern.«

In den Verhören waren die Fragen wieder nach einem Spickzettel von mir gestellt worden, der zum Aussprechen von Wörtern nötigte, die in den abgefangenen Gesprächen gesagt worden waren. Der Befragte sprach niedergeschlagen, ohne die geringsten emotionalen Intonationshebungen. Beim bloßen Hören schon wurde klar, daß seine Stimme nicht mit der des Amateurspions identisch war.

»Ich hab' ja bloß einmal angerufen ... ja, jaja, zweimal, hab' es schon vergessen ... Hab' bloß angerufen, hab' ihnen gar nichts erklärt. Ich hab' doch bloß aus Jux angerufen. Wollte mir einen Witz mit ihnen machen. Warum soll man nicht über sie lachen, über diese Amerikaner? Die Heftchen, das hab' ich für mich selbst aufgeschrieben, für die Erinnerung ... Ja, da stehen Flugplätze drin und unsere Einheiten, und von wo man uns Fahrzeuge zur Reparatur schickt ... Aber nein, ich weiß nichts von einem Radio. Was soll das für ein Radio sein? Nein, um Fotoapparate hab' ich nicht gebeten ... Ich habe Ihnen doch sofort alles gestanden, worin ich schuldig bin ... Aber nein, ich wollte nicht zu denen gehen ... ich bin doch nicht blöd. Und diese Heftchen hab' ich niemandem gezeigt. Nein, ich wollte sie auch nicht zeigen, im äußersten Falle – sagen, aber nicht das, was in den Heftchen steht, sondern anderes. Na ja, so daß es ähnlich klingt und doch vollkommen anders ist. Ja ja, natürlich, ein ganz und gar blöder Scherz, ja, der ganze Einfall war dumm ... Aber ich habe ja nichts gemacht, war doch nur zum Spaß ...«

Nein, das war nicht die Stimme dessen, der den gleichgültigen Amerikaner überreden wollte. Auch die Lautbilder, die wir von den Aufzeichnungen des Verhörs gemacht hatten, unterschieden sich wesentlich von denen jener Stimme, die aus der Werkstatt angerufen hatte. Allerdings, dort überschrie sie den Werkstattlärm.

Ins Labor Nr. 1 kam noch ein Häftling, Wassilij Iwanowitsch G. Bisher war er Übersetzer von technischen Dokumentationen und Literatur gewesen und gehörte zum Stab der Bibliothek. Bei Kriegsbeginn hatte der junge Wirtschaftsingenieur als stellvertretender Leiter einer geologischen oder topographischen Forschungsgruppe gearbeitet. Dann wurde er eingezogen. Es ging das Gerücht, er sei gefallen – er war schwer verwundet, hatte ein Bein verloren. Einige seiner früheren Mitarbeiter, die erhebliche Summen veruntreut hatten, meldeten, die habe der »gefallene Held« während seiner Zivilzeit irgendwie ausgegeben.

Nach seiner Genesung wurde Wassilij Iwanowitsch demobilisiert, arbeitete in Moskau im Wirtschaftsamt. Aber 1945 holten sie ihn und verurteilten ihn zu zehn Jahren auf Grund des Erlasses vom 7. August 1932[23], der von der Amnestie ausgenommen war.

Schon vor dem Krieg hatte er im Fernunterricht im Fremdspracheninstitut studiert, übersetzte gut aus dem Deutschen, Französischen und Englischen, kannte Turk-Sprachen und begeisterte sich für Esperanto. Er war Autodidakt, ein Intellektueller der ersten Generation, hatte sich alles selbst beigebracht. Vorsichtig und mißtrauisch verhielt er sich gegenüber den Schreibtischgelehrten, die »zu sehr von sich eingenommen waren«.

Abram Mendelewitsch setzte ihn zu meinem Gehilfen ein, ich hatte ihn das Lesen der Lautbilder zu lehren, in die Arbeit der Aufzeichner einzuführen und in die phonoskopischen und kryptographischen Dinge einzuweihen.

Anfangs glaubte ich, er sei auf mich angesetzt.

Doch Wassilij vermied politische Gespräche:

»Hier haben die Wände Ohren, und mir reicht meine Frist vollauf. Ich will nicht noch nach Artikel 58 zusätzlich verknackt werden.«

Er arbeitete verständig, flink, war allerdings zu rasch bei der Hand, Schlüsse zu ziehen und zu verallgemeinern:

»Was ziehst du die Sache in die Länge? Ist doch schon alles klar. Nach zehn Tabellen kann die Fehlerquote nur noch ganz unbedeutend sein ... Hier kommen keine Explosivlaute durch. Na, meinetwegen die Hälfte ... Und bei hohen Frequenzen verwirren sie sich. Wozu das nochmal wiederholen? Los, schreib deine Schlußfolgerung.«

Allgemeine Fragen der Sprachwissenschaft interessierten ihn nicht. »Das hab' ich schon im zweiten Kurs erledigt.« Meinen eigenen vergleichenden Sprachuntersuchungen gegenüber verhielt er sich freundlich, aber ohne besonderes Interesse: »Du hast dir da ein sehr eng begrenztes Thema ausgesucht.« Doch über die Entstehung einzelner Wörter, über Sprachverwandtschaften unterhielt er sich gerne, lange und angeregt. Wer von wem entlehnte, wie Wörter verschiedener Sprachen aus ein und derselben Wurzel ableitbar waren.

Für Literatur, Dichtung, Geschichte, Musik interessierte er sich weniger als die meisten meiner Freunde und auf völlig andere Art. Unsere Geschmacksrichtungen gingen häufig auseinander. Er konnte einfach nicht glauben, daß jemandem Verse gefallen könnten, die erst nach langen Erklärungen zu verstehen sind. »Eine gute Oper oder Operette zu hören, ist angenehm; auch ein Ballett, wenn das auch mehr etwas für die Herren Ästheten ist. Die wissen, wenn sie das linke Bein schlenkert, heißt das: sie liebt, das rechte bedeutet: sie liebt nicht. Dreht sie sich wie ein Kreisel: ach, welche Leidenschaft! Aber wie kann man bloß Stunden in einem Konzert herumsitzen, wo nur ein Sinfonieorchester herumfiedelt! Das kann ich nicht verstehen. Schöne Lieder, ja, die gehen zu Herzen, Volkstänze aller Völker – ob Lesginka oder Gopak – sieht man gern, es zuckt einem dabei selber in den Beinen. Aber alle diese Schostakowitschs – dieses Klimpern, Fiedeln, Klirren, Rasseln, Grollen – das ist natürlich was für Kenner, für Spezialisten. Aber die meisten Konzertbesucher tun bloß so, als ob sie das verstünden, spielen sich mit ihrem Kunstverständnis auf. Da sitzt dann so ein Geck, langweilt sich, unterdrückt krampfhaft das Gähnen, aber – er zieht die Brauen zusammen, runzelt die Stirn, bewegt die Lippen, tut so, als verstünde er alles und genösse es sogar.«

Wassilij las die Lautbilder ohne Begeisterung, gab sich keine Mühe und nahm auch meine Unterweisungen nicht allzu ernst:

»Wofür, zum Teufel, soll man sich darüber noch den Kopf

zerbrechen? Wenn man's auf dem Spektrogramm sieht, kann man's auch hören. Klar, ich verstehe, man kann es für die Dechiffrierung gebrauchen, wenn man mit dem Mosaik-Telefon arbeitet. Aber auch selbst dann lohnt es sich nicht, Silben zu lesen, die Wörter auseinanderzunehmen. Den Code muß man knacken, Filter wählen, dann decodieren und hören. Das ist einfacher und rationeller. Was fauchst du mich an mit deinem ›Wissenschaft, Wissenschaft ...‹ Wissenschaften gibt's verschiedene. Erinnere dich, wie Gulliver unter die Gelehrten auf der Laputa-Insel geriet. Ich schätze solche Laputa-Wissenschaft um der Wissenschaft willen nicht, genausowenig wie ich Kunst um der Kunst willen akzeptiere. Aber wo liegen hier die Grenzen? Das ist ziemlich schwierig zu bestimmen. Ich habe amerikanische und englische Zeitschriftenartikel über Physik und Mathematik übersetzt. Reinste Abstraktionen, Verstandesspielereien. Nichts für die Praxis. Aber Anton sagt, bei diesen fabelhaften Spielereien kommt schließlich die Kybernetik zustande. Auch eine Art Abstraktion, soll überdies eine Pseudowissenschaft sein. Aber sie verwenden sie schon bei der Flakartillerie und auch noch für irgendwelche anderen praktische Zwecke. Denk also nicht, ich wäre gegen die Wissenschaft, ich will bloß verstehen. Ich will jedes Mal verstehen, wofür wir uns abmühen. So wie Anton Michajlowitsch ständig erklärt: wir brauchen den Profit, den Profit. Meiner Meinung nach hat er recht. Und diese Lautbilder permanent zu lesen ist nichts anderes, als wenn ein Diakon den Psalter singt.«

Man brachte uns die Aufzeichnungen von Verhören zweier anderer Soldaten, Freunden des Sergeanten. Die neue Phonoexpertise führte ich zusammen mit Wassilij durch. Er strengte sich an zu verstehen, auf welche Weise ich Stimmen verglich, fragte eindringlich, und ich erklärte ihm detailliert. Manchmal schien es, als wolle er überprüfen und kontrollieren. Doch bald war ich überzeugt, daß er mir auf jeden Fall vertraute, und wenn er mit meinen Schlußfolgerungen nicht übereinstimmte, sagte er, daß er hier noch nicht urteilen könne. Ich verbot mir, ihm zu mißtrauen.

Bald schaffte er sich auch genau wie ich eine Freundin an. Eine der beiden technischen Mitarbeiterinnen, die sich äußerster Zurückhaltung uns gegenüber befleißigten, erkrankte. Sie wurde durch die dicke Schura ersetzt, die früher in der Bibliothek mit Wassilij gearbeitet, ihm bei Übersetzungen geholfen hatte. Sie konnte Englisch. Mir gegenüber verhielt sie sich ausgesprochen ablehnend, versuchte mich sogar zu schurigeln: »Bitte, ohne Scherzchen ... Sie haben sachlich zu erläutern ... Scherze sind völlig unangebracht ... Warum sind Ihre Notizen so unordentlich? Da kann ja niemand durchfinden. Was wollen Sie damit sagen: ›Notizen für mich selbst?‹ Und wenn Sie morgen verlegt werden? Soll dann die ganze Arbeit zum Teufel sein? Sie müssen Ihre Aufzeichnungen so abfassen, daß sie jeder lesen kann.«

Mir riß bald die Geduld: ich explodierte, sagte, daß ich im Gefängnis zwar genötigt sei, den Gefängniswärtern zu gehorchen, aber keine wissenschaftliche Arbeit nach dem Kommando einer Gefängniswärterin ausführen könne und wolle. Wenn sie ihren Ton nicht ändere und mit ihren Nörgeleien nicht aufhöre, würde ich offiziell darum bitten, entweder sie oder mich in ein anderes Labor zu versetzen.

Zunächst begehrte sie hitzig auf:

»Was fällt Ihnen ein! Sie vergessen sich. Hier herrscht Ordnung und Disziplin!«

Doch dann wechselte sie plötzlich einen verlegenen Blick mit Wassilij, und mir wurde klar, daß die beiden mehr waren als alte Bekannte und daß Schuras Feindseligkeit mir gegenüber ihre heimliche Freundschaft mit Wassilij verbergen sollte.

Wassilij redete mir gut zu:

»Hör auf, was gehst du so auf die Palme? Niemand schikaniert dich. Wieso denn Gefängniswärter? Und wenn mal ein Wort nicht richtig rauskommt, nicht im richtigen Ton, dann kann's doch sein, daß der Mensch in schlechter Stimmung ist, sowas muß man doch verstehen. Und du kommst gleich mit ›offiziell‹! Laß den Quatsch. Und Sie, hören Sie nicht auf ihn! Er ist ein Gelehrter, ein Hochgelehrter, noch dazu sehr nervös.«

Als wir später allein waren, setzte er mir weiter zu, wobei er vermied, auch nur ein Wort über seine Beziehungen zu ihr verlauten zu lassen:

»Weißt du, was man denen über uns sagt – speziell über die 58er? ›Volksfeinde‹, ›Heimtücker‹, ›höchste Wachsamkeit geboten‹. Und da sieht sie dich nun – einen zottigen Räuber mit schwarzem Bart, der da irgendwas zaubert und so spricht und schreibt, daß sie es nicht versteht, und dann fletscht er auch noch grinsend seine Zähne. Eine andere hätte sich noch viel mehr erschreckt.«

Nach diesem Zwischenfall wurde ein schweigendes Einvernehmen hergestellt. Mit Schura sprach ich tagsüber nur kühl und offiziell; hatte sie abends Dienst, ging ich ins akustische Labor, zum Glück gab es auch dort etwas zu tun, und ließ sie mit Wassilij allein.

Ebenso verschwand er, wenn meine Freundin abends Dienst hatte. Wir haben nie darüber gesprochen, alles hatte sich von selbst so geregelt. Meine Freundin jedoch beunruhigte das in der ersten Zeit:

»Warum geht er weg? Hast du ihm was erzählt? Ehrenwort? Und was hat er mit Schura? Das weißt du nicht? Er hat dir nichts erzählt, kein Wörtchen, keine Anspielung? Ihr Häftlinge seid doch alle verbohrte Geheimniskrämer. Aber er hat's doch spitz gekriegt, was mit uns ist, darum geht er raus. Ach so, du weißt also doch was, gehst raus, wenn sie Dienst hat. Du hast's erraten, und er hat's erraten. Na ja, aus Rätseln kann man keine Hosen nähen. Aber die Sache muß geordnet werden. Und du bist überzeugt, er weiß, daß, wenn er uns anschwärzt, es ihm noch schlechter gehen wird? Gut, kann ja sein, er weiß das, aber sie? Sie ist gefährlich, tut sich wichtig, spielt die Intellektuelle, hat aber abgekaute Fingernägel, und außerdem stinkt sie, wäscht sich selten. Nein, nein natürlich, dumm ist sie nicht, will sich ja nicht selber schaden. Sie und Wassilij treiben es natürlich auch hier. Ein anderer würde sich überhaupt nicht mit ihr abgeben, nur so einer, der lange keine Frau gehabt hat. Du bist auch so einer, würdest auch auf sie fliegen.«

Auf den Tonbändern mit den Verhören der beiden Soldaten aus der Reparaturwerkstatt schien mir die eine Stimme derjenigen des lebhaften Gesprächspartners der Amerikaner ähnlich zu sein.

Der Untersuchungsrichter – salopp und flegelhaft – spielte die Rolle des Hemdsärmeligen, fragte ihn nach Mädchen und Tanzereien aus, zwischendurch in künstlich nachlässigem Ton:

»Und warum habt ihr lustigen Brüder Petjka nicht davon abgehalten, die Amerikaner anzurufen? ... Und die Angaben über die Flugplätze, die hast du Petjka gegeben? ... Er hat auch gestanden, daß ihr, du und Shorka, ihm beigebracht habt, mit der Botschaft zu telefonieren ... Gib's auf abzustreiten, Petjka hat rückhaltlos gestanden und selbst unterschrieben, daß du der Anführer warst. Shorka und er haben nur mitgemacht ... Und du warst es auch, der sie zu Spionen gemacht hat.«

Aus dem Verhör entnahm ich, daß Petjka, Shorka und Senjka Freunde waren, Soldaten derselben Einheit, die gemeinsam in der Reparaturwerkstatt arbeiteten. Alle drei, möglicherweise nur zwei, waren in das Spionenspiel verwickelt. Der eine hatte telefoniert, aber der andere hatte es gestanden, nämlich der, bei dem man die Heftchen gefunden hatte. Vielleicht gab es auch noch irgendwelche anderen Gründe oder Vorbedingungen, die ihn veranlaßten, die ganze Schuld auf sich zu nehmen. Beim Verhör konnte er sich nicht gleich erinnern, daß es zwei Gespräche mit der Botschaft gegeben hatte, er sprach nur von einem und wußte auch nicht genau, wovon die Rede gewesen war. Trotzdem bestand er hartnäckig darauf, alles allein getan zu haben, niemand anderer hätte davon gewußt, keiner ihm geholfen. Senjka und Shorka seien einfach seine Kumpel, sie hätten ihre Freizeit gemeinsam verbracht, herumflaniert, ordentlich getrunken und auf den Putz gehauen ... Aber der Untersuchungsrichter kam immer wieder darauf zurück: »Die beiden sind doch schon umgefallen ... haben gestanden, daß du sie verführt hast, die Kommandos gabst und sie spionieren geschickt hast.«

Doch der antwortete jedesmal:

»Nein, das kann gar nicht sein. Sie haben nichts gewußt und nichts gemacht. Nein, nein. Für Shorka und Senjka war das nichts ... Ich hab' das ganz allein gemacht.«

Die Aufzeichnungen der Verhöre waren technisch von schlechter Qualität. Es war einer von den weniger erfahrenen Technikern mit dem Tonbandgerät hingeschickt worden, und man hatte auch keine Spickzettel für den Untersuchungsrichter von uns verlangt. Nach dem Vergleich einiger mehr oder weniger gleichklingender Wörter verdächtigte ich Senjka als den Anrufer. Nach Stimme und Wortwahl zu urteilen, war er älter und gebildeter als die beiden andern. Dieselbe Meinung vertraten Wassilij und Abram Mendelewitsch, allerdings nicht so überzeugt.

Diese drei Spitzbuben weckten in mir nicht einen derartigen Ekel wie Diplomat Iwanow. Sie waren weit weniger gefährlich und natürlich auch weit weniger schuldig. Vielleicht sollte man auf einer detaillierten Untersuchung von Senjkas Stimme bestehen und versuchen, den wirklichen Gesprächspartner der Amerikaner zu überführen, dadurch würde mit aller Wahrscheinlichkeit die Effektivität unserer phonoskopischen Methoden bestätigt werden. Doch der unglückselige Petjka hatte schon alle Schuld auf sich genommen, obwohl seine beiden Freunde auch verhaftet waren. Denkbar war es immerhin, daß die törichten jungen Lümmel in diesem Possenspiel nur spielten. Es konnte sich aber auch um ein ernstzunehmendes Unterfangen handeln, ebenso schmutzig wie dumm, um einen dilettantischen Versuch, tatsächlich zu Spionen zu werden.

So oder anders: Petjka hielt sich tapfer und opferbereit. Was die Expertise auch ergeben würde, der seine Selbstbezichtigung unterworfen worden war, könnte sie seine Freunde überführen? Sie konnte nur ihr gemeinsames Geschick verschlimmern. Die Heftchen und das Geständnis genügten schon, um Petjka und die beiden anderen zu verurteilen. Zusätzliche ›wissenschaftliche‹ Enthüllungen bereicherten das Belastungsmaterial, bewiesen den Tatbestand der Verschwörung. Denn jede wie auch immer geartete ›Kollektivtat‹, noch dazu in der Armee, wird bei uns immer als besonders gefährliches Verbrechen eingestuft.

Und so schrieb ich: »Die verfügbaren Lautbilder gestatten nicht, eine der ›Kontroll‹-Stimmen mit der zu identifizieren, die etc. ...«

Anton Michajlowitsch befahl hinzuzufügen, daß sie auch nicht den Gegenbeweis gestatteten.

Er hörte sich finster meinen Bericht an. »So, so ... das heißt also, Ihre Methode ist offenkundig ungenügend. Das und das ist unstreitig ein und dieselbe Stimme: verhört wurde genau dieser Strohkopf. Aber in der Person gibt es offensichtliche Unterschiede ... Verstehe, verstehe, hier ist der Werkstattlärm, der Schnupfen, andere Intonationen, ein anderes Telefon ... Das ist alles. Aber so wird das immer sein. Immer wird man Gespräche zu vergleichen haben, die unter verschiedenen Bedingungen abgehört wurden. Fazit: Abram Mendelewitsch und ich haben umsonst für Ihre epochalen Erfindungen die Werbetrommel gerührt. Wir haben uns mit Ihrer Phonoskopie blamiert!«

»Sie existiert doch noch gar nicht, Anton Michajlowitsch, diese unsere Phonoskopie ist doch noch gar nicht geboren, ist noch im Embryonalzustand. Gerade das habe ich doch Ihnen gegenüber die ganze Zeit betont. Phonoskopie ist noch keine Realität, sie ist eine Möglichkeit. Schon heute kann ich mit ausreichender Wahrscheinlichkeit die Identität einer Stimme auf verschiedenen Aufzeichnungen feststellen. Ich kann sagen: hier – diese und diese Details im Lautbild, diese und diese statistischen Daten bezeugen, daß in diesen verschiedenen Fällen ein und dieselbe Person gesprochen hat. Ich kann erklären, warum ich davon überzeugt bin. Indessen sind mir fast vollständig unbekannt die Variationsmöglichkeiten ein und derselben Stimme, unbekannt die Grenzen, innerhalb derer sie variieren kann, wie weit sich ein und dieselbe Stimme bewußt oder unbewußt verändern kann.«

»Mit anderen Worten, Sie können unsere gesamte akustische Technik so benutzen, wie eine Zigeunerin die Karten oder den Kaffeesatz?«

»Nein, beileibe nicht. Im Gegenteil! Ich bemühe mich doch um genaue, objektive Untersuchung und sträube mich gegen alles Erraten. Eine positive Antwort kann ich unter den bestehenden Bedingungen schon jetzt finden. Eine negative aber, wie Sie sehen, bleibt unüberzeugend. Sie kann auch so lange nicht überzeugen, wie wir die Grenzen nicht feststellen können, dazu müssen wir Tausende von Versuchen durchführen.«

»Und woher nehmen Sie Zeit und Mittel dazu? Sie, Väterchen, sind ein Phantast, ein Spinner von Projekten ... Aber ich bin nicht Jules Verne, nicht Wells, und uns steht absolut nicht der Sinn nach phantastischen Projekten ... Haben Sie die Güte, sich nicht mit im Embryonalzustand befindlichen Wissenschaften zu befassen, sondern mit realen Dingen. Seit Olims Zeiten kann man Telefongespräche nach dem Gehör qualifizieren, aber Ihre Leute, Abram Mendelewitsch, können es anscheinend nicht ... Also, mein verehrter Lew Sinowjewitsch, haben Sie die Güte, heute die Aufzeichnungsversuche wieder in Gang zu bringen, versteht sich, ohne Ihre eigentliche Arbeit dabei zu vernachlässigen – studieren Sie weiter die physikalischen Parameter, die Deutlichkeit der Rede und die Erkennbarkeit der Stimmen ... Neue kriminalistische Versuche werden wir wohl kaum zu machen haben. Die operativen Bevollmächtigten sind mit unserer Expertise sehr unzufrieden. Schlimmer noch: sie lachen drüber. Sie beweisen wissenschaftlich, daß die Stimme eine andere und der Verdächtige unschuldig ist wie ein Lamm. Dabei hat er selber gestanden: ›Ich habe spioniert, ich habe angerufen.‹«

»Bei ihm sind irgendwelche Heftchen gefunden, also hat er das gestanden. Aber telefonieren konnte auch irgendein anderer.«

»Möglich, alles ist möglich. Bloß – diese Sherlock Holmes-Aufgaben sind nichts für uns. Wir haben ein bißchen damit herumgespielt, nun reicht's. Wenden wir uns wieder unserer eigentlichen Aufgabe zu. Befassen Sie sich mit Aufzeichnungsversuchen.«

Abram Mendelewitsch wollte nicht nur das Labor Nr. 1 erhalten, sondern seine Mittel auch noch erweitern:

»Wir werden uns sowohl mit Phonetik wie mit Phonoskopie befassen und außerdem noch mit einigen anderen Untersuchungen. Vor allem mit Dechiffrierung von Gesprächen und Stimmen.«

Mit seinen gefangenen Mitarbeitern war er freundlich, mit Solschenizyn und mir sprach er wohlwollend. Doch als ich mich mehr und mehr mit einer unserer technischen Mitarbeiterinnen befreundete und wir abends stundenlang allein in einem Raum waren, den man von innen abschließen konnte, erzählte sie mir, daß Abram Mendelewitsch auf den Parteiversammlungen der freien Mitarbeiter und auf den Kurzbesprechungen der Parteigruppe ausführlich über Wachsamkeit sprach. Sie gab seine Worte etwa so wieder:

»In unserem Spezialkontingent besteht die Mehrzahl der Mitarbeiter aus Volksfeinden. Gewiß, unter ihnen gibt es viele, die mehr oder weniger ehrlich ihre begangenen Verbrechen bereuen. Darüber haben kompetente Organe zu entscheiden, aber wir alle müssen trotzdem auf sie aufpassen, müssen sie beobachten, damit wir, wenn man uns fragt, die notwendigen Auskünfte geben können. Von diesen ›Reumütigen‹ abgesehen, gibt es offene, unbelehrbare Feinde, die kaum ihren Haß auf die Sowjetmacht verbergen. Die dürfen wir keinen Augenblick aus den Augen lassen. Solange sie gewissenhaft arbeiten, bringen sie Nutzen; man kann ihnen daher Lebensbedingungen verschaffen, die sie noch anfeuern. Die jüngeren, noch nicht verstockt-verknöcherten unter ihnen kann man sogar umerziehen. Die gefährlichsten, erbittertsten Feinde sind die Doppelzüngler, die nicht bereit sind, ›abzurüsten‹ und ›abzuschwören‹, solche wie Kopelew« – er nannte noch einige Namen, von denen meine ›Zeugin‹ nur noch Jewgenij Timofejew wußte. »Diese Leute tragen permanent eine Maske, verbergen ihr wahres Innere, behaupten, sowjetische Patrioten zu sein, sogar Kommunisten. Ihnen gegenüber müssen wir verdoppelte, ständige Wachsamkeit walten lassen. Nicht ein einziges Wort darf man ihnen glauben. Man muß allen Gesprächen ausweichen, die nicht unmittelbar mit der Arbeit zusammenhängen. Natürlich müssen wir von ihnen das lernen, was sie in ihrem Fach können. Und darum dürfen wir auch keine Konfliktsituation schaffen, dürfen weder grob noch scharf mit ihnen umgehen. Doch über jeden Annäherungsversuch muß unverzüglich Bericht erstattet werden, und selber muß man höflich, aber kategorisch jeden Annäherungsversuch zurückweisen.«

Zwei meiner drei technischen Gehilfinnen verhielten sich entsprechend. Entweder sie überhörten Fragen wie: »Wo haben Sie studiert?« »Was lesen Sie?« »Sind Sie verheiratet?«

Oder sie antworteten: »Während der Arbeitszeit sind private Unterhaltungen nicht gestattet ... bitte, fragen Sie nicht ... reden Sie nicht, das hat keinen Sinn und bringt mir und Ihnen nur Unannehmlichkeiten.« Die dritte war mutiger, temperamentvoller und neugieriger als die beiden anderen. Sie war überdies unzufrieden mit ihrem Mann, einem MGB-Obersten:

»Ganze Monate ist er auf Dienstreise. Zu Hause ißt und trinkt er nur alles ratzekahl ... wahrscheinlich geht er auch fremd, für die eigene Frau reichen ihm jedenfalls weder Zeit noch Kraft.«

Diese fröhliche und freche Tochter des Moskauer Stadtrands mit ihren großen Augen, vollen Lippen, dichten Brauen und langen Beinen war die dreißigjährige Ehefrau eines arrivierten Tschekisten und Mutter zweier Töchter, die von der Großmutter betreut wurden. Sie hatte irgendwo bei den Organen als Telegrafistin gearbeitet und gehörte zu den ›sorgfältig überprüften Kadern‹, die in die Scharaschka versetzt worden waren. Die meisten dieser freien Angestellten hatten nur geringe Qualifikation, waren aber Angehörige von MGB-Leuten. Man hatte sie zum Anlernen in unsere Labors geschickt, damit sie später die Aufgaben des ›Spezialkontingents‹ übernehmen könnten. Für Phonetik und Akustik war meine Freundin hoffnungslos unbegabt, vergaß die einfachsten Erklärungen, sie lernte aber fix, ordentliche Lautbilder zu machen, sortierte sie geschickt ›nach dem Auge‹, heftete untadelig Papiere und Tabellen ab. Dabei erzählte sie gern von sich, von ihren Chefs, von ihren Freunden und Freundinnen und kam dem nach Frauenzärtlichkeit verschmachtenden Häftling großzügig entgegen. Ein halbes Jahr lang war sie mit mir befreundet. Respekt vor der Obrigkeit hatte sie kaum:

»Der Abram ist Jude, und die lügen alle. Sei nicht beleidigt. Du bist ja anders, nicht wie ein Jude. Und überhaupt gibt es Ausnahmen. Ich hatte im Technikum eine jüdische Freundin, Rosa hieß sie. Aber ich spreche nicht von den Ausnahmen, sondern von der Mehrzahl. Du hast dich ja für die Deutschen eingesetzt. Natürlich gibt es unter den Juden anständige Menschen, auch gute Parteimitglieder. Aber als Volk sind sie unsere Feinde. Klar, die Polen sind noch übler. Mein Mann und ich haben ein Jahr lang in Polen gelebt, er war dort bei der Botschaft. Ich habe selbst erfahren, wie doppelzüngig die sind, wie sie uns hassen. Und mein Mann hat immer gesagt, die Polen sind schlimmer als die Deutschen und noch schlimmer als die Juden.« Alle Versuche, mit ihr zu diskutieren, ihr internationalistische Gesichtspunkte beizubringen, fruchteten nichts, genauso wenig wie meine Appelle an ihr Parteigewissen. Sie hörte mir mehr oder weniger geduldig zu.

»Nun reicht's aber wirklich, du hast mir ja eine regelrechte Propagandavorlesung gehalten. Ich werd' dir jetzt lieber Witze erzählen (oder ›was aus dem Leben‹) ... Na, ja doch, ich glaub' dir ja. Du hast das eben so gelernt, aber im Leben geht es anders zu.«

Im Herbst wurde sie schwanger und ließ eine Abtreibung machen: »Ein drittes Kind wäre mir nicht zu viel. Wo zwei satt werden, wird auch ein drittes satt. Nur, es ist wegen dem fremden Blut. Es heißt ja auch, daß die Juden eine andere Haut haben. Und sieh doch, was du für 'n Haarwuchs hast. Nein, nein, ausgeschlossen, daß es in unserer Familie ein Kind mit fremdem Blut geben könnte. Ausgeschlossen!«

Trotz dieses Zwischenfalls ging unser Roman weiter, solange das Labor bestand. Eine Zeitlang war ich sogar regelrecht in sie verliebt. Die Freude dieser Nähe fiel zusammen mit interessanter Arbeit, mit neuen Hoffnungen. Sie riskierte viel. Bei einer Entdeckung drohte ihr Schlimmeres als nur ein handfester Familienkrach. Die Furcht, das Bewußtsein der Gefahr schärften noch den erotischen Reiz. Außerdem bemitleidete sie mich: »Oj-je, wie ist das nur möglich, daß ein gesunder Mann zehn Jahre ohne Frauen leben soll. Wie entsetzlich! Ach du mein Armerchen! Nun komm schon, komm ... Nein, meinen Mann werde ich nie verlassen, er ist der Vater meiner Kinder. Die Familie darf man nicht kaputtmachen. Aber wir werden Freunde bleiben. Nach deiner Freilassung wird man dich hier behalten, weil die Arbeit hier ja geheim ist. Von hier lassen sie keinen weg. Wirst du mich dann vergessen? Nein? Fein, dann werden wir's viel bequemer haben, können es noch viel schöner machen.«

Als das Labor Nr. 1 umorganisiert wurde, versetzte man sie

in die Mechanikerwerkstatt, bald nahm sie sich dort einen neuen Liebhaber, wieder einen Gefangenen. Ich hatte nun bis zum Ende meiner Frist – noch dreieinhalb Jahre – wie ein Mönch zu leben.

Was bedeuteten Abram Mendelewitschs Äußerungen auf den Parteiversammlungen? Heuchelte er bloß, wenn er vertrauensvoll, freundschaftlich mit uns sprach? Und ›berichtete‹ er dann ›unverzüglich‹? Und wem? Vor dem Scharaschka-Gevatter hatte er mich selbst gewarnt: »Hüten Sie sich! Jedes unvorsichtige Wort von Ihnen kann Major Schikin hinterbracht werden. Seine Vertrauensleute arbeiten und leben unmittelbar neben Ihnen. Und er, merken Sie sich das, ist ein ungebildeter, pedantischer Mensch, der alle Intellektuellen haßt, nicht nur die Gefangenen, auch die Freien. Er spioniert auch hinter uns her, sogar hinter Anton Michajlowitsch ...«

Es konnte auch sein, daß er mit seinen Appellen zur Wachsamkeit sich selbst schützen wollte, um möglichen Verdächtigungen oder Beschuldigungen der Fraternisierung mit Häftlingen vorzubeugen für den Fall, daß wir uns mit irgendeinem Freien anfreundeten und es uns in den Sinn kommen sollte, von unseren abendlichen Nichtarbeitsgesprächen zu erzählen.

8. Kapitel
Begum und andere Kapitalisten

Schon bald, nachdem die Häftlingsbibliothek eingerichtet war, hieß Nikolaj B. bei uns in der Zelle ›die Begum‹. Er hatte lange in den drei Dutzend abgegriffener Bücher, die den Anfangsbestand der Bibliothek ausmachten, gewählt, bis er schließlich einen kleinen, rot kartonierten Band mit verblaßter Goldprägung genommen hatte: Jules Verne ›Die 500 Millionen der Begum‹. Lange las er daran, mehr als einen Monat. Und er las wirklich.

Kaum von der Arbeit zurück – er war Meister in der Schlosserwerkstatt und nannte sich selbst Obermeister –, legte er sich mit dem Buch auf sein Bett und las. Er hatte eins von den wenigen richtigen Einzelbetten in der Zelle, die im übrigen mit Waggonki vollgestellt war. Statt der Holzbretter als Matratzenunterlage hatte das Bett ein Drahtnetz, und statt der staatlichen Wattekissen besaß er mehrere eigene weiche, flauschige Daunenkissen. Auf diesem Luxusbett liegend, kaute er Gebäck oder rauchte und las ›Die 500 Millionen der Begum‹. Abend für Abend.

»Wieso kommst du niemals damit zu Ende? Ist doch bloß ein dünnes Buch, und du kaust schon den zweiten Monat dran herum.«

»Was drängelst du denn so? Und was heißt schon dünn, wenn es ein sehr tiefes Buch ist? Es scheint nur dünn, hat ja auch noch Bilder für die Bengels zum Angucken. Aber ich sage dir, es ist ein tiefes Buch, hat Bedeutung fürs Leben. Noch nie habe ich sowas gelesen. Ein sehr lehrreiches Buch.«

»Was ist denn so Besonderes an deiner Begum?«

»Das werde ich dir mal auf dem Spaziergang erklären. Darüber muß man ernsthaft reden, nicht nur so nebenbei, und auch nicht, wenn jeder, der will, zuhören kann.«

Damals, 1949, war Nikolaj etwas über 40 Jahre alt, hatte ein rosiges, sauberes Gesicht, eine gerade, kräftige Nase, wasserblaue Augen, eine hohe, kahl werdende Stirn. Mit der Obrigkeit sprach er höflich, liebenswürdig, mit den Gleichgestellten sprach er beinahe in verschwörerischem Ton, die Stimme senkend. Selbst nach dem Wetter oder danach, was es heute zum Frühstück gebe, fragte er flüsternd, den Kopf vielsagend auf die

Schulter geneigt, als handle es sich um Staatsgeheimnisse oder um intime Angelegenheiten.

Das Gespräch über die Begum verschob er mehrmals; einmal trampelten beim Spaziergang zu viele Leute in der Nähe herum, ein andermal langte die Zeit nicht. Endlich war es eines Abends doch so weit.

»Nu also, du verstehst dieses Buchchen nicht, dabei bist du doch ein gelehrter Mensch, Dozent oder wie man das bei euch nennt. Da kannst du sehen, Bildung allein reicht eben nicht. Nimm zum Beispiel dies Buch hier: das ist so eine Art Märchen, was Ausgedachtes. Aber eben nur so eine Art Märchen. In Wirklichkeit wird in diesem Buch hier gezeigt, was die Hauptsache im Leben ist. Kannst dir nicht vorstellen, was das ist? – Reichtum ist die Hauptsache! Du kannst ruhig gelehrter sein als ich, kannst wissenschaftliche Bücher lesen, verschiedene ausländische Sprachen sprechen – aber das wirklich Wichtige im Leben verstehe ich besser als du. Jawohl, das tue ich, habe es am eigenen Leibe erfahren. Und du weißt noch nicht mal, was man dazu können muß. Was glaubst du? Das, was man dir bei den Jungen Pionieren und im Komsomol beigebracht hat? Ich weiß, was dort gelehrt wird: Reichtümer besitzt nur der, der nicht arbeiten will, nur in die eigene Tasche scheffelt; vor Gier bleibt ihm der Atem weg. Bourgeois mit einem Wort, widerliches Gewürm. Genauso habe ich in der Jugend auch gedacht, hab' ja im Technikum Politschulung gehabt, war auch im Komsomol, und meine Onkel sind Parteimitglieder. Der Vater ist parteilos, war Meister in einer Werkzeugfabrik, selbst hat er mich schlossern und tischlern gelehrt. Ich kenne mich an allen Werkbänken aus, könnte sofort als Drechsler erster Qualität oder als Fräser loslegen, kann auch mit dem Hobel richtig umgehen. Ich achte die Arbeit. Schon als Bengel, als ich zum erstenmal in den Betrieb kam, wollte ich gleich alles lernen, jede Arbeit. Hab' so gierig gelernt, daß mir vor Gier der Atem wegblieb.«

Diese verballhornte Verszeile aus einer Fabel von Krylow wendete Nikolaj ständig an, ob sie paßte oder nicht. Offenbar hatte er irgendwann einmal die Fabel mühsam auswendig lernen müssen, dafür haftete sie nun für immer in seinem Gedächtnis als unveräußerliches Merkmal höherer Bildung.

»Also, wer bin ich? Arbeiterklasse, Proletarier von Grund auf, von Großvater und Urgroßvater her, erblich sozusagen. Kapierst du das? Gut, darum sage ich dir, aber nur dir, wieso ich mich mit den Menschen nicht schlechter auskenne als mit den Maschinen. Aber daß du ja niemandem davon erzählst, auch nicht deinen allerbesten Freunden. Nämlich: ich war selbst mal wie diese Begum ... Verstehst du nicht? Millionär war ich, und nicht bloß einmal, sondern zweimal. Du lachst, laß das lieber und hör zu, wie die Sache ging.«

Nikolaj erzählte seine Geschichte halblaut, ohne Hast mit langen Abschweifungen, mal wehmütig, mal kam ihm Ärger hoch, mal berauschte er sich an seinen Erinnerungen. Die Geschichte dauerte mehrere Abendspaziergänge. Wenn sich jemand zu uns gesellte, schwieg Nikolaj nicht etwa, sondern sprach im selben halblauten Stimmklang, im selben Tonfall von etwas ganz anderem.

Vor dem Krieg hatte er als Obermechaniker in einem kleineren Betrieb in Slawjansk gearbeitet. Bei Kriegsausbruch war befohlen worden, einen Evakuierungsplan aufzustellen, aber geheim, es dürfe nicht darüber gesprochen werden. Die deutschen Truppen marschierten unerwartet in Slawjansk ein, nicht einmal in der Umgebung hatte es Kämpfe gegeben.

»Natürlich, von den Chefs und den Leuten im Rayonkomitee hatten sich noch viele rechtzeitig verkrümelt. Aber alle gewöhnlichen Leute waren zurückgeblieben. Der Direktor der Fabrik hatte sich auch aus dem Staub gemacht; aber die Fabrik war intakt, und die Arbeiter stehen herum, sitzen da, wissen nicht, was sie tun sollen, haben ja Familie. Wie ich das so sehe und denke, was da zu machen wäre, fällt's mir auch schon wie Schuppen von den Augen. Ich hin zum deutschen Kommandanten. Das war ein Oberleutnant, schon bißchen bei Jahren, solide, höflich, intelligent, mit Brille. Der Dolmetscher von diesem Deutschen ist so ein junger Blaßschnabel, auch sehr manierlich. Ich sage denen, geben Sie mir die Fabrik in Pacht, oder verkaufen Sie sie mir. Ich zahle Ihnen als Vorschuß, soviel ich kann, und später werde ich dann Einkommensteuer bezahlen. Was ich herstellen werde? Alles, was gebraucht wird. Das heißt also Karren, Wagen, leichte Fahrzeuge. Ich weiß, wofür die nötig sind. Auf den Dörfern stehen Traktoren und Lastwagen still, weil kein Sprit da ist; aber Pferde gibt's noch, und Kühe kann man auch als Gespanne verwenden. Ich möchte daher Fuhrwerke produzieren und reparieren.

Der Kommandant begriff sofort, worauf es ankam, fragt noch dies und das, und sagt dann: ›Sehr gut!‹ Einen Vorschuß nahm er nicht. ›Sie‹, sagte er, ›müssen ja die Arbeiter bezahlen. Wir geben Ihnen ein Darlehen, Sonderzuteilung für Einrichtung und Material.‹

Ich sage dir die schiere Wahrheit: Ich wurde reich. Ich will die Freiheit nicht mehr erleben, will meine Kinder nie mehr wiedersehen, wenn ich auch nur ein einziges Wörtchen lüge. Nach zweieinhalb Monaten, zu Weihnachten, hatte ich schon mehr als eine Million reines Geld. Und keinerlei Ausbeutung hab' ich gemacht. Ich zahlte mehr Lohn, als es bei den Sowjets gegeben hatte, mindestens um 50 Prozent, und den tüchtigen Meistern bis zu 100 und 150 Prozent mehr. Das waren keine Zeitungsprozente: volle Übererfüllung auf dem Papier, lebe hoch, hurra! – Aber in der Tasche ein Dreck und auf dem Herd nur Ölkuchen! Ich hab' dafür gesorgt, daß die Arbeiter sich für ihr Geld was kaufen konnten. So 150 bis 160 Leute arbeiteten bei mir, alle in den Werkhallen, aber im Kontor waren wir nur zu zweit: ich und der Buchhalter, ein ehrlicher alter Kerl, und so akkurat, jede Kopeke, jedes Papierchen, jeden Knopf hob der auf. Und dann hatte ich noch einen Stellvertreter und Kompagnon. Mischa hieß er, war Techniker, hatte aber seinen Verstand mehr im Kopf als in den Händen, war ein Kommerz-Mensch, geschäftstüchtig und so gerissen, daß er zehn Juden oder Armenier oder Zigeuner an einem Finger tanzen läßt, sie kauft und verkauft und noch Geschenke von ihnen präsentiert kriegt.

Er besorgte An- und Verkauf. Im neuen Jahr pachtete ich in Lissitschansk noch eine Sodafabrik. Der deutsche Kommandant dort, ein Hauptmann, war so was wie ein Landsmann von unserem und ganz allgemein ein guter Bekannter. Dieser Hauptmann war verrückt auf ukrainische Stickereien: ›Prima, das ist echte Kunst.‹ Mischa und ich brachten ihm Hemden, Handtücher, Tischdecken – einen ganzen Waggon voll. Er gab uns die Fabrik dort in Pacht. Da lagen in den Magazinen Tonnen und Tonnen – ich weiß nicht mehr wie viel – von unabgepacktem Soda. Sofort stellten wir Mädchen ein, die füllten Tüten ab zu zehn und fünfzig Gramm. Auch noch Heimarbeit gaben wir in Auftrag, zahlten mit Geld und Lebensmitteln.

Darum hatte ich auch überall die besten Arbeiter. Ich verkaufe also Wagengestelle oder leichte Fuhrwerke unsern Leuten auf den Dörfern und auch den Deutschen, die in der Landwirtschaft zu tun hatten, nehme dafür Geld, Mehl, Kartoffeln, auch mal ein Schweinchen. Im Frühling hatte ich selber drei Millionen und Mischa eine Million mit 'nem Schwänzchen. Wir führten in Slawjansk und Lissitschansk eine Art Nebenwirtschaft wie bei den Sowchosen, zogen alle Arten Gemüse, hatten Kühe, Hühner, Enten. Was wir nicht selber brauchten, verkauften wir zu reellen Preisen. Die Leute waren uns so dankbar, weil wir billiger verkauften als auf dem Markt.

Vor Gier bleibt dir der Atem weg. Selber fuhr ich schon einen Anderthalbtonner SIS, später kaufte ich einen Autobus von einem Rumänen. Wenn ich gewollt hätte, hätte ich auch einen Pkw kriegen können. Aber ich hatte ja Verstand im Kopf und wußte: mit einem Pkw kann man verdammt reinrasseln, Sprit ist bei den Deutschen ganz streng kontingentiert.

Natürlich gab's bei denen auch Schwarzhändler und noch mehr bei den Rumänen, Italienern und Ungarn. Da ließen sich so Gewerbchen linker Hand auf Gegenseitigkeit arrangieren. Aber ich hab' nichts übrig für Risiko. Der Anderthalbtonner und der Bus, die fuhren ja mit Holz- oder Brikettgas. Fahrerlaubnis hatte ich, konnte fahren, wohin ich wollte. Zum Kommandanten hielt ich Freundschaft. Weihnachten, Neujahr und Ostern machte ich ihm Geschenke, aber nicht irgend so 'n Kleinkram als Trinkgeld, sondern kultiviert: ein goldenes Zigarettenetui, einen Samowar – reines Silber. Mischa kam mit einer raffinierten Lampe an – Bronze mit Silber und so Figürchen: nackte Mädchen, unbeschreiblich schön, wie lebendig, möchtst grad ihre Titten kitzeln.

Natürlich gab's auch Verluste, mal kriegte ich schlechtes Material, mal wurde Ware abgenommen und nicht bezahlt. Aber im ganzen gesehen: Einkünfte hatte ich, o du mein lieber Gott!

Und dann auf einmal Stalingrad. Mir nichts, dir nichts, flogen schon sowjetische Flugzeuge über uns. Der Kommandant sagte: ›Wir ziehen uns zurück.‹ Ich verkaufte noch so viel, wie ich irgend losschlagen konnte. Die ganze Fabrik verkaufte ich an ein paar Schieber. Sie holten die Werkbänke und Werkzeuge ab. Sie kriegten sie billig, für 40000 Mark Besatzungsgeld. Es eilte schon sehr. Wir beluden unsere Autobusse – Mischa hatte auch einen –, setzten unsere Familien rein. Den Anderthalbtonner bepackten wir mit Brennstoff – Holzklötzchen und Briketts – und allem möglichen Kram und dann nix wie weg. Ich wollte entweder in die Heimat meiner Frau, nach Saporoshje, oder in Mischas Heimat irgendwo da bei Kiew. Aber der Rückzug war schon in vollem Gange. Wohin wir kamen – Panik. Nicht mal bis zum Dnjepr kamen wir durch. Sie warfen uns aus unseren Autobussen raus. Die Deutschen sind eben doch Faschisten. ›Raus!‹ schrien sie und fuchtelten mit ihren MPs herum. Mischa verloren wir aus den Augen. Mit Glück, List und Tücke rettete ich den Anderthalbtonner, darum hab' ich allem andern nicht nachgeweint. Ich saß am Lenkrad, weiß nicht mehr, ob mir das selber eingefallen ist oder ob mir's jemand beigebracht hat, jedenfalls rief ich immer, wenn man uns anhielt: ›Polizei, SS-Sonderkommando!‹ Na ja, vor der SS hatten ja alle Schiß, man ließ uns immer passieren. Auf diese Weise kamen wir an den Pruth und damit endlich über die Grenze. Ich weinte vor Freude. Siehst du, glaub mir oder glaub mir nicht, ich bin nun mal ein Patriot meiner Heimat, geradezu ein Patrizier ... Wieso, warum soll ich das nicht sagen? Wieso verstehst du das nicht? Patrizier bedeutet: ganz großer Patriot. Wieso stimmt das nicht? Nun ja, meinetwegen, vielleicht bringe ich das mit dem Rumänischen durcheinander. Jedenfalls habe ich immer die Heimat geliebt und geehrt. Aber hier, als ich nach Rumänien kam, merkte ich plötzlich, was das heißt, frei zu atmen.

Was hab' ich denn früher schon gekannt? Immer nur Arbeitsdisziplin, sozialistischer Wettbewerb! Sabotage! Schädlingstätigkeit! Stoßarbeit! Erfüll den Plan! Übererfüll den Plan! Mach Prozente! Dann Krieg. Die Deutschen. Sicher, einer oder der andere Kommandant benahm sich menschlich, aber die meisten waren Faschisten, Gesindel, Soldateska, MP auf den Nabel gerichtet: Russe, Schwein! Sie raubten mich ratzekahl aus, war froh, daß ich überhaupt mit dem Leben davonkam.

Und hier war alles frei. Die Menschen leben, wie sie wollen. Und eine Natur gibt es da! Wohin du guckst: Gärten, Weinberge, ein solcher Reichtum, brauchst nur die Hand draufzulegen. Wir kamen nach Bukarest, eine herrliche Stadt, vornehme Häuser, üppige Geschäfte und auf den Märkten alles im Überfluß, besonders das Obst und Weintrauben zu angemessenen Preisen. Fährst du aber aufs Land, kriegst du die Trauben fast umsonst. Schon hatte ich eine Idee im Kopf, eine Sache wie bei dieser Begum. Ich veranlaßte einen Gemüsehändler auf dem Markt, sich von der Polizei einen Passierschein geben zu lassen, ließ als Pfand Frau, Schwiegermutter und Kinder zurück und zog mit ihm und dem mir übriggebliebenen Geld, Mark und Rubeln, los. Setzte mich ans Steuer, auf in die Dörfer, wir kauften Trauben, Äpfel, Birnen, Pflaumen, brachten sie in den Gemüseladen.

Was soll ich sagen – nach einem Monat hatte ich fünf Laster, eine Garage gepachtet und einen dezenten Kompagnon gefunden. Ein echter Intelligenzler, Advokat, höchster Schick; bei uns gibt's solche Leute längst nicht mehr: pomadisiertes Schnurrbärtchen, Parfumduft auf hundert Schritt, goldener Zahnstocher – wie gesagt, Advokat. Sein Bruder, auch adelig, arbeitete im Ministerium, Abteilungschef. Selber Geschäfte zu machen, schickte sich für sie nicht. Aber die Garage hatte ich in ihrem Haus gemietet. Und da sprach ich mit diesem Advokaten, der kannte sich in allen Sprachen aus, ob das nun Deutsch oder Französisch oder Russisch ist, spricht Russisch nicht ganz richtig, aber eben doch verständlich.

Wir einigten uns über die Beteiligung. Ich brachte fünf Laster ein, die Brüder sechs, mit allen Dokumenten natürlich von der Polizei und den übrigen Obrigkeiten. Das hatte alles schon ihr Prokurist erledigt, das ist so was wie ein Sekretär. Dimitriu hieß er, ein junger Kerl, was ich dir sage: er hielt es mit denen und mit mir, hatte eine Frau und eine Geliebte, ein eigenes Haus und am Schwarzen Meer eine Datscha, Villa nennt man das bei denen. Immer war er fröhlich, nahm alles wie zum Spaß mit Lachen und Singen. Dabei hat er ganz schön für sich beiseite geschafft – Mann-o-Mann! –, und durch seine Freundschaft gelang es mir, schon im nächsten Frühjahr zwölf eigene Laster zu fahren und ein Häuschen zu kaufen, nicht groß, aber komfortabel und gut möbliert. Auch für die Brüder fiel was ab. Sie verdienten durch Dimitriu und mich sehr viel mehr, als das Amt im Ministerium und die Advokatenkanzlei ihnen einbrachten.

Sie hatten zwei große herrschaftliche Häuser geerbt, bisher nur Unkosten davon gehabt. Da richtete ich in dem einen ein Restaurant ein, schenkte billigen Landwein aus, servierte einfache, aber gute Speisen, lud Zigeuner ein mit Fiedeln und Tamburin, Liedern und Tänzen. Das brachte was ein, bei Gott! Jeden Abend 'nen vollen Sack – genug für alle. Und in dem andern Haus, wo ich die Garage gemietet hatte, richtete ich im Keller eine Reparaturwerkstatt ein, für unsere Laster natürlich und für jeden andern, der es brauchte. Damit verdienten wir auch schönes Geld. Im Parterre machte ich ein Geschäft auf mit Obst vom Lande und Weintrauben. Mein Kompagnon und sowas wie ein Pächter wurde der Gemüsehändler vom Markt, der mir bei meinem Start geholfen hatte. Ich nahm ihn als Teilhaber, und das Firmenschild führte seinen Namen. Er weinte fast vor Glück, sagte, ich wäre ihm mehr als ein Bruder. Zehn Jahre hatte er seinen Handel betrieben, mal hier, mal da; das reichte ihm gerade für Maisbrei und Wein. Nun hatte er innerhalb von zehn Monaten ein eigenes Häuschen kaufen können, und statt in der Bude auf dem Markt saß er nun in einem richtigen Geschäft. Und was für eins! Drei Spiegelvitrinen, eine mit ständiger Wasserberieselung von oben, damit das Obst frisch blieb.

Aus meiner Garage hatte ich ein Fuhrunternehmen gemacht, wir übernahmen Transporte, nicht nur Obst, sondern auch andere Waren. Die Aufträge kamen von Privatleuten, von Firmen und auch vom Staat. Meine Chauffeure waren Rumänen, Russen, Moldauer und sogar zwei Juden. Dort in Rumänien hat man sie nicht so unterdrückt. Sie zahlten eine Ablösungssumme, die Rumänen sind ein gutes Volk, haben ihre Juden vor den Deutschen behütet. Schlosser und Mechaniker arbeiteten natürlich auch bei mir.

Das Kontor hielt ich klein, hatte wieder nur einen Buchhalter, einen hiesigen Russen, schon älter, so einer mit zweigeteiltem Bart, ein absolut ehrlicher Mensch, dem man unbesorgt den Schlüssel anvertrauen kann, ein frommer Mann, war Kirchenältester. Dazu hatten wir noch eine Stenotypistin, eine schwarzhaarige, hübsche Rumänin, die schrieb auf der Schreibmaschine, nahm Stenogramme auf und bediente das Telefon. Sie verstand auch Russisch und dolmetschte für mich. Das also waren meine Kader. Ich arbeitete hart, das muß ich schon sagen, aber ich tat's ja freiwillig. Keiner hockte mir im Nacken. Die Leute dort machen ihre Geschäfte bei einer Tasse Kaffee, einem Gläschen Wein oder Cognac. Kennen überhaupt keinen Bürokratismus. Im Kontor ist's wie in einem Restaurant, fast kein Papierkram. Abgemacht – topp! Bezahlst, nimmst nicht mal 'ne Quittung, wenn du den Geschäftspartner achtest. Kein Jahr verging, und ich hatte zwei Millionen auf der Bank. Versteh, ich war ohne roten Heller angekommen und hatte in zehn Monaten zwei Millionen gemacht. Da hast du die Begum.

Dann kamen die Sowjets, also unsere Leute. Unter ihnen lebte ich noch fast ein Jahr bis über das Kriegsende hinaus. Ich nannte mich Nikola Butovianu. Allerdings, meine Partner hatten mir geraten, unterzutauchen; sie versprachen, über Bekannte in Österreich oder in diesem Italien etwas für mich zu arrangieren. Aber ich brachte es nicht übers Herz, mich von meinem Haus, der Werkstatt, dem Ladengeschäft und den Lastern zu trennen. Vor Gier blieb mir der Atem weg. Hornochsendumm war ich.

Bei den Rumänen ging alles nach ihrer eigenen Art weiter, sie behielten ihren König, die Polizei und den Privathandel. Ich hoffte, die unsrigen würden das respektieren, hatten es ja auch versprochen. Immerhin, vorsichtshalber verkleinerte ich die

Garage, behielt nur sechs Laster. Ich übernahm auch Transport- und Reparaturaufträge für die Sowjets, hielt mich aber abseits, ließ die Chauffeure und die Mechaniker die Geschäfte abwickeln. Trotzdem ging's schließlich schief. Wir hatten einen Beute-Opel für einen Oberleutnant zu reparieren. Das war ein schlichter, sympathischer Junge. Wir kamen ins Gespräch, tranken eins. Ich tat, als könnte ich nicht richtig Russisch, radebrechte herum. Er fragte mich, woher ich wäre, ich sagte: aus Moldavia. Er war stumpfnasig, nett und sauber, wie eben die Moskauer gewöhnlich aussehen. Und da fragte er mich doch was auf moldauisch. Er war nämlich selber Moldauer. Ich stand da wie ein Bählamm, verstand nichts. Er lachte nur. Aber nach zwei Tagen kam er wieder, brachte noch einen Leutnant mit und Wodka. Ich soll ihnen noch einen Opel reparieren. Wir tranken ein bißchen, dann wollte er mir einen Dreitonner zeigen, sagt, der brauche Generalüberholung, fährt überhaupt nicht, steht nicht weit von hier im Stadtzentrum auf dem Boulevard. Erst wollte ich natürlich nicht mitgehen, aber dann fing ich an zu überlegen: hellichter Tag, mitten in Bukarest, ringsum Rumänen, rumänische Polizei, außerdem kennen mich ja die beiden feinen Herren, der Advokat und der Ministerialrat, bin ja ihr Geschäftspartner ... Da ging ich also mit, ich Idiot, und kam nicht mehr zurück. Zehn Jahre und fünf auf die Hörner. Schon seit drei Jahren hab' ich nichts von meiner Frau und den Kindern gehört. Ob ihnen wenigstens etwas von meinen Millionen geblieben ist?«

Ein anderer russischer »Kapitalist«, den ich in der Scharaschka kennenlernte, war Anatolij L., ein sehr gewissenhafter Monteur, der sich aber um keinen Preis überanstrengte.

»Sollen sich doch die abstrampeln, die von vorfristiger Entlassung träumen. Sollen die sich ruhig das Mark aus den Knochen schuften. Ich hab' mein Fett weg. Meine Universität war die Gefangenschaft, meine Akademie Workuta. Ich hab' das gründlich genug erfahren: je mehr du hoffst, desto schlimmer haut's dich um, wenn du wieder mit der Nase in der Scheiße steckst. Meine goldene Regel heißt: geh nie als erster, bleib nie der letzte. Gehst du voran, kriegst du einen an die Birne, bist du hinten, tritt man dich ins Kreuz. In der Mitte ist's am besten. Heißt ja nicht umsonst: goldene Mitte.«

Auch äußerlich fiel er nicht auf, versuchte, unbemerkt zu bleiben. Er sprach niemanden als erster an, hielt sich in der Zelle still für sich, beteiligte sich nicht an Diskussionen über Latrinenparolen, las, stopfte, döste mit den Kopfhörern an den Ohren.

Als aber im Frühling ein Volleyball-Platz angelegt wurde, lebte er auf. Der Wirtschaftsleiter besorgte einen Ball. Dann wurden Mannschaften aufgestellt.

Champion war schon nach kurzer Zeit unstreitig die Mannschaft der »Falken«. Ihr passionierter Führer war Ingenieur Alexander K., ein großer, athletisch gebauter, rundgesichtiger hübscher Kerl. Er war eingefleischter Moskauer, entstammte einer ganzen Ingenieursdynastie. Im Frühjahr 1941 hatte er das Institut absolviert und meldete sich bei Kriegsbeginn sofort als Freiwilliger. Sein Onkel war General, der verhalf ihm dazu, ohne Verzögerung gleich an die Front zu kommen. Schon im August geriet er bei Wjasma in Gefangenschaft. Schließlich schloß er sich Wlassow an, führte an der Kanalküste einen Nachrichtenzug. Im Sommer 1944 kam er in amerikanische Gefangenschaft. Der Negerposten schlug ihn mit dem Gewehrkolben, er wurde wütend. Auch hier konnte er fliehen, versteckte sich als von den Deutschen ausgerückter Kriegsgefangener bei französischen Bauern. Mit dem ersten Repatriierungstransport fuhr er nach Kriegsende gen Osten. Er wußte, daß sein Onkel einen sehr hohen Posten bekleidete. Im Filtrierlager[24] pochte er auf seine Rechte, verlangte, sofort nach Moskau gebracht zu werden. Seine Forderung wurde erfüllt: man brachte ihn direkt in die Butyrka.

Der Untersuchungsrichter eröffnete ihm finster-höflich, er komme wegen Vaterlandsverrat vor Gericht und er solle sich schämen, den ruhmreichen Namen seines Geschlechts mit Schande bedeckt zu haben. Dieser uralte Adel, auf den die Großmutter stolz war und an den ihre Kinder nicht gern erinnert werden wollten, erwies sich von neuem als wertvoll.

Seine Mutter erzählte Alexander beim Wiedersehen, der Onkel habe fuchsteufelswild gebrüllt, er sei bereit, den Vaterlandsverräter mit eigener Hand zu erschießen, dann aber trotzdem versprochen, dafür zu sorgen, daß der Neffe seine Schandtat unter den bestmöglichen Bedingungen sühnen könne. Alexander bekam zehn Jahre und wurde aus der Butyrka gleich in die Scharaschka gebracht.*

* Er war ein begabter Ingenieur und Erfinder, und er gehörte zu den sieben 1951 vorfristig Freigelassenen, die das absolut sichere Geheimtelefon erfunden hatten. Begegnungen mit ehemaligen Haftgenossen vermied er. Er trank unmäßig und starb früh.

Er stellte seine Mannschaft sehr sorgsam zusammen, musterte und prüfte jeden Spieler. Das Spiel kommandierte er so konzentriert, als befände er sich auf dem Schlachtfeld. Gewöhnlich siegten seine Falken, und er lächelte dann herablassend, als verstünde sich das von selbst. Aber jeder Verlust, selbst ein durchgelassener Ball, brachte ihn in Rage: er erbleichte, die Augen wurden starr, der Mund zuckte krampfartig. Tödlicher Haß gegen den unglückseligen Spieler stieg in ihm auf, er hätte ihn zusammenschlagen, umbringen mögen. Tat er selbst einen Fehlschuß, sank er entweder in düstere Verzweiflung, oder er traktierte die anderen noch ärger als zuvor.

Anatolij spielte nicht minder leidenschaftlich, hatte aber einen vollkommen anderen Stil. Er war Kapitän der Mannschaft »Eiserner Wille«. Diesen Namen hatten sich Spottvögel ausgedacht, weil die Mannschaft, obwohl sie meistens verlor und obwohl ihre Zusammensetzung immer wieder wechselte, den Mut nicht sinken ließ. Anatolij nahm ohne Prüfung jeden, der wollte, in seine Mannschaft auf. Auch Panin, Solschenizyn und ich gehörten eine Zeitlang dazu.

Unser Kapitän spielte gut, leicht, fröhlich, passioniert, ohne Verbissenheit.

Nach dieser Façon trainierte er auch uns. Er setzte Panin auseinander, daß er zwar recht hübsch und auch kühn spiele, aber doch den Ball zu hart schlage, ohne sich darum zu kümmern, wohin er fliege. Er bat Solschenizyn, auf dem Platz nicht so herumzurennen, nicht drauflos zu kommandieren und nicht dem Partner den Ball wegzuschnappen aus Angst, der könnte ihn verpassen. Zu mir sagte er vorwurfsvoll: »Du bist der prädestinierte Volleyballspieler, deine Größe, dein Schlag, dein Sprung – alles stimmt. Bloß, du reagierst zu langsam, kommst immer eine halbe Phase zu spät, streckst die Arme erst aus, wenn der Ball schon vorbei ist.«

So schied ich bald ruhmlos aus der Mannschaft aus. Dennoch blieben Anatolij und ich gute Freunde.

Er erzählte mir, daß er Moskauer Arbeitersohn war und Radio-Ingenieur hatte werden wollen. Im Komsomol hatte er sich aktiv betätigt, war ein großer Sportler gewesen, vor allem Leichtathlet, und hatte an den städtischen Spartakiaden teilgenommen. Im Juni 1941 weilte er zu Besuch bei seiner Schwester, die mit ihrem Mann, einem Bauingenieur, in Grodno lebte.

»Dort an unserer neuen Grenze hatte man gerade damit angefangen, Befestigungen zu bauen. Mein Schwager war als Baumeister dorthin versetzt worden. Ich war gerade erst angekommen, hatte ihn noch gar nicht gesehen, als wir in der dritten Nacht von Geschützlärm und Kanonendonner aufwachten – Krieg! Meine Schwester konnte mit den Kindern noch weg, denn die Familien unserer Kommandeure wurden schleunigst auf Lastwagen fortgebracht. Ich rannte los, wollte mich als Freiwilliger melden und gleich an die Front. Aber im Wehrbezirkskommando und im städtischen Komsomolbüro herrschte Panik, niemand wußte irgendwas. Schließlich wurde ein Häuflein von solchen wie ich losgeschickt, um Panzerfallen auszuheben; wir waren noch unterwegs, da nahmen die Deutschen die Stadt schon ein. Ich hatte nur meine Schaufel als Waffe.«

Mit einem Gefangenentransport kam Anatolij in den Westen, in ein Lager in Belgien. Zuerst arbeitete er unter Tage im Bergwerk, später als Schlosser und Elektriker. Die belgischen Arbeiter hatten Mitleid mit dem Rotarmisten, schenkten ihm Zigaretten.

Im Institut hatte Anatolij Englisch gelernt, hatte auch noch ein bißchen vom Deutschunterricht in der Schule behalten; von den Belgiern, mit denen er sich rasch anfreundete, lernte er Französisch. Die Soldaten, die die Gefangenen zu bewachen hatten – meist ältere Reservisten –, schrien zwar grob herum, schlugen auch wohl mal mit dem Gewehrkolben zu, hinderten die Gefangenen aber kaum daran, sich mit den Belgiern zu unterhalten. Die handwerklich Geschickten unter den Gefangenen verfertigten aus Draht, Kohlestückchen, Glasscherben, Holzspänen allerlei Kleinigkeiten: Weihnachtsbaumschmuck, Wanddekorationen. Dafür gaben selbst die Wachsoldaten gelegentlich Tabak und Konserven. Anatolij konnte gut zeichnen. Der Chef der Wachmannschaft war mit seinem Porträt so zufrieden, daß er Anatolij ein paar Schachteln Zigaretten und eine Flasche Bier dafür bezahlte.

Seine belgischen Freunde verhalfen Anatolij zur Flucht auf einem Lastwagen, der der Ortskantine Waren geliefert hatte. In Brüssel erwartete ihn schon der Bruder eines seiner neuen Freunde. Der besaß ein Elektrogeschäft mit Werkstatt. Anfangs hielt Anatolij sich tagsüber in einem Hinterzimmer versteckt. Das Haus seines Quartiergebers lag in einer stillen Nebenstraße. Werkstatt, Wohnung und Laden befanden sich unter einem Dach. Vor dem Krieg hatte der Meister zwei Gesellen beschäftigt. Sie wurden eingezogen und gerieten in deutsche Kriegsgefangenschaft. Jetzt wurde Anatolij der Gehilfe des Meisters.

Freunde der Familie verschafften ihm die Papiere eines jungen Belgiers, der an Magengeschwüren gestorben war. Mit echten Papieren ausgestattet, konnte er nun offen arbeiten. Er hatte sich schon allerlei Verschönerungen und Verbesserungen für Rundfunkapparate ausgedacht, staffierte ein Schaufenster mit selbstentworfenen Dekorationen aus, fertigte Reklameschilder an, die er in anderen Straßen aushängte. Der Meister, seine Frau und die beiden Töchter, von denen die ältere gerade das Gymnasium beendet hatte, mochten den fröhlichen und fleißigen Gehilfen gern. Nach zwei Jahren heiratete er Cécile, und der Schwiegervater erklärte ihn feierlich zu seinem Kompagnon.

Durch eine Freundin seiner Frau bekam er Kontakt zur belgischen Résistance. Er baute für sie zwei Sender und einen Vervielfältigungsapparat zum Herstellen von Flugblättern. Als die Deutschen aus Belgien abzogen, entwaffnete er mit seinen neuen Kameraden die Nachhut einer Pioniereinheit, die Brücken, Straßen und Gebäude sprengen sollte. Anatolijs Trupp zeichnete sich noch besonders aus: es gelang ihm, den Materialvorrat eines deutschen Nachrichten-Bataillons sicherzustellen. So konnte er seinem Schwiegervater einen ganzen Lastwagen mit Radio-Apparaten und Instrumenten mitbringen.

Bald nach dem Sieg wurde sein Sohn geboren, natürlich tauften sie ihn Victor. Die Arbeitsaufträge mehrten sich, die Werkstatt wuchs, man mietete ein Haus in der Nachbarschaft dazu. Die Gesellen kehrten aus der Kriegsgefangenschaft zurück, machten ihre Meisterprüfung und arbeiteten eifrig bei der Erweiterung des Betriebes mit, zwanzig junge Arbeiter und Arbeiterinnen wurden eingestellt. Alle kamen mit dem jungen Chef der neuen Firma, für die er den Namen »Spark« gewählt hatte, gut aus.

»Im großen ganzen war ich Belgier geworden. Wo es um die Gegenwart ging, dachte und träumte ich französisch. Nur wenn mir Vergangenes einfiel, dachte und träumte ich natürlich russisch. Nein, nach Hause zog mich nichts. Meine Mutter ist seit langem tot. Der Vater hatte schon vor dem Krieg eine neue Familie. Meinen Schwestern und den Schwägern würden von einem Verwandten wie mir nur Unannehmlichkeiten blühen: ich war Kriegsgefangener gewesen und Kapitalist geworden. Politik hat mich nie besonders interessiert. Natürlich hab' ich gelernt, was verlangt wurde und wie es verlangt wurde. Ich hatte auch ›Weites Land, mein Heimatland ...‹ gesungen und den Genossen Stalin verehrt. Und ich war bewußt in den Komsomol gegangen. Meine Aktivitäten lagen da allerdings hauptsächlich beim Sport. Aber ich glaubte selbstverständlich fest daran, daß der Sozialismus von Sieg zu Sieg schreitet, daß alle unsere zeitweisen Schwierigkeiten nichts zu bedeuten haben, überwunden werden. Na ja, und der Kapitalismus ist natürlich verrottet, dem Untergang geweiht und so weiter. Aber dann haben Krieg und Gefangenschaft und das ganze Leben in Brüssel mich durchgerüttelt, mein Hirn um- und umgedreht. Ob ich wollte oder nicht, ich begann mich zu erinnern, zu vergleichen: Wie wir uns in den Lebensmittelschlangen rumgestoßen haben, wie wir uns für ›Brot und Kwas‹ abgerackert haben, wie in den Kommunalwohnungen und Baracken 5 bis 6 Personen in einem Raum hausten ... Auch noch anderes fiel mir ein: über den Klassenkampf und die Wachsamkeit. Wir hatten einen Nachbarn, alter Bolschewik, der war unterm Zaren zu Zwangsarbeit verschickt gewesen, hatte im Bürgerkrieg gekämpft und arbeitete auf verantwortungsvollem Posten im Rayonkomitee oder im Stadtkomitee. Aber bei ihm zu Hause gab es keinen überflüssigen Teller, sein ganzer Reichtum waren seine Bücher. Ich ging mit seinem Sohn in dieselbe Klasse, wir träumten davon, in der Internationalen Brigade in Spanien mitzukämpfen. Und auf einmal wurde der Vater als ›Volksfeind‹ verhaftet, bald danach auch seine Mutter, eine so gute Frau. Und dann brachten sie auch meinen Freund weg, der war noch keine sechzehn, und auch sein Schwesterchen, ein ganz kleines Mädchen. Ich bekam einen Brief von ihm aus Kasachstan, sie lebten dort in einer Kinderkolonie. Ich antwortete nicht. Mama lebte damals noch, war aber schon krank. Sie hatte große Angst, weinte und bat mich, nicht zu schreiben, sonst könnte man uns noch alle verhaften wegen ›Verbindungen‹. Es gab auch noch andere, ähnliche Fakten; ich wollte sie vergessen, mußte aber immer wieder daran denken, schon in der Gefangenschaft und erst recht später. In Brüssel entsprach das Leben ganz und gar nicht dem, was wir über den verrotteten Kapitalismus gelernt und gelesen hatten, es war vollkommen anders als das Leben bei uns zu Hause ... So entschied ich mich dafür, Belgier zu bleiben. Ich dachte, später einmal würde ich zu Besuch nach Hause fahren, sehen, wie es den Schwestern und dem Vater geht, und Mamas Grab besuchen. Aber eben später, viel später.

Und dann mußte so was passieren! Eines Tages begegnen mir auf der Straße zwei sowjetische Offiziere mit goldenen Achselstücken. Ich erkenne den einen: es ist Mischka, mein Kommilitone im Institut. Er würde mich wahrscheinlich gar nicht bemerkt haben, wenn ich ihn nicht selbst angerufen hätte. Wir unterhielten uns. Sie gehörten zu irgendeiner Kommission, die ehemaligen Kriegsgefangenen und sowjetischen Zivilisten behilflich war, nach Hause zurückzukehren.

Ich erzählte ein bißchen von mir, wie es gekommen war, daß ich in Brüssel blieb, von Frau und Sohn und dem Geschäft. Sie lachten: ›Bist ja Fabrikant. Vom Komsomol zum Kapitalismus!‹ Ohne Bosheit sagten sie das, klang fast ein bißchen neidisch. Sie fragten, ob ich ihnen einen Brief nach Moskau mitgeben wollte. Sie hätten da so Möglichkeiten, ganz ohne Bürokratismus, niemand bekäme es zu wissen. Wir vereinbarten, uns am Abend in einem sehr feudalen Restaurant zu treffen. Wie sie mir erklärt hatten, dürften sie nicht in jedes beliebige Lokal gehen, nur ein oder zwei der allervornehmsten waren ihnen erlaubt.

Wie verabredet, ging ich also hin. Sie hatten noch einen Dritten mitgebracht, einen Hauptmann. Der sagte, er fahre heute noch nach Moskau, ich könne ihm Nachrichten mitgeben. Da schrieb ich gleich ein paar Zeilen auf, gab ihm die Adressen vom Vater und der jüngeren Schwester. Ich hatte geschrieben, daß es mir gut gehe, ich aber nun ein anderes Leben lebe. Sie möchten verstehen und verzeihen, und sie sollten mir doch schreiben oder dem Genossen sagen – der Hauptmann hatte gesagt, er käme bald nach Brüssel zurück –, wie es ihnen und den Verwandten gehe.

Der Hauptmann nahm den Zettel, schrieb meine Adresse und meine Telefonnummer in ein Notizbuch. Währenddessen aßen und tranken wir, stießen auf den Sieg an, auf die Heimat, auf unsere Familien. Ihnen machte es riesigen Spaß, zum erstenmal in ihrem Leben mit einem Kapitalisten, noch dazu einem Komsomolzen, zusammenzusitzen und zu feiern. Ich erwiderte, daß ich den belgischen Komsomol und die belgische Bruderpartei nach Kräften unterstützen wolle, und hätte ich erst eine Million Franken verdient, würde ich nach Moskau zurückkommen.

Als wir schließlich aufbrachen, merkte ich, daß ich betrunken war, die Beine gehorchten mir nicht richtig. Sie sagten: ›Drüben in der Seitenstraße steht unser Wagen, wir bringen dich nach Hause.‹ Wir gingen in eine Gasse, und dann erinnere ich mich nur noch an einen Schlag in den Nacken. Als ich wieder zu mir kam, saß ich in einem fahrenden Auto. Mir war speiübel, der Schädel dröhnte, scheußlicher Geschmack im Mund. Ich hockte eingekeilt zwischen zwei fremden Offizieren, vor mir saß dieser Hauptmann. Sie hatten mir Offiziersmantel und -mütze angezogen. Ich wollte fragen, aber der rechts neben mir saß, knallte mir seine Faust in den Bauch: ›Halt die Schnauze, dreckiger Köter!‹

Ich weiß nicht mehr, wie lange wir fuhren, wo wir anhielten. Jedenfalls kamen wir gegen Abend in irgendeine deutsche Stadt.

Wir fuhren in einen großen Hof ein, Soldaten gehen herum. Ich wurde in den Keller gebracht. ›Zieh dich aus.‹ Sie nahmen mir alle Papiere, mein Geld und die Uhr weg, sogar das Foto von meiner Frau mit dem Söhnchen. Ich wurde in eine Zelle geschubst, drinnen waren Deutsche und Russen. Die meisten kriegsgefangen, aber auch ein paar Kriminelle. Der Aufseher gab mir ein Stück trockenes, schon angeschimmeltes Schwarzbrot und eine Konservendose voll Hirsesuppe.

Ich aß das Zeug, das wohl Kascha sein sollte, obwohl ich mich vor Ekel beinahe übergeben mußte. Nun begriff ich endgültig: die Heimat hatte mich wieder.«

Bald nach den russischen Kapitalisten, Nikolaj B. und Anatolij L., machte ich auch mit einigen deutschen Kapitalisten Bekanntschaft.

Dr. Ing. Walter R. arbeitete im chemischen Labor. Er stellte Radio-Keramik her. Die Laborleiterin Jewgenija Wassiljewna lobte ihn über den grünen Klee.

»So jemanden kann man am hellen Tag mit der Laterne suchen. Er lebt nur für die Arbeit. Denkt sich immer neue und neue Synthesen aus; er konstruiert Brennöfen und ist sich nicht zu schade, selbst in der Werkstatt Hand anzulegen. Probiert ständig neue Methoden aus. Kein Tag vergeht, an dem er nicht irgendwas verbessert. Er ist zwar Kapitalist, aber ein so unermüdlicher Arbeiter, daß unsere Stachanowarbeiter bei ihm in die Lehre gehen könnten. Schaust du ihn an: ein dürres Alterchen, zum Umpusten, in dem nur noch die Seele lebt, aber zäh bei der Arbeit. Setzt sich am Morgen hin, den Rücken ganz gerade. Mittags muß man ihn oft zehnmal mahnen, daß er zum Essen gehen soll. Mein zweiter Deutscher, der Fritz, gibt sich auch große Mühe, ist auch Kapitalist, spielt aber die zweite Geige, gehorcht Walter widerspruchslos. Der denkt sich aus, ordnet an, und Fritz stimmt zu: ›Jawohl, Herr Doktor, jawohl, sehr gut, Herr Doktor.‹«

Jewgenija Wassiljewna traute ihren eigenen Deutschkenntnissen nicht recht und rief mich daher manchmal, damit ich neue Vorschläge von Dr. R. übersetzte, wenn sie im Labor diskutiert wurden. So lernte ich ihn kennen.

Seine Magerkeit ließ ihn größer erscheinen, als er war. Sein schmales rosiges Greisengesicht wies kaum Runzeln auf. Er hatte graues, kurzgeschorenes Haar, hellblaue, wache Augen, einen schmalen, festen Mund. Selten sah man ihn lächeln, aber er wirkte weder mürrisch noch traurig, sondern ernsthaft und konzentriert. Er sprach mit leicht österreichischem Akzent.

1945 hatte er einen Fünfjahreskontrakt bekommen und dann in einem großen chemischen Labor bei Moskau gearbeitet. Über seinen Kollegen und Vorgesetzten dort äußerte er sich anerkennend:

»Professor Kitajgorodskij ist ein sehr guter Chemiker. Sein Schaum-Glas ist eine höchst interessante Erfindung, bietet eine Menge Möglichkeiten. Im Westen wäre er damit Millionär geworden. Er ist ein guter Chemiker und ein guter Mensch.«

1948 gelang es Dr. R., den Verbleib seiner Angehörigen ausfindig zu machen: seine Tochter mit ihrem Mann und sein jüngster Sohn waren in Wien, der älteste lebte in der Schweiz; über seine Kinder beantragte er bei der österreichischen Regierung seine Anerkennung als österreichischer Bürger – von 1919 bis 1939 war er tschechoslowakischer Staatsbürger gewesen – und erhielt die Bestätigung. Sein Kontrakt lief 1950 aus.

»Professor Kitajgorodskij bot mir einen neuen Kontrakt auf weitere fünf Jahre an. Dann kam ein höherer Vorgesetzter und lud mich zu einem noch höheren Vorgesetzten ein. Sie boten mir ein besseres Gehalt – fünftausend, statt wie bisher dreitausend –, versprachen mir eine neue, große Wohnung, Kuraufenthalt auf der Krim, im Kaukasus. In den vergangenen fünf Jahren hatte ich nur zweimal auf je zwei Wochen Urlaub gehabt. Ich wohnte im Wald an der Wolga in einer anständigen kleinen Datscha, die Verpflegung war gut, ich konnte auch angeln. Aber ich hatte fast zehn Jahre meine Söhne nicht gesehen, und mit meiner Tochter und den Enkeln war ich fast fünf Jahre nicht mehr beisammen gewesen. Ich wollte daher keinen neuen Kontrakt. Ich war Bürger der Republik Österreich, die zwar noch von den vier Siegermächten besetzt war, aber schon diplomatische Vertretungen im Ausland, auch in der Sowjetunion hatte.

Ich wollte zu meiner Familie, es waren auch einige finanzielle Probleme zu regeln. Professor Kitajgorodskij verstand mich, es tat ihm zwar leid – wir arbeiteten gut zusammen, ihm gefielen meine Methoden –, aber er begriff meine Situation. Selbst der allerhöchste Chef sprach sehr höflich mit mir, redete aber intensiv auf mich ein: ›Bedenken Sie doch, überlegen Sie, Sie sollten wirklich bleiben, dann wird es Ihnen gut gehen, andernfalls werden Sie sich selbst schaden.‹ Ich verstand das nicht. Was hätte es mir denn schaden sollen, wenn ich in meine Heimat und zu meiner Familie zurückkehrte? Einen Monat vor Ablauf meines Kontrakts fuhr ich nach Moskau in unsere Botschaft. Dort beriet ich mich mit dem Botschafter, füllte irgendwelche Fragebogen und Formulare aus, besprach die Modalitäten der Abreise.

Am nächsten Tag wurde ich während der Arbeit aus dem Labor herausgerufen, zwei Offiziere brachten mich in die Lubjanka. Die Ermittlungen dauerten nicht lange. Ich berichtete, worüber in der Botschaft gesprochen worden war und was ich in die Fragebogen eingetragen hatte. Der Untersuchungsrichter erklärte mir, ich hätte weder meinen Arbeitsplatz der letzten fünf Jahre noch die Art meiner Tätigkeit angeben dürfen. Ich widersprach: ›Ich habe in einem zivilen wissenschaftlichen Institut gearbeitet, war mit keinerlei Geheimprojekten befaßt, und im übrigen habe ich weder in den Fragebogen noch im Gespräch mit dem Botschafter irgendwelche Einzelheiten mitgeteilt.‹

Während der Untersuchungshaft kam noch einmal ein Offizier in Zivil zu mir, offenbar ein sehr bedeutender, denn mein Untersuchungsrichter, ein Oberstleutnant, verhielt sich ihm gegenüber wie ein Untergebener. Dieser hochwichtige Offizier bot mir wieder einen Kontrakt an und Arbeit im selben Labor wie bisher. Ich lehnte kategorisch ab. Er wurde böse, drohte, mir werde es sehr schlecht ergehen. Später machte mir der Untersuchungsrichter noch mehrmals den gleichen Vorschlag. Aber ich konnte nicht zustimmen, konnte auch den Drohungen nicht glauben, denn ich hatte mir ja nicht das geringste zuschulden kommen lassen. Ich hatte gewissenhaft dem Kontrakt entsprechend gearbeitet, hatte kein Gesetz übertreten. Ich war von meinem Recht fest überzeugt. Sie brachten mich in ein anderes Gefängnis. Der diensthabende Offizier kam mit einem Dolmetscher und las von einem dünnen Zettel mein Urteil ab: ich war wegen Spionage zu 25 Jahren verurteilt.

Das war vollkommen absurd! Erstens habe ich in meinem ganzen Leben niemals Spionage betrieben. Zweitens werde ich bald 60. Wie kann man mich auf ein Vierteljahrhundert ins Gefängnis sperren? So lange werde ich doch gar nicht mehr leben ... Ganz und gar absurd!«

Ich half Dr. R ein paarmal Beschwerden und Bittgesuche an den Generalstaatsanwalt, ans Präsidium des Obersten Sowjet und an seine Exzellenz Generalissimus Stalin persönlich zu schreiben. So entstanden – man kann schon sagen – kameradschaftliche Beziehungen zwischen uns. Wir machten gelegentlich den Spaziergang zusammen, manchmal gesellte sich auch sein Kollege und Assistent Dr. Fritz B. zu uns. Das war ein überaus höflicher, gebeugter alter Mann mit einem scharfgeschnittenen grauweißen Gesicht. Worüber man ihn auch befragte, stets antwortete er liebenswürdig lächelnd, manchmal sogar beinahe kichernd. Er war der Besitzer eines der größten deutschen chemisch-pharmazeutischen Werke, seit 1930 Mitglied der NSDAP, hatte das Goldene Parteiabzeichen, deshalb war er auch zu 25 Jahren verurteilt worden.

»Dabei war ich nur zahlendes Mitglied. Mein Schwiegersohn und mein jüngster Sohn hatten mich zum Eintritt veranlaßt. Sie glaubten, ihr Führer würde Deutschland aus der Krise retten, das Versailler Diktat aufheben. Mein Sohn war ein romantischer Idealist, mein ältester Schwiegersohn, ein geschäftstüchtiger Mensch, hielt es für erwiesen, daß die Mitgliedschaft in der Partei der Firma Vorteile bringe. Ich habe mich nie um Politik gekümmert. Ich liebe Chemie, Musik, Holzschnitzereien. Für mich gibt es auf der Welt nichts Größeres und Herrlicheres als Bach. Ich besaß eine große Sammlung alter Holzskulpturen, fast alles ist vernichtet. Luftmine. Das Haus brannte, das Feuer drang bis in den Keller, wo ich alles untergebracht hatte und sicher aufbewahrt glaubte: Statuen aus dem 12. und 13. Jahrhundert, geschnitzte Schränke, Truhen, wundervolle Schatullen, Gerätschaften ... unschätzbare Werte. Um ihren Verlust trauere ich mehr als um die Zerstörung und Konfiszierung meiner Fabriken. Ja, einige Unternehmen blieben heil – in der amerikanischen und in der französischen Zone. Ich werde sie sowieso nicht wiedersehen, ich hoffe nur, daß meine Enkel sie eines Tages zurückbekommen. Mein ältester Schwiegersohn ist gefallen, mein Sohn in Gefangenschaft. Aber unsere Firma kann – nicht nur in Deutschland – noch großen Nutzen stiften. Vor dem Krieg hatte ich Geschäftsbeziehungen zu allen Kontinenten. Allein nach Rußland exportierten wir jährlich Waren im Werte von mehreren Millionen.«

Doktor R. merkte an, daß auch er mit vielen Ländern Geschäftsverbindungen unterhalten habe. Die Sowjetunion habe allerdings weniger als andere Länder und nur sporadisch gekauft: Laborausrüstungen, technisches Glas.

»Dagegen haben wir alle europäischen Länder, auch Amerika und selbst Japan, tonnenweise mit Glas und Porzellan beliefert, mit Luxusgeschirr, Geschirr für den täglichen Gebrauch, Nippsachen. Meine Fabrik ist auch jetzt noch in Betrieb. Die Tschechen haben sie nationalisiert. Anfangs wollten sie, daß ich Eigentümer bliebe und der Staat Mitbesitzer würde. Die Tschechen hatten mich nämlich in einem Waldhüterhäuschen vor den Sowjets versteckt. Unter meinen Arbeitern hatte ich sowohl tschechische Nationalisten wie auch Kommunisten. Unsere Beziehungen waren freundschaftlich, fast familiär. Aber die Prager Kommunisten brachten die Sowjets auf meine Spur. Einen ganzen Lastwagen voll Soldaten schickten sie zu mir in den Wald. Sie brachten mich zum Flugplatz und sofort nach Moskau. Dort teilte man mir mit, meine Fabrik sei verstaatlicht. Ich könnte wählen zwischen einem Arbeitskontrakt als freier Spezialist und dem Kriegsgefangenenlager. Das alles war unmittelbar nach Kriegsende, im Frühsommer. Österreich gab es noch nicht wieder. So stimmte ich dem Arbeitskontrakt zu.

Ich hoffe, daß die Fabrik auch jetzt gut arbeitet. Es sind ja hervorragende Meister dort geblieben, ich glaube, die werden den guten Ruf der Firma wahren. Sie besteht schon seit 1701, ist so alt wie das preußische Königreich, hat es aber überlebt. Der Urgroßvater meines Urgroßvaters, ein Glasbläser und Töpfer, hat die Firma gegründet. In unserer Gegend wurde schon seit dem 13. Jahrhundert Glas hergestellt. Als Geselle war mein Vorfahr auf Wanderschaft in Venedig und in Nürnberg, kehrte als Meister zurück, heiratete eine wohlhabende Witwe und machte sich mit eigener Werkstatt selbständig. Den Jahrestag der Gründung feierten wir alljährlich am ersten Sonntag im September ... Ja, im nächsten Monat wird die Firma 250 Jahre alt. Meine Kinder werden den Tag bestimmt feiern. Sie haben in Tirol einen kleinen Betrieb aufgemacht, stellen Geschirr, Radio-Keramik und technisches Glas her.«

Beim Wirtschaftsleiter, der den Lagerkiosk führte, ergatterte ich ein Kistchen guter Zigarren. Und mit Erlaubnis des Gartenbrigadiers schnitt ich einen Strauß von Astern und Chrysanthemen. Am Morgen des Jubiläumstags beglückwünschte ich Dr. R. feierlich, als er vom Frühsport zurückkam. (Bei jedem Wetter, bei Regen und Frost, machte er 15 Minuten Gymnastik, dann einen Lauf, und zum Schluß hüpfte er auf der Stelle.)

Er dankte mit nur wenigen Worten in ruhiger Würde, wiederholte mehrmals: »Ich bin gerührt, sehr gerührt.« Er sprach mit seiner normalen, nicht lauten, fast ein wenig knarrenden Stimme, jedoch in einem ungewöhnlich weichen, ganz leicht vibrierenden Ton.

Beim Abendspaziergang begann er seine Erzählung:

»Böhmisches Glas ist seit vielen Jahrhunderten berühmt, und zu diesem Ruhm hat unsere Familie ihr Teil beigetragen. Mein Großvater und mein Vater waren stolz darauf, auch ich bin es, und ich glaube, auch noch meine Enkel werden stolz darauf sein. Dieser Stolz hat nicht das mindeste mit Nationalstolz zu tun. Es ist ein Stolz, der die Tschechen und uns verbindet. Wir sind ein österreichisches Geschlecht, nannten uns Böhmendeutsche. Nationalisten und Nazis sagten Sudetendeutsche. Ich habe das nie akzeptiert. Ich bin Böhmendeutscher oder schlicht Böhme. In unserer Familie hat es nie Spannungen oder Feindseligkeiten mit den Tschechen gegeben. Vielleicht weil in unserer Gegend auch die Tschechen katholisch sind, also kein Anlaß zu konfessionellen Streitigkeiten vorhanden war.

In meiner Fabrik hatte ich 1300–1500 Arbeiter und Techniker, vier Fünftel davon Stammarbeiter. Man kann sagen, sie waren erblich mit der Fabrik und mit unserer Familie verbunden. Sie hatten eigene Häuser. Das Dorf lag sehr günstig im Vorgebirge, herrliche Landschaft, saubere Luft. In all den 250 Jahren hat es bei uns keinen Streik gegeben, keinen einzigen Konflikt mit den Arbeitern. Wahrscheinlich auch deswegen, weil wir weniger als andere unter Krisen zu leiden hatten. Gewiß, in der Familienchronik sind auch traurige Ereignisse verzeichnet. Anfang und Mitte des vorigen Jahrhunderts erhöhten viele europäische Länder den Einfuhrzoll auf böhmisches Kristall; deutsche und russische Fabrikanten begannen, unsere Meister abzuwerben. Unsere Fabrik überstand diese schwierige Zeit, denn auch in Krisenzeiten kaufen die Leute Geschirr, sei es zum eigenen Gebrauch, sei es als Geschenk zu Hochzeiten, Jubiläen, Geburtstagen. Und immer wird Weihnachten gefeiert und Christbaumschmuck gekauft. Weder mein Vater noch ich haben jemals Arbeiter entlassen oder die Produktion einschränken müssen. Selbstverständlich gab es auch bei uns Gewerkschaften, auch links eingestellte junge Arbeiter. Sie feierten den 1. Mai und hängten auch bei anderen Gelegenheiten die rote Fahne heraus. Doch mich haben politische Fragen nicht interessiert.

Ich kannte die meisten Arbeiter persönlich. Mit vielen traf ich nicht nur in der Fabrik und in der Kirche, sondern auch im Familienkreis zusammen. In unserem Büro kannte man genau den Geburtstag und sonstige wichtige persönliche Daten jedes Arbeiters. Meine Frau, meine Söhne und ich standen sehr oft Pate bei einem Neugeborenen. Bei Geburtstagen in unserer Familie verschlossen wir nicht die Tür. Die Gratulanten kamen mit ihren Angehörigen, brachten Blumen und selbstgemachte Geschenke, und, wie es bei uns gang und gäbe war: ein Chor sang die Glückwunschkantate. Im Sommer, bei gutem Wetter, waren im Garten Tische gedeckt, bis zum Dunkelwerden wurde dann getanzt und getrunken. Bei schlechtem Wetter und im Winter servierten meine Kinder und unser Hausmädchen auf Tabletts Wein und Gebäck. Zu Tisch wurden nur einige auswärtige Gäste gebeten – Verwandte und nahe Freunde, aber keiner von den Arbeitern und Angestellten –, denn es war nicht Platz genug für alle, und hätte man einen oder zwei ausgewählt, wären die übrigen mit Recht gekränkt gewesen.

Die Fabrik wurde durch Designation vererbt, sie war kein Majorat. Der jeweilige Besitzer hatte seinen Nachfolger zu bestimmen. Das konnte einer seiner Söhne sein, aber ebenso ein Neffe, ein Schwiegersohn oder ein Stiefsohn. Bedingung war nur, daß es ein anständiger, fähiger, ehrenhafter Mann war, daß er seine Sache verstand und liebte. Ich bin der dritte von vier Söhnen. Mein Vater nahm uns schon mit in die Fabrik, als wir kaum laufen konnten, machte uns mit den Meistern bekannt, ermunterte uns, wenn wir Glasbläser spielen wollten. Die älteren Brüder hatten kein Interesse an der Fabrik, der eine wurde Architekt, der andere Arzt. Nur mein jüngerer Bruder und ich studierten nach Vaters Wunsch Chemie. In den Semesterferien mußten wir in der Fabrik arbeiten. Ungebrochener Familientradition entsprechend, hatte der spätere Fabrikherr mit der allerdreckigsten Arbeit anzufangen. Im ersten Jahr hatten wir Säcke zu schleppen, Ton zu mischen, alle Aufträge der Meister widerspruchslos zu erfüllen. In der Fabrik wußten alle, daß wir in keiner Weise bevorzugt werden durften. Wir wurden als ungelernte Arbeiter bezahlt. Und wir durften nicht wagen, uns morgens auch nur eine Minute zu verspäten oder früher als die anderen zum Mittagessen zu gehen. Nach und nach hatten wir in allen Abteilungen zu arbeiten, und die Meister, die uns unterwiesen, gingen sehr viel strenger mit uns um als mit allen anderen Gesellen.

Mein Vater stand auf dem Standpunkt: einmal verlangt die Familientradition es so, zum anderen das Interesse der Fabrik. Der künftige Chef muß sein Geschäft von Grund auf genau kennen.

Mein jüngerer Bruder erinnerte im sechsten Semester meinen Vater an eine andere wichtige Familientradition: unsere Vorfahren waren auf Wanderschaft gegangen, hatten in Paris, in Venedig, in Dresden gelernt, Erfahrungen gesammelt. Er, der Bruder, hatte es satt, immer im selben Betrieb mit denselben Leuten zu arbeiten. Und da kam auf einmal der Erste Weltkrieg. Wir drei älteren wurden eingezogen. Ich brachte es bis zum Hauptmann bei den Gebirgsjägern, wurde in den Abruzzen schwer verwundet, lahmte später noch lange Zeit. Ich kam heim. Die Eltern waren sehr gealtert. Der zweite Bruder war in einem Heimatlazarett an Typhus gestorben, der älteste in italienische Gefangenschaft geraten. Und der jüngste – mein Arbeitskollege –, vom Kriegsdienst befreit, hatte eine Schauspielerin geheiratet, verband sich mit deren Sippe – Wiener Negozianten –, kaufte und verkaufte irgendwelche Aktien, wollte von der Fabrik nichts mehr wissen, diesem ›Krähwinkel‹.

Nach meiner Heimkehr begann ich sofort, meinen Vater nach allen Angelegenheiten der Fabrik auszufragen, über die Produktion, über die Leute. Einige hatten im selben Regiment gedient wie ich.

Zum erstenmal in meinem Leben sah ich Vater erregt. Er war ein sehr zurückhaltender Mensch, unsentimental, hatte nichts Österreichisches, war kühl, streng, aber unbeirrbar gerecht. Schlug nie, ohrfeigte seine Kinder nicht, aber umarmte sie auch nicht ein einziges Mal. Der Schwester strich er manchmal über den Kopf, küßte sie auf die Schulter und drückte uns, wenn wir nach längerer Abwesenheit heimkamen, die Hand.

Doch jetzt, als ich ihm meine Fragen stellte, war er bewegt, mir schien, er habe Tränen in den Augen, es dränge ihn, mich zu umarmen. Und er sprach feierlich, in einem Ton, den ich noch nie von ihm gehört hatte:

›Mein Sohn, du hast mir mit deinem Interesse eine ganz außerordentliche Freude bereitet, ich bin glücklich, daß ich den unserer Vorfahren würdigen Erben vor mir sehe.‹ Sein Testament hatte er schon früher gemacht. Die Fabrik sollte an mich gehen; die Geschwister erhielten jeder eine bestimmte Summe und sollten zu gleichen Teilen prozentual am jährlichen Gewinn beteiligt werden. Der Prozentsatz richtete sich jeweils nach dem Jahresüberschuß.

Wenig später starb mein Vater. Den Zusammenbruch der Österreichisch-Ungarischen Monarchie konnte er nicht verwinden. Nein, er war weder Politiker noch Nationalist. In unserer Familie hat es das nie gegeben. Die aufgeklärten Leute und die guten Katholiken in Österreich-Ungarn besaßen übernationale Weite in ihrer Weltanschauung. Militär und Beamtentum dienten der Krone, dem Staat, der Dynastie. Industrielle, Gelehrte, Negozianten arbeiteten zum Wohle aller Völker des Reiches. Nur hohle Schwätzer, Politikaster oder ehrgeizige ungebildete Provinzphilister verhimmelten übermäßig ihre regionalen Interessen, ihre Sprache, Gebräuche und Mythen auf Kosten Andersstämmiger. Meine Großeltern und mein Vater verehrten den gottgesalbten Kaiser. Wir sprachen und dachten deutsch. Doch unsere tschechischen Nachbarn und unsere tschechischen Arbeiter standen uns ebenso nah wie die deutschen und näher als die Preußen oder unsere sächsischen Nachbarn. Sie waren uns näher, verständlicher und sympathischer. Stieß man bei uns auf Stimmungen nationaler Feindseligkeit, dann vor allem gegenüber den Preußen. Sie hatten seinerzeit Österreich geschlagen. Meinen Großvater hat eine preußische Kugel bei Königgrätz verwundet. Und während des ersten Weltkriegs war Kaiser Wilhelm selbst bei den äußersten Konservativen verhaßt. Unsern alten Franz Josef aber liebten sogar viele Sozialisten.

Natürlich habe ich den ›Braven Soldaten Schwejk‹ gelesen. Ein lustiges Buch, wenn auch stellenweise sehr unanständig. Haß auf den Kaiser ist darin nicht zu finden. Eher Mangel an Achtung. Das stimmt. Haben sie den ›Radetzkymarsch‹ von Joseph Roth gelesen? Er ist ein österreichischer Jude, stammt aus Galizien. Aber er schrieb mit unendlicher Liebe über unsere Heimat, über die Dynastie. Das alte Österreich-Ungarn war sehr viel besser, als die Satiriker es darstellen. Besser als das preußische Deutschland. Jetzt, nach dem Tausendjährigen Reich der Nazis, ist das allen klar geworden.

Wie sagten Sie? ›Was man besitzt, man achtet's kaum. Erst

der Verlust macht weinen.‹ Ein weises Wort. Ja, genau so ist es. Doch auch in der Tschechoslowakei hatten wir es nicht schlecht. Ja, allerdings, alte nationale Gegensätze verschärften sich. Die tschechische Unzufriedenheit mit der deutschen Vorherrschaft war absolut gerechtfertigt. Und die Slowaken waren tatsächlich von den ungarischen Beamten und Magnaten unterdrückt gewesen. Aus gerechtem Unmut über alte Kränkungen entstehen häufig blinder Rachedurst und irrationale chauvinistische Prätentionen. Sigmund Freud, den die Nazis verteufelten, hat sehr gescheit über den Minderwertigkeitskomplex geschrieben. Aus diesem Komplex entstehen chauvinistische Vorurteile, maniakalischer Haß gegen andere Völker, bei den Deutschen der Franzosenhaß, der Antisemitismus, die Verachtung der Slawen. Ja, ja, Sie haben recht, auch in Österreich gab's diese Krankheit. Hitler war Österreicher, ein typischer halbgebildeter Schlawiner. Die Tschechen hatten auch ihre Chauvinisten, und in meiner Heimat krakeelten die ›Weißstrümpfe‹, die sudetendeutschen Nazis. Sogar in unserem Dorf gab es schon vor München hier und da die Hakenkreuzflagge. Junge Kerle liefen in ihren weißen Kniestrümpfen herum, grölten das Horst-Wessel-Lied. Doch in unserer Familie, unter unseren Verwandten und unseren Stammarbeitern in der Fabrik gab es keinen einzigen Nazi. Ich weiß nicht, wie das neue Österreich aussehen wird. Ich hoffe, es wird weder rot noch schwarz, und natürlich auch nicht braun. Ich hätte es gern verschiedenfarbig: das alte rot-weiß-rot und auf neue Art regenbogenfarbig. Ohne preußisches Schwarz. Einfarbigkeit ist immer schlecht, in der Kunst wie im Leben, für Länder und Nationen sogar gefährlich. Nehmen Sie Ihr eigenes Land – ich habe Rußland immer für ein Land hoher Kultur gehalten –, wie sehr hat es leiden müssen unter seiner roten Einfarbigkeit.«

Es gab noch einen weiteren echten Kapitalisten in der Scharaschka: den Berliner Gustav R., Besitzer einer kleinen Transformatorenfabrik. Er war Arbeitersohn, hatte auch selber 20 Jahre bei Siemens gearbeitet. Bis 1930 hatte er immer kommunistisch gewählt. Als er arbeitslos wurde, beschloß er, es mit einem eigenen Betrieb zu versuchen, Verwandte halfen ihm, und aus einer kleinen Reparaturwerkstatt schuf er in wenigen Jahren einen nicht großen, aber gesunden Fabrikationsbetrieb.

Er exportierte Transformatoren in die Sowjetunion und in die USA, belieferte später Wehrmacht und Luftwaffe, dafür wurde er als Kriegsverbrecher zu zehn Jahren verurteilt. Er war ein rotgesichtiger, muskulöser kräftiger Kerl, jovial und gesellig, kannte eine Menge »Wirtinnenverse« und dreckige Witze. Andere Arten von Literatur interessierten ihn nicht. Über Politik mochte er nicht reden.

»Wozu leeres Stroh dreschen? Aus solchem Stroh ist fix ein Strick gedreht – kann dich Kopf und Kragen kosten.«

Er arbeitete genau so hingegeben wie die anderen Kapitalisten. Einmal kam er zu mir, bitterböse und aufgebracht:

»Bitte, ich bitte Sie vielmals, helfen Sie mir. Übersetzen Sie meine Beschwerde, meinen Protest. Da ist eine riesengroße Sauerei passiert! Ich hab' da ein vollkommen originales System für Spulen kleinprofiliger Transformatoren entwickelt. In meiner Fabrik hatten wir so was noch nicht, hab' alles von A–Z hier ausgeknobelt. Und jetzt hat man mich beklaut, hat zwei andere zu Erfindern erklärt. Ich Idiot hab' anfangs zugestimmt, daß Ko-Erfinder namhaft gemacht würden. Zuerst der Chef, der Hauptmann. Da konnt' ich ja nichts gegen haben, ist schließlich der Chef, ist Offizier. Als zweiten nahmen sie dann einen Gefangenen, den Ingenieur Sergej. Bloß ist der kein Politischer, hat Staatsgelder veruntreut. Russische Kollegen haben mir erzählt, der Gevatter hätte ihn am Haken, er wär 'ne Glucke. Die Chefs haben mir vorgequatscht, ich wär' der Praktiker, er wär' Theoretiker. Ich machte alles bloß mit dem Auge, mit Gefühl, aber er könnte alles berechnen. Und von wegen der Ko-Erfinder, das wären bloß Formalitäten, das Patent bekäme ich. Und heute kriege ich zu erfahren: dem Hauptmann haben sie einen Orden umgehängt, Sergej hat eine Prämie von 300 Rubeln eingesackt und ist in die erste Kategorie gekommen, mich haben sie mit 100 Rubeln und zweiter Kategorie abgespeist. Und in dem Bericht über unsere Arbeit komme ich überhaupt nicht vor. Das ist eine ganz hundsgemeine Ungerechtigkeit, eine Sauerei ist das! Ich hab' Tag und Nacht rumgegrübelt, bis spät in die Nacht geschuftet, hab' alles selber berechnet und aufgebaut. Die sagen, ich hätte kein Diplom. Mit denen ihren Diplomen tät ich mir nicht mal den Arsch wischen. Solche Ingenieure wie diesen Sergej nähme ich in meinem Betrieb nicht mal als Gesellen: so ein Faultier, so eine Großschnauze, so ein Stumpfbock, wie der ist.

Ich hab' jetzt einen Protest geschrieben. Die können mich allesamt am Arsch lecken, sollen sie mich doch ins Lager abservieren, ins Bergwerk nach Sibirien! Hier habe ich bestens gearbeitet, hab' alle Anordnungen befolgt, stramm wie'n Soldat. Der Chef hat mich immer nur gelobt, nie was gemeckert. Ich hab' die Nase voll! An meinem Stolz und an meiner Berufsehre, da laß ich keinen dran tippen! Ungerechtigkeit lasse ich mir nicht gefallen.«

Ich übersetzte Gustavs Beschwerde, überredete ihn, einige besonders scharfe Ausdrücke abzumildern. Daraufhin bekam auch er die erste Verpflegungskategorie, und der Laborleiter bestätigte in Anwesenheit der gesamten Werkstatt Gustavs Erfinderschaft. Weiter als bis zu dieser mündlichen Ehrenrettung gedieh die Angelegenheit allerdings nicht. Gustav arbeitete weiter so fleißig wie bisher, war aber schweigsamer und mürrischer geworden.

9. Kapitel
Zebrafell

> Auch die Seele braucht ihr Gerüst, damit sie nicht jedem Druck nachgeben muß, ein Gerüst, das ihr Festigkeit und Kraft verleiht zu Handlung und zu Widerstand. Dieses Seelengerüst muß ein Glaube sein (ein religiöser Glaube oder eine Überzeugung), an dem man bis in den Tod festhält, der sich durch Sophismen naheliegender praktischer Erwägungen nicht korrumpieren läßt, der dem Menschen sein ›Ich kann nicht anders‹ sagt. Dieses ›Ich kann nicht anders‹ richtet sich nicht nach dem praktisch Nützlichen oder Schädlichen, vielmehr kann ich nicht anders, weil etwas in mir ist, das sich nicht biegen läßt.
>
> Wladimir Korolenko

Der Radiotechniker S. war irgendwo im Nord-Kaukasus verurteilt worden, und zwar zu acht Jahren, obwohl er einige Zeit als Fahrer zu einem deutschen »Sonderkommando« gehört hatte. Es hieß, diese milde Straffrist sei eine Belohnung dafür, daß er eine Menge Leute dem Smersch verraten hätte und als Zeuge in einigen wichtigen Prozessen aufgetreten wäre, die den Hauptangeklagten Tod durch den Strang eingebracht hätte. Er gab sich sicher, ja gelöst; alle Vorgesetzten lobten seine in technischer Hinsicht ›goldenen Hände‹.

»Ich mach' das so. Ein-zweimal sehe ich mir das Schema an – dann können Sie es in die Schublade legen. Ich montiere alles und rationalisiere noch dabei. Es werden weniger Elemente gebraucht, und das Ganze wird vereinfacht. Und all diese Schemata, die ich irgendwann mal ausgearbeitet habe, die sitzen mir hier«, er tippte an seine niedrige, breitausladende Stirn. »Brauchst nur zu sagen: zeichne die Schalttafel, die du für Anton Michajlowitsch letzten Monat montiert hast – bitte schön! Ich runzele die Stirn, denke nach und zeichne es so, wie es keinem Ingenieur-Professor besser gelingt.«

Seine technischen Fähigkeiten waren unbestreitbar. Doch Leute, die mit ihm arbeiteten, erzählten, daß er mit jeder Kleinigkeit zu allen Vorgesetzten rannte, jedem, der irgendwelche

Schulterstücke trug, in den Hintern kroch. Es hieß auch, er ›blase dem Gevatter ein‹.

S. schlief im selben Raum wie Solschenizyn und ich. Eines Morgens im Herbst 1949 – die meisten hatten den Schlafraum schon verlassen –, stritten in seiner Ecke einige Leute über die Amnestie, und S. sagte:

»Klar, zu Josephchens Geburtstag gibt's 'ne Amnestie!«

Ein paar Augenblicke herrschte gespanntes Schweigen. Dann wendete sich jemand mir zu und fragte:

»Was denkst du denn darüber, Bart?«

Solschenizyn und ich waren in der entgegengesetzten Ecke des Raums und unterhielten uns. Ich tat, als hätte ich die Frage nicht gehört.

»Hej, Bart, was glaubst du: wird's 'ne Amnestie geben oder nicht? Du liest doch Zeitungen.«

»Was ich glaube? Mir hat man schon in der Butyrka klargemacht, was das Wort Arsch bedeutet. Es bedeutet: auf Amnestie rechnende Schlappschwänze. Und genau das glaube ich heute noch.«

Noch am selben Tag ließ mich der Scharaschka-Gevatter kommen, Major Schikin. Sein Büro befand sich gerade gegenüber dem Arbeitszimmer des Institutschefs, vom Korridor abgetrennt durch einen offenen, dunklen Vorraum. Auf diesen Vorraum ging auch die Tür der Kanzlei. Hier warteten mal Freie, mal Häftlinge darauf, von Anton Michajlowitsch in der Kanzlei oder beim Gevatter vorgelassen zu werden.

Schikin war ein aufgeblasenes Froschgesicht, fast ohne Hals, mit einer hohen, aber leeren und schweren Stirn, er glotzte mit trüben Augen, seine langen, weichen Lippen waren in den Winkeln verächtlich nach unten gebogen.

»Nun, wie stehen bei Ihnen die Dinge? Was arbeiten Sie? Kommen Sie voran?«

»Ich strenge mich an. Aber was bisher herausgekommen ist, kann man erst als den Beginn bezeichnen.«

»Und wie sehen Sie das selbst? Arbeiten Sie mit voller Hingabe? Zeigen Sie Initiative?«

»Wie ich es sehe: Ja. Mit voller Hingabe, voller Initiative.«

»Sie haben wahrscheinlich schon erraten, weshalb ich Sie rufen ließ?«

»Nein, keine Ahnung.«

»Vielleicht können Sie sich trotzdem erinnern? Haben Sie mir nichts mitzuteilen?«

»Entschuldigen Sie bitte, aber ich habe meine Unterschrift geben müssen: ohne ausdrückliche Genehmigung der Leitung zu niemandem ein . . .«

»Weichen Sie nicht aus. Ich frage Sie nicht nach Ihrer Arbeit. Danach werde ich fragen, wenn es erforderlich ist. Ich habe andere Fragen im Sinn.«

Während er sprach, schaute er auf Papiere, die er auf seinem Schreibtisch ausgebreitet hatte, nur selten hob er die schweren Lider. Doch dann packte der ›Tschekistenblick‹ zu:

»Heute morgen wurden in Ihrer Zelle, d. h. im Wohnheim des Spezialkontingents, antisowjetische Reden geführt. Sie persönlich haben daran teilgenommen.«

»Das ist nicht wahr. Nichts dergleichen ist geschehen.«

»Wie das? Sie erdreisten sich zu sagen, ich spräche die Unwahrheit?«

»Nein, nicht Sie. Sie waren ja in unserer Zelle nicht anwesend. Aber der, der Ihnen so etwas gesagt hat, hat glatt gelogen. Ich habe keinerlei antisowjetische Reden oder Gerüchte gehört.«

»Und ich werde Ihnen beweisen, daß Sie hörten, wie der Gefangene S. sich erdreistet hat, in grob antisowjetischer Form über den Führer der Völker zu sprechen. Und Sie haben ihm geantwortet.«

»Nichts Derartiges kann irgend jemand beweisen.«

Nachdem ich begriffen hatte, worum es ging, antwortete ich, alter Häftlingserfahrung treu, stur und kompromißlos.

»Mit dem Gefangenen S. habe ich überhaupt nichts zu tun. Wir arbeiten in verschiedenen Abteilungen. Und ich weiß nicht, ob ich ihn heute morgen überhaupt gesehen habe. Unsere Betten stehen an entgegengesetzten Ecken der Zelle. Sie können sich davon überzeugen.«

»Sie wollen damit sagen, Sie hätten nicht gehört, wie er sich heute über Amnestie geäußert hat?«

»Ja, das will ich sagen. Ich habe nichts gehört. Und ich kann auch nichts hören, was am anderen Ende der Zelle gesprochen wird. Außerdem höre ich fremden Gesprächen sowieso nicht zu. Mein Kopf ist mit Arbeit beschäftigt. Heute kam ich erst um drei Uhr nachts in die Zelle, konnte nicht gleich einschlafen, weil ich über ein schwieriges Problem nachdachte. Am Morgen brachte ich dann die Augen kaum auf.«

Das Telefon läutete, er nahm den Hörer ab. »Schikin. Jawohl. Augenblick . . . Gehen Sie auf den Korridor, warten Sie dort, unser Gespräch ist noch nicht beendet.«

Ich hatte kaum die Tür hinter mir geschlossen, als ich Solschenizyn erblickte, der aus Anton Michajlowitschs Zimmer kam. Ich rief ihn leise an. Er merkte an meinem Mienenspiel, daß es sich um etwas Ernstes handelte. Ich flüsterte:

»Schikin rief mich. Verhör. Irgendein morgendliches Gespräch in der Zelle. S. soll was Antisowjetisches geäußert haben. Aber wir haben nichts gehört, konnten ja auch nichts hören. Irgendein Köter hat gewinselt. Im Augenblick telefoniert er. Wird mich noch mal reinrufen. Ich beziehe mich auf dich als Zeugen. Wir haben uns unterhalten, konnten nichts hören.«

»Klar. Wir stritten ja noch wegen der gestrigen Aufzeichnung. Du meintest, wir müßten sie wiederholen, und ich wollte dich umstimmen.«

»Warne S.«

»Und wenn er schlapp macht?«

»Eben; deswegen warne ihn beizeiten.«

Hinter der Tür näherten sich Schritte:

»Los, kommen Sie herein. Also, Sie können sich an nichts erinnern?«

»Nein, Bürger Major. Ich kann mich nicht an etwas erinnern, das ich nicht weiß, nicht sah, nicht hörte.«

»Und was für antisowjetische Witze wurden heute morgen über die Amnestie gerissen?«

»Witze über die Amnestie? Ach, das ist es! Da hat man Sie wieder falsch informiert. Ich habe nichts Antisowjetisches zugelassen, kann es auch gar nicht, weil ich ein sowjetischer Bürger war, bin und bleibe. Der Witz über die Amnestie, das ist ein alter, man kann schon sagen, prähistorischer Witz. ›Auf Amnestie rechnende Schlappschwänze‹ – aus den Anfangsbuchstaben der Wörter ergibt sich ein unanständiges Wort, das ich Ihnen gegenüber nicht aussprechen will. Diesen Kalauer haben sich die Kriminellen schon vor der Revolution ausgedacht. Da ist nichts Antisowjetisches dabei. Es ist lediglich unfein ...«

»Zu reden verstehen Sie. Aber mich werden Sie nicht überreden. Sie haben genau diesen Witz in einem antisowjetischen Gespräch mit S. erzählt. Das sind exakte Fakten.«

»Nein, und abermals nein. Es sind weder exakte noch sonstige Fakten. Ich habe heute morgen lange mit Solschenizyn diskutiert, fast gestritten, über die gestrigen Aufzeichnungsversuche. Andere Gespräche, mit wem auch immer, habe ich nicht geführt. Was dieses Witzwort betrifft, so habe ich es schon oft gesagt, vielleicht auch heute morgen zu irgend jemandem – keine Ahnung zu wem, solchen Unsinn behalte ich nicht im Kopf. Jedenfalls nicht zu S., das steht fest. Ich habe ihn weder gesehen noch gehört, noch mit ihm gesprochen. Ich kann Ihnen darüber eine formelle Erklärung mit meiner Unterschrift geben.«

»Ihre Erklärungen werden nicht gebraucht, das ist meine Sache. Sollte es notwendig sein, ein Protokoll aufzunehmen, werden wir das tun, und Sie werden dann zu unterschreiben haben und zu verantworten, daß Sie unwahre Angaben gemacht haben.«

»Das schreckt mich nicht. Ich habe Sie nicht belogen und bin auch nicht bereit zu lügen.«

»So? Sie schreiben immer wieder Gesuche und Beschwerden in eigener Sache an alle Instanzen – ans ZK, ans Oberste Gericht und an den Genossen Stalin persönlich und wollen immerfort beweisen, daß Sie ein sowjetischer Patriot sind, der Heimat und der Partei treu ergeben ... Aber Sie wollen Ihre Treue nicht mit der Tat besiegeln, wie man Ihnen schon wiederholt vorgeschlagen hat, Sie weigern sich, den Organen zu helfen. Und nun bestätigt sich das. Wie soll man Ihren Worten trauen, wenn Sie Ihren Patriotismus und Ihre Treue nicht jetzt, im gegebenen Moment, beweisen, sondern ablehnen, den Organen zu helfen?«

»Bürger Major, ich habe Ihnen mehrfach gesagt und kann nur wiederholen: meine gesamte Arbeit hier in diesem wissenschaftlichen Institut des MGB ist Arbeit für diese Organe, berufsgebundene, wissenschaftliche Arbeit zur Schaffung eines Geheimtelefons. Und ich arbeite nicht unter Druck, sondern ich identifiziere mich mit meiner Arbeit, das ist jedem bekannt, der nur etwas von der Sache versteht ...«

»Weiß ich, weiß ich alles. Ich habe Ihnen schon gesagt, daß ich nicht über Ihre Arbeit mit Ihnen zu sprechen wünsche, sondern über Ihr moralisch-politisches Niveau, über Ihren Patriotismus.«

»Meinen Patriotismus habe ich durch mein ganzes Leben bewiesen. Ich habe ihn an der Front im Einsatz mit meinem Blut bewiesen. Mit Blut und nicht mit Tinte durch Denunziationen ...«

»Jetzt haben Sie sich schon wieder vergaloppiert. Diese Äußerung kann man glatt als antisowjetisch bewerten. Sie nehmen sich heraus, operative Signale als Denunziationen zu bezeichnen.«

»Nichts dergleichen tue ich. Ich sprach überhaupt nicht von operativen Signalen. Wenn ich irgendwo Sabotage oder Schädlingswesen drohen sähe, würde ich es Ihnen unverzüglich signalisieren. Aber denunzieren, das heißt irgendwelche Gespräche kolportieren, werde ich nicht. Das will ich nicht, das ist meine Sache nicht. Ich bin überzeugt, daß der Sowjetmacht dadurch keinerlei Bedrohung entsteht. Schließlich sind es Gespräche hinter Gittern, im Gefängnis. Und jenes ›Signal‹, um dessentwillen Sie mich haben rufen lassen, war tatsächlich eine Denunziation, eine unwahre Denunziation. Daraus kann nur Schaden entstehen. Sie verlieren nur Zeit und Nerven, und mich halten Sie von der Arbeit ab. Ich arbeite zur Zeit an einer hochwichtigen operativen Aufgabe, über die ich nicht einmal mit Ihnen zu sprechen das Recht habe.«

»Das reicht. Sie haben hier sowieso schon mehr als genug geredet. Gehen Sie. Und zu niemandem ein einziges Wort hierüber.«

Am Abend desselben Tages kam S. in der Zelle zu mir:

»Gib die Pfote, Bruder ... danke! Ich habe erfahren, daß du mich heute rausgepaukt hast, nicht schwach geworden, nicht umgekippt bist ... bist 'n prima Kerl!«

»Bei mir gab's nichts umzukippen. Ich habe nichts gehört und nichts gesehen. Und du, blinzel nicht wie 'n falscher Fuffziger. Überleg lieber, welcher Köter dich verkläfft, noch dazu verleumdet hat. Im übrigen geh zum Teufel!«

S. bekam keine Strafe. Kameraden, denen ich von der Sache erzählte, meinten, entweder habe Anton den Meister mit den ›goldenen Händen‹ gedeckt, oder S. war selber der Denunziant und hatte das Gespräch provoziert.

Anton Michajlowitsch war nicht nur der Leiter des Instituts, sondern auch der Urheber eines von drei Projekten des absolut geheimen Telefons. Jedes dieser Projekte wurde in einem eigenen Labor ausgearbeitet. Einige basierten auf den amerikanischen Systemen künstlicher Rede ›Vocoder‹. Der junge Häftling Walentin Martynow erfand ein eigenes originales System der Teilung und Codierung des Grundtons der Rede, das im Vergleich zu den amerikanischen – soweit sie in amerikanischen Zeitschriften bereits publiziert waren – bedeutende Vorteile versprach. Anfänglich interessierte Anton Michajlowitsch sich dafür, entschied aber dann doch dagegen, weil es eine erhebliche Umorganisation der schon begonnenen Arbeit bedeutet hätte und keine volle Garantie bot.

»Glänzend ausgedacht, riecht aber ein bißchen nach Phantasterei. Wir haben hier keine Fahrräder oder Samoware zu erfinden. Zeigen Sie mir etwas Ähnliches im ›Journal of Acustical Society‹. Können Sie nicht? Nun, dann beschäftigen Sie sich mit Ihrer eigenen Planaufgabe. Und preschen Sie den Älteren nicht auf dem Weg zur Hölle voraus.«

Der hitzige Walentin war in jede seiner Erfindungen verliebt, aber diesem Projekt vertraute er doppelt, da es schon einige ernstzunehmende Fachleute gutgeheißen hatten. Er krähte:

»Ja, du meine Güte, was soll das heißen?! Überall liest man, überall hört man im Radio von unserer Priorität, und daß wir nicht vor dem Ausland auf dem Bauche kriechen sollen ... Und hier, wo wir wirklich ein ganz und gar originales System entwickeln können, verweisen Sie mich auf dieses Journal. Das ist dann doch wirklich Kriecherei vor dem Westen ...«

Anton Michajlowitschs Gesicht hatte sich fleckig gerötet, in zornigem Falsett fuhr er ihn an:

»Hören Sie sofort mit diesem albernen Zirkus auf! Sie haben einen Befehl bekommen. Sie vergessen offenbar, wo Sie sich befinden. Ich dulde keinerlei Einwände.«

Am nächsten Morgen verdonnerte er Martynow zu zehn Tagen Karzer.

Abram Mendelewitsch erklärte, er sei für Insubordination bestraft worden. Bläulich fahl kehrte Walentin aus dem eiskalten Karzer der Butyrka zurück. Schon vorher war er auffallend mager gewesen, jetzt war er fast ein Skelett. Sergej sagte, bei ihm könne man die Rückenwirbel auf dem Bauch erkennen.

Die deutschen Kriegsgefangenen arbeiteten teils auf einer Baustelle, teils in der Scharaschka. Im Scharaschkagebäude schrubbten sie die Korridorfußböden, den Kesselraum, die Toiletten, sogar einige Dienstzimmer. In den Kellern und Korridoren standen die Schränke mit den noch immer nicht ausgewerteten Archiven der Berliner Philips-Labors. Unter uns Spezialgefangenen gab es damals schon einige deutsche Techniker und Ingenieure. Genau wie ich sprachen sie mit den Kriegsgefangenen im Vorübergehen auf dem Korridor, in der Toilette oder im Keller. Manchmal tätigten wir einfachste Tauschgeschäfte mit ihnen: wir gaben ihnen Heringe und Zigaretten, sie trieben irgendwo Wodka auf, Rasierklingen, ›ausländische‹ Socken. Manche kannte ich bald persönlich. Auf ihre Fragen antwortete ich, wie es sich für einen ›staatsgeheimnistragenden‹

Mitarbeiter eines Spezialobjekts gehört, ich sei Übersetzer, übersetze jede Art wissenschaftlicher Literatur; was hier damit gemacht würde, wisse ich nicht, verstünde nichts davon.

Ihre Landsleute waren bei weitem mitteilsamer, das unterlag keinem Zweifel. Bei einem der abendlichen Gespräche mit Anton Michajlowitsch äußerte ich meine Besorgnis:

»Wir wagen beim Wiedersehen mit unseren Angehörigen nicht einmal eine Andeutung darüber zu machen, wo wir uns befinden. Jedes Papierfetzchen legen wir nach der Arbeit in den Safe. Alles ist streng geheim. Und was ist mit den Plennys?«

»Diese Frage hat Sie nicht zu bekümmern. Darum sorgen sich andere. Und Sie können mir glauben, die verstehen ihr Geschäft, haben genügend Vorstellungskraft, brauchen keinerlei Ratschläge.«

Kurz darauf erzählte mir einer unserer Deutschen vergnügt: »Heute hab' ich mit eigenen Augen eine Postkarte mit einer deutschen Briefmarke drauf gesehen. Wissen Sie noch, bei den Plennys war doch dieser Brigadier, so ein großer blonder Leutnant? Der kam letzten Monat mit einer ganzen Gruppe auf Transport. Parole: Heimat! Keiner hat das geglaubt. Aber gestern haben einige von denen, die noch hier sind, Postkarten, sogar Briefe bekommen. Der Leutnant schrieb aus Dortmund. Nicht zu glauben ... von hier direkt nach Hause, nach Deutschland.«

Einige Häftlinge erfuhren auch davon, fluchten lästerlich – das also heißt Staatsgeheimnis!

Beim nächsten abendlichen Gespräch mit Anton Michajlowitsch konnte ich mir nicht verkneifen, die Rede darauf zu bringen: »Jetzt kann man mit einem Spielraum von plus-minus zwei oder drei Tagen genau sagen, wann die amerikanische Spionage bis ins einzelne über unser Institut informiert wurde.«

Und ich erzählte von der Postkarte des Leutnants, die ich selbst bei den Plennys gesehen hätte.

Anton Michajlowitsch runzelte verärgert die Stirn, trommelte mit den Fingern auf den Tisch. Wir waren allein.

»Hören Sie, Teuerster, ich habe Ihnen schon mit aller wünschenswerten Deutlichkeit gesagt: kümmern Sie sich um Ihren Dreck. Wenn ich als Leiter dieses Objekts genötigt bin, diese Fritze zu verwenden, so bedeutet das: es liegt ein zureichender Grund vor. Ich kann Ihnen nicht alles auseinanderposamentieren, Sie sind schließlich ein erwachsener Mensch, sollten selber begreifen ... Also: ich befehle Ihnen ein für allemal, auf Gespräche über dieses Thema zu verzichten. Sie sind vollkommen nutzlos und können sogar enormen Schaden anrichten, vor allem würden Sie damit sich selbst schaden. Ich frage nicht, ob Sie das verstanden haben, ich befehle!«

Seitdem hielt ich meinen Mund, überlegte aber eine Weile, ob ich nicht doch ans ZK schreiben sollte, konnte mich nicht entschließen und verachtete mich wegen meiner Prinzipienlosigkeit.

Solschenizyn führte ausgedehnte, vielstufige Aufzeichnungsversuche einiger neuer Modelle durch. Er arbeitete bis zur Erschöpfung, makellos gewissenhaft, und stellte seine ›Diagnosen‹ – das heißt seine Bewertung der ausprobierten Kanäle – bestimmt, überzeugt, sogar mit einigermaßen kecker Unwiderruflichkeit. Daraus sprachen Jugend und Armeegewohnheit.

Das Modell von Anton Michajlowitsch, das sogenannte Neunte, stand an letzter Stelle. Als Solschenizyn über die Resultate der Versuche mit diesem Modell referierte, unterließ er es nicht, die schlechte Tonqualität, die Verzerrung des Timbre einer Stimme usw. zu erwähnen. Anton Michajlowitsch unterbrach Solschenizyns Bericht ein paarmal mit Fragen, doch der ließ sich nicht beirren.

»Sie, Alexander Issajewitsch«, sagte Anton Michajlowitsch abschließend, »haben also das Neunte beerdigt. Nun ja, was mich dabei vor allem kränkt, ist, daß Sie es nicht wie einen teuren Entschlafenen beerdigen, der vielen von uns nahe stand, sondern wie einen besoffenen Landstreicher, der am Zaun verreckt ist.«

Solschenizyn kolportierte uns lachend, sogar ein wenig stolz dieses Intermezzo – schließlich war er ja im Recht. Er war von sich überzeugt und doppelt zufrieden, weil er den »Hausherrn« drangekriegt hatte. Mich dagegen beunruhigte die Sache.

Gewöhnlich benahm sich Anton Michajlowitsch uns gegenüber recht manierlich. Manchmal gab er uns witzelnd oder großmütig herablassend zu verstehen, daß er unsere Kenntnisse, unseren aufrichtigen Enthusiasmus durchaus zu schätzen wisse. Wenn er in den ruhigen Abendstunden zu uns kam, sprach er auch über nicht sachbezogene Themen – über Literatur, Musik, Malerei und Geschichte.

Als er auf meinem Tisch ein Glöckchen entdeckte, dessen Klang wir aufzeichneten, um die Frequenzcharakteristika der Telefone zu überprüfen, sagte er:

»Ein angenehmer Klang. Mit so einem Glöckchen rief meine Großmutter die Stubenmädchen ... Weshalb lassen Sie sich einen Bart stehen? Ich weiß noch, mein Großvater, der General, hatte einen zweigeteilten, wie ein Schwalbenschwanz. Damals, als Kind, fand ich das wunderschön. Die geteilten Bärte nannte man bei uns zu Hause ›russische‹, die kurzen Tschechow-Bärte hießen ›französische‹ und die gleichmäßig breiten nannten wir ›deutsche‹ ...

Heute ist es Mode, in der Literatur von Humanität, von Menschenliebe zu sprechen. Auch Tolstoj war Humanist, Tschechow ebenfalls. Sie lehrten uns Menschlichkeit. Doch wenn es damit sein Bewenden hätte, wären sie keinen Groschen wert. Die großen Schriftsteller sind dadurch groß, daß sie schonungslos die Wahrheit schreiben, ohne vorsichtige Seitenblicke. Aber die ganze Humanität, all diese progressiven Ideen sind – guckt man genauer hin – hohle Worte, Sirup, noch dazu mit Süßstoff statt mit Zucker gesüßt. Worte – Worte – Worte! Genau wie es bei Tolstoj heißt: ›Glatt schrieben's Federn auf Papier, Gräben und Löcher vergaßen sie schier.‹ In unserer Zeit brauchen wir keine Worte, sondern Wolfszähne und Tigerkrallen. Wo sie fehlen, verkommt jedes Talent, jedes Genie. Den zahnlosen Wohlmeinenden verschlingt jeder, der gerade Appetit hat. Aber den Starken, der Zähne hat, wird niemand fressen. Er wird selber, wenn er hungrig ist, fressen, was er braucht ...«

Solche Gedankengänge hörte Solschenizyn auch, denn wir beide waren gewöhnlich noch bis Mitternacht im Labor. Ich hatte ihm außerdem von den vertraulichen Äußerungen Abram Mendelewitschs über seinen Vorgesetzten erzählt. Sie fielen mir natürlich sofort wieder ein, als ich den gekränkten Vorwurf vom »Beerdigen« hörte.

»Hör doch auf«, wehrte Solschenizyn ab. »Bange machen gilt nicht. Sollen doch die freien Angestellten davor zittern, der Obrigkeit auf den Schlips zu treten; die haben was zu verlieren, wir nicht. Man wird uns nicht für Aufzeichnungsergebnisse in den Karzer sperren. Anton ist natürlich ein Dreckskerl – genauso wie Abram und alle übrigen. Aber du kannst mir glauben, ich durchschaue die Menschen beim ersten Blick: er hat Fachkenntnisse und ist vernünftig. Er weiß, daß er uns braucht und daß wir gewissenhaft arbeiten, keine Türken bauen. Außerdem weiß er, daß ehrliche Dickschädel ihm nützlicher sind als Arschkriecher, die vor der Obrigkeit herumscharwenzeln: ›Was belieben Sie zu wünschen? Was ist gefällig? Bitte sehr, bitte gleich.‹ Nein, er kennt unseren Wert. Noch ärgert es ihn, daß dieses Experiment die Unbrauchbarkeit seines Neunten bewiesen hat, später wird er das zu schätzen wissen.«

»Sanja, du kommst hier mit Logik, berechnest deine Züge wie im Schach. Er gehört doch zu den Leuten, die das Schachbrett einfach auf den Fußboden schmeißen können. Du bietest ihm eine elegante Kombination, ein höfliches Schach, und er tritt dir dafür in den Bauch. Wag ja nicht zu gewinnen.«

»Gerätst grundlos in Panik, Bart! Wenn es Foma wäre, würde ich dir glauben, aber Anton ist aus anderem Holz.«

Doch schon ein paar Tage später erzählte er mir auf dem Spaziergang, nun auch selber beunruhigt, Abram Mendelewitsch habe ihn gefragt, wem er seine Aufzeichner anvertrauen könne. Anton Michajlowitsch beabsichtigte, ihn ›zur Verstärkung‹ in die Mathematikergruppe zu versetzen. Sie habe eilig ein überaus vielversprechendes Chiffriersystem auszuarbeiten, das für die Fertigstellung der Konstruktion des Chiffrierers notwendig sei.

Eine so plötzliche Versetzung erschien unvernünftig und war zudem nicht ganz geheuer: offenbar die Rache des gekränkten Anton. Solschenizyn hatte etwas ausgeknobelt, das es bis vor kurzem nicht gegeben hatte: eine phonetisch-wissenschaftliche, mathematische und psycho-akustisch begründete Methode für Aufzeichnungsversuche. Außerdem war er der beste Kommandeur der Aufzeichner, einfach unersetzlich. Jeder Sachkundige, der seine Arbeit sah, begriff das. Auch ihm selbst war das klar. Überdies wollte er um nichts in der Welt in die Mathematikergruppe überwechseln, in der er Seite an Seite mit Spezialisten hätte arbeiten müssen, die ihm an Fachkenntnissen und Erfahrungen überlegen waren. Solschenizyn sagte, Abram Mendelewitsch urteile genau wie er und habe versprochen, sich der Überstellung zu widersetzen.

In diesen Tagen hatte Solschenizyn eine überraschende Begegnung, die ihn zuversichtlicher machte: sein ehemaliger Lehrer, Ordinarius für Mathematik an der Universität Rostow, erschien mit der Gruppe ›ziviler Konsultanten‹, die als regelmäßige staatliche Kommission die Scharaschka besuchte. Der Professor war nicht wenig erstaunt, begrüßte aber seinen ehemaligen Studenten freundlich, betrachtete teilnahmsvoll dessen blaue Häftlingsmontur. Am nächsten Tag ließ er ihn zu einem Arbeitsgespräch kommen und stellte sich als ›Kurator‹ der Mathematikergruppe vor. Solschenizyn, im Vertrauen darauf, den Professor durch die unwiderlegbare Rationalität seiner Argumente überzeugen zu können, setzte diesem auseinander, daß er sich ausschließlich mit Akustik befassen wolle, das sei wissenschaftliche Arbeit, die Tätigkeit in der Mathematikergruppe dagegen mißfalle ihm in mancher Hinsicht.

Der Professor hörte ihm bedächtig zu, versuchte nicht, ihn von seinem Standpunkt abzubringen, und sprach in einem Ton mit ihm, daß Solschenizyn sich vollständig beruhigt fühlte.

Als ich ihm später vorhielt, er habe es möglicherweise mit seiner Offenheit zu weit getrieben, sein verehrter Landsmann könne ihn bei der Obrigkeit anschwärzen, winkte er nur fluchend ab.

Am Tage darauf wurde er »mit Sachen« gerufen.

Als ich zu Abram Mendelewitsch rannte – vielleicht lag ja ein Mißverständnis vor –, lehnte der kühl alle Bitten und Überredungsversuche ab:

»Das ist ein Befehl der Behörde.«

Abends, allein mit mir, sagte er: »Das sollte Ihnen allen eine Lehre sein. Sie müssen wissen: Anton Michajlowitsch verzeiht nichts und niemandem.«

Solschenizyn überließ mir seine Exzerpte aus Dals Wörterbuch, aus historischen und philosophischen Büchern, außerdem schöngeistige Literatur, darunter ein zerlesenes Bändchen Jessenin. Es war ein Geschenk seiner Frau mit der Widmung »Alles, was dir gehört, kehrt zu dir zurück«.

Alle Exzerpte Solschenizyns blieben unversehrt und kehrten zu ihm zurück. Das hatte er Gumer Ismajlow (1914–1975) zu verdanken. Gumer war ein begabter Elektroniker, zu zehn Jahren verurteilt, weil er in deutsche Kriegsgefangenschaft geraten war und sich dort mit seinem tatarischen Landsmann, dem bedeutenden Lyriker Mussa Dshalil[25] angefreundet hatte (von Mussas Tod in Moabit und von seinem neuen Ruhm erfuhr er erst in der Freiheit). Gumer gehörte zu den sieben Ingenieuren und Technikern, die 1951 vorfristig entlassen wurden als Belohnung für die Konstruktion des absolut geheimen Telefons – jener Arbeit, die der Obrigkeit Orden, wissenschaftliche Titel und Stalinpreise eintrug. Die Freigelassenen blieben in der Scharaschka als freie Angestellte.

Nur zwei von ihnen, Gumer und sein Freund Iwan Bryksin, hielten weiterhin die Freundschaft mit den ehemaligen Haftkameraden, distanzierten sich nicht. Gumer übernahm von mir Solschenizyns Exzerpte sowie einen bedeutenden Teil meines Archivs und brachte alles meinen Angehörigen. Den Jessenin-

Band hatte ich – leider – schon meiner Freundin zum Aufbewahren gegeben. Später, als sie in einer anderen Abteilung arbeitete und ich ihr zufällig auf dem Korridor begegnete, fragte ich sie, ob sie das Bändchen verwahrt habe. Ganz erschrocken flüsterte sie: »Was für ein Bändchen? Was für einen Jessenin? Das? Das war doch schon zerfleddert und zerlesen. Ich weiß nicht, wohin ich es getan habe. Und *Sie* vergessen es gefälligst. Vergessen Sie es ganz und gar.«

Als »Haupterbstück« hinterließ Solschenizyn mir seinen besten Freund, Nikolaj Witkjewitsch, Koka genannt. Den ganzen Krieg über hatten sie miteinander korrespondiert. Witkjewitsch war Regimentschemiker in einem anderen Frontabschnitt. In der Annahme, daß die Zensur sich nur um militärische Geheimnisse kümmere, hatten sie sich ungeniert über politische Themen geäußert und höchst nachlässig politische Schlüsselfiguren chiffriert. Dabei hatten sie den Glatzkopf (Lenin) wesentlich höher bewertet als den Schnauzbart (Stalin), der 1930, 1937 und 1941 viel Kleinholz gemacht habe ...

Dieser Briefwechsel bot die Grundlage für eine Anklage nach Artikel 58, Punkt 10 und Punkt 11. Das Kriegsgericht verurteilte Witkjewitsch zu zehn Jahren, Solschenizyn wurde von der OSO zu acht Jahren verurteilt.

Im Frühjahr 1950 ließ der Gefängnis-Gevatter Solschenizyn kommen und eröffnete ihm, demnächst werde sein »Mittäter« in der Scharaschka eintreffen. »Sie werden sich ganz besonders gut zu führen haben«, schärfte der Gevatter ihm ein. Solschenizyn erzählte mir ziemlich beunruhigt von diesem Gespräch: Sollte hier eine Provokation eingefädelt werden, um ihm einen neuen »Fall« zu drechseln? Er bat mich, zu niemandem, auch nicht zu Mitja Panin, von der Sache zu sprechen. »Koka wird dir gefallen. In seinen Überzeugungen, seiner Ideologie steht er so ungefähr in der Mitte zwischen dir und mir.«

Nach Witkjewitschs Ankunft verbrachten die beiden Freunde ein paar Tage lang alle freien Stunden miteinander. Ich sorgte dafür, daß niemand sie störte. Solschenizyn tauschte seine untere Pritsche mit einer oberen, um neben Koka liegen zu können.

Nikolaj Witkjewitsch hatte eine russische Mutter und einen polnischen Vater, an den er sich aber nicht erinnerte. Seine Kindheit verbrachte er in der Familie seines Stiefvaters, eines Daghestanen. Er hatte sich daher von klein auf Lebensart, Weltgefühl und Psychologie der muselmanischen Bergvölker angeeignet. Von Schamil[26] und seinen tapferen Gefolgsleuten sprach er mit heller Begeisterung. Hingegeben lauschte er, wenn im Radio Lieder der Bergvölker erklangen, wenn der aserbajdshanische Tenor Raschid Bejbutow sang. Er freute sich, als ich anfing, ihn Dshalil zu nennen, so hatte man ihn als Kind gerufen.

Nikolaj war ein muskulöser, breitgesichtiger, dunkelhäutiger Bursche. Leicht, aber fest trat er auf, bemühte sich in jeder Situation, unerschütterliche Ruhe zu bewahren, zornige Aufwallungen zu unterdrücken. Mir gefiel seine Art zu erzählen: schlicht, derb und doch auch manchmal poetisch – von der Kindheit in Daghestan, von der Front, vom Lager, von seinem »Einzelkampf« mit der Schubkarre, wie er sich allmählich an sie gewöhnte, Muskelschmerz, Erschöpfung, Verzweiflung überwand und so von Tag zu Tag, von Woche zu Woche erstarkte; wie er sich in der Tajga beim Holzfällen am Feuerstoß erfreut hatte, bereit war, ihn anzubeten, ein Feueranbeter zu werden. Manchmal stritten wir. Dshalil hielt sich für einen Leninisten und lehnte den ›Gangsterboß‹ Stalin rigoros ab. Mir warf er vor, ich überschätzte Stalin, redete schlau daher und versuchte, dessen Bestialitäten zu rechtfertigen. Unsere Meinungsverschiedenheiten nahm ich gelassen auf. Aber mich ärgerte, daß er unsere großen Dichter beim Kosenamen nannte: von Puschkin sprach er als von Sascha, Lermontow nannte er nie anders als Mischka, Nekrassow – Kolka usw.

Alle Vorwürfe in dieser Richtung wies er gutmütig und völlig ungerührt ab.

»Das bedeutet doch bloß, daß ich sie liebe. Wolodjka Majakowskij hat doch auch geschrieben: ›Nekrassow Kolja, Sohn des seligen Aljoscha‹ und dann auch ›Assejew Koljka‹. Du mit deiner altmodischen Verehrung: ach, der Große, der Hochberühmte, Hut ab! Leute, die ich liebe, kann ich nicht zeremoniell behandeln. Zum Beispiel Sanjka ist für mich ›Morsh‹ oder ›Xander‹, und du bist Ljowka oder Bart, und Jessenin habe ich immer Serjoschka genannt, werde ihn auch nie anders nennen.«

Ebenso unbeirrbar bestand er darauf, daß ein richtiger Mann keine Schauspielerin oder Tänzerin heiraten dürfe.

»Sie sind alle Huren ... Du kannst doch nicht erlauben, daß andere mit deiner eigenen Frau vor aller Augen herumturteln, sie endlos abknutschen und betatscheln. Nein, das ist keineswegs spießig, das sind auch keine Vorurteile. Was regst du dich auf? Du bist ja nicht mit einer Schauspielerin verheiratet. Nur verliebte Gockel heiraten Schauspielerinnen und natürlich auch

Regisseure und Schauspieler. Aber die sind sowieso samt und sonders Hurenböcke, ohne Männerehre im Leib, heiraten, lassen sich scheiden, wie's gerade kommt. Ist ihnen ganz egal, ob sie zu Hause oder im Puff vögeln.«[27]

Als der Krieg in Korea begann, fing mein Freund Jewgenij Timofejewitsch an, nachts an dem Projekt eines ferngelenkten Torpedos herumzuknobeln, das amerikanische Landeversuche vereiteln sollte. Und ich stiftete zwei Freunde an – einen Mechaniker und einen Ingenieur –, ein Projekt für ein universales Flak-Pak-Sturmgeschütz auszuarbeiten; dazu schrieb ich eine detaillierte ›taktische Begründung‹, indem ich mich auf unsere und auf die deutschen Erfahrungen beim Einsatz von Flak gegen Panzer bezog und auf die Beispiele verschiedenartiger erfolgreicher Anwendung von Sturmgeschützen verschiedener Kaliber 1941 bis 1945.

Alle Streitereien mit Panin, Solschenizyn, Wladimir Andrejewitsch, mit deutschen Ingenieuren und Technikern – unter ihnen reumütige Nazis –, selbst noch die aufschlußreichsten BBC-Sendungen und die militärpolitischen Aufsätze in den amerikanischen Zeitschriften stärkten nur meine politischen Überzeugungen und meinen Glauben, den ich für objektiv hielt.

Mit meiner politischen Position stand ich nicht allein; ich hatte ja nicht nur Panin, Solschenizyn und Sergej zu Freunden, sondern auch Jewgenij Timofejewitsch, den roten Shen-Shen, Parteimitglied seit 1919. Er hatte zur Leningrader Opposition[28] gehört und urteilte in vielen Einzelfragen noch rigoroser als ich. Er mißbilligte auch entschieden meine Freundschaft mit jenen Häftlingen, die er für offene ideologische Gegner hielt, und mied Panin und Solschenizyn. Auch Alexej Pawlowitsch ›Halbbart‹ hatte zu den Leningrader ›Bolschewisten-Leninisten‹ gehört. Im Unterschied zu Jewgenij und mir war er ein ganz entschiedener Gegner Stalins, nannte sich selber einen orthodoxen Leninisten und Internationalisten und verurteilte Stalins Außenpolitik als imperialistisch. Shen-Shen und ich dagegen hießen sie gut und behaupteten, die Ausdehnung der sowjetischen Grenzen und der sowjetischen Einflußsphäre seien der sicherste Weg zum internationalen Sieg des Sozialismus.

Shen-Shen, Halbbart und ich trafen uns meistens im Rauchzimmer an der inneren Treppe, dort konnten uns keine Spitzel hören. Manchmal sangen wir dort auch Volkslieder und alte

Revolutionslieder. Wladimir Andrejewitsch und sein Schwätzerklub nannten uns die Parteizelle, darin lag spürbare Mißbilligung.

Mit uns dreien freundete sich Igor Kriwoscheïn an. Er war ein Sohn des zaristischen Ministers im Stolypin-Kabinett, Zögling des Pagencorps, hatte während des Bürgerkriegs bei Denikin und Wrangell als Offizier gedient und war dann nach Frankreich emigriert. Dort hatte er Elektrotechnik studiert und war Ingenieur geworden. 1940 ging er zur Résistance und wurde 1944 von der Gestapo geschnappt. Als im April 1945 amerikanische Panzer sich dem KZ Buchenwald näherten und die Häftlinge meuterten, floh das Wachpersonal. Den kranken, völlig entkräfteten Igor Kriwoscheïn trugen die Kameraden auf einer Bahre aus dem Lager.

Wieder in Paris, las er seinen eigenen Nekrolog. Die ersten Zeitungen, die nach der Befreiung von Paris erschienen, zählten ihn zu den umgekommenen Helden der Résistance. Alle Angehörigen des Widerstands kannten ja das Gesetz: wer der Gestapo in die Hände fällt, muß auf jeden Fall 24 Stunden standhalten, danach darf er Geständnisse ablegen, um der Folter zu entgehen. In dieser Zeitspanne von 24 Stunden konnten die andern sich verstecken, die Spuren verwischen. Doch nachdem Kriwoscheïn verhaftet worden war, hatte die Gestapo nicht einmal im Verlauf des folgenden Monats auch nur eine einzige von den Wohnungen, die er kannte, aufgesucht, war hinter keinem seiner Kameraden hergewesen. Das betrachteten diese als Beweis seines Todes.

Er hatte alle Folterungen, mit denen die Pariser Gestapo ihn auszeichnete – darunter auch das Eisbad –, ausgehalten; sein ›Mittäter‹, der Deutsche Wilhelm Blanke, hatte ihn aufopferungsvoll und klug in die bescheidene Rolle des unbedeutenden Mittelsmannes geschoben. Der Deutsche wurde erschossen, Kriwoscheïn zu 15 Jahren KZ verurteilt. Im Sommer 1945 kehrte er tatsächlich aus dem Jenseits zu seinen Angehörigen zurück, auferstanden von den Toten.

Noch 1940 hatte er, wie auch einige andere russische Emigranten, die sowjetische Staatsbürgerschaft angenommen. Und nach dem Krieg wählten seine Pariser Mitbürger ihn, den Helden der Résistance, zum Präsidenten des ›Bundes sowjetischer Bürger‹. Doch als der Kalte Krieg sich entwickelte, verhaftete die französische Polizei ihn und 27 andere Mitglieder des Bundes. Sie wurden in die Sowjetunion abgeschoben, bald darauf wurden auch ihre Familien ausgewiesen.

Kriwoscheïn mit Frau und Sohn wurde Uljanowsk als Wohnort angewiesen, er erhielt Arbeit als Ingenieur. Es verging kaum ein Jahr, bis er verhaftet und nach Moskau gebracht wurde. Die Ermittlungen dauerten nicht lange. Seine weißgardistische Vergangenheit fiel unter Amnestie. Doch er versuchte gar nicht zu verheimlichen, daß er bis unmittelbar vor seiner Ausweisung aus Frankreich Vorsitzender einer russischen Freimaurerloge in Paris gewesen war, gab auch zu, daß er von 1940 bis 1944 Verbindungen zur französischen Abwehr gehabt hatte, Nachrichten über deutsche Truppenbewegungen in Frankreich und über den Stand der Kriegsindustrie beschafft hatte. Gewiß, Frankreich war in jenen Jahren mit der Sowjetunion verbündet gewesen, aber ein ehrenhafter sowjetischer Bürger hat der vaterländischen sozialistischen Spionage zu helfen und nicht einer ausländischen, kapitalistischen ...

Die Untersuchungsrichter waren freundlich, sogar liebenswürdig, fragten ihn mitfühlend aus, wie die Gestapo ihn gefoltert, wie das Leben in Buchenwald sich abgespielt habe.

Schließlich las ihm der Gefängnisdiensthabende das Urteil der OSO vor: zehn Jahre Freiheitsentzug gemäß Artikel 58, Punkt 1 Vaterlandsverrat, Punkt 4 Kollaboration mit der internationalen Bourgeoisie.

Vom Gefängnis aus brachte man ihn gleich zu uns in die Scharaschka. Alles, was er bei uns sah und hörte, verwunderte ihn über die Maßen. Die Verhaftung, das Untersuchungsverfahren, das unsinnige Urteil hatte er mit Kummer, aber ohne Verwunderung aufgenommen. Er hatte noch Schlimmeres erwartet. Denn von den Arbeitsmethoden der Tscheka-GPU-NKWD hatte er in der Vorkriegspresse genug Scheußliches gelesen. Indessen hatte man ihn in der Lubjanka in einer sauberen Zelle untergebracht, höfliche Offiziere in Uniformen nach altem russischen Schnitt mit Epauletten verhörten ihn korrekt, versprachen, sich um seine Familie zu kümmern. Das alles klang – im Lichte der noch nicht verblaßten Erinnerung an Gestapo und Buchenwald – beruhigend und einigermaßen hoffnungsvoll. Noch stärker beeindruckten ihn die Lebensverhältnisse in der Scharaschka: saubere Betten, reichlich Brot auf den Tischen – iß, soviel du willst. Nach der wäßrigen Balanda in der Lubjanka war die Verpflegung geradezu opulent. Und die Häftlinge ringsum benahmen sich völlig ungezwungen, fast als seien sie mit ihren eigenen Dingen beschäftigt. Man sah freundliches Lächeln, hörte Witzworte und Lachen.

Als wir uns kennenlernten und ich ihn fragte, ob er mit dem zaristischen Minister Kriwoscheïn verwandt sei, stutzte er einen Augenblick:

»Ja. Das war mein Vater. Also, das hätte ich nun wirklich nicht erwartet, daß ausgerechnet hier sich jemand an ihn erinnert. Für Sie klingt dieser Name wahrscheinlich verrucht.«

Ich erzählte ihm, daß mir der Name seit Kindertagen vertraut war. Mein Vater, ein Agronom, stritt oft mit mir – ich war Junger Pionier und später Komsomolze – und wies mir nach, daß ich die Geschichte unseres Landes nicht kannte, daß meine bolschewistische Unduldsamkeit und mein von Broschüren- und Zeitungsgewäsch verstopftes Gehirn mich hinderten, die Wahrheit über Ereignisse und Menschen zu erkennen. Und jedesmal bemerkte er in diesem Zusammenhang:

»Nimm Alexander Wassiljewitsch Kriwoscheïn. Das war ein zaristischer Minister, überzeugter Monarchist, Freund von Stolypin, und trotz alledem war er nicht nur ein hervorragender Verwaltungsfachmann, hochgebildet, klug, fürsorglich, sondern auch großherzig und edel, ein echter Liberaler. Ich habe ihn selbst gesehen, und ich habe es Kriwoscheïn zu verdanken, daß ich Kreisagronom wurde, obwohl ich Jude bin und außerdem politisch als nicht einwandfrei galt. Kriwoscheïn verstand seine Sache, hatte Menschenkenntnis. Wenn er Dörfer oder Landgüter oder Versuchsstationen inspizierte, konnte ihm niemand Sand in die Augen streuen. Er bemerkte alles – auf den Feldern, in den Treibhäusern, in den Ställen. Bei uns in Borodjanka war er dreimal. Er aß bei uns zu Mittag, und deiner Mama hat er die Hand geküßt. Dieser kaiserliche Beamte war besser erzogen, klüger und gebildeter als alle eure Volkskommissare. Er war sogar demokratischer und menschlicher.«

Igor Kriwoscheïn gefiel mir von Anfang an, bald kamen wir uns herzlich nahe. Die Erinnerungen meines Vaters an seinen Vater hatten etwas von einem Wink des Schicksals. Häftlinge haben mehr als andere Menschen einen Hang zu jeder Art von Mystik. Selbst die eingefleischtesten Positivisten und Materialisten grübelten allen Ernstes über Träume nach, über Vorgefühle, Vorbedeutungen, schicksalhafte Daten.

In friedlichen Gesprächen und in hitzigen Diskussionen war Igor nachgiebig, rücksichtsvoll bis zur Schüchternheit, doch unnachgiebig fest blieb er in der Hauptsache – in seinen Vorstellungen von Gut und Böse, von Glauben und Ehre, von den ethischen Grundlagen seiner Weltauffassung. Als russischer Patriot, ja Nationalist, hielt er den sowjetischen Staat für den rechtmäßigen Nachfolger des Russischen Imperiums und natürlich für viel mächtiger, viel einflußreicher und international bedeutender als alle ehemaligen Manifestationen russischer Macht.

Dadurch näherten sich unsere politischen Anschauungen einander, besser, unsere Beurteilungen bedeutender politischer Ereignisse. Wir stimmten überein in der Ablehnung alles »Amerikanischen« – angefangen vom Marshall-Plan und der Atombombe bis zu Rock'n'Roll und Hollywoodfilmen – und in unserem Wunsch, Nordkorea möge siegen.

Ein alter Häftlingsspruch lautet: »Unser Leben ist wie ein Zebrafell – schwarz und weiß gestreift. Hockst du im Schwarzen, halt's aus, rühr dich nicht; gerätst du ins Weiße, werd nicht schlapp.«

Im Sommer 1950 herrschten die schwarzen Streifen vor. Man hatte Panin und Solschenizyn auf Transport gejagt. Mir hatte man verboten, die Phonoskopie weiterzuentwickeln. Die mit dieser Arbeit verbundenen Hoffnungen schwanden dahin. Meine Freundin war nach ihrem heimlichen Abort krank geworden, konnte mir aber noch mitteilen, daß ihr Mann von einer langen Dienstreise heimkäme. Sie habe Angst, solche Angst.

Der Techniker S., um dessentwillen Schikin mich hatte rufen lassen, drängte sich mir seitdem in unangenehmer Weise auf, versuchte dreckige Witze loszuwerden oder fing unversehens einen Ringkampf an und fuhrwerkte mit seinen langen linkischen Armen ungeschickt herum. Eines Morgens beim Bettenbauen sprang er mich von hinten an, während ich mich über die Pritsche beugte, und schubste mich so, daß ich mit der Stirn an die Wand unmittelbar über dem Heizkörper prallte, nur die Decke, die ich zufällig noch in der Hand hatte, milderte den Aufprall. Der Schmerz war nicht sehr stark, aber der kränkende plötzliche Überfall von hinten brachte mich in blinden Zorn. Ich sprang hoch, drehte mich um und knallte meine Faust in das dämlich grinsende Gesicht. Er plumpste aufs Nachbarbett.

»Was fällt dir ein? Ich mach Spaß, und du bist gleich so ... Lumpenkerl, Arschloch, Judenfresse ...«

Er packte eine Flasche vom Nachttisch. Aber ich hielt ihn fest, ergriff meinen Stiefel und konnte, ehe man uns auseinanderzerrte, ihm noch ein paarmal mit dem Stiefel auf die Hand schlagen. Dabei brüllte ich auf ihn ein, ohne zu wissen, was. Dshalil, der sich als erster zwischen uns geworfen hatte, erzählte mir, ich hätte S. Glucke, Faschist, Köter tituliert.

Am nächsten Tag übersiedelten wir ins Lager, aus dem die letzten deutschen Kriegsgefangenen abtransportiert worden waren.

In der nicht eben großen, rechteckigen Lagerzone, die unmittelbar an das Scharaschka-Gelände anschloß, gab es zwei oder drei kleine Häuser – Eßraum, Bad, Kleiderkammer, Büro, Wachstube – und zwei Reihen von Sperrholzjurten, je zwei Jurten[29] mit einem kurzen Windfang verbunden.

Der Gefängnisleiter war ein phlegmatischer Oberstleutnant. Er sah uns zu, wie wir unsere Sachen anschleppten, und rief mich an:

»Sie da, Sie haben sich in der Zelle mit jemandem geprügelt ... ich frage nicht, wer angefangen und wer aufgehört hat ... Unglaubliche Sauerei! Sie sind doch erwachsene Männer und keine Lausebengels – und da gehen Sie mit Stiefeln aufeinander los! Dafür haben Sie strenge Bestrafung verdient. Karzer. Aber in Ihrem Objekt liegt eilige Arbeit vor. Sie werden gebraucht. Außerdem gibt's leider keinen passenden Karzerraum. Ich werde Sie daher anders bestrafen: Rückversetzung in die zweite Kategorie. Das nächste Wiedersehen mit Ihren Angehörigen ist gestrichen. Strengste Verwarnung. Im Wiederholungsfall werden Sie härter bestraft.«

In den beiden Jurten der ersten Kategorie standen Einzelpritschen. Dort wurden alle meine Freunde untergebracht. Dshalil und ich kamen in eine der weiter entfernt stehenden, die mit hölzernen Vierer-Doppelstockbetten ausgestattet waren. Seit der Einrichtung des Labors 1, also mehr als ein halbes Jahr, hatte ich zur ersten Kategorie gehört. Das bedeutete: ich rauchte Kasbek, hatte ein Ei zum Frühstück und zum Mittagessen zwei Schweineschnitzel. Jetzt, nach der Rückversetzung in die zweite Kategorie, mußte ich wieder »Weißmeer« rauchen und mit der »blonden Kascha« vorliebnehmen.

Abram Mendelewitsch war unzufrieden:

»Was sind Sie bloß für ein unbeherrschter Kerl ... mir nichts dir nichts Schlägerei! Ja, ich glaube Ihnen ja. Dieser S. ist ein äußerst unsympathisches Subjekt. Aber sehr wertvoll. Meister von seiner Sorte haben wir höchstens noch einen oder zwei. Und er versteht es, sich ins rechte Licht zu setzen, im rechten Moment der Obrigkeit nach dem Munde zu reden. Unsere

Akustiker, etwa Kuprijanow, Martynow oder Jewgenij Arkudjewitsch Solomin überragen ihn fachlich bei weitem, sind viel intelligenter, und goldene Hände haben sie auch. Aber sie diskutieren zuviel, geben zu verstehen, daß sie die Mängel der Vorgesetzten kennen. Wenn S. sich was ausgedacht hat, bringt er das so vor: ›Hier bitte, ich habe mich an Ihre Weisungen gehalten. Vielleicht habe ich Ihren Gedanken verstanden, ich habe alles gründlich durchdacht, was Sie gesagt haben, und ich bin überzeugt, daß das alles gut klappen kann ...‹

Kuprijanow, Solomin und Martynow dagegen wollen mit dem Kopf durch die Wand; die sagen einem Vorgesetzten ohne weiteres: ›Ich hab' das anders gemacht, als Sie wollten. Sehen Sie, so; das ist viel besser.‹ Martynow plappert zudem wie ein Papagei. Als Techniker ist er ein reifes Talent, im übrigen aber ein ausgemachter Kindskopf. Damit hat er sich ja auch den Karzer eingebrockt. Bloß gut, daß ich mich noch für ihn einsetzen konnte, sonst wäre er weg, genau wie Solschenizyn, und aus dem gleichen Grunde. Der hat ja auch immer auf seinem Eigensinn beharrt. Anton Michajlowitsch schätzte ihn, hat manchmal ein Auge zugedrückt, aber nur so lange, bis er sich persönlich angegriffen fühlte. Ihr Glück, daß Sie als unersetzlich gelten: der einzige Mensch in der Sowjetunion, der die sichtbare Rede lesen kann. Anton Michajlowitsch ist Ihnen gewogen, sagt: ›Ein Narr, sowas wie ein richtiger Gottesnarr, aber für das Objekt brauchbar.‹ Ihre Phonoskopie, hoffe ich, ist noch nicht endgültig verloren. Foma Fomitsch ist allerdings sehr ungehalten. Ihm hat man im Ministerium eins aufs Dach gegeben. Wahrscheinlich kriegen Sie das noch zu spüren. Sehen Sie sich vor: er kann sehr grob sein. Ich rate Ihnen, ja, ich bitte Sie sogar, nehmen Sie sich zusammen, hüten Sie Ihre Zunge, kein unvorsichtiges Wort. Sonst kann es sehr traurig ausgehen ...«

Anton Michajlowitschs Stimme im Telefon klang kalt und fremd:

»Kommen Sie her, sofort!«

Er saß an seinem Schreibtisch, ordnete Papiere. Neben dem langen Tisch stand Foma Fomitsch Shelesow, nickte mir kaum zu:

»Setzen Sie sich.«

Selbst blieb er stehen und starrte von oben herunter mit trüben, ausdruckslosen Augen.

»Was fällt Ihnen ein, sich herumzuprügeln? Sie haben wohl vergessen, wo Sie sich befinden? Bilden sich wohl ein, das hier wäre ein Sanatorium für Raufbolde? Ich will keine Erklärungen hören. Ihre Arbeit ist einen Dreck wert. Haben sich irgendwelche Phonoskopie und Lautmalerei ausbaldowert. Die Hälfte davon ist miese Augenwischerei. Eine einzige operative Aufgabe haben Sie einigermaßen gelöst. Aber schon mit der zweiten haben Sie sich blamiert. Das ganze Institut ist im Verschiß ... Man lacht über uns wie über die letzten Rindviecher. Fehlt bloß noch, daß man uns der Sabotage bezichtigt ... Und Sie könnten dann nicht beweisen, daß Sie nicht bewußt gelogen haben, daß Sie nur unbewußt einen Spion, einen Volksfeind zu decken versuchten. Das könnten Sie nicht beweisen! Sie arbeiten miserabel. Dem operativen Bevollmächtigten gegenüber erlauben Sie sich unverschämte Reden. Sie lügen schamlos. Und dann noch Prügelei ... Schweigen Sie! Ich habe Sie nicht gefragt, ich weiß selber alles.«

Das Schrecklichste war, daß er nicht brüllte.

Er sprach irgendwie gefühllos, monoton. Nur selten hob sich seine Stimme, aber nicht ein einziges Mal keifte oder schrie er.

Anton Michajlowitsch versuchte, Zwischenbemerkungen anzubringen, manchmal vorwurfsvolle: »Wie konnten Sie nur ...« »Das habe ich nicht geglaubt«, »habe erst jetzt erfahren«, »bestürzend ...«. Manchmal begütigende: »Foma Fomitsch, das war das erste Mal.« »Bedenken Sie bitte, die Umstände ... wissenschaftliche Arbeit kann zu nervöser Erschöpfung führen ...«

»Wissenschaftliche? Er hat sich als Wissenschaftler aufgespielt, greift aber nach dem Stiefel wie ein Vagabund. Ein Drecksack ist er, kein Wissenschaftler. Ein schmieriger Strolch. Sie begreifen selbst, daß Sie ein übler Dreck sind – oder begreifen Sie das etwa nicht?«

Die Kehle war mir eng, wie zugeschnürt von ohnmächtigem Haß und Entsetzen, feigem, hündischem Entsetzen.

»Warum sagen Sie keinen Ton? Haben Sie nicht begriffen, was ich sage?«

»Ich verstehe nicht, wie Sie einen Menschen beschimpfen können, der Ihnen nichts entgegnen darf.«

Einen Augenblick blickte er mich schweigend und ausdruckslos an. Eine Schrecksekunde.

»Einen Menschen? Der hält sich noch für einen Menschen? Entgegnen? Ein einziges Wort – und er wär am Arsch der Welt in den Uran-Bergwerken. Da geht ihm in einem halben Jahr der ganze Bart flöten, auch die übrigen Haare und sämtliche Zähne. Und nach ein paar Monaten krepiert er wie 'ne Ratte. Sie schätzen die Bedingungen nicht, die man hier für Sie geschaffen hat. Sind frech geworden. Spielen sich als Wissenschaftler auf. Anton Michajlowitsch, wer hat ihm überhaupt erlaubt, einen Bart zu tragen? Er ist der einzige im ganzen Objekt. Das ist unzulässig. Wir wissen schon, was der Bart zu bedeuten hat, soll ein Symbol sein, ein antisowjetisches Symbol!«

Er wandte sich jetzt nur noch an Anton Michajlowitsch:

»Sie und Laborchef Abram Mendelewitsch haben sich für ihn verwendet, haben ihn vorm Karzer bewahrt. Er soll eine neue Arbeit machen. Meinetwegen. Aber das ist mein letztes Zugeständnis. Dafür muß er Ihnen danken, muß begreifen, wem er verpflichtet ist und womit. Soll sich durch Arbeit rehabilitieren. Beim nächstenmal: ab in den Uran. Und sofort – Kategorie senken. Und daß er noch heute den Bart abnimmt. Sie werden mir Bericht erstatten.«

Und über die Schulter zu mir:

»Sie können gehen!«

Mittagspause. Der neue Eßraum befand sich auch im Lager. Nach dem Essen ging ich in die Jurte, nahm Dshalils Rasiermesser und schnitt mir den Bart ab, damals war er noch schwarz mit ganz wenigen weißen Fäden drin.

Auf die erstaunten Fragen der Kumpel antwortete ich barsch: »Hat die Obrigkeit befohlen! War mir sowieso schon über! Das Waschen ist zu mühsam ... Was willst du ... hau ab ...«

Die neue Aufgabe, mit der Anton Michajlowitsch mich vor härterer Strafe gerettet hatte, war die akustische Erforschung feinster Tondrähte, bestimmt für Abhörgeräte. Diese Drähte wurden in einer anderen Scharaschka hergestellt, und unsere Chemiker beschichteten sie.

Das chemische Labor leitete Hauptmann Jewgenija Wassiljewna K., vormals Offizier in der Industrie-Abteilung des MGB. Sie stammte aus einem gebildeten Moskauer Kaufmannshaus. Panin hatte mit ihrer älteren Schwester studiert – beide Schwestern waren Schönheiten gewesen. Aber diese Jewgenija war eine wirkliche Schwanenprinzessin. Die Eltern – gute, liebenswerte Menschen der alten Zeit. In der Familie herrschten untadelige Moral, strengste Sitten. Und aus so einer höheren Tochter war eine Tschekistin geworden. Noch jetzt sah sie gut aus: klare graue Augen, die Haare schlicht zurückgenommen zu einem runden Knoten am Hinterkopf. Das schön geschnittene Gesicht war etwas fahl geworden, aber noch immer anmutig. Nur der Mund mit der ewigen Zigarette hatte sich zu einer harten Linie zusammengezogen. Im ganzen war sie wohl ein bißchen zu korpulent mit schweren Brüsten und ein wenig kurzen Beinen. Doch diese Beine waren gut geformt und muskulös, fest und sicher, fast männlich trat sie mit ihnen auf.

Sie war seit langem verwitwet, hatte zwei Kinder aufgezogen, die schon mit der Schule fertig waren. Im Umgang mit den Häftlingen und mit den freien weiblichen Angestellten im Labor war sie nicht zimperlich:

»Ich sehe schon, wohin Sie glotzen! Klara, knöpfen Sie Ihren Kittel ordentlich zu! Und Sie, Sie sollten sich besser mit Onanieren abreagieren.«

Jewgenija Wassiljewna hatte ein Auge auf Sergej, nahm ihn abends mit in ihr stilles Arbeitszimmer, klagte, wie sehr es sie nach Zärtlichkeit verlange. Sergej erzählte:

»So eine sieht aus wie eine derbe, robuste Gefängnisaufseherin, ein weiblicher Panzerturm. Und dann zeigt sich: sie ist unglücklich, zärtlich und sensibel, aber unersättlich.«

Außer Zärtlichkeit brauchte sie auch ganz einfach Freundschaft, jemanden, mit dem sie ernste Gespräche führen konnte. Diese platonische Freundschaft bot ihr Jewgenij Timofejewitsch (Shen-Shen), der bei ihr im chemischen Labor arbeitete. Sie beriet sich mit ihm bei ihren Vorbereitungen zur Politschulung, achtete ihn als alten Parteigenossen und gebildeten Marxisten.

Shen-Shen war sehr unzufrieden mit seinem Dasein in der Scharaschka, denn er war Schiffsbauer von Beruf. Vor dem Kriege war er von Solowki in eine Scharaschka verlegt worden, in der U-Boote gebaut wurden, zuerst an der Wolga, dann in Baku. 1947 wurde er freigelassen, arbeitete zunächst in Rybinsk, heiratete wieder (seine erste Frau war 1937 erschossen worden). Ein Jahr darauf wurde er erneut verhaftet. Der Untersuchungsrichter füllte das übliche Protokoll »zur Feststellung der Personalien« aus. Auf Jewgenijs Frage, wessen er angeklagt sei, zuckte er ärgerlich die Schultern:

»Sie sind doch ein erwachsener Mensch. Lesen doch Zeitungen. Na also, warum fragen Sie dann? Müssen das doch selber begreifen.«

Weitere Verhöre gab es nicht. OSO verurteilte ihn erneut zu

zehn Jahren nach demselben Artikel 58–8, 10, 11, der übliche »Leningrader Satz«.

Im chemischen Labor hatte er die Elektrotechnik zu überwachen, führte die Dokumentation der Experimente, baute Brennöfen für Kleinkeramik.

Für die Beschichtung der Ton-Drähte war der Häftling F. zuständig, Doktor der Physik und ehemaliger Mitarbeiter des Präsidenten der Akademie der Wissenschaften S. I. Wawilow.

Doktor F. war wegen »Vaterlandsverrat und Spionage« zu 25 Jahren verurteilt. Aus der Lubjanka hatte man ihn direkt zu uns gebracht. In den ersten Tagen hielt er sich ängstlich abseits. Klein, gebeugt, dunkel, mit sehr starken Brillengläsern, dicklippig, mit deutlich jüdischem Akzent, sah er jeden mit angstvoll gehetztem Blick an.

»Gewiß, nein – ja. Bitte sehr, lassen Sie, fragen Sie nicht. Ich weiß gar nichts. Bitte, es führt zu nichts ... Entschuldigen Sie, ich kann mich an gar nichts erinnern ... Welchen Artikel ich habe? Ich weiß nicht mehr ... Ach so, jaja, 25 Jahre ... Verzeihung ... Gestatten Sie, würden Sie mich vorbeilassen ... Nein, nein, ich kann nicht. Ich weiß nichts, lassen Sie ... Ich bitte Sie inständig ...«

Wir nannten ihn Bruder Kaninchen. Bald nach seiner Ankunft hatten wir Badetag. In der steinernen Scheune, nahe bei der Wachstube, konnten wir dreimal im Monat heiß duschen und unsere Wäsche waschen. Als Bruder Kaninchen unter die heiße Dusche trippelte, verstummte auf einen Augenblick der übliche fröhliche Lärm. Sein Rücken, die Schultern, die Hinterbacken, die dürren Waden waren gestreift, dunkelblau, fast schwarz gefleckt und mit verblassenden roten Striemen überzogen. Einer konnte sich nicht beherrschen und fragte: »Wo hast du das denn her? Hast wohl zu lange nicht gestanden?«

Kaninchen duckte sich unter dem Duschenstrahl und flüsterte fast weinend:

»Bitte, lassen Sie doch ... Es ist ja nichts ... bitte ...«

Der Fragende wurde angeschrien:

»Laß ihn, verdammt noch mal, in Frieden, du Blödmann! Siehst's doch selber!«

Bruder Kaninchen wurde auch in den folgenden Monaten und Jahren nicht geselliger. Kaum daß er zum Spaziergang einmal in den Hof ging. In der Regel begab er sich nach den Mahlzeiten sofort wieder ins Labor an seinen Arbeitstisch. Shen-Shen und Dshalil, die neben ihm unter Jewgenija Wassiljewna arbeiteten, wußten zu berichten, daß er ein immens begabter Physiker und Chemiker sei. Sein Hauptfach war das Phänomen der Fluoreszenz. Er stellte fluoreszierende Farben für verschiedene Geräte her. Sein Fleiß war stupend. Als die ersten Varianten des Tondrahts entwickelt wurden, sollte ich den Grad der Deutlichkeit und Verstehbarkeit der aufgezeichneten Rede kontrollieren. Sergej Kuprijanow hatte eine Zusatzvorrichtung zu dem Analysator konstruiert, so daß man auch vom Tondraht Lautbilder aufnehmen konnte.

Das Gerät war mit Spulen für zwei bis drei Stunden ausgestattet. Es steckte in einem Futteral von etwa zehn Streichholzkästchen Umfang. Es kam darauf an, und das war das Schwierigste, die Trennschärfe herzustellen, gegenseitige Überlagerung der Aufzeichnungen zu vermeiden. Je länger das aufgezeichnete Gespräch, desto aufdringlicher mischten sich die Laute. Und nach einigen Tagen war es kaum noch möglich, exakt zu hören. Später gesprochene Worte überlagerten die früher gesprochenen. Mehr als ein Jahr suchten unsere Chemiker immer neue und neue Beschichtungen, um den Draht aufnahmefähig genug zu machen und ihn gleichzeitig genügend zu isolieren. Immer neue Beschichtungsmethoden wurden ausprobiert.

Immer wieder hatten wir die akustische Analyse ›nach Gehör‹ mit den Aufzeichnern und die optische nach den Lautbildern durchzuführen.

Bruder Kaninchen wurde nervös, magerte noch mehr ab und antwortete auf Fragen der Obrigkeit mit unartikuliertem Murmeln:

»Muß noch weiter probiert werden. Jaja, bitte. Gebe mir alle Mühe, natürlich. Hängt nicht von uns ab. Braucht anderen Grips.«

Er tat Jewgenija Wassiljewna leid. Lautstark erklärte sie Anton Michajlowitsch und Abram Mendelewitsch, Chemie und Physik seien bei ihr absolut auf der Höhe, man müsse aber die Drahthersteller auf Vordermann bringen.

Es sollte ein Gerät von kleinstmöglichem Ausmaß hergestellt werden, das in einem Auto oder einem Hotelzimmer unbemerkt installiert werden könnte. Und die Akustiker sollten ein Schema ausarbeiten, damit das Gerät nur Stimmen aufnahm, nicht aber Schritte, Straßenlärm oder etwa das Scharren von Bohnerbesen. Sergej Kuprijanow begann, einen Schalter zu konstruieren, der das gesprochene Wort abrief. Hauptschwierigkeit bei der Konstruktion des neuen Apparates war die geforderte minimale Größe.

Anton Michajlowitsch interessierte sich anfangs lebhaft für das neue Projekt:

»Wie steht's heute? Was macht die neue Beschichtung? Habt ihr den Hall beseitigt? Los, geben Sie her, zieren Sie sich doch nicht.«

Mit der Zeit aber langweilten ihn die widerspenstigen Ton-Drähte.

Das endgültige Schicksal dieser Experimente ist mir nicht bekannt. Man betraute eine andere Scharaschka mit der Aufgabe und schickte unsere Materialien und Arbeitsunterlagen dorthin.

»Wir werden trotz allem unsere Phonoskopie nicht beerdigen. Im Gegenteil ... Nur – das bleibt streng unter uns.«

Abram Mendelewitsch war fröhlich-erregt, sprach wie zu seinesgleichen, überzeugend:

»Wir kriegen ein neues Institut. Ich möchte ausschließlich unser Labor im Detail weiterentwickeln. Anton Michajlowitsch dagegen hält etwas anderes für erstrebenswert. Er sagte – Sie wissen ja, wie er so was mit Witzchen sinnbildlich ausdrückt –, ›Ich will nach alter Bauernsitte den Hof unter die älteren Söhne aufteilen; sollen sie selbständig wirtschaften.‹ Er sagt ›Bauernsitte‹, meint aber ›Herrenart‹, ist ja selber ein Baron, ein vornehmer Herr und Bourgeois. Duldet weder Konkurrenz noch kameradschaftlichen Wettbewerb. Nun, soll er. Um so besser für uns. Bei der allerhöchsten Instanz liegt schon ein Erlaß. Auch ein Haus für das Institut ist schon bereitgestellt, nicht weit von der Taganka. Ich werde der Leiter, Wassilij Nikolajewitsch wird mein Stellvertreter. Dann kommen noch zehn freie Ingenieure und Techniker dazu und natürlich Sie, dann Sergej Kuprijanow, Walentin Martynow, Jewgenij Arkadejewitsch, Wassilij Iwanowitsch und zwei, drei andere. Ihnen allen schaffen wir Bedingungen, wie Sie sie nirgends sonst haben würden. Wir werden uns mit Phonoskopie befassen, mit Dechiffrierung und neue Telefone bauen. Mit Walentin hab' ich schon gesprochen. Sein System der Aussonderung des Grundtons ist hervorragend konzipiert. Anton Michajlowitsch hat ihn zwar damals in den Karzer gesteckt, doch was Walentin Martynow vorschlug, ist sehr, sehr vielversprechend. Sie werden sehen, wir werden ganz prachtvoll zusammenarbeiten. Sehr aussichtsreich für Sie ...«

Gern hätten wir diesen generösen Versprechungen geglaubt,

doch selbst Walentin, der jüngste, vertrauensvollste und am leichtesten zu Beeindruckende zweifelte:

»Er verspricht und verspricht – das Blaue vom Himmel herunter ... Aber wie will er's erreichen? Ganz windige Sache. Anton kann ihm zwar Leute abgeben, aber woher nimmt er Werkstätten, Ausrüstung und Gerätschaften? Ganz windige Sache. Um auf nacktem Feld eine Scharaschka aufzubauen, braucht es Stärkere als ihn.«

Abram Mendelewitsch trug uns auf, über Pläne, Projekte und Detailfragen nachzudenken, Listen der benötigten Instrumente und Geräte anzulegen.

»Der Erlaß vom Ministerium ist eindeutig: man soll uns mit allem Notwendigen ausstatten. Ich bin sicher, Anton Michajlowitsch wird nicht geizen. Schließlich weiß er ja, daß mir bis ins kleinste bekannt ist, welche unbenutzten Vorräte an Beutegeräten und Materialien vorhanden sind. Wir nehmen den neuesten Analysator, und dort werden Sergej und Arkadij an einer noch besseren neuen Variante arbeiten. Mit Büchern und Zeitschriften versorgt uns die hiesige Bibliothek. Das ist im Erlaß vorgesehen und schon fest vereinbart. In zwei, spätestens in drei Wochen übersiedeln wir.«

Nach ein paar Tagen sagte er mißvergnügt: »Da haben sich unverhofft Schwierigkeiten ergeben. Und das bloß wegen eurer Kerkermeister. Die behaupteten, es wäre mißlich, so mitten in der Stadt, im Wohngebiet, euch unterzubringen. Das kapier' ich nicht. In der Bronnaja arbeitet doch schon längst ein Institut mit Spezialkontingent. Jetzt hat man die Sache ganz oben zur Entscheidung vorgelegt. Im äußersten Fall müssen Sie noch einige Zeit hierbleiben. Man wird Sie zur Arbeit in die Stadt fahren. Frühstück und Abendessen hier, Mittagessen bekommen Sie dort. Das ist trotz allem weniger umständlich als unsere Arbeitsweise hier. Jaja, ich verstehe wohl, mit dem Spazierengehen sieht es schlechter aus, Sie werden weniger an die frische Luft kommen. Aber mit der Zeit werden wir auch das regeln. Dafür sind aber die Arbeitsbedingungen ganz entschieden besser. Unbegrenzte Möglichkeiten zu schöpferischer Initiative ... Also packen wir's an. Sind wir erst mal an der Arbeit, wird sich alles einrenken ...«

Mit jedem Tag verdüsterte sich Abram Mendelewitsch mehr, sprach immer verschwommener, suchte seine Verstörtheit zu verbergen.

»Ihre Kerkermeister sind bockig. Berufen sich auf irgendwelche eigenen Gesetze und Regeln, behaupten, ihr dürftet nicht hier wohnen und dort arbeiten. Sieht ganz so aus, als müßtet ihr vorübergehend in der Butyrka oder in Lefortowo einquartiert werden. Versteht das richtig: faktisch übernachtet ihr nur dort, habt natürlich Vorzugsbedingungen, Verpflegung – erste Kategorie. Auch Besuchserlaubnis für die Angehörigen wird es öfter geben. Zur Zeit gibt's die ja nur alle drei bis vier Monate, aber dort vereinbaren wir einmal im Monat oder sogar noch öfter ... Ja, natürlich, Spaziergang, frische Luft ... Dafür ist aber vorfristige Entlassung um so wahrscheinlicher. Ich kann gut verstehen, daß Sie keine Lust haben, wieder ins Gefängnis zu gehen. Das ist natürlich sehr, sehr schwer. Aber schließlich ist das doch nur für den allerersten Anfang. Sobald die ersten konkreten Arbeitsresultate vorliegen, bekommen wir auch die allerbesten Lebensbedingungen ...«

Auf dem Spaziergang nahm Sergej Kuprijanow mich beiseite und führte mich in den hintersten Hofwinkel:

»Hast du kapiert, was er mit uns vorhat? Zurück in eine Massenzelle mit Latrinenkübel und verriegelter Tür. Wirst du rausgeführt: Hände auf den Rücken, nicht umdrehen. Hofgang: halbe Stunde, los-los, nicht sprechen, und du trottest auf Asphalt zwischen Gefängnismauern. Gefällt's dir nicht, krepierst du vor der Zeit. Nun was, sollen wir diesem Seelenverkäufer auf den Leim kriechen? Sollen wir ihm noch ein Sternchen für seine Schulterstücke erarbeiten? Noch einen Stalinpreis? Sind wir denn stummes Vieh, das nicht muht, wohin man es auch treibt – in den Stall oder zum Schlachthof? ... Was sollen wir bloß machen? Streng deinen Grips an! Ich meine, wir sollten zu Anton gehen und ihm sagen: Sie haben uns hierher geholt, und wir tun unser Bestes, schuften, erfinden, erforschen, löten, nieten. Wir unterwerfen uns bedingungslos Ihrer Gnade, nicht aus Furcht, sondern mit ehrlichen Herzen. Für welchen Mist wollen Sie uns, Ihre treuen Sklaven, loswerden? Ihnen bringt das Nachteil und uns den Untergang. Haben Sie Erbarmen mit uns. Euer Ehren, Euer Hochwohlgeboren, Sie sind so weise, so allwissend, Sie müssen uns doch verstehen. Bei diesem Mendelewitsch kann unser Gehirnschmalz sich nur halbwegs betätigen. Aber bei Ihnen kann einer für zwei arbeiten ...

Nein, ohne Jux, man muß die beiden gegeneinander ausspielen. Du weißt, Anton und Abram Mendelewitsch stehen sich wie Hund und Katze. Und Anton wird ihm natürlich jeden Tort antun, ihn mit Dreck bewerfen. Aber soviel man den auch besudelt, er schüttelt es ab, wir aber werden in Scheiße ersaufen.«

Es kamen bedrückende, unruhige Tage. Anton Michajlowitsch war entweder krank oder auf Dienstreise. Wir konnten aber nur mit ihm und sonst niemandem sprechen. Abram Mendelewitsch kam selten ins Labor, grüßte freundlich-abwesend und machte, daß er wieder fortkam.

Hauptmann Wassilij Nikolajewitsch M., sein Vertreter in der Akustik, war zum stellvertretenden Direktor des neuen Instituts ernannt worden. Er war sehr geschäftig, höflich, fast schüchtern, wurde selten wütend; packte ihn aber der Zorn, dann brüllte und schimpfte er nicht, sondern sprach mit unerträglich eintöniger Fistelstimme. Er neigte nicht dazu, vom Sachlichen auf ›abseitige Themen‹ zu kommen. Dennoch war es dem hartnäckigen Sergej gelungen, von ihm zu erfahren, daß die Gefängnisleitung dem MGB auseinandergesetzt habe, es sei grundsätzlich unmöglich, in dem neuen Objekt Spezialkontingente einzusetzen, da das Gebäude nicht über die notwendigen Voraussetzungen dazu verfüge: Türen und Fenster gingen zur Straße, das ganze Gebäude liege so, daß Wachpersonal in einer Anzahl eingesetzt werden müßte, die den gesamten Stab des Instituts weit übersteige. Außerdem sei für die Wachmannschaften ein besonderer Raum notwendig. Für all das gebe es weder Platz noch Mittel.

Als Abram Mendelewitsch die Mitteilung erhielt, daß er keinen einzigen Häftling zugeteilt bekomme, erklärte er – ob aus Verzweiflung oder in der Hoffnung auf Zugeständnisse –, er sehe sich gezwungen, von der Leitung des neuen Instituts zurückzutreten, da er es ohne diese Kader als nicht effizient erachte.

Der Erlaß über die Schaffung des neuen Instituts war jedoch schon von Minister Abakumow unterzeichnet worden. In seiner Umgebung hieß es: »So einer ist er, dieser Abram, frisiert sich zum großen Spezialisten auf, schleicht sich unter die Stalinpreisträger – und dann, siehe da: er kann nicht einen einzigen Schritt ohne Häftlinge tun.«

Alle Scharaschkas des MGB und des MWD bestanden aus Häftlingen, sogenannten Spezialkontingenten. Die Gefangenen erarbeiteten hier Wissenschaftsgrade, Orden und Preise für

Tschekisten, die als Wissenschaftler firmierten. Doch darüber zu sprechen, war ebenso unzulässig wie darüber, mit wessen Arbeitskraft die »großen Bauten des Kommunismus«, die Kanäle und Kraftwerke, gebaut wurden. Deshalb wurde der Erlaß zur Schaffung des neuen Instituts zurückgenommen, sein glückloser Chef-Ingenieur Major Abram Mendelewitsch T. entlassen und ›demobilisiert‹.

Noch einmal kam er zu uns in die Scharaschka, nun schon im sackartigen, plumpen Zivilanzug, aus dem hilflos der dürre Hals herausragte. Traurig glitzerten seine Brillengläser. Ein paar Minuten verweilte er an meinem Tisch:

»Anton Michajlowitsch war noch gerissener, noch schlauer, als ich ahnte. In der Arbeit konnte er mir nichts anhaben. Als Ingenieur bin ich nicht schlechter, vielleicht sogar besser als er. Kenne mich in der modernen Technik gründlicher aus, begreife schneller. Das weiß man ›oben‹. Und das wußte er ganz genau. Und dann: Ich bin Parteimitglied, er blieb nach seiner Industriepartei parteilos. Offen konnte er also nichts gegen mich unternehmen. Daher hat er sich eine feingesponnene Intrige ausgetüftelt. Und ich Narr hab' noch meine Witze drüber gerissen. Aber jetzt – bitte, das bleibt streng unter uns – kann ich schon wegen meines Familiennamens nicht Institutsdirektor werden. Da nützen keine Verdienste, kein Parteirang. Das ist Kaderpolitik! Was den Einspruch der Kerkermeister betrifft, das sind rein formale Vorwände. Man hat genau diesen Bau gewählt, um Grund zu diesen Einwänden zu haben. Anton Michajlowitsch hat alles genau kalkuliert. Ist ein genialer Intrigant. Schon seit langem haben mich Genossen vor ihm gewarnt. Aber ich begriff nicht. Naja, nun ist nichts mehr zu machen, werde also im Zivildienst arbeiten. Aber Ihnen soll das eine Lehre sein. Alles Gute.«

Er drückte meinen Ellbogen und ging mit verlegenem Lächeln hinaus.

Es war nur eine untergeordnete Farce, dieses Spielchen um das nicht existierende Institut unter der Leitung des Abram Mendelewitsch, eine der vielen Episoden jenes Dramas, das anderthalb Jahre später in der »Ärzteverschwörung« kulminierte.

Mendelewitschs Nachfolger als Leiter der akustischen Abteilung wurde Hauptmann Wassilij Nikolajewitsch M. Das hochgeheime phonoskopische Labor Nr. 1 wurde sang- und klanglos liquidiert. Wassilij G. und ich sollten der Mathematikergruppe zur Verfügung gestellt werden, die Chiffrier- und Dechiffriersysteme ausarbeitete. Wir beide hatten mit Hilfe der Lautbilder die vergleichsweise Stabilität der Geheimtelefone festzustellen. Außerdem übersetzte Wassilij für die Gruppe ›Technische Information‹ Artikel aus englischen und amerikanischen Zeitschriften. Auch ich hatte eine doppelte Funktion, indem ich weiterhin die Aufzeichnungsversuche leitete, an einigen Untersuchungen beteiligt war, die das Akustik-Labor durchführte, schließlich noch abends jungen Offizieren beiderlei Geschlechts Unterricht in englischer und deutscher Sprache gab und sie das Übersetzen technischer Texte lehrte.

Die Bewertung der untersuchten Systeme drückte sich in Brüchen aus. Der konstante Zähler 1 bedeutete eine Minute chiffrierten Gesprächs. Im Nenner stand die zwei- oder dreistellige Zahl der Minuten, die für die Dechiffrierung oder für die Aufstellung des Dechiffriersystems gebraucht worden waren. Je größer der Nenner, desto stabiler System und Code. Die Kennziffer schwankte zwischen 1:120 und 1:600.

Nach und nach überzeugte ich mich davon, daß die Schnelligkeit unserer Mutmaßungen, die objektive Charakteristika der Telefone bestimmen sollten, deutlich wechselte, je nach unserem subjektiven Befinden. Morgens dechiffrierten wir schneller als gegen Tagesende. Das Erraten konnte aus beliebigen Schwächen langsamer vonstatten gehen: Zahnweh, starke Erkältung, Darmverstimmung. An Tagen, in denen mich nach einem traurigen Brief von zu Hause Schwermut quälte, oder nach einem unguten Gespräch im Schlafraum überrundete Wassilij mich leicht und prahlte dann:

»Da siehst du, was starke Nerven wert sind! Schon meine Großmutter hat immer gesagt: vom vielen Denken kriegt man Läuse.«

Der Gruppenleiter, Major Konstantin Fjodorowitsch K., ein großer magerer, wie ausgedörrter Mensch, schmalgesichtig, mit kühlem Blick, war gleichbleibend höflich und wahrte stets Distanz. Private Gespräche unterband er knapp und entschieden: »Dieses Problem hat keine direkte Beziehung zu unserer Aufgabe ...«

Doch über ein kniffliges mathematisches Problem, das bei den Konstrukteuren des Chiffrierers auftauchte, diskutierte er lange und angeregt mit dem Hauptmathematiker der Gruppe, Alexander Michajlowitsch L., und anderen Spezialisten. Sie sagten von ihm: »Wenn er auch Achselklappen hat, immerhin ist er ein solider Mathematiker und gewissenhafter Ingenieur.«

Alexander L. war »wegen Gefangenschaft« verurteilt worden. Als er seinerzeit eingezogen wurde und an die Front kam, hatte er gerade erst mit der wissenschaftlichen Aspirantur begonnen. Der intelligente, etwas snobistische junge Großstädter und skeptische Spötter war in Mathematik als Wissenschaft an sich und in Musik verliebt. Als in der Scharaschka in der Roten Ecke der Freien ein Klavier auftauchte, setzte er für sich die Erlaubnis durch, sonntags darauf zu spielen. Den Häftlingen verwehrten die Aufseher den Zutritt: »Verboten. Ist ja nicht euer Konzert.« Doch wenn der Diensthabende gut aufgelegt war, gelang es dem einen oder anderen doch, in der Nähe zu bleiben. Alexander spielte auswendig: Beethovensonaten, Präludien und Tänze von Chopin, Tschajkowskijs Jahreszeiten.

Während er spielte, verstrich die Zeit bald ganz langsam, stand fast still, bald stürmte sie dahin. Freude und Trauer überschwemmten mich, sie lösten einander ab, vermischten sich. Weinen möchte man, kann sich kaum beherrschen. Augenblikke des Glücks, durchdringend bis zu Herzschmerzen, wenn die ganze Welt herrlich ist und alle Menschen gut ... Zugleich das atembeklemmende Bewußtsein der eigenen Lage.

Im allgemeinen verhielt sich Alexander L. allen Vorgesetzten gegenüber korrekt, manchmal sogar etwas übertrieben, fast ironisch korrekt, in anderen Fällen hochmütig. Doch sobald er mit Major K. sprach, schmolzen beide gleichsam, diskutierten und stritten ungezwungen, scherzten wohl auch und lachten, freuten sich über jede geglückte Lösung.

Mathematiker war auch der Rigaer Student und Zionist Perez G., mit Spitznamen Don Pfeffer. Der schmalgesichtige, schon kahl werdende Jüngling wirkte noch jünger, als er tatsächlich war, selbstbewußt urteilte er kategorisch über alles und alle.

Alexander und Perez verhielten sich mir und Wassilij gegenüber kalt und ablehnend. Bald wurde mir klar, daß sie uns für Spitzel hielten. Wassilij, der kein Achtundfünfziger war, hatte früher allein in der Bibliothek gearbeitet und mied, wie man behauptete, die Achtundfünfziger. Später arbeiteten wir beide in einer besonders geheimen Gruppe. Hinzu kam, daß ich mich ungeniert zu meinen kommunistischen Überzeugungen bekannte, also auch sehr wohl ein Gehilfe der Obrigkeit hätte sein können. Zur Mathematikergruppe gehörig, hatten wir nicht selten im akustischen Labor und in der Bibliothek zu tun, mußten also den Arbeitsraum verlassen. In dieser Zeitspanne hätten wir unbemerkt dem Gevatter Denunziationen zutragen können. Mir fiel auf, daß Gespräche abbrachen, wenn ich in Abwesenheit der Freien ins Zimmer kam. Eines Morgens sprach Wassilij über die neuesten Nachrichten aus Korea, wir bangten um die Nordkoreaner. Alexander L. unterbrach ihn in nur knapp angedeutetem Vorgesetztenton:

»Ich bitte darum, keine ablenkenden Gespräche zu führen. Einige haben hier mit ihrem Gehirn zu arbeiten. Vielleicht ist Ihnen beim Erraten dieser Aufzeichnungen Geschwätz nützlich, mich stört's.«

Der Leiter der Mathematikergruppe, Major K., kam nur hin und wieder. Ständig anwesend war dagegen sein Gehilfe, ein niedlicher, bebrillter Oberleutnant. Manchmal verließ er uns, um mit seinen Freunden eine Zigarette zu rauchen oder mit den Mädchen im Konstruktionsbüro herumzualbern.

Wassilij und mir gegenüber verhielt er sich achtungsvoll, weil er keine blasse Ahnung von dem hatte, womit wir uns beschäftigten. Die Mathematiker betrachtete er als Kollegen, bemühte sich, sie wie seinesgleichen zu behandeln, wenn auch Alexander L. sich sehr von oben herab gab. Gelegentlich setzte er sich zu ihm, um seine Aufgaben zu machen, er betrieb ein Fernstudium als Aspirant im Institut für Fernmeldewesen.

Manchmal unterhielt uns der Oberleutnant auch mit Berichten über Sportereignisse, Diebstähle, Raubüberfälle, Familientragödien seiner Nachbarn und Bekannten. Einmal erzählte er, wie er im letzten Kriegsjahr aus Taschkent, wo er an einem evakuierten Institut studiert hatte, zurückgekommen war.

»Ich kam schon bei Kriegsanfang nach Taschkent. Nicht, daß ich sehr scharf darauf gewesen wäre oder daß mich das Fach besonders interessiert hätte. Aber man war dort in Sicherheit. In die Kaserne zu gehen, hatte ich keine Lust, schon gar nicht an die Front. Im Institut blieb man ungeschoren. Klar, Kohldampf haben wir auch geschoben, und dauernd wurde man gestört: mal mußten wir zum Bahnhof, Züge beladen oder abladen, mal schickten sie uns zum Baumwollpflücken. Immerhin hab' ich das Institut absolviert und wurde bei den Organen angestellt. Mein Vater hat für alle seine Söhne gekämpft, war auch bei den Partisanen, hat die Brust voller Orden und Medaillen. Jetzt arbeitet er auch wieder bei den Organen. Schon als Komsomolze war er bei den Grenzschützern gewesen. Jetzt ist er Oberst bei einer ganz geheimen Einheit. Niemand – keine

Seele – weiß, was er da zu tun hat. Wir wissen nur, daß es sich um Generalsobliegenheiten handelt.

Als wir 1944 von Taschkent nach Moskau zurückfuhren, hatten wir kaum eine Kopeke. Wozu auch? Für Geld gab's ja nichts zu kaufen. Aber ich war mit einem Moskauer Kumpel zusammen, großes Schlitzohr, wurde später auch bei den Organen angestellt. Der hatte sich was Schlaues ausgedacht: wir kauften für ein paar Rubel zwei Eimer Salz. Unterwegs gab es solche Salz-Orte – hab's vergessen, wie man sie nennt. Mit den Schaffnern verständigten wir uns und tauschten auf den weiteren Stationen nach und nach das Salz gegen Fische, gedörrte und frische, dann den Fisch gegen Wodka, gegen Tabak, gegen Milch und sogar gegen Klamotten.«

Alexander L. und Don Pfeffer feuerten den Erzähler mit ermunternden Bemerkungen an. Mich packte zornige Scham: ein Offizier, Komsomolze, brüstet sich noch mit seinen Schwarzhandelsgeschäften, glaubte wohl gar, sowas gefiele uns Verbrechern.

Nach einigen sorgfältig durchgeführten Dechiffrierversuchen bei den Mosaik-Telefonen gelangte ich zu der Überzeugung, daß unsere ›Bruchrechnung‹ nicht genügte. Die von uns aufgewendete Zeit konnte nicht Grundkriterium für die Qualitätsbestimmung eines solchen Telefonsystems sein. Wir beiden nicht mehr ganz jungen und nicht besonders gesunden Häftlinge arbeiteten gewissenhaft, bemüht, uns nicht ablenken zu lassen. Doch man konnte sich leicht vorstellen, daß der Gegner – jene Amerikaner eben, deren Technologie des visible speech wir entlehnt hatten – über nicht wenige junge, kräftige, gut trainierte Dechiffrierer verfügte. Für sie sind die Unterschiede zwischen mehr oder weniger komplizierten Arten des Mosaiksystems Bagatellen. Infolgedessen war mit Gewißheit anzunehmen, daß die Erfindung des Lautbildes, des visible speech, für Mosaik-Chiffren – gleichgültig nach welchem Code – keinerlei Sicherheit mehr bot.

Wassilij teilte meine Meinung nicht. Er war der Ansicht, Vergleiche seien wichtiger als die absoluten Koeffizienten des Widerstandes. Wir untersuchten noch mehrmals ein und dieselben Vergleichssysteme und erhielten, wenn nicht jedesmal identische, so doch jedenfalls sehr ähnliche Resultate. Und noch keinmal war es vorgekommen, daß einer von uns ein System für besser erklärt hatte, das der andere als schlechter einschätzte.

Wenn auch die Größe der Bruchkennziffern – abhängig von unserem Zustand – schwankte, so stimmten die Resultate des Vergleichs mehr oder weniger überein.

Ich trug meine Überlegungen dem Gruppenleiter, Major K., vor. Wassilij widersprach. Wir diskutierten hitzig, aber ohne Zorn. Major K. stellte hin und wieder Zwischenfragen, hörte stirnrunzelnd zu und kaute gemächlich am Mundstück seiner erloschenen Zigarette.

»Nun ja, klar ist jedenfalls, daß nichts klar ist. Legen Sie das Ganze schriftlich in Ihren Arbeitsjournalen dar.«

Alexander L. hatte unseren Disput gehört und fragte mich nach der Arbeit:

»Sie wollen sich wohl den Ast absägen, auf dem Sie sitzen? Die Obrigkeit schätzt es gar nicht, wenn man ihr nachweist, daß sie Gold für Dreck ausgibt... Was ist los mit Ihnen? Haben Sie die Scharaschka satt? Sie wollen wohl zum Holzfällen oder ins Bergwerk?«

Ich sagte ihm, bei Augenwischerei gedächte ich nicht mitzumachen, egal, wer der Initiator dazu sei. Man dürfe nicht Staats- und Volksmittel für eindeutig untaugliche Telefonsysteme verplempern.

Er hörte mir mit ungläubigem Lächeln zu. Offenbar glaubte er, ich spielte den Ehrpusseligen in der Hoffnung, mir damit besondere Wohlgeneigtheit bei der Obrigkeit zu erkaufen. Also war ich entweder ein Idiot, oder ich wollte mich in das Vertrauen der Kameraden einschleichen, dann war ich gefährlich.

Bald darauf sagte Major K.:

»Wir haben Ihre Niederschrift geprüft. Sie wollen offenbar darauf hinaus, die Mosaikchiffrierung sang- und klanglos aufzugeben, so schnell wie möglich. Sie führen gewisse Vernunftgründe an... Aber die Wirklichkeit ist komplizierter als Ihre Theorien. Die Mosaik-Telefone werden einstweilen in der Armee und von den Organen benutzt. Sie sind sehr viel billiger als unsere neuesten perfekten Systeme. Sie verhindern direktes Mithören. Ein aufgefangenes Gespräch kann nur in einem entsprechenden Labor dechiffriert werden. Daher ist größtmögliche Widerstandsfähigkeit der Codes so wichtig. Und wir müssen gewissenhaft die Vergleichswerte der verschiedenen Systeme feststellen. Wassilij Iwanowitsch hat inzwischen genügende Kenntnisse erworben, er wird jetzt wohl allein damit zurechtkommen. Anton Michajlowitsch versetzt Sie in die Akustik zurück.«

Noch am selben Tag schleppte ich meine Bücher, Notizhefte

und die Packen von Lautbildern ins akustische Labor. Zu Alexander L. sagte ich:

»Das war eine freudlose Liebe, die Trennung hinterläßt keinen Schmerz.«

Von diesem Zeitpunkt an verhielt er sich merklich freundlicher mir gegenüber, lud mich sogar ein, abends am Mathematikunterricht teilzunehmen, den er den Freien gab. Ich wurde sein fleißiger Schüler, paukte die Reihen Fouriers und die Wahrscheinlichkeitstheorie, erinnerte mich mühsam an vergessene quadratische Gleichungen, elementare Trigonometrie, die Anfänge der Differential- und Integralrechnung.

Im akustischen Labor empfingen sie den verlorenen Sohn fröhlich, gaben mir den ehemaligen Arbeitstisch von Abram Mendelewitsch in der äußersten Ecke an der Wand. Dort, hinter den Stellagen verborgen, konnte ich wieder lesen und schreiben, getarnt von meinen Büchern und einem Haufen Lautbilder. Dort tauchte auch der selbstgebastelte Radioempfänger wieder auf, der auf BBC eingestellt war.

In der Mathematikergruppe waren die Arbeitstische offen und übersichtlich, die Aufgaben standen fest, Abschweifen war unmöglich.

Im Herbst hatten unsere Meister einen Fernsehapparat mit großem Bildschirm und einer Fernsteuerung in Form einer Gummibirne an einer Schnur konstruiert. Er kam in ein Mahagonigehäuse, das mit blauem Samt ausgeschlagen war; auf einem silbernen Täfelchen wurde eine Inschrift eingraviert: »Dem großen Stalin, dem geliebten Führer der Völker, zum 70. Geburtstag von den Moskauer Tschekisten.«

Ein Jahr danach begannen unsere Meister mit der Arbeit an einem noch luxuriöseren Apparat – ein Geschenk der MGB-Funktionäre für ihren Minister Abakumow.[30] Im Sommer 1951 war dann eine elektronische Kombination fertig: Breitwand-Fernseher mit Tonbandaufnahmegerät und Radio – damals der einzige Apparat seiner Art.

Er wurde kaum weniger prächtig ausgestattet als das Geschenk für Stalin, konnte aber erst an seinem Bestimmungsort fertig montiert werden. In aller Herrgottsfrühe wurden einige Häftlinge, mit den Einzelheiten der Kombination, allen notwendigen Instrumenten und Gerätschaften versehen, in einen besonderen Schwarzen Raben und mit einer Sonderbewachung verladen und direkt zu Abakumows Haus gebracht.

Sie schleppten die wertvolle Ladung bis zur Haustür. Im Haus aber hatte eben eine Durchsuchung stattgefunden, der Hausherr war verhaftet worden. Die von der Nachtarbeit übermüdeten Beamten begriffen nicht sofort, wer da gekommen und was das für eine Appartur war. Zwölf Jahre nach Jeshow[31] waren sie es nicht mehr gewöhnt, ihre eigenen Minister zu verhaften.

Die Tele-Radiokombination blieb dort, durfte aber von den Häftlingen nicht aufgestellt werden. Man befahl ihnen strengstens, zu schweigen, zu niemandem auch nur ein halbes Wörtchen darüber zu verlieren.

Aber schon in der Mittagspause orakelten Sergej, Shen-Shen und ich darüber, was diese Verhaftung zu bedeuten haben würde und was uns nun erwarte: »Verschärfung« oder »Milderung«.

Über den Sturz des allmächtigen Chefs der Organe erfuhren wir rechtlosen Häftlinge früher als viele Regierungsmitglieder. Die Zeitungen berichteten auch in den nächsten Monaten und Jahren nichts davon.

Unter den Freien kursierten Gerüchte, Abakumow habe eine Verschwörung übersehen, habe in Jugoslawien nicht aufgepaßt und sei auf persönlichen Befehl Stalins verhaftet worden. Ähnliches sagten auch die Kommentatoren von BBC. Aber es gab auch noch eine andere Latrinenparole, den Träumen der Häftlinge entsprungen: er ist für Übergriffe bestraft worden wie seinerzeit Jeshow. Das würde für uns »Milderung« bedeuten.

Es verging eine Woche und noch eine, und plötzlich bestätigten sich sogar die optimistischsten Hoffnungen.

Alle, die an der Konstruktion jenes Geheimtelefons beteiligt gewesen waren, das sich als das bisher perfekteste herausgestellt hatte, wurden vorfristig freigelassen. Vier Ingenieure, ein Konstrukteur und zwei Techniker verließen die Scharaschka »mit Sachen« und kehrten nach einigen Tagen an ihre alten Arbeitsplätze zurück, aber nun als Freie.

Damals wurde bekannt, daß der Erlaß des Präsidiums des Obersten Sowjet zu ihrer vorfristigen Entlassung schon vor einem Jahr erteilt worden, aber in Abakumows Schreibtisch liegengeblieben war. Der Minister hatte ihn entweder vergessen oder auf Grund eigener Überlegungen zurückgehalten. Einer der vorfristig Freigelassenen, N. Stepanenko, der zu acht Jahren verurteilt gewesen war (Artikel 58,3: er hatte unter der deutschen Besatzung in einer privaten Radioreparaturwerkstatt gearbeitet) und schon fünf abgesessen hatte, hatte im Winter 1950 ein Gnadengesuch eingereicht, und es war von demselben Präsidium des Obersten Gerichts abgelehnt worden, das ihn einige Monate vorher mit einem Sondererlaß bereits freigelassen hatte.

Wir freuten uns für die Kameraden, die sich selbst ihre Freiheit erarbeitet hatten. Ihre Entlassung weckte in uns übrigen neue Hoffnungen und bestärkte alte.

Aber diese Verschleppung um ein ganzes Jahr – die Verschleppung der Ausführung eines Regierungserlasses durch Vergeßlichkeit oder Eigenmächtigkeit eines Ministers ...

Und die Ablehnung des Gnadengesuchs eines Häftlings, der schon längst hätte in Freiheit sein müssen ...!

Das bedeutete nichts anderes, als daß die oberste Führungsspitze, jene Männer, die unsere Geschicke und die des gesamten Landes in Händen hatten, einfach gleichgültig gegenüber Menschen, Gesetzen und ihren eigenen Erlassen verfuhren!

Aber vielleicht war dieser Fall ja nur eine Ausnahme, eine unwiederholbare Schweinerei? Und der zuständige Minister war ja auch verhaftet!

Alle Häftlinge wurden im Eßsaal zusammengerufen. Der neue Stellvertreter von Anton Michajlowitsch, Major K., stieg auf einen Stuhl und verlas den Erlaß des Präsidiums des Obersten Sowjet über die vorfristige Freilassung und die Verfügung des Ministerrats über die Belohnung der Freigelassenen mit Geldprämien zwischen 5000 und 15 000 Rubeln. Anschließend kletterte hustend der Geheimdienstoffizier der Scharaschka, Major Schikin, auf den Stuhl und verlas den Befehl des Ministeriums für Staatssicherheit über die Belohnungen der Mitarbeiter des Spezialkontingents unseres Instituts. Mehr als 300 Häftlinge erhielten Prämien zwischen 100 und 1000 Rubeln. In unserer Scharaschka befanden sich damals etwa 400 Häftlinge, manche erst seit ganz kurzer Zeit. Ausgezeichnet wurden alle Angehörigen des akustischen Labors und der Mathematikergruppe, außer zwei Neuankömmlingen und mir. Am folgenden Tag sagte Hauptmann M. zu mir:

»Ich habe gehört, daß Sie keine Prämie bekommen haben. Aber wir hatten auch Sie vorgeschlagen. Die Liste lag schon lange vor, wir hatten Sie mit der höchsten Summe eingetragen, und Anton Michajlowitsch hat die Liste auch unterschrieben. Ihr Name wurde vom Ministerium gestrichen. Sie wissen ja, Foma Fomitsch Shelesow ist Ihnen nicht grün.«

Nach eineinhalb Jahren wurde mir endlich ein Wiedersehen mit meinen Angehörigen gestattet.

Lefortowo-Gefängnis. Zimmer des Untersuchungsrichters. Mama und Nadja saßen mir an einem kleinen Tisch gegenüber. Der diensthabende Aufseher oben an der Schmalseite des Tisches. »Handgeben verboten. Küssen und Umarmen verboten!«

Mama war sehr gealtert, ihr Gesicht verrunzelt, bis auf die Knochen abgemagert. Wäre ich ihr auf der Straße begegnet, ich hätte sie nicht erkannt.

Nadja gab sich munter, lächelte. Müdes, liebes Gesicht. Traurige Augen. Magere Schultern. Gequältes Lächeln. Sie erzählten von den Töchterchen: irgendwelche originelle Aussprüche, davon, was sie lesen, daß sie im Pionierlager gewesen waren. Vater ist auf Dienstreise. Alle Verwandten und Freunde lassen grüßen. Der und der ist krank. Der und der hat geheiratet.

»Machen Sie Schluß. Die Zeit ist schon um fünf Minuten überschritten.«

Ich umarme beide. Der Aufseher knurrt, aber nicht besonders bös: »Hab' Ihnen doch gesagt: ist verboten. Wollen Sie, daß das nächste Wiedersehen gestrichen wird?«

Auf dem Rückweg im Schwarzen Raben kaue ich Mamas selbstgebackene Plätzchen; versuche, an die morgige Arbeit zu denken.

Im Sommer und Herbst 1951 kursierten optimistische Latrinenparolen über eine Amnestie. Man erwartete sie entweder zum 50. Geburtstag der Partei 1953 oder beim Abschluß der Friedensverträge mit Deutschland und Japan[32], die bevorzustehen schienen. Spätestens aber zum 75. Geburtstag Stalins im Dezember 1954.

Ich erlaubte mir jedoch keinerlei Träume und Hoffnungen. Ich hatte vollauf begriffen, daß ich die ganze Portion würde absitzen müssen. Und danach? Im besten Fall würde ich hier als Freier angestellt werden, als Geheimnisträger, das hieß genaugenommen als Spezialsklave. Immerhin würde ich zu Hause wohnen dürfen, mit Nadja, mit den Töchtern. Vielleicht erhielten wir sogar ein Zimmer, das etwas näher bei der Scharaschka lag, und wir brauchten nicht mehr zu sechst einen Raum von 18 Quadratmetern mit den Eltern zu teilen. Und natürlich, ich könnte auch wieder ins Theater gehen, in Konzerte und Museen... Und im Urlaub würde ich nach Leningrad fahren können, am Newa-Kai, an der Fontanka entlang bummeln, die Säle der Eremitage durchstreifen. Oder ich führe nach Kiew, ginge zum Wladimirhügel hinauf, und im nächsten Urlaub wäre die Krim dran, Baden im Meer, und dann, endlich, würde ich den Kaukasus sehen. Ich kannte ja nur Essentuki und Kisslowodsk, von wo aus man den Blick auf den zuckerweißen Elbrus hat ... Dieser Art waren meine allerkühnsten Träume.

Ich zwang mich zu Gelassenheit. Las die Stoiker, die chinesischen und japanischen Weisen. Vom Existentialismus wußte ich damals noch nichts. In unseren Zeitungen und Zeitschriften wurde er lediglich als die jüngste reaktionäre, faschistoide Philosophie gebrandmarkt, die den Klassenkampf verneint und die Politik der Ethik unterordnen will. Fadejew bezeichnete den Hauptvertreter des Existentialismus Jean-Paul Sartre als »Hyäne mit Schreibmaschine«.

Erst 10 Jahre später entdeckte ich, daß ich im Gefängnis eigentlich zum Existentialisten geworden war, obwohl ich mich damals für einen konsequenten Schüler von Marx, Engels, Lenin und Stalin hielt. Selbst Stalins dilettantische Auslassungen zur Sprachwissenschaft im Sommer 1950 erschütterten meinen Glauben an ihn nicht.[33]

Mir und anderen redete ich ein, daß diese auf den ersten Blick zufälligen und primitiven, ja sogar in Einzelheiten unrichtigen Ausführungen Stalins über die Sprache im Resultat dennoch genial seien, weil sie gestatteten, aufs neue und objektiv die Geschichte der Völker und ihre gegenwärtigen Probleme zu erforschen, die sich nach dem Krieg als so unerwartet kompliziert erwiesen hatten und so eindeutig all unseren bisherigen klassenmäßigen und dialektisch-materialistischen Vorstellungen widersprachen.

In Korea tobte der Krieg. Chinesische Freiwillige kamen den Nordkoreanern zu Hilfe und bedrängten die UN-Truppen – Amerikaner, Türken, Australier. Vietnamesische und algerische Aufständische kämpften gegen die französische Kolonialmacht. Indonesien und Indien waren unabhängige Staaten geworden, dort wirkten starke kommunistische Parteien. In Griechenland kämpften die Kommunisten, verteidigten die Bergbefestigungen.

Nur Tito war abtrünnig geworden, ging selbstherrlich seine eigenen Wege, weigerte sich strikt, sich mit uns und den anderen Bruderparteien auszusöhnen.

Der plötzliche Tod Dimitrows, die Prozesse gegen Rajk, Kostow[34] und andere »jugoslawische Agenten« in Ungarn, Bulgarien und der DDR weckten vage Zweifel. Spielte sich dort etwa das gleiche ab wie bei uns 1935–1938, als Sinowjew, Bucharin, Pjatakow[35] verurteilt wurden, als man sich auf die Volksfeinde stürzte?

Ich wußte längst, daß Presse und Radio bei uns oft logen. Doch so sehr ich auch zweifelte – bis zu böser Verzweiflung, ich glaubte dennoch, daß all dies dem großen Ziele diene; Shen-Shen und mein Gehilfe Wassilij waren derselben Ansicht wie ich. Zu ständigen Opponenten hatte ich Sergej Kuprijanow und Semjon Matwejewitsch P. Semjon war ein junger Moskauer Ingenieur, Sohn eines Altbolschewiken und Politsträflings der Zarenzeit, der 1937 verschwunden war. 1948 hatte Semjon das Institut so glänzend absolviert, daß er trotz seines politisch unsauberen Fragebogens eine Aspirantur erhielt und 1949 seine Dissertation über Gyroskope schon beinahe fertiggestellt hatte. Da besuchte ihn ein ehemaliger Mitschüler, den er seit der Schulzeit nicht mehr gesehen hatte. Jener war aus der 9. Klasse an die Front gegangen und war nun als junger Hauptmann in Österreich bei der Besatzungsarmee stationiert. Während eines Urlaubs besuchte er alle ehemaligen Freunde, trank mit ihnen, bat sie, eine Braut für ihn zu finden, erzählte, fragte. Semjon erzählte unter anderem von seiner Dissertation, zeichnete auf einen Zettel das Schema eines Gyroskops auf, so wie es in allen Schulphysiklehrbüchern abgebildet ist. Der fröhliche Hauptmann fuhr nach Österreich zurück, und einen Monat später wurde Semjon verhaftet. In der Lubjanka teilte ihm ein verschlafener Untersuchungsrichter mit, er sei der Spionage schuldig.

Es war herausgekommen, daß der damalige Mitschüler für die Amerikaner arbeitete. Bei dem österreichischen Ingenieur, über den die Verbindung zu den Amerikanern lief, war ein Bericht des Hauptmanns über seinen Moskau-Urlaub gefunden worden und eine Namensliste derjenigen, die er angeworben und mit Vorschüssen – es waren erhebliche Summen – versehen hatte. Unter den dem Bericht beigehefteten Materialien befand sich auch die Bleistiftskizze des Gyroskops. Der fröhliche Hauptmann wurde verhaftet.

Er gestand, er habe seinen Schulkameraden angeworben und ihm gegen bar die Zeichnung eines militärischen Geräts abgekauft. Später bei der Gegenüberstellung gab er zu, daß er ihn nicht gerade direkt angeworben hätte, sondern nur Andeutungen gemacht habe. Überzeugt von der antisowjetischen Einstellung Semjons, habe er gemeint, dieser habe ihn verstanden und ihm deshalb die Zeichnung gegeben. Geld habe er ihm weniger bezahlt, als er in der Abrechnung aufgeführt habe, strenggenommen habe er ihm überhaupt kein Bargeld gegeben, er habe Getränke und Speisen in den Restaurants bezahlt. Wieviel, wisse er nicht mehr, er sei damals zu betrunken gewesen.

Die Ermittlung war schnell abgeschlossen. Der Hauptmann und sein österreichischer Mittelsmann waren offenbar echte Spione. Widerspruchslos und willfährig halfen sie den Untersuchungsrichtern, erfüllten und übererfüllten deren Wünsche.

Die Standhaftigkeit Semjons, der nichts zugab, nichts eingestand und nichts bereute, störte im ganzen den so erfolgreichen Gang der Ermittlungen nicht. Er stritt ja nicht ab, die Skizze angefertigt zu haben, auch nicht, daß der Hauptmann ihn besucht und ihm Cognac, Schnaps, Konserven und Schokolade geschenkt habe, daß sie miteinander getrunken, sich lange unterhalten, Witze, auch »antisowjetische«, erzählt hätten, daß sie über seine Dissertation, über Kampfflugzeuge und Kriegsschiffe gesprochen hätten ...

Er leugnete die Fakten nicht, bestritt aber ihre Bewertung seitens der Anklage. Die Untersuchungsrichter verhielten sich großmütig, schlugen Semjon nicht, steckten ihn nur zweimal, um ihn weich zu machen, in den Karzer und verboten ihm Paketempfang. Schließlich verurteilte ihn die OSO zu 15 Jahren wegen Beihilfe zur Spionage, als Spezialist kam er unverzüglich in die Scharaschka.

Semjon war trotz seiner Jugend ruhig und überlegt, verhielt sich leicht spöttisch bei ideologischen Disputen.

»Sie behaupten, Ihre Ansichten entsprächen wissenschaftlichen Erkenntnissen. In Wirklichkeit beruhen sie auf Glauben. Andere Leute glauben an die unbefleckte Empfängnis, an wundertätige Ikonen, an die Überlegenheit der arischen Rasse, an die Schamanen, und Sie glauben eben an den Diamat ... Alle Gläubigen beziehen sich auf Fakten. Ich habe ›Das Kapital‹ gelesen, fand es langweilig, aber überzeugend, über Lenin machte ich mein Examen mit Auszeichnung, obwohl ›Materialismus und Empiriokritizismus‹ nicht nur langweilig, sondern auch unüberzeugend ist. Mehr Schelte als Argumente. Aber im ›Kurzen Lehrgang‹ wimmelt es von Fehlern! ... Und was hat man vor dem Krieg alles über Polen und Finnland zusammengelogen. Und dann erst während des Krieges und hinterher ... Nein, es ist schon besser, darüber gar nicht erst zu diskutieren.

Glauben Sie nur, wenn Sie das erleichtert. Ich ziehe es vor, das hier zu lesen (er las ein Buch von Schrödinger, ›Über den Sinn des Lebens‹). Es ist nur ein kleines Buch, aber meiner Meinung nach steckt mehr Vernunft darin als in all den vielbändigen Ausgaben Ihrer Klassiker ... Oder können Sie mir vielleicht erklären, warum man sich zur Zeit so wütend über Morganisten-Weißmannisten hermacht?[36] Die Biologie ist eine Wissenschaft, und in der Wissenschaft zählen Fakten, Experimente. Die Philosophen und Politökonomen dreschen mit Zitaten und abstrakten Formeln aufeinander los. Aber wenn es um die Ernte geht, um den Viehbestand, muß man sich auf Erfahrung stützen. Weshalb werden jetzt Institute und Laboratorien geschlossen, Wissenschaftler von ihrer Arbeit verjagt? Wenn sie sich irren, dann kann man das überprüfen, beweisen. Die Amerikaner sind keine Idioten. Wenn sie Morgan immense Mittel zur Verfügung stellten, bedeutet dies, daß sie aus seiner Wissenschaft Nutzen ziehen. Sie können doch nicht glauben, daß irgendwelche Amerikaner Millionen für eine Pseudowissenschaft ausgeben, nur um dem sowjetischen Akademiker Lyssenko[37] Unannehmlichkeiten zu bereiten, oder daß sie ihre eigene Biologie und ihre eigene Landwirtschaft ruinieren in der Hoffnung, wir würden ihrem Beispiel folgen ... Was, Sie glauben an den Colorado-Käfer?[38] Daß man ihn uns per Flugzeug und U-Boot bringt? Lauter mieses Gewäsch. Kommen Sie, hören wir lieber Musik. Gilels spielt Beethoven.«

Im Wunsch, mich und andere zu überzeugen, knobelte ich mir Argumente aus – wie mir schien, stichhaltige Argumente.

»Wir sitzen alle im selben Zug. Wir hatten Pech: widerliche Schaffner, idiotische Kontrolleure haben uns in den Häftlingswaggon getrieben. Sie könnten uns ebensogut unter die Räder werfen. Uns geht's dreckig. Aber die Schuld dafür kannst du doch nicht dem Maschinisten geben oder überhaupt der Eisenbahn. Wenn die Mehrheit der Zug-Brigade aus Lumpen, Nichtsnutzen, Kriminellen besteht, bedeutet das etwa, daß der Bestimmungsbahnhof schlecht ist? Daß die Gleise falsch gelegt sind? ... Solche Passagiere wie uns gibt es Millionen und Abermillionen! Aber die anderen sind dennoch weitaus in der Überzahl ... Gewiß, auch sie reisen auf verschiedene Weise, manche in luxuriösen Schlafwagen, manche in gewöhnlichen Waggons, andere in ungeheizten Güterwagen ... Aber alle bewegen wir uns in der gleichen Richtung, einem einzigen Ziel zu – dem Sozialismus. Und das auf dem einzig möglichen Weg.«

Sergej konterte ebenfalls metaphorisch:

»Nirgendwohin bewegen wir uns. Wir sitzen in der Scheiße. Bis über die Ohren. Und du behauptest, daß das keine Scheiße ist, sondern Honig ...«

Übrigens waren Sergej und Semjon längst nicht so radikal in ihrer Ablehnung wie Panin. Für sie und mich blieben die Gerechtigkeit und die segensreiche Wirkung der Oktoberrevolution und die Größe Lenins unbestreitbar. Wir stritten uns mehr über den Grad der Entartung und Zerrüttung unserer Gesellschaft, über die Möglichkeiten zu ihrer Gesundung. Und darüber, was wir rechtlosen Staatssklaven zu erwarten hatten.

Immer wieder dachte ich an Turgenjews Dichtung in Prosa ›Die Schwelle‹: ein russisches Mädchen geht opferbereit ihrem Untergang entgegen, und niemand erfährt von ihrer Opfertat. Zwei Stimmen klingen hinter ihr drein: »Närrin! Heilige!« ...

Ich dichtete:

Sei unser Werk auch namenlos –
nur soll es nicht vergebens sein.
Des unbekannten Soldaten Los
ist, Held ohne Ruhm zu sein.

Nach Beginn des Krieges in Korea grübelte Shen-Shen konzentrierter denn je. Er war ja Schiffsbauer, hatte während des Zweiten Weltkriegs in einer Scharaschka U-Boote gebaut. Bei uns mußte er sich mit Arbeiten befassen, die nur für Friedenszeiten taugten. Seine eigentlichen Fähigkeiten lagen brach. Er schrieb Gesuch um Gesuch: an Berija, an Stalin mit der Bitte um Einsatz in seinem Beruf.

Jewgenija Wassiljewna, seine unmittelbare Vorgesetzte, hatte volles Verständnis für ihn. Sie riet ihm, an Malenkow[39] zu schreiben, der jetzt der wichtigste Mitarbeiter Stalins sei. Und sie leitete selber seine Gesuche weiter. Als ihnen schließlich stattgegeben wurde und er fortkam, hinterließ er ihr als Erbstück seine Freundschaft mit mir.*

* Shen-Shen, der davon träumte, U-Boote und Torpedoboote für Nordkorea und China zu bauen, kam nicht, wie selbst Jewgenija Wassiljewna annahm, in eine andere Spezial-Scharaschka, sondern nach Magadan. Dort wurde er als Neuankömmling aus einem besonderen Spezialobjekt in ein besonderes Lager gesteckt. Der betrunkene Lagerleiter begrüßte die Ankömmlinge mit einer kurzen Rede: »Was glaubt ihr Faschisten, warum ihr hier seid? Zum Arbeiten, he? Das stimmt, schuften werdet ihr, bis euch die Luft wegbleibt. Ihr meint wohl,

Während die Versuche im chemischen Labor mit dem Ton-Draht im Gange waren, sollte ich Jewgenija Wassiljewna über die akustischen Eigenschaften verschiedener Typen ausführlich informieren. Dabei führten wir auch lange vertrauliche Gespräche.

Sie hatte Gumer nach seiner Freilassung in ihre Wohnung aufgenommen. Sie war so einsam, daß sie ihr Leid und ihre Sehnsüchte mir, einem Häftling, anvertraute. Die ehemalige operative Mitarbeiterin des Sicherheitsdienstes wußte, daß sie Leuten wie Shen-Shen und mir mehr vertrauen konnte als ihren Berufskollegen und Parteigenossen. So klagte sie mir auch ihren Kummer um Gumer:

»Ich liebe ihn, diesen vieräugigen Teufel (Gumer war Brillenträger). Verstehen Sie, ich liebe ihn. Natürlich bin ich kein kleines Mädchen mehr, hab' allerlei im Leben erfahren, sollte euch Männer gut genug kennen.

Und jetzt bin ich so verliebt, daß ich heulen, mit dem Kopf gegen die Wand rennen könnte ... Was ist das schon für eine Freude!? Er ist ein Jahr jünger als ich, nein ehrlich gesagt, zwei Jahre. Widersprechen Sie nicht, das ist sehr wohl von Bedeutung. Zu Anfang kuschelte er sich an mich wie ein zärtliches Kälbchen. Aber jetzt sehe ich schon, daß alles vorbei ist. Er sagt, daß er mich liebt, aber mich nicht heiraten kann, weil seine Eltern es nie und nimmer erlauben würden. Sie wollen, daß er eine von seinen eigenen Leuten, eine Tatarin, heiratet. Dämliche Vorurteile und echter bürgerlicher Nationalismus. Und ich soll ihm glauben, daß er dem Papa und der Mama ein so braver, gehorsamer Sohn ist! Ein Mann von beinahe vierzig! Nein, er liebt mich ganz einfach nicht, nicht mehr. Deswegen denkt er sich solche albernen Ausreden aus, noch dazu bürgerlich-nationalistische. Lassen Sie die falschen Trostworte. Sätze wie ›er liebt Sie, aber Sohnespflicht ist stärker als Liebe‹ ziehen bei mir nicht. Ich war viel, viel jünger, als ich mit meiner Familie brach, in den Komsomol und auf die Universität ging. Für ein Mädchen war das damals noch schwierig. Nein, ich verließ das El-

daß ihr irgendwann mal von hier wegkommt? Zur Hölle mit euch, Faschisten! Man hat euch hergebracht, damit ihr krepiert. Alle krepieren hier, daß ihr's nur wißt ...« Der hartnäckige Shen-Shen brachte es trotzdem irgendwie fertig, in ein Lager bei einer Werft für Küstenfahrzeuge verlegt zu werden und dort zu arbeiten. 1956 trafen wir uns in Moskau wieder. Er war rehabilitiert, wieder in die Partei aufgenommen, der er seit 1919 angehört hatte, und arbeitete bis an sein Lebensende als Chef-Ingenieur. Er starb 1975 in Moskau.

ternhaus nicht wegen einer Liebe, obwohl natürlich Liebe auch mit im Spiel war. Ausschlaggebend war die Ideologie. Sie meinen, als junger Mensch löst man sich leichter von den Eltern? Das ist sicher richtig. Ich hatte doch nichts mehr mit ihnen gemeinsam.

Er hatte nach der Gefangenschaft einfach Sehnsucht nach einer Frau, nach einem weichen Bett. Und ich Dumme hielt das für Liebe, für Leidenschaft. Er ist so schön, so anziehend, so freundlich. Ich schmolz, und jetzt quäle ich mich. Wir leben wie im Wartesaal – von der Nacht zum Tag. Ich warte, bis ihm Papa und Mama die Braut gefunden haben, und dann Lebwohl auf ewig. Es wäre schon besser, ich jagte ihn gleich jetzt davon. Heule eine Woche – gewöhn' ihn mir ab. Wenn ich dem verfluchten Kerl bloß nicht mehr begegnen müßte. Jeder Blick dringt wie ein Bohrer in meine Seele ...«

Zwischendurch sprach sie auch von anderen Dingen:

»... In Korea sind nur ganz wenige von unseren Leuten. Dort tun die Chinesen, was notwendig ist. Unzählige Chinesen. Ein Zehntel würde für Korea genügen. Waffen bekommen sie natürlich von uns. Sie sind hochbegabt, lernen rasch. Und eine Disziplin haben sie wie niemand sonst. Brauchst nur zu befehlen: ›Geh!‹ – und sie gehen, ohne zu murren, direkt ins Feuer. Wer solche Soldaten hat, braucht Atomwaffen nicht zu fürchten. Die Chinesen sind viel besser als die Koreaner, sie sind so, wie die Japaner früher waren, die Samurai. Aber die degenerierten, wurden fett. Die Chinesen haben jahrhundertelang gehungert. Und darum natürlich haben sie die höhere Ideologie. Sie fürchten nichts ...

... Vorgestern hatten wir Politschulung. Thema: Genosse Stalin über Fragen der Sprachwissenschaft und die Bedeutung der Linguistik. Ich hatte ein paar Thesen bei mir, die Jewgenij Timofejewitsch und ich schon voriges Jahr erarbeitet hatten. Aber nun wird es neues Material geben. Haben Sie die Zeitschriften und Zeitungen verfolgt? Hier, nehmen Sie dieses Heft mit, aber seien Sie vorsichtig, daß die Aufpasser es nicht merken. Und machen Sie Ihre Anmerkungen auf einem Extrazettel. Morgen werden wieder unsere Ton-Drähte überprüft. Bringen Sie den Zettel dann mit. Ja? ...

... Wie steht's mit ›meinem‹ Gumer, wie benimmt er sich im Labor Ihnen und den anderen vom Spezkontingent gegenüber? Ja, sicher, er ist gut erzogen und taktvoll, wird sich nichts herausnehmen. Das stimmt.«

Selbstverständlich gab ich Gumer nicht zu verstehen, daß ich von seinen Abenteuern in der Freiheit wußte. Es machte mich ein bißchen verlegen, mit ihm zu sprechen, wenn ich knapp eine Stunde vorher den wehmütigen Klagen seiner Freundin zugehört hatte.

Er seinerseits erzählte, daß er schon seine Eltern in Kasan besucht habe, und da habe ein wundervolles Mädchen nach ihm geschaut. Er zeigte mir auch einen Artikel über den Lyriker Mussa Dshalil – den Helden, den die Nazis in Moabit umgebracht hatten. Es war noch gar nicht lange her, da hatte mich der Untersuchungsrichter angeschnauzt: »Dein Mussa ist ein Vaterlandsverräter, ein Faschistenschwein! Und du bist sein Helfershelfer. Euch sollte man alle miteinander aufhängen ...«

10. Kapitel
Liebe schafft Leiden

Einige von uns bemerkten zu unterschiedlichen Zeiten, daß der Ingenieur Tsch. mit Spiritus getränkte Wattebäuschchen, die im Labor zum Reinigen der Instrumente benutzt wurden, heimlich kaute und dabei selig lächelte. Man hatte auch gesehen, wie er gierig an einer leeren Spiritusflasche schnüffelte. Der kleine, schmalschultrige Tsch. wirkte wie ein durch Krankheit vorzeitig gealterter Jüngling, eigentlich sogar wie ein Knabe. Er hatte ein mageres Gesicht, blaßblaue staunende Augen, blaßrote dünne Haarsträhnen, blaßrote schmale Lippen und lächelte scheu. Er sprach gepflegt, altmodisch höflich. Manchen alten Lagerhasen erschien seine Sprechweise speichelleckerisch. Aber alle, die mit ihm arbeiteten, gaben zu, daß er mit der gleichen Höflichkeit auch jedem Vorgesetzten widersprach, wenn es notwendig war: »Still, aber dickköpfig«, sagten sie von ihm, »sieht aus wie 'n Küken und ist bei der Arbeit ein Adler.« Die Spezialisten versicherten, er sei ein ausgezeichneter Radio-Ingenieur: »Ein Blick auf das Schaltschema, und schon ist er drin zu Hause.«

Ein Zellengenosse schenkte ihm zum Geburtstag einen halben Trinkbecher mit verdünntem Eau de Cologne. Tsch. wurde sofort betrunken, lachte, krähte und quietschte.

»Ach, tut das gut! Einfach wunderbar! ... Dank euch, ihr Guten, vielen Dank, meine Lieben! Ich hatte ja nicht gewagt, Eau de Cologne zu erwerben, wollte mich nicht verführen lassen. Und jetzt: welche Freude, unerwartet, unerraten! Ich weiß, weiß selbstverständlich, daß das schädlich ist. Die grüne Schlange! Ihretwegen bin ich ja auch hier. Ja, so ist es, eben wegen des Trunks. Süße Minuten muß man mit bitteren Jahren bezahlen... Aber nein, wo denken Sie hin? Zu Rüpeleien bin ich nicht imstande. Ich war schon als Kind stiller als Wasser. Demütig bin ich wie ein Lamm. Und der Trunk vertieft die Demut noch. Nur eines ist arg: im Rausch werde ich über die Maßen gesprächig. Nehmen Sie es nicht übel, bedauern Sie einen Schwätzer nicht ... Aber nein, beileibe nicht – ich bin nicht wegen irgendwelcher Redereien hierher geraten. Was für Redereien hätte ich denn selbst im schlimmsten Rausch führen können? Ich bin doch bis ins Innerste sowjetischer Patriot, mit meinem ganzen Herzen und allem Verstand. Der Trunk hat mich zu etwas ganz anderem verführt. Sie werden es mir kaum glauben wollen ... Verzeihen Sie, ist nicht noch ein Schlückchen im Becher? Ich danke Ihnen, lieber Freund, ich danke Ihnen ganz außerordentlich ... Ja, also der Trunk hat mich auf eine Weise verführt, wie soll ich es nur beschreiben? So etwa als Katalysator und Entwickler meiner Gefühle, meiner tiefsten, innersten Gefühle; bloß – das geschah unter unpassenden Umständen. Ja-ja, die Liebe, die Liebe. Nicht die, an die Sie jetzt denken – keine romantische, auch keine ehebrecherische, keine Eifersucht – nichts von solchen Leidenschaften. Es war die reine, patriotische Liebe zum Genossen Stalin.

Ich weiß, das klingt paradox, im höchsten Grade unwahrscheinlich. Aber ich schwöre: es ist die kristallreine Wahrheit. Ins Gefängnis bin ich gekommen, weil ich den Genossen Stalin zu sehr geliebt habe, dafür, daß ich meine Liebe in ungehöriger Form und am falschen Ort geäußert habe. Ja freilich, am falschen Ort. Und eben daran ist der Trunk schuld. Die grüne Schlange! Ich brauche nur ganz wenig getrunken zu haben, und schon kann ich meine Gefühle nicht mehr beherrschen. So wie eben ...«

Er erzählte, lächelte scheu und bemerkte weder die belustigten Blicke der einen noch die bösen Bemerkungen der anderen: »Ist der nun komplett verrückt, oder ist er 'ne Glucke?« »Besoffen für 'ne Kopeke und gibt an für 'n Rubel!« »Was faselst du da, du Unschuldslamm? Wenn jetzt einer singt, daß du Eau de Cologne geschlabbert hast, hilft dir kein Stalin.«

»... Genossen Stalin liebe ich von klein auf. Schon als Schuljunge habe ich ihn vergöttert, hab' seine Bücher gelesen, ihn im Kino angeschaut, im Radio gehört und dreimal ihn selbst in eigener Person gesehen. Er stand auf dem Mausoleum, lächelte, winkte uns zu. Im Krieg habe ich seine Reden und Appelle wieder und wieder gelesen bis zum letzten Wort. Ich war damals Student, hatte mich freiwillig gemeldet, wurde aber nicht genommen. Meine Gesundheit taugte nicht, dazu kam noch die Kurzsichtigkeit: minus 12. Aber Funkingenieure wurden gebraucht.

Ich liebte Stalin damals mehr denn je zuvor. Er rettete Moskau, rettete Rußland, rettete die ganze Welt. Ich liebe ihn wie meinen eigenen Vater. Nein, noch viel mehr. Zu meinem verewigten Vater hatte ich eine schwierige Beziehung. Er war ein starker Trinker, im Rausch schlug er mich oft, nicht nur mich – auch Mama. Dabei war er ein gebildeter Mensch, eine reine

Seele, ohne Falsch. Als ich dann selber an den Wodka geriet, hat er mir die bittersten Vorwürfe gemacht und mich schrecklich beschimpft. Ich habe ihn geliebt und verehrt, das ist ja natürlich, aber ich habe auch seine Schattenseiten kennengelernt. Genosse Stalin aber – das ist Licht ohne Schatten, reinstes Licht der Weisheit und der Güte! Und wie oft habe ich mir seinetwegen Sorgen gemacht, weil er keine Rücksicht auf sich selber nimmt, sich nicht schont. Er steht ganz allein, die Feinde aber sind nicht zu zählen ... Da trinkst du also so wie jetzt – und plötzlich packt dich die Angst an der Kehle: ich lasse es mir hier wohlsein, bummele herum, und er dort im Kreml arbeitet unermüdlich, unablässig, schont und spart seine Kräfte nicht, sorgt sich um alles und um alle. Und womöglich dringen vielleicht grade in diesem Augenblick Feinde bei ihm ein. Verschwörer, die Böses im Schilde führen, agieren ja überall ...

Einmal, das ist wohl so zwei Jahre her, saß ich mit Freunden zusammen, wir hatten tüchtig getrunken und redeten dies und das, und auf einmal – glauben Sie mir, ich weiß tatsächlich nicht mehr, wie ich dorthin gekommen war – befand ich mich auf dem Roten Platz ... Später hat man mir gesagt, ich hätte ans Spasskij-Tor geklopft, geweint und gebeten, man solle mich zum Genossen Stalin lassen. Ich wollte ihm sagen, wie sehr ich ihn liebe, wie ich um ihn bange. Unter Tränen habe ich die Wachsoldaten angefleht, sie sollten ihn noch besser als bisher beschützen. Die Soldaten nahmen mich dann in ihre Wachstube im Turm mit. Wie ich morgens aufwache, kann ich mich an nichts erinnern, weiß nicht, wo ich bin. Man überprüft meine Papiere, ruft bei meiner Arbeitsstelle an. Dann kam ein Oberst – ernst, korrekt. Er fragte mich ausführlich nach allem aus. Ein Protokoll ließ er gar nicht aufsetzen, bloß sein Adjutant notierte irgendwas. Zum Schluß hat er mich noch tüchtig gescholten, weil es sich nicht gehört, betrunken vor dem Kreml zu randalieren. Das wußte ich ja selber. Es war mir so entsetzlich peinlich, daß ich keine Worte fand, hab' mich nur vielmals entschuldigt und fest versprochen ... Aber schon nach ein paar Monaten passierte dasselbe. Und wieder konnte ich mich hinterher an nichts erinnern. Ich wachte auf dem für meinen Wohnsitz zuständigen Miliz-Revier auf. Meinen Paß hatte ich bei mir. Die Milizoffiziere sprachen schon gar nicht mehr sehr freundlich mit mir. Sie drohten, sie würden mich dem Gericht übergeben, mich aus Moskau ausweisen. Auch auf der Arbeitsstelle gab es dann Unannehmlichkeiten. Ich wurde in die Kaderabteilung gerufen, dann mußte ich mich vor dem Betriebskomitee verantworten. Aber was konnte ich ihnen denn schon sagen, außer daß ich den Genossen Stalin von ganzer Seele liebe ... und daß, wie jedermann weiß, der Betrunkene ausspricht, was der Nüchterne nur denkt. Selbstverständlich bestritt ich nicht, daß ich mich schlecht benommen hatte; ich bereute es ja, bereute es inständig. Aber schon nach knapp vier Wochen – bei den Oktoberfeiertagen – passierte es wieder. Während der Demonstration war ich tüchtig durchgefroren, war ganz heiser geworden. Wir hatten viel gesungen und Hurra gerufen. Wir waren so fröhlich gewesen, fühlten uns mit allen freundschaftlich verbunden. Hinterher bin ich dann zu einem Freund gegangen, um mich aufzuwärmen. Ich hatte mir fest vorgenommen, mir eisern befohlen: zwei Gläschen, keinen Schluck mehr. Dann wollte ich gleich nach Hause. Aber als ich zur Metro kam, wurde ich nicht reingelassen, weil ich zu sehr nach Wodka roch. Was weiter war? Ich weiß es nicht. Als ich aufwachte, hockte ich schon in einer Box in der kleinen Lubjanka ...«

Diese Geschichte hörte ich mehrmals von Tsch. Er brauchte nur an einem ruhigen Abend oder an einem Feiertag sich ein Schlückchen Sprit genehmigt zu haben, schon fing er zu erzählen an, fast immer mit denselben Worten, im selben Tonfall, mit feucht schimmernden, furchtsam geweiteten Pupillen. Und jedesmal an dieser Stelle lachten alle ringsum, einerlei, ob sie die Geschichte kannten oder sie zum erstenmal hörten. Manche lachten geringschätzig, verächtlich, andere grinsten schadenfroh, wieder andere lächelten mitleidig, mitfühlend, aber mit einer gewissen Erleichterung: na also, endlich! Und jedesmal geriet Tsch. dann ins Stocken, erschrocken und verständnislos, lachte dann mit und fuhr in seiner Erzählung fort.

»Ja, in der Lubjanka wachte ich auf. Hier wurde ein Untersuchungsverfahren eröffnet und mir gesagt, ich wäre wieder auf den Roten Platz gegangen, hätte wieder die Posten belästigt ... Und dann bekam ich die Anklage zu Gesicht. Sie werden nie erraten, worauf sie lautete: Terroristische Absichten! Können Sie sich das vorstellen? Das ist doch geradezu entsetzlich und überhaupt vollkommen absurd! Und dann verlangte der Untersuchungsrichter auch noch, ich sollte die Namen meiner Anstifter und Komplizen angeben.

Erst verhörte mich ein Oberleutnant, ein ganz junger Kerl, völlig ungebildet, primitiv. Der schlug mich auch ins Gesicht, ließ mich mehrmals in den Karzer sperren. Aber ich konnte doch nicht lügen, konnte mich doch nicht von mir selber lossagen! Der nächste Untersuchungsrichter war ein Hauptmann. Der war schon etwas älter und manierlicher, hatte glatte Umgangsformen. Aber er hat mich fast noch schlimmer als der andere gequält. Holt zum Beispiel eine Wodkaflasche aus seinem Stahlschrank, schenkt ein Glas ein und lächelt mir heuchlerisch zu: ›Nun, jetzt unterschreib mal, dann spendier' ich auch einen.‹ In mir krampfte sich alles zusammen: in der Gurgel, in der Brust, im Magen. Einmal bin ich sogar ohnmächtig geworden. Aber nachgegeben hab' ich nicht.

Eines Tages erklärte der Hauptmann: ›Die Untersuchung ist abgeschlossen. Sie haben zwar geleugnet, aber die Anklage bleibt bestehen. Jetzt hat das Gericht zu entscheiden.‹ Ich sage ihm, daß seine schrecklichen Beschuldigungen der größte Kummer meines Lebens sind. Er grinst nur, dieser Mephisto, und meint: ›Da kann man nichts machen. Manchmal schafft Verstand Leiden[40], manchmal die Liebe. Bei Ihnen ist's denn ja wohl die Liebe.‹

Eine Gerichtsverhandlung fand überhaupt nicht statt. Ich wurde in die Butyrka gebracht, und nach zwei Wochen rief mich ein Offizier, wahrscheinlich der Diensthabende vom Tage, und zeigte mir ein Papier. Das war der Beschluß der OSO: acht Jahre nach Artikel 58, Punkt 8 und 17, das heißt, beabsichtigter, aber nicht ausgeführter Terror. So ein Unsinn! Sie lachen, aber mich schmerzt es bitterlich. Manchmal tut es so unerträglich weh, daß ich am liebsten tot wäre ... Ja, sicher, ich habe mich beschwert, habe Gesuche geschrieben: an den Generalstaatsanwalt, an den Genossen Stalin persönlich, aber dem hat man mein Schreiben bestimmt vorenthalten. Auf alle Gesuche kommt immer nur die Standardantwort: ›Veranlassung zur Revision ist nicht gegeben.‹ Wenn Stalin doch bloß die Wahrheit erführe! Wenn er nur wüßte, welches Unrecht manchmal geschieht!

Man verheimlicht ihm ja so vieles. Und es ist wohl auch richtig, solche üblen Sachen vor ihm zu verheimlichen. Man darf ihm nicht alles und jedes aufhalsen. Man muß ihn schonen, wie ein Heiligtum muß seine Zeit geschont werden. Er darf nicht durch einzelne Ungerechtigkeiten verstimmt oder verärgert werden. Auf ihm ruht der ganze Staat, die ganze Welt.«

Tsch. weckte Bedauern und Mitleid in mir, aber auch Ärger und Gereiztheit. Die blödsinnige Geschichte seines »Falles«, seine betrunkenen Exaltationen waren eine Parodie meines Geschicks und meiner verbissenen Parteilichkeit.

Mein Freund Sergej hielt sich angeekelt von ihm fern: »Breitgeschmierte Scheiße! Das ist ja kein Mann, sondern ein Tränentier, ein Rotzbollen und ein Trottel obendrein. Glaubt, Stalin wüßte von nichts! Und du, stell dich nicht dümmer, als du bist. Kannst du dir etwa nicht vorstellen, daß Stalin sehr genau über diesen Hysteriker informiert worden ist und diesen Fall höchst persönlich entschieden hat? ... Wie ich darauf komme? Beweg wenigstens eine einzige deiner Gehirnwindungen, dann kapierst du es ohne weiteres, und zwar sofort: also wie heißt der Kerl? Und mit wem ist er verwandt?«

Tsch. war der Neffe und Namensbruder eines sehr bekannten Künstlers, der damals wieder mal an der Reihe war, wegen Ideenlosigkeit und Formalismus in der Presse »scharf kritisiert« zu werden.

»Sein Onkelchen hat man nicht eingelocht, der ist eine internationale Berühmtheit, sozusagen Exportgut. Sie haben ihn nur mordsmäßig durch den Dreck gezogen, ihn moralisch verhauen und bespuckt. Das langte ihnen aber noch nicht ganz, er mußte noch wirksamer eingeschüchtert werden, damit er nur ja nicht auf die Idee käme, sich zu wehren, und am Ende gar vergäße zu bereuen. Und da geriet ihnen genau im richtigen Augenblick der Neffe in die Finger. Der ist ganz und gar unschuldig, so hingerissen treu wie ein Junger Pionier, für den geliebten Führer kriecht er in die Hölle und in den Arsch. Und so haben sie gerade ihn eingesperrt und verurteilt. Selbstverständlich mit Wissen des großen Hausvaters. Sehr wahrscheinlich hat er es sogar veranlaßt. Ein zarter Wink mit dem Zaunpfahl für den berühmten Onkel. Echt Stalinscher Humor.«

11. Kapitel
Ende einer Epoche

Wird eine Epoche beerdigt, tönt kein Psalm
übers Grab.

Anna Achmatowa

Jewgenija Wassiljewna erzählte Shen-Shen und mir:

»Unser neuer Minister Ignatjew war früher Kommandant von Stalins Leibwache, hat oft mit Genosse Stalin zu Mittag oder zu Abend gegessen. Versteht schon ein Wimpernzucken, ein halbes Wort und weiß Bescheid. Jetzt ist das wichtigste Aufklärung und Abwehr. Die Jugoslawen sind frech geworden, haben sich endgültig mit den Amerikanern zusammengetan, schicken ihre Spitzel überallhin – nach Polen, nach Rumänien und Ungarn. Da sind kategorische Gegenmaßnahmen nötig. Das Ministerium schlägt einen neuen Kampfkurs ein. Und unser Institut wird direkt dem Zentralkomitee unterstellt. Im ZK besteht nämlich ein besonderes Amt für Geheimnachrichtenwesen. Wir werden dem Genossen Berija persönlich oder dem Genossen Malenkow unterstellt, kriegen auch einen neuen Chef. Anton Michajlowitsch ist zwar ein sehr kenntnisreicher Ingenieur: aber immerhin parteilos. Unser Institut wird ein Hauptobjekt des neuen Amtes, ein Objekt von ganz besonderer Wichtigkeit. Da müssen wir uns jetzt alle zusammenreißen. Neue Besen . . . Ist ja nicht zu leugnen, daß sich manche ziemlich gehen ließen, leger und lasch geworden sind. Daher werden die Offiziere ebenso wie das Spezkontingent scharf rangenommen werden. Also passen Sie auf . . .«

Der neue Leiter hieß Oberstleutnant Naumow, war kein Fachmann, weder cand. Ing. noch Dr.-Ing. Einfach Oberstleutnant. Es hieß von ihm, er habe im Geheimdienst Karriere gemacht.

Anton Michajlowitsch wurde sein Stellvertreter. Er leitete das akustische Labor, hatte also nun die Position des hinausgedrängten Abram Mendelewitsch inne. Er hatte aber nicht wie dieser seinen Arbeitsplatz im Labor, sondern bekam ein eigenes Arbeitszimmer; und da er außerdem der wissenschaftliche Leiter der ganzen Scharaschka war, erschien er bei uns nicht öfter als bisher. In der Akustik blieb der stille, höfliche Hauptmann Wassilij Nikolajewitsch der eigentliche Leiter. Aber er wurde immer zurückhaltender, verschlossener, strenger.

Naumow besuchte die Labors und Werkstätten selten. Und wenn er einmal kam, übersah er die Häftlinge geflissentlich. Er war untersetzt, hatte einen runden Kopf, einen kurzen Hals, ein in die Breite gegangenes Gesicht mit regelmäßigen Zügen. Unter der sorgfältig gekämmten ›Halbboxer-Frisur‹ blickten dunkelgraue Augen trübe und kalt. Er lächelte nie, sprach leise, langsam und unpersönlich.

Schon in den ersten Tagen erließ er mehrere Befehle zur Festigung der Disziplin und Einführung einer strengen Ordnung.

Wassilij Nikolajewitsch erläuterte, ohne die Augen von seinem Zettel zu heben, kurz und trocken die neuen Arbeitsregeln.

In Zukunft hatte niemand vom Spezkontingent Zugang zu den eisernen Schränken mit den geheimen Unterlagen und Geräten. Nicht einmal unsere eigenen Arbeitsjournale durften wir selber in die Schränke legen. Das hatten Offiziere zu besorgen. Jeder Häftling wurde einem Freien unterstellt, der ab sofort verantwortlich für alles war, was sein Untergebener tat. Bisher waren alle Aufzeichnungen von wissenschaftlichen Konsultationen, alle Vortragsnotizen, alle technischen Projekte, die Häftlinge verfaßt hatten, auch von ihnen unterzeichnet worden. Ihre Unterschriften folgten denen des Leiters der Arbeitsgruppe, des jeweiligen Laborleiters und des Institutsleiters. So waren unsere Rechenschaftsberichte über den Lautbestand der russischen Umgangssprache unterzeichnet, die Referate Solschenizyns über die Aufzeichnungsexperimente, meine Berichte über die phonoskopischen Untersuchungen usw. Mehrere Häftlinge hatten Patenturkunden für Erfindungen erhalten und konnten in Zukunft mit Prämien rechnen.

Dies alles unterband Naumow. Kein Häftling durfte als Autor oder Mitverfasser unterzeichnen. In den Akten des Instituts wurde die Arbeit des Spezkontingents mit keinem Wort mehr erwähnt.

Wir hörten auf zu existieren.

Ein anderer Befehl ordnete an, unverzüglich aus allen Labors und Aufenthaltsräumen die selbstgebauten Fernsehgeräte zu entfernen. Nur im Vakuum-Labor, wo Fernsehröhren hergestellt wurden, verblieben notwendigerweise zwei Geräte zur Prüfung und Erprobung der Röhren; es war jedoch strengstens verboten, sie zu anderen als »technischen Prüfzwecken« zu benutzen.

Der Befehl rief Beunruhigung, Furcht, Enttäuschung und

Verbitterung hervor. Unsere Fernsehgeräte waren in der Freizeit aus Abfällen und Ausschußteilen hergestellt worden. Jetzt nahmen die Chefs sie für sich. Manche von uns zeigten sich willig, die Geräte gehorsam abzugeben, bei anderen überwog der Groll die Furcht.

»Diese Dreckskerle, wollen sich's mit unseren Sachen gemütlich machen.«

Der Befehl lautete: demontieren. Die Geräte wurden mit solchem Eifer auseinandergenommen, daß in der Eile vieles verdarb und verlorenging.

Sergej und ich versuchten, das »Recht auf kultivierte Erholung« durchzusetzen.

Anton Michajlowitsch hörte unsere eindringlichen Reden ungeduldig an.

»Ich verstehe. Aber es ist keine Anordnung von mir, ich kann sie daher auch nicht aufheben. Vergeuden Sie nicht Ihre üppige Eloquenz. Ich kann Ihnen in gar keiner Weise helfen. Ich kann nicht! Und ich werde auch nichts erklären. Den Befehl hat der Institutschef erlassen. – Sie wollen sich an ihn wenden? Davon rate ich ab. Dagegen empfehle ich Ihnen ausdrücklich, sich zu beruhigen. Jawohl, sich zu beruhigen. Man braucht die Kraft seiner Nerven für die Arbeit und zum Leben. Gestern haben Sie unter diesen Bedingungen gearbeitet, heute sind andere an der Tagesordnung. Morgen können es wieder andere sein. Es hängt in nicht geringem Maße von Ihnen selbst ab, ob es Änderungen zum Besseren oder zum Schlechteren sein werden. Ich beende diese fruchtlose Unterhaltung. Sergej Grigorjewitsch, zeigen Sie mir, was Sie sich für den neuen Analysator ausgedacht haben. Und Sie, Lew Sinowjewitsch, haben Sie die Güte, heute in drei verschiedenen Formen aufzuzeichnen, was unsere Nachbarn ausgeknobelt haben, überprüfen Sie die Spektrogramme, auf welchen Bändern die schlimmsten Geräusche sind.«

Ringsum wurde über die idiotischen Befehle geschimpft, im Flüsterton und auch laut.

»Das bringt nur Schaden ... für die Arbeit wird es mies ... Die Kerle sind übergeschnappt, spucken uns in die Fresse und verlangen noch, daß wir uns weiter anstrengen ... Dieser Widerling Naumow sägt an dem Ast, auf dem er hockt.«

Sergej und ich beschlossen, zu zweit zu ihm zu gehen. Das frühere Arbeitszimmer von Anton Michajlowitsch wirkte dunkler, grauer, wüstenhaft groß: kein Bücherschrank mehr, andere Vorhänge.

Der Oberstleutnant hob kaum den Kopf von seinen Akten.

»Was gibt's?«

Hände an der Hosennaht (er ist immerhin Offizier, wird Haltung und Manieren zu schätzen wissen), begann ich vorzutragen:

»Wir bitten um die Erlaubnis, einige der selbstgebauten Fernsehapparate in den Jurten behalten zu dürfen, um die Freizeit kultiviert verbringen zu können. Dadurch erhöht sich die schöpferische Energie der Ingenieure und der wissenschaftlichen Mitarbeiter.«

»Und wer hat Ihnen erlaubt, diese Fernsehapparate aufzustellen?«

»Ich kann mich nicht an den Namen erinnern, aber es war der Institutsleitung bekannt.«

Sergej ergänzte meinen ›soldatischen Rapport‹ mit dem vertrauensvollen Bericht des schlichten Arbeitstiers.

»Ja also, wir haben sie alle aus Abfall, aus Dreck mit Spucke gebaut, wie man so sagt. Aber dabei haben die Leute sich geübt, haben Experimente gemacht und ernsthafte technische Gedanken praktisch überprüft. Es waren Entwürfe sozusagen, Zielübungen.«

»Das sind wertvolle Geräte. Für ihre Herstellung wurden Materialien verwendet, die einem staatlichen Objekt gehören. Das kann man als Unterschlagung einstufen. Und gebaut wurden sie während der Arbeitszeit. Das ist grobe Verletzung der Arbeitsdisziplin. Ich halte es für möglich, Großmut walten zu lassen, keine Ermittlungen einzuleiten, keine Schuldigen festzustellen. Aber ich habe befohlen, die illegalen, Ihnen nicht zukommenden Fernsehapparate zu beschlagnahmen. Der Befehl ist auszuführen.«

»Bürger Chef, wir bitten um eine Ausnahme. Früher gab es bei uns Filmvorführungen, seit einiger Zeit nicht mehr. Das Fernsehen ist die einzige Art der Erholung und der kulturell-ideologischen Erziehung.«

Sergej faßte nach:

»Sie wissen doch, wie wir hier arbeiten: zwölf bis vierzehn Stunden. Angestrengt und gewissenhaft. Wir erfinden, verbessern, haben große Errungenschaften aufzuweisen. Die meisten von uns haben Belohnungen und Prämien bekommen.«

»Wer hat Ihnen erlaubt, sich an mich zu wenden?«

Er fragte, ohne die Stimme zu heben, und sah an uns vorbei.

»Wir haben uns immer direkt an den Institutschef gewandt.«

»Und darum haben Sie auch vergessen, wo Sie sich befinden und wer Sie sind. In Zukunft wird das anders. Sie haben sich nur an Ihre unmittelbaren Vorgesetzten zu wenden und das auch nur in Fragen der Arbeit. Fragen der Lebensgestaltung, der Unterbringung und dergleichen löst die Bewachungsadministration. Denken Sie daran: Sie haben sich eine grobe Verfehlung zuschulden kommen lassen, weil Sie unerlaubt zu mir kamen. Da es das erste Mal ist, beschränke ich mich auf eine mündliche Rüge. Künftig werde ich Derartiges streng bestrafen. Gehen Sie.«

Im Treppenhaus rauchten wir eine Zigarette. Sergej zitterten die Hände.

»Das ist vielleicht ein Miststück, verflucht nochmal! Hast du seine Augen gesehen? Die haben nichts Menschliches, das sind Krötenaugen. So einer kann wohl im Keller mit dem Revolver ›arbeiten‹, und hier darf er wissenschaftliche Arbeit leiten!«

»Sack voll kalter Scheiße!«

Kurz darauf begann eine vollends sinnlose Aktion: in allen Labors wurden »nicht inventarisierte« Geräte und »unrichtig abgefaßte« Geheimdokumente entfernt. Es stand eine Überprüfung durch irgendeine besonders wichtige Regierungskommission bevor. Geräte und Dokumente, die bei der offiziellen Überführung der Scharaschka vom MGB ins ZK in den Akten nicht aufgeführt waren, mußten vernichtet werden.

Der ironische Vakuum-Ingenieur Wsewolod R. aus Odessa, unermüdlicher Erzähler dreckiger Witze und Verehrer der rumänischen Monarchie (er war nach der Besetzung Odessas durch die Deutschen nach Bukarest geflohen und hatte nach der Rückkehr in die Heimat dafür 10 Jahre als Vaterlandsverräter bekommen), sagte verwirrt und förmlich aufgescheucht:

»Hört euch sowas an! Die sind regelrecht verrückt geworden! Wir hatten ein Zeißmikroskop, zweiokularig, ein einmaliges Exemplar. Sonderanfertigung für die Firma Philips. Hat vor dem Krieg 70000 Mark gekostet. Jetzt ist es in die Müllgrube geflogen! Habt ihr gesehen, da hinten beim Kesselhaus haben sie neben der Abfallgrube ein Loch ausheben lassen, da kommen Geräte und Kleinzeug rein. Alles Schriftliche: Zeichnungen, Graphiken, Beschreibungen, Patente, Hunderte von Ordnern mit technologischen Angaben – die Engländer und Amerikaner würden Millionen dafür geben –, das alles wird verheizt. Wir haben versucht, das Mikroskop zu retten, es für später zu verwahren, wickelten es in Watte, packten es in einen Kasten und brachten es zur Grube. Aber da stand Major Schikin mit zwei Kerlen aus der Mechanikerabteilung, die waren mit Brechstangen und Vorschlaghämmern bewaffnet. Schikin sieht den Kasten, fragt: ›Was ist das? Wer hat sich das ausgedacht? Sowas ist Sabotage eines Befehls!‹ Er ordnet an, den Kasten mit dem Hammer kurz und klein zu hauen. Ich versuchte noch zu erklären. Der drohte mir bloß mit Karzer. Ihr hättet sehen sollen, was sie alles in die Grube geschmissen haben! Wertvollste Meßapparate. Philips-Geräte! Und von unseren angefangenen Arbeiten – ganze Fuder. Über alles geht es zuerst mit den Brechstangen und Vorschlaghämmern her, damit nur ja niemand auf die Idee kommt, die Sachen wieder auszugraben. Als ich das sah, hab' ich fast geheult, glaubt mir, geplärrt wie 'n Weib. Was die da machen, ist Schwachsinn. Keine Rede von Sabotage und Schädlingstätigkeit! Schädlinge wären mit List vorgegangen. Hier kommandiert ein Irrsinniger.«

Auch alle Unterlagen meiner phonoskopischen Arbeiten waren in die Heizung geworfen worden – Tausende von Lautbildern, Hunderte von Blättern, Beschreibungen, Auszählungen, Diagrammen und Graphiken. Sie waren ›unrichtig geheimgehalten‹ gewesen, mußten daher gegen Vernichtungsformulare abgegeben werden.

Nur unsere Notizen in den Arbeitsjournalen blieben übrig. Ein trauriger Trost war es, daß ich nicht selber an der Vernichtungsaktion teilnehmen mußte. Als Verfasser existierte ich nicht mehr. In meinem bisherigen Arbeitsarchiv machte Unterleutnant des technischen Dienstes, Walentina Iwanowna P., Ordnung; das heißt, sie suchte Material zur Vernichtung aus und unterzeichnete die entsprechenden Formulare. Von jetzt an war sie Autorin all dessen, was ich geschrieben hatte und noch schreiben würde.

Walentina war eine hübsche, dunkelblonde Dicke, grauäugig mit borstigen Wimpern, Pfirsichflaum auf den Backen und einem Muttermal an der üppigen Unterlippe. Wenn niemand in der Nähe war, blickte sie traurig-mitfühlend und flüsterte: »Ach, ich kann Sie verstehen. Es ist so schade, so furchtbar schade. Ihre eigenen Arbeiten! Sie haben sicher gehofft, dadurch vorfristig freizukommen. Was jetzt geschieht, muß Sie ja verbittern. Aber was kann man machen? Befehl! Oberstleutnant Naumow ist ein sehr strenger Vorgesetzter. Er trägt jede Woche bei Lawrentij Pawlowitsch Berija persönlich vor. Sie wissen ja, waren ja selber Soldat, was ein Befehl ist! . . . Machen

Sie heute noch ein bißchen Englisch mit mir? In vier Wochen habe ich Prüfung im Anfängerkurs. Es ist so schwer. Außerdem hat Wassilij Nikolajewitsch mir gesagt, Sie würden mir bei meinem Antrag wegen der Dissertation helfen ... Und ich weiß noch gar nicht, worüber ich schreiben soll ...«

Anton Michajlowitsch war in diesen Tagen düsterer Stimmung. Ich paßte einen mir günstig erscheinenden Augenblick ab und versuchte, mit ihm über die Materialien zur Phonoskopie zu sprechen. Anhand der alten Arbeitsjournale könnte ich mich daranmachen, die Versuche zu wiederholen und so wenigstens einen Teil des Vernichteten rekonstruieren. Schließlich handelte es sich doch um eine Arbeit, die für die Hauptaufgabe des Instituts wichtig war. Man braucht sie, um zur Wiedergabe der Stimmcharakteristika nach der absolut zuverlässigen Impuls-Chiffrierung zu gelangen. Anton Michajlowitsch runzelte unwillig die Stirn:

»Das habe ich alles schon gehört. Nicht nur einmal. Und ich will es nicht mehr hören. Befehle erörtere ich nicht, verstanden? Sie haben einen genau umrissenen Aufgabenkreis. Sie sind verpflichtet, in erster Linie die Verständlichkeit, danach die Bedingungen zur Wiederherstellung der Stimme zu erforschen. Das eine wie das andere in jedem konkreten Fall. Man braucht Ihnen vermutlich nicht zu erklären, daß unser Institut nicht der Akademie der Wissenschaften angeschlossen ist. Die Arbeitsbedingungen hier haben sich etwas geändert. Das haben Sie zu akzeptieren. Daher rate ich und befehle – wohlgemerkt: ich könnte auch bloß befehlen, aber zunächst rate ich: Schluß mit den Gesprächen. Sie sind zwecklos. Ich betone: alle diese Gespräche, Beschwerden und Jammereien sind absolut zwecklos und sogar schädlich, vor allem für Sie. Arbeiten Sie. Auf Wiedersehen.«

Dennoch schrieben Sergej und ich an das Zentralkomitee der Partei. Sergej über die Vernichtung der Geräte, ich über die ungeschickte und schädliche Entpersönlichung der Häftlinge, die produktive wissenschaftliche Arbeit leisteten, und über die Vernichtung der Phonoskopie-Materialien. Da wir die traditionellen Gegensätze zwischen der Gefängnisleitung und der Scharaschka kannten, beschlossen wir, die Briefe über die Gefängnisleitung zu schicken.

Der neue Gefängnis-Gevatter, Nachfolger des gutmütigen Schewtschenko, war Oberstleutnant Mischin – ein satter, frecher Stutzer. Er stolzierte in gut geschneiderten Uniformen herum, mal als Flieger, mal als Artillerie-Offizier. Die Funktionäre der ›Organe‹ trugen Uniformen der verschiedensten Truppengattungen, sei es wegen der größeren Geheimhaltung, sei es, um die Bewohner der Hauptstadt nicht durch die wachsende Zahl der tschekistischen Kader zu erschrecken.

Zwei- bis dreimal im Monat gab Mischin Post aus; die Listen der Postempfänger wurden beim Appell verlesen oder am Sanitätszelt ausgehängt.

Bei der Postausgabe warb er Spitzel an. Mich redete er beim erstenmal fast schmeichelnd an. Er wisse, daß ich sowjetischer Patriot sei, und er brauche genaue, gewissenhafte Informationen.

Ich erwiderte ihm dasselbe, was ich früher schon Schikin und vorher anderen seiner Kollegen in entsprechenden Situationen erwidert hatte: Wenn ich Kenntnis erhielte von irgendeiner Gefahr für das Objekt, für den Staat, würde ich selbstverständlich unverzüglich Alarm schlagen. Aber ich wolle und könne und würde nicht herumhorchen, nicht schnüffeln oder mich an jene heranmachen, deren Meinungen mir nicht passen. Über Streitereien, über Gespräche Bericht zu erstatten, hielte ich für unwürdig. Außerdem sei es ganz einfach überflüssig: was für Worte auch immer in einem Gefängnis fallen – den Staat können sie nicht gefährden, da der betreffende Schwätzer ja hinter Schloß und Riegel sitzt.

»Schon diese Ihre Worte sind antisowjetisch, können Ihnen als Agitation gegen die Wachsamkeit ausgelegt werden.«

»Entschuldigen Sie, Bürger Oberstleutnant, wer wird glauben, daß ein Häftling unter vier Augen mit einem Offizier der Staatssicherheit, mit einem operativen Mitarbeiter Ihres Ranges antisowjetische Agitation treibt?«

Er schwieg, grinste mit zusammengekniffenen Augen, probierte den eisernen ›Dzierżyński‹-Blick an mir aus. Aber ich kannte ein Gegenmittel: ich sah ihm stur auf die Nasenwurzel und bemühte mich, an etwas anderes, Fernliegendes zu denken.

»Gehen Sie!«

Beim Morgenappell teilte der Diensthabende mit, daß künftig Briefverkehr nur noch mit den nächsten Angehörigen erlaubt sei: Eltern, Ehefrau, Kinder, leibliche Geschwister. Außerdem seien noch heute dem Geheimdienstoffizier Listen mit den entsprechenden Adressaten vorzulegen unter genauer Angabe von Alter und Geburtsort.

Ich brachte meine Liste, hatte aber Nadjas Geburtsort nicht exakt angeben können. Ich wußte nicht mehr, wie jenes kleine Dorf im Donezbecken hieß – Alexandrow, Alexandrowsk, Alexandrowka oder Alexandrija, und ich wußte auch nicht, ob es inzwischen umbenannt war.

Mischin ging die Liste durch und sah mich fröhlich-triumphierend an:

»Sowas nehme ich nicht entgegen, das ist ein Schmierzettel. Wieso behaupten Sie, verheiratet zu sein, wenn Sie nicht wissen, mit wem und wo diese Frau geboren ist?«

»Um einen Menschen kennenzulernen, braucht man nicht seinen Paß zu studieren.«

»Sie haben wohl Ihre Frau im Bordell gefunden?«

»Bürger Oberstleutnant, Sie haben kein Recht, meine Angehörigen zu beleidigen. Ich muß darauf bestehen, daß Sie Ihre Worte zurücknehmen!«

»Sonst noch was?«

Er stand hinter seinem Tisch auf und grinste nun schon nicht mehr genüßlich, sondern böse:

»Was erlauben Sie sich? Ich frage, und Sie sind verpflichtet, mir zu antworten. Ich frage, da Sie die Herkunft Ihrer Frau nicht kennen: In welchem Bordell haben Sie geheiratet?«

»Sie haben offenbar mit Leuten zu tun gehabt, die in Bordellen heiraten. Solange Sie sich nicht entschuldigen, erscheine ich hier nicht mehr, weder auf mündliche Aufforderung noch um Post abzuholen. Sie können mich natürlich mit Gewalt herschleppen lassen, ich werde aber trotzdem nicht den Mund aufmachen.«

»Was soll das heißen?«

Ich sah und hörte nichts mehr, spürte, daß mein Nacken vor kalter Wut steif wie Holz wurde und verließ den Raum. Auf dem Korridor standen die Postempfänger wie üblich Schlange. Einige erzählten mir später, woran ich mich selber nicht erinnern konnte:

»Bleich und mit wilden Augen kamst du rausgestürmt, hast gestammelt: ›Das dulde ich nicht ... lasse ich mir nicht gefallen ...‹ Wir dachten schon, der ist verrückt geworden, hat wohl eine schlechte Nachricht bekommen und ist durchgedreht.«

Noch am selben Abend übergab ich meine Beschwerde dem Gefängnischef, einem phlegmatischen Oberstleutnant, der, nach Ordensschnalle und Verwundetenabzeichen zu schließen, immerhin an der Front gewesen war. Mischins Brust dagegen zierte nur eine winzige Schnalle mit zwei Bändchen, offensichtlich Etappenauszeichnungen; Fernkampforden nannten wir sowas spöttisch.

Der Gefängnischef ließ mich rufen:

»Was haben Sie sich denn da einfallen lassen? Was soll das heißen – Beleidigungen?«

Er hörte mich geduldig an, sagte dann träge und, wie mir schien, sogar ein wenig mitfühlend:

»Nun ja, der Oberstleutnant hätte vielleicht nicht so reden sollen. Aber Sie dürfen da keine Prinzipienfrage draus machen, sich nicht beleidigt fühlen, sind schließlich nicht sein Schulkamerad. Bei Freunden oder Kollegen wäre es was anderes, da kann man sich beleidigt fühlen. Sie schreiben, der Oberstleutnant müsse sich entschuldigen. Sowas hat es noch nie gegeben. Sie wollen nicht mit ihm sprechen? Sich nicht mal Briefe von ihm aushändigen lassen? Das kann ich doch nicht ernstnehmen, ist doch wirklich kindisch. Jetzt sind Sie wohl auch auf mich böse?«

»Die sowjetischen Gesetze schreiben im Kriminalkodex wie in der Strafprozeßordnung strikt vor, daß die menschliche Würde nicht angetastet werden darf, nicht mal die der übelsten Verbrecher. Die Delinquenten dürfen weder gequält noch beleidigt werden. Der Oberstleutnant hat dieses Gesetz verletzt. Solange er sich nicht bei mir entschuldigt, werde ich nicht mit ihm sprechen, mich weder an ihn wenden noch irgendwelche Fragen von ihm beantworten.«

»Das heißt, Sie weigern sich, Befehle auszuführen, verstoßen gegen sie und widersetzen sich der Obrigkeit. Verstehen Sie denn nicht, was das bedeutet?«

»Ich weiß nur, daß ich gegen nichts verstoßen habe, und ich beabsichtige auch nicht, gegen irgend etwas zu verstoßen. Ich halte die Ordnung ein, arbeite gewissenhaft. Aber mit diesem Vorgesetzten, der mich grob beleidigt hat, werde ich kein Wort sprechen, solange er sich nicht entschuldigt.«

»Das heißt, Sie werden keine Post abholen, keine Briefe schreiben? Wir werden für Sie keine Ausnahme machen. Sie bestrafen sich also selbst und außerdem noch Ihre Angehörigen. Ihre Familie wird sich Sorgen machen.«

Mehr als zwei Monate ging ich nicht zur Postausgabe, schrieb auch selber keine Briefe. Gumer ließ über seine Freunde meine Angehörigen anrufen und ihnen mitteilen, daß ich gesund sei, aber vorläufig nicht schreiben würde. Sie könnten aber Pakete für mich abgeben. (Pakete brachte uns der Wirtschaftsleiter.)

Dann ging Mischin in Urlaub, die Post nahm nun der Gefängnisleiter entgegen und teilte sie aus. Ich erhielt gleich ein ganzes Bündel Briefe von Nadja, von den Eltern, von Inna Lewidowa und einige Büchersendungen. Darunter waren ein Chinesisch-Lehrbuch und Broschüren – Stalinreden in chinesischer Übersetzung, ferner Wörterbücher, ein türkisches, ein mongolisches und andere.

Der Gefängnisleiter fragte mich, wie viele chinesische Schriftzeichen es gebe, ob sie schwer zu erlernen seien, welche Sprachen ich beherrsche, er fragte und blickte interessiert, sichtlich wohlwollend. Beim nächstenmal fragte er, ob ich schon viele chinesische Schriftzeichen gelernt hätte, und ich schrieb ihm einige auf, die leicht zu erläutern waren.

Fast mit Hochachtung sah er sie sich an.

Als ich mir zum drittenmal bei ihm Post abholte, sah ich beim Eintreten Mischin neben ihm, braungebrannt, in einer funkelnagelneuen Fliegeruniform.

»Da ist ja unser Empfindsamer. Hat mich fast zum Duell gefordert, dieser Baron von und zu. Na wie, immer noch wütend auf mich?«

»Bürger Vorgesetzter«, sagte ich und schaute zwischen beide, »ich habe dem, was ich bereits gesagt habe, nichts hinzuzufügen. Der Bürger Oberstleutnant hat meine Angehörigen beleidigt, und solange er sich nicht entschuldigt ...«

»Na, schon gut, schon gut. Ich gebe ja zu, daß ich mich nicht sehr fein ausgedrückt habe, daß ich grob geworden bin. Meine Nerven sind auch nicht aus Stahl. Bitte sehr, das bekenne ich in Gegenwart des Chefs. Also betrachten wir die Sache doch nun als erledigt. Einverstanden?«

»In diesem Falle, ja.«

Von da an war Mischin ungewöhnlich höflich mir gegenüber. Er versuchte auch nicht mehr, mich als Spitzel anzuwerben, fing aber manchmal bei der Postausgabe an zu bohren: »Wie sieht's denn jetzt bei euch aus? Hat die Disziplin sich gebessert? Die Fernseher sind also weg. Na, wir werden mal sehen, ob nicht ein- oder zweimal im Monat Filme vorgeführt werden können ... Von Ihnen hört man immer wieder, daß Sie Freundschaft mit den Deutschen halten. Dabei haben doch die Deutschen die Juden ermordet. Sie sind alle Faschisten. Ich habe Unterlagen, daß sie auch jetzt noch für Hitler sind ... Sagen Sie mal, warum sind eigentlich die Juden gegen die Sowjetmacht? Wem haben sie denn schließlich ihre Rechte zu verdanken? Wer hat sie denn in alle Ämter eingeschleust? ...

Sie können auch Koreanisch? Ist dem Chinesischen verwandt? Interessant, wie sie da an den Fronten miteinander verhandeln, die Koreaner und die Chinesen. Dolmetscher haben sie wahrscheinlich von uns ... Mit der Verpflegung sind Sie zufrieden? Und mit dem Laden? Wenn Sie irgendwelche Bemerkungen vorzubringen haben, tun Sie sich keinen Zwang an. Es ist ja unsere Aufgabe, überall für Ordnung zu sorgen.«

Seinen absichtlich simplen Äußerungen und dem breiten, jovialen Grinsen begegnete ich immer mit militärischer Grundhaltung: Hände an der Hosennaht. Wenn er mir einen Stuhl anbot, saß ich wie einst die kriegsgefangenen deutschen Soldaten vor mir – die Knie zusammen, den Rücken grade, beide Hände auf den Knien – und antwortete höflich-knapp, deutlich artikulierend, aber unbestimmt: »Ja, Ordnung ...«, »genauso wie früher...«, »kann mich nicht erinnern ...«, »weiß nichts darüber...«, »habe nichts davon bemerkt...«, »in jedem Volk gibt's verschiedene Menschen, von den einen mehr, von den anderen weniger – ich weiß nicht und habe auch nicht gehört, daß einer sie gezählt hätte ...«, »vollkommen zufrieden ...«, »keine Beschwerden ...«, »von den andern weiß ich nichts.« Mischins Gesicht verfinsterte sich, sein Lächeln erlosch. Er nickte kurz: »Sie können gehen.« Aber er wurde nie wieder frech.

Nachdem Sergej und ich unsere an das ZK der Partei gerichteten Briefe noch einmal durchgesehen hatten, gingen wir zu Mischin. Unter vier Augen wegen dieser Briefe mit ihm zu sprechen, konnte gefährlich werden.

Er war auf der Hut:

»Warum kommen Sie zu zweit?«

»Bürger Oberstleutnant, bei uns geht es um ein und dieselbe Angelegenheit.«

»Was fällt Ihnen ein? Gruppenbildung? Nicht gestattet! Gruppenbildung wird schwer bestraft.«

»Es geht ganz und gar nicht um Gruppenbildung, Bürger Oberstleutnant. Jeder von uns hat seinen eigenen Brief geschrieben. Nur der Empfänger ist derselbe – das Zentralkomitee. Und die Angelegenheit ist dieselbe. Wir bitten, die Briefe als besonders geheime Post zu befördern. Hier sind sie.«

»Wieso sind die Umschläge verschlossen? Das ist nicht erlaubt.«

»An die höchsten Staats- und Parteiorgane dürfen auch verschlossene ... Es gibt einen solchen Punkt in den Vorschriften.«

»Und wo sind die Kopien?«

»Es gibt keine Kopien, auch die Entwürfe sind nicht mehr vorhanden. Die Briefe sind vollkommen geheim, von besonderer staatlicher Wichtigkeit.«

»Beschweren Sie sich über die neue Leitung?«

»Persönliche Beschwerden würden wir niemals als geheime Staatssache betrachten. Sie kennen uns doch nicht erst seit heute.«

»Ja doch, ich kenne Sie. Aber warum haben Sie die Briefe nicht der Objektleitung, das heißt Major Schikin, übergeben, wie es dem Dienstweg entspricht?«

»Wiederum aus staatspolitischen Überlegungen, nicht aus persönlichen. Einfacher gesagt: wir vertrauen Ihnen mehr. Aber den Inhalt dieser Briefe Ihnen mitzuteilen, haben wir kein Recht.«

Nachdenklich betrachtete er die Umschläge, drehte und wendete sie. »Also gut!«

Es vergingen keine zwei Wochen, als Sergej und ich nacheinander zu Major Schikin gerufen wurden.

In seinem Zimmer saß ein uns unbekannter jüngerer Zivilist, aber mit der Haltung eines Offiziers.

»Ich bin Instrukteur des Zentralkomitees. Sie haben diesen Brief geschrieben?«

Er fragte sachlich, interessiert, verständig, schrieb alle Antworten auf. Als er auf die phonoskopischen Gutachten zu sprechen kam, sagte ich, über die konkreten Einzelheiten dürfe ich nichts mitteilen, ich sei durch Unterschrift zu allerstrengster Geheimhaltung verpflichtet. Aber im Ministerium befänden sich natürlich die Unterlagen der betreffenden phonoskopischen Gutachten: das eine unbedingt positiv, das andere dagegen berechtige zu ernsthaften Zweifeln. Ich sei aber überzeugt, daß die Phonoskopie eine durchaus reale, staatspolitisch wichtige Angelegenheit sei und daß hier die Resultate monatelanger ernsthafter Forschung vernichtet worden seien. Das sei ein schwerer Verlust, er müsse möglichst bald ersetzt werden.

Schikin hatte bei unserem Gespräch mit dem Instrukteur das Zimmer verlassen, hielt aber später Sergej auf dem Korridor an und fragte:

»Beschweren Sie sich? Hat er Sie angestiftet? Was heißt hier ›ich selbst‹? Dann sind also Sie der Rädelsführer? Und warum haben Sie sich nicht, wie vorgeschrieben, an mich gewandt?

Jetzt werden wir klären, warum nur Sie beide versuchen, die Autorität der Leitung zu unterminieren.«

Anderntags ließ Schikin auch mich kommen, sagte mir dasselbe wie Sergej, setzte aber noch hinzu, daß mein Antrag auf Angehörigenbesuch nicht genehmigt werden könne:

»Da Sie sich wieder eines Verstoßes schuldig gemacht haben. Ich betone: Verstoß. Sie haben sich hier aufgeblasen. Halten sich für sonstwen. Vergessen, wer Sie sind und wo Sie sich befinden. Aber wir klären das. Sehr ernsthaft werden wir das klären.«

Übelkeit erregende Kälte in der Brust. Warum zum Teufel war ich nur mit diesem Brief losgezogen? Jetzt wird man mich nach Workuta oder nach Magadan abfertigen. Und ich habe doch nur noch drei Jahre. Im Bergwerk oder beim Holzfällen halte ich die nicht durch. Und dieser elende Schreiberling aus dem ZK wird auch nicht helfen.

Sergej gab sich mutig, aber wohl war ihm auch nicht.

»Ja, Bruder, wir haben uns da wahrscheinlich selbst den Strick eingeseift. Da hat sich der Bauer über den Wojewoden beschwert – der Bauer wurde gehenkt, was dem Wojewoden passiert, weiß man noch nicht.«

Anton Michajlowitsch kam ins Labor. Er war zurückhaltend, aber nicht wütend. Lange sprach er mit dem Hauptmann, dann mit Gumer, trat an die Ständer, setzte sich Kopfhörer auf. Sergej las in der Akustikzelle laut aus der Zeitung. Die Auswerter tauschten Schalttafeln aus, stellten sie um.

Dann rief Anton Michajlowitsch mich:

»Sie beide haben, wie ich hörte, eine Korrespondenz mit dem Zentralkomitee begonnen. Haben also nicht auf meinen Rat gehört. Ich bedauere das sehr. Sie haben Ihre Möglichkeiten erheblich überschätzt. Und Sie überschätzen meine Gutmütigkeit. Ich habe es, offen gestanden, satt, zu verteidigen, rauszupauken, Bittgänge zu unternehmen und zu beweisen, daß Ihr wissenschaftlich-technischer Wert Ihre Laster und Sünden aufwiegt. Ich habe genug. Und ich bin einfach müde. Verstanden? Alles Gute.«

Ich weiß nicht mehr, wie lange das zermürbende Warten dauerte. Jeder Tag erschien uns länger als sonst eine ganze Woche. Dann plötzlich – Freude. Zuerst erzählte es Gumer, dann auch Jewgenija Wassiljewna, daß Major Schikin, von dem alle Drohungen ausgegangen waren, keine Gefahr mehr darstellte.

Der eigensinnige Grandseigneur Anton Michajlowitsch, der

nüchterne Mathematiker Konstantin Fjodorowitsch und all die anderen Ingenieur-Oberstleutnants, Ingenieur-Majore und Hauptleute wußten gut genug, wie wir arbeiteten. Sie verstanden es, unsere Fähigkeiten für die Sache und für sich selber zu nutzen. Der neue Chef Naumow dagegen war stumpf und gleichgültig auf uns rumgetrampelt, machte keinen Unterschied zwischen den einzelnen. Wir – das Spezkontingent – waren für ihn irgendeine Kategorie niederer Wesen, die ausgenutzt werden mußten.

Schikin nun war ernstlich überzeugt davon, daß wir alle oder doch fast alle Feinde waren, daß man von jedem von uns Schurkereien und Schweinereien zu erwarten hatte. Er hielt sich für eine Art Raubtierdompteur, der mit Peitsche und Zuckerbrot arbeitet und die gefährlichen Bestien zwingt, für den Staat zu arbeiten.

Er war das Prachtexemplar eines tschekistischen ›operativen Mitarbeiters‹, wie sie in den dreißiger und vierziger Jahren großgezogen wurden: grausam, ungebildet*, mißtrauisch (»revolutionäre Wachsamkeit«), unerschütterlich überzeugt, man dürfe »niemandem in nichts vertrauen«, es sei besser, »zehnmal zu streng vorzugehen als einmal zu lässig«. Hin und wieder »entlarvte« er sich anbahnende oder schon vollendete Verbrechen. Das sah dann so aus:

Ein paar Männer – Häftlinge und Freie – trugen eine alte Drehbank aus dem Obergeschoß in den Keller und hatten auf der engen Treppe große Mühe damit. Ein paarmal traten sie fehl. Später stellte irgend jemand fest, daß die Drehbank im Untergestell einen Riß hatte. Schikin leitete ein Verfahren wegen Sabotage ein. Die Untersuchung zog sich rund drei Monate hin. Anton Michajlowitsch bekam zwei Leute frei – ausgezeichnete Ingenieure, die andern Beteiligten ›kamen davon‹ mit langen Karzerstrafen und anschließendem Abtransport in ein Lager mit strengem Regime. Einer von den Freien wurde entlassen.

Unter den Deutschen, die in der Scharaschka arbeiteten, war ein älterer Chemieprofessor. Er war in Petersburg geboren, hat-

* Einmal rief er mich im Labor an: »Welche Sprachen können Sie? Auch Österreichisch?« Fast hätte ich losgewiehert. Doch dann antwortete ich wahrheitsgemäß, daß ich lediglich einige österreichische Mundarten verstünde, z. B. das Wienerische und das Steirische. »Also kommen Sie her, hier bittet ein Österreicher ausdrücklich darum, daß Sie dolmetschen.«

te das russische Gymnasium besucht und war Anfang der zwanziger Jahre nach Deutschland ausgereist. Er zog Schikins Jagdeifer dadurch auf sich, daß er fließend Russisch sprach und seltener als die anderen abends im Labor blieb. Von Hunger und Krankheiten geschwächt, die er im Gefängnis überstanden hatte, nahm seine Sehkraft rapide ab. Er bat um eine neue Brille. Besonders schwer war es für ihn, abends zu arbeiten. Der Sanitätsabteilung gelang es trotz aller Bemühungen nicht, einen Augenarzt aufzutreiben. Schikin strengte ein Verfahren wegen Sabotage gegen ihn an und verhörte alle seine Landsleute. Einige von ihnen erzählten, Schikin habe versucht, ihnen die Aussage abzupressen, der Professor hätte sie »zur Sabotage überreden wollen« und »faschistische Propaganda betrieben«.

Nach Abschluß der Untersuchung wurde bekanntgegeben: Der Häftling Soundso habe »den Weg der Sabotage seiner eigenen schöpferischen Initiative beschritten« und werde dafür mit 25 Tagen Karzer und anschließendem Transport in ein Lager mit strengem Regime bestraft.

... Im chemischen Labor arbeitete ein ehemaliger Gefangener, der Chemieprofessor S., 70 Jahre alt. Er war krankhaft dick, gutmütig und leise, sprach mit allen freundlich und ungezwungen, auch mit Häftlingen. Manchmal bat ihn der eine oder andere, einen Brief an Angehörige für sie in den Briefkasten zu werfen. Einer dieser Briefschreiber hielt Schikin gegenüber nicht dicht, und der gutmütige Alte wurde erneut verhaftet.

Vielleicht kannte auch Schikin die einfachen menschlichen Bindungen an die Eltern, die Frau, die Kinder. Vielleicht erholte er sich in seiner Freizeit mit Angeln oder mit Dominospielen. Doch stärker als alles andere waren in ihm die Leidenschaften des Entlarvers, des Anklägers und Rächers.

Und gerade diese Leidenschaften, so natürlich und löblich sie in seinem Beruf waren, bewirkten seinen Sturz.

Dmitrij Sch., Mitja genannt, war Rundfunkingenieur und hatte vor 1945 bei Telefunken in Berlin gearbeitet. Dann wurde er nach Artikel 58, Punkt 3 (»Kooperation mit der internationalen Bourgeoisie«) zu zehn Jahren verurteilt. Schmächtig, dunkelhäutig, krummbeinig und verschlossen, sprach er Russisch wie Deutsch schwerfällig und mit einem seltsamen, gemischten Akzent, in dem sich polnische und außerdem irgendwelche romanische Intonationen mischten. Geboren war er in Brasilien. Väterlicherseits stammte er aus einer polnisch-russischen Familie, mütterlicherseits aus einer deutsch-brasilianischen. Zu seinen Vorfahren zählte ein Ukrainer, ein Spanier, ein Argentinier, eine Engländerin und eine Jüdin. Die jüdische Vorfahrin verschwieg er allerdings, als er 1938 zu seinem deutschen Großvater reiste, um das rundfunktechnische Institut in Berlin zu besuchen. Im Zweiten Weltkrieg schloß er seine Ausbildung ab, kehrte aber nicht nach Hause zurück. Er hatte inzwischen eine Deutsche geheiratet und sollte später die kleine, aber einträgliche Firma seines Schwiegervaters erben.

»Ich versteh' nicht, kann keinen Sinn erkennen in dieser Strafe. Als ich verhaftet wurde, war ich ganz enervé, ganz mit den Nerven kaputt, verstand nichts. Zuerst verhörte ein Hauptmann, netter Junge, spricht Deutsch und Polnisch, lacht, sagt: ›Du hast Cocktail von Blut, russisches Blut, polnisches Blut. Aber gearbeitet hast du für Hitler. Das ist Vaterlandsverrat.‹ Er lacht, ich weine. Dann verhört ein Major, schreit grob: ›Gestapo-Agent, amerikanischer Spion.‹ Droht: ›Wenn du nicht gestehst, wirst du aufgehängt, erschossen, zwanzig Jahre nach Sibirien geschickt.‹ Aber ich hatte alles gesagt: wie wir lebten, was ich gearbeitet habe, geschworen hab' ich: ›Der heilige Gott ist mein Zeuge, ich bin kein Agent, niemals.‹ Dann kam ich nach Moskau in die Lubjanka. Verhör bei einem Oberst, so einem korrekten, ordentlichen, intelligenten. Der lacht nicht, schreit nicht, schreibt alles auf, was ich sage, und verspricht: ›Es wird einen Prozeß geben, ordentlich, ganz nach dem Gesetz, objektiv.‹ Dann werde ich in die Butyrka gebracht, denke zum Prozeß. Nein. Kommt ein Oberstleutnant, zeigt Papier: OSO hat beschlossen zehn Jahre. Warum? Wofür? Ich kann es nicht verstehen und nicht begreifen.«

Im Rundfunklabor arbeitete er vom Morgen bis Mitternacht, ging kaum spazieren. Gewöhnlich ging er gleich nach den Mahlzeiten wieder an seine Schalttafel. Freunde hatte er nicht, spielte weder Domino noch Schach. Er hatte große Sprachschwierigkeiten, schnell gesprochenem Russisch konnte er nicht folgen. Auch bei unseren Deutschen fand er keinen Anschluß. Einer sagte von ihm:

»Er hat fast zehn Jahre in Deutschland verbracht, studiert, ein reiches Mädchen geheiratet, selber gut verdient. Aber gefallen hat es ihm trotzdem nicht bei uns, hat immer Sehnsucht nach seinem Rio de Janeiro gehabt. Ganz abgesehen davon: er ist ein Idiot oder schizophren. Begreifen Sie denn nicht, wofür er sitzt? Er ist doch das lebendige Gegenbeispiel zu Ihrer Propaganda. Die behauptet doch, daß in Deutschland alle Juden und alle Verrückten ermordet worden seien. Aber hier haben Sie einen Halbirren und Halbjuden, der in Deutschland glücklich gedeiht, bei einer renommierten Firma arbeitet. Sehen Sie sich seine Augen an, seine Nase – typischer Ostjude. Dort haben sich ja alle getauften Juden Polen genannt. Außerdem ist er ein leibhaftiger Beweis der Rassenlehre: sowas passiert eben, wenn man Rassen vermischt. Halb Psychopath, halb Kretin. Nein, das ist überhaupt kein Zufall. In Amerika zum Beispiel besteht die überwältigende Mehrheit der Kriminellen und Irren aus Mestizen, Mulatten und anderen Mischlingen. Dieser Blödian widerlegt so augenfällig Ihre Propaganda, daß Ihre Kommissare ihn natürlich nicht laufen lassen konnten, er hat noch Glück gehabt, daß er nicht liquidiert wurde.«

Beim Abendessen wurde erzählt, Mitja sei aus dem Labor gerufen und ›ohne Sachen‹ fortgebracht worden. Am nächsten Tag erfuhren wir, er habe zwanzig Tage Karzer bekommen wegen verbrecherischer Beziehungen zu einer freien Angestellten. Zunächst glaubte das keiner. Wir meinten vielmehr, Schikin sei vollends übergeschnappt. Doch noch am selben Tag beim Spaziergang hörten wir Einzelheiten der unglaublichen Geschichte.

Es ging um die Putzfrau, Tante Katja. Breithüftig, mit rundem Gesicht, blaß, konnte sie 40, aber auch 60 Jahre alt sein. In ihrem unförmigen schwarzen Kittel, dem schmutzig-weißen Kopftuch war sie kaum von ihren Kolleginnen in ebensolchen Kitteln und Tüchern zu unterscheiden. Die Frauen kamen morgens eine oder anderthalb Stunden vor unserem Arbeitsbeginn und säuberten Labors und Arbeitsräume.

Wie sie und Mitja sich gefunden hatten – niemand wußte es. Weder sie noch er hatte irgend jemand in die Geschichte ihrer Liebe oder vielleicht einfach nur ihrer Freundschaft eingeweiht. Aber jemand hatte ihre Rendezvous am frühen Morgen bemerkt. Mitja lief nach dem Frühstück, noch vor Arbeitsbeginn, immer sofort ins Labor, und während der Mittagspause trafen sie sich in Kellerwinkeln. Ein anderer hatte gesehen, wie sie kurz nach ihm aus einer vorher verschlossenen Toilette gekommen war.

Die allwissenden Lager-Hausmeister gar hatten erfahren, Schikin habe das unglückselige Paar mit Hilfe eines Herings entlarvt.

Zu unserer Verpflegung gehörten zwei Dauergerichte: Hirsegrütze und dicke Heringe. Zum Frühstück und zum

Abendbrot, oft auch zum Mittagessen gab es große rötlich-grünlich-grau glänzende Stücke von fetten und sehr salzigen Heringen. Man bekam davon ziemlich starken Durst. Viele von uns nahmen ihre Portionen gar nicht oder aßen sie nicht auf. Neu eingetroffene Häftlinge staunten: nicht zu fassen, wie die hier vollgefressen sind! Heringsliebhaber sammelten bei den Kameraden die übriggebliebenen Portionen, wässerten sie und marinierten sie in leeren Marmelade- oder Auberginenmarkdosen, wie wir sie im Gefängnisladen kaufen konnten.

Solche Dosen und ein paar Heringsportionen hatte Mitja seiner Freundin geschenkt. Schikin erfuhr davon und durchsuchte Tante Katja eigenhändig in der Wachstube, als sie nach der Arbeit nach Hause gehen wollte. Er fand in ihrem Beutel mehrere leere Dosen und in ihren Jackentaschen Heringsstücke in Zeitungspapier eingewickelt, die üblichen Portionen aus der Häftlingsküche.

Von Jagdinstinkt und heiligem Zorn getrieben, machte er die zu Tode erschrockene Verbrecherin dingfest, ließ von seinem Kollegen Mischin zwei Aufseher kommen, begab sich mit ihnen in Tante Katjas Wohnung und hielt dort Hausdurchsuchung. Eine Menge Dosen mit marinierten Heringen konnte er beschlagnahmen, dazu noch irgendwelche halbanalphabetische Zettel – Mitjas Liebesbriefe sozusagen.

Schikin setzte ein Protokoll auf und schickte die heulende Tante Katja mit einem Aufseher zur Milizstation des Stadtbezirks. Hier lief die Sache schief. Die Miliz sah in dem Schreiben eines unbekannten Majors und den mündlichen Angaben eines Aufsehers keinen ausreichenden Anlaß, jemanden in Haft zu nehmen. Tante Katja mußte unterschreiben und wurde laufengelassen. Der Leiter der Milizstation bezweifelte auch die Rechtmäßigkeit der Hausdurchsuchung, die ohne vorschriftsmäßige Anordnung vorgenommen worden war.

Nach einigen Tagen – vielleicht hatte Mischin die Chance benutzt, eine alte Rechnung mit Schikin zu begleichen, vielleicht hatten die Milizionäre die Chance gewittert, ihren tiefeingewurzelten Haß gegen die gefürchteten ›Organe‹ an diesem Fall zu kühlen, oder jemand von den Scharaschka-Offizieren hatte etwas »signalisiert« – kurz: Schikin wurde wegen Verletzung der ›sozialistischen Gesetzlichkeit‹ seines Postens enthoben. Jewgenija Wassiljewna erzählte, er sei ganz aus den ›Organen‹ entfernt worden.

Mitja erhielt Karzer und wurde dann in ein Lager abtransportiert. Tante Katja verlor ihre Putzstelle, es wurde aber kein Verfahren gegen sie eingeleitet.

Gumer erzählte, Schikin sei ganz wild darauf gewesen, mit Sergej und mir abzurechnen, weil wir im ZK ›gegraben‹ hätten. Zu diesem Zweck hätte er schon mehrere Häftlinge und freie Angestellte zu sich gerufen, um ein ›Kompromat‹ zusammenzustellen. Naumow dagegen ließen diese Dinge kalt, er wolle sowieso alle Häftlinge aus dem Objekt entfernen und habe schon in der letzten Versammlung erklärt, alle Offiziere, vor allem aber die ›Sonderverpflichteten‹, müßten umgehend alles von den Häftlingen lernen und von ihnen abgucken, was nur irgend möglich sei. Sie hätten innerhalb eines Jahres das Spezkontingent zu ersetzen.

»Leutnant Wanja, dieser Neue mit der Stupsnase, soll Sergejs Nachfolger werden. Und die Walentina mit den großen Augen soll aus dir deine ganze Akustik und Linguistik und noch dazu alle Fremdsprachen herausholen.«

Im Winter 1951/52 begann ich Chinesisch zu lernen. Anfangs interessierten mich die chinesischen Schriftzeichen als Hilfsmittel für meine Hauptarbeit. Auf den Lautbildern veränderten sich Aufzeichnungen der einzelnen Laute jeweils abhängig von der Stimme, der Intonation, der Sprechgeschwindigkeit. Auch geschriebene Buchstaben werden je nach Duktus der Handschrift und den Bemühungen des Schreibenden verändert. Das Buchstabenbild ist jedoch verhältnismäßig einfach und stabiler als das Bild des Lautspektrums. Es gibt aber im Chinesischen unvergleichlich mehr Schriftzeichen als Buchstaben. Schon ein sehr wenig gebildeter Chinese kennt mindestens 2000 Zeichen. Die Unterschiede zwischen ihnen müssen erkannt werden, unabhängig von Handschrift, Stil, Sprechtempo, und dabei sind sie dem Erscheinungsbild nach sogar komplizierter als Lautbilder. Deshalb wollte ich mich mit dem Erlernen des Chinesischen trainieren, um Lautbilder besser zu behalten und sicherer lesen zu lernen.

Für meine etymologischen Forschungen der »Hand«-Wörter waren jene Hieroglyphen außerordentlich wichtig, in denen sich Rudimente von Abbildungen erhalten hatten, symbolische Zeichen für Hand.

Das Gefängnisschicksal schenkte mir unerwartet einen Lehrer. Einige russische Ingenieure und Techniker aus China wurden zu uns gebracht, unter ihnen Wladimir Petrowitsch W., ein junger Ingenieur aus Charbin. Er hatte auf dem Gymnasium Chinesisch gelernt, kannte etwa tausend Schriftzeichen und beherrschte die Literatursprache (das Nord- oder Mandarin-Chinesisch) leidlich. Zuerst nahm auch Jewgenij Timofejewitsch am Chinesischunterricht teil – das brachte ihm seinen Spitznamen Shen-Shen ein –, aber bald war er dessen überdrüssig, ihn bedrückten andere Sorgen.

Ich kam je länger, desto mehr auf den Geschmack, hoffte, später einmal die alten chinesischen Philosophen im Original lesen zu können, die ich nur von russischen und englischen Übersetzungen her kannte, und träumte von künftigen Reisen nach China.

Shen-Shen und ich besprachen oft stundenlang die Möglichkeiten einer umgekehrten Verbindung Moskau-Peking-Moskau. Von China wußten wir aus den Büchern von Tretjakow, Pearl S. Buck, André Malraux, Agnes Smedley, Anna Louise Strong, außerdem durch die Reportagen deutscher Antifaschisten und aus amerikanischen Zeitschriften, die zufällig in die Scharaschka kamen. Die Erzählungen unserer ›russischen Chinesen‹ bestätigten vieles davon, was wir von der außerordentlich standfesten und gesunden nationalen Moral wußten, von der Gewissenhaftigkeit, der skrupulösen Ehrlichkeit, der natürlichen Disziplin, der Enthaltsamkeit, dem ungewöhnlichen Fleiß, die von alters her den Chinesen der verschiedenen Klassen eigen waren. Selbst bürgerliche Autoren gaben zu, daß die chinesischen Kommunisten – im Unterschied zu den ›Westlern‹ der Kuomintang – gerade diese nationalen Tugenden pflegten.

Wladimir Petrowitsch war der einzige Sohn eines Eisenbahn-Ingenieurs der Ostsibirischen Eisenbahn. Er hatte das Gymnasium in Charbin, danach die rundfunktechnische Fakultät des Mandschurischen Polytechnischen Instituts besucht und war dann als Ingenieur bei einer japanisch-mandschurischen Firma für Rundfunkzubehör angestellt gewesen. Seine Frau, eine Studienkollegin, erwartete im Herbst 1945 ein Kind.

... Im August marschierten in Charbin sowjetische Soldaten ein. Die zahlreiche russische Bevölkerung empfing sie anfangs scheu, aber freundlich. Die Sieger über das Hitler-Reich revanchierten sich für Port Arthur und Tsushima: in langen Kolonnen zogen kriegsgefangene, deprimierte Japaner durch die Stadt. Ein Zug nach dem anderen brachte sie nach Westen, nach Sibirien ...

Die neuen russischen Zeitungen und das Radio erzählten

wortreich von den Siegen, Erfolgen und Errungenschaften aller Republiken der Sowjetunion, besonders des großen russischen Volkes – des älteren Bruders aller übrigen Völker, von der Genialität und Güte Stalins, von dem herrlichen, glücklichen Leben der Sowjetmenschen.

In Charbin wußte man, daß vieles davon Propaganda, Übertreibung und Schönfärberei war. Aber die militärischen Siege standen außer Zweifel. Die russischen Soldaten und Offiziere sahen frisch aus, waren viel besser bewaffnet als die Japaner und verhielten sich im allgemeinen anständig. Da und dort ereigneten sich Raubüberfälle, Vergewaltigungen, aber im Krieg ist das bei keinem Heer eine Seltenheit ... Wladimir Petrowitsch, seine Angehörigen und Bekannten verhielten sich immer vertrauensvoller und freundschaftlicher gegenüber den Siegern, gegenüber der Sowjetmacht.

Eines schönen Tages hielt ihn auf der Straße eine Patrouille an, bat ihn höflich mit zur Kommandantur zur Überprüfung seiner Papiere zu kommen. Dort wurde ein Formular ausgefüllt und er in eine Zelle gebracht, in der etwa 20 Menschen saßen – meist Russen aus Charbin, auch einige Japaner und Chinesen. Man hatte ihnen versprochen, sie würden bald überprüft und freigelassen werden, den Familien irgend etwas mitzuteilen, sei nicht notwendig; in der Stadt sei es ja bekannt, daß verschiedene Personen zur Überprüfung festgehalten würden ...

Es vergingen einige Tage. Wladimir bat erneut um die Erlaubnis, seine Familie zu benachrichtigen, damit sich die Eltern und seine schwangere Frau nicht länger beunruhigten.

Man brachte ihn von der Kommandantur ins Gefängnis, dort versicherte ihm ein Untersuchungsrichter, ein korrekter Oberleutnant:

»Sobald sich alles klärt, kommen Sie automatisch nach Hause.«

»Was soll denn geklärt werden?«

»Dabei müssen Sie uns schon helfen, wenn Sie wirklich ein loyaler Russe sind ... Erklären Sie uns, warum haben Sie die Staatsangehörigkeit von Mandschukuo angenommen, von dieser Marionette des japanischen Imperialismus, des schlimmsten Feindes von Rußland?«

»Ich bin doch hier geboren, in Charbin. Und der Staat Mandschukuo wurde geschaffen, als ich noch in der Vorschule war. Ich hatte keinerlei Wahl, anzunehmen oder nicht anzunehmen ... Meine Eltern leben hier seit Anfang des Jahrhunderts.

Schon die Großväter sind hierhergezogen, als die Eisenbahnen gebaut wurden ...«

»Sie haben das Polytechnische Institut besucht, und das gehörte dem japanischen Oberkommando und damit dem japanischen Geheimdienst. Welche Spionageaufträge haben Sie durchgeführt? ... Ein ehrliches, offenherziges Geständnis und gewissenhafte Mithilfe bei der Untersuchung sichern Ihnen umgehend die Freiheit. Im anderen Fall haben Sie sich alles Weitere selbst zuzuschreiben.«

Wladimir wurde weder geschlagen noch gefoltert, überhaupt nur insgesamt drei- oder viermal verhört. Dann transportierte man ihn und noch einige Hundert ebensolcher Untersuchungshäftlinge nach Westsibirien in ein Lager. Dort ließ ihn der zuständige Untersuchungsrichter kommen – ein Hauptmann, müde, zerstreut, ziemlich ungebildet. Er redete unverständlich von Beschlüssen irgendwelcher Außerordentlicher Fernöstlicher Militärtribunale, denen irgendwelche Internationalen Gerichte zugestimmt hätten. Aus irgendwelchen Gründen ging daraus hervor, daß das Charbiner Polytechnische Institut und die Firma, in der Wladimir Petrowitsch gearbeitet hatte, kriegsverbrecherische Institutionen gewesen waren. Der Hauptmann sagte – er schrie nicht, schimpfte oder drohte nicht –, sondern sagte sachlich und uninteressiert, Wladimir Petrowitsch müsse »ehrlich bekennen«, an welchen Verbrechen im einzelnen er beteiligt gewesen sei, und er habe seine Komplizen und alle anderen Verbrecher, an die er sich erinnere, zu nennen. Nur dadurch könne er sein Schicksal erleichtern, sogar die Freiheit verdienen ... Wenn er aber fortfahre zu »verdunkeln«, die Sache zu »verschleppen« oder »Jungfrau zu spielen« – Wladimir hörte damals zum erstenmal diese neuen russischen Ausdrücke –, schaffe er es noch, das »Höchstmaß« herbeizureden.

»Wissen Sie nicht, was ›Höchstmaß‹ ist? ... Höchstmaß – das heißt neun Gramm in die Kruppe und ohne Sarg in die Bodenabteilung. Kapiert? Heutzutage kann natürlich auch gehenkt werden: Strick um den Hals, auf die Brust ein Schild ›Spion‹. Damit die Leute was zu sehen haben ... Also, suchen Sie selber aus.«

Zu dieser Zeit war Wladimir schon entsetzlich abgemagert, von Krankheiten und Hunger erschöpft. Er war in einem sommerlichen Oberhemd und leichten Hosen verhaftet worden. Im Herbst, als die sibirischen Fröste begannen, wurden alte, zerrissene Wäschestücke und abgetragene Wattejacken ausgegeben.

In den ausgekühlten Baracken drängten sie sich zu zweit und zu dritt auf plattgelegenen Strohsäcken. Irgendein unverbesserlicher Witzbold meinte: »Skelett an Skelett – die Reibung der Knochen macht's euch wärmer.« Oben über die dünnen Schlafdecken breiteten sie Sackleinen und Lappen ... Verzweiflung und dichte Schwermut trübten das Bewußtsein. Nicht einmal die Drohung mit dem Höchstmaß schreckte ihn. Der Tod bedeutete lediglich das Ende des gegenwärtigen unerträglichen Zustands ...

Der Untersuchungsrichter reichte ihm einen Stoß Papier: »Schreiben Sie alles auf, was Sie wissen und woran Sie sich erinnern: Namen, Adressen, Decknamen, Chiffren, einzelne Aufträge ... Alles!«

Auf zwei Seiten schrieb er die Geschichte seines kurzen Lebens nieder, die Adresse seiner Familie und setzte hinzu: »Ich bitte, meiner Familie meinen Tod mitzuteilen.«

Der Untersuchungsrichter rieb sich die Augen und sah ihn wie zuvor zerstreut, gleichgültig an.

»Na, wie du willst. Nur, daß Korrespondenz mit dem Ausland nicht erlaubt ist.«

Es vergingen einige Monate. Wladimir litt lange an Skorbut, Pellagra, bekam Lungenentzündung. Er hatte kaum eine Vorstellung von der verstreichenden Zeit. Eines Tages wurde er wieder herausgerufen, zu einem anderen Offizier. Der hielt ihm ein Blatt dünnen Papiers hin. Ein undeutlicher Schreibmaschinentext. Mit Tinte eingetragen Name, Geburtsjahr, Adresse und zum Schluß Ziffern. Die OSO hatte ihn zu 25 Jahren Freiheitsentzug ohne Beschlagnahme des Eigentums verurteilt. Die Straffrist begann mit dem Tag der Verhaftung und endete im August 1970.

Zu diesem Zeitpunkt würde er über 50 sein. Seine Frau auch. Und der Sohn – oder die Tochter – schon 25 ... Seine Eltern aber würden diesen Tag kaum erleben.

Er arbeitete zuerst in der Lagerwerkstatt als Techniker. Kurierte sich aus, wurde kräftiger. Wenn er Radioapparate für Vorgesetzte und freie Angestellte reparierte, erhielt er die Bezahlung in Naturalien – Brot, Konserven, Graupen. Die Scharaschka kam ihm wie der Himmel vor. Richtige Ingenieursarbeit, die Wissen und Phantasie erforderte. Ringsum wohlmeinende Kameraden, höfliche, verständnisvolle Vorgesetzte. Und ein ruhiges, geordnetes Leben ...

Groß, hager, mit hoher Stirn und dicker Brille, immer zurückhaltend und ernst, wirkte er düster und verschlossen. Er lächelte selten, sprach wenig. Manche unter uns, die gewohnt waren, Ältere wie Jüngere ohne weiteres zu duzen (»Was bedeutet hier ›Sie‹ in unserer Latrinenbruderschaft?«), hielten ihn für einen hochmütigen Pedanten und für eingebildet. Aber er war einfach unheilbar gut erzogen. Die kühle Höflichkeit verdeckte seine stille Güte und seinen integren, ungebrochenen Charakter. Er konnte sich nicht verstellen, nicht lügen oder heucheln. Düster wurde er von der unablässigen Sehnsucht, über die er nicht sprechen konnte, ja vielleicht auch nicht wollte. Weder in Büchern noch in Filmen ertrug er Sentimentalität und Pathos.

Er arbeitete mit mir zunächst täglich nach dem Abendessen oder direkt vor dem Schlafengehen. Die chinesischen Schriftzeichen schrieb er kalligraphisch sauber. Geduldig unterwies er Shen-Shen und mich.

»Man muß die Reihenfolge und die Richtung jedes Strichs, jedes Punktes genau einhalten. Hier, sehen Sie: Man fängt immer so an ... Und dann schreiben Sie so: von rechts nach links, nach unten ... Am besten wäre es natürlich mit Pinsel und Tusche, den Pinsel dabei genau senkrecht gehalten.«

Er sagte, der Charakter eines Menschen zeige sich darin, wie die Zeichen geschrieben seien. Die alten Chinesen seien überzeugt gewesen, ein schlechter Mensch könne kein guter Kalligraph sein.

Später schickten mir meine Angehörigen ein Lehrbuch, ein Wörterbuch und anderes Material. Unsere Unterrichtsstunden wurden seltener. Wladimir gab uns ›Hausaufgaben‹. Das erste – es blieb das einzige – Buch, das ich mit Wladimir Petrowitschs und des Wörterbuchs Hilfe durchgelesen habe, war die Übersetzung einer Rede Stalins auf einem Kongreß von Mähdrescherfahrern.

Im Herbst 1952 häuften sich alarmierende Gerüchte ... Die Freien erzählten, die meisten Vorgesetzten in der neuen Leitung seien nicht gewohnt, mit Häftlingen zu tun zu haben, und verlangten, man solle uns aus dem Institut, das direkt dem Zentralkomitee der Partei unterstand, wegbringen. Anton Michajlowitsch und die höheren Scharaschka-Offiziere hätten protestiert und erklärt, sie könnten ohne diese Spezialisten nicht auskommen. Es gebe auch in der Leitung einige ehemalige Tschekisten, die wüßten, was wir wert wären. Bloß Naumow bestehe darauf, das Institut zu ›säubern‹.

In den Jurten, im Speisesaal – überall sprach und diskutierte man über die neuen Latrinenparolen.

»Noch vor Ende des Jahres werden wir in ein Sonderlager irgendwo im Nordosten gebracht ...« – »Nein, wir kommen in eine andere Scharaschka in der Nähe von Moskau ... Nach Kasan ... In den Ural ...« – »Wir kommen alle in ganz entfernte Lager, wo wir keine Korrespondenzerlaubnis haben. Wir sind schließlich Geheimnisträger. Das heißt: die Freiheit sehen wir nie mehr wieder. Lebenslängliche sind wir jetzt, bis wir verrecken ...« – »Meinetwegen, wenn sie nur nicht gleich Schluß machen mit uns ...« – »Die meisten von uns werden sie auf Transport jagen; aber so die 50 Allerunentbehrlichsten lassen sie hier ...« – »Nein, nur zwanzig, nicht mehr ...« – »Nicht einmal zwanzig! Bloß ganz paar Entwicklungsspezialisten, ohne die es einfach nicht geht, werden in die Lubjanka oder ins Lefortowo-Gefängnis gesteckt, von dort kutschiert man sie dann zweimal am Tage im Schwarzen Raben hierher ...« – »Und wer entscheidet, wer unentbehrlich ist? Dich zum Beispiel braucht Anton für seine Aufzeichnungen und den übrigen Mist. Für Naumow dagegen bist du ein Nichts. Er hat mit Ohren und Schnauzen nichts zu tun und sieht deshalb das alles als blanken Blödsinn an, vielleicht sogar als Schädlingstätigkeit ...« – »Es wird drauf raus laufen, daß man uns irgendwohin abschiebt, wo wir Kohle fördern, Holz fällen oder den Sozialismus in einer umzäunten Zone aufbauen sollen. Und dort können sie es so deichseln, daß wir uns an Lefortowo noch wie an ein Sanatorium erinnern werden ...«

Ich wollte an das Beste glauben oder wenigstens nicht an das Schlimmste. Sergej, Walentin, Semjon zählten zweifelsfrei zum ersten Dutzend der »Unersetzlichen«. Doch wie ich ließen sie sich abwechselnd mal von hoffnungsfreudigen Gerüchten ermuntern, mal von Redereien über unabwendbares Unglück in Verzweiflung treiben.

Zu den wenigen, die Ruhe bewahrten, gehörte Wiktor Andrejewitsch Kemniz, ein Moskauer Ingenieur, der im Zusammenhang mit dem Fall Andrejew verurteilt worden war.

Daniil Leonidowitsch Andrejew, Sohn des Anfang des Jahrhunderts sehr bekannten Schriftstellers Leonid Andrejew, war 1949 verhaftet worden; er hatte einen Roman geschrieben, den das MGB als antisowjetisch und sogar terroristisch einstufte. Nach ihm wurden mehrere Dutzend seiner Freunde und Bekannten verhaftet. Wiktor war nur ein- oder zweimal bei einer

Lesung aus dem Roman in der Wohnung des Autors gewesen, da er viel zu arbeiten hatte und oft auf Dienstfahrten unterwegs war. Seine Frau Anna Wladimirowna war öfter bei Andrejews Lesungen gewesen und hatte gehört, wie etwa eine der Romanfiguren den Wunsch äußerte, der Große Führer möge sterben, oder auch laut darüber nachdachte, was sich nach seinem Tode ereignen könnte.

Die Bekanntschaft mit dem Schriftsteller Andrejew trug Wiktor zehn Jahre nach Artikel 58, Punkt 10 und 11, ein, seine Frau aber und Andrejew selbst bekamen 25 Jahre nach Artikel 58, Punkt 8: Terror.

Der große, breitschultrige Wiktor erinnerte mit seinem großen Kopf, der steilen, breiten Stirn ein wenig an Eisenstein. Er bewegte sich geschmeidig und leicht. Die etwas hervorstehenden hellen Augen blickten zutraulich drein. Er war der Sohn russifizierter Deutscher, sprach langsam und vorsichtig Deutsch, mit der hölzernen Aussprache unserer Schullehrer. Seine Kollegen lobten ihn als erfahrenen und begabten Konstrukteur. Doch mehr als seinen Beruf liebte er Musik und Blumen. Stets informierte er sich genau über die bevorstehenden Radiokonzerte. Wenn abends gutmütige Offiziere Dienst hatten, kam er ins Akustik-Labor, um Tonbandaufzeichnungen von Symphonie- und Kammerkonzerten anzuhören. Und er schwelgte dann in Erinnerungen an das Konservatorium vor dem Kriege: »Als ich zum erstenmal Skrjabin hörte, das war eine Erschütterung ... Nein, ich kann es nicht erklären, nicht beschreiben ... Plötzlich öffnete sich eine neue, unbekannte Welt – bis zu dieser Minute unbekannt, unvorstellbar. Und doch war es meine eigene, meine private Welt. Zum erstenmal hörte ich ganz meine eigene Musik ... Mozart, Beethoven, Tschajkowski, Chopin sind schön, großartig. Sie entzücken mich immer, bewegen, erfreuen, erquicken mich. Immer ist Schönheit in ihnen, irdische oder überirdische ... Aber all dies war irgendwo anders ... Skrjabin dagegen war hier, seine Musik handelte von mir und in mir. Er drückte all das aus, was ich selbst niemals ausdrücken konnte – meine Hoffnungen, Freuden, Schmerzen, Ängste ...«

Fast ebenso hingerissen sprach er von Blumen, davon, wie man sie auch unter schlechtesten Bedingungen in der Stadt ziehen könne: auf Steinen und Abfall. Gemeinsam mit einem anderen leidenschaftlichen Gärtner, einem früheren Panzeroberst, leitete er die freiwillige Gartenbrigade. Auch ich wurde aufgenommen. Gleich nach dem Aufstehen, noch vor dem Frühstück, und abends vor und nach dem Essen gruben, pflanzten, jäteten und gossen wir, knapsten die Zeit, ein bis anderthalb Stunden, von unserer Überstundentätigkeit ab. Im Garten vor dem Scharaschka-Gebäude, im Lager zwischen den Jurtenreihen und längs der Gehwege legten wir Beete an mit Stiefmütterchen, Kapuzinerkresse, Margariten, Samtblumen, Tabak, Nelken, Narzissen, Astern und Gladiolen.

Wenn die Rede auf Bücher und Gedichte kam, seufzte Wiktor Andrejewitsch traurig.

»Da sollten Sie mit meiner Anna sprechen; sie hat viel mehr gelesen als ich, versteht mehr von Literatur und Poesie ... Vor dem Krieg hatte sie eine schwere Grippe gehabt, davon war das Herz so angegriffen, daß sie das Theater aufgeben mußte. Und dabei tanzte sie so wunderbar. Es fiel ihr schwer, damit aufzuhören. Sie wurde Choreographin und Regisseurin. Während der Evakuierung arbeitete sie in Klubs und trat als Rezitatorin auf. Rezitierte wundervoll Puschkin, Lermontow, Nekrassow, die Achmatowa, Pasternak; sie kennt Hunderte und Aberhunderte von Gedichten auswendig ...«

Wiktor Andrejewitsch verabscheute Gerüchte: »Das ist einfach unsinnig. Wir können nichts nachprüfen, haben nicht den geringsten Einfluß auf unsere Zukunft. Sie hängt nicht von uns ab. Also warum Worte und Nerven umsonst strapazieren? Hören wir uns lieber noch einmal Beethovens Dritte an ...«

Das Labor leitete nach wie vor Hauptmann Wassilij Nikolajewitsch. Er war wie eh und je leidenschaftslos nüchtern, höflichkühl. Seine persönliche Assistentin wurde die Obertechnikerin Leutnant Anna Wassiljewna, wir nannten sie die kleine Anjetschka. Sie war mager, farblos blond, blaß, mit langezogenem Gesicht und dünner pickelübersäter Nase – ein schüchternes Mauerblümchen, doch wenn sie lächelte, sah sie manchmal beinahe hübsch aus. Sie war 1949 gleich nach ihrem Examen am Fernmeldeinstitut in der Scharaschka angestellt worden. In den ersten Wochen war sie scheu und duckte sich. Allmählich aber gewöhnte sie sich und unterhielt sich teilnahmsvoll mit uns, wenn sie abends Dienst hatte. Über ein auswärtiges Abonnement besorgte sie aus den zentralen Bibliotheken all die Bücher, die Solschenizyn und ich gern haben wollten, dachte sich zusammen mit uns Erklärungen für den Fall aus, daß irgendein Vorgesetzter wissen wollte, wozu wir die Publikationen des Prager linguistischen Zirkels, die Werke von Wundt, Nikolaj

Morosow und Marr oder alte Bücher über Philosophie, Geschichte und Literatur brauchten, die wir als Materialien angefordert hatten.

Einige Zeit war Anjetschka als Brigadierin der Aufzeichner und als Sprecherin Solschenizyns nächste Mitarbeiterin und verliebte sich natürlich in ihn. Als er auf Transport geschickt wurde, war sie noch lange traurig. Wenn sie abends Dienst hatte, setzte sie sich zu mir, fragte mich über ihn aus und klagte, fast weinend:

»Ach, er ist so ein Dickkopf, so ein Dickkopf. Wie oft habe ich ihn gewarnt, daß Anton Michajlowitsch unzufrieden werden würde, sehr unzufrieden!«

Ein Jahr darauf erkrankte sie, mußte sich einer Operation unterziehen und hatte anschließend lange Genesungsurlaub. Als sie nach Monaten wieder kam, braungebrannt, voller geworden und strenger, hatte sie für unsere freudigen Begrüßungen kaum ein Kopfnicken übrig und auf Fragen nach ihrer Gesundheit antwortete sie kurz, einsilbig, abweisend: »Das hat mit der Arbeit nichts zu tun.«

Bald fiel uns auf, daß immer, wenn sie Dienst hatte, auch Wassilij Nikolajewitsch dablieb; sie saßen in seiner Ecke, flüsterten, gingen manchmal für längere Zeit fort.

Beide waren klein, still und irgendwie farblos – ein rührendes Paar, so schien es mir anfangs.

Doch dann wurde Anjetschka immer befehlshaberischer, herrischer, strenger, schließlich sogar zänkisch aggressiv. Die Freien erzählten uns, Wassilij Nikolajewitsch sei verheiratet und habe Kinder. Seine Frau sei unheilbar krank. Als Parteimitglied und »Offizier der Organe« dürfe er seine Familie nicht zerstören. Und im Komsomol hätten sie Anja schon wegen Unmoral »demontiert«[41], deshalb spiele sie verrückt und attakkiere jeden, der ihr in die Quere komme.

Sie tat uns leid. Aber das ständige Nörgeln, die unsachlichen und unqualifizierten Kritteleien reizten mich schließlich so, daß ich sagte, wenn sie so weitermache, würde ich mich weigern, mit ihr zu arbeiten. Sie wurde erst zornig, verlor dann die Fassung und verstummte. Wassilij Nikolajewitsch rief mich zu sich. »Sie hatten eine unangenehme Auseinandersetzung mit Anna Wassiljewna ... Nein, nein, ich will der Ursache nicht weiter nachgehen. Ich nehme an, sie war zu scharf. Aber Sie wissen ja, daß sie schwer krank war, daß es Komplikationen gab. Die Nerven. Und außerdem sollten auch Sie vorsichtig sein. Schließlich haben Sie schon trübe Erfahrungen gemacht. – Aber das Allerwichtigste ist die Arbeit. Uns stehen außerordentlich bedeutende neue Aufgaben bevor.«

Er sprach wärmer und wortreicher als sonst.

»Also vermeiden Sie künftig derartige Konflikte. Anna Wassiljewna wird sich von nun an nicht mehr mit den Aufzeichnungsversuchen befassen. Als Sprecher haben wir auch noch andere Mädchen. Überhaupt werden Sie auf den Gebieten Aufzeichnung und Phonetik von heute an nur mit Walentina Iwanowna arbeiten und bei der Spektralanalyse mit Iwan Jakowlewitsch. Bei allen Mißverständnissen und überhaupt wenden Sie sich direkt an mich.«

Walentina Iwanowna sprach in der ersten Zeit täglich davon, daß sie nach dem Plan des Instituts und nach Anweisung von Oberstleutnant Naumow im nächsten Jahr Kandidatin der Wissenschaften werden sollte.

»Welcher Wissenschaften? ... Also, da müssen Sie mir helfen; Anton Michajlowitsch glaubt, daß ich ›technische Wissenschaften‹ nicht schaffe. Ich brauchte mehr Praxis aus der Produktion. Hinzu kommt, daß Sie in der Technik kein Spezialist sind. Sie sind ja Kandidat der Philologie, nicht wahr? ... Mir persönlich wäre das auch lieber. Ich verehre die Gedichte von Simonow, Surkow, Gussew, Schtschipatschow ... Aber am meisten mag ich Musik. Ich spiele Klavier, Harmonika, Gitarre und alle anderen Zupfinstrumente. Ich komponiere sogar, habe schon einen Walzer und zwei Polkas geschrieben. Aber hier braucht man das alles nicht. Wenn ich verheiratet wäre und einen richtigen guten Mann hätte, würde ich mich nur mit Musik befassen... Ich würde in die Oper und in die Operette gehen, in Konzerte. Und ich würde viel schöngeistige Literatur lesen ... Es heißt, Sie hätten ausländische Literatur studiert. Stellen Sie mir doch bitte eine Liste zusammen – na, so alles, was man von der Weltliteratur lesen muß ... Die russische habe ich natürlich in der Schule gehabt, und, also, Lermontow mag ich mehr als Puschkin. Der war immer so ein bißchen leichtsinnig, sogar verdorben. Ich mag auch Turgenjew und Tolstoj sehr. Er ist doch der größte auf der Welt, nicht? ... Nein, Dostojewskij liebe ich nicht. Natürlich, gelesen habe ich ihn. Aber bei ihm ist soviel Morbidität und so eine komplette Hysterie. Tschechow mag ich auch nicht. Er ist ein Pessimist, bei ihm ist alles so grau... Na ja, Gorkij: den natürlich sehr! Ich sage Ihnen – aber das ist ein großes Geheimnis –, ich möchte die Musik zu seinem ›Lied vom Sturmvogel‹ schreiben und zum ›Lied vom Falken‹ ... Ja, ja, für mich ist die Hauptsache im Leben die Musik. Ich glaube, daß überhaupt die Musik für die Kultur das Wichtigste ist. Sie erzieht moralisch. Bei uns wird das nicht genug gewürdigt, weder im Rundfunk noch in den Klubs. Und wissen Sie, warum? Nehmen Sie es mir nicht übel, aber das kommt daher, daß bei uns die Musik von den Juden beherrscht wird ... Ja, ja, das wissen alle. Wohin man spuckt: irgendein Ojstrach oder Gilels ... Und wer wird am meisten aufgeführt? Unbedingt Pokrass oder Schostakowitsch ... Aber nein, Sie irren sich. Schostakowitsch ist natürlich Jude. Schostakowitsch – Rabinowitsch ... Na, vielleicht ist er getauft. Aber seine Musik ist ganz und gar nicht russisch. Die ist kosmopolitisch. Das wissen alle. Das hat Genosse Shdanow festgestellt, und darüber gibt es Parteibeschlüsse ... Natürlich, ganz hat Schostakowitsch die zeitgenössischen russischen Komponisten nicht verdrängt – Solowjow-Sedoj und Chrennikow können sich noch behaupten. Aber sie haben es schwer. Im Konservatorium, im Radio, im Bolschoj-Theater – überall wirtschaften Juden. Man hält sie für geborene Musiker, während sich die schlichten Russen mit Harmonika und Balalajka vergnügen sollen. Ja, ja, das weiß ich wirklich genau ... Ich begreife ja, daß es für Sie unangenehm ist, so was zu hören, aber schließlich sind Sie kein Musiker und wissen das nicht. – Gut, kommen wir wieder zur Sache. Denken Sie sich bitte ein Dissertationsthema für mich aus. Anton Michajlowitsch hat gesagt, wenn Sie wollten, könnten Sie mir helfen, eine Dissertation auf Ihrem Gebiet zu schreiben – na ja, über die Verständlichkeit am Telefon und diese sichtbaren Töne. Aber so, daß man dafür den Kandidaten der Physik bekommt ... Und dann wegen der Fremdsprachen. In der Schule und im Institut habe ich Deutsch gelernt, und jetzt heißt es, Englisch wäre nötiger. Helfen Sie mir doch bitte dabei. Wassilij Nikolajewitsch hat gesagt, wir dürften uns gleich nach der Arbeit hinsetzen und ab und zu auch während der Arbeitszeit, wenn keine eiligen Aufträge da sind.«

Als Thema für Walentina Iwanowna dachte ich mir aus: »Physikalische Parameter der Verständlichkeit der russischen Umgangssprache.« Für eine solche Arbeit waren die bei den Aufzeichnungsversuchen verschiedener Telefonkanäle schon gewonnenen Daten zu ergänzen und nach Frequenz, Störungsbedingungen usw. zu systematisieren und die damit verbundenen Untersuchungen der Sprach-Spektralanalyse nach den

Lautbildern einzubeziehen. All dies wollte ich mit Auszügen aus Büchern und Zeitschriften belegen und unterbauen mit Beispielen aus der Sprachgeschichte, der Sprachphysiologie und der Phonetik, und natürlich wollte ich unsere Daten mit jenen vergleichen, die bereits ausländische Telefoningenieure, Elektroakustiker und Linguisten veröffentlicht hatten ...

Thema und Plan der Dissertation des Technik-Unterleutnants Walentina Iwanowna wurden genehmigt ... Und ich sah in meiner Arbeit im Akustik-Labor von neuem einen lebendigen Sinn.

Die gewöhnlichen Aufzeichnungsversuche und die Lautbilder-Untersuchungen der Telefonkanäle waren schon seit langem zur reinen Routinearbeit geworden. Von Zeit zu Zeit konnte irgendeine komplizierte, kühne technische Idee auch mich anziehen. Und ich begann, neue rationelle Methoden zur Erforschung dieses Systems zu entwickeln. Aber in all diesen Fällen blieb ich lediglich Gehilfe, Kontrolleur, keinesfalls aber Autor oder selbständiger wissenschaftlicher Mitarbeiter.

In der Dissertation dagegen, die Walentina schreiben sollte, ließen sich auch wirkliche Entdeckungen absichern. In dieser Arbeit wollte ich meine Vorstellungen von den Rede-Merkmalen darlegen, von der dreidimensionalen physikalischen Struktur des Lautstroms der Rede, von der wirklichen Rolle der sie bildenden »Formanten«, von ihrem »hyperphysikalischen« vieldeutigen Inhalt, wenn der Sprechende durch geringe Änderungen der Frequenzenergie fragt oder befiehlt, einen Gedanken erläutert, Stimmungsnuancen wiedergibt, Zärtlichkeit oder Zorn ausdrückt.

Mein Plan der Dissertation sah auch ein Kapitel über die physikalischen Grundlagen der individuellen Besonderheiten der Stimme vor.

Walentina Iwanowna war zufrieden. Im großen ganzen begriff sie, wovon die Rede war. Und ich gab mir Mühe, so verständlich wie möglich, das Wesen jedes geplanten Kapitels darzustellen.

»Ja, ja, das verstehe ich. Aber ich bin nicht sicher, ob ich das so niederschreiben kann, daß es auch anderen verständlich wird. Ich habe keine Erfahrung ... in wissenschaftlicher Arbeit. Im Institut, wissen Sie, haben wir ja bloß gepaukt und gebüffelt, um die Prüfungen zu bestehen. Und hatte man glücklich bestanden, war alles sofort wieder vergessen. Und ich habe noch dazu mit Unterbrechungen studiert. Vor dem Krieg fing ich an ...

Dann kam die Evakuierung. Später wurde ich als Telefonistin zu den ›Organen‹ eingezogen. Das Examen habe ich schließlich in Moskau als Abendstudentin gemacht – es war so schwer, so schwer. Auch materiell sehr schwer. Als Frau muß man sich ja anziehen. Es heißt, Schönheit geht über Kleider. Aber das sind bloße Worte. Mich hielten z. B. alle Männer im Institut und auf der Arbeit für eine Schönheit. Natürlich ist es angenehm, Komplimente zu hören. Aber ich bin ja nicht dumm, ich weiß genau, wenn ich in Wattejacke und mit einer Serviette als Kopftuch, mit irgendeiner Pelzmütze oder in Baumwollstrümpfen mit geflickten Schuhen und nicht richtig frisiert herumgelatscht wäre – dann hätte niemand nach mir geschaut, und wer mich sah, hätte gedacht: na, diese Schlampe, so eine Vogelscheuche, so ein Scheusal ... Ich konnte nur abends oder an der Fernuniversität studieren – ich mußte Geld verdienen. Mama hat mir zwar manchmal geholfen. Sie ist Ärztin, war im Krieg an der Front. Hat aber dort einen Juden geheiratet, auch Arzt. Aber der sorgte immer nur für seine eigenen Kinder. Er hat zwei erwachsene Töchter und einen Sohn, die auch alle Medizin studiert haben. Die Juden haben die Musik und die Medizin besetzt, weil das Berufe sind, die das meiste Geld bringen. Der Mann meiner Mutter hatte überall Beziehungen und Verbindungen. Als Mama ein bißchen Druck machte, hat er mir auch im Institut geholfen ... Aber im übrigen ist Mamas Ehe unglücklich. Er ist ein solcher Egoist, denkt nur immer an sich und seine Verwandten.

Und launisch ist er bis zur Unverschämtheit. Mal schmeckt ihm das Essen nicht, mal ist die Wohnung nicht richtig sauber, dann schimpft er, weil ich mir ein Klavier gekauft habe und daß ich so viel Geld für Kleider ausgebe. Und es paßt ihm nicht, daß ich nach Sotschi gefahren bin, wo sie doch eine Datscha in Malachowka haben. Das hätte mir noch gefehlt, bei ihnen in der Datscha zu hocken! Ein Bekannter von mir, ein sehr gebildeter Mensch mit einem hohen Posten bei den Organen, sagt, daß es in Malachowka mehr Juden gibt als in Jerusalem, dort haben sie zwei Synagogen ... Das ist gar kein Antisemitismus ... Nichts dergleichen ... Antisemiten wollen alle Juden totschlagen, wie es die Deutschen getan haben. Antisemitismus gibt es bei den Faschisten, aber ich bin Parteimitglied. Dieser Bekannte hat auf der Universität sein Examen in Marxismus gemacht ... Widersprechen Sie nicht, da kommt bei Ihnen das jüdische Blut durch, obwohl Sie überhaupt nicht wie ein Jude aussehen ...

Nein, nein, und nochmal nein! Ich will schließlich niemanden töten, und ich bin nicht gegen alle Juden. Ich weiß ja, daß Karl Marx Jude war. Auch Lasar Moisejewitsch Kaganowitsch, der verehrte Genosse. Es gibt gute Musiker und Ärzte. Aber jede Nation hat ihre Mängel. Bei uns Russen ist es das Trinken, das viele Reden, die Unordnung und Kulturlosigkeit ... Wir verstehen nicht, uns einzurichten, können nichts hüten, vertrauen allen. Bei den Juden ist es die Schläue, die Bosheit, der Geiz. Dafür haben sie auch ihre guten Seiten – sie verstehen es, sich einzurichten, sie helfen sich untereinander, sind für die verschiedenen Wissenschaften begabt, und der jüdische Mann ist viel, viel treuer als der Russe ... Sie sagen, ich sei Antisemitin, aber vor drei Jahren hätte ich fast einen Juden geheiratet. Er hatte auch am Fernmeldeinstitut Examen gemacht, im Tages-Studium. Aber dann wurde er in den Fernen Osten abkommandiert – was hätte ich da wohl verloren? Mutters Mann hatte versprochen mitzuhelfen, daß er in Moskau oder in der Nähe unterkäme, hat aber nichts erreicht oder eher nicht gewollt. Dieser mein Bräutigam schrieb mir zuerst so zärtlich, so leidenschaftlich, so rührend, aber dann hörte er damit auf. Man hat mir erzählt, er hätte inzwischen geheiratet, soll schon ein Kind haben. Ich trauere ihm nicht nach – ein freier Mann soll seine Freiheit haben. Jüdische Männer sind nur gut für Jüdinnen. Meine Mutter muß sich so quälen, daß sie nur noch an Scheidung denkt ...

Da haben wir aber viel geredet, Schluß jetzt, wir müssen ja arbeiten. Erklären Sie mir genau, was ich tun soll. Am besten schreiben Sie es auf, ich bin so gräßlich vergeßlich, habe eben ein Mädchengedächtnis.«

Sie begriff ziemlich viel, wenn es um die physikalische Natur der Sprache ging, darum, wie in den lebenden Resonatoren – Kehlkopf, Rachen und Mund – die ›Hauptströme‹ der sinnvollen Laute der Sprachzeichen gebildet, gemischt und vereinigt werden. Sie untersuchte die Lautbilder, Oszillogramme, Zeichnungen und verstand schnell, was wohin gehört. Aber ebenso schnell vergaß sie alles wieder. Überdies ließ sie sich leicht durch andere Arbeit ablenken: Durchsicht der Aufzeichnungstabellen, Lernen englischer Vokabeln, Dechiffrierung von Lautbildern. Wenn wir einen neuen Unterabschnitt ›ihrer‹ Dissertation fertig hatten, mußte ich sie immer wieder mahnen, ihn nicht bloß einfach durchzulesen, sondern ihn im Zusammenhang mit den vorhergehenden Abschnitten und dem Plan der folgenden durchzuarbeiten und sich einzuprägen.

»Sie fragen, ob ich das interessant finde? Natürlich, sehr interessant. Ich lese es später noch mal durch und überdenke es. Sie sind also ganz sicher, daß diese Strömungen für die Verständlichkeit das Wichtigste sind? Haben Sie sich das selber ausgedacht? Ach so, irgendwelche Amerikaner. Sind nicht vielleicht doch russische Gelehrte schon früher draufgekommen? Es wäre doch prima, wenn wir das beweisen könnten! Aber die Bezeichnung ›Hauptströmung‹, die haben Sie erfunden? Ja, ja, ich weiß natürlich: ›Von der Insel in die Strömung, in des Flusses breite Wogen gleiten Stenka Rasins schnelle Boote ...‹ Mögen Sie Volkslieder? Ich mag sie auch sehr, aber am meisten liebe ich die Oper. Möchte selbst eine Oper schreiben. Wenn Sie mir helfen, könnten wir ein gutes Libretto verfassen. Es müßte eine zeitgenössische, heroische und lyrische Oper sein. Mit Heldentaten und Liebe. Ein Bekannter hat mir geraten, ich sollte Fadejews ›Junge Garde‹ als Stoff benutzen, aber ich will nicht. Denn dort endet alles traurig und tragisch. Im Leben bin ich oft pessimistisch. Ich habe so wenig Glück und immer so viele Unannehmlichkeiten. Aber in der Musik, in der Kunst bin ich für Optimismus, für Lebensfreude ... Ja, ja, ich habe alle Tabellen durchgesehen, im Durchschnitt kommen 54 oder 56 Prozent Verständlichkeit heraus; ich schreibe gleich den Schluß... Na, warum machen Sie denn die Gegenprüfung? Also wieso ist das ein Fehler: Sie haben doch selber gesagt, daß SH und SCH, D und T, G und K austauschbar sind! Warum nur am Wortende? Heißt das, wenn ›Tod‹ und ›tot‹ dastehen, ist es kein Fehler? Bei ›Tann‹ und ›dann‹ ist es einer? Sie haben mir das schon gesagt? Komisch ... Hab' ich vergessen. Mädchengedächtnis. Und wieviel bekommen Sie heraus? Tatsächlich weniger als 50 Prozent? ... Aber ich habe doch schon herumerzählt: 56. Der Hauptmann aus dem Labor hat sich so gefreut. Jetzt werden wir ihn enttäuschen. Sie finden, das macht nichts? Ich finde es besser, wenn die Leute was Angenehmes hören. Was ändert sich schon wegen dieser fünf oder sechs Prozent? Gut, gut, ich weiß selbst: Ehrlichkeit, Genauigkeit, Gewissenhaftigkeit. Das habe ich schon in der Schule gehabt. Machen wir es, wie Sie es haben wollen ...«

Dezember 1952. Montag. Ein dunkler Morgen. Die ersten, die zu Freiübungen herausgelaufen waren, kommen aufgeregt zurück: an der Wache stehen drei große Schwarze Raben, die ganze Zone ist voller Posten.

Zählung. Der diensthabende Offizier gibt bekannt:

»Nach dem Frühstück bleiben alle in den Jurten. Ohne besondere Anweisung darf sie niemand verlassen ... Was heißt hier ›Wir müssen arbeiten‹? Ich habe gesagt: niemand verläßt die Jurte ohne besondere Anweisung. Ich kann nichts weiter sagen; wenn es erforderlich ist, wird man Ihnen das Nötige mitteilen.«

Im Speisesaal, beim Frühstück erfahren wir, daß schon viele ihre Sachen packen. Und daß die Posten mit langen Listen herumgehen ...

»Das heißt, wir kommen alle weg, jedenfalls die meisten.«

Erregung greift um sich.

Am Ausgang unserer Jurte stehen Posten, gehen auf und ab. Passen auf, daß niemand weiter als bis zur Toilette geht. Nicht einmal ins Krankenrevier wird man gelassen.

»Wenn Sie sehr krank sind, sagen wir's dem Diensthabenden – der schickt einen Sanitäter.«

Unser Fenster geht gerade auf das Tor zur Zone der Scharaschka hinaus – man kann sehen, wie Häftlinge einzeln oder zu zweien dorthin geführt werden. Klar: sie gehen, um die Begleitpapiere auszufüllen und Geräte und Instrumente abzugeben.

Mancher ganz Gerissene schlüpft auf dem Wege dorthin zu uns hinein.

»Ich habe hier ein Buch, ein Handbuch mitgenommen (oder geborgt) ...« Und verabschiedet sich, berichtet eilig: »Da steht eine ganze Kolonne Schwarzer Raben. Der Diensthabende hat einen dicken Ordner mit Listen ... Macht's gut, Leute! Vielleicht sehen wir uns in der Butyrka oder auf dem Transport wieder!«

Wir sehen hinaus, wieder wird jemand vorbeigeführt. Wir versuchen herauszubekommen, ob irgendein System dahintersteckt. Zuerst sah es so aus, als ob nur die Arbeiter aus den Werkstätten und die Techniker aus den Labors weggebracht würden. Aber da bringen sie einen Ingenieur, noch einen ... und zwei Deutsche, Chemiker.

Mittagessen. Im Speisesaal werden die leeren Plätze der ersten Schicht von Leuten aus der zweiten aufgefüllt; bisher aßen wir in drei Schichten. Wir fragen die neuen Tischnachbarn. Erfahren, daß die Deutschen nicht fortgebracht worden sind. Jewgenija Wassiljewna habe darauf bestanden, daß sie auf eine Stunde ins Labor geschickt würden, um die Bearbeitung keramischer Einzelteile zu Ende zu führen.

An der Tür erwischte ich den Diensthabenden, redete auf ihn ein, ich hätte im Laboratorium eine nicht zu Ende gebrachte wichtige Untersuchung. Und wenn ich nicht wenigstens auf eine halbe Stunde dorthin könnte, würde ein ernsthaftes Unglück passieren. Aber er blieb unerbittlich.

»Wenn nötig, ordnen das Ihre Vorgesetzten selber an. Ich kann da gar nichts tun. Nein, ich melde es nicht weiter. Sie sehen ja, was sich tut.«

Nach dem Essen wurden mehrere aus unseren Jurten herausgerufen, Leute mit ›erster Kategorie‹.

Im Labor lagen in meiner Tischschublade Hefte, Kladden und Mappen – Exzerpte aus Büchern und Artikeln, nicht beendete Arbeiten zu meinen etymologischen Forschungen, ein Aufsatz, in dem ich versuchte, Phänomene und Wesen von Nationalhaß, Nationalismus und Chauvinismus zu erklären, außerdem Gedichte, Anmerkungen, Pläne ... Und ein Teil der Kladden Solschenizyns, die Gumer noch nicht herausgebracht hatte. Walentinas Dissertation war erst halbfertig, es hatten sich Materialien angehäuft, in denen sie sich allein niemals zurechtfinden würde. Die Schublade enthielt meine dreijährigen Forschungen, Zweifel, Entdeckungen, Freuden und Trauer ...

Ja, es gab auch Freuden! Aber was erwartet uns dort, wohin man uns bringen wird – in einer Zelle, einer Lagerbaracke? ... Welche Freuden? Eine Schüssel Grütze mehr, ein zusätzlicher arbeitsfreier Tag ...

Verzweifelt schärfte ich mir ein, wie ich es schon oft zuvor getan hatte – selbst noch in den verfluchtesten Stunden: Mach nicht schlapp! Bedaure nichts! Jammere nicht!

Die beste Methode, sich selbst Mut zu machen, ist, andere zu ermutigen. Willst du dich selbst von Furcht befreien, von der elenden Angst vor kommenden Schrecken, dann mach Witze, meinethalben alberne oder dreckige – lach und bring andere zum Lachen.

Ich sehe, daß auch Sergej so verfährt. In den Augen unruhiges Glitzern; nein, auch die Wange zuckt. Aber mit fröhlicher Bosheit und unter Flüchen kommentiert er, was vorgeht, traktiert Semjon und andere, die direkt aus der Lubjanka oder dem Lefortowo-Gefängnis zu uns gekommen sind und das Lagerleben nicht kennen, belehrt sie, wie man sich gegenüber Kriminellen verhalten muß ... Neckt auch mich:

»Na, wie ist das denn alles vom Standpunkt der historischen Notwendigkeit und des dialektischen Materialismus aus zu verstehen?«

Ich greife den Ball auf und beginne, mich an die schrecklichen

Ereignisse der Vergangenheit zu erinnern: die Bartholomäusnacht, die Sizilianische Vesper, das Strafgericht Peters des Großen über die Strelitzen ...[42] Und bastle auf gut Glück irgend etwas in Reimen zusammen, betitelt ›Morgen vor der Hinrichtung der Strelitzen‹:

Den Tag des Großen Aufruhrs will ich singen,
als gnadenlos das Schicksal sich erfüllte
und viele Zweifel uns vergingen.
Es war ein Montag. Und die Glocke schrillte.
Schon standen an der Wache Wagen, um uns fortzubringen.
... Bartholomäusnacht – welch ein Begriff!
Sizilianische Vesper – lauter Bagatellen –
es gibt kein Wort, den ganzen Jammer aufzuhellen,
der all die zitternden Gefangenen ergriff.

Wir standen dicht gedrängt, wir waren bleich und froren,
als auf den Hof die »Schwarzen Raben« fuhren;
wie die Kaninchen vor der Schlange Rachen
so starrten wir die Posten an,
die sich mit raschelndem Papier zu schaffen machten.
Wir wußten: dort ist unsres Schicksals Gang.
»Wen trifft's zuerst?« so fragten wir uns bang.

Beim Abendbrot sind noch mehr Plätze leer.

Endlich – Zapfenstreich! In dieser Nacht schlafen nur wenige.

Einige schreien im Traum.

Am andern Tag läßt man uns wieder nur zum Essen und zum Austreten gehen. Einige von uns werden herausgerufen. An ihre Stelle kommen Leute aus anderen Jurten. Am dritten Morgen sagt der Diensthabende bei der Zählung: »Nach dem Frühstück normaler Arbeitsbeginn.«

Von vierhundert Häftlingen, die Anfang Dezember in der Scharaschka arbeiteten (im Frühjahr waren es noch mehr als fünfhundert gewesen), waren ungefähr siebzig übriggeblieben, dazu noch drei Hausknechte. Nur das Akustik-Labor hatte keinen einzigen Mann verloren.

Uns war klar, daß Anton Michajlowitsch sich vor uns gestellt und durchgesetzt hatte, daß wir bleiben durften.

Walentina lächelte uns strahlend an, ihre Augen schimmerten feucht: »Ich habe ja so gelitten, so gelitten; ich hatte Angst, ich würde Sie nie mehr wiedersehen.«

Ich war gerührt, obwohl ich erriet, daß ihre Aufregung und ihre Freude hauptsächlich Sergej galt. Seit sie bei uns angestellt war, hatte sie fast von Anfang an ihm verliebte Augen gemacht, war rot geworden, wenn er in ihre Nähe kam, hatte begeistert seine Witze bejubelt. Sergej bemerkte das natürlich und spreizte sich vor ihr, blickte sinnend und vielsagend drein, sprach bald mit schmachtend gurrender Modulation, bald pathetisch rollend. Doch nahe kommen wollte er ihr nicht. Erst vor gar nicht langer Zeit war seine kurze und stürmische Beziehung zu Jewgenija Wassiljewna zu Ende gegangen.

»War mehr Angst als Vergnügen. Du hast es ja hingebogen, ganze Stunden mit deiner Holden allein zu sein, noch dazu in einem Raum, der befehlsgemäß von innen abgeschlossen werden mußte ... Aber ich? Das waren ja immer bloß ein paar Minuten, die ich abzwacken konnte für ein Rendezvous in irgendeinem dunklen Winkel, wo jedes Geräusch einen erschreckt. Impotent kann man von so was werden.«

Den ihm zugeteilten freien Angestellten Iwan nannte Sergej ›Wanjka-Beschließer‹, weil er öfter als die anderen unsere Niederschriften, Zeichnungen und Arbeitsjournale im Safe verwahrte. Dieser junge Leutnant studierte im letzten Kurs der Abendabteilung des Instituts für Fernmeldewesen. Er war klein und schmächtig, aber muskulös und wendig. Seine großen, noch knabenhaften Augen betrachteten alles ringsum mit heißhungriger Neugier. Sergej gewann rasch Zutrauen zu ihm, vertraute ihm später sogar Briefe an seine Familie zur Beförderung an. Iwan war Komsomolze, unerschütterlich überzeugt von der Richtigkeit der Parteilinie und von der Genialität des großen Stalin. Er war nicht besonders intelligent, auch nicht übermäßig gebildet, aber im Grunde seiner Seele ein herzensguter Kerl, unfähig zu Haß und Mißtrauen. Obwohl er sich bemühte, die unvermeidliche »Wachsamkeit zu beobachten«, schloß er sich Sergej und mir in kindlicher Zutraulichkeit an. Abends setzte er sich gern zu uns, um über internationale Politik, über Geschichte und über den Krieg zu reden. Meine Ansichten entsprachen den seinen mehr, waren ihm auch verständlicher als Sergejs Ironie und sein offener Spott. An uns beiden zog ihn unsere für ihn vollkommen ungewöhnliche kritische Einstellung gegenüber Zeitungen und offizieller Propaganda an, unsere unabhängigen Urteile, unsere Art, frei zu reden, die so gar nicht dem ihm geläufigen Kasernenjargon ähnelte. Manchmal beschloß er jedoch, »Widerstand zu leisten«.

Als ich bei einem Gespräch über Demjan Bednyj bemerkte, der sei schon vor dem Krieg ein schwerer Trinker gewesen, begehrte Iwan auf:

»Ausgeschlossen! Bednyj gehört zu den ältesten Mitgliedern der Partei, war ein persönlicher Kamerad von Lenin und Stalin. Was Sie da behaupten, ist nichts weiter als eine feindliche Erfindung. So was glaube ich nie und nimmer!« Danach grollte er mir eine Zeitlang. Bald aber – er war Brigadier der Aufzeichnergruppe geworden – fragte er bei einem Fachgespräch in seiner alten Harmlosigkeit:

»Haben Sie eigentlich früher schon mal was davon gehört, daß die Deutschen um ein Haar die Atombombe gehabt hätten? ... Was glauben Sie: planen die Amerikaner ernsthaft einen bakteriologischen Krieg? Schließlich haben sie ja als erste die Kartoffelkäfer losgelassen, und jetzt gibt es Meldungen, sie experimentierten mit Ratten, die sie mit Pest infiziert hätten ... Na bitte: wie soll man Ihrer Ansicht nach dem entgegentreten? ... Und was meinen Sie, werden im Kriegsfall die DDR-Deutschen uns nicht in den Rücken fallen?«

Nach einer zweitägigen Trennung begrüßte er uns jubelnd, fast hätte er Sergej und mich umarmt. Seine Freude war echt und uneigennützig: er dachte noch nicht an Dissertationen. Sergej unterrichtete ihn zwar; aber was konnte ich ihm schon nützen?

Anton Michajlowitsch verhielt sich wieder freundlicher, war nicht mehr so zugeknöpft wie in der letzten Zeit.

»Na, was denn – die Reihen sind gelichtet, aber der Angriff schreitet fort! An Zahl weniger, aber an Qualität besser ... Aus unserem Labor ist keiner auf Transport gekommen. Ich hoffe, Sie verstehen, daß das alles verpflichtet. Jetzt werden wir ruhiger und produktiver arbeiten ... Nun ja, über Fristen kann man nur rätseln. Trinken Sie keinen Kaffee? Kaffeesatz wäre hier das richtige. Er gibt verläßlicher Auskunft als alle Gerüchte. Aber heute können Sie in Ruhe arbeiten. Was in ferner Zukunft passiert, erfahren wir noch früh genug ... Walentina Iwanownas Dissertationsplan ist genehmigt worden. Er ist recht vielversprechend. Soweit ich es beurteilen kann, ist Walentina Iwanowna entschlossen, mit Ihrer Hilfe eine Art akustisch-phonetische Enzyklopädie aller Zeiten und Völker zu verfassen – nach den Grundmethoden: ›Kleine Haufen werden groß‹ und ›Alles, was gekocht ist, kommt auf den Tisch‹. In jedem anderen Fall würde ich dagegen Einwendungen erheben, würde auf Einschränkungen bestehen, auf einer strafferen Konkretisierung.

Aber da diese Arbeit immerhin die erste ihrer Art ist, halte ich es für möglich, ein ›Gut‹ zu erteilen. Ein Koch hat mal gesagt: ›Aus zehn Pfund Fleisch kann man leicht zwei anständige Portionen Braten von ein oder anderthalb Pfund bereiten; aber aus zwei Pfund kann man nur ziemlich schwer zehn Portionen von auch nur einem halben Pfund machen! ...‹ Na los, liefern Sie Ihre zehn Pfund, aber bitte nur schieres Dissertationsfleisch. Das Endstück vom Braten kann man auch abschneiden. Ich hoffe, daß die verehrte Walentina Iwanowna eine ausgezeichnete Dissertation vorlegt. Bitte, denken Sie auch daran, sie muß sie nicht nur schreiben, sie muß sie auch verteidigen, also Rede und Antwort stehen. Und zwar, notabene, allen möglichen gelehrten Opponenten eines gelehrten Gremiums. Ich will Sie nicht erschrecken, Walentina Iwanowna, natürlich ist das kein tödliches Duell, sondern sozusagen ein Fechten auf Rapiere mit einem Knopf an der Spitze. Aber das übliche Duell-Ritual muß eingehalten werden, in diesem Fall die Ordnung der wissenschaftlichen Disputation. Die Opponenten können ihre Zweifel und Einwände vorbringen ... Wann gedenken Sie in den Endspurt zu gehen? ... Nein, ich will Sie nicht hetzen. Eile ist nur beim Flöhefangen nützlich. Langsamkeit dagegen ist manchmal strafbar. Und Ihr Hafttermin, Lew Sinowjewitsch, läuft schon bald ab? ...Noch zweieinhalb Jahre. Na ja, das ist nicht allzuviel, aber immerhin ... Im übrigen ist unser Institut, wie Sie wissen, nicht das einzige seiner Art. Sie haben hier Wissen und Erfahrungen gewonnen, die auch an anderen Orten dem Vaterland nützen und Ihnen Beschäftigung geben können. Natürlich nur bei hinreichend ordentlicher Führung. Das habe ich Ihnen oft genug erklärt. Gesunder Menschenverstand und Wohlanständigkeit sind immer und überall nützlich. Für Sie dagegen sind sie einfach lebensnotwendig. Nicht wahr, Walentina Iwanowna?«

Im Labor ging alles wieder seinen gewohnten Gang. Der ausgestandene Schrecken jener zwei Tage veranlaßte mich jedoch, in meinen Archiven Ordnung zu schaffen. Ich bewahrte sie im Labor auf, weil ich dort eine Filzung am wenigsten befürchtete. Außerdem konnte die Ungewöhnlichkeit der Texte in den verschiedenen Sprachen mit der Ausgefallenheit meiner Arbeit erklärt werden. Und inmitten der Vielzahl wissenschaftlicher und wissenschaftsähnlicher Aufzeichnungen ließen sich Gedichte und Bemerkungen zu Geschichte, Philosophie und Literatur verstecken. In den Jurten wurden unsere Sachen in der Regel in unserer Abwesenheit gefilzt, regelmäßig vor allen Feiertagen, auch einfach so, wenn es den Vorgesetzten in den Kopf kam. Wurde bei irgend jemandem Unzulässiges entdeckt – Werkzeug, Zeichnungen oder Aufzeichnungen, bei denen die Wärter annehmen konnten, es handle sich um Material aus den Arbeitsräumen –, so wurden die Schuldigen zum Gevatter des Gefängnisses und der Scharaschka gerufen, verhört und gezwungen, Erklärungen zu schreiben. Deshalb bewahrte ich im Nachttisch und in dem Sperrholzkoffer unter meinem Bett nur Bücher auf, die ich von zu Hause erhalten hatte, einige Wörterbücher und Konzepte meiner linguistischen Arbeiten.

Alle Notizbücher, Hefte und Mappen, die im Arbeitstisch verblieben, hatte ich durchnumeriert und mit Überschriften versehen. Ich hatte eine genaue Liste meines »persönlichen wissenschaftlichen Archivs« zusammengestellt und sie in mehreren Exemplaren auf der Schreibmaschine abgeschrieben. Notizbücher und Kladden mit Gedichten firmierten als »Übersetzungen aus dem Englischen, Deutschen, Chinesischen und aus anderen Sprachen« sowie als »Material zur Beschäftigung mit Fremdsprachen«. Briefe und Fotos von Angehörigen, einige Zeitungsausschnitte, Zeichnungen, Karikaturen von Freunden, Notizbücher mit Gedichten russischer und ausländischer Autoren, Zitate in Prosa samt genauen Herkunftsangaben legte ich in eine besondere Mappe, die offen »Persönliches Familienarchiv« überschrieben war, und fügte ebenfalls Aufschriften und Titel hinzu.

Ich konnte nur auf St. Bürokratius rechnen, und diese Rechnung ging auf. Alle meine Aufzeichnungen konnte ich in die Freiheit mitnehmen.

Das neue Jahr 1953 begrüßten wir nicht froh. Von den 14 noch unlängst dichtbevölkerten Jurten waren nur noch vier bewohnt. In der Neujahrsnacht hatte ein dümmlicher, schikanöser Hauptmann Dienst, den wir ›Pythagoras‹, ›Lobatschewskij‹ oder ›Einstein‹ nannten. Bei der Zählung kam er stets durcheinander, wurde konfus, ließ von vorne anfangen, wieder und wieder.

Am Silvesterabend erschien er mehrmals und forderte nicht grob, aber ermüdend nörgelnd, daß wir alle auf den Pritschen liegen sollten:

»Es ist verboten, nachts zu sitzen. Ja, ja, ich weiß, es ist Neujahr. Aber Ordnung muß in jedem Jahr sein, im alten wie im neuen. – Wer gratulieren will, soll gratulieren, aber daß keine

Verletzungen der Ordnung vorkommen! ... Die anderen wollen vielleicht schlafen. Schließlich liegen schon welche vorschriftsmäßig im Bett und ruhen sich aus. Und Sie verletzen die Ordnung ... Ich habe schon vor einer Stunde Zapfenstreich geboten, und Sie sitzen immer noch ... Ich sage es zum letztenmal, dann schreibe ich Sie auf und melde Sie dem Chef. Und Sie werden bestraft. Wer will das schon? Los, drehen Sie das Licht aus. Und Schluß jetzt mit dem Rauchen im Vorraum.«

Um zwölf gratulierten wir einander in der dunklen Jurte: »Gutes neues Jahr! Schön wär's, wenn wir es am alten Platz verleben könnten ... wenn uns wenigstens keine neuen Schrecknisse bevorstehen.«

Irgendeiner fing halblaut das alte Lagerlied aus den dreißiger Jahren zu singen an:

»Neujahr – und neue Regeln, neue Not;
mit Stacheldraht bespannte Zäune uns umringen,
eiskalte Augen ringsum dringen
in uns; von allen Seiten lauert Tod.«

Am ersten Arbeitstag des neuen Jahres wünschten sich Häftlinge und Freie – Offiziere und Zivilisten – gegenseitig wie alle Leute jenseits des Zaunes »Frohes Neues Jahr! Auf ein neues Glück! Alles Gute im Neuen Jahr!«

Auf meinem Tisch lagen ein paar Schokoladenbonbons. Walentina lächelte kokett: »Das hat Väterchen Frost für Sie und Sergej Grigorjewitsch gebracht!«

Am 13. Januar 1953 kam die Meldung von der Verhaftung der Kreml-Ärzte, der »Mörder im weißen Kittel«.[43]

Rundfunk und Zeitungen schleuderten Verdammungen gegen die ekelhaften Söldlinge des internationalen Imperialismus, die Agenten des Joint[44], die ränkevollen Zionisten, die Volksfeinde.

Walentina, Iwan, Gumer und Jewgenija Wassiljewna erzählten:

»... mehrere Apotheken sind wegen dringender Überprüfung geschlossen ... es gab Gerüchte, jüdische Apotheker hätten vergiftete Watte verkauft ... In den Polikliniken lehnen es Patienten ab, sich von Ärzten mit jüdischen Namen behandeln zu lassen ... in einigen Schulen wurden jüdische Jungen verprügelt ... aus der Straßenbahn ist ein alter Mann hinausgeworfen worden, der protestiert hatte, als auf die verfluchte Nation geschimpft wurde ... ein Arzt von der Ersten Hilfe erzählte, fast täglich gebe es bei Juden Selbstmorde ... eine alte Ärztin, Parteimitglied, Kriegsteilnehmerin, hat sich vergiftet. ... Ein Arzt hat sich aufgehängt, nachdem ihm ein Patient gestorben war.«

In jenen Tagen mäßigte Walentina ihre exaltierte Judenfresserei. Einmal sprach sie sogar mitfühlend über den verhaßten Stiefvater, der seine Stellung verloren hatte.

»Natürlich hat er einen gräßlichen Charakter. Ein Egoist, glaubt, er sei der Nabel der Welt. Aber er ist ein tüchtiger, erfahrener Arzt. War während des ganzen Krieges an der Front, ist verwundet worden, hat Auszeichnungen bekommen. Man muß doch begreifen, daß es solche und solche Juden gibt ... Jetzt werden alle aus den ›Organen‹ entfernt. Selbst die, wo bloß die Mutter Jüdin ist. Das ist verständlich, in den ›Organen‹ ist das wegen der Wachsamkeit notwendig. Aber die Ärzte bringen doch Nutzen.«

Die aufgeregte Spannung war fast zum Greifen. Man konnte sie nicht einmal so sehr im gesprochenen Wort – in kurzen, eher verhaltenen Gesprächen über die Presseneuigkeiten, über die bösartigen Vorfälle – spüren wie in den Pausen, in zufälligen Blicken, aufmerksamen, mißtrauischen oder mitfühlenden.

Nikolaj Wadimowitsch A., alter Scharaschka-Insasse – ein Ingenieur irgendwoher aus dem Süden – stritt sich manchmal feindselig mit mir. Er verhehlte nicht, daß für ihn die Oktoberrevolution das größte Unglück in der Geschichte Rußlands und der Marxismus-Leninismus eine prätentiöse Afterwissenschaft sei. An einem dieser Tage kam er auf mich zu und sagte düster:

»Wissen Sie, ich hatte Juden gegenüber immer eine gewisse Antipathie, besser gesagt, ich mißtraute ihnen. Viele Vertreter dieser Nation haben, sagen wir einmal, eine ziemlich zweifelhafte Rolle in unserer neuesten Geschichte gespielt ... Aber jetzt bin ich überzeugt, kein einziger anständiger Russe kann sich heute noch erlauben, sich Juden gegenüber feindlich zu benehmen. Jetzt, da der nackte, unverschämte Antisemitismus zum herrschenden Geist der Machthaber geworden ist, wäre es infam, sich mit dieser Macht auch nur irgendwie zu solidarisieren. Ich habe dieser Tage mit unseren Deutschen gesprochen. Einige davon kichern schadenfroh. Aber zwei – intelligente, ordentliche Leute – haben gesagt: ›Genau dasselbe haben wir unter Hitler erlebt, und wir empfanden es als eine nationale Schande ... Und wie ist es hier bei euch, wo die Kommunisten und Internationalisten herrschen?‹ – Ich konnte ihnen nur antworten, daß ich ein russischer Patriot bin, diese Ereignisse ebenfalls als nationale Schande ansehe und glaube, daß der sowjetische Internationalismus nicht allzusehr vom deutschen Nationalsozialismus verschieden ist.«

Sergej und Semjon stichelten: ob ich tatsächlich auch dies mit höheren Erwägungen rechtfertigen könne – mit der historischen Notwendigkeit, den Interessen der sozialistischen Staaten.

Sergej war wie immer energisch und leicht aufbrausend; er schimpfte zornig, höhnte oder versuchte eifrig zu überzeugen. Semjon war betont still und setzte mir skeptisch-nachdenklich mit listigen Fragen zu, entlarvte mich bei tatsächlichen und scheinbaren Widersprüchen.

Während ich antwortete, versuchte ich ihnen und mir klarzumachen:

»Die Zionisten haben natürlich auch terroristische Organisationen. Vor fünf Jahren haben sie in Palästina gegen die Engländer operiert, gegen die Araber, haben gesprengt und gemordet. Sie haben den Vertreter der UNO getötet, den Schweden Bernadotte, den jordanischen König und noch andere ... Die Sowjetunion hat jetzt begonnen, die arabischen Länder zu unterstützen; offenbar versuchen die zionistischen Terroristen deshalb auch hier zu agieren. Wahrscheinlich haben sie einige unter den Kreml-Ärzten angeworben ... Aber es ist unmöglich, daß alle, die in der Meldung genannt werden, Verschwörer sind. Und ich glaube nicht, daß Michoëls[45] Spion war. Es ist einfach barbarisch und unsinnig, eine ganze Nation zu verdächtigen und anzuklagen ...

Wie man so was deichselt und wodurch – wir alten Häftlinge wissen es. Ein mieser Lump, ein antisowjetischer Spion wird ›umgedreht‹ und reißt, um seine Haut zu retten, nicht nur Komplizen mit herein, sondern auch alle Bekannten und mehr noch Unbekannte; absichtlich, um die wirklichen Verbrecher zu decken und außer Gefahr zu bringen, zieht er möglichst viele Unschuldige mit herein ... Bei den ›Organen‹ liebt man laute Fälle mit möglichst großen Zahlen und breiten Maßstäben.«

Im Januar und Februar 1953 quälten mich Abscheu und Schrecken noch hoffnungsloser als 1949, als man die Kosmopoliten verfolgte und die Feuilletons vor lauter Klammern flimmerten: ›Jakowlew (Holzman)‹, ›Cholodow (Mejerowitsch)‹ ... Noch bösartiger, aufdringlicher als damals überkam mich der gemeine Gedanke: »Gut, daß ich im Gefängnis bin, daß ich keine Wahl habe, nicht öffentlich auftreten muß, daß niemand von mir fordert, meiner Parteipflicht nachzukommen und Weselowskij und Schamil, Jusowskij und Schostakowitsch zu ›entlarven‹, über die Priorität russischen Erfindergeistes zu lügen und die urewige Selbständigkeit und die kulturelle Unabhängigkeit Rußlands zu bejubeln ...«

Damals schon begriff ich, daß im Staatssicherheitsministerium und in der Staatsanwaltschaft, in den Gerichten und in einem erheblichen Teil des Partei- und Staatsapparates einerseits vollkommen geistlose, zynische Karrieristen ohne jegliches Gewissen herrschten, andererseits aber gutwillige, ungebildete, stumpfe Vollzugsbeamte. Die einen wie die anderen sind korrumpiert von allen möglichen Privilegien, Geschenken, vom Flitter der Auszeichnungen, Titel, Uniformen. Sie brauchen die Feindschaft zu Jugoslawien, die Verfolgung und Hinrichtung bulgarischer und ungarischer Oppositioneller, den Krieg in Korea, und im eigenen Land – den ›Fall‹ der Kreml-Ärzte, die pogromartige Hetze ...

Vielleicht ist es auch das routinemäßige schlaue Manöver der zielstrebigen Stalinschen Taktik und Strategie? Eine Säuberung des Hinterlandes vor dem unausweichlichen Krieg mit den Anglo-Amerikanern? Deshalb will er sich auch die Unterstützung der Araber sichern. Im Osten sind unsere Verbündeten China, Korea, die Aufständischen in Vietnam. Aber wer im Westen? Nur waffenlose Kommunisten, die in Frankreich, in Italien immer mehr bedrängt werden ...

Stalin jedoch ist nicht mehr Generalsekretär. Anstelle des Politbüros ist das vielköpfige Präsidium getreten. Alles wird von Malenkow gesteuert – er war Referent auf dem XIX. Parteikongreß im Oktober 1952 – er ist der Jüngste, von ihm heißt es: »Er haßt alle Juden.«

Wir wußten schon, daß Molotows Frau und die Brüder von Kaganowitsch verhaftet worden waren; von dem recht plötzlich verstorbenen Mechlis[46] sagte einer: »Der hat sich rechtzeitig erschossen.«

Jewgenija Wassiljewna erzählte: »Jetzt ist zuverlässig bekannt – Abakumow ist damals verhaftet und verurteilt worden, weil er die Verschwörung der Ärzte verschlafen hat; sogar Lawrentij Pawlowitsch Berija ist gerügt worden ...«

Vielleicht sind auch irgendwelche neuen, dunklen Kräfte auf dem Vormarsch, die selbst Stalin verdrängen wollen? ...

Waren nicht seine letzten Aufsätze über ökonomische Probleme im Sozialismus gegen sie gerichtet? Ohne Namen zu nennen, hatte er damals von gewissen Leuten geschrieben, »die es nicht verstehen, daß auch bei uns objektive Wertgesetze wirksam sind«. Diese Behauptung widersprach allem, was unsere Propaganda bisher beteuert hatte.

Ich bemühte mich, Ursache und Sinn der neuen Ereignisse zu begreifen.

Man konnte sich genau vorstellen, was in der Lubjanka, in der Ssuchanowka, in Lefortowo vorging – wie übermüdete, erboste Untersuchungsrichter Geständnisse und Denunziationen erpressen, herausquetschen, herausprügeln. Die Untersuchungshäftlinge dagegen – noch unlängst wohlhabende Ärzte in Rang und Würden, verblöden vor Schlaflosigkeit, erstarren in den eisigen Karzern, schwach vor Hunger, taub geworden von Flüchen und Drohungen, zermürbt durch Schläge ... All dies stellte ich mir leibhaftig vor – bis zur Übelkeit, bis zum Schmerz.

Aber was ging in Moskau und in den anderen Städten vor? ... Wie leben, was denken meine Verwandten, Freunde, frühere Kameraden, Bekannte? ... Die Qual des Nichtwissens, Nichtverstehens würgte mich bis zur Verzweiflung.

Und die Arbeit ging weiter wie gewohnt. Wir testeten die Verständlichkeit neuer Kanäle. Die Aufzeichnungsversuche liefen. Ich stellte Fehlertabellen auf, überprüfte die Lautbilder, maß nach – erfand einiges, berechnete ... hörte das Geschwätz von Walentina. Antwortete auf die Fragen der Vorgesetzten, Iwans, der Kameraden. Unterrichtete nach der Arbeit Offiziere in Deutsch und Englisch. Schrieb seitenweise an einer künftigen, fremden Dissertation, schrieb die Seiten wieder um ...

Und jeden Morgen vor der Zählung, die Angst unterdrükkend, schaltete ich den Lautsprecher im Vorraum zwischen den Jurten ein, hörte Nachrichten, Kommentare, Resolutionen von Versammlungen, Briefe von Arbeitern, Schülern, Künstlern, die die heldenhafte Ärztin Lidija Timaschuk[47] feierten und strenge Abrechnung mit den Mörder-Ärzten forderten. Später hörte ich im Labor, wie Gumer im Flüsterton, Iwan und Walentina mit halber Stimme erzählten: »In der Schule verprügelt ... aus dem Autobus gestoßen ... beim Anstehen in der Schlange halbtot geschlagen ... im Krankenhaus sollen Syphiliserreger gespritzt worden sein ... hat sich aufgehängt ... ist aus dem fünften Stock gesprungen ... hat seine Stellung verloren ... ist aus dem Institut entlassen worden ...«

Ringsum echte Empörung: »Das ist doch fast wie bei Hitler«,

oder Schadenfreude: »Jetzt kriegen sie zu fressen, was sie sich eingebrockt haben.«

Wieder und wieder fragten die einen mitfühlend, andere dagegen feindselig: »Warum sind es denn immer wieder und überall die Juden? In der Antike, im Mittelalter, in der Neuzeit? In Frankreich Dreyfus, in Rußland Bejlis, in Deutschland die vollständige Vernichtung ... Und jetzt wieder bei uns ›heimatlose Kosmopoliten‹ ... ›Mörder im weißen Kittel‹ ... Warum nur ruft gerade dieses Volk soviel Haß und solche Verfolgungen hervor? ...«

Abends im Labor hörte ich im Lautsprecher von der Erkrankung Stalins.

An diesem Februarabend und an den folgenden Tagen sprachen in der Scharaschka Freie wie Häftlinge wenig und nur sehr vorsichtig davon. Einige reagierten überhaupt nicht, wenn sie davon hörten. Aber wenn wir in den Jurten unter uns waren, sprachen wir von nichts anderem.

»Wenn so was schon gemeldet wird, dann ist Sense!«

»Kann man gar nicht wissen! Durchaus möglich, daß sie ihn wieder hinkriegen.«

»Wenn's dazu bloß die kleinste Chance gäbe, hätten sie keinen Ton verlauten lassen.«

»Unsere Deutschen bibbern vor Angst. Wenn er alle viere von sich streckt, gibt's weiß der Teufel was, und zuallererst springen wir über die Klinge.«

»Mit uns lassen sie sich wahrscheinlich noch Zeit, aber Pogrome wird's geben – Mann-o-Mann, da kannst du Gift drauf nehmen! Bestimmt wird's heißen, Juden hätten ihn umgebracht.«

»Vielleicht läuft alles umgekehrt? Es könnte ja auch Erleichterung geben, wenn den neuen Herren daran gelegen ist, sich in der Heimat und im Ausland Vertrauen zu erwerben.«

»Und wer werden die neuen Herren sein? Sind sie überhaupt imstande, andere Saiten aufzuziehen? Autorität können sie sich doch bloß durch Bangemachen verschaffen. Das heißt: unterdrücken, einsperren, erschießen – die Eigenen prügeln, damit die Fremden sich fürchten.«

»Das stimmt schon, aber ihr müßt auch die internationale Lage bedenken. Von den Chinesen haben wir Nullkommanull Prozent Hilfe. In Korea waren sie hundert gegen einen und hockten trotzdem bis an die Ohren im Schlamassel. Und wie uns Polen, Deutsche und Ungarn lieben – das wissen die da oben nicht bloß aus den Zeitungen. Sie wissen daher, was passiert, wenn die Amerikaner ernsthaft zupacken. Ich habe gesehen, wie ihre Bomber Deutschland fertiggemacht haben. Das gibt's in keinem Märchen, das läßt sich einfach nicht beschreiben. Sie flogen zu Hunderten und Tausenden in mehreren Schichten. Wurden einer oder zwei abgeschossen – spielte keine Rolle, Hunderte und Tausende flogen weiter, bombardierten flächenweise. Die Deutschen nannten das Bombenteppiche. Da gab's kein Entkommen ... Und jetzt haben sie die Atombombe. Eine abgeworfen – und Moskau gibt's nicht mehr.«

»Er konnte es noch riskieren, irgendwelche Tricks und Finessen anzuwenden. Er ist noch vom Schlag der alten Revolutionäre, hat noch auf die Massen gehofft, auf den Klassenkampf, auf das chinesische Kanonenfutter. Ihm machte es nichts aus, wie ein Ganove den Leuten an die Gurgel zu gehen, sie zu würgen. Und wenn dabei nichts rauskam, konnte er auch anders, zum Beispiel jemandem in den Arsch kriechen, wie damals dem Ribbentrop. Die Jüngeren aber haben begriffen, daß durch die Atombombe, durch Kybernetik und Elektronik heutzutage alles anders ist. Bis wir die Amerikaner eingeholt haben, müssen wir noch hundert Jahre in der Scheiße schwimmen. Das heißt, wir müssen hübsch stillsitzen, gut nachdenken, uns hinterm Ohr kratzen, zu Verhandlungen einladen: ›Machen wir's im guten, Onkel Sam! Wir wollen uns doch nicht prügeln, halten wir's wie Ehrenmänner auf Gegenseitigkeit.‹ Und genau dabei schimmert auch für uns die Freiheit. ›Ich komm' zurück, wenn aller Schnee geschmolzen ...‹«

»Hirnverbrannte Wunschträume! Krieg werden sie wohl so bald nicht machen. Aber was können wir schon von ihnen erhoffen, von Berija und Malenkow? Hast du 'ne Ahnung, wie viele von uns in Gefängnissen, Lagern und Scharaschkas sind? Wie viele Millionen? Frag den. Wir haben es im letzten Jahr mit Mathematikern zusammen wissenschaftlich exakt ausgerechnet. Wir haben die Ziffern der Wahlen von den einzelnen Jahren und die Daten der Volkszählungen[48] genommen und sie mit den Bevölkerungsstatistiken nach der Enzyklopädie verglichen, nach der ersten Ausgabe, versteht sich, in der zweiten stehen sie schon nicht mehr – Staatsgeheimnis! Und nach allen Gesetzen der Statistik und der Wahrscheinlichkeitsrechnung kamen im Durchschnitt 15 Millionen raus! Mit einer möglichen Abweichung von plus-minus 2 bis 3 Millionen. Wie viele Offiziere,

Wachmannschaften und freie Angestellte aller Sorten werden in Lagern und Gefängnissen durchgefüttert? Wie viele Spitzel, Funktionäre der ›Organe‹, Untersuchungsrichter, Staatsanwälte, Richter und Begleitmannschaften gibt es? ... Mehr jedenfalls als die Gesamtbevölkerung jedes beliebigen mitteleuropäischen Staates beträgt. Wie sollen da Berija oder Malenkow uns die Zügel locker lassen? Das würde einen Weltuntergang geben: die Millionen ehemaliger Häftlinge und die Hunderttausende arbeitsloser Wachmannschaften sind für unsere Herren schrecklicher als die Atombombe ... Nein, wir haben ganz und gar nichts Gutes zu erwarten.«

»Aber es ist doch jetzt schon derart beschissen, daß es schlimmer gar nicht mehr kommen kann. Bei den Ukrainern heißt es: ›Wenn auch schlechter – Hauptsache anders‹!«

»Sehr richtig: Genauso wird es auch – schlechter.«

Sehr häufig dachte ich auch so. Wie Splitter in der Haut schmerzten die unablässigen Gedanken. Natürlich war Stalin unheilbar krank. (Im Lager hatte ich von Medizin genug gelernt, um den Sinn der Bulletins zu verstehen.) Selbst wenn man durch ein Wunder sein Leben verlängerte, wäre es nur das Dahinvegetieren eines Paralytikers. Wahrscheinlicher ist sein Tod, und zwar sehr bald. Aber warum hatte man die Ärzte-Affäre angezettelt, was bezweckte man damit? Um den jüdischen Ärzten die Schuld an dem unausweichlichen Tod zuzuschieben und dann demnächst Tausende und Hunderttausende barbarisch umbringen zu können? Oder sollten umgekehrt die ehrlichen, Stalin treu ergebenen Ärzte aus dem Wege geräumt werden, um den wirklichen Mördern den Weg frei zu machen? Das eine schloß das andere nicht aus. Die Ärzte wurden eingekerkert, damit man Stalin töten könne und um Schuldige parat zu haben. Dann konnte man gewaltige Pogrome entfesseln und endgültig die letzten kümmerlichen Überreste des Bolschewismus-Leninismus über Bord werfen.

Diese Gedanken sprach ich auch in Walentinas Gegenwart aus, als sie damit anfing, die Ärzte hätten den Genossen Stalin ins Grab bringen wollen.

Sie zwinkerte erschrocken mit den Augenlidern und schwenkte die manikürten kurzen Fingerchen.

»Ach, was reden Sie da? Was reden Sie denn da? Wenn das einer hört, kriegen Sie und ich ...«

Sergej unterbrach sie leise, aber gebieterisch.

»Was haben Sie denn, Walentina Iwanowna? Er hat gar nichts

Besonderes gesagt. Ich stehe schließlich daneben und höre alles. Er leidet innerlich mit dem Genossen Stalin und hofft, daß er zu unserer Freude und zum Schrecken unserer Feinde wieder gesund wird. Genau das habe ich schon oft gehört. Und ich kann nicht verstehen, was Ihnen da in den Kopf gekommen ist ... Das kommt alles von den Nerven. Wir haben jetzt solch nervöse Tage.«

Später fiel er mit wütenden Flüchen über mich her:

»Wenn du schon mit deinem eigenen Leben spielen mußt, dann solltest du Humanist wenigstens an die anderen denken! Du weißt doch, daß es in solchen Fällen nicht bei einem bleibt. Wir müssen ihn aber überleben! Überleben, und nicht den Kopf in die Schlinge stecken.«

Sechster März. Gestern ist er gestorben! Man hatte schon mehrere Tage damit gerechnet. Dennoch kam es wie eine Explosion ... Und ich war genau wie nach einer Explosion betäubt und erschüttert. Ich sah, ich hörte wie durch starken Regen: es ist hell, aber alles verschwimmt; es ist laut, aber nichts ist zu verstehen.

Aus den Lautsprechern kommt Trauermusik: Mozart, Beethoven, Chopin, Tschajkowskij, Brahms ...

Walentina Iwanowna hat rote Augen.

»Ich habe die ganze Nacht geweint. Mama hatte einen richtigen hysterischen Anfall. Heute morgen hatten wir hier eine Versammlung. Konstantin Fjodorowitsch hat gesprochen. Selbst er, dieser Zundertrockne, konnte kaum die Tränen zurückhalten. Eine Zeichnerin ist ohnmächtig geworden. Ich habe die ganze Zeit gefürchtet, auch bewußtlos zu werden ... Und wissen Sie was? Ich habe gesehen, wie die einfachen Leute trauern. Ein Soldat im Korridor hat geweint wie ein Kind, und alle Putzfrauen. Aber einige Genossen Offiziere, Parteimitglieder, haben sich nach der Trauerversammlung – das habe ich selber gehört – gleich von Fußball unterhalten. Einer, ich will nicht sagen, wer – ich bin keine Denunziantin –, hat sogar irgend etwas beweisen wollen und dabei gelächelt. Aber ich sehe, daß Sie mitfühlen. Ich kenne die Menschen, ich sehe gleich, was echt ist und was Verstellung. Sogar Sergej Grigorjewitsch, obwohl der sonst immer gegen alles ist, aber ich sehe: der leidet auch. Andere – ganz im Gegenteil. Es ist beschämend und kränkt mich, wie manche Parteimitglieder und Komsomolzen rumgehen, als ob nichts geschehen wäre.«

Anton Michajlowitsch kam in diesen Tagen nicht. Wassilij Nikolajewitsch sagte zu jemandem am Telefon, der Chef hätte einen Herzanfall, einen Nervenzusammenbruch gehabt.

In den Jurten war die Spannung wie weggewischt, wenn auch niemand offen seine Freude zeigte. Die Wachmannschaft wurde erheblich vermehrt. Die Schichten der Posten waren zwei- oder dreimal stärker als sonst. Sie patrouillierten ständig auf unserem Hauptweg quer über den Hof und sahen in regelmäßigen Abständen in die Jurten.

Bei einigen Kameraden bemerkte ich gelegentlich ein fröhliches Blinken in den Augen, bei anderen neugierig-schadenfrohe Blicke: ›Na, wie ist dir jetzt zumute?‹ Die meisten verhielten sich, als sei nichts Besonderes vorgefallen. An jenen beiden Dezembertagen, an denen so viele von uns abtransportiert worden waren, hatte weit mehr Aufregung und Kummer geherrscht als jetzt.

Ich nahm mich krampfhaft zusammen. Ich wollte nicht, daß Vorgesetzte und Wachleute meine Trauer für vorgetäuscht hielten, und ich wollte auch nicht, daß meine Kameraden merkten, wie schwer mir zumute war, welche Erinnerungen mich übermannten.

An jenem Julimorgen im Jahr 1941 weckte mich eine bleiche Nadja. Aus dem schwarzen Pappmaul des Lautsprechers kam die bekannte Stimme mit dem schweren Akzent: »Brüder und Schwestern, ich wende mich an euch, meine Freunde!« Und dann die bitteren Worte, bitter, aber scheinbar echt und mannhaft. Und leichter Klang von Glas, Wasserplätschern. Dieser häusliche Ton ließ plötzlich das Gefühl der Nähe entstehen. Nadjas Augen glänzten feucht, gleich weint sie los. Und mich würgt es in der Kehle.

... Ein Novemberabend desselben Jahres im Schützengraben. Es ist dunkel. Eisig. Schnee fällt langsam und dicht. In der Ferne brüllen ab und zu Kanonen auf. Auf der gegnerischen Seite gehen ständig Leuchtkugeln hoch. Eine nach der anderen. Verschwommenes, blaßbuntes Licht. Aus dem Erdbunker springt ein Funker. Er schreit: »Stalin spricht! Die Sendung läuft schon! Stalin spricht aus Moskau!« Und wieder seine Stimme, sein Akzent, seine langsame Sprechweise. Es schien, als spräche er ruhig, überzeugt ... Ein kleiner, scheinbar absichtlich ungeschickter Scherz: Hitler mit Napoleon zu vergleichen – einen Kater mit dem Löwen.

... Am andern Morgen in einem alten Häuschen in Waldaj. Luftangriff. Explosionen dröhnen. Das Häuschen bebt, scheint hochzuspringen und sich von seinen Fundamenten loszureißen. Wir aber hocken am Boden neben dem erkalteten Ofen am Radio ... Parade auf dem Roten Platz. Und wieder spricht er. Vom Mausoleum her. Dieselbe Stimme, derselbe Tonfall und neue, ungewohnte, unerwartete Worte. Er verspricht »in einem halben Jahr, in einem Jährchen ... Das große Banner möge euch leuchten ...«

... Moskau. Januar 1944. Der Vater besuchte mich im Lazarett, nachdem er sich mit einem Kameraden von Sanja* getroffen hatte. Der Kamerad hatte erzählt, er habe Sanja im September in einem Wald irgendwo bei Borispol gesehen. Sie wollten aus einem Kessel ausbrechen. Nachts auf der Rast las Sanja seine Gedichte vom künftigen Sieg vor. Er war damals schon an der Schulter verwundet. Gegen Morgen kam es beim Überqueren einer Straße zum Nahkampf. Sanja lief mit der Pistole in der Hand, rief: »Für die Heimat, für Stalin!« Danach hat ihn niemand mehr gesehen.

... Februar 1945. Straßenkämpfe in Graudenz. Die letzten Kämpfe, an denen ich teilnahm. Frohe, trunkene Erregung – wir greifen an. Unser Übertragungswagen unterstützte die Artilleristen. Ich gab die Befehle durch den Lautsprecher an die Batterien weiter. Wir alle wußten: der Sieg ist nah. Die Stadt ist eingeschlossen. Auch der Hauptsieg, der allgemeine Sieg ist nah. Mich vor Freude verschlukkend, schrie ich: »Für unsere Kinder, für alle, die wir lieben, für die Heimat, für Stalin – Feuer!«

In einer der leergewordenen Jurten war ein Vorratslager eingerichtet worden. Nachttische, Hocker, Matratzen, alles mögliche wurde dort abgeladen. Die Tür war nicht verschlossen – wer ist schon auf so was versessen ... Dorthin zog ich mich zurück, wenn es unerträglich wurde. Erinnerte mich und weinte ... Kälte, Halbdunkel, Staub, die säuerlich-modrigen Gerüche – all das beruhigte.

In dieser Woche brachten die Zeitungen kein einziges Wort über die Mörder-Ärzte. Ständig kamen mir die Couplets von Purischkewitsch ins Gedächtnis, die er 1919 verfaßt hatte, als in Rostow einer der Führer der separatistischen Kosaken, Rjabowol, ermordet worden war und seine Freunde vermuteten, die Mörder seien rechtsgerichtete Anhänger des weißen Generals Denikin.

Es wär' seltsam, klänge dumm,
wenn in unsren Zeiten
man bei einer Leiche nicht
Propaganda würd' verbreiten.

* Mein jüngerer Bruder Alexander (Sanja) war 1941 als Artillerie-Sergeant gefallen.

Warum gab es jetzt keinerlei Propaganda? Vielleicht war sie nur zurückgestellt? Sind erst einmal die Beisetzungsfeierlichkeiten vorüber, an denen ausländische Gäste teilnehmen, werden die blutigen Gedenkfeiern beginnen, diesmal für den internen Gebrauch.

... Neunter März. Tag der Beisetzung. Bei der Zählung sagte der diensthabende Sergeant:

»Heute findet kein Ausmarsch zum Arbeitsobjekt statt. Nach dem Frühstück gehen alle in die Jurten zurück. Und keinerlei Bewegung auf dem Gelände.«

Wieder, wie am Morgen der ›Strelitzen-Hinrichtung‹, wechselten sich an unseren Türen die aus mehreren Mann bestehenden Schichten der Aufseher ab. Sie wirkten finster und mürrisch. »Erhöhte Wachsamkeit«.

In den Jurten war es noch stiller als sonst während der arbeitsfreien Zeit. Die ›Häuer‹ klapperten leise mit den Dominosteinen, zankten sich mit gedämpfter Stimme. Nur im Vorraum drängten sich mehr Menschen als sonst. Sie rauchten, hörten Radio. – Beethoven, Chopin, Tschajkowskij. – Tragisch erhobene Stimmen der Sprecher: eine Reportage aus dem Säulensaal; die Telegramme der Kondolierenden, Trauernden, Erschütterten ... Ich lauschte unablässig, versuchte, irgend etwas hinter den Worten zu hören, im Unausgesprochenen – zwischen den Zeilen etwas wahrzunehmen. Malenkow spricht: eine selbstsichere Stimme, Tonfall und Aussprache eines gebildeten Mannes. Mir fällt auf, wie unbeteiligt er spricht. Alle Wendungen sind richtig: feierlich-begräbnismäßig, lobpreisend. Genauso könnte auch am Sarge eines beliebigen Ministers oder Marschalls gesprochen werden. Keinen einzigen Augenblick lang in keinem einzigen Wort spürte man grenzenlosen, bodenlosen Schmerz über den ungeheuren, unersetzlichen Verlust. Keine Spur auch von schlichter menschlicher Wärme. Die Rede war mit Maßen schwülstig, maßvoll trauernd.

Berija hatte denselben Akzent wie Stalin, sprach aber erheblich schneller. Fast hastig klangen die vorschriftsmäßigen stereotypen Phrasen vom dahingegangenen großen Führer. Deutlich vernehmbar waren muntere Töne, als er vom Vertrauen in die Zukunft sprach, vom Frieden und abermals vom Frieden. Über Malenkow sagte er, mit Ehrfurcht in der Stimme: »Der Schüler Lenins und Mitkämpfer Stalins«.

Aha, schon einfach ›Mitkämpfer‹. Der König ist tot, es lebe

der König! Hinter mir flüsterte jemand: »Hast du gehört, wessen Schüler und wessen Mitkämpfer er ist?«

Molotow nuschelte angestrengt und stotternd; plötzlich versagte ihm die Stimme – er schluchzte auf. Das war die einzige Äußerung echter Trauer.

Im Lautsprecher dröhnten nun die Trauersalven, die Sirenen heulten. Ich machte die Tür auf und sah hinaus. Zornig vor Schreck riefen die Posten:

»Tür zu! Raustreten verboten!«

»Ich will ja gar nicht raus. Ich möchte nur zuhören. Sie sollten besser ruhig sein.«

Sie stockten, brummten Unverständliches.

In den folgenden Tagen erfuhren wir in der Scharaschka von dem mörderischen Gedränge auf der Trubnaja- und der Dimitrow-Straße ... Hunderte von Toten, Erdrückten ... Nein doch, Tausende! Iwan beschrieb ausführlich, wie er sich zum Kolonnensaal durchgeschlagen hatte, indem er unter Lastwagen hindurchkroch, und wie ihm seine Bescheinigung genutzt hatte – »schließlich stand am Rand mit dicken Buchstaben ZK der KPdSU drauf«.

Er erzählte voll Begeisterung und prahlerisch, erwähnte nur flüchtig die Erdrückten und die ›ganzen Kolonnen von Erste-Hilfe-Wagen‹. Er hatte vergessen, daß Trauer vorgeschrieben war. In dem knabenhaften Geschwätz war eine beängstigende Echtheit. Und der Gedanke drängte sich auf: Nikolajs Regierung hatte mit dem Unglück auf dem Chodynka-Feld[49] begonnen, wo Tausende umkamen, und Stalins Herrschaft endete auf ähnliche Weise.

Die Spannung ließ jedoch bald nach. Ein, zwei Tage vergingen; es schien, als hätten bereits alle alles vergessen ... Es wurde wie gewöhnlich gearbeitet und von den gewohnten Themen gesprochen. In den Zeitungen moderten noch die amtlichen Meldungen vor sich hin, Kondolenztelegramme von Ausländern und Landsleuten, Zitate aus irgendwelchen Artikeln und Briefen.

Und noch immer erschien nichts über die Mörder-Ärzte. Sergej Prokofjew war gestorben. Am selben Tag wie Stalin. Vor fünf Jahren hatte Shdanow Prokofjew beschimpft, natürlich mit Wissen Stalins.

Wiktor Andrejewitsch sagte, Prokofjew sei ein großer Komponist. Mit ihm stimmte auch Semjon überein, der mehr als ich von Musik verstand. Zum Tode Prokofjews erschienen kurze

Trauermeldungen, kurze, geraffte Bemerkungen. Man sah sie kaum in den von schwarzen Balken eingerahmten Zeitungen.

Aber seine Musik wird leben und fortleben. Und wann war Shdanow gestorben? Ihn hatte man sehr schnell vergessen. Und schon in den ersten Tagen nach den Reden, Salven, Sirenen versickerte vor aller Augen das Gedenken an den Großen Allerhöchstselbst.

12. Kapitel
Die Asphaltpflanze

> Dieses Leben ist sehr verwickelt und schwer verständlich.
> Ich habe hart gearbeitet, um es zu verstehen, und dann
> habe ich die Wahrheit gesagt, so wie ich sie gefunden hatte.
>
> Bertolt Brecht

In der kleinen Gruppe von Neuankömmlingen fiel ein ganz besonders junger auf. Er war blaß, dünn und großäugig, um die Schultern hing ihm ein sowjetischer Soldatenmantel, doch sein zerknittertes Jackett war eindeutig ausländischer Herkunft. Flehentlich blickte er auf die qualmenden Zigaretten der Alteingesessenen, die vorbeigingen.

»Bitte, rauchen. Bitte, bißchen zum Rauchen.«

Gierig sog er den Rauch ein, wurde dabei noch bleicher.

Als er deutsche Worte hörte, blitzte es in seinen Augen auf, er drehte sich jäh um, hüpfte fast.

»Mein Gott, Sie sprechen Deutsch?! Ich heiße Kurt. Bitte, erklären Sie mir, was das hier ist, wo wir uns befinden.«

Das erste Mittagessen nach der wäßrigen Butyrka-Suppe nannte er ein üppiges Festmahl. Und nachdem er im Magazin Bettwäsche bekommen hatte, rief er:

»Mein Gott, vier Jahre hab' ich weder Bettwäsche noch Kopfkissen gehabt.«

Glückselig an seiner Zigarette saugend, begann er zu erzählen:

»Also hier will ich meine 25 Jahre gerne absitzen. Ich hab' sie für nichts und wieder nichts gekriegt. Nein, ich bin kein Nazi, nie einer gewesen. Ich bin proletarischer Abstammung: eine Essener Asphaltpflanze. Vater war Werkmeister bei Krupp. Ich hab' so allerhand gelernt, war erst an der Drehbank, hab' dann Elektrotechniker gelernt, meinen Meister gemacht. Beim Barras war ich nicht, keinen einzigen Tag: schwache Lungen und Plattfüße. So was nahmen die nicht. Manchmal wurde ich zur Arbeit in eine unserer Tochterfirmen geschickt. In Wien war ich über ein Jahr. Herrliche Stadt, freundliche Menschen. In den ersten

Tagen guckten die Kollegen 'n bißchen schief: Ich war ja Preuße, war 'n Piefke. Aber schon bald kamen wir prima zusammen aus. Viele sagten, ich hätte den echt Wiener Charakter – leben und leben lassen. Auch nach dem Krieg, die sowjetischen Besatzer, die mochten mich auch leiden. Die russischen Ingenieure wußten genau, was ein erstklassiger Feinmechaniker wert ist. Aber eines Tages ließ mich ein Offizier von der Abwehr rufen, fragte: ›Warum haben Sie als Rheinländer in Wien gearbeitet? Wann sind Sie in die Nazi-Partei eingetreten? Was für Spionageaufträge hatte man Ihnen erteilt?‹

Ich erklärte ihm, daß ich nie PG war, daß mein Vater Sozi war, mein Onkel mütterlicherseits sogar Kommunist und mein Vetter Jungkommunist. Noch nach 1933 hat der Flugblätter verteilt. Ich war nur, wie alle Arbeiter, in der Arbeitsfront. Na, und bei ›Kraft durch Freude‹ – ging in Konzerte, fuhr ans Meer. Aber in der Partei bin ich nie gewesen, auch nicht in der SA, nicht einen Tag. Ich hab' denen von der Abwehr ausführlich über mich berichtet, in allen Einzelheiten, und nur die Wahrheit, nichts als die Wahrheit. Nein, gefoltert haben sie mich nicht, nur 'n paar Mal geohrfeigt. Ich hab' alles genau gesagt – meine Aussagen waren leicht zu überprüfen, man brauchte nur in Essen nachzufragen, in der Firma lagen ja meine Papiere. Aber sie sagten bloß: ›Dein Essen gibt's nicht mehr, kaputt! Wen soll man dort noch suchen? Und was für Papiere?‹

Ich wurde nach Rußland abtransportiert, kam in die Butyrka. Da wurde ich im Laufe eines Jahres nur dreimal verhört. Es ging ganz korrekt zu. Was ich sagte, wurde protokolliert. Dann gaben sie mir den ganzen Papierkram zum Lesen. Ein Dolmetscher setzte sich neben mich und erklärte. Und da sah ich die Bescherung: Ich war verleumdet worden. Zwei Österreicher und ein Pole, der angeblich in meiner Brigade arbeitete, hatten behauptet, ich wäre ein fanatischer Nazi, hätte auf die Sowjetarmee geschimpft und für Sabotage agitiert. Ich begann zu erklären, daß das alles Lügen seien: ›Ich kenne diese Leute nicht. Sie haben irgendwo in der Nähe gearbeitet. Auch konnten sie mich nicht kennen. Fragen Sie doch die, die mit mir zusammengearbeitet haben.‹

Aber der Untersuchungsrichter ging überhaupt nicht drauf ein, sagte bloß: ›Wir müssen den Fall abschließen, er dauert schon viel zu lange. Sie können das alles bei der Gerichtsverhandlung vorbringen. Sie sind nach Artikel 1 des Internationalen Militärgerichtshofes in Nürnberg angeklagt.‹ Ja, ja. Kriegsverbrecher sollte ich gewesen sein! Wie Göring, Hess, Ribbentrop, Streicher, die Goldfasane. Ich bin doch Proletarier, gehöre keiner Partei an! Der Untersuchungsrichter lachte: ›Gut, gut. Erklären Sie das alles vor Gericht.‹

Von wegen: vor Gericht! 'ne Gerichtsverhandlung hat gar nicht erst stattgefunden. Der Diensthabende im Gefängnis las mir das Urteil der OSO vor: 25 Jahre.«

Kurt war gesellig und mitteilsam, prahlte gern mit seiner Bildung. Er kannte Teile aus den ›Faust‹-Monologen auswendig und rezitierte zu den verschiedensten Anlässen, wobei er streng auf die literarische Aussprache des »Bühnendeutschs« achtete:

»Was kann die Welt dir noch bescheren? Entbehren sollst du, sollst entbehren.«

Gern sang er Songs aus der ›Dreigroschenoper‹, am liebsten »Ja, der Haifisch, der hat Zähne«, und er kannte auch eine Menge von Morgensterns ›Galgenliedern‹.

Er beteuerte oft, daß er natürlich überzeugter Antifaschist und Demokrat sei, sich aber nie um Politik gekümmert habe, er liebe Sport, Schach, die Frauen und einen guten Wein. Da er aber immer gern las, verstand er auch etwas von anderen Dingen.

»Die Nazis waren nicht alle gleich. Himmler, der Reichsheini, war grausam, eine furchtbare Type. Ley war ein stupider Säufer und Schwätzer. Aber dem Hitler muß man Gerechtigkeit widerfahren lassen: Er war ein ganz großer Redner, hypnotisierte die Massen, auch seine erbittertsten Feinde geben zu, daß er ein großer Staatsmann war. Was der aus dem verelendeten Deutschland gemacht hat, das unter dem Schanddiktat von Versailles schmachtete, von der Weltwirtschaftskrise geschüttelt wurde! 1932 hatten wir acht Millionen Arbeitslose. Die Wirtschaft war so gut wie pleite, überall Verfall. Ein Bürgerkrieg drohte auszubrechen. Aber er schuf in fünf Jahren eine Großmacht; in einem einzigen Jahr eroberte er dann ganz Europa, und zwei Jahre später herrschte er von den Pyrenäen bis zum Kaukasus, von der Sahara bis zum Nordpol. Natürlich, er hat sich verdammt verrechnet, hat die Feder überspannt, überschätzte seine Verbündeten und unterschätzte seine Gegner. Die Deutschen kämpften nach europäischer Art, nach alter Tradition: Das Heer kämpft, das Volk arbeitet. Aber die Russen führten totalen Krieg, rücksichtslos. Als unsere das kapierten, war es schon zu spät. In der Butyrka saß ich ein Jahr lang in einer Zelle mit Generälen und Generalstabsoffizieren. Sogar Churchill hielt den Generalstab der deutschen Wehrmacht für den besten aller Zeiten. Von diesen Generalstäblern weiß ich alles, was passiert ist. Stalingrad war eine Fehlkalkulation des Führers. Die Italiener und Rumänen haben unsere Flanken und unser Hinterland entblößt. Auch die Ungarn kämpften schlechter, als man erwartet hatte. So entstand der Kessel, aus dem keiner mehr raus kam. Erst danach wurde bei uns der totale Krieg proklamiert. Mit der V 3 hätten wir ohne weiteres noch siegen können. V 1 und V 2 hatten die Engländer ja schon demoralisiert. Die V 3 hätte die Yankees in die Knie gezwungen. Aber Roosevelt und Churchill ließen Hitler übermitteln, wenn die V 3 zum Einsatz käme, würden sie den totalen Gaskrieg gegen die deutschen Städte eröffnen. Zu dieser Zeit hatten sogar die Soldaten schon die Gasmasken vergessen. Millionen Menschen wären umgekommen. Daraufhin befahl der Führer, die neue Waffe nicht einzusetzen. Natürlich, er hat sich getäuscht, hat seinen Ratgebern zu sehr vertraut. Göring hatte ihm eingeredet, die deutsche Luftwaffe wäre ein für allemal allen Gegnern überlegen. Der Führer stoppte also die Herstellung der V 3, der Atombombe. Aber die Yankees produzierten am laufenden Band fliegende Festungen, setzten besoffene Neger rein, terrorisierten mit ihren Bombenteppichen alle Städte. An der Front aber hauten sie ab. Noch im Dezember 1944 in den Ardennen haben wir sie bei unserer Weihnachtsoffensive fast bis ans Meer zurückgeworfen. Aber Hamburg, Berlin, Köln und Frankfurt legten sie in Schutt und Asche. Dresden, die offene Stadt, die Stadt der Künste mit vielen Lazaretten, wurde innerhalb von zwei Tagen zerstört. Für Deutschland wurde der Krieg zum glatten Selbstmord. Natürlich, Hitler hat vieles verschuldet. Aber warten wir das Urteil der Geschichte ab ...

Hitlers Ordonnanz Lange war in der Butyrka mein Nachbar. Er hat mir erzählt, der Führer wäre menschlich sympathisch gewesen, höflich, bescheiden, zurückhaltend im Essen. Antialkoholiker, trank keinen Tropfen. So was ist ja nun nicht mein Fall. Abstinenzler sind mir nicht geheuer. Das sind häufig kalte, grausame Pragmatiker. Diese asketischen Gewohnheiten Hitlers, die haben mich am meisten abgestoßen. Bildung hatte er auch nicht genug. War ein Mann aus dem Volk, war ein genialer Autodidakt. In Malerei, Architektur und Bildhauerei, da wußte er genau Bescheid, er zeichnete auch und malte Aquarelle. Mein Vetter, Doktor phil., ist Kunstkenner und absolut kein Nazi –

sein Bruder war mit einer Jüdin verheiratet –, der hat mir gesagt, der Führer hätte ein großer Künstler werden können, wenn er die Finger von der Politik gelassen hätte ...

Lange hat mir in der Zelle ausführlich erzählt, als unsere Truppen 1940 Holland erobert hatten, da wären ein paar Offiziere und Soldaten nach Doorn gefahren, hätten Kaiser Wilhelm ihre Aufwartung gemacht. Der hat sie auf seiner Terrasse stehend ganz zeremoniell empfangen. Sie knallten die Hacken zusammen: ›Majestät ... Majestät!‹ Er hat huldvoll genickt: ›Gratuliere zum Sieg, meine Tapferen!‹ Er hat sogar ein Telegramm an Hitler geschickt: ›Ich beglückwünsche Sie und hoffe, daß unter Ihrer hervorragenden Leitung die deutsche Monarchie endgültig wiederhergestellt wird.‹

Stellen Sie sich so was vor: Wiederherstellung der Monarchie! Der Führer hat gelacht, sich aber auch geärgert und mehrmals zu Lange gesagt: ›Lange, wir sollten den Sozialdemokraten auf Knien dafür danken, daß sie diesen aufgeblasenen Schwätzer davongejagt haben. Der hofft doch tatsächlich, das deutsche Volk würde ihn wieder auf den Thron setzen, und dann könnte ich ja die Stelle Bismarcks einnehmen, den er, Deutschland zum Schaden, entlassen hat. So ein Trottel!‹ ...

Ja, der Krieg im Osten, das war ein schicksalhafter Fehler, eine Kette von schicksalhaften Fehlern. Das hat Goebbels schon gleich nach der Schlacht von Stalingrad zugegeben ... Können Sie sich auch an seine Rede im Sportpalast im Februar 1943 erinnern? Das war ein Rhetor, wohl nicht schlechter als Hitler – eine Rednerkanone. Vor 1933 fürchteten Sozis und Kommunisten seine Reden mehr als alle Revolver, Knüppel und Schlagringe. Nach Stalingrad sagte er als erster: ›Wir haben uns verrechnet.‹ Und er erklärte, wieso und warum. Alle, die Ihre Rote Armee gesehen haben, als Sie uns halfen, das Polackenland von der Landkarte zu streichen, waren perplex: Die russischen Soldaten waren schlecht ausgerüstet, hatten veraltete Gewehre, überhaupt keine MPs, dafür berittene Artillerie wie zu Zeiten von Zar und Kaiser. Schnelle Panzer hatten sie, aber die setzten die Polen mit Gewehrsalven in Brand. Allerdings, die alten Generäle, die traditionsgemäß Rußland liebten, warnten: ›Das Äußere täuscht. Der Iwan ist schmutzig und ungekämmt, aber er hat einen scharfen Blick und ein feines Gehör. Seine Hosen sind aus schlechtem Zeug, aber seine Fäuste sind aus Stahl!‹ Aber als Stalin gegen Finnland losging, zeigte sich, daß auch Ihr Stahl nicht viel taugte. Die Finnen schlugen Ihre an Zahl hundertfach überlegenen Truppen ... Die Deutschen, die aus dem Baltikum kamen, sprachen mit ziemlicher Verachtung von den sowjetischen Soldaten ...

Wenn unsere Nachrichten in den ersten Monaten des Krieges auch haushoch übertrieben, trotzdem gab es Millionen Kriegsgefangene. Und unsere Soldaten, die bis zur Wolga und zum Kaukasus kamen, sahen unterwegs, wie Ihre Leute leben, die Armut, den Dreck, die fürchterlichen Straßen. Kein Dorf, keine Stadt konnte sich mit unseren oder überhaupt mit europäischen Städten messen. Von unseren Soldaten konnten nur wenige Ihre Bücher lesen, Ihre Musik und Ihr Theater beurteilen. Die Mehrzahl der Soldaten sind Arbeiter, Bauern, kleine Leute. Sie schätzen greifbare, reale Werte. Sie haben Ihre Straßen, Ihre Häuser, Ihre Waren gesehen ... Ja klar, Ihre Panzer, Kanonen und Flugzeuge waren auch ganz schön real. Manche haben das schon in den ersten Kriegsmonaten begriffen, aber das waren wenige ...

Hitler hat den Osten unterschätzt, das war sein größter Fehler. Der Gegner war viel gefährlicher, als selbst die vorsichtigsten Generalstäbler angenommen hatten, auch viel schlauer. Ihre Generäle haben in Finnland und in Polen die eigenen Leute zu Tausenden und Abertausenden verheizt, um uns von Ihrer scheinbaren Schwäche zu überzeugen. Und genauso wurde auch im ersten Kriegsjahr gegen uns gekämpft – sinnlose Massenattacken, mit ›Urrä!‹ stracks ins MG-Feuer gerannt. Unsere Generäle merkten zu spät, daß es sich um Täuschungsmanöver handelte, daß diese blutigen Verluste und Niederlagen gerissene Winkelzüge waren. Auf diese Weise haben Ihre Strategen die Wehrmacht übertrumpft. Östliche Hinterlist hat die deutsche Rechtschaffenheit kleingekriegt.

Aber nein, das sind keine Phantasien. Ich bin frei von jeglichem Nationalismus. Ihre Nation und Ihre Kultur liebe ich, schätze sie sehr hoch. Tolstoj, Dostojewskij – geniale Schriftsteller. Ich hab' ›Krieg und Frieden‹ gelesen, ›Die Brüder Karamasow‹ und ›Schuld und Sühne‹. Ich mag auch die russische Musik sehr. Tschajkowskijs ›Nußknacker-Suite‹ könnte ich jeden Tag hören ... Aber ich hänge an meiner Heimat, kenne mich in Geschichte aus. Die Deutschen sind von ihren Gegnern immer verleumdet worden. Sie hassen uns, weil wir besser leben, wohlhabender und sauberer. Im Ersten Weltkrieg haben Engländer und Franzosen den Deutschen Greueltaten nachgesagt. Dabei haben sie selbst belgische Kirchen zerstört und das dann den Deutschen angekreidet. Die Engländer haben als erste Giftgas angewendet ... Doch, doch, das steht fest! Ihnen hat man das bloß falsch beigebracht. Sie kennen natürlich besser als viele andere Russen unsere Sprache und unsere Kultur, bloß hat man Ihnen beim Lernen 'ne tendenziöse Brille verpaßt. Ich weiß es wirklich ganz genau: Giftgas und Luftkrieg, damit haben unsere Feinde angefangen ... Naja, in Rußland konnte das natürlich anders erscheinen, an der Ostfront lag die Initiative immer bei den Deutschen ...

Was Guernica, Coventry, Rotterdam bedeuten? Das sind doch alles Ihre Progagandamärchen. In Spanien haben unsere Flieger an Kämpfen teilgenommen und beim Truppentransport. Ich kenne zwei Flieger von der Legion Condor: anständige Kerle. Die haben mir alles genau erzählt. Auf die friedliche Bevölkerung haben sie niemals Bomben geworfen. Die Engländer haben damit angefangen, unsere Städte zu bombardieren. Das mußte unsere Luftwaffe ihnen heimzahlen. In Holland, Belgien, Dänemark und Norwegen hatten Engländer und Franzosen Überraschungsangriffe vorbereitet, wir sind ihnen bloß zuvorgekommen. Aber unsere Flieger bombardierten nur feindliche Truppen, Festungen, Transporte. In Polen haben wir den Krieg ritterlich begonnen, aber die Polen haben sich wie verrückte Selbstmörder mit Säbeln und Piken auf die Panzer gestürzt. Und nach der Niederlage haben sie nach Banditenart aus dem Hinterhalt gekämpft. In solchen Fällen gilt Standrecht nach internationalen Rechtsgrundsätzen ...

Ja, von den Konzentrationslagern hab' ich gehört. Ihre Propaganda hat uns damit die Ohren vollgejault. Aber das war Sache der SS, und zwar der schwarzen SS, nicht der Waffen-SS, das bringt ihr immer durcheinander. Die Waffen-SS, das waren Elitetruppen. Bei der schwarzen SS, da gab's schon üble Typen, und gerade die wurden als Wachmannschaften für die KZs eingesetzt. Schweine waren das, zu allem fähig, zu jeder Grausamkeit, zu jeder Sauerei. Aber Mißratene gibt es in jedem Volk. Was war denn, als Ihre Armeen in Deutschland einfielen? Sogar Kinder und alte Frauen wurden vergewaltigt. Und wie viele Unschuldige wurden umgebracht. Einfach so: ›Deutscher, Fritz, kaputt!‹ Ich verstehe ja, die Soldaten waren verwildert, von Wodka außer Rand und Band. Aber Sie wollen, daß alle Deutschen sich für die SS-Leute, für die Todeslager verantworten sollen, darum übertreiben Sie alles, was man uns nur irgendwie vorwerfen kann. Ihre Propaganda behauptet, die polnischen Offiziere in Katyn wären von Deutschen erschossen worden. 1943 ist eine internationale Kommission an Ort und Stelle gewesen, alles wurde genau untersucht, und man hat bewiesen, daß da Ihre Revolver und Gewehre am Werk gewesen waren.«

Wenn Kurt von sich erzählte, berichtete er am liebsten von seinen sehr verschiedenartigen »Bräuten« – Mädchen und Damen aus gutem Hause, aber auch von »Edel-Nutten«. Einige seiner Geschichten erinnerten an die Fabeln von Detektivromanen: Eine Schöne lockt ihn in eine Spelunke; er merkt, wie man ihm was in den Wein tut oder das Glas austauscht und schüttet sich geschickt das vergiftete Zeug in die Tasche. Die Schöne glaubt ihn nach stürmischen Zärtlichkeiten schlafend, verschwindet, er entweicht aus dem Fenster oder durch die Tür, über finstere Korridore tappend, sich in Nischen hinter Portieren versteckend, um den geheimnisvollen Subjekten zu entgehen, die ihn berauben oder umbringen wollen.

Kurt lernte rasch Russisch und fand Freunde unter den freien Arbeitern und Technikern. Abends verfertigte er aus nichtrostendem Stahl Fingerhüte, Manikürbestecke, Zigarettenetuis und verkaufte sie den Freien. Die Auftraggeber zahlten in Naturalien: Wurst, Konserven, Bonbons, gelegentlich auch Wodka.

Zweimal im Monat gab es Filmvorführungen für die Häftlinge. In der großen Zelle wurde die Leinwand aufgebaut. Gezeigt wurden Filme über Lenin: ›Wir aus Kronstadt‹, ›Der große Bürger‹, ›Zirkus‹, ›Wolga – Wolga‹, ›Die Kuban-Kosaken‹ und sogar ein paar ausländische Streifen. Die Deutschen scharten sich dicht um mich, damit ich ihnen die Dialoge übersetzte. Kurt widersprach manchmal hitzig seinen Landsleuten, wenn sie das Gesehene verächtlich als Propaganda abtaten.

»Nein, nein. Da kann ich nicht zustimmen. Das ist echte Kunst.«

Einiges gefiel ihm, aber manche Kriegsfilme erzürnten ihn.

»Tendenziöse Verzerrung – Kitsch. Nicht besser als bei den Nazis. Der Krieg ist schon seit fünf Jahren zu Ende, aber für Sie sind die Deutschen immer noch entweder Idioten oder Bestien. Und dabei reden Sie immer von Ihrem Internationalismus.«

Die italienischen neorealistischen Filme ›Die Fahrraddiebe‹ und ›Unter dem Himmel Siziliens‹ lehnte er ab:

»Alles Lüge! Talentlose, verlogene Filme. Die hat man gedreht, weil in der italienischen Regierung Kommunisten saßen.

Und wie dämlich sie ausgedacht sind! Die Mafia gab's vor hundert Jahren. Bloß bei Ihnen können die Leute glauben, daß so was im heutigen Italien möglich ist. Natürlich gibt's dort große Armut, vielleicht klaut auch jemand mal ein Fahrrad. Aber daraus einen Film drehen, die Tränendrüsen kitzeln, ach, der unglückliche Junge! Das ist schon entartete Kunst, Dekadenz. Die italienischen Kommunisten drehen solche Filme auf Ihre Bestellung. Und hier werden sie gezeigt, um Sie zu überzeugen, wie schlecht man im Kapitalismus lebt ...

Ich hab' immer Heines Gedichte, die Musik von Mendelssohn geliebt. In der Schule hatte ich zwei jüdische Freunde. Der eine war Arztsohn, der andere Sohn eines Hotelbesitzers, der bei Verdun gekämpft hatte, das EK zwo und EK eins erhielt und Mitglied im ›Stahlhelm‹ war. Unter den deutschen Juden gab es sehr anständige Leute, aufrichtige Patrioten. Aber im Ersten Weltkrieg kamen zu Zehntausenden die Ostjuden aus Polen und Rußland. Die rissen während der Inflation Handel, Industrie, Buchverlage, Theater und Kinos an sich. In Berlin gehörten die schönsten Häuser den Juden. Sie beherrschten den Einzelhandel, die Mehrzahl der Banken und natürlich die Politik ... Nein, nein, die Nazis haben nicht nur gelogen. Natürlich haben die enorm übertrieben. Aber das ist Tatsache: Jüdische Politiker und jüdische Literaten gaben den Ton bei den Kommunisten und bei den Sozialdemokraten an. Sogar in den deutschnationalen Parteien, bei den Monarchisten und im ›Stahlhelm‹ gab's jüdische Einflüsse. Die Ostjuden kamen in ihren Kaftanen und Schläfenlocken bei uns an, lernten aber schnell, sich anzupassen. Sie haben ein kolossales Talent für Mimikry und eine erstaunliche Rassensolidarität. In Berlin, da wurden die ersten Kommunisten-Spartakisten von den polnischen Juden Rosa Luxemburg und Karl Radek und von den deutschen Juden Karl Liebknecht und Wilhelm Pieck angeführt ... Wer hat Ihnen denn das weisgemacht, daß die reine Deutsche sind. Und den Mumpitz glauben Sie? ... Meinetwegen, von mir aus – aber dann waren sie eben mit Jüdinnen verheiratet, jüdisch versippt und jedenfalls im jüdischen Milieu zu Hause. In Bayern errichteten 1919 die russischen Juden Leviné und Levi und die deutschen Juden Toller und Mühsam die Räterepublik. Ja, und in allen sozialdemokratisch regierten Ländern Deutschlands waren Juden Minister: Eisner, Rathenau. Die Reklametrommel zu rühren, das verstanden sie! Das beste Beispiel ist Einstein. Das war ein ganz gewöhnlicher Mathematiker, der sich irgendwelche phantastische, fragwürdige Theorien ausgedacht hat; und nach dem Ersten Weltkrieg, als der jüdische Einfluß überhandnahm, da erklärten sie ihn zu einem Genie ...

Aber woher! Das können Sie doch gar nicht wissen! Sie sind weder Mathematiker noch Physiker. Ihre Weltanschauung ist marxistisch, und Einstein als Marxist steht Ihnen nahe ... Ja, er bezeichnet sich selbst als Marxist ... Na, vielleicht nicht direkt als Marxist, aber doch was sehr ähnliches. Über Kleinigkeiten wollen wir nicht streiten. Auf das allgemeine Bild kommt's an. In der KPD überwogen auch die Juden: erst Paul Levi und Ruth Fischer, dann Heinz Neumann ... Natürlich, auf das Podest, in den Vordergrund schoben sie Leute wie Teddy Thälmann, den Hamburger Grobian und Säufer. Oder Torgler, den schwachbrüstigen Intelligenzler. Die leitende Kraft aber waren Neumann und seine Kommissare. Das ist keine Nazi-Propaganda, das sind Tatsachen ...

Und wie sieht das hier bei Ihnen aus? Schon öfter haben mir Häftlinge und Freie erzählt, daß Russen und Ukrainer die Juden auch nicht mögen, weil sie die besten Posten und die besten Wohnungen haben. Ich hab' denen widersprochen, denn unter den Häftlingen gibt's ja auch viele Juden. Darauf sagten sie mir, daß man sie erst in der letzten Zeit unter die Lupe genommen hätte. Erst nach dem Krieg hätte man damit angefangen, denn als russische Soldaten an den Fronten verbluteten, haben sich die Juden an der Etappe herumgedrückt, sich bereichert, sich Orden gekauft. Klar, ich glaube das nicht so ohne weiteres. Aber das sagen die eben hier im Arbeiter- und Bauernparadies. Nicht nur die Nazis sind also gegen die Juden.

Ach, kommen Sie mir nicht mit Reden über vielhundertjährige Vorurteile! So was kenn ich doch: Uns Deutschen geht's ja nicht anders. Viele Ausländer mögen uns nicht, früher so wenig wie heute. Die Deutschen sind geradezu verhaßt. Aber wenn Deutsche auswanderten, haben sie friedlich im Volk ihres Gastlandes gelebt, sich mit ihm vermischt und ihrer neuen Heimat hingebungsvoll gedient. Als die Vereinigten Staaten gegründet wurden, lebten da viele hunderttausend Deutsche. Und als darüber entschieden wurde, welches die Staatssprache werden sollte – Englisch oder Deutsch – wurde mit nur einer Stimme Mehrheit Englisch gewählt. Und wissen Sie, wem diese eine Stimme gehörte? Einem Deutschen ... Naja, versteht sich, Sie müssen das für ein Märchen halten, denn die Bücher, aus denen

Sie lernten, haben amerikanische Nationalisten oder Marxisten geschrieben ...«

Es war unmöglich, seine Überzeugungen mit stichhaltigen Argumenten ins Wanken zu bringen. Alle Einwände tat er als »verzerrende Propaganda« ab.

Unsere Ausländer erhielten keinen Arbeitslohn. Alle anderen Häftlinge bekamen nach zwei oder drei Monaten in der Scharaschka 50 bis 150 Rubel im Quartal, je nach Kategorie. Lohn und Geldüberweisungen von den Angehörigen erhielten wir als Scheck, den wir bei Bestellungen im Laden in Zahlung gaben. Einmal im Monat brachte der Gefängnis-Wirtschaftsleiter die vorher bestellten Sachen. Man konnte Butter, Wurst, Seife, Konserven, Kondensmilch, Zahnpasta, Tabak, Socken, Rasierklingen usw. haben.

Jedesmal, wenn die Bestellungen aufgegeben wurden, kam Kurt zu denjenigen von uns, die er als seine Freunde betrachtete, und bat: »Es wäre gut, wenn Toni K. ein Pfund Butter kriegen könnte, er ist der jüngste von uns, ein ganz verhungerter Berliner Junge.« Oder: »Kann man dem Doktor B. nicht ein paar Zigarren besorgen? Er hat nämlich bald Geburtstag.« Oder: »Ingenieur F. ist versessen auf Süßigkeiten; gibt es nicht ein paar Bonbons oder etwas Marmelade für ihn?« – »Für die Ingenieure L. und M. bitte ich vielmals um Zahnbürsten und Zahnpasta. Es ist so unangenehm, sich die Zähne mit eingeseiftem Finger putzen zu müssen, und dann vielleicht noch etwas Seife, die wir hier kriegen, stinkt so scheußlich.«

Ich kann mich nicht entsinnen, daß er ein einziges Mal etwas für sich selbst erbeten hätte.

Natürlich bestellten wir auch für ihn Seife, Süßigkeiten und Butter. Er bedankte sich überglücklich und »revanchierte sich« unverzüglich. Mir schenkte er ein Maniküre-Besteck, hervorragend aus rostfreiem Stahl gearbeitet, und einen Siegelring. Ein paarmal beschaffte er durch seine freien Kollegen einen Viertelliter Wodka oder Spiritus.

Als dann später auch die Ausländer den Vierteljahreslohn bekamen, beklagte sich Kurt bitter, daß einige von den Ingenieuren der 1. Kategorie ihren Landsleuten nicht helfen wollten, die schlechter bezahlt wurden oder als Neulinge überhaupt noch nichts erhielten.

»Das gibt bei uns viel Ärger. Adolf hätte sich gestern fast mit Leo geprügelt, er brüllte: ›Da kannst du den Unterschied zwischen dem russischen und dem deutschen Charakter sehen. Die russischen Kollegen teilen mit ihren ehemaligen Feinden, aber die Deutschen wollen ihren eigenen Landsleuten nicht mal 'ne Zahnbürste kaufen!‹ Der Adolf ist Österreicher, und obwohl die Russen seine Braut vergewaltigt haben und ihn ins Loch steckten, haßt er uns noch mehr. Leo ist Balte mit dem ganzen blödsinnig übertriebenen Patriotismus der Baltendeutschen, war PG und vergötterte den Führer. Man konnte die beiden Streithähne kaum auseinanderbringen. Der Peter aus Hamburg erklärte die Sachen anders. Er war ja mal Kommunist und meint, Ihre Freigebigkeit wär' das Resultat der sowjetischen Erziehung. Daher gäben Russen und sogar Juden den deutschen Kameraden was ab. Das leuchtete mir ein. Horst ist anderer Meinung; er meint, Kommunismus erziehe nicht nur zur Freigebigkeit, sondern auch zur Verachtung des Eigentums. Und überhaupt könnte man uns und sie nicht vergleichen. Sie kriegen ja noch zusätzlich Geld von Ihren Angehörigen, auch Pakete, da ist es leichter für Sie, was abzugeben. Aber wir sind seit unserer Verhaftung von unseren Angehörigen völlig abgeschnitten. Erst jetzt haben wir die Möglichkeit, was dazuzukaufen, das hat nichts mit nationalen oder politischen Unterschieden zu tun.«

Meine guten Beziehungen zu Kurt hielten nicht wenige Meinungsverschiedenheiten aus, lädiert wurden sie nur durch die Ereignisse in Korea. Er freute sich so über den Angriff der Amerikaner und erboste sich über die Einmischung der Chinesen und über ihre Erfolge, daß wir immer erbitterter miteinander stritten.

Doch bald nach Stalins Tod setzte der neue Gefängnisleiter den Wirtschaftsleiter und den Küchenleiter ab. Es hatte sich herausgestellt, daß sie uns seit langem bestahlen. Den meisten von uns hätten längst Verpflegung und Tabakwaren der 1. Kategorie zugestanden.

Kurt erfuhr die angenehmen Neuigkeiten eher als die anderen. Er hatte »Kunden« unter dem Wachpersonal. Voller Freude kam er mit der Nachricht, daß wir ab sofort doppelt soviel Fleisch, Butter und Zucker bekommen würden wie bisher; uns stünden auch zwei Eier zu, nicht nur eins, auch mehr Schweinefleisch und roter Kaviar jeden zweiten Tag; bisher hatte es nur manchmal welchen gegeben und auch nur winzige Portionen.

»Ich hab' gut mitgekriegt, was alle hier letztlich sagten, hatte aber so meine Zweifel. Sie müssen natürlich immer das beste hoffen, sind ja Marxisten und deswegen Optimisten. Aber jetzt sehe selbst ich einen Silberstreifen am Horizont. Vielleicht hellt es sich tatsächlich auf?«

Alle Deutschen wurden gleichzeitig mitten in der Arbeitszeit zum Transport gerufen. Kurt und seine nächsten Freunde, zwei deutsche und ein österreichischer Ingenieur, kamen zu uns ins Akustiklabor, um sich zu verabschieden.

Kurt hatte sich schon vorher die Adresse meiner Familie auf eine Streichholzschachtel notiert und sie auswendig gelernt. Beim Abschied wiederholte er sie noch einige Male.

»Ich werde Ihnen schreiben ... wahrscheinlich irgendwo aus Sibirien ... Aber vielleicht verbietet man uns auch zu korrespondieren.«

Verkrampft, ein bißchen zu lebhaft wie an seinem ersten Tag in der Scharaschka scherzte er und lächelte; in seinen fiebrig glänzenden Augen spiegelte sich Besorgnis.

Zwei Jahre später, ich war schon in Freiheit, erhielt ich in Moskau eine Postkarte von ihm aus Italien: eine grellbunte Aufnahme von San Marino.

»Herzliche Grüße aus dem Urlaub.«

13. Kapitel
Leb wohl, Scharaschka!

> Launenhaft ist die Erinnerung,
> wie ein Traumbild –
> von lebend'ger Wahrheit vollgesogen,
> doch auch ungebärdig, dunkel
> und wahrscheinlich auch verlogen ...
> Wladislaw Chodassewitsch

> Man muß dahin gelangen, jeden Menschen als ein anderes, doch in gewissem Sinne gleiches Ich begreifen zu können; das schafft die sittlichen Grundlagen menschlichen Zusammenlebens.
> Wjatscheslaw Iwanow

4. April. Früh am Morgen, als ich zur Morgengymnastik die Jurte verließ, drehte ich im Windfang das Radio an. Leise, denn die meisten schliefen noch. Ich schnappte auf:

»... unzulässige Methoden bei der Ermittlung ...«, und dann die Namen der Ärzte, die freigelassen worden waren, weil sich ihre Unschuld erwiesen hatte. Dann kam der Schlußsatz: »Wir verlasen eine Mitteilung des Ministeriums für innere Angelegenheiten der UdSSR.«

Freude überflutete mich, erstickte mich fast; ich stürzte nicht in die eigene, sondern in die Nachbarjurte, vermutlich, weil ich näher bei ihrer Tür stand.

»Die Ärzte sind frei! Ihre Unschuld ist erwiesen. Die Mitteilung des MWD spricht von unzulässigen Ermittlungsmethoden ... alle Ärzte sind frei!«

Köpfe hoben sich von den Kissen, jemand richtete sich auf: »Laß doch diese hirnrissigen Witze ... bist wohl besoffen! Vollkommen verrückt geworden! ... Weißt wohl nicht, daß der erste April schon längst vorbei ist ... Gebt ihm Wasser, bringt ihn an die frische Luft, damit er zu sich kommt ... Für solche Witze gehört er in die Fresse gehauen.«

»Aber es ist doch wahr! Die reine Wahrheit! Grade eben kam es im Radio, wird sicher bald wiederholt.«

Auch die wütendsten Beschimpfungen konnten mich nicht irre machen. Die Freude überwog, vernebelte alles.

Den ganzen Tag über und noch lange nachher sprachen wir

von nichts anderem als von der Freilassung der Ärzte. Wir stritten weniger, überlegten friedlich und freundschaftlich, welche Konsequenzen diese erstaunliche Freilassung haben könnte, haben würde; erzählten uns gegenseitig, was wir von den freien Angestellten hörten, verglichen, mutmaßten, zweifelten. Hoffnung durchströmte uns.

Im neuen Ministerrat war Malenkow Vorsitzender, Berija, Molotow, Bulganin, Kaganowitsch waren stellvertretende Vorsitzende; die Zahl der Ministerien wurde verringert, einige wurden zusammengelegt, der Personalbestand schrumpfte. Aha, es geht gegen die Bürokraten. Etwas anderes betraf uns direkt: das MGB (Ministerium für Staatssicherheit) existierte nicht mehr, statt dessen wurde ein bescheidenes Komitee für Staatssicherheit (KGB) dem Ministerrat angeschlossen. Presse und Rundfunk wiederholten hartnäckig die Phrasen von Gesetzlichkeit, Humanität, Politik des friedlichen Zusammenlebens.

Wir erfuhren auch, daß Abakumow freigelassen und in das neue Komitee berufen worden war. An ihn hatten wir nur schlimme Erinnerungen: ein grausamer Schurke, ein langer Laban mit der stumpfsinnigen Visage eines Fleischermeisters. Immerhin, zwei Jahre hatte er im Gefängnis gesessen, vielleicht hatte er dort was gelernt.

Woroschilow war Vorsitzender des Obersten Sowjet. Der bei Stalin in Ungnade gefallene Shukow wurde Stellvertreter des Verteidigungsministers Bulganin.

Jede Ernennung begutachteten wir in allen Einzelheiten. An Bulganin erinnerte ich mich von der Nordwestfront her als an einen beschränkten, eitlen Dummkopf. Von Shukow wußten alle: unnahbar, rauh, schonungslos hart, streng, aber ein begabter Stratege. Unerschrocken auf dem Schlachtfeld, katzbuckelte nicht vor den Führern. Deshalb hatte Stalin ihn nicht gemocht. Es hieß, er habe ihn sogar ein wenig gefürchtet und er sei eifersüchtig auf ihn gewesen.

Erfreulich war die Nachricht, daß Chruschtschow Vorsitzender des ZK-Präsidiums geworden war. Von ihm hatte ich früher schon gehört. Eine Cousine von Nadja hatte seiner Frau und seinen Töchtern Englischunterricht gegeben. Sie hatte ziemlich lange bei ihnen im Haus gewohnt und erzählte: er ist derb, ungebildet, aber klug, listig und gutmütig, ein Parteiarbeiter alten Stils. Das bedeutete, er duldete keine Herrenallüren, keinen Luxus, keine Bereicherung, keine Servilität und keinen Dünkel. Seine Frau stopfte für ihn und die Enkel die

Socken, wirtschaftete sparsam; das Hausmädchen und der Chauffeur aßen mit am Familientisch.

In der Scharaschka überholten die Gerüchte die Pressemeldungen oder ergänzten sie noch hoffnungsvoller. In den ›Organen‹ war der Personalstand um mehr als die Hälfte gekürzt. Alle Tschekisten verloren die Offiziersränge, die sie in den letzten Jahren als MGB-Kader erworben hatten. Gültig blieben nur die tatsächlich beim Militär erworbenen Ränge. Von einem Tag zum anderen wurden Oberstleutnants wieder zu Hauptleuten. Wem das nicht paßte, konnte gehen. Manche von uns hatten schon Gefängnisoffiziere, die sie als Hauptleute oder Oberstleutnants kannten, plötzlich als Feldwebel angetroffen.

Jewgenij S. war trotz seiner Jugend ein sehr guter Radiotechniker und ein erfahrener Häftling. Man hatte ihn schon vor dem Krieg eingelocht; im Lager bekam er eine zusätzliche Straffrist. Er war der beste Monteur im Akustiklabor, verstand virtuos zu schimpfen und zu fluchen, war Großmeister im Domino, las wie besessen. Wir freundeten uns zunächst als Nachbarn im Labor an, sein Arbeitstisch stand neben meinem. Später gab ich ihm Englischunterricht. Seine Straffrist lief 1953 ab. Er war pessimistisch, jedenfalls gab er sich so:

»Bloß Hornochsen können auf Freiheit hoffen. In die Fresse gibt man uns, aber laufen läßt man uns nicht. Nie wird man uns unüberwacht lassen. Aus der Zone kommen wir nur im hölzernen Kittel, mit dem Holzplättchen ums Fußgelenk raus.«

Nachts schrie er oft im Schlaf, manchmal fluchte er gotteslästerlich. Tagsüber arbeitete er hingegeben bis zur Erschöpfung. Er rationalisierte fremde Modelle, erfand eigene. Der anspruchsvolle Sergej sagte von ihm, für so einen ausgepichten Techniker gäbe er ein halbes Dutzend unbegabter Ingenieure.

Während der Arbeitszeit tauchte er plötzlich in meiner Ecke auf, fröhlich und geheimnisvoll, rief mit ungeduldigem Nicken auch Sergej zu uns hinüber.

»Also, Bürger-Genossen, Kumpel, Kameraden und meine Herren Ingenieure, jetzt fange ich langsam an, eure trostreichen Latrinenparolen zu glauben. Was ich eben auf dem Lokus gehört habe . . .ich hätte es nie für möglich gehalten, das zu erleben . . . Ich hocke da also, denke nach; schließlich ist das der einzige Ort, wo man sich wirklich allein fühlen kann. Ich höre, daß zweie reinkommen, sich unterhalten. Die eine Stimme kommt mir bekannt vor, klingt wie die von dem großmäuligen

Major im Büro. Die andere Stimme kenne ich nicht. Beim Pinkeln reden sie weiter: einen von ihren Leuten hat man im Rang zurückgestuft, einen andern haben sie zum Teufel gejagt. Ich höre, wie der Major bitterböse sagt: ›Die glauben, daß sie ohne uns auskommen können. Wenn die erst mal alle weggejagt haben, werden sie schön hinter uns herjammern ...‹ Versteht ihr, DIE? Das heißt die Führer, die Regierung sind für unsere Bürger Vorgesetzten schon DIE! Wir werden's erleben, Brüder!«

Jewgenija Wassiljewna lud mich nun wieder öfter zu sich in ihr Arbeitszimmer. Die Versuche mit dem Tondraht waren abgeschlossen. Aber wir trieben Englisch zusammen, und ich half ihr, Artikel aus englischen und amerikanischen Zeitschriften zu übersetzen.

»Rjumin[50] ist verhaftet! Das hätte ich nie und nimmer gedacht! Früher hat er bei uns die Parteischulung geleitet, selbst Vorlesungen gehalten, war kultiviert und zurückhaltend. Alle wissen, wie sehr Lawrentij Pawlowitsch (Berija) ihn schätzt. Als Abakumow verhaftet worden war, hieß es, Rjumin habe ihn entlarvt. Und plötzlich so was! Unfaßbar ... aber vielleicht ist es wie im Krieg, einer ist für viele verantwortlich. Natürlich hat es in den ›Organen‹ Mißgriffe gegeben, unter Jeshow und dann jetzt bei den Ärzten. Ich habe in diesen Tagen daran gedacht, was Sie damals sagten, vielleicht haben jene, die Stalins Tod wollten, die ganze Sache eingefädelt. Furchtbar, so was zu denken. Bei den ›Organen‹ ist eine Säuberung im Gange, jeder einzelne wird vorgenommen.«

Die Gefängnisleitung wurde ausgewechselt. Leiter war nun wieder Oberst Grigorjew, der wackere Frontsoldat aus meiner Anfangszeit in der Scharaschka. Solschenizyn hatte mir damals den richtigen Tip gegeben, wie man sich ihm gegenüber zu verhalten hatte. Grigorjew ging durch die Jurten, begrüßte kühl, aber freundlich alte Häftlinge, die er wiedererkannte. Gleich nachdem er sein Amt angetreten hatte, verbesserte sich unsere Verpflegung ganz erheblich. All die Jahre über waren wir schändlich bestohlen worden.

Die Ausländer, die länger als alle anderen mit der dritten Kategorie hatten auskommen müssen, gerieten regelrecht aus dem Häuschen. Ein junger österreichischer Ingenieur sagte mir in vollem Ernst, wenn er nach Hause komme, würde er wahrscheinlich in die Kommunistische Partei eintreten.

»Früher verstand ich mich als Sozialisten. Aber dann mußte ich mich davon überzeugen, daß die Sozis zu schlapp waren, keinen Erfolg hatten. Bei uns in Österreich hat die ›Schwarze Front‹ sie untergekriegt, und in Deutschland hatte Hitler mit ihnen aufgeräumt. Die Kommunisten hielt ich für verwegene Träumer, wenn die versuchen würden, ihre Utopie in die Praxis umzusetzen, konnte das nur zu Hunger und Terror führen. Und ich war ganz sicher, die Kommunisten könnten nur primitive, asiatische Völker anlocken, solche, die an Entbehrung, Gehorsam und Herdendasein gewöhnt sind. Aber heute kann ich sagen: meine Weltanschauung hat sich gewandelt. Fünf Jahre in einem sowjetischen Gefängnis, in unserer Scharaschka, und diese bemerkenswerten Reformen – ein derart rascher Fortschritt – haben mich umdenken gelehrt. Und nicht nur mich. Die meisten von uns Österreichern und Deutschen waren noch unlängst absolut pessimistisch, lebten ohne jede Hoffnung. Aber jetzt sagt selbst der alte Nazi Fritz B., daß er auf Erleichterung seines Loses hoffe. Und mancher ist schon bereit, ›Heil, Genosse Malenkow‹ oder ›Heil, Genosse Berija‹ zu rufen.«

Walentin Martynow, der unverwüstliche, kam nach der Morgengymnastik in hastigen Sprüngen angerannt, rief Sergej und mich:

»Hört, hört, hört! Ich traf grade den Chef, und der sagt doch zu mir: ›Gut, daß Sie Frühsport treiben, wir werden eine Volleyball-Mannschaft aufstellen. Ich besorge das Nötige dafür.‹ Da hab' ich die Gelegenheit benutzt, hab' ihm von den Fernsehern erzählt, und auf welche Weise man sie uns letztes Jahr weggenommen hat. Keine Sekunde hat er überlegt: ›Nun, wenn Sie neue konstruieren wollen, stelle ich Ihnen eine Jurte zur Verfügung, die kann als Klubraum für kultivierte Freizeitbeschäftigung verwendet werden.‹ Dann fragte er noch: ›Wer kann das in die Wege leiten?‹ Mir fiel sofort ein, daß Sie beide damals zu Naumow gegangen waren. Von den andern wollte ich lieber nichts sagen. Also habe ich nur Sie beide genannt. Er hat gesagt, Sie sollten gleich zu ihm kommen, möglichst noch vor der Arbeit.«

Die Vorbesprechung mit unsern Meistern dauerte nur ein paar Minuten. Die wußten, wo und welche Teile der demontierten Fernsehgeräte in der Zone versteckt lagen.

Ich meldete mich beim Gefängnisleiter genau wie beim ersten Mal ›stramm militärisch‹, sagte, es könne alles innerhalb von 24 Stunden aufgebaut werden, wenn er es gestatte. Er sprach höflich mit uns, dienstlich korrekt, ein Beamter, der weder Vorlieben noch Voreingenommenheiten kennt. Vertrauensvoll begann Sergej, ihm zu erklären, daß die Einzelteile der demontierten Fernsehgeräte versteckt worden waren, wo es gerade günstig schien, daß man aber rasch einen, wenn auch primitiven, funktionierenden Apparat rekonstruieren könne. In der Jurte, die wir als Klubraum bekommen hatten, begannen schon gleich am Morgen die Hausknechte mit der Arbeit. In der Mittagspause baute eine freiwillige Tischlerbrigade eine Tribüne auf, zimmerte aus Hockern und Brettern Sitzbänke für die Zuschauer, und aus ausrangierten Nachttischen fabrizierten sie ein Piedestal für den Fernsehapparat. Eine Stunde nach dem Ende des Arbeitstages war alles fix und fertig installiert.

Der Chef kam herein, als wir uns eben an den Landschaftsbildern irgendeines Films erfreuten. Alle sprangen auf. Er winkte ab: Sitzenbleiben!

»Vorfristig fertiggeworden? Also Planübererfüllung! Ich sehe, hier sind tatsächlich Spezialisten am Werk gewesen.«

Am 27. März 1953 war eine Amnestie erlassen worden. Sie betraf nur Kriminelle mit Straffristen unter 5 Jahren und Bagatelldelikte. Von uns fiel keiner unter diese Amnestie. Nur einer von den Hausknechten kam frei.

Presse, Funk und Fernsehen heizten unsere Hoffnungen an. Gumer, Iwan Jemeljanowitsch und einige andere Freie ermunterten uns weiter mit Gerüchten über Geheim-Ukase, nach denen die politischen Häftlinge ›ohne Getöse‹ freigelassen werden würden, jemand sagte sogar, die Freilassung der ›Achtundfünfziger‹ sei schon angelaufen.

Bald nach Verkündung der Amnestie kamen jedoch andere, böse Gerüchte auf über zunehmende Kriminalität: Diebstahl, Raub, Vergewaltigung, Mord häuften sich in Moskau und allen andern Städten. Der Terminus ›Amnestierter‹ wurde zum Schimpfwort, Synonym des beängstigenden, vieldeutigen Begriffs ›Bandit‹. Gumer erzählte, in Kasan, wo seine Eltern lebten, hätten die Arbeiter in einigen Stadtbezirken Selbstschutzgruppen organisiert, weil die Miliz sich als machtlos erwiesen habe. Diese Selbstschutzgruppen, mit Stahlstöcken, Schlagringen und Messern bewaffnet, verschanzten sich in Hinterhalten, und wenn sie einen Räuber oder Dieb geschnappt hätten, brächten sie ihn auf der Stelle um. In einigen Fällen zwangen sie den Betreffenden, sie erst noch in seinen Schlupfwinkel zu führen, und ermordeten dann alle, die sie dort erwischten. Auf diese Weise hätten sie binnen einer Woche Ordnung geschaffen, und nicht ein einziger der an der proletarischen Lynchjustiz Beteiligten sei von der Miliz belangt worden.

Die Pessimisten nörgelten, die ganze Amnestie sei nur erlassen worden, um das Volk zu ängstigen und einzuschüchtern, Mißtrauen gegen Häftlinge zu säen und das Bewußtsein zu stärken, daß für die Sicherheit der Bevölkerung die starke Hand der ›Organe‹ und die Massenstraflager unbedingt erforderlich seien. Nach der ersten Woge stürmischer Hoffnungen überschwemmten uns nun wieder düstere, böse Zweifel. Die Zeitungen berichteten über die Opernpremiere ›Die Dekabristen‹, an der die Mitglieder des ZK-Präsidiums und die Minister teilgenommen hatten. Zum erstenmal las ich die Namen in streng alphabetischer Reihenfolge. (In der Stalin-Epoche war die Reihenfolge der Mitglieder des Politbüros nicht weniger bedeutungsvoll als das Mestnitschestwo[51] der alten Bojaren: Stalin, Molotow, Woroschilow, Kaganowitsch, Shdanow. Dann geriet Woroschilow auf den fünften Platz, und Shdanow nahm seine Stelle als dritter ein, gelangte sogar noch auf den zweiten Platz und fiel kurz vor seinem Tod wieder zurück.)

Ich fragte Iwan und Walentina:

»Wieso steht Berija nicht auf der Anwesendenliste? Ist er etwa in Urlaub? Oder ist irgendwas passiert?«

Iwan wurde ärgerlich.

»Da sieht man wieder Ihre Ideologie. Immerzu argwöhnen Sie etwas!«

Ein paar Tage später wurden Berijas Verhaftung und seine Kontakte zur englischen Spionage gemeldet.[52] Nun erst vertraute mir Iwan.

Zuerst von Walentina, dann von Iwan und Jewgenija Wassiljewna erfuhr ich außerordentliche Neuigkeiten: Malenkow sollte ein Neffe Lenins sein, Sohn seiner Schwester ... nein, seines Vetters. Kein Blutsverwandter, aber von klein auf bei Lenin und Nadjeshda Krupskaja aufgewachsen, von ihnen erzogen. Bisher hatte man das verheimlicht, damit er nicht ermordet würde. Er reise mehr als alle anderen im Lande umher, besuche Betriebe und Kolchosen.

Es kam der Ukas über die Preissenkungen, vor allem für Brot, Kartoffeln und Nährmittel.

Den Kolchosbauern wurden die Steuerrückstände erlassen. Am 17. Juni streikten in einigen Städten der DDR die Arbeiter.

Auf den Straßen kam es zu Prügeleien mit der Polizei. Doch alles ging vorüber. Die Zeitungen brachten Artikel über »gerechtfertigte Unzufriedenheit der Werktätigen« und die Ankündigung eines »neuen Führungsstils« in der DDR.

Überall wurde in den Behörden der Personalbestand vermindert und Überstundenarbeit verboten. Auch bei uns. Wir hatten daher ungewöhnlich viel freie Zeit. Schon um fünf Uhr konnte ich mir überlegen: Spaziergang mit Freunden, Austausch von politischen oder Scharaschka-Neuigkeiten, Chinesischlernen, Lesen, Fernsehen oder Arbeit im Blumengarten.

Im Klub entstand ein Orchester; der Gefängnisleiter sorgte für Mandolinen, Balalajkas und Domras. Es kam auch ein Chor zustande, ich sang im Baß mit.

Da wir keine Überstunden mehr machen durften, mußten wir tagsüber desto konzentrierter arbeiten. Die Vorbereitung von Walentinas Dissertation mußte beschleunigt werden. Ich wollte nichts versäumen. Damals hätte ich – auch wenn ich es gewollt hätte – nicht schludern können. Zu sehr reizte und begeisterte mich diese Arbeit, die mir nötig und wichtig erschien. Walentina arbeitete zeitweise wie wild, machte Exzerpte und büffelte drauflos, dann verzagte sie wieder und meinte traurig, es komme doch nichts dabei heraus, es sei alles umsonst, sie wolle lieber ihre Dissertation auf technischem Gebiet verteidigen.

»Sie haben doch von dem Spektral-Analysator erzählt, den Sergej Grigorjewitsch und einer, der schon weg ist, konstruiert haben, der soll sogar besser sein als die amerikanischen. Kann ich das nicht als Dissertationsthema haben? Iwan denkt sowieso nicht an eine Dissertation, und ich könnte so was viel leichter lernen als Ihre ganze Philosophie.«

Ich verkniff mir meinen Ärger, redete ihr zu, überredete sie, schmeichelte schamlos. Es bestand überhaupt kein Zweifel mehr, daß nur noch sehr wenig Zeit blieb.

Und wenn man uns freiläßt, vielleicht noch im Sommer oder im Herbst? Jedenfalls wird man uns nicht in Moskau lassen ... Ich versuchte, mich an Malenkows oder Chruschtschows Stelle zu versetzen, glaubte, daß man nach der bösen Erfahrung der März-Amnestie Freigelassene künftig in abgelegenen Gebieten ansiedeln, sie unter Beobachtung stellen, nach und nach ihre Fälle revidieren und sie dann erst in die Städte entlassen würde.

Aber wer wird revidieren? Der Apparat ist ja derselbe wie bisher. Rjumin und Berija saßen hinter Gittern, irgendwelche Leute waren herausgeworfen, verhaftet worden. Aber Rudenko war nach wie vor Generalstaatsanwalt. Und die Mehrheit der Staatsanwälte und Richter bestand aus eben jenen, die bisher Anklage erhoben, verurteilten, Beschwerden abwiesen.

Es war Eile geboten, damit Walentina nicht mehr dazu kam, die Dissertation aufzugeben. Einen anderen ›Autor‹ würde ich so schnell nicht finden. Dann bliebe die Arbeit anonym in den Archiven, nutzlos. Wir waren ja nach wie vor namenlose ›Secondeleutnants Sjedoch‹[53]. Wir hatten keinen Zugang zu den Safes, durften nichts namentlich unterzeichnen, tauchten nirgendwo als Autoren auf. Naumow hatte sich in keiner Weise gewandelt.

Im Mai hatte ich meinen Antrag auf das turnusmäßige Wiedersehen gestellt. Im Juni hörte jemand, der Gefängnisleiter habe erlaubt, man dürfe alle nahen Verwandten einladen, einerlei wie viele; und das Wiedersehen werde nicht wie sonst im Gefängnis stattfinden, sondern unter »sehr viel angenehmeren Bedingungen«.

Ich bat Gumer, meinen Angehörigen auszurichten, sie sollten die Töchter mitbringen. Am Sonntagmorgen, an dem das Wiedersehen stattfinden sollte, stolperte ich und vertrat mir den Fuß. Es tat höllisch weh, der Knöchel wurde blau, schwoll an. Doch schlimmer als der Schmerz war die Angst, man würde mich nicht zum Wiedersehen gehen lassen. Mama und Nadja würden vergebens kommen, sich Sorgen machen.

Die Schwester, eine der wenigen aus dem alten Gefängnisstab, war immer sehr gut und nachgiebig zu uns gewesen, wenn sie auch Strenge vortäuschte. Sie befühlte den Fuß und wickelte ihn stramm und fest.

»Halten Sie's aus, wenn Sie fahren wollen. Gebrochen ist nichts. Eine starke Verstauchung, ein kleiner Bänderriß. Halten Sie's aus.«

Wir vertrauten ihr, wußten, daß sie an der Front gewesen war. Sie gab mir ein paar Tabletten: »Nehmen Sie jeweils eine, lassen sie im Munde zergehen, wenn der Schmerz zu stark wird.«

Sie brachte noch zwei Krücken. Die Kameraden sorgten rührend für mich, stützten mich, halfen mir beim Hinsetzen.

Eine freudige Überraschung – man expedierte uns nicht wie sonst in einem Schwarzen Raben, sondern in einem gewöhnlichen Omnibus.

Es war ein sonniger Tag. Viele Menschen auf den Straßen. Freude des Wiedererkennens – der Platz vor der Volkswirtschaftsausstellung. Überall zahllose freie Leute, sonntäglich, sommerlich-bunt gekleidet. Alle sahen fröhlich aus. Und dann – die Kinder! Wie endlos lange hatte ich keine Kinder mehr gesehen: ganz kleine im Kinderwagen, größere an der Hand von Erwachsenen, drollige Kerlchen mit Spielzeug, mit Eiswaffeln, Schüler, Buben und Mädchen, einzeln, mit Erwachsenen oder in lärmenden Gruppen. Unser Bus fährt ganz nahe an ihnen vorbei, man könnte sie fast mit der Hand berühren. Ich höre nicht, was um mich herum gesprochen wird. Ich spüre, alle, fast alle sind genauso aufgewühlt wie ich. Irgend jemand fragt etwas. Ich höre nicht hin. Ich kann nicht, ich will nicht antworten. Ich wage nicht, mich umzudrehen. Hinter meinen Lidern brennt es. Nur nicht weinen.

Wir fuhren aus der Stadt hinaus. Felder. Wald. In den Dörfern wieder fröhliche Menschen, wieder Kinder. Wir sind am Ziel. Ein hoher Holzzaun. Ein großer Garten, mehrere Gebäude werden sichtbar. Der diensthabende Offizier erklärt: »Sie sind hier in Bolschewo. Das war ebenfalls ein Spezialobjekt, steht zur Zeit leer, weil es umgebaut wird. Gehen Sie nach rechts.« Linkerhand in der Ferne steht ein Häuflein Freier. Unsere Angehörigen.

»Und Sie« – das ist zu mir gesagt – »warten Sie etwas. Wer Ihnen behilflich sein kann, soll zurückbleiben. Gehen Sie erst, wenn alle Besucher schon vorbeigegangen sind. Wenn Ihre Verwandten Sie an Krücken sehen, wird es sie beunruhigen.«

Ich gehe, humpele, spüre keinen Schmerz, nur Schwere und Rührung über das ungewöhnliche Zartgefühl des Beamten. Im Garten steht ein großer Pavillon, besser ein verglaster, mit Efeu überwucherter Schuppen.

Drinnen sind rechteckige und quadratische Tische aufgestellt. Mich setzt man an einen kleinen einzelstehenden Tisch in der Ecke. Der Wärter achtete besorgt darauf, daß die Hereinkommenden meine Krücken nicht sahen.

Und da waren sie, Mama, Nadja, Papa und ein brünettes, schwarzäugiges Mädchen. Sie kam mir bekannt vor, hatte Ähnlichkeit mit Fotos, die ich besaß. Sie war klein, stämmig, aber doch ein junges Mädchen, kein Kind mehr. Das war Majka. Lena hatten sie nicht mitgebracht. Nadja und Mama berichteten, jemand habe angerufen, eine unbekannte Frauenstimme, und gesagt: »Bringen Sie die Töchter mit.« Sie konnten es nicht glauben, denn in der Benachrichtigung waren nur die Namen der Eltern und der Ehefrau aufgeführt gewesen. Danach hatte Inna Michajlowna angerufen, auch sie sollte bestellen, die

Töchter möchten mitkommen. (Der kluge Gumer hatte richtig vermutet, daß Nadja und die Eltern zweifeln würden.) Trotzdem entschlossen sie sich, nur Majka mitzunehmen; sie war die ältere.

Die Aufseher hielten sich abseits, störten uns nicht. Wir saßen an unserem Einzeltischchen ganz für uns ›en famille‹. Majka saß links neben mir, dicht an mich geschmiegt, zärtlich, flinkäugig, redselig. Sie hatte einen verbundenen Finger, beim Volleyballspielen verstaucht. Sie erzählte von der Schule. Im nächsten Jahr wird sie Examen machen und dann unbedingt ins Baumann-Institut gehen. Früher hatte sie von Geographie geschwärmt, das kam ihr jetzt kindisch vor. Mechanik-Ingenieur, das ist was Richtiges. Sie erzählte von Büchern, die sie gelesen hatte, von Gedichten, von Freundinnen und von Lehrern. Ich hörte zu und hörte sie doch kaum. Wie sie Ronja glich, der Schwester meines Vaters! Ronja war auch so schwarzäugig gewesen, so dunkellockig, hatte so starke Wangenknochen gehabt. Genauso hatte sie sich ereifern können, wenn sie etwas erzählte, zu beweisen suchte.

1919 hatte Ronja als Gymnasiastin Beziehungen zum illegalen Kiewer Revolutionskomitee gehabt. Sie wurde verhaftet und brutal geschlagen. Noch Jahre später erzählte Mama ihren Freundinnen im Flüsterton: »Sie wurde vergewaltigt, infiziert.« Bewußtlos blieb sie im Zimmer des Untersuchungsrichters liegen. Erst in der Nacht kam sie wieder zu sich, rappelte sich hoch. In den anderen Zimmern amüsierten Offiziere sich mit Prostituierten. Als sie das Gebäude verließ, höhnten die Wachen: »Hat sich vollgesoffen, das Flittchen.« Mit Mühe schlug sie sich zu ihren Genossen durch, sie schleusten sie hinter die Front. Danach war sie lange krank, blieb fast ein Jahr in einer Nervenheilanstalt. In der Familie wurde dies streng geheimgehalten. Flecktyphus heilte sie von ihrem seelischen Trauma.
Sie hatte einen vollen weichen Kontraalt. Von klein auf hörte ich hingerissen zu, wenn sie ukrainische Volkslieder oder Zigeunerromanzen sang. Anfang der zwanziger Jahre heiratete sie Mark Klubman, der 1919 auch zum Revolutionskomitee gehört hatte. Er hatte gewartet, bis sie ausgeheilt war, und sie dann geheiratet, obwohl er wußte, daß sie keine Kinder haben konnte. Beide begannen zu studieren. Er wurde Jurist, arbeitete dann einige Zeit als Staatsanwalt, dann als Richter irgendwo an der Wolga. Ende der zwanziger Jahre wurde er Dekan und wenig später Prorektor des juristischen Instituts von Saratow. Ronja wollte Biologin werden, schaffte aber wegen der Krankheit den Abschluß nicht. Sie arbeitete dann als Bibliothekarin, später als Laborantin in Agrolabors. Jeden Sommer

kamen sie nach Kiew und nach Charkow, um uns und die Großeltern zu besuchen. 1933 wurde Mark Polit-Leiter der Maschinen-Traktorenstationen im Gebiet Charkow und zwei Jahre später Instrukteur des ZK der Kommunistischen Partei der Ukraine. 1937 wurde er verhaftet und zu zehn Jahren Lager verurteilt. Ronja schrieb Beschwerden, Proteste, sandte Briefe und Telegramme an Jeshow, Wyschinskij, Stalin, ging zur Staatsanwaltschaft. Mehrmals fuhr sie nach Moskau, wohnte dann bei uns. Bei ihrem Besuch Ende 1937 ging ich mit ihr in ein Konzert. Wir hörten Tschajkowskijs sechste Symphonie. Sie weinte leise.

Damals sah ich sie zum letztenmal. Bald danach wurde auch sie verhaftet. Als Berija 1938 Jeshow ablöste und ein paar Tausend noch nicht verurteilte Untersuchungsgefangene im folgenden Jahr entlassen wurden, kam auch sie frei. Und wieder schrieb, telegrafierte, forderte sie, Mark freizulassen. Sie lebte in Kiew bei ihren Eltern. Als die Deutschen Kiew eroberten, lag ihr jüngster Bruder Mischa dort mit einer schweren Verwundung im Lazarett. Er und mein Bruder Sanja, Artilleriewachtmeister, glaubten, daß unser großer Gegenangriff unmittelbar bevorstünde. Ronja, Großvater und Großmutter glaubten es auch und wollten Mischa nicht im Stich lassen. Das Lazarett wurde evakuiert. Mischa starb irgendwo unterwegs. Sie hatten ihm nicht helfen können ...

Im April 1944 kam ich auf der Durchreise von einem Frontabschnitt zum anderen durch Kiew. Die Hausmeisterin erzählte:

»Die Deutschen haben alle in diese Schlucht Babij Jar gebracht am zweiten Tag. Es ging der Reihe nach. Viele wußten schon, daß man sie dort umbringen würde. Der Großvater war sehr krank, konnte nicht mehr gehen. Großmutter und Ronja fuhren ihn in einem Wägelchen. Und die Großmutter war die stärkste. Über achtzig, hustete immerzu, ganz dünn geworden, aber aufrecht ging sie, wie ein Stock. Und Ronja, grau geworden, mager und schon ohne Zähne, aber Augen hatte sie wie Kohlen. Zu mir sagte sie: ›Ich weiß, man wird uns dort umbringen, aber wir werden trotzdem siegen. Und wenn die Unsrigen zurückkommen, sagt ihnen, daß sie uns rächen sollen ...‹«

Mark hat die Befreiung und die Rehabilitierung erlebt. Er starb 1957 in Saratow als Rentner.

Zum erstenmal nach dem Märzabend 1947, an dem ich erneut verhaftet wurde, sah ich Majka wieder. Man brachte mich damals weg, während sie mit einer Mittelohrentzündung und vierzig Grad Fieber zu Bett lag. Sie hatte mich mit ihren heißen Ärmchen umarmt und ängstlich gefragt: »Du kommst doch bald wieder?«

Im Wiedersehen nach sechs Jahren war Freude und die Bitterkeit unvergeßlicher Erinnerungen. (Meine Großmutter kochte Rettich mit Honig, unvergleichlich der bittersüße Geschmack.)

Ich konnte mich nicht sattsehen an diesem nun herangewachsenen fröhlichen Töchterchen. Und ich verstand nicht, warum ich solch brennendes, besorgtes Mitleid empfand. Später glaubte ich, es hänge mit der Erinnerung an Ronja zusammen und auch mit dem Gedanken, wie Majka nach der Schule leben werde, sie mußte ja in den Fragebogen über mich schreiben.

Doch auch Jahre und Jahre danach spürte ich bei jedem Zusammentreffen mit Majka dieses besorgte Mitleid: wenn wir zornig miteinander stritten, wenn ihre Reden und Handlungen, die mir töricht und gefährlich erschienen, mich in stumme Verzweiflung versetzten, und auch wenn wir in herzlichem, freundschaftlichem Einvernehmen waren, immer fühlte ich diese Besorgnis, ja Furcht um sie, und sie tat mir sehr leid. Besonders intensiv, als sie Mutter geworden war und als sie ihrem Mann Pawel Litwinow, einem sehr guten Menschen, in die Verbannung nach Sibirien folgte und als sie mit ihm und den Kindern ins Ausland ging. Und auch jetzt, wenn lange keine Briefe eintreffen, wenn Nachrichten über Krankheiten kommen, selbst noch die Schilderungen ihres neuen, inzwischen wohlgeordneten Lebens rufen in mir jene Besorgnis, jenes durchdringende Mitleid hervor.

Mutter und Vater versicherten, einander unterbrechend, daß die Anwälte und einige wohlinformierte Bekannte genau wüßten, daß schon sehr bald die Fälle mit Artikel 58 revidiert werden würden und ich selbstverständlich rehabilitiert würde.

Nadja war gelassener, sah auch gesünder aus als beim letzten Wiedersehen, lächelte ungezwungen, scherzte, erzählte von lustigen Streichen der Töchter. Doch dann erfuhr ich, wie man mit den Freunden, die meinetwegen an Stalin geschrieben hatten, verfahren war.

Einmal 1950 hatte Abram Mendelewitsch von den Laboratorien des Wehrkreises Moskau erzählt. Er kannte die Obersten Lewin und Arschanskij und hatte gehört, sie arbeiteten nicht mehr dort, weil sie irgendeinen Trotzkisten verteidigt hätten. (Er wußte natürlich nicht, daß ich dieser ›Trotzkist‹ war.) Beim nächsten Wiedersehen hatte ich Nadja nach den beiden gefragt. Sie wechselte einen Blick mit Mama und sagte dann:

»Wir wollten dich nicht betrüben, sie hatten Unannehmlichkeiten auf der Parteilinie.« Mischa Arschanskij wohne jetzt in

Leningrad, habe geheiratet und sei sehr glücklich. Mussja und Walja Lewin seien in Nowosibirsk, es gehe ihnen gut; Iwan Roshanskij arbeite in der Akademie der Wissenschaften, Jurij Maslow habe seinen Abschied beim Militär genommen, lehre an der Universität in Leningrad. Galja Chromuschina sei nach wie vor bei TASS, Boba Belkin in Moskau an der Universität. »Wir verkehren mit keinem von ihnen, korrespondieren auch nicht, immerhin hatten sie deinetwegen Schwierigkeiten ...«

Und nun heute, an diesem strahlenden Tag des Jahres 1953, nach all den hoffnungsvollen ermutigenden Neuigkeiten, erfuhr ich, daß Mussja, Walja, Mischa, Galina und Michail Krutschinskij schon 1948 aus der Partei ausgeschlossen worden waren. Kurz darauf waren Walja und Mischa aus der Armee entlassen worden. Iwan Roshanskij war in den Status des Parteikandidaten zurückversetzt worden. Jurij Maslow, Boris Isakow, mein Anwalt und sogar die Richter – der Oberstleutnant, der mich 1946 freigesprochen hatte, und der Oberst, der mich 1947 zu nur drei Jahren verurteilt hatte, und selbst der Vorsitzende des Militärkollegiums Ulrich und seine Stellvertreter Orlow und Karawajkow, die im November 1947 meine Straffrist von zehn Jahren auf sechs vermindert hatten – erhielten strenge Rügen und wurden ihrer Posten enthoben. Der Anwalt erzählte, das alles sei geschehen, weil ein hoher Funktionär aus der Politischen Hauptverwaltung Stalin persönlich Bericht erstattet hätte, und Stalin gesagt hätte: »Bestrafen.«* Jetzt aber sei die volle Gesetzlichkeit wiederhergestellt, und er, der Advokat, sei fest überzeugt, daß die Rügen nun zurückgenommen werden würden. Ulrich sei zwar inzwischen im Ruhestand, aber doch noch sehr rüstig; er und alle gemaßregelten Richter seien ebenfalls an der Revision meines Falles interessiert.

Auf der Rückfahrt in die Scharaschka nahm ich Felder, Wald und sonntägliche Menschenmenge nicht mehr wahr. Mich quälte ein undurchdringliches Gemisch von Schmerz, Zweifeln, Hoffnungen und das neue peinigende Bewußtsein: Meinetwegen hat es so viel Leid gegeben, viel mehr, als ich mir hatte vorstellen können. Mama war alt und hinfällig geworden. Nadja hielt das Unglück der Freunde geheim, verbarg ihre eigenen Nöte. Und ich hatte währenddessen ›Sprachwurzeln‹

* Damals glaubte ich das nicht, doch seit ich das Buch von Milovan Djilas ›Gespräche mit Stalin‹ gelesen habe, muß ich zugeben, daß es so gewesen sein könnte.

gesucht, mir die Phonoskopie ausgedacht, chinesische Schriftzeichen gelernt.

Doch jetzt, jetzt würde sich alles ändern ... Aber was kann sich denn ändern? Was für Änderungen auch immer, keine kann Nadja, Mama, den Freunden und mir die verlorenen Jahre zurückgeben. Leid und Bitterkeit, die sie meinetwegen erdulden mußten, sind nicht zu heilen, nicht wieder gutzumachen.

Walentina hatte ihre Ferien in Sotschi verbracht, war braungebrannt und hübscher zurückgekommen. Sie klagte über die leichtsinnigen Kurort-Kavaliere und darüber, daß die Sanatorien voller Juden seien. Sie hatte vieles von dem verlernt, was ich ihr beigebracht hatte. Aber sie witzelte: »... das haben wir noch nicht gehabt.« Und während der Schlußabschnitt der Dissertation schon geschrieben wurde, mußte ich der »Autorin« von neuem die Begründung des Themas, den Sinn der Einführung und der ersten drei Abschnitte einpauken.

Sie hörte zerstreut zu, war nicht bei der Sache.

»Wir werden uns bald voneinander verabschieden, vielleicht auf immer. Sie glauben, man wird Sie freilassen? Das wünsche ich Ihnen von ganzem Herzen. Alle sagen jetzt, im nächsten Jahr werde es überhaupt keine Spezkontingente mehr geben. Ich habe gehört, daß man Sie einem anderen Objekt zuteilen wird. Sie haben alles niedergeschrieben? Fix und fertig? Das ist gut. Ich weiß bloß nicht, ob ich mir alles einpauken kann.«

(Die Verteidigung der Dissertation fand nicht statt. Sie bestand das Kandidatenexamen nicht.)

Gumer, Iwan Jemeljanowitsch, auch andere freie Freunde sagten, bis zum Jahresende würden wir alle weggebracht werden, aber nicht in ein Lager, sondern nach Kutschino, dort bleibe eine große Scharaschka bestehen.

Jewgenij S. kam schon im Mai zum Transport. Gumer erhielt von ihm eine vergnügte Postkarte aus Uchta; dort war er entlassen worden, hatte einen Paß erhalten, Arbeit in einer Radiowerkstatt gefunden. Er lebte einstweilen in einem Wohnheim.

Im Herbst wurde ein neues Wiedersehen erlaubt. Wieder stand an der Wache ein Omnibus, aber diesmal mit cremefarbenen Gardinchen an den Fenstern, und innen ein eisernes Gehäuse, in einzelne Sitzzellen unterteilt.

Wir fuhren nach Tuschino, in das Gebäude einer ehemaligen Artillerie-Scharaschka. Im Korridor und in den großen Sälen standen und hingen an den Wänden verschieden große, verschiedenfarbige Zielscheiben: Silhouetten und angemalte Figuren in Helmen, in Lebensgröße, gebückt, springend, einzelne Köpfe über Brustwehren.

Die Angehörigen mußten sich an die eine Seite eines schmalen Tisches setzen. Nadja und Mama hatten beide Töchter mitgebracht. Lena war kräftiger und größer als ihre ältere Schwester. Ein matt bräunliches Gesicht, fast ein klein wenig mongolisch, blauschwarze Haare, dunkle Augen. Sehr hübsch. Sie lächelte scheu, antwortete einsilbig. Der Anblick der Töchter freute mich und erfüllte mich zugleich mit einer unerklärlichen Furcht – wer sind sie? Werden wir einander verstehen können?

Nadja erzählte, Mussja sei in Nowosibirsk gestorben.

Mussja! 1929 in Charkow waren sie und Lida K. unsere vertrautesten Freundinnen und »Heiratsvermittlerinnen« gewesen. Mussja und Walja Lewin hatten ein paar Monate vor uns geheiratet. Ihre Tochter Irina war kurz vor unserer Majka geboren.

Im Sommer 1929 verreiste Nadja mit ihren Eltern ans Asowsche Meer. Mussja blieb noch einige Zeit in der Stadt. Täglich ging ich zu ihr, klagte ihr meinen Kummer, wie ich die Tage zählte, bis Nadja zurück sei. Mussja las mir aus Waljas Briefen vor. Er war älter als wir Siebzehnjährigen, um fast drei Jahre. Das merkte man deutlich. In seinen langen ausführlichen Briefen mischten sich Erzählungen über fröhliche Episoden, drollige Menschen, poetische Naturschilderungen, Gedicht- und Prosazitate, Gedanken über die Liebe, über Literatur, über Theater. Seine Briefe erschienen mir fabelhaft erwachsen, und ich ahmte sie unwillkürlich nach: schrieb täglich an Nadja, nicht immer einen Brief, doch mindestens eine Postkarte, klappte wie er die Couverts auf die Hälfte zusammen – solche kleinen Päckchen machten Mussja und Walja zu unserem Geheimzeichen.

Über alles sprach ich mit Mussja, über meine Liebe – die erste, große, echte Liebe. Sie sagte:

»Laß uns träumen! Du mit Nadja und Lidotschka mit ihrem Mann – sie wird bestimmt einen sehr guten Mann bekommen –, Walja und ich, wir werden in derselben Stadt wohnen, in Charkow oder in Odessa, vielleicht auch in Moskau oder Leningrad, jedenfalls aber in derselben Stadt. Und damit es so bleibt wie jetzt, wird Nadja Chemikerin werden, wird ein Labor in einem großen Werk leiten. Lidotschka wird auch Chemikerin, aber Wissenschaftlerin oder Lehrerin. Ihr Mann wird Professor für irgendeine exakte Wissenschaft. Walja wird natürlich Chefregisseur an einem neuen Theater, einem ganz bedeutenden, nicht schlechter als Meyerholds. Und du wirst Redakteur einer Zeitung oder einer Zeitschrift, aber vielleicht auch Professor, aber dann für Geschichte. Oder möchtest du lieber in die Parteiarbeit gehen? Na klar, dann in die Kulturpolitik. Was ich arbeiten werde, weiß ich noch nicht. Labor oder wissenschaftliche Bibliothek. Vor allem aber werde ich einen Salon haben. Lach nicht, werd nicht albern. Du kapierst nicht, daß ich das vollkommen ernst meine. Wir werden eine große Wohnung haben, einfach möbliert, aber geschmackvoll, einen Flügel, gute Bilder, sehr viele Bücher. Abends werden sich bei uns Freunde und gute Bekannte treffen. Interessante Leute werden kommen: Schauspieler, Dichter, Maler, Musiker, Hauskonzerte werden wir geben, Dichterlesungen veranstalten, diskutieren. Ich werde ein schwarzes hochgeschlossenes Kleid tragen und Lackpumps. Vielleicht auch eine Perlenschnur, eine ganz schlichte. Ich werde euch mit delikaten Gerichten bewirten, werde Kontakte zwischen den Gästen anbahnen, und jeder wird begierig darauf sein, bei uns zu verkehren. Sicher, Kinder werden wir auch haben. Du willst einen Sohn? Ich lieber ein kleines Mädchen. Und vielleicht wird dann euer Sohn unsere Tochter heiraten. Lidotschka wird natürlich auch Kinder haben. Ich meine, wir sollten alle zwei Kinder haben. Kann doch sein, daß wir uns dann alle miteinander verschwägern.«

Sie hatte den Kopf gesenkt, ihr ein klein wenig fliehendes Kinn berührte fast die Halsgrube zwischen den zarten Schlüsselbeinen, und schaute mit ihren hellgrauen, etwas vorstehenden Augen von unten zu mir auf. Die dunkelblonden Locken fielen ihr in die Stirn. Die Lachfünkchen in den Augenwinkeln waren feuchtem Glanz gewichen, noch lächelnd wischte sie sich schon die Tränen ab:

»Wenn ich das doch erleben dürfte. Ich hab' ja einen Herzfehler. Aber die Medizin macht ja jetzt solche Fortschritte, vielleicht kann ich doch gesund werden.«

Im Herbst 1932, als Nadja und ich in Jalta Ferien machten, schrieb sie uns erbittert, daß Walja keinen Urlaub bekommen habe, er war damals schon Kaderkommandeur in der Armee.

»Ich möchte so schrecklich gern ein Eckchen, einen Winkel für mich haben, in den ich mich zurückziehen kann. Das kann alles mögliche sein: eine Arbeit, in der man aufgeht (es heißt, so was gebe es), Bücher, ein Kind, einen Ehemann. Ich habe nichts wirklich Notwendiges. Ein scheußlicher Zustand. Ich habe nichts Richtiges zu tun, kann nicht arbeiten. Sehe keinen Menschen. Ringsum ist alles wüst und leer. Ich weiß nicht, ob das, was ich schreibe, dem entspricht, was ich durchmache. Aber mir ist alles über die Maßen zuwider. Versteht ihr, da ist die Masse von Gefühlen, Empfindungen, Gedanken und Hoffnungen und ... ich kann einfach nicht ohne Menschen sein!«

Es folgten zwei Seiten der Klage über ihre Einsamkeit, über die Unmöglichkeit, einen Platz im Leben zu finden, und dann ein abrupter Übergang:

»Bitte, lacht nicht! Mir ist selbst zum Lachen zumute, und das Zimmer ist mit einem Mal hell geworden, als ob ich Ljowkas breites und

Nadjas strahlendes Lächeln gesehen hätte. Und damit hat sich das Problem meiner verzweifelten Stimmung erledigt.«

Es folgten ein paar Absätze über alltägliche Neuigkeiten, darüber, daß sie in eine andere Abteilung versetzt worden sei und nun 325 Rubel verdiene.

»Alles übrige mündlich. Und wann kommt ihr, verdammt nochmal? Ich kann so nicht leben! Ich brauche jemanden, dem ich unter die Weste heulen kann!

Und wo ist mein Mann? Wenn er auch morgen nicht kommt?! Meine Guten, euch sind nun schon die letzten Geduldsfäden gerissen. Was kann man da machen? Also fange ich an, dich und Ljowka abwechselnd zu küssen. Lebt wohl, bis zum nächsten Brief.«

Im Winter 1947 sah ich Mussja und Walja zum letztenmal. Es war in den Wochen des ›Zwischenspiels‹, als ich zwei Monate in Freiheit verbrachte. Sie wohnten in einer kleinen Zweizimmerwohnung nahe bei Moskau. Walja war Oberstleutnant, sie arbeiteten im selben Institut wie vor dem Krieg.

Mussja war sehr gealtert, klagte über ihre Krankheit. Als ich sie an ihre alten Träume erinnerte, lächelte sie traurig. Von Lidotschka hatte sie seit langem keine Nachricht mehr. Sie lebte mit ihrem Mann in der Nähe von Leningrad. (Lidotschkas Mann, Lew P., war 1936 verhaftet worden und im Frühjahr 1941 schon wieder freigekommen.) Als er auf der Durchreise in Moskau war, trafen wir uns. Abgemagert, ausgemergelt, von der kargen nördlichen Sonne fahl gebräunt, kam er aus Norilsk, einer neuen Stadt, die damals noch nicht mal auf der Landkarte verzeichnet stand. Er war wortkarg:

»Man kriegt so allerlei mit. Kann man gar nicht erzählen. Wer es nicht am eigenen Leibe erlebt hat, kann es sich nicht vorstellen, nicht mal nach einem ganzen Liter Sprit. Und, na klar, es glaubt dir auch keiner.«

Nadja erzählte, Mussja sei lange krank gewesen. Walja bekam Arbeit in einem Radio-Werk. Sie wohnten in einer winzigen Wohnung mit ihren Eltern zusammen. Der Vater war gelähmt. Später mußten ihm die Beine abgenommen werden. Schon als Gesunder war er ein kaum erträglicher Querulant gewesen, übermäßig anspruchsvoll. Wie sollte es mit ihm als Krankem werden?

Doch wenn Mussja und ihr Mann damals, vor sechs Jahren, das meinetwegen an Stalin gerichtete Gnadengesuch nicht unterzeichnet hätten, wäre ihr Leben anders verlaufen.

Ich sah meine Mutter an. Sie war damals die unermüdliche Gehilfin meines Anwalts gewesen: hatte Zeugen der Verteidigung ausfindig gemacht, hatte gebeten, gebettelt, beschworen.

Sie wollte den Sohn retten. Schon in der Kindheit hatte mich ihr mütterlicher Egoismus oft gereizt. Und jetzt schnitt sie Nadja das Wort ab, wollte nicht, daß sie von traurigen Dingen sprach.

Ich konnte ihr nicht sagen, daß wir – sie und ich – Mussjas Tod und die Leiden meiner Freunde mitverschuldet hatten. Ihre Augen mit den geröteten Lidern waren trübe, die welken Backen hingen herab, die bläulich blassen Lippen zitterten. Nein, ich konnte nicht böse auf sie sein, sie durfte nicht merken, woran ich eben dachte. Das beengte mich, es fiel mir schwer zu sprechen.

Nadja verstand alles. Sie begann von etwas anderem zu reden. Lidotschka lebte mit ihrem Mann in Mittelasien. Er war ein zweitesmal eingekerkert und danach verbannt worden, inzwischen war er wieder frei und arbeitete in seinem Beruf als Ingenieur. Sie hatten eine Tochter und einen Sohn ... Die Tochter unserer Nachbarin Nina heiratet einen sehr netten Jungen, er studiert noch ... Ljussas Sohn Wowa ist ein ungewöhnlich nachdenklicher Knabe ... Majka war mit Shenja, Inna Lewidowas Sohn, im Pionierlager gewesen, ein außerordentlich gewandter, ernsthafter Bursche. Er wird sich mit ihr zusammen aufs Institut vorbereiten, in das sie nächstes Jahr eintreten wollen ...

Mama erzählte immer wieder die neuesten und absolut zuverlässigen Nachrichten darüber, daß mein Fall sehr bald revidiert werden würde.

»Du wirst sehen, Söhnchen, das neue Jahr werden wir schon zusammen feiern. Jetzt weiß ich sicher, daß ich das noch erleben werde.«

(Das war unser letztes Wiedersehen. Neujahr mußten sie ohne mich feiern. Mama starb am 4. Mai 1954, eine Woche vor dem turnusmäßigen Besuch.)

Einige Tage nach dem Wiedersehen erhielt ich die Antwort auf ein Gesuch, das ich schon nach Berijas Verhaftung eingereicht hatte. Es war ein Standardformular der Staatsanwaltschaft und besagte: »Keine Veranlassung zur Revision ... zu Recht verurteilt ...«

Auf Jewgenija Wassiljewnas Arbeitstisch lag ein Schreiben des ZK über den Fall Berija. Sie sagte, während sie eine Kasbek nach der anderen rauchte:

»Unvorstellbar, nicht auszudenken! Er war englischer Spion... hat auch für Tito geschnüffelt und für die Deutschen!

Jetzt wird klar – auch die Amnestie war als Provokation gedacht. Solche wie Sie fielen nicht darunter, nur Banditen hat er freigelassen. Er wollte sich seine eigene Armee aufbauen. Den Aufstand in Berlin haben seine Agenten angezettelt. Und was für Schändlichkeiten er beging! Von seinen Weibergeschichten habe ich früher schon gehört. In den ›Organen‹ wußten viele darüber Bescheid. Aber solche Scheußlichkeiten! Früher hätte ich das nie geglaubt. Aber jetzt sehen Sie, das ZK hat alles an den Tag gebracht!«

Ich redete Jewgenija Wassiljewna emsig nach dem Munde, denn ich wollte mehr von dem erfahren, was um uns vorging – in der großen weiten Welt, in Moskau, im ganzen Land und in der ›kleinen Welt‹, in der über die Scharaschka und über unser Geschick entschieden wurde. Das Schreiben des ZK freute mich anfänglich. Die Vernichtung Berijas konnte nur zu unserem, seiner Opfer, seiner Sklaven, Besten sein. Später kamen mir Zweifel: ich konnte nicht glauben, daß er Agent des Intelligence Service gewesen sei. Diese Anschuldigung glich zu sehr den alten Mustern von 1937/38 und von 1948/49. Über seine wirklichen Schandtaten wußten wir alten Häftlinge längst Bescheid. Und was sollte der Satz über die »verbrecherischen Verbindungen mit der Tito-Clique und den bürgerlichen Nationalisten?« … Und dann war in dem Schreiben ganz unzweideutig vom ›Personenkult‹ gesprochen worden.

Ich weiß nicht mehr genau, wann ich den Namen Berija zum erstenmal hörte. Jedenfalls wurde allgemein von ihm gesprochen, nachdem 1935 sein Buch ›Zur Geschichte der bolschewistischen Organisationen in Transkaukasien‹ erschienen war. Darin hieß es, Stalin habe schon zu Beginn des Jahrhunderts die Bolschewiki angeführt, sei schon als ganz junger Mensch der kluge, scharfsichtige, aufopfernd kühne Führer in Georgien und Aserbajdshan gewesen. Das Buch führte »Fakten« an, die bisher nicht bekannt oder nicht ausreichend erforscht gewesen waren, weil Stalin in seiner außerordentlichen Bescheidenheit ihre Veröffentlichung unterbunden habe. Dieses Buch gehörte zum Lehrstoff an allen Instituten, Technika und Oberklassen der Mittelschule sowie der Politschulungszirkel. Schon vor Berijas Buch hatte die Prawda ein Feuilleton von Karl Radek abgedruckt, ›Der Baumeister der sozialistischen Gesellschaft‹ (1934), eine futurologische Ode in Prosa: ›Vorlesung über Stalin im Jahre 1984‹. Den einen und später auch den anderen verschlang die Maschine, der sie geschmeichelt hatten. Verschlang sie ebenso wie Jagoda, Jeshow und Krylenko[54] und viele hundert unbekannte Propagandisten, Tschekisten, Staatsanwälte und Richter.

In den Diskussionen mit den Freunden während der letzten Scharaschka-Jahre entwickelte ich eine metaphorische Theorie der »tschekistischen Leukozytose«. Dem ersten sozialistischen Staat der Welt war es gelungen, außerordentlich mächtige und weitverzweigte ›Sicherheitsorgane‹ zu schaffen, besondere Leukozyten zur Abwehr und Vernichtung schädlicher Mikroben zu produzieren. In den dreißiger Jahren, in der unruhigen Zeit der Kriegserwartung, während des Krieges und danach hatten diese ›Organe‹ wegen der vielen neuen äußeren Bedrohungen so maßlos zugenommen, daß der Staat erkrankte. Sie waren unkontrollierbar selbständig geworden und befielen auch die gesunden Teile des Staatskörpers. Wie ließ sich diese Leukozytose heilen? Jeder beliebige chirurgische Eingriff barg tödliche Gefahren, konnte zu lebensgefährlichem Blutverlust und Entzündungen führen. Es waren also allmähliche, vorsichtige therapeutische Reformen notwendig.

Indessen, der Fall Berija war gerade so ein chirurgischer Eingriff. Jewgenija Wassiljewna erzählte, daß die ›Berija-Garde‹, als Sportler vom Dynamo Tbilissi getarnt, schon in mehreren Moskauer Hotels einquartiert gewesen sei; daß Marschall Shukow die Truppen kommandiert hätte, die Berija verhafteten. Panzer hätten das Tor zu seiner Villa zermalmt. Bis zum Prozeß hielten sie ihn nicht in der Lubjanka oder einem der anderen Gefängnisse, sondern irgendwo im Stadtteil Samoskworetschje im Keller eines Stabsgebäudes des Verteidigungsministeriums.

Das bedeutete, die neue Regierung hatte die Gefahr der ›tschekistischen Leukozytose‹ auch erkannt.

Ein andermal zeigte Jewgenija Wassiljewna mir ein geheimes Schreiben vom ZK über die Landwirtschaft. Schreckliche Wahrheit: alle bisherigen statistischen Daten über »Erfolge und Errungenschaften« waren schlicht erlogen. Nagende Scham erfüllte mich, aber es entstand ein Gefühl des Vertrauens in jene, die so unerschrocken Mängel, Nöte und Schwächen zur Sprache brachten.

Im September-Oktober veröffentlichten die Zeitungen Rechenschaftsberichte vom Plenum des ZK, unerhört offene Eingeständnisse von Fehlern, Unregelmäßigkeiten; unverblümt war von schlechter Führung die Rede.

In Korea schwiegen die Waffen. Friedensverhandlungen hatten begonnen. In Zeitungsartikeln und Rundfunkkommentaren wurde immer nachdrücklicher die Forderung nach friedlicher Koexistenz erhoben, nach Wiederherstellung der »Leninschen Prinzipien innerparteilicher Demokratie«. Täglich sprach irgendeiner von den Freien – nicht mehr im Flüsterton, sondern ganz offen –, es stünden einschneidende Änderungen in der gesamten Politik bevor.

Der Sommer 1953 hatte vielen bisher schweigsamen Häftlingen die Zunge gelöst.

Ernst K. war seit 1924 in der Partei. Der früh verwaiste Sohn eines Buchbinders deutscher Herkunft gehörte als junger Arbeiter zu den ersten Petrograder Komsomolzen. Er studierte an der Arbeiterfakultät, dann am Kommunistischen Journalisten-Institut, arbeitete in der Prawda mit Maria Iljinitschna Uljanowa, Lenins Schwester, zusammen. 1937 kam er in die Wolgadeutsche Republik als Verlagsleiter, obwohl er kaum Deutsch konnte. Im August 1941 wurde er mit allen Wolgadeutschen deportiert. In einem Waldlager bei Irkutsk wurde er Sekretär der Parteiorganisation.

»Ich muß schon sagen, das war eine sehr originelle Parteiorganisation. Hinter Stacheldraht! Nur ganz wenige durften ohne Bewachung die Zone verlassen: ich als Sekretär, ein Ingenieur, ein Techniker, zwei Chauffeure. Alle anderen, alle Mitglieder des Parteibüros und alte Kommunisten, es waren sogar Bürgerkriegsveteranen dabei, gingen in Fünferreihen zur Arbeit, von Wachsoldaten und Hunden eskortiert. Man nannte uns zwar nicht Gefangene, sondern Spezialumgesiedelte. Trotzdem: wir waren eingesperrt, hatten in Kolonne zu gehen, das bedeutete – ein Schritt nach links, ein Schritt nach rechts, und der Wachsoldat schießt ohne Warnung. Die meisten arbeiteten beim Holzfällen, hundertfünfzig in einer Holzfabrik, sie machten Schäfte für Gewehre und MPs und Lazarettmöbel. Nun, und natürlich hatten manche in der Zone Dienst. Frauen gab es bei uns nicht, sie waren in andere Bezirke gebracht worden. Kaum jemandem glückte es, mit der Frau oder der Schwester in Briefkontakt zu kommen. Erst in den letzten Kriegsjahren konnten sie sich gegenseitig wieder ausfindig machen. In meiner Parteiorganisation hatte ich zu Anfang über 300 Mitglieder und Kandidaten und fast doppelt so viel Komsomolzen. Im Lager lebten insgesamt ungefähr 3000 Leute. Es wurde sehr gewissenhaft gearbeitet, wie überall ›alles für die Front‹. Viele meldeten sich zum Militär. Ich schrieb ein Gesuch ums andere. Ich kann schon sagen: die meisten hatten den ehrlichen Wunsch, gegen den Faschismus zu kämpfen und zu beweisen, daß sie sowjetische Patrioten sind. Später wurde dann die Stimmung natürlich schlechter.

Die Verpflegung war miserabel, viele bekamen Skorbut, und dann kriegten wir es mit einer ganz neuen Krankheit zu tun, Dystrophie. Medikamente gab es nicht. Aufgabe der Parteiorganisation war es, die Moral zu stärken, aufzuklären, zu helfen. Vom Rayonkomitee brachten sie ein paarmal Lebensmittel und Arzneien. Aber schon von Anfang an wurden immer wieder Verhaftungen vorgenommen. Bis Kriegsende waren mehr als zwei Drittel aller Kommunisten und Komsomolzen geholt worden. Parteilose wurden weniger verhaftet. Der Geheimdienstbevollmächtigte verlangte von mir natürlich Charakteristiken über jeden einzelnen Verhafteten. Ich schrieb, so wie ich konnte, nach meinem Parteigewissen – objektiv. Der Bevollmächtigte beklagte sich beim Rayonkomitee über mich. Man warf mir schädliche Liberalität, Schlamperei und Nachlassen der Wachsamkeit vor. Erst bekam ich nur eine einfache Rüge, dann eine strenge mit Eintragung in die Papiere. Und im Winter nach Kriegsende wurde ich mit dem ganzen Parteibüro verhaftet. Sie brummten uns Artikel 58, Punkt 10 und 11, auf und natürlich Punkt 1, als Deutsche waren wir ja Staatsverräter; einem von uns hängten sie noch 7 und 9 an, Schädlingstätigkeit und Spionage. Dann kam noch 8 dazu, terroristische Absichten. Ich kriegte das ganze Bukett, weil ich nichts gestanden und strikt abgelehnt hatte, andere anzuschwärzen. Ich war überzeugt, die ganze Sache sei eine gemeine Intrige, trat in den Hungerstreik, verlangte Papier und erklärte schriftlich, ich sei ein ehrlicher Bolschewik, ein Leninist-Stalinist, und lehne es strikt ab, irgend etwas mit frisierten, gefälschten Fällen zu tun zu haben. Sie drohten mir mit Erschießung. Von einem Jahr Untersuchungshaft saß ich insgesamt zwei Monate im Karzer, mal fünf Tage, mal zehn, auch mal 25. Sie schlugen mich nicht übermäßig – sie hatten bald erkannt, daß sie mich damit nicht kleinkriegen konnten. OSO gab mir dann 25 Jahre.«

Ernst war groß, mager, sehnig und dunkel, mit scharf gezeichneten Zügen. Er ähnelte einem nordamerikanischen Indianer auf den Illustrierten zu ›Lederstrumpf‹. Sergej nannte ihn Chingachgook, den letzten der Mohikaner.

Das erstemal sprach er mit mir im Korridor an der Tafel, an der die Zeitungen ausgehängt waren. Wir lasen eine große, über die ganze Prawda-Seite abgedruckte Rede von Mao Tsetung.

»Haben Sie darauf geachtet, wie er über innere Widersprüche in der sozialistischen Gesellschaft spricht? Das ist echt bolschewistischer Denkstil. Unwiderlegliche Wahrheit. Keine Ausflüchte. Das ist ein echter Marxist-Leninist. Was für ein Glück, daß es solche wie ihn gibt!«

Damals fehlte mir Jewgenij Timofejewitsch sehr, sein Urteil, seine Gedanken, die den meinen verwandt waren. Sergej, Wiktor Andrejewitsch, Semjon waren mir sehr lieb, aber ich dachte vollkommen anders als sie: es war vergeblich, ihnen zu beweisen, daß sie vor lauter Gulag-Bäumen den ›großen sozialistischen Wald‹ nicht sehen wollten.

Ernst und ich waren Gleichgesinnte. Und noch einen Gleichgesinnten fand ich: Fjodor B., der sich bisher von uns allen ferngehalten hatte. Er war ein kleiner vertrockneter Alter mit einem weißlichen Bärtchen und arbeitete in der Mechanikerwerkstatt. Als junger Arbeiter war er 1915 einem bolschewistischen Zirkel beigetreten, 1917 wurde er Rotgardist. Nach der Demobilisierung arbeitete er in Moskau in einer Schlosserei, man zog ihn zur Gewerkschaftsarbeit heran; er wurde ins Betriebskomitee gewählt, dann ins Gebietskomitee und schließlich ins ZK. 1937 war er Mitglied des Präsidiums des Allunionsgewerkschaftsbundes, Mitarbeiter von Tomskij[55].

An seine Verhaftung und die Ermittlungen wollte er nicht erinnert werden.

»Wozu darüber reden? Was ich unterschrieben habe, weiß ich nicht mehr, hatte es schon am nächsten Tag vergessen. Aber ich blieb am Leben. Die Wunden verheilten. Nur auf dem rechten Ohr bin ich taub geworden.«

Er hatte zehn Jahre bekommen, aber im Lager hängten sie ihm eine neue Frist an, die im Herbst 1953 ablief. Der Gefängnisleiter sagte, er werde direkt entlassen, komme nicht noch in Verbannung, wie es früher üblich gewesen war, er dürfe seine Angehörigen davon verständigen.

»Bißchen Arbeit werd' ich in Moskau schon noch finden, wenn ich auch beinahe 60 bin. Meine Frau starb während des Krieges. Herzversagen, als sie die Todesnachricht vom jüngsten Sohn bekam. Unser Ältester hatte sich von uns losgesagt, war Politruk in der Armee, ist jetzt bei irgendeinem Stab. Aber meine Tochter und meine jüngste Schwester mit ihren Angehörigen haben mir die ganze Zeit über Briefe geschrieben und

Pakete geschickt. Sie kommen auch immer zum Wiedersehen. Diesen Sommer habe ich zum erstenmal meinen Enkel gesehen. Der Kleine heißt auch Fedja, ist fünf Jahre alt, ein ulkiges Kerlchen, will General werden.«

Ernst, Fjodor und ich sprachen oft darüber, wann und warum die Entartung des Bolschewismus begonnen habe.

Ernst urteilte überzeugt:

»Iljitsch hat gewarnt. Ihr habt sicher von seinem Testament gehört[56]? Iljitsch schrieb, Stalin verfüge über zuviel Macht im Apparat, er sei grob und illoyal den Genossen gegenüber. Aber Stalin gelobte vor dem Parteitag, er werde sich Lenins Kritik zu Herzen nehmen. Und Sinowjew und Kamenew gingen herum, baten die Genossen Delegierten, dem Genossen Generalsekretär zu glauben. Weder Trotzkij noch Rykow[57] noch Bucharin widersetzten sich. Das alles hat mir Maria Iljinitschna Uljanowa erzählt ... Natürlich mußte die Partei gegen die Abweichler kämpfen, gegen die Trotzkisten ebenso wie gegen die Rechtsopposition. Eiserne Disziplin war unerläßlich und Zentralisation ebenfalls. Das Unglück war bloß, daß Stalin an der Spitze stand. Er unterwarf sich die Apparate des ZK und der Gebietskomitees und der GPU ... natürlich, solange Dzierżyński lebte, war die GPU der Regierung unterstellt ... aber schon Jagoda[58] diente vor allem dem Generalsekretär. Jeshow und Berija anerkannten nur Stalin. Er kommandierte sie. Sie ihrerseits beeinflußten ihn, vernebelten, desinformierten, natürlich in ihrem eigenen Interesse. Nach dem Mord an Kirow verwirrten sie alles so total, daß er ihnen Vollmacht gab, zu verhaften, zu erschießen, wie es ihnen paßte.«

Fjodor widersprach leise und gemessen:

»Das ist doch wohl ein bißchen vereinfacht. Als Marxist muß man tiefer graben. Die Hauptursachen liegen darin, daß die Revolution in einem rückständigen Agrarland gesiegt hatte. Unsere Diktatur des Proletariats war von Anfang an eine Regierung der Minderheit. Das muß man sich klarmachen. Wir wollten die Massen erziehen. Es ist schon nicht leicht, Kinder und Heranwachsende zu erziehen. Aber Millionen von erwachsenen Männern und Frauen kann man nicht mehr auf die Schulbank setzen. Mit ihnen muß man anders arbeiten, sie mit anderem Korn füttern. Aber wir lehrten sie das ABC und gleichzeitig das Alphabet des Kommunismus ...

Daher kamen in der Partei verschiedene Meinungen auf, verschiedene Richtungen. Früher hatten wir prinzipielle Diskussionen. In dem Dokument, das Sie Testament nennen, schrieb Lenin, daß Trotzkij und Pjatakow die klügsten Führer seien, aber gar zu gern kommandierten und administrierten. Trotzkij hatte sich das im Bürgerkrieg mit seinen Spezis so angewöhnt: ›Eins-zwei-drei – vorwärts Marsch – zum Sturm auf Warschau.‹ Und die Dezisten[59] machten gerade das Gegenteil, sie wollten volle Demokratie. Jeder soll sagen, was ihm wichtig ist, über jede Kleinigkeit gab es Diskussionen, Meetings. Die Leningrader, um die Wahrheit zu sagen, waren echte Bolschewiki. Manche Moskauer unterstützten sie – Nadjeshda Konstantinowna (Lenins Frau), Kamenew und andere Genossen, die Lenin besonders nahe gestanden hatten. Aber sie alle waren Städter, Petersburger Proletarier und Moskauer Intelligenzija. Den Mushik verstanden sie nicht, sie fühlten nicht mit ihm, trauten ihm nicht – so wie Trotzkij und Pjatakow ihm nicht trauten. Darum beharrten sie darauf, man könne den Sozialismus nicht in einem Lande aufbauen. In der Theorie war das vielleicht richtig, aber als Losung war es schädlich, demobilisierte die Massen.«

Wir spazierten die Lagerstraße auf und ab oder saßen auf dem Bänkchen hinter den Jurten im Blumengarten. Drei Häftlinge in blauer Anstaltskleidung, ohne das Recht, sich dem Stacheldrahtzaun zu nähern. Wie Vieh wurden wir morgens und abends abgezählt. Rechtlose und seit mehr als einem Jahr auch namenlose Sklaven. Doch dies alles vergaßen wir, wenn wir konzentriert, hingerissen über unser Land, über unsere Partei sprachen, wenn wir diskutierten, stritten, so wie auf den Parteiversammlungen der zwanziger Jahre diskutiert wurde. Fjodor hörte hustend, sich räuspernd, geduldig die flammenden Reden der Opponenten an und antwortete, gleichsam laut denkend:

»Trotzkij, die Leningrader Opposition[60] und andere Linke hatten organisierte Fraktionen. Das kann man nicht abstreiten. Die konspirierten auch gegen das ZK. Aber Bucharin, Rykow, Tomskij und wir alle, die sogenannten Rechten, hatten keinerlei Fraktion aufgebaut. Wir kämpften offen und schimpften gelegentlich kräftig. Genauso hatten die Genossen auch mit Lenin gestritten. Und wie! Selbst in den schweren Tagen vor dem Friedensschluß von Brest-Litowsk[61], dann später wegen der NEP[62]. Aber wir hatten die neuen Bedingungen außer acht gelassen. Die Arbeiterklasse war nicht mehr dieselbe. Die Mehrzahl der besten, politisch bewußten aktiven Proletarier hatten die Fabriken verlassen. Viele waren im Bürgerkrieg gefallen, andere hatten sich der Opposition zugesellt, wieder andere waren in den Apparat eingegliedert, so wie ich. Sie waren keine Proletarier mehr, manche verwandelten sich in Bürokraten, in Kleinbürger. In den Fabriken war nur eine Minderheit zurückgeblieben. Und Millionen von neuen Arbeitern waren schon keine Proletarier mehr. Wir sprachen von »Klassenhegemonie« und »Diktatur des Proletariats«. Aber die wirkliche Macht hatte der Apparat. Stalin erkannte das früher als wir. Die Alten unterschätzten ihn. Niemand von ihnen wäre ernstlich auf den Gedanken gekommen, daß er Lenin ersetzen könnte. Sie wählten ihn zum Generalsekretär, na ja, eben als guten ›Polizeioffizier‹, der für Ordnung und Disziplin sorgt und keine Rauferei um die Macht zuläßt. Als erste hatten ihn Sinowjew und Kamenew gefördert. Sie witterten in Trotzkij Gefahr, waren eifersüchtig auf ihn, weil er mit Wladimir Iljitsch besser stand, flüsterten von Bonapartismus. Später wollten Bucharin und Rykow mit Stalins Hilfe alle Linken und Trotzkisten abschieben. So wuchs seine Macht, wuchs von Parteitag zu Parteitag. Und doch darf man die Rolle seiner Persönlichkeit nicht überschätzen. Nicht er allein schuf den Apparat, nicht er hat ihn erfunden. Eher im Gegenteil, er wurde vom Apparat geschoben.«

Dagegen versuchte ich zu opponieren. Ich erklärte, rechtfertigte nicht, sondern erklärte Stalins Tücke und Grausamkeit mit historischen Traditionen und gegenwärtigen gesellschaftlichen Umständen; ich verglich ihn mit Iwan dem Schrecklichen und Peter dem Großen. Ernst wurde ärgerlich – »wie kann man das vergleichen?« Das waren Feudalherren, Despoten; denen war das gestattet, für ihre Klasse war das gesetzmäßig, aber Stalin hat die Arbeiterklasse verraten, die Prinzipien des Kommunismus verletzt.

Fjodor blieb ruhig:

»Historische Vergleiche bringen nichts, wenn sie auch noch so schön sind. Die Menschewiki liebten Vergleiche mit der Französischen Revolution: Lenin sei ein Robespierre, Trotzkij ein Danton. Meiner Meinung nach ist das unseriös. Sicher, Stalin hat sich selbst auf Iwan den Schrecklichen und Peter den Großen bezogen. Nur, Zar Iwan und Zar Peter waren – wie man sie auch beurteilt – wirklich Revolutionäre, die Altes zerbrachen und Neues begannen. Stalin dagegen hat selber nichts Neues ausgedacht, hat nur fremden Weizen gedroschen. Von einer derartigen Industrialisierung, einer derartigen Kollektivierung haben nicht mal die wildesten Trotzkisten geträumt. Hätte es nicht all diese Stalinschen ›Errungenschaften‹, den Hunger und die Jeshowschtschina[63], gegeben, wären die Deutschen nicht bis nach Stalingrad vorgedrungen. Ja, ohne Stalin wäre Hitler gar nicht an die Macht gekommen.«

Ich fühlte und begann auch zu erkennen, daß es hier nicht nur um ökonomische Gesetzmäßigkeiten ging. Unabhängig von den »materiellen Fakten«, von den innerparteilichen Diskussionen, vom Führer und den Apparatschiki wirken in den Menschen noch andere Kräfte – geistige, moralische.

Darüber hatte ich damals in Ostpreußen und in den ersten Tagen nach meiner Verhaftung nachgedacht. Bei dem Versuch, mir über die Art dieser Kräfte klar zu werden, dachte ich an die Bücher von Tolstoj, Dostojewskij und Korolenko und an Menschen, die ich früher gekannt, aber als liebe Narren betrachtet hatte, als Verkörperungen der Ausnahmen von der Regel.

... Im Sommer 1929 bereitete ich mich für die Aufnahme ins Institut vor und nahm Mathematikstunden bei einem entfernten Verwandten – Matwej Mejtuw, Universitätsdozent. Er galt als genialer Mathematiker. Er war sehr groß, sehr mager, hielt sich krumm, hatte auffallend dicke Lippen. Seine kleine fahlblonde Frau wirkte wie ein junges Mädchen; aber in ihrem leisen Lächeln, ihren gütigen Blicken ähnelten die beiden einander. Ihr einziges kleines Zimmer war mit Büchern vollgestopft. An der Wand hing eine große Gravüre von Tolstoj. Auf dem Nachttisch neben dem Bett lag das Evangelium.

Wir arbeiteten am runden Eßtisch, den eine abgeschabte Plüschdecke zierte. Er erklärte drei selbstbewußten Jünglingen – zwei polyglotten Lyrikern und mir, dem »Politiker«, der sich eben erst »von der Opposition losgesagt«[64] hatte – Algebra und Trigonometrie. Von Zeit zu Zeit versuchte er sogar, uns die Schönheit und Schlüssigkeit mathematischer Lösungen zu erläutern. Mit begeistert blitzenden Augen, Spucke versprühend, rief er: »Aber wieso begreifen Sie denn nicht? Das ist doch schon deshalb falsch, weil es unschön ist. Hier stimmt nichts zusammen. Aber machen wir's so und dann so, sehen Sie? Ein ganz einfacher Tausch. Und schon ist alles harmonisch und schön.«

Einmal versuchte ich, ein Gespräch darüber mit ihm zu beginnen, inwieweit wissenschaftliche und religiöse Ansichten übereinstimmten; er lehnte milde, aber entschieden ab:

»Lassen Sie das, bitte, lassen Sie das. Die Welt des Glaubens ist nicht die Welt des Wissens. Hier geht es um Gefühle, nicht um Ratio. Ich weiß, gerade im gegebenen Fall weiß ich, daß in diesen Fragen niemand jemanden überzeugen oder umstimmen kann. Hier gibt es nichts zu beweisen oder zu widerlegen. Sie denken anders, glauben an anderes, ich kann mit Ihnen darüber nicht diskutieren. Ich kann nicht und ich will nicht. Es wäre sinnlos und fruchtlos. Hätten Sie behauptet, zwei mal zwei sei fünf oder die Summe der Winkel eines Dreiecks sei größer als 180 Grad, dann würde ich versuchen, Sie umzustimmen.«

Mir, dem selbstsicheren, siebzehnjährigen Marxisten, erschien er als ein weltfremder, naiver Sonderling. Er war schwer krank, hatte Lungen- und Knochentuberkulose. Sein Glaube brachte ihm Trost und Erleichterung. Also durfte ich nicht mit ihm streiten.

1931 suchte ein Student den Dozenten Mejtuw auf und fragte ihn: »Stimmt es, daß Sie überzeugter Tolstojaner sind und daher nicht die Waffe zur Verteidigung des sozialistischen Vaterlandes in die Hand nehmen wollen?«

Mejtuw wollte sich auf ein Interview nicht einlassen und wies auf seinen rechten Arm, der von der Knochentuberkulose verkrüppelt war, und auf eine verkrümmte Hand.

»Aber wenn Sie gesund wären? Würden Sie dann im Kriegsfall zur Roten Armee gehen?«

»Ich würde Sanitäter werden.«

»Sie verzichten also auf das Ehrenrecht, in den Reihen der Roten Armee der Bauern und Arbeiter zu kämpfen? Wie können Sie das erklären? Liegt es an Ihren religiösen Überzeugungen? Wir verlangen, daß Sie offen auf einer Versammlung darüber sprechen.«

Mejtuw sagte, er sei Christ und teile die Anschauungen des großen Lew Tolstoj, aber er werde sich auf keinerlei Dispute einlassen und auch nichts erklären. Er sei weder ein Theoretiker noch ein Prediger; sein Beruf sei die Mathematik, und weder in seinen Vorlesungen noch in seinen Seminaren gebe es etwas, das den Widerspruch von Atheisten hervorrufen könne.

Am andern Tag standen in der Universitätszeitung und später auch in der städtischen Presse bösartige Feuilletons über einen »Doppelzüngler«, der sich in der Universität verkrochen, nun aber zynisch zugegeben habe, das sozialistische Vaterland nicht verteidigen zu wollen.

Mejtuw wurde umgehend entlassen. Eine Woche später verurteilte ihn die Troika der GPU zur Deportation auf drei Jahre nach Narym. Seine Frau, im siebenten Monat schwanger, ging mit ihm. »Er kann sich ja noch nicht mal eine Tasse Tee kochen. Man muß ihm beim Waschen und Anziehen helfen.«

Eine Tochter wurde geboren, der Mann unterrichtete an der Schule. Beide schrieben, sie seien sehr glücklich. Dann starb er, noch ehe die Hälfte seiner Frist abgelaufen war. Sie hörte auf zu schreiben. Verschwand einfach.

Ich habe Mejtuw, der den Menschen, der Wissenschaft, dem Lande so nützlich hätte sein können, nie vergessen, auch nicht die große seelische Kraft dieses kranken, unscheinbaren Narren.

In den Jahren 1937/38 wurden am Fremdspracheninstitut, an dem ich studierte, alle ausländischen Dozenten verhaftet, viele, unter ihnen Fritz Platten, kamen um. Der schweizerische Sozialist Platten war mit Lenin im plombierten Zug aus der Schweiz nach Petrograd gekommen und hatte ein Jahr später Lenin das Leben gerettet. Sie hatten nebeneinander im Auto gesessen, als aus der Dunkelheit Schüsse fielen. Platten deckte Lenin mit seinem Körper. Die Kugel verletzte seine Hand, die Lenins Kopf nach unten drückte.
Platten hielt Vorlesungen über Umgangssprache. Gern erzählte er von seinen Begegnungen mit Lenin, ohne aufzuschneiden oder sich wichtig zu machen. Schlicht, völlig unsensationell, aber auch ziemlich inhaltslos erzählte er von unbedeutenden Kleinigkeiten des täglichen Lebens, gab banale und unbedeutende Äußerungen Lenins wieder. Doch wir hörten hingerissen zu. Eine schüchterne Studentin küßte sogar einmal die Narbe an Plattens Hand. Er wurde schrecklich verlegen, errötete und murmelte: »Was machen Sie, was fällt Ihnen ein? Wir sind doch nicht in der Kirche. So was ist ja lächerlich.«
Er war groß, grauhaarig, von jugendlicher, kräftiger Statur. Den ganzen Winter lief er barhaupt, er war ein glänzender Skiläufer. Wir sahen in ihm einen altmodischen, herzensguten Menschen, einen naiven »Revolutionär des vorrevolutionären Typs«. Als der Sekretär des Parteikomitees unseres Instituts, der auf den Versammlungen über die »Erhöhung der Wachsamkeit« referierte, sagte, Fritz Platten sei als Volksfeind und Gestapo-Spitzel entlarvt worden, glaubte ich das schon damals nicht.
Verhaftungen und Hinrichtungen alter Kommunisten, ehemaliger Freunde und Genossen von Lenin, Kominternfunktionäre, Parteiführer erschreckten uns, erschienen uns aber nicht widernatürlich. Gewöhnt, in historischen Vergleichen zu denken, erklärte ich es mir mit den inneren Gesetzmäßigkeiten jeder nachrevolutionären Entwicklung: Cromwell ließ die Levellers erschießen, die Jacobiner guillotinierten die Girondisten, dann Danton, dann die Ultrarevolutionäre. Und die Bolschewiki vernichteten zuerst die Sozialrevolutionäre und die Menschewiki, dann bekämpften Sinowjew und Kamenew die Trotzkij-Fraktion, danach attackierten Bucharin und Rykow die Links-Oppositionellen, und schließlich räumte Stalin mit ihnen allen auf.
Doch schon vor dem Krieg dachte ich über das nach, was ich später »Widersprüche zwischen historischer und moralischer Notwendigkeit« nannte. Ich begann zu zweifeln, ob die Stalinsche Strategie mit den Erfordernissen der historischen Notwendigkeit übereinstimmte. 1941 und 1942 sprach ich an der Front mit Freunden darüber, daß Hitler uns die ersten schweren Niederlagen 1937/38 beigebracht hätte. Und niemand widersprach dem. Wir wußten alle, daß der Kommandeur der Nowgoroder Armeegruppe Korownikow, der

als erster im August 1941 die Deutschen am Wolchow zum Stellungskrieg zwang und energischen Widerstand organisierte, bis zum Winter Brigadekommandeur hieß und nicht Generalmajor. An seinem Kragenspiegel waren immer noch die alten Rhomben und keine Sterne, denn er war noch vor der Einführung der Generalsränge verhaftet worden. 1941 war er direkt aus dem Lager an die Front entlassen worden. Dasselbe galt für Rokossowskij und den Kommandeur der Proletarischen Division Dmitrij Petrowskij – Sohn des Altbolschewiken und »allukrainischen Starost«, Bruder des erschossenen Journalisten.

Er gehörte zu den wenigen Divisionskommandeuren, die im Juli 1941 angriffen und die Stadt Rogatschew von den Deutschen freikämpften. Als er mit seiner Division eingekesselt war und verwundet wurde, erschoß er sich.

Ein alter Partisan, ehemaliger Kulak, kurz vor dem Krieg aus Narym nach Hause gekommen, sagte: »Die Sowjetmacht hat mir böse mitgespielt, hat mir alles genommen, was ich besaß. Aber eine andere rechtmäßige Macht gibt es in Rußland nicht. Hitler ist der Todfeind des ganzen Volkes, also auch meiner. Und dieser Krieg wird für ganz Rußland geführt. Da gibt es nichts zu zaudern.«

Nach dem Krieg in den Gefängnissen und Lagern überzeugte ich mich: die Maßnahmen von NKWD, MGB, OSO waren ungerechtfertigt, grausam und sinnlos. Sie schadeten den realen Interessen von Staat und Partei. Das Unmoralische dieser Maßnahmen konnte man nicht mehr mit historischer Notwendigkeit erklären, so wie wir den Terror während der Revolution und im Bürgerkrieg erklärt hatten. Die Jeshowschtschina und die Berijewschtschina – 10 Jahre später sagte man Stalinschtschina – widersprachen klipp und klar der historischen Notwendigkeit. Je deutlicher mir bewußt wurde, daß ich diesen Widerspruch mit den Mitteln des Diamat und des Histomat nicht würde lösen können, desto aufmerksamer hörte ich Leuten zu, die anders dachten als ich, und bemühte mich, ihre mir fremden Anschauungen zu verstehen.

In meinen ersten Komsomoljahren hätte ich auch dem klügsten Menschen nicht einmal zugehört, wenn er religiös, liberal oder Menschewik gewesen wäre. »Was kann aus Nazareth schon Gutes kommen?«

Später versuchte ich, gerade umgekehrt, zu erfahren, was und wie ideologische Gegner denken. Daher las ich vor dem Krieg und mehr noch an der Front Nazi-Bücher, Zeitungen und Zeitschriften, las und hörte im Radio die Reden von Hitler, Goebbels, Göring und anderen. Und die Kriegsgefangenen verhörte ich nicht nur, ich versuchte nach Möglichkeit, in offene, ungezwungene Gespräche mit ihnen zu kommen, um ihre wirklichen Meinungen zu erfahren. Ebenso aufmerksam verfolgte ich die Propagandaschriften der Wlassow- und der Bandera-Leute und die der polnischen Nationalisten.

All das war »Studium des Feindes«, zielgerichtete »ideologische Spionage«, inspiriert von wißbegieriger Feindseligkeit.

Ein militanter Atheist bin ich nie gewesen. Selbst in den Jahren meiner streitsüchtigen Jugend hielt ich es für schändlich, einen fremden Glauben anzutasten, und ich wollte niemandem zu nahe treten, der in der Religion Trost und Hoffnung fand.

Im Gefängnis habe ich die Gläubigen manchmal beneidet: für sie waren Verluste und Leiden erfüllt von höherem Sinn, der Tod schreckte sie nicht. Ich aber konnte nicht mehr zum guten Gott meiner Kindheit zurückkehren, an die Existenz einer höchsten Macht glauben, die unsere Welt geschaffen hatte. Noch weniger konnte ich glauben, daß sterbliche Menschen eine solche Macht begreifen könnten und berechtigt seien, deren Willen auszulegen und in deren Namen Gesetze zu erlassen, nach denen sie Andersdenkende und Andersgläubige richten, strafen und begnadigen dürften.

Indessen haben mich immer gefreut, und freuen mich auch heute, Begegnungen mit solchen Gläubigen wie Mejtuw, weil für sie Religion kein System von Dogmen und Ritualen ist, sondern das sittliche Fundament des Menschen, die lebendige Quelle von Güte und Hilfsbereitschaft.

Im Januar 1944, als ich nach einem Lazarettaufenthalt zum letztenmal auf Urlaub in Moskau war, besuchte ich mit einem Freund eine ehemalige Kommilitonin. Wir tranken Tee, aßen Zwieback und redeten darüber, wann wohl der Krieg zu Ende sein und was nach ihm kommen werde. Wir meinten, daß die Menschen jetzt klüger, besser, gerechter werden müßten. Der Krieg habe die wirklichen Fähigkeiten des Volkes enthüllt, es werde eine Blüte in Wirtschaft, Wissenschaft und Technik beginnen. In den zwanziger Jahren hatten Europa und Amerika eine ganze Epoche vorangetrieben: Luftfahrt, Automobilisierung, Kino, Radio. Wir blieben damals weit hinter dem Westen zurück wegen des Bürgerkriegs, wegen der Blockade. Aber in diesem Krieg werden wir die Hauptsieger sein. Und der soziale Fortschritt wird hinter dem technischen und wissenschaftlichen nicht zurückstehen.

Unsere Gastgeberin, eine ernste junge Frau, hatte unseren Überlegungen erst schweigend zugehört, dann sprach sie leise, sanft, aber doch so, daß wir sie nicht unterbrachen:

»Fortschritt –! Früher, vor dem Krieg, im Institut – das war in einer vergangenen Epoche, es liegt sozusagen 100 Jahre zurück –, habe ich auch an den Fortschritt geglaubt, an eine lichte, herrliche Zukunft. Dann kam die Evakuierung. Mama und ich haben sehr gehungert. Ich arbeitete als Geschirrspülerin, Putzfrau, Näherin, nähte Säcke und Fausthandschuhe. Ich habe hart gearbeitet, fühlte mich aber im Kopf ungewöhnlich frei und dachte viel nach. Wir hatten Geschichte studiert – Ägypten, Babylon, Hellas, Rom, das Mittelalter. Hatten Bücher gelesen, alte und neue ... Was hat der Fortschritt gebracht?

Damals hungerten und litten Menschen, wurden gequält, umgebracht. Und heute ist es nicht anders. In absoluten Zahlen werden sogar mehr Menschen als je zuvor gequält, umgebracht, müssen Hunger leiden. Mehr Opfer und mehr Henker. Und immer hat es auch glückliche Menschen gegeben. Immer gab es das Glück der Liebe, der Mutterschaft, die Freuden der Genesung von Krankheit, der Befreiung aus Gefahr und Not. Es gab immer die Freude an Musik, an Versen, an einem Frühlingsmorgen, an Begegnungen mit guten, lieben Freunden, es gab immer die Freude an Wald und Meer. Meint ihr, es hätte sich in Hunderten, ja in Tausenden von Jahren irgend etwas geändert am Verhältnis der Summe menschlichen Glücks zur Summe menschlichen Unglücks? Nein, kein noch so großer Fortschritt kann die Menschen von Leiden und Tod befreien, kann ihre Freuden vermehren.«

An dieses Gespräch habe ich später oft denken müssen. Ich versuchte so schlicht und gelassen zu urteilen wie sie.

Die Notwendigkeit unanfechtbarer Sittengesetze erkannten in der alten Zeit Hammurabi, Solon, Moses, Konfuzius, Lao Tse, Christus, Mohammend, Jaroslaw der Weise. Viele religiöse Dogmen entstanden, um zerstörerische Instinkte zu unterdrücken. Ich habe das Evangelium immer als poetische Verkörperung der besten sittlichen Kräfte aufgefaßt.

Wenn ich darüber nachdachte, wie eine sozialistische Ethik aussehen würde, glaubte ich, sie werde vor allem entstehen aus dem Alten und Neuen Testament, aus den besten Traditionen des Buddhismus und Lao Tses. Doch werde unsere Sittlichkeit, unser kategorischer Imperativ sich von allen Moralcodices der Vergangenheit durch ›atheistische Selbstlosigkeit‹ unterscheiden. Ich überlegte so: religiöse Lehren, in einer Warengesellschaft entstanden, enthalten in sich das Prinzip des Warenaustauschs. Das Gute verordnend und das Böse verwerfend, verheißen sie für alles Bezahlung: bist du zu Lebzeiten gut, gelangst du ins Paradies, in die ewige Seligkeit, bist du ein Sünder und Übeltäter, kommst du in die Hölle ins ewige Verderben.

Die Möglichkeiten zu Buße und Verzeihung, Verringerung der Sünden und die äußerste Entwicklung dieser Möglichkeiten – Ablaß, bezahlte Gebete – spiegeln den Warencharakter der menschlichen Beziehungen in der realen Welt, projizieren sie auf die Beziehungen zwischen dem Menschen und Gott – den metarealen, überirdischen Kräften.

Die Menschheit hat sich noch nicht von der Macht der materiellen Kräfte befreit, die im »Reich der Notwendigkeit« herrschen, von der Macht der undurchschaubaren Marktgesetze, von allen Gefährdungen, die aus dem Instinkt der Habgier, der Selbstsucht, des Neides und Konkurrenzkampfes entstehen. Infolgedessen sind religiöse Gesetze notwendig und nützlich.

Die neue Stalinsche Kirchenpolitik, die schon 1934 begann* und die Kirche immer mehr und nach dem Krieg vollständig dem Staat untertan machte, bewies mir: der Große Führer hatte verstanden, daß ohne Beteiligung religiöser Autoritäten humane zwischenmenschliche Beziehungen der Bürger untereinander, zur Gesellschaft und zum Staat nicht herzustellen und zu kontrollieren sind. Stalins »Konkordat« mit dem Patriarchen Sergej, die Wiederherstellung der Synode, der Priesterseminare und einiger Klöster erschien mir als glückliche Lösung jener Probleme, die die »Gottsucher« Gorkij und Lunatscharskij[65] vergeblich zu lösen versucht hatten. Doch die idealen sittlichen Gesetze des Sozialismus würden frei sein von allen Illusionen, von allen Formen der »Heilslüge«.

Marx, Engels, Lenin, Stalin hatten sich die künftige Menschheit nicht konkret vorgestellt. Sie befaßten sich vor allem mit Problemen der Geschichte und der Gegenwart, mit den Beziehungen zwischen den Klassen und den Staaten, den komplizierten Verflochtenheiten von Wirtschaft und Politik. Für sie war das gesellschaftliche Sein und das gesellschaftliche Bewußtsein wichtig. Daher bedeuteten ihnen das private Dasein und das private Bewußtsein und die täglichen Sorgen der ›kleinen Leute‹ wenig.

Ich zweifelte nicht daran, daß die Klassiker des Marxismus recht hatten, sich nur mit den Gesetzen der großen Zahl zu beschäftigen. Doch ich glaubte, daß diese Gerechtigkeit historisch begrenzt und nur für ihre Zeit gelte.

Dostojewskij besingt an einer Stelle im ›Jüngling‹, ja wirklich, er besingt als Dichter, als Künstler die künftige Bruderschaft der Menschen, die, von allen Religionen frei, an die Unsterblichkeit der Seele nicht mehr glaube; dann würden die Menschen einander wirklich lieben, die Natur, ihr kurzes, einmaliges und eben deswegen um so mehr geliebtes Leben lieben. Dostojewskij, der Verfasser der ›Dämonen‹, der Gegner der Narodowolzen[66] und Freund von Pobedonoszew[67], schrieb über die Menschen einer sozialistischen, atheistischen Gesellschaft mit ungewöhnlicher Sympathie. Und mir, dem Komsomolzen, erschien er darin als ein Verkünder des absoluten Sittengesetzes für alle Zeiten.

Schon damals spürte ich nicht nur, ich erkannte eine gewisse Überlegenheit Dostojewskijs und Tolstojs, Goethes und Puschkins über meine Gesetzeslehrer. Marx und Engels hatten sich an Dante, Shakespeare, Goethe, Balzac begeistert, und Lenin hatte sich im gleichen Sinne über Tolstoj geäußert, es war offensichtlich: die Klassiker des Marxismus schauten zu den Klassikern der Weltliteratur auf.

* Seit 1934 begann man in der täglichen Propaganda, in Schul- und Universitätslehrbüchern die »progressive historische Rolle des orthodoxen Christentums in Rußland« zu unterstreichen. Der Chef-Dichter der Partei, Demjan Bednyj, wurde einer scharfen Kritik unterzogen wegen der groben Gottlosigkeit in seinen Theaterstücken und Gedichten.

Ernst und Fjodor hörten sich meine Darlegungen mit einer gewissen Neugier nachsichtig an, wie die Phantasien eines Träumers. Gelegentlich wiesen sie sie allerdings auch als hochgestochene Dummheiten zurück.

Doch ich überzeugte mich immer mehr von der Notwendigkeit, auch andere Satzungen der marxistischen Orthodoxie zu überprüfen, sie zu überdenken im Licht all jener Forderungen eines Sittengesetzes.

Man hatte uns gelehrt, die Heiligkeit der großen Zahl zu verehren. Majakowskij verherrlichte den »hundertfünfzigmillionköpfigen Iwan«, betonte: »Der einzelne ist gleich Null, der einzelne ist Unsinn ...« Er sah das Glück darin, »als Tropfen in den Massen aufzugehen ...«

Wir hielten Individualismus für identisch mit Egoismus, Selbstliebe, Ichbesessenheit. Individualismus konnte nur bürgerlich oder kleinbürgerlich sein.

Doch auch in Nazideutschland erzog man in den Kindergärten, in den Schulen und Kasernen fanatische Gegner des Individualismus, flößte ihnen ein: »Gemeinnutz geht vor Eigennutz.«

Das beschäftigte mich, darüber sprach ich, wenn wir über die Voraussetzungen und Ursachen des ›Personenkults‹ diskutierten. Wenn man die absolute Überlegenheit einer überpersönlichen Macht – des Staates, der Nation, einer Klasse oder auch nur eines Betriebes, eines Kollektivs – behauptet, wenn man dieser Kraft die Interessen und Rechte des einzelnen rücksichtslos unterordnet – des »unbekannten Soldaten«, des »Schräubchens«, des »Spänchens« (das fliegt, wo gehobelt wird) –, dann entsteht Autokratie eines Machtgierigen, sei er Pharao, Imperator oder Führer ... Und je lauter die Heiligkeit der entpersönlichten Menge verkündet wird, desto barbarischer, schamloser, prunkvoller wird der Kult der Persönlichkeit des Autokrators, desto erbarmungsloser unterdrücken seine Prätorianer, Opritschniki, Gendarmen, Tschekisten, SS-Leute die rechtlosen Untertanen.

Ernst hörte mißtrauisch zu, er verdächtigte mich des Versuchs, den Individualismus zu rechtfertigen, brachte Vergleiche mit George Berkeley, Schopenhauer und sogar mit Nietzsche.

»Du hast unrecht. Das Gegenteil stimmt. Jeder Personenkult ist ein Ausdruck des Individualismus. Nimm Napoleon, Bismarck, Mussolini, Hitler. Sie alle sind typische individualistische Vertreter ihrer Zeit. Napoleon steht für die Epoche des frühen Industriekapitalismus, Bismarck für den reifen Kapitalismus im Bündnis mit den Großagrariern, den Junkern, Mussolini und Hitler für das imperialistische Stadium. Auch in Rußland hat es alle Sorten von Kult gegeben. Beispielsweise der um Kerenskij. Ich habe selbst die hysterische Massenbegeisterung gesehen. Der Psychose unterlagen nicht nur Gymnasiasten, nicht nur bürgerliche Intelligenzler. Im Frühjahr 1917 waren viele Arbeiter, Soldaten und Matrosen von ihm begeistert wie von einem Volkstribun. Und um Trotzkij hat es auch Kult gegeben. Die Trotzkisten hatten ihn hochgebracht, als Gegengewicht dazu begann der Stalinkult. Jeder Persönlichkeitskult steht im Widerspruch zur proletarischen Ideologie. Du unterschätzt die Rolle der Massen, des Staates und der Partei. Das kann sogar dahin führen, den essentiellen Unterschied zwischen uns und den Faschisten zu negieren. Und das ist doch geradezu absurd. Napoleon und Hitler unterdrückten den Individualismus nicht, im Gegenteil, sie spielten nur im eigenen Interesse den sogenannten ›kleinen Mann‹ hoch. Für sie waren solche Kulte etwas ganz Natürliches, historisch Gesetzmäßiges. Aber bei uns ist der Kult etwas Widernatürliches, eine grobe Entartung der Leninschen Traditionen. Lenin hätte so etwas nie geduldet.«

Fjodor sprach leise, ohne Hast:

»Ich würde das nicht so kategorisch äußern. Ganz recht, Lobhudeleien, Ehrungen, schmeichlerisches Geschwätz waren Lenin ein Greuel, aber noch weniger ertrug er Widerspruch, wenn man seine Linie bekämpfte, seine Anordnungen unrichtig ausführte. Von äußerlichen Zeremonien hielt er nichts. Aber an seiner eigenen Autorität hielt er fest. Er schmunzelte gelegentlich über Trotzkij, Dybenko, Lunatscharskij – die liebten Paraden, theatralische Effekte. Er lachte darüber, gab aber zu, daß so was für die Massen, für die Agitation nötig war. Nach seinem Tod begann ein regelrechter Leninkult. Ja, ja, genau das – ein Kult. Ich weiß nicht, wie das in eurer philosophischen Terminologie heißt: objektiv oder subjektiv, gesetzmäßig oder ungesetzmäßig. Ich weiß nur, was ich mit eigenen Augen gesehen, mit eigenen Ohren gehört habe. Als man das Projekt des Mausoleums diskutierte, sprachen einige dagegen: ›Das ist Kult, Reliquienkult.‹ Und Nadjeshda Krupskaja weinte sogar auf der Sitzung des Politbüros: ›Das ist eine Beleidigung! Iljitsch hätte dergleichen nie erlaubt.‹ Aber Stalin, Sinowjew und Kalinin bewiesen, daß so ein Mausoleum eine ungeheure propagandistische Wirkung auf die Psychologie der Massen haben würde.

Rykow unterstützte sie, Bucharin und Kamenew schwankten, und Trotzkij tat den Mund nicht auf. Man hatte damals schon damit begonnen, ihm seine alten Zwistigkeiten mit Lenin vorzuwerfen, also schwieg er. Der Persönlichkeitskult nahm seinen Anfang mit Lenins Tod, mit ihm selbst. Ich weiß nicht, wie man das nennen muß: natürlich, unnatürlich oder übernatürlich. Jedenfalls trennten sich schon damals die Führer von den Massen. Und je weiter sie sich entfernten, desto lauter riefen sie, desto verklärender schrieben sie über die Arbeiter- und Bauernklasse, später dann nach demselben bewährten Muster über die Heimat, das Volk. Damals wurde Stalin bereits als Heiliger verehrt: als ›Vater der Völker‹, als unfehlbarer Papst. Wie das vom Gesichtspunkt des Diamat und der Schädlichkeit des Individualismus her aussieht, weiß ich nicht, aber meiner Ansicht nach kümmerte man sich bei uns einen Dreck um die Person des Arbeiters, des Bauern, des Angestellten und ganz allgemein um den Menschen, sei er nun in der Partei oder parteilos.

Unsere freien Angestellten hier sind vollwertige Bürger des sozialistischen Staates, sogar Bürger besserer Sorte, haben sie doch die Ehre, in einem Spezialobjekt zu arbeiten. Und dabei habe ich es selbst gehört, wie einige offen aussprachen, daß sie schlechter leben als wir. Ehrenvolle Arbeit haben sie, aber eben auch die Sorgen um das tägliche Leben, wo gibt's was zu kaufen, wie mache ich die Familie satt, wo kriege ich Kleidung und Schuhe her, wo eine größere Wohnung?

Bei uns in der Mechanikerwerkstatt hatten wir einen hellblonden, stupsnäsigen Jungen, 18 Jahre alt, sah aus wie 13. Er kam aus dem Gefängnis direkt in einen großen Transport zum Aufbau der Werkstatt. Bei mir wurde er dann zu einem guten Schlosser. Für ihn war das Gefängnis ein regelrechtes Sanatorium gewesen. Seine Mutter, eine verwitwete Kolchosbäuerin, hatte außer ihm noch drei kleinere Kinder, sie erkrankte und ließ ihn als alleinigen Ernährer der Familie zurück. Petja nahm aus dem Kolchos einen Sack Kohl und einen Sack Kartoffeln mit nach Hause. Der Brigadier hätte es ihm sicher erlaubt, aber als die Sache an die große Glocke kam, zuckte er zurück. Und Petja bekam die volle Portion – zehn Jahre. Und hier bei uns hatte er zum erstenmal im Leben ein eigenes Bett, Laken und Kopfkissen, zum erstenmal im Leben konnte er sich dreimal täglich sattessen, noch dazu vom eigenen Teller. Schon in der Butyrka hatten ihn die Balanda und die Matratze beglückt, bei uns fühlte er sich regelrecht ins Paradies versetzt. Er arbeitete gut, lernte mit Begeisterung. Die Werkzeuge kamen ihm wie kostbare Spielzeuge vor. Er war ein feiner Junge, nachdenklich, feinfühlig, fleißig. Schrecklich, daran zu denken, wie es ihm wohl jetzt im Lager ergeht, diesem anständigen ›jungen Werktätigen des sozialistischen Dorfes‹. Er ist eine Persönlichkeit, ein Individuum. Und Persönlichkeiten wie dieser Petja bilden die große Masse. Ich weiß nicht, wie man das in der Theorie nennt. Vielleicht haltet ihr auch das für Individualismus. Ich erkenne keine grundsätzlichen Unterschiede zwischen Hitler-Kult und Stalin-Kult. Dafür sehe ich, daß es bei beiden viele Gemeinsamkeiten gibt.«

In den ersten Dezembertagen sagte Wladimir Nikolajewitsch zu Sergej und mir:

»Schließen Sie Ihre Arbeiten ab. Tun Sie nur das, was nicht mehr als zwei Wochen Arbeitszeit beansprucht. Alles übrige bringen Sie, so gut es geht, in Ordnung.«

Früher wurden die Häftlinge stets ganz plötzlich ohne Vorwarnung auf Transport geschickt, auch ohne Angabe des Ziels. Dieses Mal hat man uns rechtzeitig gewarnt. Nicht nur Gumer und Iwan Jemeljanowitsch erzählten es, auch Anton Michajlowitsch sagte, wir würden alle nach Kutschino gebracht.

Er erzählte:

»Dort sind die Arbeitsbedingungen ähnlich wie bei uns. Nur der Charakter der Arbeit wird Ihnen möglicherweise weniger gefallen. Im übrigen, wenn der Teufel kein Eichhörnchen ist, kann es Ihnen sogar glücken, an Ihrer Phonoskopie arbeiten zu dürfen. Ich kann Ihnen auch noch eine andere Freude prophezeien: dort, heißt es, sind schon ›Anrechnungen‹ im Gange, die hat es in unseren Objekten bisher noch nicht gegeben. Es könnte also sein, daß der ersehnte Tag sich nähert.«

Schon wenig später reiste die erste Gruppe ab. Aus dem akustischen Labor gehörten Sergej und Walentina dazu, aus dem mathematischen mein ehemaliger Assistent Wassilij; nach ein paar Tagen berichtete Gumer, alle seien tatsächlich nach Kutschino gebracht worden.

Von uns waren nur noch achtzehn Leute in der Scharaschka, dazu zwei Häftlinge, die als Hausknechte arbeiteten. Abends promenierten wir auf dem verschneiten ›Prospekt der zertrampelten Hoffnungen‹ zwischen den dunklen Jurten im blendenden, weiß-violetten Licht der Lampen entweder allein oder zu zweit. Am liebsten ging ich mit Wiktor Andrejewitsch. Er sprach leise über Musik, über Gedichte, über Blumen. Und nur mit ihm konnte man lange Zeit auch schweigend gehen.

An einem dieser wortkargen Abende sagte er:

»Wir sind bedrückt, weil wir bald wegkommen. Haben wir uns hier eingewöhnt? Oder fürchten wir uns vor der ungewissen Zukunft? Nie hätte ich geglaubt, daß es mir leid tun würde, dieses Gefängnis zu verlassen. Aber trotz allem: wir lassen hier einen Teil unserer Seele zurück.«

Die phonoskopischen Untersuchungen habe ich nie wieder aufgenommen. Zwanzig Jahre später las ich, daß man in Japan und in Westdeutschland ähnliche Arbeiten durchführt; nach den Veröffentlichungen zu schließen, hat man das, was wir in der Scharaschka erreicht hatten, noch nicht sehr weit übertroffen. Das Buch über die physikalische Natur der russischen Umgangssprache, wenn es auch keine Dissertation geworden ist, blieb als Manuskript in den Archiven erhalten. Wahrscheinlich ist alles, was die Arbeit enthält, die Ergebnisse unserer Untersuchungen und einige kleine Entdeckungen, inzwischen von neuem unter besseren Bedingungen untersucht und wiederentdeckt worden.

Die vergleichenden Tabellen verschiedensprachiger Wörter, in deren Wurzeln man die Bedeutung Hand und mit der Hand zusammenhängende Gegenstände und Tätigkeiten vermuten kann, liegen bei mir zu Hause in alten verstaubten Ordnern. In dem vergangenen Vierteljahrhundert habe ich nicht ein einziges Mal versucht, diese Arbeit fortzusetzen. Ich war mir über das Unzureichende meiner dilettantischen Bemühungen im klaren und begriff, daß ich das Versäumte nicht mehr würde aufholen können. Und jetzt glaube ich, wenn in meinen linguistischen Annahmen und Vermutungen irgend etwas richtig sein sollte, so werden früher oder später wirkliche Gelehrte diese Wahrheiten besser erforschen und darlegen. Aber ich bin verpflichtet zu tun, was außer mir niemand tun kann: die Wahrheit über jene Zeit zu erzählen, wie sie mein Leben reflektiert und verkörpert.

In der Geschichte der Scharaschka, auch der von Marfino, die unter der Kuppel der Kirche »Tröste meine Trauer« entstand, kann man den Abguß, das Modell mancher Besonderheiten im ganzen damaligen Leben unseres Landes sehen.

Die Scharaschkas waren im Vergleich zu den Lagern »der erste Kreis der Hölle« und ein Schutzrevier. Viele von uns hofften, indem sie neue Dinge projektierten, erfanden, vervollkommneten, ihr eigenes Geschick zu erleichtern, und daß, wenn sie schon nicht Begnadigung oder vorfristige Entlassung erreichten, sie doch nach der Entlassung eine gute Arbeit bekommen würden. Andere wie Jewgenij Timofejewitsch, Ernst, Fjodor und ich, die wir uns für Kommunisten hielten, waren überzeugt, man müsse mit allen Kräften zum Nutzen des sowjetischen Staats arbeiten, gleichgültig, unter welchen Bedingungen.

Essentiell verschieden waren die äußeren motivierenden Kräfte, unendlich verschieden die privaten Geschicke und inneren Welten, Anschauungen, Charaktere. Doch fast alle arbeiteten nicht nur gewissenhaft, sondern begeistert, leidenschaftlich, manchmal selbstvergessen.

Der Ingenieur Georgij L. war überzeugter Monarchist. In einem Gespräch nannte Sergej den letzten Zaren einmal den »Tölpel Nikolaschka«. Georgij ereiferte sich:

»Ich bitte darum, sich in meiner Gegenwart derartiger herabsetzender Äußerungen zu enthalten. Der Zar starb wie ein Märtyrer. Sein Andenken ist mir heilig.«

Über Literatur urteilte er sehr streng:

»Lew Tolstoj ist ohne Zweifel ein großer Wortkünstler: ausgezeichnet beschrieb er die Natur, menschliche Seelenregungen. Aber er war ein Zerstörer, ein Unterminierer, man kann sagen, ein Verführer. Das ist Rußlands großes Unglück, daß seine begabtesten Menschen die Grundlagen des Staates, der Religion und damit der Moral untergruben und vernichteten. Auch Gogol und vor allem Herzen, selbst Dostojewskij, obwohl er bereut hat und ein echter Gläubiger wurde, der Kirche und dem Staat aufrichtig dienen wollte, konnte sich dennoch nicht enthalten, zu unterminieren – im ›Jüngling‹, in den ›Karamasows‹, im ›Tagebuch eines Schriftstellers‹. Tolstoj war ein offener Aufrührer, wurde zum Häretiker. Sie alle haben nicht begriffen, welches Unheil sie anstifteten.«

Dieser unversöhnliche Gegner nicht nur der Sowjetmacht, sondern auch des gemäßigten Liberalismus erfand ein »Nahfernsehgerät« für Kongresse und Konferenzen, für große Bühnen. Dieses Gerät ermöglichte es, alles, was auf der Bühne vor sich ging, in den Saalwinkeln, in Foyers und im Freien auf der Straße deutlich zu sehen und zu hören. Über den Erfinder wurde gewitzelt, der Verehrer des Zaren habe etwas ausgeknobelt, das die sowjetischen Führer noch größer und populärer mache. Böse wies er das zurück:

»Nonsens! Das hat mit Politik nichts zu tun. Es ist die Frucht wissenschaftlichen Ingenieurdenkens. Eine einfache, aber scharfsinnige Erfindung. Sie nützt allen. Sie ist im Theater und in Konzerten brauchbar. Sie wird nicht nur den politischen Quatschköpfen dienen. Ich bin ein russischer Ingenieur, und was ich auch tue, ich tue es gewissenhaft und so gut wie möglich. Ich verheimliche nicht, was ich über diese Machthaber denke. Aber Technik ist Technik und Wissenschaft ist Wissenschaft.«

Ähnlich argumentierten auch Sergej, Semjon, Walentin und fast alle, die gleich ihnen das politische System ablehnten, aber hingerissen, leidenschaftlich arbeiteten.

Ende der siebziger Jahre traf ich eine Dame, die damals in der Scharaschka als junge freie Laborantin arbeitete. Sie arbeitet noch immer dort, hat auch dort ihre Dissertation verteidigt. Außer ihr waren noch einige Veteranen jener Freien dort geblieben, die damals mit uns gearbeitet hatten.

Wir sprachen von alten Zeiten. Sie fragte, erzählte – wer gestorben, wer in Pension gegangen war, wer große Karriere gemacht hatte.

»Wir haben neulich erst von Ihnen gesprochen. Irgend jemand hat im Radio, im ausländischen, von Ihnen gehört. Auch früher haben wir manchmal an Sie und die anderen gedacht, auch an Solschenizyn natürlich. Anfangs glaubte keiner, daß das derselbe war, der bei uns die Aufzeichnungsversuche geleitet hatte. Ich gehörte selber in seine Gruppe. Aber als ich sein Bild in der Roman-Zeitung sah, in der seine Erzählung über diesen Iwan, ja, ja, Denissowitsch abgedruckt war, habe ich ihn erkannt. Und Sie habe ich im Fernsehen gesehen, Sie referierten über einen deutschen Schriftsteller, ja, es war Brecht. Konstantin Fjodorowitsch hat Sie auch gesehen, und da fiel ihm ein, daß Sie Ihre akustischen Arbeiten bei uns zurückgelassen hatten, und beauftragte jemanden, mit Ihnen zu telefonieren, damit Sie die Sachen durchsehen und vielleicht sogar in einer unserer wissenschaftlichen Zeitschriften abdrucken könnten. Hat man Sie angerufen? ... Ja, und Sie hatten nicht die Absicht? Nun ja, jetzt geht es sowieso nicht mehr. Sie sind ja aus der Partei ausgeschlossen, das wurde im Radio gemeldet. Kürzlich erzählte mir das ein Kollege, tut nichts zur Sache, wer, Sie würden sich sowieso nicht an ihn erinnern, er war damals noch jünger als ich. Aber er erinnert sich an Sie, er hat auch viel über Solschenizyn gehört. Also der sagte: ›Solange die bei uns arbeiteten, brachten sie Nutzen, aber jetzt stiften sie nur Schaden.‹ Sie brauchen nicht gekränkt zu sein, er meint das politisch ... Wir haben oft darüber gesprochen, warum das Institut jetzt schlechter arbeitet als früher. Die alten Mitarbeiter erinnern sich an Sie, ich meine nicht an Sie persönlich, sondern ganz allgemein an das Spez-

kontingent. Was wurde damals alles erfunden, wieviel Neuerungen ausgedacht! Und dieser Kollege sagte: ›Damals herrschte eben eiserne Ordnung im ganzen Land, und in unserem Institut natürlich auch. Alle fürchteten sich zu simulieren, so zu tun, als ob, zu schludern. Die Häftlinge fürchteten, ins Gefängnis zurück oder in den Norden geschickt zu werden. Die Freien sahen ihr Beispiel und fürchteten sich auch. Es gab keine Saufereien, es wurde mehr an die Arbeit gedacht. Aber jetzt denkt man an Klamotten, an Möbel, an Autos.‹ Er sprach auch von Solschenizyn und Ihnen, sagte, daß Sie beide wertvolle wissenschaftliche Kader gewesen wären, aber als Chruschtschow alle rehabilitierte und anfing, gegen den Kult zu wettern, da hätten Sie angefangen, über all das zu schreiben und zu reden. Später hätte sich ja rausgestellt, daß das mit dem Kult nur so hingesagt war, aber Sie wären generell gegen die Partei und gegen die Sowjetmacht. Kränken Sie sich nicht, das ist nicht meine eigene Meinung, er hat das gesagt. Er, wissen Sie, ist der Sohn eines alten Mitarbeiters der ›Organe‹, hing sehr an Stalin und überhaupt an seiner Arbeit, an der Arbeitsdisziplin. Er ist ein guter Arbeiter und als Mensch bescheiden und ordentlich.«
Sie erinnerte sich nicht, ob irgend jemand diesem bescheidenen Jünger Stalins widersprochen hatte. Sie jedenfalls nicht. Denn es stimmte ja, daß früher besser gearbeitet wurde.
Ich sagte ihr, wenn man diese Ingenieure und Techniker, die als Spezkontingent so nützlich gewesen waren, gar nicht erst eingesperrt hätte, wenn ihre Erfindungen sich nicht irgendwelche Tagediebe in Epauletten angeeignet hätten, wenn sie nicht ein beschränkter Tschekist geleitet hätte – selbst Anton Michajlowitsch mußte ja ständig die unwissenden, aber allmächtigen ›Hausherren‹ fürchten –, dann wären die Früchte unserer Arbeit noch bedeutender, noch üppiger ausgefallen. Sie nickte zustimmend, lächelte sogar:
»Ja, Sie haben recht. Natürlich, das wäre wohl möglich.«
Doch in ihrer freundlichen Stimme schwang ein Ton höflicher Distanzierung mit, und in den Augen lag der Schimmer des wohlbekannten alten Mißtrauens. Darum versuchte ich gar nicht mehr, ihr auseinanderzusetzen, worin – meiner Meinung nach – der tugendhafte Sohn des alten Tschekisten sich gefährlich irrte.
Diese Art von Nostalgie ist in den letzten Jahren bei verschiedenen unserer Mitbürger zu bemerken. Bei alten und jungen, bei Beamten und Arbeitern, in den Lobbies geschlossener Parteiversammlungen und in den Schlangen vor den Geschäften, wo müde, überanstrengte Frauen schimpfen, Rentner räsonnieren, kann man sehr ähnliche Urteile hören:
»Bei Stalin gab es wenigstens Ordnung, jedes Jahr wurden die Preise gesenkt. Und in den Geschäften und auf den Märkten gab es alle Produkte. Und was für eine Disziplin herrschte in der Produktion. Damals wurde weniger gesoffen und weniger gestohlen, das ist Tat-

sache, Schweinereien ließ man nicht durchgehen. Da nahm man dich gleich am Kanthaken, ins Loch mit dir . . . Naja, stimmt schon, Übergriffe kamen vor, aber dafür hat Stalin die Familie gefestigt. Und die Jugend war nicht so haltlos – keine Bärte, keine Mini-Röcke, nichts von all diesen Disziplinlosigkeiten . . . Es gab auch weniger Rowdies. Die wurden streng rangenommen, wie es sich gehört.«

Einwendungen gegen solches Gerede werden gewöhnlich überhört. Allenfalls wiegelt ein Älterer ab: »Schon gut, ist ja längst Gras drüber gewachsen. Der Nikita, der hat das alles unnötig aufgeblasen, übertrieben. Und gelogen hat er auch.«

Ihre Kinder glauben ihnen und urteilen noch entschiedener. Sie sind noch weniger fähig, die Wahrheit zu hören. Und wenn man ihnen vom Archipel Gulag erzählen will, von den Millionen namenloser Opfer, von den zig-Millionen Sklaven, dann wollen sie nicht zuhören. Die etwas Aufgeklärteren beziehen sich auf Tupolew und Korolew: »Die waren Gefangene, und wie großartig haben sie gearbeitet, wieviel haben sie für die Entwicklung unserer Luftfahrt und unserer Technik geleistet!«

Tupolew und Korolew hatten auch in Scharaschkas gearbeitet. Sie arbeiteten mit demselben Fleiß, mit dem Iwan Denissowitsch seine Ziegel stapelte. Sie blieben ihrer Gewohnheit, gut zu arbeiten, treu. Genauso wie meine Freunde und Kameraden in Marfino begeisterten und fesselten sie ihre Ideen, ihre Erfindungen, ihre Berufe. Sie waren unauflöslich mit unserem Lande verbunden, mit seiner Vergangenheit und mit seiner Gegenwart, auch wenn es ihnen nicht immer bewußt war.

Einmal wird die Geschichte der Scharaschkas geschrieben werden. Es wird ausführlich geschildert werden, wie dort im Gefängnis, in der Sklaverei Menschen fortfuhren zu denken, zu arbeiten, zu schaffen. Diese Geschichte wird vielleicht erlauben, einige reale Wunder in unserem vergangenen und in unserem gegenwärtigen Leben besser zu verstehen.

Wiktor Andrejewitsch hatte recht. Wir haben einen Teil unserer Seelen in der Scharaschka zurückgelassen.

Am 19. Dezember kam der Diensthabende mit einem Stapel Aktenordner – den Gefängnisakten – zum Morgenappell. Er ließ uns schon nicht mehr abzählen, sondern rief uns nach den Namen auf:

»Also, machen Sie sich fertig, mit Sachen. Gehen Sie ins Objekt, übergeben Sie Ihre Dokumente. Wer persönliche Sachen hat, kann sie mitnehmen. Sie brauchen sich nicht zu beeilen. Mittagessen gibt es wie gewöhnlich. Abendbrot bekommen Sie dann schon an einem anderen Ort.«

Mein persönliches Archiv hatte ich damals fast vollständig

mit in die Jurte hinübergenommen. Freunde aus der Mechanikerwerkstatt hatten mir einen großen, festen Sperrholzkoffer gezimmert. Ich verfertigte eine Inventarliste und Inhaltsverzeichnisse von allen Aktendeckeln, Heften, Notizblöcken und Büchern. Alles in doppelter Ausfertigung. Einige ›verdächtige‹ Texte, philosophische, historische und politische Reflexionen gab ich Gumer zur Aufbewahrung.

Er und Iwan Jemeljanowitsch begleiteten uns, die ›letzten Veteranen des Akustiklabors‹. Gumer holte aus seinem Tisch eine Flasche Wodka hervor, verteilte ihn in Gläser, Meßgläser und andere Gefäße. Iwan und Walentina tranken mit uns:

»Auf daß wir nicht das letzte Mal zusammen sind. Auf daß wir uns das nächste Mal in der Freiheit wiedersehen.«

Iwan und Walentina bestellten Grüße an Sergej, sie luden uns ein, sie zu besuchen, sobald wir frei seien. Walentina wischte sich die Tränen ab.

Der Text der Dissertation war abgetippt, geheftet, es fehlte nur noch einiges im Illustrationsteil. Bis zum letzten Augenblick versuchte ich noch, ihr das eine oder andere zu erklären, sie wehrte traurig ab, ihr war nicht danach.

Alle waren bewegt und aufgeregt. Aber nicht so beunruhigt, angespannt und furchtsam, wie es früher bei der Verlegung von Häftlingen üblich gewesen war. Ich brachte es sogar noch fertig, für die Zurückbleibenden eine gereimte Botschaft zu verfassen. Sie begann: »Lebt wohl, ihr Linden von Marfino, leb wohl auch du, Scharaschka, ohne uns«, und sie endete mit einem zärtlichen Gruß an die Freunde und an alle, die in schweren Tagen uns geholfen hatten, »sei's nur mit einem guten Wort«.

Meinen schweren Koffer schleppte ich vor dem Mittagessen aus der Jurte zur Wache:

»Ich bitte um rechtzeitige Überprüfung. Ich habe hier alle meine persönlichen Bücher, Aufzeichnungen, wissenschaftlichen Unterlagen.«

Der Diensthabende zuckte die Achseln:

»Was soll ich da überprüfen? Wir haben eine Bescheinigung vom Objekt bekommen, daß Sie dort nichts verschuldet haben. Ist also in Ordnung. Sie können mitnehmen, was Sie wollen.«

Abends brachte man uns fort. Man steckte uns in einen Schwarzen Raben, die Koffer, Säcke, Rucksäcke wurden uns in einem anderen nachgebracht.

Durch die Eisenwände war das Knarren des Tors, waren die Stimmen der Aufseher kaum zu hören. In das kleine vergitterte Fensterchen schimmerte das grelle Licht der Zonenlampen. Wir polterten durch ein Schlagloch ... fuhren.

Leb wohl, Scharaschka!

14. Kapitel
Ich will frei sein

> Die Menschheit lebt nur durch die Gesamtbürgschaft des Guten.
>
> Unbekannte Nonne
> (zitiert nach Marina Zwetajewa)

Neujahr 1954 feierten wir im Gefängnis. Dort behielt man uns drei Wochen. Danach brachte man uns, die letzten 18 aus Marfino, nach Kutschino, einer Wohnsiedlung nicht weit von Moskau. Dort arbeiteten ein paar hundert Häftlinge und ungefähr ebenso viele Freie an verschiedenartigen Radioapparaturen, elektronischen Anlagen und Meßgeräten.

Wassilij und ich kamen in die technische Bibliothek. Wir übersetzten Gerätebeschreibungen, technische Instruktionen sowie englische, französische, italienische und holländische Zeitschriftenartikel, von denen wir knappe Inhaltsangaben machten. Außerdem hatten wir alle Bücher und Zeitschriften zu katalogisieren. Die Arbeitsnorm war die übliche: ein Druckbogen, also 16 Seiten, war in vier Tagen zu übersetzen. Entsprechend waren die Zusammenfassungen und die Arbeit am Katalog normiert. Übererfüllung der Norm wurde mit »Anrechnungen« belohnt. Je nach dem Prozentsatz der Übererfüllung wurde ein Arbeitstag als anderthalb, als zweieinhalb oder sogar als drei Hafttage gerechnet.

Eine andere außerordentliche Neuigkeit bestand darin, daß die Freigelassenen einfach aus dem Tor hinausgehen konnten. In Marfino wurden diejenigen, deren Frist bald abgelaufen war, ein bis anderthalb Monate, »bevor es klingelte«, woanders hingebracht. Von 1947 bis 1953 wurden die nach Artikel 58 Verurteilten nach ihrer Entlassung aus dem Gefängnis oder aus dem Lager zu lebenslänglicher Verbannung verschickt. 1954 erzählten die Alteingesessenen von Kutschino nach der Rückkehr vom Wiedersehen mit den Angehörigen, daß ihre kürzlich entlassenen Genossen schon nach Hause durften, Grüße überbringen und sich nach Arbeit umsehen konnten.

Wassilij und ich schufteten, was das Zeug hielt, und bedauerten nur, daß Überstunden und Sonntagsarbeit verboten waren. Unsere Vorgesetzte im Range eines Ingenieur-Majors war eine kuhäugige Schöne mit Flechtenkrone auf dem Kopf. Meistens war sie großmütig-herablassend, konnte aber gelegentlich auch grob und zänkisch sein. Gegen Ende November 1954, nach zehn Arbeitsmonaten, hatte ich schon ungefähr 150 »angerechnete« Tage. Statt am 7. Juni 1955 – dies war das als Frist genannte Datum im letzten Urteil –, hoffte ich, schon Ende 1954 freizukommen.*

Am 7. Dezember rief mich der Diensthabende beim Morgenappell:

»Sie kommen heute frei. Übergeben Sie Ihre Arbeiten im Objekt.«

Schon zehn Tage vorher hatte ich meinen Sperrholzkoffer zum Gevatter geschleppt, einem kränklichen Hauptmann, und gebeten, ihn rechtzeitig zu überprüfen und die Erlaubnis zum Mitnehmen auszustellen.

Es kam die letzte Filzung. Ich saß entkleidet im Büro des Diensthabenden und verlangte immer wieder nach meinem Koffer. Da kam der Gevatter herein, schaute zur Seite und sagte, er hätte ihn nicht kontrollieren können:

»Sie haben da verschiedensprachige Aufzeichnungen, allerlei wissenschaftliche Papiere. Die zu überprüfen, bin ich nicht verpflichtet. Wir werden den Koffer ans Objekt zurückgeben.«

Darauf sagte ich ganz ruhig, sogar sanft, doch entschieden:

»In diesem Fall werde ich mich nicht wieder ankleiden und hier sitzenbleiben. Diese Bücher und Notizen sind das Wichtigste, was ich habe. Ohne sie gehe ich nicht.«

Der Gevatter und der Diensthabende gerieten in Verwirrung. Der Diensthabende begann, mich anzuschnauzen, zu kommandieren. Ich erwiderte weiterhin völlig ruhig:

»Vom heutigen Tag an bin ich nach dem Gesetz ein freier Bürger und nicht verpflichtet, Ihre Befehle auszuführen. Ohne meine Bücher und Notizen rühre ich mich nicht von der Stelle.«

Der Hauptmann ging. Ich hörte, wie er vom Nebenraum aus mit seinem Kollegen, dem Scharaschka-Gevatter und mit dem Gefängnisleiter telefonierte, der an diesem Tage erkrankt war. Er kam zurück, schaute wieder an mir vorbei und sagte ärgerlich:

»Was sitzen Sie hier wie in der Sauna? Ziehen Sie sich an, holen Sie Ihren Koffer.«

Trotzdem rächten er und der Diensthabende sich an mir. In

* Über mein letztes Häftlingsjahr wird am Anfang des Buches ›Erinnerungen an Unvergängliches‹ berichtet, das Raissa Orlowa und ich gemeinsam schreiben.

diesem Winter wurde fast täglich jemand entlassen. Und die Freigelassenen erhielten prachtvolle Zivilgarderobe. Die Ingenieure »erster Kategorie« erhielten sogar einen Filzhut und einen Drap-Mantel.

Ich hatte noch im letzten Herbst in Marfino einen fast neuen warmen Mantel bekommen. Der war nach der Filzung plötzlich verschwunden, und der Wirtschaftsleiter brachte mir zur Auswahl eine speckige graue Wattejacke mit braunen Flicken und einen schwarz gefärbten alten Soldatenmantel mit Knebeln statt der Knöpfe. Der Diensthabende sagte grinsend:

»Wenn's Ihnen nicht gefällt, schmeißen Sie die Sachen vorm Tor einfach weg. Sie sind jetzt ein freier Bürger. Wir sind nicht verpflichtet, für Ihre Garderobe und für Ihre Gesundheit noch länger zu sorgen.«

Ich überprüfte anhand meiner Liste den Inhalt des Koffers. Das Herz klopfte mir bis zum Hals. Die Ohren brannten. Hauptsache war jetzt, Fassung bewahren, den Kerl nicht merken lassen, wie ich vor Ungeduld zitterte.

Es blieben noch Minuten. Der junge Aufseher blinzelte mir teilnahmsvoll zu.

Der Gefängnisbuchhalter trat ein und händigte mir den »Rest meines privaten Kontos« aus, ein paar Dutzend Rubel. Zum erstenmal hielt ich wieder Geld in der Hand, das neue, nach der Währungsreform von 1947.

Nachdem ich den verstümmelten Mantel angezogen hatte, dessen ausgefranste Schöße auseinanderklafften und der mir kaum bis zu den Knien reichte, wuchtete ich meinen Koffer auf die Schulter. Am Tor sagte der mich begleitende Aufseher genau dasselbe, was der Wärter in der Butyrka nach meinem Freispruch 1947 gesagt hatte: »Geh, und schau dich nicht um.«

Und er fügte hinzu: »Beeil dich nicht, bis zur Station sind es 2 Kilometer, kommst sonst außer Atem.«

Als ich im Freien war, band ich den Koffergriff an ein Handtuch und zog den Koffer über den Schnee. Ich ging durch die öde Straße der Siedlung. Auf der einen Seite der Zaun der Scharaschka, mit grünen Brettern verkleidet, auf der anderen vereinzelte Häuser, Gärtchen. Es fror nicht sehr stark, es schneite leise und weich.

Freiheit!

Drei Buben, die einen Schlitten mit einer Blechkanne zogen, überholten mich. Sie blickten sich um, berieten sich, dann blieben sie stehen, warteten:

»Onkel, he Onkel, wollen Sie zur Station?«

»Ja, Jungs, ist es noch weit?«

»Aber ja! Legen Sie Ihren Koffer auf den Schlitten. Dann geht's leichter.«

Rasch legten sie den Koffer auf den Schlitten und befestigten die Kanne oben drauf. Wir gingen zusammen. Sie betrachteten mich mit fröhlicher Neugier. Ich fragte sie, in welche Schulklasse sie gingen, was sie gerade durchnähmen, ob sie oft nach Moskau fahren dürften. Sie antworteten redselig, sich gegenseitig unterbrechend, stellten mir aber keine einzige Frage.

Wir gingen am Bahndamm entlang. Als es bis zur Station nur noch wenige Schritte waren, blieben die Jungen stehen, flüsterten miteinander, wandten sich dann wieder zu mir:

»Onkel, hm, wissen Sie, Onkel, von hier ist es schon ganz nahe. Wir müssen nämlich zurück. Der Petroleumladen schließt gleich, dann kriegen wir Schimpfe.«

Diese prächtigen Bengels aus Kutschino in ihren schäbigen Mäntelchen boten mir den ersten gütigen Gruß der Freiheit!

An diesem Dezembertag, dem langerwarteten, heiß ersehnten, ganz gewöhnlichen und unerklärlich wunderbaren Tag, war mir, als verließe ich das Gefängnis so, wie ich es betreten hatte.

In neuneinhalb Haftjahren erfuhr ich nicht weniger, vielleicht sogar mehr als in den Jahren an der Front. Neue Erfahrung gebar neue Gedanken und schwere, oft unlösliche Zweifel. Doch ich glaubte fest, wollte glauben, daß die grausame Schlechtigkeit und die stumpfsinnige Seelenlosigkeit unseres Staatssicherheitsdienstes, der Staatsanwälte, Richter, Gefängnis- und Lagerbürokraten wie auch die gesamte schändliche Lügerei unserer Presse und unserer offiziösen Literatur nur naturwidrige, ungesetzliche Entartungen gewesen seien.

Ich wußte doch, daß es trotz alldem Menschen gibt, die wie ich unser Land bedingungslos lieben – dieses arme, abgehärmte, leidende, rätselhafte und zugleich größte, schönste, gütigste und herrlichste Land der Erde. Und ich wollte mit ihnen leben und hoffen. Gestärkt durch die neue Erfahrung, kehre ich zurück in die Reihen der früheren Kameraden, werde wieder EINER VON UNS sein.

Es vergingen mehr als zehn Jahre, bis mir klar wurde, daß ich nicht mehr fähig war, in Kolonne zu gehen.

Von den alten Idolen und Idealen hatte ich mich langsam, schwer und nicht in einem Zuge befreit.

Zu Beginn der sechziger Jahre begann ich zu begreifen, daß Stalins Politik nicht nur verderblich in einzelnen taktischen »Fehlern und Übertreibungen« gewesen war, sondern insgesamt von A bis Z, daß seine Taktik wie seine Strategie nicht nur den moralischen Gesetzen der Menschheit, sondern auch den Prinzipien des Sozialismus und ganz besonders der historischen Notwendigkeit zuwiderliefen.

Doch noch lange nachher glaubte ich an den Segen und die Größe der Oktoberrevolution, an die unanfechtbare Richtigkeit der marxistisch-leninistischen Grundlagen. Stalin hielt ich, obwohl er ein grausamer Reaktionär war, dennoch für einen bedeutenden Staatsmann, wollte ihn nicht mit Pygmäen wie Hitler und Mussolini in einem Atemzug nennen.

Chruschtschows Enthüllungen über den ›Personenkult‹ ließen mich nicht nur über die Vergangenheit nachdenken, sie weckten auch den Wunsch, am neuen gesellschaftlichen Leben teilzunehmen. Allerdings hielt ich die Enthüllungen für oberflächlich, voreingenommen, unmarxistisch und schlicht inkonsequent. Chruschtschow halste Stalin allein die gesamte Verantwortung für ausgestandene Nöte, Katastrophen und Verbrechen auf, übertrieb seine Rolle einerseits ungeheuerlich und erniedrigte ihn auf der andern Seite zur Karikatur.

Damals begann ich, die Stenogramme der Parteitage wieder zu lesen, die Werke Plechanows, Lenins, Bucharins, Postyschews und anderer. Ich las Memoiren, alte und neue Ausgaben von Dokumenten, konfrontierte das Gelesene und Erinnerte mit dem, was ich später erfuhr, mit allem, was inzwischen in der Welt vorgegangen war.

So kam ich zu der Überzeugung, daß der Mann, der ein Vierteljahrhundert unseren Staat selbstherrlich regierte – sklavisch umjubelt, begeistert besungen, fast vergöttert –, weder ein Genius noch ein dämonischer Titan wie Cäsar, Peter der Große oder Napoleon gewesen war und keinerlei übermenschliche Eigenschaften besessen hatte.

Scham quälte mich, daß ein skrupelloser Tunichtgut, ein gewissenloser, machtlüsterner Bösewicht vom Typ eines ›Gangsterbosses‹, wie wir sie in allen Gefängnissen und Lagern antrafen, unser Götze, unser Idol gewesen war. Panin, Solschenizyn und andere Freunde meiner Häftlingszeit hatten dies bedeutend früher begriffen als ich.

Machtbesessene Verbrecher sind schon aus den alten Zeiten bekannt: Herodes, Caligula, Schemjaka. In unserem Jahrhundert waren sie besonders zahlreich: Mussolini, Hitler, Al Capone, Stalin, Idi Amin, Bokassa, Chomeini, ›Pastor‹ Jones und viele andere. Über jeden kann man sagen: »Er war nicht groß, er beging nur größte Schandtaten.« Das sagte Bertolt Brecht in bezug auf Stalin.

Natürlich, Stalin hatte gewisse Begabungen: ein vorzügliches Gedächtnis, einen hellen Verstand (Verstand, aber nicht Vernunft), beachtliche schauspielerische Fähigkeiten. Er besaß also genau die Eigenschaften, die unerläßlich sind für Berufsverbrecher, Provokateure, Intriganten. Er verstand es, Vertrauen einzuflößen, zu übertölpeln, sogar die klügsten und scharfsinnigsten Gesprächspartner zu bezaubern – man denke an Barbusse, Feuchtwanger, Churchill, Eisenstein; er verstand es, wirkliche und eingebildete Rivalen gegeneinander auszuspielen. Er reagierte rasch, verstand ›klug‹ zu schweigen oder einige Worte zur Sache einfließen zu lassen, wenn es sich um ihm unbekannte Gegenstände handelte. Hatte er sich auf einen Gegenstand vorbereitet, dann gelang es ihm, auch Spezialisten durch seine Kenntnisse in Erstaunen zu versetzen. Aber geistig war er unproduktiv. Er konnte nur fremde Gedanken simplifizieren und vergröbern, sie in seiner Sprache – der des Priesterseminars und der Schreibstuben-Protokolle – in seinen Broschüren und Rechenschaftsberichten nacherzählen.

Für Plagiate und Nachahmungen, für Schauspielerei, nicht im künstlerisch-artistischen Sinne, sondern im praktisch-alltäglichen, war er vermutlich sogar sehr begabt. Er spielte erfolgreich den aufrechten, bescheidenen, schlichten Parteikämpfer, den »wunderbaren Georgier«, wie Lenin ihn nach ihrer ersten Begegnung apostrophiert hatte, und danach den derben, feurigen Apostel des großen Messias Wladimir Iljitsch. Später mimte er den demokratischen Führer, der den einfachen Parteimitgliedern nahe geblieben war und dem daher die hochmütigen Führer aus der Intelligenzija fremd waren; so gelangte er bis zu seiner Hauptrolle: ›Hausherr‹ von Partei und Staat, allwissender, weiser, das Volk liebender Führer.

Ähnlich wie Klein Zaches bei E. T. A. Hoffmann besaß er die magische Fähigkeit, sich fremde Leistungen und Heldentaten selbst zuzuschreiben, seine Verbrechen aber auf andere abzuwälzen. ›Rückdatiert‹ wurde er zum Führer und Theoretiker der Revolution, zum Feldherrn im Bürgerkrieg, zum Autor jener Pläne, zum Leiter jener Ereignisse, denen einst Lenin, Trotzkij, Bucharin, Tuchatschewskij, Kirow und andere ihre

Popularität verdankten. Nachdem er seine Konkurrenten umgebracht hatte, wurde er auch noch zum Leichenfledderer, raubte ihnen ihre Gedanken und Verdienste. Aber für Nöte und Niederlagen, die durch seine Befehle und Anordnungen, durch seine Feigheit und Unfähigkeit entstanden waren, strafte er seine ergebenen Diener: Postyschew, Kossior, Jagoda, Jeshow, Wosnessenskij, die Volkskommissare, die Funktionäre, die Parteigrößen und einfachen Apparatschiki. So war es schon zu Anfang seiner Alleinherrschaft 1929/30, und so blieb es bis in die letzten Wochen seines Lebens, als er – bereits vollkommener Paranoiker – den Schatten an der Wand fürchtete, aber bereit war, einen neuen Weltkrieg anzuzetteln.

Als ich mich schon davon überzeugt hatte, wie falsch meine Vorstellungen über Stalin gewesen waren, glaubte ich immer noch an Lenin als an einen Gerechten; und für das beste Mittel, wissenschaftlich einwandfreie Kenntnisse der Geschichte zu erwerben, hielt ich immer noch die kritische Methode, die Marx, Engels und »echte«, nicht dogmatische Marxisten ausgearbeitet hatten: Plechanow, Eduard Bernstein, Rosa Luxemburg, Georg Lukács und später Milovan Djilas, Ernst Fischer, Robert Havemann, Roger Garaudy.

Erst allmählich begann ich zu verstehen, daß ich unbedingt die Grundlagen meiner Anschauungen von Welt und Menschen, von historischen Gesetzen, vom Verhältnis zwischen Sein und Bewußtsein, von Politik und Moral revidieren mußte.

Polen und Ungarn 1956; der unaufhaltsame Verfall unserer Landwirtschaft; die blutige Abrechnung mit den Streikenden in Nowotscherkassk und Dsheskasgan; das Ende des »Tauwetters«, die Epoche der »Spätrehabilitation«; die Wiederbelebung der Stalinschen Methoden im ideologischen Kampf: neue Verhaftungen, ungerechte Gerichte, Zensurwillkür; die Kulturrevolution in China, Aufstände der Jugend in USA und Frankreich; das tragische Schicksal der Tschechoslowakei, der Versuch eines »Sozialismus mit menschlichem Gesicht«, von unseren Panzern niedergewalzt; »sozialistische Kulte« um Götzen verschiedenen Kalibers: Mao Tse-tung, Kim Ir-sen, Fidel Castro, Enver Chodsha – all das bewies, daß die Prognosen von Marx und Engels utopisch und die Methoden ihrer Analysen nur für einige Probleme, hauptsächlich der westeuropäischen Geschichte, anwendbar waren und daß die Prinzipien ihrer materialistischen Dialektik nicht zufällig von ihrer humanen Theorie zur unmenschlichen Praxis Lenins und Trotzkijs führten und zum absolut prinzipienlosen Totalitarismus Stalins, der Millionen Menschen und ganze Völker vernichtete. (Das ist in der Geschichte nicht neu. Die Worte der Evangelisten, die Worte und Taten der Apostel führten vom für die Menschheit segensreichen Neuen Testament zu den Greueltaten der Kreuzritter, der Inquisitoren, zum grausamen Fanatismus der Religionskriege, der Bilderstürmer, der Flagellanten und Selbstverbrenner.)

Ich befreite mich von den Scheuklappen der Parteilichkeit, von der starren Einteilung in »eigene oder fremde, ein drittes gibt es nicht«, ich streifte die Furcht vor ideologischen Tabus ab, das Mißtrauen gegen Idealismus und Liberalismus und gelangte zu den Ideen der Freiheit der Persönlichkeit und der Toleranz.

Ich bemühte mich, mein Unvermögen, Einwänden zuzuhören, zu überwinden, mein Unvermögen, die Dinge von anderem als von meinem Gesichtspunkt her zu betrachten – jene Taubheit und Blindheit, die ich früher für ideologische Prinzipientreue gehalten hatte.

Als reuiger verlorener Sohn kehrte ich heim zu Lew Tolstoj, Korolenko, Schiller, Herzen. Völlig anders als früher offenbarten sich sowohl sie – die von Kind an geliebten –, wie auch die grenzenlosen Welten des Evangeliums, Puschkins, Goethes, Dostojewskijs, die ich in der Jugend nur flach und oberflächlich aufgenommen hatte.

Zum erstenmal las ich jetzt Berdjajew, Teilhard de Chardin, Wernadskij, Camus, Sartre, Schweitzer, Martin Luther King, Frank, Ardrey. Es waren erschütternde Entdeckungen. Wahrscheinlich haben Galileis Schüler ähnliche Freude empfunden, als er sie aus dem engen ptolemäischen Weltbild herausriß.

Freude überwog die vielen bitteren Gefühle – Gewissensbisse und Schamgefühl. Die Welt in mir und um mich wurde weiter, heller, obwohl immer vernehmlicher Fragen auftauchten, auf die ich keine Antwort fand, auch nicht hoffen durfte, eine zu finden. Es waren ganze Bündel von Widersprüchen – soziale, ethnische, religiöse, nationale, ideologische, die noch sehr lange nicht – jedenfalls nicht zu meinen Lebzeiten – entwirrt werden würden.

Einstmals glaubte ich felsenfest, wenn ich je den Glauben an den Sozialismus verlöre, würde ich mich umbringen. Und jetzt »presse ich tropfenweise den Sklaven aus mir heraus« (Tschechow). Ich presse aus meinem Verstand, aus meiner Seele die sklavische Abhängigkeit sowohl von diesem verlorenen Glauben heraus als auch von allen Ideologien, an denen ich jemals gekrankt, und von allen »WIR«, mit denen ich mich auf immer verbunden weiß: »WIR Sowjetbürger«, »WIR Russen«, »WIR Intellektuelle«, »WIR Juden«, »WIR ehemaligen Kommunisten«, »WIR ehemaligen Soldaten«, »WIR ehemaligen Häftlinge«, »WIR Gleichgesinnte«, »WIR Eltern, Großeltern, Greise« ... Ich sage mich nicht los von der Zugehörigkeit zu allen und jedem dieser »Wir«, ich vergesse und bestreite keine der schon überlebten Bindungen, auch nicht jene schwer zu ertragenden, die entweder aus tiefgehenden Wurzeln erwuchsen oder vom zeitlichen Verhängnis, vom Schicksal oder von meiner früheren freien Wahl bestimmt worden waren.

Doch ich will frei sein von jeder wie auch immer gearteten Abhängigkeit des Geistes. Nie wieder werde ich einem Götzen dienen, nie wieder höheren Mächten gehorchen, um deretwillen man die Wahrheit verbergen, andere und sich selbst betrügen, Andersdenkende verfluchen oder verfolgen muß.

Heute gehöre ich keiner Partei an, keinem »Bund Gleichgesinnter«. Ich bemühe mich, meine Beziehung zu Geschichte und Gegenwart durch jene Lehren zu bestimmen, die ich aus allem zog, was ich erfahren und erlebt habe. Ich beanspruche für mich nicht das Recht, irgend jemanden zu belehren, meine auch nicht, diese Lehren könnten für andere Menschen überzeugend sein; aber ich fühle mich verpflichtet, möglichst genau von ihnen zu erzählen. Das wurde für mich zur inneren Notwendigkeit, zur lebenslangen Pflicht.

Diese Lehren münden in zwei schlichte Gebote: Toleranz und Wahrheit. Toleranz ist die erste Bedingung zur Erhaltung des Lebens auf der Erde, die mit immer mehr und immer vollkommeneren Waffen für den Massenmord ausgerüstet ist. Zwietracht unter Völkern und Staaten oder Parteien, das Anwachsen explosiven Hasses, kann zu jeder Stunde zur tödlichen Bedrohung für die gesamte Menschheit werden.

Toleranz verlangt nicht danach, Unstimmigkeiten und Widersprüche zu verschleiern. Im Gegenteil, sie fordert, die Unmöglichkeit eines alles umfassenden einheitlichen Denkens anzuerkennen und darum fremde und gegensätzliche Ansichten ohne Haß und Feindschaft zur Kenntnis zu nehmen. Man soll nicht Zustimmung vorgeben, wo man nicht zustimmt, darf aber den Andersdenkenden nicht unterdrücken oder verfolgen.

Im ersten Jahrhundert unserer Ära wurde gesagt: »Selig sind

die Sanftmütigen ... Selig sind die Barmherzigen ... Selig sind die Friedfertigen ...«

In den seitdem vergangenen zweitausend Jahren waren Friedfertige noch nie so notwendig wie jetzt – echte, uneigennützige, tolerante Friedfertige.

Und damit Toleranz und wirkliche Friedensliebe spürbar und wirksam werden können, ist Freiheit des Wortes unerläßlich. Jeder muß ungehindert seine Gedanken, seine Überlegungen, Urteile, Zweifel aussprechen können, muß über Ereignisse, wo auch immer sie stattgefunden haben, sprechen und schreiben dürfen.

»Unsere Arbeit soll sich nicht im Namen der Zukunft vollziehen, sondern im Namen des ewig Gegenwärtigen, in dem das Künftige und das Vergangene eine Einheit bilden.« (Berdjajew)

Der Sinn meines Lebens liegt darin, mich für Toleranz und Freiheit des Wortes einzusetzen. Darum erzähle ich von der Vergangenheit und von der Gegenwart, was ich erinnere und was ich weiß.

Trotz all dem Schlimmen, an dem ich beteiligt war – spät und desto drückender wurde mir meine Schuld bewußt –, trotz aller Nöte, die ich erfuhr, fühle ich mich glücklich.

Denn meine erste Frau, Nadjeschda Koltschinskaja, blieb mir ein tätiger, opferbereiter Freund ohne Furcht und Tadel. Denn meine zweite Frau, Raissa Orlowa, wurde zu meinem alter ego.

Denn unsere Töchter Maja, Jelena, Swetlana und Maria, die meisten unserer Verwandten und alle unsere Freunde schenken uns ihre Nähe in Freude und Leid.

Viele Menschen haben mich beeinflußt. Einige von ihnen habe ich schon früher in Widmungen erwähnt. Alle Namen kann ich nicht anführen. Doch ich denke an alle, wenn ich hier nur einigen namentlich danke:

Anna Achmatowa – ihre Dichtung hat unser Leben erhellt. Wenn wir bedrückt und bekümmert waren, lasen wir ihre Verse, atmeten und lebten durch sie.

Marion Dönhoff – ihr klares, durchdringend scharfes Denken ist die Waffe unverfälschter Toleranz (»Meine Position ist zwischen sämtlichen Stühlen«). Edlen Traditionen der Vergangenheit treu, ist sie offen gegenüber der Gegenwart in lebendiger Verbindung von Konservativität und Liberalität.

Lydia Tschukowskaja – sie hat sich dem Dienst an der russischen Sprache geweiht, ist ein gütiger und strenger Freund. Sie verteidigt diamantenhart die Gesetze der Moral und die Gesetze des Wortes.

Frida Wogdorowa – die unvergessene Freundin diente in Wort und Tat aufopferungsvoll dem Guten, der Wahrheit, den leidenden Menschen. Ohne zu zögern, folgte sie jedem Hilferuf.

Michail Bachtin – er führt zu den tiefsten und geheimsten Quellen der Kunst und des schöpferischen Denkens. Seine hohe Weisheit, seine fast asketische uneitle Demut tut Geist und Seele wohl.

Heinrich Böll – Künstler, Mensch, Freund. Sein Wort ist ein »Hort der Freiheit«, sein Denken, sein Herz sind die eines Christen, der immer bereit ist, Nahen und Fernen zu helfen, immer imstande, den Andersdenkenden, den Andersgläubigen zu verstehen und zu lieben. Er hat mir den Weg zu jener »Religion der Brüderlichkeit« gewiesen, die ich bis an mein Lebensende verkünden werde.

Max Frisch – der weise, wehmütige Künstler gemahnte mich an das Vermächtnis Korolenkos, der davor gewarnt hatte, sich Götzen zu schaffen. Frisch wies mich darauf hin, wie unwandelbar aktuell dieses Vermächtnis für die Kunst und für das Leben eines jeden Menschen, eines jeden Volkes ist.

Wjatscheslaw Iwanow – der Gelehrte und Dichter begeistert mich durch die geniale Weite, die Kraft und Unermüdlichkeit seines Denkens. Viele Jahre bin ich bei ihm in die Lehre gegangen, und ich werde weiter – so viel ich eben vermag – bei ihm lernen.

Andrej Sacharow – die Größe seines Geistes, die Kraft seines Verstandes und die Reinheit seiner Seele, seine ritterliche Kühnheit und seine selbstlose Güte nähren meinen Glauben an die Zukunft Rußlands.

Ich danke denen, die nicht mehr unter den Lebenden weilen. In meinem Gedächtnis leben sie weiter.

Ich danke allen früher und jetzt genannten und allen ungenannten Freunden, Lehrern und guten Bekannten, deren Handlungen, Gedanken und Worte mir helfen zu leben.

1 OSO
Osoboje soweschtschanije (Besondere Konferenz): Sondergericht im MWD, das ohne Gerichtsverhandlung Fernurteile fällte. Seine Mitglieder blieben anonym. OSO wurde 1953 aufgelöst.

2 Ramsin und Tupolew
Leonid Konstantinowitsch Ramsin (1887–1948). Bedeutender Ingenieur und Erfinder, vor allem auf dem Gebiet der Wärmetechnik. Als Hauptangeklagter im Prozeß gegen die sogenannte Industriepartei wurde er zu zehn Jahren Straflager verurteilt. Dieser Prozeß im November 1930 richtete sich gegen »bürgerliche Spezialisten«, die der Sabotage und Schädlingstätigkeit angeklagt worden waren, um die Parteiführung von der Verantwortung für die chaotischen Folgen des wahnwitzigen Tempos der Industrialisierung zu entlasten. Die Hauptangeklagten wurden zum Tode verurteilt, dann zu Lagerhaft begnadigt.
Andrej Nikolajewitsch Tupolew (1888–1972). Bedeutendster sowjetischer Flugzeugkonstrukteur, baute das erste Überschallpassagierflugzeug der Welt, die TU 144 (1972). Er wurde 1938 verhaftet und während des Krieges wieder freigelassen.

3 Organe
Pauschalbezeichnung für den Staatssicherheitsdienst, seine Institutionen und Mitglieder.

4 Oberschlaue
hießen im Lagerjargon jene privilegierten Häftlinge, die es verstanden, sich einträgliche Druckposten im Lagerselbstschutz, in der Küche, im Magazin, in der Schreibstube usw. zu verschaffen, und die durch ihre Sonderstellung in der Lage waren, ihre Kameraden zu schikanieren und auszunutzen.

5 Waggonka
Zu zweit aneinandergeschweißte doppelstöckige Pritschen.

6 »Bester und begabtester Dichter«
Gemeint ist Wladimir Majakowskij (1893–1930). Nach seinem Selbstmord hatten die Literaturfunktionäre sich erfolgreich bemüht, ihn in Mißkredit zu bringen. Das änderte sich 1935 durch ein Machtwort Stalins: »Majakowskij ist und bleibt der beste und begabteste Dichter unserer Sowjetepoche. Es ist ein Verbrechen, seinem Gedächtnis teilnahmslos gegenüberzustehen.«
Ein Ding »stärker als Faust«
Stalin hatte mit diesem Prädikat Gorkijs Jugendwerk ›Das Mädchen und der Tod‹ ausgezeichnet, eine Arbeit, die Gorkij selber als schwach beurteilte.

7 Große Zone
Politische Häftlinge wurden in den Jahren 1947 bis 1953 nach Ver-

büßung ihrer Straffrist nicht in ihre Heimatorte entlassen, sondern »für immer« in entlegenen sibirischen oder mittelasiatischen Regionen zwangsangesiedelt. Aus der kleinen Zone des Lagers gelangten sie in die große Zone der Verbannung.

8 Nikolaj Jakowlewitsch Marr (1864–1934)
Bis zum Mai 1950 galt die von Marr entwickelte Sprachwissenschaftstheorie als die marxistisch unanfechtbar richtige, Stalin verurteilte in seinen Briefen zur Sprachwissenschaft (vgl. Anm. 33) Marrs Lehre als idealistische Pseudowissenschaft. Seit der Entstalinisierung wird Marrs Lehre wieder ernsthaft diskutiert.

9 Gevatter
Geheimdienstoffizier, der über das Wohlverhalten der Häftlinge zu wachen hat. Um dieser Aufgabe gerecht zu werden, ist er auf die Mitarbeit von Spitzeln unter den Häftlingen angewiesen, die ihm jede Art von Fehlverhalten »signalisieren«: antisowjetische Äußerungen, Drückebergerei bei der Arbeit, Verstöße gegen die Disziplin und die Gefängnisordnung. In Marfino gab es zwei Gevattern, einen für das Gefängnis allgemein und einen für die Scharaschka. Häftlinge, die sich zum Denunzieren hergaben, hießen Glucke, Klopfer oder Köter.

10 Smersch
Militärischer Sicherheits- und Spionageabwehrdienst. Wörtlich: smertj schpionam = Tod den Spionen.

11 Wsewolod Emiljewitsch Meyerhold (1874–1940)
Schauspieler und bedeutender sowjetischer Regisseur. Im Herbst 1920 proklamierte er den »Theater-Oktober«. Er war der Auffassung, der politischen Oktoberrevolution müsse die Revolution der Theaterkunst folgen. Es genüge nicht, dem neuen proletarischen Zuschauer lediglich die Theatertore weit zu öffnen; der bürgerliche Illusionszauber müsse von der Bühne gefegt werden; nur revolutionäre Form könne revolutionären Inhalt vermitteln. Um 1930 begannen die Kulturpolitiker, avantgardistische Bestrebungen auf allen Gebieten der Kunst zurückzudrängen und zu befehden. Seit 1936 geriet Meyerholds »unrussisches« Theater immer häufiger in die Schußlinie und wurde 1938 geschlossen. Er selbst, 1939 verhaftet, starb im Lager und wurde 1956 posthum rehabilitiert.

12 Konstantin Sergejewitsch Stanislawskij (1863–1938)
gründete zusammen mit Wladimir Iwanowitsch Nemirowitsch-Dantschenko 1898 das berühmte Moskauer Künstlertheater, abgekürzt MChAT.

13 Nikolaj Stepanowitsch Gumiljow (1886–1921)
begann als symbolistischer Dichter, gründete in Absage an den Symbolismus 1911 die akmeistische Schule. Während der Symbolismus im Wort die verborgenen, verbindenden, musikalischen Elemente ins Bewußtsein gebracht hatte, fochten die Akmeisten für die Elemente der Vernunft, Logik und Klarheit in der Kunst der Worte. Gumiljow wurde 1921 als »Konterrevolutionär« erschossen.

14 Ossip Emiljewitsch Mandelstam (1891–1938)
Neben Gumiljow der bedeutendste Vertreter des Akmeismus. Er starb wenige Monate nach seiner zweiten Verhaftung 1938, vermutlich schon auf dem Transport in ein fernöstliches Straflager. Näheres ist den Memoiren seiner Frau Nadjeschda Mandelstam zu entnehmen: ›Das Jahrhundert der Wölfe‹ und ›Generation ohne Tränen‹, S. Fischer Verlag, 1971 und 1975.

15 Leningrader Satz
Im Zusammenhang mit dem Kirow-Mord (vgl. Anm. 19) wurde die Leningrader Parteiorganisation rigoros gesäubert. Die Anklagen und Verurteilungen stützten sich auf den Artikel 58 des Strafgesetzbuches, und zwar 58, Punkt 8: Beteiligung an beziehungsweise Vorbereitung von Terrorakten; 58, Punkt 10: Antisowjetische Propaganda oder Agitation; 58, Punkt 11: Konterrevolutionäre Verschwörung. Nach Boris Souvarine (›Stalin – Anmerkungen zur Geschichte des Bolschewismus‹) wurden 117 Todesurteile verhängt, 12 hohe Polizeioffiziere und 97 Anhänger der ehemaligen von Sinowjew und Kamenew geführten Leningrader Opposition zu Lagerstrafen verurteilt. 100000 Bürger wurden aus Leningrad ausgewiesen und in abgelegene Gebiete verbannt.

16 Troika
Dreiergremien des Staatssicherheitsdienstes, die ohne Gerichtsverhandlung Fern-Urteile fällten. Diese Gremien bestanden in allen Republikhauptstädten und in einer Reihe von Großstädten.

17 Wladimir Jegorowitsch Makowskij (1846–1920)
gehörte zur Gruppe der Peredwishniki (Wanderer), einer 1870 gegründeten kritisch-realistisch eingestellten Malerschule, die mit der Akademie gebrochen hatte und in Wanderausstellungen ihre Werke in der Provinz ausstellte.

18 Michail Alexandrowitsch Wrubel (1856–1910)
Sein häufig ornamental rhythmisiertes Werk trägt Züge des Symbolismus. Sein Œuvre umfaßt Monumentalgemälde, Bühnenbilder, Portraits, Illustrationen, Kunstgewerbe.

19 Sergej Mironowitsch Kirow (1886–1934)
Erster Sekretär des Parteigebietskomitees Leningrad. Er wurde am 1. 12. 1934 ermordet. Der Mord, später als Attentat »trotzkistisch-sinowjewistisch-bucharinistischer Banditen« bezeichnet, wurde zum Auslöser der Großen Säuberung, der in der gesamten Sowjetunion die Elite der Altbolschewiki und Millionen gewöhnlicher Bürger zum Opfer fielen. Die Säuberung erreichte 1937/38 ihren Höhepunkt. Schwerwiegende Indizien sprechen dafür, daß Stalin selber den Mord an Kirow angeordnet hat. Beweise wurden bisher nicht veröffentlicht.

20 Birkenrindenschwamm
In seinem Roman ›Krebsstation‹ erzählt Solschenizyn ausführlich vom ›Tschaga‹, einer Art Tee, den die armen Bauern aus getrocknetem Birkenrindenschwamm, einer Wucherung an sehr alten Birken-

stämmen, bereiteten. In Regionen, in denen Tschaga getrunken wurde, soll es keine Krebserkrankungen gegeben haben.

21 Fünf auf die Hörner
bedeutet fünf Jahre Verbannung nach Verbüßung der Straffrist.

22 Viktor Krawtschenko
Als Mitglied einer sowjetischen Einkaufsdelegation in USA erbat und erhielt er 1943 in Washington Asyl. Seine beiden Bücher ›Ich wählte die Freiheit‹ und ›Schwert und Schlange‹ erregten internationales Aufsehen.

23 Erlaß vom 7. 8. 1932
Dieses Gesetz »zum Schutz des Eigentums der staatlichen Unternehmen, Kolchosen und Genossenschaften und zur Stärkung des sozialistischen Eigentums« betrachtete »alle Personen, die sich an gesellschaftlichem Eigentum vergreifen, als Volksfeinde«. Für Verstöße gegen dieses Gesetz gab es nur zwei Strafmaße: zehn Jahre Lager oder Todesstrafe.

24 Filtrierlager
Alle Heimkehrer – ehemalige Kriegsgefangene wie zwangsverpflichtete »Ostarbeiter« – wurden in Durchgangslagern konzentriert, dort »überprüft« und in der Regel als »Vaterlandsverräter« zu langen Lagerstrafen verurteilt.

25 Mussa Dshalil († 1942)
Tatarischer Lyriker, in Berlin-Moabit hingerichtet. Da er in deutsche Kriegsgefangenschaft geraten war, galt er in der Sowjetunion als Vaterlandsverräter. In der Entstalinisierungsperiode wurde er rehabilitiert, erhielt den Ehrentitel »Held der Sowjetunion«, einen Lenin-Preis und in seiner Heimatstadt Kasan ein imposantes Denkmal.

26 Imam Schamil (1797–1871)
Geistlicher und militärischer Führer der kaukasischen Bergvölker, die sich der russischen Herrschaft widersetzten, von 1835 bis zum endgültigen Zusammenbruch des Widerstands 1859.

27 Auch nach der Freilassung blieb Witkjewitsch mit Solschenizyn und seiner Frau befreundet. Er übersiedelte sogar Ende der fünfziger Jahre nach Rjasan, um in ihrer Nähe zu wohnen. Auf der Neujahrsfeier 1964 zerstritten sie sich. Witkjewitsch machte Solschenizyn den Vorwurf, er halte sich für einen Genius, habe sich den alten Freunden entfremdet. Sein Ruhm sei ihm zu Kopf gestiegen, er wolle auf niemanden mehr hören. Doch niemals machte Witkjewitsch eine Andeutung, der man hätte entnehmen können, die Beschuldigung, Solschenizyn hätte ihn in der Untersuchungshaft verraten, die 1974 in seinem Namen von der sowjetischen Presseagentur APN verbreitet wurde, beruhe auf Tatsachen.

28 Leningrader Opposition
von Grigorij Sinowjew und Lew Kamenew geführte, erst gegen Trotzkij, dann gegen Stalin gerichtete Fraktion, die sich als echter Wahrer der Leninschen Politik verstand und 1926 von Stalin zerschlagen wurde.

29 Jurte
Ursprünglich: Filzzelt der west- und mittelasiatischen Hirtennomaden. Hier: runde Baracken mit geschichteten Sperrholzwänden.

30 Wiktor Abakumow († 1954)
Minister für Staatssicherheit von 1946 bis 1951. Nach Stalins Tod wieder in hoher Funktion im KGB. 1954 wegen »verbrecherischer Verletzung der sozialistischen Gesetzlichkeit« erneut verhaftet und am 29. 12. 1954 hingerichtet.

31 Nikolaj Iwanowitsch Jeshow (1895–1939)
Volkskommissar des Inneren (NKWD), ab Januar 1937 Generalkommissar für Staatssicherheit. In dieser Funktion war er verantwortlich für die Durchführung der großen Säuberung 1937/38, im Volksmund Jeshowschtschina genannt. Jeshow wurde im Dezember 1938 abgesetzt und 1939 liquidiert. Sein Nachfolger war Lawrentij Pawlowitsch Berija (vgl. Anm. 52).

32 Bevorstehende Friedensschlüsse mit Deutschland und Japan:
Gemeint ist die DDR, die durch Abkommen am 26. 3. 1954 mit der Sowjetunion von dieser für souverän erklärt wurde. Mit Japan wurde der Kriegszustand erst am 19. 10. 1956 beendet.

33 Sprachwissenschaft
Im Mai und Juni 1950 veröffentlichte die Prawda eine Diskussion sowjetischer Sprachwissenschaftler, »um auf dem Wege der Kritik und Selbstkritik den gegenwärtigen Zustand in der Entwicklung der sowjetischen Sprachwissenschaft zu überwinden und der weiteren Arbeit auf diesem Gebiet den richtigen Weg zu weisen«. In der Diskussion ging es für und gegen die Theorien des Sprachforschers Nikolaj Marr. Zum Schluß ergriff Stalin das Wort in Form von Briefen an junge Genossen. Sein Fazit: »Lösen wir uns vom ›Marxismus‹ N. J. Marrs. N. J. Marr wollte wirklich Marxist sein und bemühte sich darum, aber er verstand es nicht, Marxist zu werden. Er war in allem ein Vereinfacher und Vulgarisierer des Marxismus« (vgl. Anm. 8).

34 Dimitrow, Rajk, Kostow
Zwischen 1947 und 1949 gab es in den Ländern der Volksdemokratien Versuche, eigene Wege zum Sozialismus zu gehen und die führende Rolle der KPdSU(B) anzuzweifeln. Außer in Jugoslawien gelang es Stalin, mit seinen bewährten Methoden die übrigen Länder von der Richtigkeit seiner Linie zu überzeugen. In Polen genügte es, Gomulka ins Gefängnis zu werfen, in Albanien, Ungarn und Bulgarien wurde härter zugegriffen.
Georgij Dimitrow (1882–1949) war von 1946 bis zu seinem Tode, der ihn während eines Aufenthalts in Moskau ereilte, bulgarischer Ministerpräsident.
Traitscho Kostow war seit 1944 Generalsekretär der bulgarischen KP, seit 1946 Stellvertretender Ministerpräsident.
Laszlo Rajk war seit 1946 ungarischer Innenminister.
Kostow und Rajk wurden im Juni 1949 verhaftet. Die Anklage war

gegen beide die gleiche: Landesverrat; Spionage zugunsten Jugoslawiens, Englands und der USA; Verschwörung zum Umsturz der sozialistischen Ordnung.
Rajk wurde im September, Kostow im Dezember 1949 hingerichtet.

35 Sinowjew, Pjatakow, Bucharin
In drei großen Schauprozessen (August 1936, Januar 1937, März 1938) wurde die Elite der bisherigen Parteiführung liquidiert.
Grigorij Sinowjew (1883–1936) war Hauptangeklagter im »Prozeß der 16« gegen das »trotzkistisch-sinowjewistische Terrorzentrum« und wurde wegen »Linksabweichung und konterrevolutionärer Tätigkeit« hingerichtet.
Grigorij Pjatakow († 1937) Hauptangeklagter im »Prozeß der 17« gegen das »antisowjetische trotzkistische Terrorzentrum«, wurde ebenfalls wegen »Linksabweichung und konterrevolutionärer Tätigkeit« hingerichtet.
Nikolaj Bucharin (1888–1938) Hauptangeklagter im »Prozeß der 21« wurde als »Rädelsführer der Rechtsopposition« und wegen »konterrevolutionärer Tätigkeit« hingerichtet.

36 Morganisten-Weissmannisten
Thomas Hunt Morgan (1865–1945), amerikanischer Biologe, erhielt für seine Forschungen über Vererbung 1933 den Nobelpreis.
August Weismann (1834–1914) stellte die Keimplasmatheorie als Grundlage der Vererbungslehre auf.

37 Trofim D. Lyssenko (1898–1976)
Schüler des Genetikers und Züchtungsforschers Iwan Mitschurin (1855–1935), setzte 1948 beim ZK der Partei durch, daß Mitschurins Vererbungstheorie als allein richtige anerkannt wurde. Sie beruhte auf der Behauptung, durch Umweltbedingungen erworbene Eigenschaften könnten vererbt werden. Die »westliche«, von Gregor Mendel begründete Vererbungslehre wurde als reaktionär, idealistisch und wissenschaftlich völlig haltlos verurteilt.

38 Colorado-Käfer
Auf dem Höhepunkt des Kalten Krieges verbreitete die sowjetische Presse die Behauptung, die Amerikaner ließen mit Flugzeugen Schädlingsinsekten über der Sowjetunion abwerfen, um die sowjetische Ernte zu vernichten.

39 Georgij Maximilianowitsch Malenkow (* 1902)
galt in Stalins letzten Lebensjahren als dessen designierter Kronprinz. Daher wurde er 1953 nach Stalins Tod zunächst auch Vorsitzender des Ministerrats. Von Bulganin 1955 abgelöst, blieb er jedoch Mitglied des Präsidiums des ZK der Partei. Erst 1957 stellte Chruschtschow ihn mit der Beschuldigung kalt, er sei das Haupt der »parteifeindlichen Gruppe« gewesen, zu der Molotow, Kaganowitsch und Schepilow gehört hätten.

40 »Verstand schafft Leiden«
Anspielung auf die berühmte gesellschaftskritische Komödie gleichen Titels von Alexander Sergejewitsch Gribojedow (1795–1829).

41 Demontieren
Die russische Bezeichnung für diese erzieherische Maßnahme lautet »prorabotatj« = durcharbeiten und meint das Verfahren, einen Menschen von einer eigens dazu einberufenen Versammlung in Grund und Boden kritisieren zu lassen, ohne daß ihm die Möglichkeit zur Verteidigung oder zur Richtigstellung der gegen ihn erhobenen Anschuldigungen eingeräumt wird. Erlaubt ist nur bedingungslose Selbstkritik und das Gelöbnis, sich zu bessern, »abzurüsten« und »umzurüsten«. Da dieses Verfahren unter der Bezeichnung »demontieren« auch in der DDR praktiziert wird, benutzen wir diese Vokabel statt der wörtlichen Übersetzung.

42 Hinrichtung der Strelitzen
Während Peter der Große 1697 sich auf seiner ersten ausgedehnten Auslandsreise befand, nutzten seine Gegner die Gelegenheit, die mit Peters Militärreformen unzufriedenen alten Schützenregimenter (Strelitzen) zur Meuterei anzustacheln. Der Aufstand wurde rasch niedergeschlagen, die Verantwortlichen hingerichtet. Doch Peter verhängte nach seiner Heimkehr, um ein Exempel zu statuieren, ein fürchterliches Strafgericht über rund 2000 Strelitzen, die teils geköpft, teils gehängt wurden. Die Leichen der Gehängten wurden zur Abschreckung zur Schau gestellt.

43 Ärzteverschwörung
Am 13. 1. 1953 gab die Prawda die Verhaftung einer Terroristengruppe von neun Ärzten bekannt, die »sich das Ziel gesetzt hatte, durch Anwendung schädlicher Behandlungsmethoden das Leben führender Persönlichkeiten der Sowjetunion zu verkürzen«.
Am 4. 4. 1953 veröffentlichte die Prawda eine Verfügung des MWD, die die Freilassung der Ärzte anordnete, da eine Überprüfung ergeben habe, daß die Beschuldigungen falsch gewesen und die Aussagen der Verhafteten »durch Anwendung unzulässiger und von den sowjetischen Gesetzen auf das strengste verbotener Untersuchungsmethoden erlangt worden« seien.
Die TASS-Meldung im Januar hatte nur von neun Ärzten gesprochen, entlassen wurden laut Meldung vom 4. 4. 1953 jedoch 15 Ärzte.

44 Joint
Internationale jüdische Hilfsinstitution, die von der Sowjetunion als Spionageorganisation eingestuft wurde.

45 Solomon Michoëls (1890–1948)
Schauspieler, Gründer des Staatlichen Jiddischen Theaters in Moskau. Er wurde auf Parteibefehl in Minsk ermordet, der Mord wurde als Überfall von Gewaltverbrechern getarnt. Das Jiddische Theater, 1949 geschlossen, ist bis heute nicht wiedereröffnet worden.
Die Erwähnung von Michoëls' Namen in der Tass-Meldung über die Ärzteverschwörung sollte demonstrieren, wie lange schon die »Mörder-Ärzte« ihr schändliches Handwerk betrieben und wie weit verzweigt die Netze jüdischer Spionage- und Zersetzungstätigkeit angelegt seien.

46 Lew Mechlis (1889–1953)
seit 1940 Volkskommissar (1946–1950 Minister) für Staatskontrolle.

47 Lidija Timaschuk
Ärztin im Kremlkrankenhaus. Amtlichen Meldungen zufolge war sie es gewesen, die als erste dic Verschwörung der Ärzte bemerkt hatte. Über sie wurden begeisterte Artikel und sogar Gedichte geschrieben. Sie erhielt einen Orden, der ihr im April 1953 wieder aberkannt wurde.

48 Anzahl der Lager- und Gefängnisinsassen
Die Berechnung ging von der Tatsache aus, daß in der Sowjetunion Häftlinge kein Wahlrecht besitzen.

49 Chodynka
1896, anläßlich der Zarenkrönung Nikolajs II., sollte auf dem Truppenübungsplatz Chodynkoje pole ein großes Volksfest stattfinden, auf dem die Allerhöchsten Herrschaften Geschenke an ihre Untertanen austeilen wollten. Da die Laufgräben nur mangelhaft mit Brettern überdeckt waren, die beim Andrang der Menschenmenge brachen, stürzten die Menschen zu Tausenden in die Gräben. 2000 Tote waren zu beklagen.

50 Michail Rjumin († 1954)
Stellvertretender Minister für Staatssicherheit. Im Zusammenhang mit der Rehabilitierung der »Mörder-Ärzte« wurde er als Hauptverantwortlicher für die Verletzung der sozialistischen Gesetzlichkeit verhaftet und am 24. 7. 1954 hingerichtet.

51 Mestnitschestwo
Platzordnung an der Tafel und bei Empfängen des Moskauer Großfürsten. Sie sah strenge genealogische Anciennität vor und gab viel Anlaß zu Rangordnungsstreit.

52 Lawrentij Pawlowitsch Berija (1899–1953)
1938–1953 Volkskommissar (seit 1946 Minister) des Inneren (MWD), von März bis Juni 1953 außerdem Erster Stellvertreter des Vorsitzenden des Ministerrats der UdSSR, am 26. 6. 1953 verhaftet. Die Anklage lautete auf »Vaterlandsverrat, Organisation einer antisowjetischen Verschwörung im Interesse des ausländischen Kapitals, Verübung von Terrorakten, aktiver Kampf gegen die Arbeiterklasse und die revolutionäre Arbeiterbewegung«.
Berija und sechs mitangeklagte hohe Funktionäre aus MWD und MGB wurden am 24. 12. 1953 erschossen.

53 »Secondeleutnant Sjedoch«
ist eine Erzählung von Jurij Tynjanow (1894–1943), die in der Regierungszeit Zar Pauls (1796–1801) spielt. In ihr wird durch einen minimalen Schreibfehler ein nicht existierender Mensch zu einem existierenden und der wirklich existierende zum nicht mehr existierenden.

54 Nikolaj Wassiljewitsch Krylenko (1885–1938)
Volkskommissar für Justiz, dann Generalstaatsanwalt. 1938 hingerichtet.

55 M. P. Tomskij († 1938)
Vorsitzender des sowjetischen Gewerkschaftsbundes. Gehörte mit Bucharin und Rykow zur »Rechtsopposition«, beging Selbstmord, als er verhaftet werden sollte.

56 Lenin-Testament
Es handelt sich nicht um ein Testament im eigentlichen Sinne, sondern um Briefe, die der kranke Lenin im Winter 1922/23 als politische Empfehlungen hinsichtlich seiner Nachfolge geschrieben hatte. In diesen Briefen kritisiert Lenin Stalins Grobheit.

57 Alexej Rykow (1881–1938)
wurde 1924 Lenins Nachfolger als Vorsitzender des Rates der Volkskommissare. Im »Prozeß der 21« gegen »den Block der Rechtsabweichler und Trotzkisten« wurde er zum Tode verurteilt und hingerichtet.

58 Dzierżyński und Jagoda
Felix Dzierżyński (1877–1926) war der Organisator der 1917 gegründeten »Außerordentlichen Kommission zur Unterdrückung der Gegenrevolution« (Tscheka).
Genrich Jagoda († 1938) war von 1934 bis 1936 Volkskommissar für Inneres, wurde abgesetzt, weil er die Säuberung nicht rigoros genug durchführte, im »Prozeß der 21« zum Tode verurteilt und hingerichtet.

59 Dezisten
DZ = Demokratische Zentralisten, eine besonders 1922/23 rege oppositionelle Fraktion. Kleinere Gruppen dieser Richtung hielten sich bis Ende der zwanziger Jahre.

60 Leningrader Opposition
Vgl. Anm. 28.

61 Brest-Litowsk
Der am 15. März 1918 ratifizierte Friede von Brest-Litowsk zwischen Rußland und Deutschland verpflichtete Rußland, auf die baltischen Provinzen, Finnland und die Ukraine zu verzichten, der Türkei alle besetzten Gebiete und einige transkaukasische Bezirke zu übergeben.

62 NEP
Neue Ökonomische Politik. Um die während des Bürgerkriegs (1918–1920) völlig ruinierte Volkswirtschaft wieder in Gang zu bringen und die hungernde Bevölkerung mit dem Nötigsten zu versorgen, führte Lenin ein gemischtes Wirtschaftssystem ein, in dem der sozialistische mit dem kapitalistischen Wirtschaftssektor wetteifern sollten. Diese neue ökonomische Politik brachte raschen wirtschaftlichen Aufschwung.

63 Jeshowschtschina
wird die Schreckenszeit von 1936 bis 1938 genannt, als Millionen und Abermillionen unschuldiger Menschen in Gefängnissen und Lagern eingekerkert, viele Tausende erschossen wurden.

64 Von der Opposition losgesagt
Im Frühjahr 1929 veröffentlichte die sowjetische Presse Reuebekenntnisse von Wortführern der verschiedenen oppositionellen Richtungen, die sich von ihren bisherigen politischen Überzeugungen lossagten und ihre Irrtümer abschworen.
Kopelew hatte damals als 16jähriger trotzkistische Flugblätter verteilt, war deswegen kurze Zeit verhaftet gewesen und überwand bald darauf seine oppositionellen Neigungen.

65 Anatolij Wassiljewitsch Lunatscharskij (1875–1933)
Volkskommissar für das Bildungswesen von 1917 bis 1929. Seinem Wirken ist es zu verdanken, daß in den zwanziger Jahren den Kunstschaffenden parteiliche Restriktionen noch weitgehend erspart blieben. Er wurde 1930, mit einem Ehrenposten versehen, kaltgestellt und 1933 als erster Botschafter der UdSSR nach Spanien abgeschoben.

66 Narodowolzen
Angehörige der revolutionären terroristischen Geheimorganisation Narodnaja wolja (Volkswille bzw. Volksfreiheit). Nach der Ermordung einer Reihe hoher Regierungsbeamter und mehreren mißglückten Attentatsversuchen auf Alexander II. gelang im März 1881 der Bombenanschlag auf den Zaren.

67 Konstantin Petrowitsch Pobedonoszew (1827–1907)
war zunächst Erzieher Alexanders III. (1881–1894), dann Oberster Prokureur des Heiligen Synod. Mit seinem immensen Einfluß auf die Zaren Alexander III. und Nikolaj II. verhinderte er dringend notwendige innenpolitische Reformen.

GÜNTER GRASS/
KENZABURÔ ÔE

Gestern, vor fünfzig Jahren

112 Seiten, Originalausgabe, DM 9,80

*

Zum 50. Jahrestag des Kriegsendes haben der japanische Literaturnobelpreisträger Kenzaburô Ôe und Günter Grass einen Briefwechsel geführt. Zwei weltbekannte Autoren, zwei »gebrannte Kinder«, deren Biographien und Werke untrennbar mit der Geschichte und Gegenwart ihrer Länder verbunden sind, schreiben über persönliche Erlebnisse und politische Hoffnungen. »... das Bild der erhängten Deserteure hat sich mir stärker eingeprägt als der vorerst abstrakt bleibende Friedensbeginn. Ich könnte sagen: Das war gestern, vor fünfzig Jahren. So genau kann Erinnerung sein, wenn man sie herausfordert, ihr nicht ausweicht. Sie gehört zu unserem Beruf, sie ist die uns vorgeschriebene Disziplin.«
(Günter Grass)

ILANA MASCHLER

Moskauer Zeit

Aus dem Polnischen von
Malgorzata Peschler-Czyszkowska.
240 Seiten, DM 16,80

*

Noch ist Polen nicht verloren. So denken viele am Vorabend des Zweiten Weltkriegs. Auch die Maschlers, liberale Juden mit nicht unbeträchtlichem Besitzstand, verdrängen aufkommende Ängste. Doch die Ereignisse überrollen die Hoffenden. Die Angst vor Bombenangriffen und dem Terror der Nazis weicht schon bald dem täglichen Überlebenskampf im Krieg. Dann marschiert die Rote Armee in Polen ein. Aber das »slawische Brudervolk« kommt nicht als Befreier, sondern als Besatzer. Die »Moskauer Zeit« wird eingeführt. Eine bleierne Zeit, denn den Polen wird nicht nur das russische Zeitsystem aufgezwungen. Mit dem Mut der Verzweiflung versucht das Ehepaar Maschler wenigstens das Leben der Familie zu retten. »Ein wahrhaft großes Buch, das man lesen und bewahren sollte.« (Westdeutscher Rundfunk).